왕은
사랑
한다

2

왕은 사랑한다 2

ⓒ김이령 2011

초판1쇄 인쇄	2011년 8월 15일
초판6쇄 발행	2014년 9월 30일
신판2쇄 발행	2017년 7월 1일

지은이	김이령

펴낸이	박대일
편집	이문영 · 임유리 · 신지연 · 박현주 · 전보라
교정	박준용
마케팅	송재진 · 임유미
디자인	래하디자인(표지)

펴낸곳	파란미디어
출판등록	2004년 9월 14일 제313-2004-00214호

주소	04072 서울시 마포구 성지1길 32-36(합정동)
전화	02.3141.5589 영업부 070.4616.2012 편집부
팩스	02.3141.5590
전자우편	paranbook@gmail.com
카페	http://cafe.naver.com/paranmedia
페이스북	http://www.facebook.com/paranbook

ISBN	978-89-6371-411-0(04810)
	978-89-6371-409-7(전3권)

왕은 사랑한다

김이령 장편소설

2

파란

등장인물 주요가계도

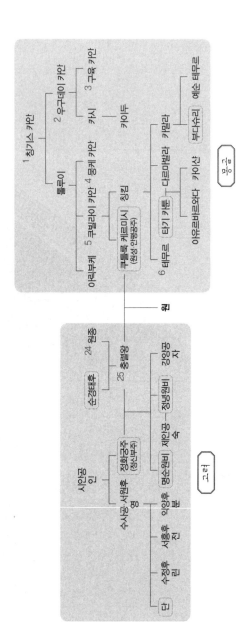

● 전체 계승도는 아닙니다
● 점선 이하 인물은 여성
● 숫자는 왕위 계승 순서

차례

9. 무덤 앞에서 ································· 7

10. 독노화禿魯花 ····················· 37

11. 합단적哈丹賊 ····················· 127

12. 괴리乖離 ····················· 237

13. 무비無比 ····················· 359

14. 파열破裂 ····················· 436

9

무덤 앞에서

가끔 바람이 세차게 불어 흙먼지가 날렸다. 길 위에서 뱅글뱅글 돌다 길 가장자리 울창한 숲의 틈을 비집고 날아간 먼지들은 입을 꾹 다문 채 걸어가는 두 사람을 만난다. 옆에 오솔길이 있는데 굳이 숲을 가로질러 가는 그들은 얼핏 보아 퍽 대조적이다. 앞선 사람은 무척이나 키가 크고 어깨가 벌어져 위압감마저 주는 반면, 뒤따르는 사람은 작고 가냘픈 까닭에 꼭 어린 소년처럼 보인다. 그러나 둘 다 방갓을 푹 눌러쓰고 천으로 코 아래부터 목까지 둘둘 감아 얼굴을 가린 것은 똑같았다.

자잘한 흙 알갱이들의 대부분은 키 큰 나무들이 친절하게 막아 주지만 어쩌다 미량이 눈이나 콧구멍으로 스며들어 곤혹스러울 때가 있다. 뒤처져 걸어가는 사람이 그랬던 듯 갑자기 에취, 연거푸 재채기를 하더니 눈을 문질러 댔다. 앞을 제대로 못 보면서도 걸음은 멈추지 않아, 뒤돌아 살피는 앞사람의 가슴에 방갓을 쿵 갖다 박았다.

"괜찮아?"

여전히 재채기를 하며 비틀대는 비연을 붙잡으며 무석이 물었다. 방갓을 치켜들고 가려졌던 그녀의 얼굴을 살피니, 마구 비벼 댄 눈가가 눈물과 먼지로 거무스레하니 얼룩진 가운데 비연이 코를 훌쩍이며 겸연쩍이 웃었다.

"그럼요, 아무렇지도 않아요."

"조금만 더 가면 쉴 수 있어."

그녀의 갓을 다시 꾹 눌러 주고 무석이 돌아서서 걸음을 크게 옮겼다. 눈과 코가 어느 정도 진정된 비연이 다소곳이 그의 뒤를 따랐다. 무석이 앞서고 그녀가 따라가는 이 모양새가 비연에겐 이미 익숙했다. 영인백의 집을 빠져나온 지 두어 달, 그들은 이런 식으로 정처 없이 유랑했다.

절에 기원을 드린다며 집을 나올 때까지만 해도 이런 여행이 될 줄 몰랐던 그녀였다. 당연히 아가씨가 먼저 가 있을 그 '안전한 장소'가 목적지라고 생각했던 비연을, 무석은 인적이 드문 숲길과 숙박부를 적지 않아도 되는 객점으로 안내했다. 밤새도록 산속에 있는 날도 있었고, 하루 종일 주먹밥 하나나 떡 몇 덩이로 버티기도 했다. 아무리 그녀가 기절할 만큼 지쳤어도 무석은 결코 원院*에 묵는 일이 없었다. 돈이 없어서가 아

---

* 불교계가 관장하는 숙박 시설.

니었다. 아가씨에게 가져다줄 명목으로 비연이 들고 나온 산의 패물들이 있었고 무석도 가진 은이 좀 있었다. 숙박비나 음식값을 걱정해서가 아니라 뒤를 밟혀 추적당하는 것이 두려워서라는 걸, 구태여 듣지 않아도 비연은 알 수 있었다. 그러나 누구에게? 누가 그들을 쫓아오는 것일까? 그에 대한 답이 그녀에겐 없었다.

한 번 쓰러진 영인백은 일어날 줄 모르고 급속히 악화되었고, 비연의 정체를 아는 유모와 구형이는 종내 무소식이었다. 탈출에 성공한 그들은 이제 '안전한 장소'에 가기만 하면 되는 터였지만 여정이 쉽게 끝나지 않았다. 가끔 무석이 그녀를 객점에 처박아 두고 어디론가 다녀오곤 했는데, 그때마다 안색이 한층 어두워져 있었다. 그러면서 그녀에겐 뭐 하나 시원스레 말해 주는 게 없었다.

한번은 참다못한 그녀가 물었다.

"언제 아가씨를 볼 수 있어요?"

칼자국이 난 왼쪽 눈을 세게 찡그린 그가 퉁명스레 대꾸했다.

"넌 아가씨랑 평생 살 작정이야? 말끝마다 아가씨, 아가씨! 지금 중요한 건 그게 아니야!"

"중요한 게 대체 뭔데요? 아가씨랑 만나서 같이 살기로 하고 날 데려온 게 아닌가요?"

"조용히 해! 투정부릴 때가 아니야. 목숨을 부지하느냐 마느냐 하는 때라고."

반짝 대드는 그녀에게 무석이 신경질적으로 눈을 부라렸다.

덜컥 겁에 질린 비연이 오그라들자 그가 외면하며 혼잣말처럼 욕설을 뇌까렸다. 구석으로 비실비실 피해 몸을 잔뜩 웅크린 그녀는 무섭고 두려웠다. 아마도 사정이 있으리라 넉넉히 이해하고 싶었지만, 다정하고 믿음직했던 그가 별안간 난폭해진 것이 쉽게 받아들여지지 않았다. 무엇을 바라고 누구를 쫓아 낯선 길을 대뜸 나섰던 것인가? 서러워진 비연의 눈에서 굵은 눈물이 듣거니 맺거니 하자 무석이 언짢은 듯 쯧, 혀를 찼다. 어깨를 들썩이는 그녀를 한참 내버려두었던 그는 이윽고 다가와 비연의 어깨를 감싸 안았다.

"놀라게 해서 미안해. 아가씨는 꼭 만나게 해 줄게. 하지만 지금은 내가 하자는 대로 해. 아무것도 묻지 말고. 나중에 다 말해 줄 테니까."

다시 다정해진 그의 가슴에서 비연은 더 격하게 울었다. 당황스러워 그녀를 꼭 안았다가 토닥였다가 머리칼에 입을 맞췄다가 하며 애쓰던 무석이 이내 열기에 휩싸여 그녀의 옷을 벗겼다. 불안감과 분노가 가슴에 켜켜이 쌓인 자신을 잊으려는 듯 그녀의 가느다란 몸을 게걸스레 탐했다. 거칠게 파고들어 오는 그를 꼭 껴안으며 비연은 지금 그녀 자신에겐 이 사람밖에 없음을 절감했다. 그 후로 그녀가 먼저 무석에게 질문하는 일은 없었다.

가파르게 올라가던 오솔길이 끊어지고 나무들이 울창하니 앞을 가로막았지만 무석의 걸음은 훨씬 빨라졌다. 그의 가슴이 무섭게 고동치고 있었다. 두 달 전, 영인백의 딸을 인질로 삼아 '그자'를 위협하려던 계획이 어이없이 빗나가고 오히려 자신의 목숨이 위험에 빠졌다. 유심과 송화, 그리고 다른 동료들이 어떻게 되었는지도 모르는 채 비연만을 데리고 간신히 도망친 그는 '그자'의 추적이 어디에서 뻗쳐 올지 몰라 최대한 몸을 숨기고 여기저기를 전전했다. 유심의 근거지에 가고 싶은 마음이 굴뚝같았지만 안전하다고 판단될 때까지 미뤄 둔 것이 지금에 이른 것이다.

간간이 주워들은 소문에 의하면, 영인백은 죽고 그 딸은 왕이 현애택주賢瓊宅主에 봉했다고 했다. 그녀에게 남겨진 막대한 유산 때문에 왕실이 나섰다는 후문이다. 영인백의 딸이 살아 있는데 대정과 아내, 동료들은 어떻게 되었을까? 불안감이 증폭되는 만큼 무석의 보폭이 넓어졌다. 그리고 빽빽한 수풀을 헤치고 들어간 그곳에서 무석은 돌부처처럼 굳어 움직이지 못했다.

낮은 언덕들이 줄지어 누워 있었다. 누가 보더라도 무덤이 분명한 그 흙더미들 위에 잡초가 벌써 파릇이 돋아나 있는 생경스러운 풍경. 무덤들 뒤편에는 불에 탄 산막이 흉하게 무너져 내려 을씨년스러운 분위기를 더했다. 무석은 무덤들에 다가갔다. 살아 있으리라고 기대한 건 아니었지만 그래도 두 눈으로 확인하기 전까진 아스라한 희망을 놓지 않았었다. 어떻게든 빠져나가 어딘가에서 숨은 쉬고 있을 거라 생각했던 그의 바람이 무참히 깨진 순간이었다. 주인 모를 무덤 앞에 털썩 무릎

꿇은 무석이 그 앞에 꽂혀 있던 비녀를 우악스레 뽑아 들었다. '우워어어!' 발음이 불분명한 괴성이 그의 악다문 잇새로 터져 나왔다.

"여기가……, 어디예요?"

가까이 다가온 비연이 모기 소리만큼 작게 물었다. 많은 무덤들과 주저앉은 무석을 보자 그녀의 가슴을 덮은 먹구름이 한층 짙어졌다.

"여기가……, 혹시 당신이 말했던 그 '안전한 장소'인가요? 아가씨가 계셨던?"

무석은 괴물 같은 비명만 거푸 내뱉었다. 그것이 비연에겐 대답으로 들렸다. 떨리는 다리를 주체하지 못하고 그녀가 무너져 앉았다.

"아가씨! 아가씨가……, 우리 아가씨가 나 때문에……."

덜덜덜 턱을 떨며 비연이 넋 나간 사람처럼 중얼거렸다. 마흔 기는 족히 될 것 같은 이 초라한 봉분들 중 하나에 그녀의 주인이 싸늘히 누워 있다고 생각한 비연은 곧 울음을 터뜨렸다. 친구와도 같았던 주인을 잃은 슬픔과 어딘가 달라진 무석에게서 느껴지는 서운함, 보장되지 않은 불분명한 미래에 대한 불안 등이 중첩되어 그녀의 통곡 소리가 높아졌다. 한참 동안 그녀의 울음과 무석의 짐승 같은 괴성이 뒤섞여 잠잠하니 비어 있던 유심의 산채를 가득 채웠다.

문득 무석은 깨달았다. 무덤은 생존자가 있음을 증명한다. '그자'가 패거리를 싹 쓸어버렸다면 굳이 일일이 무덤을 만들어 줄 아량을 베풀지 않았을 것이다. 이 봉분들을 쌓아 올리고 그 앞에 공양하듯 물건들을 꽂아 둔 그 누군가는 바로 그의 동료인 것이다. 영인백의 딸과 더불어 몇몇 사람이 살아남아 죽은 자들을 묻고 떠난 것이다. 무석이 벌떡 일어났다. 그는 옆에서 울부짖고 있는 비연을 잡아 일으켰다.

"놔요! 이거 놔!"

몸부림하는 그녀를 꽉 붙들고 무석이 달래듯 말했다.

"아냐, 네 아가씨는 죽지 않았어. 그러니 진정해."

거짓말처럼 비연의 통곡이 뚝 그쳤다.

"우리, 아가씨가, 살아 있다고요? 그럼 이 무덤들은……, 다 뭐예요?"

"이 무덤들은……, 내 가족들 거야."

무석은 손안의 비녀를 움켜쥐었다. 비연의 눈이 더욱 커졌다. 그에게 가족이 있으리라 생각해 본 적이 없었다. 그녀가 외돌토리인 것처럼 당연히 그도 피붙이 하나 없겠거니 넘겨짚었던 것이다.

'이 많은 무덤이 가족들 거라니! 아마도 가족처럼 가까웠던 사람들이었나 보구나!'

눈물 한 방울 흘리지 않았지만 시뻘겋게 충혈된 무석의 눈동자를 마주 보며 비연은 가슴이 짠하니 아파 왔다. 그러나 그는 무덤덤하니 말했다.

"네 아가씨는 집에 돌아갔어."

"집에요? 어, 언제?"

"우리가 길을 떠나고 아마 그 직후였을 거야."

"뭐라고요? 왜 진작 말을 하지 않았죠? 그럼 이렇게 떠돌아다닐 이유가 없었잖아요!"

"넌 아가씨 곁에 돌아갈 수가 없어."

"그게……, 무슨 뜻이에요? 도대체 무슨 일이 있었던 거죠?"

"영인백이 죽었어."

"……!"

"구 형이 영인백의 음식에 매일 독을 넣었었어. 내가 아가씨를 빼낸 날, 영인백이 너를 보고 발작을 일으킨 건 그 독 때문이야. 영인백의 재산을 빼돌리기 위해 어떤 사람이 나와 구 형이와 배 직사를 시켜 꾸민 일이야. 그런데 그 어떤 사람이 아가씨를 데리고 있던 내 가족들을 몰살시키고 나와 널 죽이려고 했어. 아가씨는 그 혼란 속에 빠져나가 집으로 돌아갔고, 나는 널 데리고 도망 중인 거지. 아가씨가 보기엔 너도 음모를 꾸민 사람 중의 하나야."

비연의 눈꺼풀이 끔뻑끔뻑 천천히 움직였다. 그녀는 그의 이야기를 이해하기 위해 노력 중이었다. 그러나 하나도 알아들을 수 있는 게 없었다.

"……유모님은요?"

"구 형이 죽였어. 아가씨를 밖으로 쉽게 빼돌리기 위해서. 그리고 영인백이 쓰러진 후에 배 직사나 우릴 방해하지 못하도록."

"그럼 구 형 아저씨는?"

"내가 죽였지. 나는 나대로 계획이 있었거든."

"배 직사 나리는?"

"아마도 그 어떤 사람에게 가서 붙어 있을 거야. 아니면 그 역시 죽었을지도 몰라."

"그러니까 당신 말은, 아가씨가, 주인어른을 쓰러지게 하고 재산을 가로챌 음모에 내가 가담한 줄 안단 말이에요?"

"그래."

"당신은……, 처음부터 이러려고 나한테 왔던 거예요?"

"……그래."

"아가씨를 빼내서 죽이려고 나를 이용했다고요? 당신이?"

비명을 지르듯 비연이 날카롭게 물었다. 무석은 입을 굳게 다물었다. 침묵은 곧 긍정이다.

"이, 이 나쁜……!"

비연이 사내에게 달려들어 작은 주먹을 움켜쥐고 가슴을 마구 두들겼다. 그대로 서서 주먹질을 다 받던 무석은 제풀에 지쳐 비틀대는 여자를 잡았다.

"놔요!"

소리치는 그녀를 무석이 한 손으로 잡고 꼿꼿이 섰다.

"네가 가고 싶은 곳이 있다면 데려다 줄게."

비연의 눈에서 눈물이 뜨겁게 솟구쳤다. 가고 싶은 곳이라니, 어디로 가란 말인가. 이제 그녀는 세상 어디에도 발을 디딜 수 없다. 오직 무석만을 바라보고 여기까지 왔는데! 원망에 찬 눈동자가 눈물에 흐릿해졌다.

"하지만 생각나는 곳이 없다면 당장은 같이 가자."

그의 손아귀에서 벗어나려는 비연의 움직임이 둔해졌다. 시선이 어지러이 흔들리는 가운데 그녀가 자조적으로 웃었다.

"나를……, 이제껏 이용해 먹고 이제 와서……, 왜? 왜 같이 가자고요?"

"이용하는 것만 생각했다면 난 두 달 전에 널 죽였을 거야."

비연이 흠칫 떨었다. 젖은 눈이 두려움을 담고 무석의 시선과 마주쳤다.

"하지만 그럴 수 없었어."

"……왜?"

"나도 몰라."

무석이 그녀를 잡은 손을 놓았다. 그는 비연의 시선을 피해 고개를 돌렸다.

"같이 가든 안 가든 그건 네가 선택할 몫이야."

"당신은 어디로 갈 건데요?"

"내 동료들 중 아직 살아 있는 사람들이 있어. 그들을 찾아야지. 그리고 내 가족을 몰살시킨 그놈을 찾을 거야. 찾아서 발기발기 찢어 죽여야지. 어떤 놈인지 어디에 있는지 아는 건 없지만, 기필코 알아내서 복수할 거야. 그러니 네가 날 따라와도 편안하고 재밌게 사는 일은 없어. 어쩌면 목숨이 위태로워질지도 모르지."

"나한테 진심이었던 때가 한순간도 없었어요?"

무슨 뜬금없는 소리야? 무석이 얼떨한 표정으로 그녀를 돌아보았다. 주근깨가 가득 박힌 작은 얼굴에 간절한 빛이 가득

했다.

"순전히 이용할 마음으로 나한테 그랬던 거예요? 별채 내 방에서, 그리고 도망칠 때 객점에서, 그게 다 마음에도 없이 한 짓이었던 거예요?"

꿀꺽, 무석의 침 넘기는 소리가 고요한 연무장에 유난히 크게 들렸다. 한참 만에 한숨처럼 그가 내뱉었다.

"그렇지도……, 않아."

"흑!"

금방이라도 쓰러질 듯 휘청대는 비연을 얼른 붙잡은 무석의 팔 안으로 그녀가 무너졌다.

"날 데리고 가요."

무석은 가슴에 파묻힌 작은 소녀를 엉거주춤 안았다. 당황한 기색이 그의 얼굴을 스쳤다.

"잘 들어. 편한 여행이 아니야. 난 내 목숨을 걸고 떠나는 거야. 네가 원한다면 언제 어디서든 네가 정착해서 살도록 내 힘이 닿는 한 도와줄 거야."

"우리 그냥 어딘가에 숨어 살아요! 아가씨도, 복수도 생각하지 말고 그냥 둘이서! 나, 열심히 일할게요. 백저도 잘 짜고 옷도 잘 지어요. 떠돌아다녀도 좋아요. 이제까지의 일들, 우리 과거, 모두 다 잊고 조용히, 그렇게 살아요!"

"……안 돼."

무석이 부드럽게 그녀를 가슴에서 밀어냈다.

"미안해. 난 복수를 해야 해, 반드시."

"어째서요? 복수를 하기도 전에 당신이 먼저 죽을 수 있고, 그러면 나는……."

"그러니까 떠다니다가 적당한 곳이 있으면 널 놓아둘게. 네 말대로 재주가 있으니 넌 살아갈 수 있을 거야."

"복수를 한다고 해도 죽은 가족은 돌아오지 않아요!"

"여기에 내 아내가 묻혀 있어."

헉하고 놀란 비연이 그에게 매달리기를 멈췄다. 그의 소맷자락을 붙잡은 그녀의 손이 스르르 풀렸다. 손에 쥔 핏자국 묻은 비녀를 내려다보며 무석이 고통스럽게 얼굴을 구겼다.

"이건 내가 아내에게 줬던 처음이자 마지막 선물이야. 오랫동안 함께 지냈지만 뭐 하나 해 준 게 없었지. 친누이 같아서 아내로 맞는 것도 힘들었어. 남편이 되고도 안아 준 적이 드물어. 게다가 내가 영인백의 집에 가서 널 꼬드기는 일을 맡은 걸 알고 있었어. 그래도 아무 말 없이 보내 줬지……. 날 많이 원망하며, 외로워하며 죽었을 거야. 그녀가 차가운 땅속에 누워 있는데, 나 혼자 모두 잊어버리고 너랑 편안히 살 수는 없어. 난 무슨 수를 써서라도 그녀에게 속죄해야 해. 복수는, 그래서 포기할 수 없어."

"아아!"

비연은 다시 울었다. 울고 울고 탈진하여 더 이상 눈물이 나오지 않을 때까지 울었다. 미안하다고 무석이 사과하는 소리를 희미하게 들으며 그녀는 모든 희망의 끈을 놓고 울었다.

그들이 외딴 객점에 도착하여 빌린 작은 방에 누웠을 때는 꽤 늦은 밤이었다. 방은 하나를 빌렸지만 이불은 두 채를 내려 잠자리를 따로 만들었다. 무석에게 등을 돌리고 누운 비연의 눈에서 새롭게 눈물이 솟아 흘러 베개를 축축하니 적셨다. 아직도 남은 눈물이 있다니! 비연은 울면서도 기가 막혀 웃었다. 자신이 불쌍하고 무석이 불쌍하고 무석의 죽은 처가 불쌍하여 울었다. 그리고 두 번 다시 볼 수 없게 된 아가씨를 생각하며 울었다. 그러다 허탈하니 웃었다. 사내에게 쉽게 넘어간 자신이 밉고 처가 있으면서도 다른 여자를 품은 무석이 밉고 죽은 뒤에도 무석을 잡고 있는 무석의 처가 미워서 비웃음을 머금었다. 울다가 웃다가, 그녀는 미쳐 날뛰고 싶은 마음을 억누르며 몸을 뒤척였다.

'이이와 같이 이런 식으로 계속 다닐 수는 없어.'

비연은 피가 나도록 입술을 깨물었다. 무석의 짐이 되어 얹혀 다닐 수는 없다. 그렇다고 혼자 다닐 수도 없다. 그가 없는 길을 무슨 희망과 기쁨을 품고 그녀가 갈 수 있겠는가? 그만이 오직 그녀의 빛인 것을. 아내가 있었다고 고백하고 그녀를 분명히 거부했음에도 여전히 그녀는 마음속에서 무석을 완전히 몰아낼 수가 없었다. 그와 모든 고통을 나누어 짊어지고 싶었다.

비연은 살그머니 돌아누웠다. 누워 있는 무석의 굵은 몸뚱이 선이 어둠 속에 보였다. 그녀는 몸을 움직여 그의 이불을 파고들어 갔다. 무석이 딱딱하게 경직 되는 것이 느껴졌다. 그는 자고 있지 않았다. 몸에 닿는 부드러운 손길에 무석이 튕겨 오르듯 일어나 앉았다.

"너, 뭐 하는 거야!"

그가 놀란 것도 무리가 아니었다. 몸을 섞을 때마다 항상 덤벼들었던 쪽은 그였고 비연은 지극히 수동적이었다. 그랬던 그녀가 일어나 앉은 그의 목을 두 팔로 감고 안겨 들었다.

"난 당신을 따라갈 거예요."

"이러지 마."

무석이 단호하게 말했다. 그녀가 그의 무릎에 앉아 허리에 다리를 감아 죄었다.

"당신을 따라다니며 도움이 될 만한 건 뭐든 할 거예요. 복수가 끝날 때까지 도울 거예요. 복수에 성공하면, 나와 함께 조용히 살아요."

"비연……."

무석은 육체의 욕망이 분출되지 않도록 힘을 쥐어짜며 그녀의 가느다란 허리를 움켜쥐고 싶어 하는 손을 간신히 바닥에 붙였다. 불쌍하고 허무하게 죽어 버린 송화를 생각하면 비연을 냉큼 안을 수 없었다. 사실 그는 송화를 여자로서 사랑하지 못했다. 어쩌다 보니 혼인까지 했지만 송화는 어디까지나 함께 자라 온 누이였다. 그래도 아내로서 그녀를 존중했고, 그녀 외에 다른 여자를 안으리라곤 생각조차 하지 않았다. 옥부용의 지시로 영인백의 딸 노릇하는 가짜를 유혹하는 임무를 맡았을 때, 그는 아내에게 말했었다.

'내 마음이 배신하는 일은 절대 없을 거야. 날 믿어!'

시원시원하고 대담한 그의 아내가 손톱을 세워 들고 할퀴는 시늉을 하며 경고했다.

'배신하면 죽여 버릴 거야!'

그는 아내에게 거듭 다짐을 두고 비연을 만났다. 처음부터 그는 그 일이 찝찝했었다. 공주와 세자에 대항할 세력을 키우기 위한 자금을 마련하기 위해서라 해도, 순진한 여자를 농락하는 짓은 성미에 맞지 않았다. 그리고 비연과의 만남이 되풀이될수록 그가 느끼는 찝찝함의 강도는 점점 더 세졌다. 이 가냘프고 볼품없는 처녀가 갈수록 그의 마음을 흔들어 놓았던 것이다. 그녀의 어떤 점이 그를 사로잡았던 것일까? 무석 본인도 대답할 수 없었다. 너무 불쌍해서? 너무 바보스럽고 너무 천진하고 너무 맹목적으로 그를 신뢰해서? 어쨌든 무석은 아내를 배신했다. 그는 진심으로 비연을 안았던 것이다. 굳이 그녀를 안지 않아도 될 순간에도, 무석은 참지 못하고 비연의 속살을 더듬었다. 마음 한구석에 늘 송화가 떠올라 꺼림칙하면서도 그는 비연을 안지 않고는 못 배겼다. 비연의 작은 젖가슴에서 삼별초의 긍지며 동료에의 믿음, 아내에 대한 신의 등이 먼지처럼 부서졌다. 불타오르는 몸의 일부를 저주하고 경멸하면서도 그는 용솟음치는 욕망을 뿌리치지 못하고 그 위력에 굴복했다.

아내가 죽은 것을 확인하고서야 비로소 그는 죄책감에 비연을 밀어냈다. 늦었지만 송화에게 한 말을 지켜야겠다고 생각한 것이다. 그러나 지금, 비연의 몸과 겹쳐진 그의 몸뚱이가 의지를 따라 주지 않고 제멋대로 열을 올리며 흥분했다.

"이러면 안 돼……."

무석의 목소리가 단호함을 잃고 흐려졌다.

"다른 욕심은 안 낼게요. 그저 당신 옆에서 당신 사람으로 살게 해 주세요. 싫으면, 날 죽여 버려요. 난 당신의 버림을 받고는 한순간도 살고 싶지 않아요."

비연이 어느 때보다도 용감하게 돌진했다. 그녀는 정말 죽을 각오로 무석에게 매달렸다. 그녀를 야멸치게 뿌리치지 않는 그의 망설임에 힘입어. 평소의 비연이라고는 믿기지 않을 만큼 적극적인 그녀의 공세를 속수무책으로 받던 무석은 출구를 찾아 날뛰는 자신의 욕망에 마침내 항복하고 말았다.

"날 버리지 마세요! 어딘가에 버려두고 가지 말아요!"

비연의 간절한 호소 속에서, 무석은 그녀의 가슴에 얼굴을 묻고 짐승처럼 울었다.

왕전은 술 마시기를 그다지 즐기지 않았다. 술이 싫어서가 아니라 주사가 두려워서였다. 조금만 마셔도 취하는 체질도 문제지만 성격이 워낙 다혈질인 게 컸다. 불끈불끈 터져 나오는 혈기를 맨정신으로도 다잡을 수 없는 때가 많아, 혹여 취하면 도저히 스스로를 제어할 수 없을 것 같았기 때문이다. 지금도 그는 술잔을 입술에 붙이는 듯하다가 그냥 내려놓았다. 술 자체를 미워하는 편이 아니었으나 이 술은 미웠다. 바로 수백 종의 술 가운데서 유행을 타고 사람들의 사랑을 한껏 받는 아락

주다. 몽골이 가져온 술이라 더 미운 것인가, 코로 스며드는 주향만으로도 불쾌했다. 술잔을 점잖게 내려놓은 젊은 공후는 앞에 앉아 거침없이 아락주를 입에 털어 넣는 송인을 못마땅하니 곁눈질하다 퉁명스레 말했다.

"술이 잘도 넘어가는가 보군."

"맛이 시원하고 달지 않습니까. 뭇사람들이 빠져드는 이유가 있는 명주올시다."

목구멍으로 넘어가는 알싸한 맛에 쾌감으로 얼굴을 온통 찡그리는 송인을 보며 왕전이 실소했다. 송인의 옆에 앉아 잔을 만지작거리는 송방영은 왕전보다 더 떫은 표정이다.

"술이나 마시며 우유도일優遊渡日하고 있으니 팔자가 좋구먼. 이런데도 우부승지右副承旨*에 제수되었으니 놀랄 수밖에."

"그래서 조촐하니 연회를 마련하지 않았습니까. 말하자면 승진 턱이올시다."

비꼬는 왕전의 말에 송인이 유들유들 비껴갔다. 왕전이 고까워하는 표정을 숨기지 못하고 불만 가득한 입을 비죽 내밀었다.

"영인백이 죽어 없어졌는데도 아직 술과 계집을 살 돈이 있는 모양이오? 이제 자금줄이 끊어졌으니 무슨 수로 일을 도모하려나?"

"그 딸과의 혼담이 파기된 것이 공께선 아직도 아쉽습니까?"

송인이 조용히 웃으며 술병을 기울여 자신의 잔을 채웠다.

---

* 밀직사에 속하여 왕명의 출납을 맡아보던 정삼품 벼슬.

영인백이 그의 손에 죽은 것을 전혀 눈치 채지 못한 이 복숭앗빛 보송보송한 공후는, 그들의 장대한 거사가 흐지부지될까 걱정하는 것이 아니었다. 물론 그런 걱정이 아예 없는 건 아니겠지만 왕전의 불평이 어디서 비롯되었는지 송인은 알고 있었다. 얼굴이 온전하지 못하다고 소문났기에 영인백의 딸과 혼인하는 것을 내심 달가워하지 않았던 왕전은, 그 딸이 현애택주로 봉해져 본모습을 드러내자 진심으로 파혼을 안타까이 여겼던 것이다.

"하긴 설부화용, 보기 드문 가인이라 공께서 아쉬워하시는 것도 당연하겠지요."

"내 말은 그런 뜻이 아니야!"

설핏 붉은 기가 도는 얼굴로 왕전이 목소리를 높였다.

"황제의 명을 빌미로 현애택주와 내 혼사를 막아선 사람이 바로 세자야. 그녀의 재산이 내 손에 들어오는 걸 막았다는 거지. 이건 세자가 우리의 계획을 짐작하고 있다는 증좌가 아니겠소. 그가 발 빠르게 우리를 방해하고 나섰는데 우린 그저 손 놓고 넋 놓고 헤벌쭉하고 있으니 답답하다 이 말이오!"

"공께서 세자를 밀치고 후계가 되시면 택주와 그녀의 재산이 모두 공의 것입니다. 초조해하지 않으셔도 됩니다."

"어떻게 후계가 된단 말인가? 성상께서는 무비인지 뭔지 요망한 계집에 빠져 정사를 팽개쳐 두시고 만날 사냥이다 뭐다 놀기에 바쁘시니 후계 따윈 관심이 없어. 왕에 대한 백성들의 원성이 빗발치는데, 세자가 이 틈을 타 민원을 해결하고 빈민 구

24

흉에 나서 인기를 모으고 있단 말이오. 빨리 세자가 보위에 올라 국태민안하길 바란다는 무엄한 소문이 항간에 떠돌고 있소."

"서흥후께선……."

송인이 날카롭게 왕전의 말을 싹둑 자르고 끼어들었다. 그의 뱀처럼 차가운 눈이 번득였다.

"……백성들이 왕을 만들 수 있다고 보십니까?"

"민심이 곧 천심이라고."

"평민이란 몸은 무겁고 입은 가벼운 족속이올시다. 눈앞에 떨어진 푼돈과 쌀 한 줌에 간을 빼어 줄 부류지요. 그들은 애초에 누가 왕이 되건 관심도 없습니다. 지금 세자를 하늘처럼 떠받드는 사람들이 곧 몽골 왕자가 고려를 오랑캐의 속국으로 만든다며 비난할 겁니다. 오늘 입은 고통을 두고 내일이면 '왜 아플꼬?' 묻는 놈들이니까요. 우리가 신경 써야 할 사람들은 그런 바보들이 아닙니다. 왕을 만드는 자들, 우리를 도와 공을 보위에 올릴 자들을 어르고 달래고 규합하여 우리 팔 안에서 도닥여야지요."

"누구를 어떻게 규합해 우리 편으로 만들어?"

"세자를 따르는 사대부들이 누구입니까? 공의 친아우인 수정후 린을 빼고는 가문의 후광을 기대할 수 없는 젊은이들입니다. 오직 자신의 글재주만 믿고 세자에게 매달리는 자들입니다. 이들이 세자를 옹립하여 권력을 차지하게 되면 당장 밀려날 사람들이 누구겠습니까? 이제껏 성상을 보필하던 사람들이겠죠. 그들은 권력만 뺏기는 것이 아니라 땅도, 상권도, 별업도, 노비도 잃게 될 겁니다. 그래서 그들은 세자를 좋아하지 않습니다. 영인백이 바로 그런 자가 아니었습니까. 우리는 그 사람들을 끌어안을 겁니다. 두둑한 가산과 자신들을 보호해 줄 왕을 원하는 사람들을요. 그리고 그 작업은 이미 착착 진행되고 있습니다. 저나 방영이 이미 성상께 매우 가까워져 있지 않습니까."

"그럼 나는, 나는 무얼 하면 좋겠는가?"

어린애처럼 순진하게 왕전이 물었다. 그를 지그시 바라보는 송인의 눈길은 마치 귀여운 꼬마를 내려다보는 것 같았다. 사실 왕전은, 그가 손을 놀리는 대로 굽혔다 폈다 돌았다 앉았다 하는 농환弄幻*의 허깨비나 다름없었다.

"우리는 세자를 흔들 약점을 잡아내야 합니다. 그러기 위해서는 공의 역할이 매우 큽니다."

"내가 뭘? 난 세자와 만날 일도 없고 만나고 싶지도 않아."

"공은 세자비마노라께서 무척 사랑하는 오라버니십니다."

"흥! 세자비께서 세자의 약점을 우리에게 알려 주리라 기대한다면 그야말로 헛수고요. 그분은 그럴 분이 아니야. 그보다는 우리를 세자에게 일러바칠지도 모르지. 이번에도 그렇더군. 혼담 초기엔 나와 현애택주를 맺어 주려 애썼다는데, 금세 태도를 바꿔 내게 직접 택주를 포기하라고 강권하지 뭐요. 그게 다 세자 때문이겠지!"

---

* 꼭두각시놀음.

"그 세자가 두 번째 비를 맞았습니다. 아무리 산부처라고 해도 비마노라께서 마음속까지 웃고 계시진 못할 겁니다. 그저 살붙이로서 비마노라께 자주 들러 잠자코 말씀을 들어주십시오. 그러면 분명 건질 것이 있으리다."

왕전이 떨떠름하여 위아래 입술을 꼭 아물려 닫았다. 그는 누이동생을 매우 귀여워했다. 잘살라고 기원하는 거라면 또 몰라도, 아름답고 얌전하고 착한 누이를 이용할 마음은 눈곱만큼도 없다. 물론 그 얄미운 세자와 혼인한 것만으로도 누이에겐 재앙이지만 그래도 남편과 금슬 좋게 살았으면 했다. 누이가 남편을 몹시 사랑하는 것을 알기 때문이다. 그의 속내를 파악한 송인이 부드럽게 웃었다.

"우리는 비마노라를 이용하는 것이 아닙니다. 세자에게 농락당하는 비마노라를 도우려는 것뿐이지요."

"농락당한다고? 무슨 뜻인가, 그게?"

"비마노라께선 아직도 초야를 치르지 못하셨습니다."

뭐, 뭐, 뭐, 뭐라고? 왕전은 고함을 지르고 싶었지만 정작 얼어 버린 입에선 아무 소리도 나오지 않았다. 송인이 한 번 더 못을 박았다.

"비마노라 주변 사람들도 모르는 매우 은밀한 정보입니다. 하지만 아주 확실한 정보지요. 세자가 공공연히 비마노라를 아끼는 척 처소에 자주 드나들지만, 정작 비마노라를 부인으로 대하고 있지 않습니다."

"그걸 자네가 어떻게 안단 말인가? 아무도 볼 수 없는 두 사람의 내밀한 사정을! 그리고 세자가 왜 내 누이를 박대한단 말인가? 사랑하여 공녀에서 빼내기까지 했는데, 왜!"

"궁에 아주 특별한 저의 사람이 있습니다. 이 사람의 감각이 기가 막힌지라, 처녀를 구별해 내는 솜씨가 백발백중이올시다. 비마노라는 확실히 처녀라 하였습니다. 왜 박대하느냐고요? 글쎄요, 애초에 사랑하여 비로 맞은 것이 아닐 수도 있습니다. 세자와 수정후의 관계를 생각하면 뭐, 벗의 누이를 공녀로 보내느니 처로 삼을 수 있는 것 아니겠습니까. 공께서도 현애택주를 보고 느낀 것이 있겠지만, 사랑하는 사람과 한방에서 지내면서 손을 대지 않는 것은 사내로서 불가한 일입니다. 아마도 세자는 비마노라에게서 후사를 보고 싶지 않은가 봅니다."

"그, 그러면 어쩌면 좋지, 내 누이는?"

부들부들 떠는 왕전의 손안에서 술잔이 깨질 것 같았다. 흔들리는 잔에서 넘친 술이 그의 손을 적셨다.

"공께서 왕이 되시면 비마노라를 재가시킬 수 있습니다. 그러니 지금은 비마노라께서 세자와 그 주변에 대해 무슨 말씀을 하시는지 귀담아듣고 제게 전해 주시면 됩니다."

왕전이 머리를 푸르르 털었다. 믿기지 않았다. 하지만 사실이라면 세자를 미워하고 공격할 이유가 하나 더 생기는 셈이다. 누이를 생각하면 부정하고 싶지만 세자를 생각하면 그럴 수 있는 놈이라고, 증오가 끓어올랐다. 그는 저도 모르게 손에 움켜쥔 술잔을 들어 한입에 꿀꺽 비웠다.

"나쁜 놈! 천하에 나쁜 놈!"

탕, 내려놓은 술잔에 송인이 찰랑찰랑 술을 채웠다. 왕전은 그 잔도 갈증에 허덕이는 사람처럼 비웠다.

"그러나 누구에게도 비마노라의 처지를 발설해서는 안 됩니다. 사람들이 알게 되면 비마노라의 위신이 바닥에 떨어지고 맙니다. 이번에 세자비로 책봉된 홍문계의 딸에게도 밀려 버릴 테지요."

"불쌍한 것! 그 애는 혼자 참고 있는 거야. 아마 그것도 제 남편을 위한 것이겠지! 그런 애를, 우리 단이를 그놈이! 그 나쁜 놈이!"

왕전은 미친 듯이 술잔을 거푸 비웠다. 나중에는 아예 병을 입에 대고 마셨다. 주량이 얼마 되지 않는 그는 금세 흐물흐물 취해 버렸다.

"어쩌면 세자가 현애택주에게 마음이 있을지도 모릅니다."

조용한 송인의 한마디가 왕전의 취해서 감기는 눈을 뜨게 했다.

"환국해서 처음 한 일이, 현애택주의 혼담을 깨고 이후 아무와도 연을 맺지 못하도록 성상께 요청한 것입니다. 성상의 침소에까지 무리하게 들어가서 말이지요. 그게 그렇게나 급한 일이었을까요? 게다가 택주를 혼인시키지 않는 조건으로 성상의 총첩을 모후에게서 보호하기로 했습니다."

"총첩……, 무비 말인가?"

"그렇습니다. 공께서도 말씀하셨듯이 성상의 이번 애첩은 질이 다릅니다. 성상이 완전히 녹아났어요. 그 계집을 공주가 못 건드리는 건 세자가 확실히 힘을 쓴 덕분이겠지요. 정말 현애택주의 재산 때문에 세자가 그 정도까지 하리라고 보십니까? 만일 재산 때문이라면 그녀를 여승으로 만들어 버리는 게 더 나았을 겁니다."

"세자가 현애택주에게 마음이 있다?"

왕전이 혼잣말처럼 중얼거렸다. 어떤 경로로 세자가 그녀를 만나서 반했는지는 모르겠지만, 전혀 설득력이 떨어지는 말은 아니라고 그는 생각했다. 조문을 가서 만난 그녀는 소박한 베옷에도 불구하고 눈을 뗄 수 없으리만큼 아름다웠다. 아버지의 죽음에 파리하니 여위고 눈물이 멈추지 않아 눈자위가 벌겋게 상해도 예쁘기만 했다. 아니, 죽은 사람을 절절히 그리워하는 그 갸륵한 마음 때문에라도 더 어여뻐 보였다. 거기에다 자신의 아내가 될 뻔한 여자라 생각하고 바라보니 그렇게 애틋하고 아련할 수가 없었다. 금세 피가 뜨거워지는 성질을 가진 그는 그녀에게 한눈에 빠졌다.

세자가 누이보다 그녀를 사랑한다고 해도, 오빠로서는 용납할 수 없지만 사내로서는 공감할 수 있었다. 그녀는 단에게 없는 무언가가 있었다. 남자의 가슴을 달구는, 머리를 세게 내리치는, 온몸을 전율케 하는 무언가. 누이를 소박 놓은 것으로 모자라 연적이 되다니! 새로운 증오가 왕전의 피에 불을 붙였다.

'괘씸한 놈! 빼앗기지 않겠다. 왕위도, 택주도, 단이도! 모두 내 것이다!'

불붙은 몸에 기름을 붓듯이 그는 술을 마셨다. 이윽고 떡이 된 왕전이 탁자에 엎어지자 송인이 기녀들을 불러 떠메게 해 내보냈다. 왕전이 깡그리 비워 버린 술을 다시 주문하는 송인의 입가에 엷게 비웃음이 떠올랐다.

"단순하기 짝이 없는 자야. 주무르기 쉬워서 좋아. 딱 내 왕이 될 사람이지."

"서흥후에게 한 말이 다 정말인가? 비마노라가 아직 처녀라는 둥, 세자가 현애택주를 연모한다는 둥 하는 말들."

이제껏 존재감이 희미했던 송방영이 입을 열었다. 송인이 새 술병을 들어 잔을 채우며 어깨를 으쓱했다.

"사실이면 어떻고 아니면 어떻소? 왕전이 믿으면 그만이지."

"뭐? 거짓말을 했단 말인가?"

"거짓이라고는 안 했소. 확증이 없을 뿐 무비가 한 말이니 거의 사실이라고 보면 되니까. 무비가 말했단 말이오. 바로 무비가……."

송방영은 내내 짓고 있던 떫은 표정을 지우지 못했다.

"우린 막다른 골목에 몰렸어. 유심을 치러 갔던 사병들은 돌아오지 않고 무석과 가짜 딸도 놓쳤어. 영인백의 재산을 몽땅 빼돌리기 전에 진짜 딸이 살아 돌아왔고 택주로 봉작되기까지 했어. 언제 우리가 한 일이 들통 나 순마소로 끌려갈지……."

송방영이 조마조마한 마음을 드러내듯 다리를 달달 떨었다. 사촌 형의 불안한 눈길을 받는 송인은 그저 묵묵하니 자신의 잔에 술을 쳤다. 무시당한 적이 한두 번이 아닌 송방영은 동생에게 다시 말을 거는 게 사뭇 조심스러웠다.

"여보게, 우리 계획이 들통 났을 때 어떤 대책이 있을까?"

"……."

"유심의 산채가 그렇게 박살났는데 무석이가 알게 되면 보복하려 들지 않겠는가?"

"……."

송인이 대답 없이 연거푸 서너 잔을 비우자 송방영이 눈을 실그러뜨리며 자세히 그를 살폈다. 평소의 단순한 무시가 아니었다.

"여보게."

송방영이 살며시 사촌 아우를 불렀다. 역시 대답이 없다. 상념에 젖어 초점을 잃은 눈동자로 미루어 아우는 송방영 앞에 있되 다른 세계에 정신이 팔린 상태. 새로운 모사를 짜느라 골몰하는 것과는 거리가 멀다. 넋을 놓은 듯 방심한 그 표정은 송방영이 아는 송인의 것이 아니었다. 가슴 한구석이 덜컥한 송방영이 버럭 소리를 질렀다.

"여보게, 내 말 듣는가!"

송인이 술잔에서 송방영에게로 퍼뜩 눈길을 옮겼다. 뭐요? 귀찮은 듯 희번덕이는 눈알이 다른 세계에서 비로소 정신이 돌아왔노라 말해 준다.

"우린 궁지에 몰렸다고! 이리 불안한 때에 뭐 하나 시원스레 해결하지 못하고 쩔쩔매는데, 기댈 수 있는 건 고작 무비 하나 아닌가! 그 계집이 얼마나 해 줄 수 있겠나?"

답답한 가슴을 두드리며 송방영이 소리쳤지만 송인은 피식 웃을 뿐이다. 기껏 그걸로 앙앙대며 보채는 거냐고 묻는 듯하다.

"고작이라니 형님. 충분하다고요, 무비만으로."

송인이 따라 놓고 내버려뒀던 술을 쭉 들이켜며 한쪽 눈을 찡긋했다.

"걱정은 붙들어 매시구려. 무석이니 뭐니, 정작 우리와 직접 연결된 적이 없으니 염려할 게 못 돼요. 오히려 그놈들은 대역 죄인들이라 숨어 지내기 바쁘다고요. 현애택주도 돌아와서 허둥대기만 했지 결국 영인백의 상권이 누구에게 넘어갔는지 모르고 있고. 우린 막다른 골목에 있는 게 아니오, 형님. 탄탄대로에 있단 말이오. 왜냐면, 성상을 꽉 쥐고 흔들어 대는 무비가 있기 때문이지……."

과장되게 낄낄거리는 그를 보고 송방영이 길게 한숨을 쉬었다.

"정말 그 아이가 임금을 조몰락대는 솜씨가 보통이 아닌가 보이. 한 계집을 곁에 오래 두는 주상이 아닌데."

"누가 훈련시킨 아입니까. 이제껏 왕이 안았던 계집들은 상대가 안 돼요. 이름 그대로 무비지요. 전하께서 이름 하나는 제대로 지으셨소."

"그 아이가 우리 뜻대로 주상을 움직여 준다면야, 그래, 다행이겠지."

"공주가 투기심에 죽을 지경이 되었는데도 건들지 못하다니! 세자가 우릴 돕고 있습니다. 하, 하하!"

"그러게……."

질탕하니 껄껄대던 송인이 막 들어 올리려던 잔을 내밀어 종형의 잔에 쨍그랑 부딪치며 말했다.

"형님의 승계도 축하하오. 형님은 그 아이를 내내 마뜩찮게 여겼지만, 그 아이는 형님을 잊어버리지 않았구려."

"그래, 우리에게 벼슬을 내려 준 사람은 성상이 아니라 바로 무비지."

"이걸로 끝이 아니오. 이제 시작이란 말입니다, 형님."

"그래, 그렇겠지."

송인이 한입에 잔을 털었다. 잔을 엉거주춤 들던 송방영은 망설이다 다시 내려놓았다. 기분이 상한 사촌 동생이 힐난하듯 물었다.

"그런데 왜 썩은 콩 씹은 얼굴로 날 보는 거요?"

"자네가 좀 걱정이 되어서."

"걱정? 무엇을 말이오?"

"언젠가부터 자네가 좀 달라졌어. 뭐랄까, 가끔 다른 세상에 가 있다고나 할까? 예리하던 판단도 좀 무뎌지고 뭔가에 초조해하는 것 같아. 지금도 신이 난 척 술을 마시고 있지만 정작 웃는 얼굴이 괴로워 보여."

홋, 콧바람을 뿜으며 송인이 자신의 빈 잔에 술을 쳤다.

"요점을 말하시오, 형님."

"옥부용이 궁에 들어간 뒤부터 그랬지."

"형님 말씀은 내가 부용을 왕에게 주고 괴로워한다 이것이오?"

"그 계집이 왕을 호렸듯 자네에게도……."

"떠나보낸 계집을 그리워하여 정신 못 차리고 일을 그르칠까 염려된다, 이 말을 하고 싶은 거지요? 부용이 아니더라도 나는 계집이 모자라지 않소. 내가 그 계집을 태산에서 애써 골라 온 이유를 알지 않소. 왜 날마다 그 계집을 끼고 방사房事를 가르쳤는지도. 골라 온 계집이 부용이었을 뿐 부용이어서 데려온 게 아니야. 그 계집은 내 목적을 이루기 위한 한갓 수단에 지나지 않아."

"이런 건 옆에 있는 사람이 더 잘 알 수 있네. 부용이 왕에게 있어 누구에도 비할 수 없는 존재이듯이, 그녀는 자네에게도 무비인 거야."

탁자를 쾅 내리치는 송인의 주먹에 접시에 담긴 안주들이 흩어졌다. 위아래 이를 꽉 아물리고 키득키득 음산한 웃음소리를 내는 그의 눈동자가 매서웠다. 문밖을 향해 그가 크게 고함을 질렀다.

"아이들을 불러와, 지금 당장!"

"이보게!"

송방영이 만류했지만 송인은 거듭 큰 소리로 주문했다. 부리나케 들어온 기녀 둘은 예쁘장하니 귀염성이 있었다. 하나가 송방영의 옆으로 다가가자 송인이 불렀다.

"너도 이리 오너라!"

양 옆구리에 하나씩 끼고 송인이 다짜고짜 그녀들의 가슴을 움켜쥐었다.

"내 형님이 내가 고자가 되었을까 봐 걱정이 태산 같으니 멀쩡하다는 걸 보여야겠다! 시시하게 하나씩 상대할 게 아니라 둘을 한꺼번에 취하리라!"

송인의 손이 찢어발길 듯 한 여자의 옷을 거칠게 벗겼다.

"애고머니!"

기녀들이 기겁하여 비명을 질렀다. 그에게 붙잡히지 않은 여자가 급히 송방영에게로 가 등 뒤로 숨었다.

"무슨 짓인가! 그만두게!"

송방영의 고함이 방 안을 맴돌다 맥없이 흩어졌다. 사촌 동생이 무자비하게 여자를 벗기고 누가 보든 말든 아랑곳 않고 음욕을 채우기 시작했다. 송방영은 차마 그 자리에 계속 있을 수 없어 방을 나왔다.

'병이 들었어, 마음의 병이 든 거야!'

방에서 흘러나오는 여자의 비명과 송인의 광기 어린 웃음소리를 들으며, 송방영은 무비가 사촌 아우에게 있어 어떤 존재인지 새삼 확인하였다.

10

독노화 禿魯花

린은 금과정의 방들을 모조리 비웠다. 그의 통솔 아래 훈련하던 장정들은 짐을 꾸려 문밖에서 대기하는 상황으로, 의술이나 통역을 공부하던 이들은 이미 며칠 전에 휴가를 내주었다. 원나라로 떠나기 전의 특별 휴가였다. 린은 궁에서 나온 낭장 장의에게 장정들의 인솔에 대한 부탁을 마무리하는 중이다.

"저하께서 금과정 출신의 서른세 명을 모두 데려가실 수 없으니 동궁에 배속되도록 조치하라 하셨네. 기존의 시위들이 배척하는 일 없이 서로 조화를 이루도록 자네가 잘 일러두었으면 해."

"알겠습니다."

장의가 공손히 머리를 숙였다. 정상적이지 않은 명령 체계였지만, 깊이 신뢰하는 사람이 아니면 곁에 두길 꺼려하는 세자의 고집에 익숙해진 그는 기꺼이 린을 상관처럼 섬겼다. 그를 바라보는 린의 얼굴에 미안한 기색이 어렸다.

"출발하기 전까지 일을 시켜서 미안하네. 이들의 편제를 마치면 집에 돌아가 가족들을 만나 쉬도록 하게."

"저는 괜찮습니다. 오히려 수정후께서 그동안 쉬실 틈이 너무 없었습니다."

위로하던 상대가 안쓰러운 시선으로 마주 보자 린이 설핏 웃었다. 그들은 사흘 후면 세자를 호종하여 대도로 출발한다. 이번엔 이전의 입조처럼 짤막한 여정이 아니다. 황제의 외손자지만 부용국의 왕세자이기에 원은 오랜 시간 동안 대도에 인질로 머물러야 한다. 대도에서 꾸준히 교육을 시켜 훗날 제국의 입맛에 맞는 왕으로 키우려는 원나라 조정의 의도에 따른 본격적인 입조였다. 그러니 세자와 동행하는 이들은 가족들과의 오랜 이별을 각오하지 않으면 안 된다. 그래서 출발하기 전, 원은 모든 수행인들에게 충분한 휴가를 주고 지인들과 석별지정을 나누도록 배려했다. 거기서 예외적인 사람이 하나 있었으니 바로 린이었다.

지난번 입조에서 원이 돌아오고부터 린은 매우 바빴다. 원이 젊은 선비들을 만나 꾸준히 자기 사람을 만드는 동안, 세자의 이름으로 민간의 탄원을 해결하고 구휼하는 일은 모두 린의 차지였던 것이다. 그는 몇 달 동안 집에도 거의 들어가지 못하고 밖에서 살다시피 했다. 아주 작은 여유가 생기더라도 세자의 명령으로 금과정에서 대기해야 했다. 그가 어디에 있는지,

또 무엇을 하는지 원은 시시콜콜하게 보고를 받으며 자신이 지정한 행동반경을 린이 벗어나지 못하도록 잔뜩 조였다. 그리고 며칠 전에 이르러 갑자기 이번 입조에 린을 독노화로 데려가겠다고 통보했다.

'이번에 가면 몇 년 동안 떨어져 있을지도 모르는데 그럴 순 없지! 린은 나와 한 몸이나 다름없는데 어떻게 두고 가겠는가?'

세자의 말을, 린의 가족들은 안타까워하면서도 지극히 자연스레 받아들였다. 린 자신도 마찬가지였다. 언젠가 원이 정식으로 입조하면 그 역시 따라가리라 오래전부터 결심했던 바였다. 바늘 가는 데 실 간다고, 원이 가면 린 또한 갈 거라고 모두 생각하고 있었던 것이다. 그러나 통보가 워낙 갑작스러웠고, 또 린이 너무 바빴기에 가족들은 무척 당황했다. 자칫하면 출행 전에 보지도 못하겠다는 위기감이 든 것이다. 언제 집에 들를 수 있느냐는 어머니의 독촉에 린은 곧 간다는 전언만 되풀이하고 있었다. 그 사정을 알고 있는 장의가 딱한 마음을 드러낸 것이다.

"이곳 일도 끝났으니 이제 댁에 가 보셔야지 않습니까. 이제 사흘밖에 남지 않았습니다."

"그럴 생각이네."

"그럼 지금 가시지요. 좀 전에도 서원후 댁에서 사람이 온 것 같던데……."

"자네들이 떠나는 걸 보고 가도록 하지."

장의가 찜찜한 입맛을 다셨다. 그에게는 금과정의 장정들을 인솔하는 일 외에도 남은 임무가 하나 더 있었다. 바로 수정후 린이 모든 일을 끝마치고 집으로 돌아가는 것을 확인하는 것으로, 그것은 세자의 명이었다.

'저하께서는 왜 수정후의 행보에 지나치리만큼 집착하시는 걸까? 이건 마치 서방을 의심하는 처와 같지 않은가.'

린에 대한 세자의 각별한 총애를 장의는 잘 알고 있었다. 그러나 최근의 세자는 그의 고개를 때때로 갸웃하게 만들었다. 스스로가 분방한 만큼 다른 이에게 관대하여 좀처럼 얽매려 들지 않는 세자였다. 특히 린에게는 더욱 그랬던 세자였는데, 확실히 이상했다.

'수정후가 의심 살 만한 일을 했던 것일까? 저하의 뜻에 반하는?'

먼 곳을 응시하는 린의 옆얼굴을 훑어보던 장의는 혼자 고개를 저었다.

'말도 안 된다. 수정후보다 저하께 충실한 자는 다시없는 것을.'

세자를 모신 만큼 린을 보아 온 기간이 오래된 장의는 눈앞의 단정한 소년이 어떤 사람인지도 잘 알고 있었다. 좀 과하다싶을 정도로 결백하고 곧은 사람이다. 아직 10대 소년이었지만무인인 그에게 경외심을 불러일으켰다.

'굳이 이분의 뒤를 쫓아 확인할 이유가 있겠는가?'

장의가 세자의 명령을 어물쩍 넘기고 물러나려는데, 활짝 열린 솟을대문 앞에 중년 사내 하나가 말을 멈추고 내렸다. 구정을 가로질러 린에게로 헐레벌떡 달려온 사내는 큼직한 콧구멍이 하늘로 솟은 것이 퍽 인상적이었다.

"나리!"

큰 목소리로 린을 부르며 그 앞에 선 사내가 장의를 발견하고 눈치를 할끗할끗 보았다. 금과정에 자주 드나들었던 장의의 눈에 설지 않은 사내였다. 장의는 곧 사내를 기억해 냈다. 온몸이 난자당해 성한 곳이 없었던 그 사내는, 린이 시전에서 우연히 구출해 금과정 의생들에게 치료받게 했던 자였다. 완쾌가 되었는지 나이를 꽤 먹었는데도 팔팔해 보였다. 이 사내도 금과정의 장정 중 하나라면 거두어야 할 터. 장의가 사내를 가리키며 린에게 물었다.

"이자도 궁으로 데려갈까요?"

화들짝 놀란 개원이가 장의를 피해 린의 옆으로 돌아 몸을 오그렸다.

"아니, 이자는 여기 사람이 아니야. 내게 볼일이 있어 온 사람이니 자네는 괘념치 말고 그만 가 보게."

조금 얼떨떨한 표정으로 개원이를 보던 린이 장의를 가로막았다. 장의가 보아하니 왕콧구멍의 등장은 린에게도 뜻밖이었던 듯하다. 그렇다고 당황한 기색을 보일 수정후가 아닌데. 고개를 살짝 갸웃거리며 장의가 불신을 담은 눈으로 덩치에 맞지 않게 옹송그리고 있는 개원이를 째렸다. 그를 안심시키려는 듯 개원이를 가린 린이 은은히 미소했다.

"낭장은 그만 가도록 해. 이자는 금방 돌아갈 테니."

"공께서는……."

"나도 곧 집으로 갈 것이네."

장의는 더 버티지 못하고 물러났다. 수정후가 집에 들어가는 것을 확인해야 하는 임무를 안은 채 그는 장정들을 데리고 금과정을 떠났다. 구정이 완전히 비기가 무섭게 린이 개원이를 돌아보았다. 안 그래도 흰 피부가 얼어붙은 듯 창백했다.

"왜 여기에 왔지? 산에게 좋지 않은 일이 생기기라도?"

"생겼죠! 생기고말고요."

"무슨……."

"나리께서 곧 세자저하를 따라 멀리 가신다면서요? 5년이 될지 10년이 될지, 돌아올 날도 기약하지 못하신다면서요? 이게 일이 아니고 뭡니까!"

"아아."

맥이 풀린 린이 숨을 길게 쉬며 이마를 짚었다.

"그게 다인가?"

"그게 다냐굽쇼? 그거보다 더 큰 일이면 우리 아가씨, 아니, 택주님은 그냥 꼴까닥하란 말씀이십니까? 지금도 앓아누워 정신을 못 차리는데, '그게 다인가?' 나리 말씀은 고게 답니까?"

"산이……, 아파서 누웠다고?"

개원이의 원망 가득한 눈이 린을 흘겼다.

"찾아오지 않으신 지 몇 달이라면서요? 이제나저제나 오매불망 기다리는데, 난데없이 몇 년 동안 대국에 간다는 소식을 들었으니 그 야리야리한 몸으로 버틸 수 있나요, 어디? 그것도 나리께서 직접 와서 곰살갑게 차근차근 말씀해 주신 것도 아니요, 다른 사람 입으로 전해 들었는데 얼마나 속이 쓰렸겠습니까, 네? 나리는 말 한마디 글 한 줄 남길 입도 손도 없었냐고요!"

방자한 대거리에도 불구하고 린은 입속 연한 살만 물었을 뿐 잠자코 개원이의 왈왈거리는 소리를 들었다. 듣고만 있던 린이 이윽고 담담히 물었다.

"내가 대국으로 간다는 말, 누가 산에게 했느냐?"

"세자저하요. 며칠 전에 복전장에 들르셨거든요."

"저하께서⋯⋯. 그렇구나. 먼 길 오느라 수고했다. 이제 가 보거라."

린이 나무에 매어져 있던 말의 고삐를 풀었다. 뾰로통해 있던 개원이가 당황하여 그의 소매를 잡아당겼다.

"아니, 저랑 같이 내려가지 않으시고요?"

"나는 집으로 간다."

"하지만 그럼 우리 아가씨, 아니, 택주님은요? 일어나지도 못하고 끙끙대시는데!"

"얼른 쾌차하길 바란다고⋯⋯, 전해 주렴."

"하, 하지만 나리!"

다급해진 개원이가 말에 올라탄 린을 끌어내릴 듯 붙들었다.

"출행이 사흘 후니 지금 말을 달려 복전장으로 가시면 딱 맞춰 돌아오실 수 있잖아요!"

"그럴 만한 여유가 없다. 산에게⋯⋯, 미안하다고 전해 다오."

"나리, 나리! 나리께서 아직 젊어서 잘 모르시나 본데요, 여자 마음이란 게 그렇게 굳세지 못하거든요? 10년이고 한 달이고 간에 좀 생겼다 싶은 사내가 옆에서 잘해 주면 그냥 홀딱 넘어갈 수도 있는 거거든요? 그렇게 천하태평이면 평생 여자 맘 못 잡습니다, 네! 서홍후 나리는 벌써 여러 번 오셨었거든요."

"형님이……. 그렇군."

씁쓸하니 입속 살을 잘근잘근 씹으며 린이 말을 몰았다. 황급히 말에 올라 그를 바싹 따라가며 개원이가 안달하여 졸랐다.

"가시는 거죠? 지금 저랑 가시는 거죠, 나리?"

"아니다."

묵직하니 딱 자르며 뚜벅뚜벅 말을 걸리는 린의 뒤에서 개원이가 우뚝 멈췄다. 이런 제기랄! 욕이 그의 입 안에서 맴돌았다.

'송화 년한테 꼬집혀 죽겠군!'

산이 앓아누웠다는 말은 사실이 아니었다. 충격을 받고 낙담하여 썩 좋은 상태는 아니었지만 개원이의 말은 분명 과장되었다. 린을 데려오기 위해 송화가 일러 준 계책이었는데, 보기 좋게 빗나가자 개원이는 힘이 쭉 빠졌다. 허풍까지 쳤는데도 도통 넘어오지 않는 린에게 그는 질려 버렸다.

'어쩌면 인간이 저렇게 무심할 수 있담!'

그에게도 가슴 뜨거운 젊은 시절이 있었던 만큼 린의 평상심과 냉정함이 도통 이해가 가질 않았다. 솔직히 시전에서 구출되어 간신히 살아난 직후만 해도, 그에게 린의 흔들리지 않는 냉정성은 존경의 대상이었다. 언젠가는 목숨 값을 갚으리라 다짐하며 린이 요구하지도 않은 충성심을 남몰래 키우기까지

했다. 그런데 난자당했던 몸을 회복한 뒤 염복이를 만나러 복전장에 가 그곳에서 산의 권유로 땅을 파며 눌러앉으면서, 그의 충심이 린에서 산으로 옮아갔다. 그녀 때문에 죽을 고비도 넘겼지만, 사납고 안하무인인 줄만 알았던 건방진 소녀가 알고 보니 수더분하고 천진하며 귀엽기 짝이 없어 썩 마음에 들었던 것이다. 신분의 장벽을 무시하고 천한 그들을 허물없이 대하는 그녀의 너그러움에 철동 불주먹은 감복해 버렸다. 그녀와 린이 연인이라는 염복이의 귀띔에 제가 좋아 덩실거렸던 그는, 린의 침착한 태도가 좋아하는 여자에게도 그대로 적용된다는 점을 기이하게 여겼다.

'어쩔 수 없지. 데려가긴 글렀으니 심부름이라도 제대로 하는 수밖에.'

개원이가 린을 지나쳐 말 머리를 꺾자 가로막힌 린의 말이 히힝, 앞다리를 치켜들며 멈췄다. 린이 뚝뚝하니 말했다.

"나는 못 간다고 했다."

"아이고, 됐습니다! 나리께서 어떤 분인지 잘 알았으니까요. 저도 낫살이나 먹어서 젖먹이처럼 보채고 싶지는 않거든요! 실은 이걸 전해 드리러 온 거라고요."

개원이가 품에서 네모나게 접은 작은 비단 꾸러미를 꺼내 린에게 건넸다.

"나리께서 대국으로 떠나신다는 말씀 듣고 없는 솜씨에 직접 만드셨답니다! 그분, 바느질에 영 젬병인 거 아시죠? 뭔지 몰라도 송화 말로는 그것 때문에 밤까지 새우셨답니다."

"고맙다."

린이 별다른 표정 변화 없이 꾸러미를 받아 들고 말을 재촉했다. 막았던 길을 터 그를 보내고 왔던 길을 되짚어 떠나는 개원이가 씨부렁씨부렁 혼잣말로 뇌까렸다.

"풀어 보지도 않냐! 이건 뭐, 아프대도 시큰둥이, 밤새웠대도 시큰둥이, 굴우물에 돌 넣는 꼴이지. 송화 년이 와서 네굽지랄을 해도 못 끌고 가겠네! 제기랄!"

개원이의 옹잘대는 소리가 멀어지다 완전히 사라지자 린은 묵혀 두었던 한숨을 내쉬었다. 마음 같아서는 당장에라도 복전장으로 달려가고 싶었다. 그러나 그럴 수는 없는 일이다. 단지 일정이 너무 빠듯하고 출발 전 종친들에게 두루 인사를 올려야 하는 의무가 남았기 때문만은 아니었다. 귀국한 원이 그를 만나자마자 산과 형의 혼담을 저지한 배경을 말해 준 후로 린의 마음속 갈등이 깊어졌다.

'황명을 받들어 종실 간의 혼인은 기필코 막을 것이다. 이건 전에게만 해당되는 것이 아니야, 린.'

단호하게 말을 맺은 원에게 그는 차마 산을 사랑하게 되었다고 털어놓을 수가 없었다. 세자가 세운 원칙을 그가 깰 수는 없는 노릇이다. 단이 공녀로 뽑혀 갈 때와 마찬가지로 그는 원에게 어떤 부담도 주고 싶지 않았다. 원은 분명 벗을 위해 외조부의 명에 불복하고 자신의 원칙에 예외를 둘 것이다! 그리고 그것은 세자에게 필시 정치적인 부담이 될 것이다.

'나는 저하의 벗이자 신하다. 그리고 그건 산도 마찬가지. 우

리의 책무는 저하를 돕는 것이지 사사로운 감정으로 해를 끼치는 것이 아니다.'

린은 산과 혼인하여 부부로 사는 미래를 미련 없이 포기했다. 그럼에도 그녀를 사랑하는 마음까지 포기할 수는 없었다. 혼인의 가능성과는 별개로 그의 삶에 왕산이라는 존재가 너무 크고 깊숙이 박혀 도저히 지워 버릴 수 없게 된 까닭이다.

'산이 왕실의 보호 아래 평생 혼인을 할 수 없다면 나 역시 그러면 되는 것이다. 산과 혼인할 수 없다면 누구와도 혼인하지 않겠다.'

결심은 확고히 섰지만 린은 감히 산에게 그 결심을 알리지 못했다. 그녀의 기대를 충족시켜 줄 수 없는 사내가 무슨 면목으로 그 앞에 설 수 있단 말인가? 그렇다고 예전처럼 벗으로 돌아가기엔 너무 많이 와 버렸다. 연인으로서도 벗으로서도, 린은 그녀 앞에 눈을 똑바로 들고 서 있을 자신이 없었다. 보면 만지고 싶을 것 같고, 만지면 껴안고 싶을 것 같고, 껴안으면 그다음을 주체 못 할 것 같았다. 그다음엔? 남는 것은 그의 일방적인 욕심뿐 그녀에게 해 줄 수 있는 것이 없다.

결국 린은 원과 만난 후로 산을 찾아가지 못했다. 곧 바쁜 일과에 파묻혀 잠시의 짬도 나지 않게 되자 그는 오히려 다행스럽게 여겼다. 조금이라도 여유가 있으면 그 틈을 비집고 그녀를 보고 싶은 충동에 시달리기 때문이다. 그래서 린은 더욱 일에 몰두하여 잠까지 줄여 몸을 혹사했다.

그래도 견딜 수 없는 지경에 이르면 미친 듯이 말을 몰아 서강西江*까지 한달음에 갔다. 언젠가 장삿배들과 시끌벅적한 포구가 보고 싶다던 산을 데리고 갔던 곳이다. 포구가 내려다보이는 언덕에 앉아 모여든 많은 배들, 지방에서 올라온 조운선漕運船과 외국의 큰 장삿배들을 하염없이 바라보며 열에 들뜬 가슴을 식혔다. 그러다 해가 넘어가 불타오르는 강가에 불빛이 하나둘 떠오르기 시작하면 유백색 뺨을 주홍색으로 물들이던 그녀의 얼굴이 생각나, 린은 피가 나도록 입속 살을 짓이겨 씹어 댔다. 그렇게 몇 달을 보내다 원나라에 갈 독노화로 선택되자 그는 일종의 안도감마저 느꼈다. 오랫동안 보지 못하면 붉은 용암이 칙칙한 돌로 굳어 가듯 그들의 열정이 조금씩 식을 수 있지 않을까? 그러다 먼 훗날 다시 보게 되면 예사로운 친구로 서로를 대할 수 있지 않을까?

'날 욕해, 산. 미워하고 원망해. 용서하지 마.'

그는 손에 든 비단 꾸러미를 꽉 움켜쥐었다. 신열에 들떠 고통스러워하는 그녀가 머릿속에 어른거려 그는 고개를 세게 털었다. 말이 어느새 그의 집에 다다라 있었다. 겉으로는 태연해 보여도 마음이 청명하지 못했던 린은, 장의가 뒤따라와 그가 안으로 들어가는 것을 확인한 후 돌아가는 것을 눈치 채지 못했다.

"너란 사람은 정말, 어쩌면 이렇게 무심할 수 있느냐."

집에 들어선 그를 보자마자 어머니 황보씨가 푸념에 가까운

---

* 예성강.

말을 던졌다.

"이제야 집에 들어오다니, 낼모레면 떠날 자식이 부모에게 어찌 이럴 수 있어."

"죄송합니다, 어머님."

린은 별다른 변명을 둘러대지 않고 꾸밈없이 사죄했다. 아들의 담백한 태도에 더 꾸짖을 의욕을 잃은 황보씨가 쯧쯧, 가볍게 혀를 찼다.

"아버지와 나를 못 보는 것은 둘째 치고, 궁주님이나 세자비께서 여러 번 부르셨는데 응하지 않다니 무례가 지나치지 않느냐. 오늘은 제안공께서 여러 종친들과 함께 조촐히 송별연을 열어 주신다 하니 빠지지 말고, 내일 궁에 가자꾸나."

황보씨는 손을 내밀어 묵묵히 고개를 숙인 아들의 뺨을 어루만졌다. 아직 매끄럽고 보송보송한 피부가 곧 스물이 될 사내 같지 않았다. 몇 년 후에 돌아오면 완전히 다른 사람이 되어 있겠지! 가슴이 미어지는 것 같았다.

그녀는 이 셋째 아들에게 늘 미안한 마음이 있었다. 고집이 무척 세었지만 성격이 비교적 온화하며 예의가 발라 크게 걱정을 끼치지 않았기에 그다지 신경을 쓰지 않았던 아들이다. 예전부터 줄곧, 활달하고 명랑하면서도 불안한 둘째가 그녀의 가슴을 온통 차지했었다. 이번에 둘째가 아닌 셋째가 독노화로 가게 되어 그녀는 안타깝고 슬픈 한편으로 안도했다. 셋째는 먼 타향에 가 있어도 왠지 무탈하겠거니 믿음직스러운 반면 둘째는 늘 물가에 내놓은 아이처럼 위태위태했던 것이다. 이제껏 세심히 보살펴 주지 못한 죄책감에 형 대신 갔으면 은근히 바랐던 미안함까지 겹쳐, 린을 쓰다듬는 황보씨의 손끝이 떨렸다.

"짐은 모두 꾸려 두었다. 남은 며칠이 제일 바쁠 테니 다른 일은 어미에게 맡겨."

"예."

"네 형이 들어오면 함께 본채로 오너라."

"형님이, 어디 나갔습니까?"

"그런 모양이다. 아까도 찾아봤더니 없고……. 오늘 저녁은 무슨 일이 있어도 집에 있으라고 했으니 또 현애택주를 찾아간 건 아닐 테고."

황보씨가 고개를 흔들었다. 그녀의 억양에서 산에 대한 불만을 읽은 린이 뜨끔했다.

"형님이……, 택주와 무슨 일이라도?"

"일은 무슨! 저 혼자 부끄러움도 모르고 쫓아다니는 거지. 성상께서 파혼을 명하셨는데도 단념을 못 하니, 이럴 줄 알았으면 저하께서 환국하시기 전에 빨리 혼례를 올릴걸 그랬다. 그 아비가 걸려 미적미적하는 바람에."

"저하께 누를 끼치는 일입니다, 어머님."

린이 언짢은 심기를 누르고 나직이 말했다. 잔잔했던 가슴이 분노로 일렁였다. 이 분노가 형을 향한 것임을 깨달았지만, 정작 왕전이 세자의 명령을 무시해서 화가 난 것인지, 아니면 산을 집적거려 화가 난 것인지 구별하기 힘들었다.

"택주가 워낙 미색이 출중하니 그에 홀딱 넘어갔겠지. 하나 그

택주, 솜씨가 영 거칠고 아랫것들과 함부로 어울린다던데……."

"사람마다 재주가 다른 것입니다. 또한 소박하고 너그러워 아랫사람들이 잘 따르는 것이 허물이 될 수 없습니다."

못마땅한 기색이 확연한 어머니의 말에 린이 저도 모르게 발끈했다. 어머니가 눈을 동그랗게 키우자 그는 아차 싶어 입을 다물었다.

"택주에 대해 너도 아느냐?"

"……아닙니다. 듣기에 그렇다는 말씀입니다."

"전이 택주를 마음에 들어 할 만하단 말이지? 네 형에게 어울릴 사람이라고 보느냐, 린아?"

"어울리고 말고 하는 문제가 아닙니다. 형님과 택주는 같은 종실의 일원으로 결코 맺어져서는 안 됩니다. 저하의 뜻이고 성상의 뜻이며 황제폐하의 뜻입니다."

씹어뱉듯이 말을 맺은 린이 성큼 자신의 방으로 향했다. 누가 뭐라니? 동그란 눈으로 어깨를 으쓱해 보인 그의 어머니가 멍하니 섰다가 연회 준비에 분주한 노비들을 불러 세워 점검하기 시작했다.

방에 들어온 린은 입은 옷 그대로 침상에 털썩 드러누웠다. 형의 이야기가 나오면서 그는 감정을 조절하기가 힘들었다. 그의 형과 산이 결코 맺어져서는 안 되는 것처럼 자신과 산도 결코 맺어질 수 없다는 것을 어머니 앞에서 확인한 셈이었다. 그러지 않아도 뻔뻔스레 산을 찾아다니는 형에게 질투를 느끼고 당황스럽던 참이었는데, 어머니의 물음이 그의 자제력을 통째로 뒤흔들었다.

'나는 그녀를 입에 담을 자격도 없는 놈인데!'

형이 자신보다 훨씬 용기 있는 사람일지도 몰랐다. 그는 그녀 앞에 서는 것이 두려워 한 발짝도 움직이지 못하지만, 형은 가족과 세간의 곱지 않은 시선에도 꿋꿋하니 의지를 관철하려 나름대로 애쓰는 중인 것이다.

"넌 세상에 둘도 없는 멍청이다, 왕린!"

소리 내어 자신을 꾸짖는 그의 손에서 매끄러운 무언가가 비틀려 손가락 사이를 간질였다. 린은 잊고 있었던 비단 꾸러미를 들어 올려 보았다. 부스스 자리에서 일어나 꾸러미의 묶인 끈을 천천히 풀자 도톰하고 길쭉한 사각 천이 싸고 있었던 담자색 주머니가 드러났다. 향낭으로 쓸 만한 작은 주머니는 그다지 엉성해 보이진 않았다. 주머니에는 은사銀絲로 수까지 놓여 있었다. 린, 그리고 산. 그들의 이름을 나란히 새긴 앙증맞은 주머니였다.

주머니를 조심스레 끄른 그는 잘라 낸 머리칼 몇 가닥을 꺼냈다. 얇은 비단 끈으로 묶어 놓은 머리칼은 가늘고 매끄러워 미세하게 닿은 손길에도 부드럽게 흔들렸다. 머리칼을 비벼 보는 손가락으로 전율이 흘렀다. 마치 그녀의 길고 섬세한 머리칼에 손을 넣은 것 같았다. 보고 싶다. 울컥하니 치밀어 오르는 열망이 이미 흔들리고 있는 린을 감정의 격랑 속으로 밀어붙였다. 어딘가에서 그녀의 향기가 흘러나오는 듯한 착각에 그는 머리칼을 코에 대고 냄새를 맡았다. 코끝에서 찡하니 살아나는 난향을 맡을 수 있었다. 향기가 점점 짙어져 그의 감각을 엉클어뜨리고 혼란스럽게 했다.

가슴이 저릿하니 아려 오다가, 아랫배 깊숙이에서 뜨거운 덩어리가 꿈틀꿈틀 밀고 올라오기 시작했다. 미약에 취한 것처럼, 작게 시작된 덩어리는 그의 속을 날름날름 파먹으며 팽창하여 온몸을 꽉 채웠다. 더 이상 뻗쳐 나갈 수 없는 불덩이가 한계에 이르러 폭발하듯 용틀임하여 린을 벌떡 일으켜 세웠다. 몸뚱이 속속들이 번져 가는 열기를 누르지 못하고 그는 방을 뛰쳐나가 뜰을 가로질러 달려갔다. 매 두었던 말을 풀어 올라타고 힘껏 배를 걷어차는 린을 보고 노비에게 이것저것 세밀히 지시를 내리던 그의 어머니가 대경실색하여 쫓아왔다.

"애야, 린아! 어딜 가니? 이제 곧 연회가…….”

"죄송합니다, 어머님. 내일 저녁까지 돌아오겠습니다.”

"말도 안 된다! 연회는? 궁에는!”

황보씨는 크게 걱정을 끼치는 편이 아니었던 모범적인 셋째 아들이 바람처럼 말을 몰고 사라지는 것을 아연히 바라보았다.

"이번에는 앙감질로 저 나무까지 갔다가 돌아오기로 하자!”

"와!”

아이들이 소리를 지르며 저마다 외다리로 껑충껑충 뛰기 시작했다. 놀이를 제안한 산이 제일 늦게 출발하여 거추장스러운 치마를 양 옆구리에 끼고 낑낑대며 뛰었다.

"얘들아, '시작!' 하면 뛰어야지 그냥 막 뛰는 게 어디 있니!"

아이들의 꽥꽥거리는 소리에 지지 않고 목청을 높이며 뛰는 산이 어린애들이라고 봐주지 않고 전력을 다해 뜀박질을 했다. 추월당하는 게 두려운 한 아이가 이내 앙감질을 포기하고 두 다리로 냅다 뛰었다. 한 녀석이 그러니 다른 아이에게도 차례차례 전염되어 목표로 정한 나무에 가까워지면서 산을 제외한 모두가 두 다리로 멀쩡히 뛰었다.

"이런 법은 없어! 규칙을 지키지 않으면 지는 거야. 너희들 모두 나한테 졌으니까 오늘 배운 거 다섯 번씩 읽어!"

"으아, 너무해요!"

"두 번으로 해요!"

"한 번!"

아이들이 발을 동동 구르며 야단법석을 떨었지만 산은 냉혹하게 고개를 저어 아이들의 희망을 짓밟았다. 온갖 투정과 불평과 애원이 난무하는 가운데, 똘똘하니 생긴 아이 하나가 손을 번쩍 치켜들었다.

"한 번만 더 해서 이긴 사람은 안 읽어도 되기!"

아이의 제안에 나머지가 좋다고 아우성을 쳤다. 목에 핏줄이 솟아나도록 고함을 지르는 아이들의 소리에 귀가 아픈 산이 한발 양보했다.

"한 사람뿐이야! 알았지?"

"댁주님은 하면 안 돼요! 우리 중에서만 상을 받아야지!"

"좋아! 그럼 이번엔 확실히 한쪽 다리로만 뛰는 거야. 저 나무까지 갔다가 여기 이 나무로 돌아오는 거다. 시작!"

"와아!"

아이들이 또 일제히 고함을 지르며 뜀박질을 했다. 산은 아직 완전히 가라앉지 않은 숨을 헐떡이며 뛰어가는 아이들을 바라보았다.

"흥. 기분이 한결 나아 보이시네요, 택주님."

어느새 다가왔는지 불쑥 얼굴을 들이민 송화 때문에 산이 흠칫했다. 그녀를 이쪽저쪽 훑어본 송화는 괜히 걱정했다는 듯 분한 표정을 지었다.

"점심때만 해도 얼굴에 핏기 한 톨 없이 창백해져선 입맛도 없고 가슴도 답답하다기에 쓰러져 계실 줄 알았더니, 애들이랑 어울려 뛰어놀 기운은 남았나 봅니다? 아니면 이젠 마음을 비우신 거예요?"

"비우긴 뭘. 더워서 점심 한 끼 안 먹고 속 비운 거 말이야? 아무렇지도 않아!"

샐쭉하니 턱을 비스듬히 치켜들고 팔짱을 끼는 산을 보고 송화가 콧방귀를 뀌었다.

"아하, 그러세요? 난 또, 누굴 기다리느라 애들이랑 밖에서 서성이는 줄 알았죠."

"누굴 기다린다고 그래? 글만 읽으면 애들이 힘들어하니까 한바탕 뛰게 해 준 것뿐인데."

"개원이가 돌아오려면 새벽은 되어야 할걸요. 애들이랑 없는 힘 더 빼지 말고 그냥 들어갑시다."

"개원이? 개원이가 어딜 갔는지도 모르는데 내가 왜 기다려?"

산이 정곡을 찔린 듯 펄쩍 뛰었다. 그녀의 속을 거울에 비추듯 훤히 들여다보는 송화가 음흉스레 씩 웃었다.

"나리가 개원이랑 같이 올지도 모르니 여기서 이러지 말고 얼른 들어가 단장합시다, 네?"

"나, 난 린이 오든 말든 상관없어! 이젠 보고 싶지도 않다고!"

앵돌아져 산이 고개를 홱 틀었다. 송화가 피식 코웃음으로 불신을 드러냈다.

"완전히 비우셨네. 해탈하셨구먼요? 득도하셨어요."

"정말이라니까! 날 보러 오지도 않는 사람을 내가 왜 보고 싶어 해?"

"그런데 얼굴이 왜 느끄름하니 잔뜩 그늘졌어요? 개원이 편으로 보낸 정표로는 나리가 오지 않을 것 같아서요?"

산의 시선이 아래로 툭 떨어졌다. 얇은 눈꺼풀 끝에 가지런히 매달린 기다란 속눈썹이 가늘게 떨렸다. 그녀의 손이 가지에 풍성히 늘어진 나뭇잎들을 훑어 하나둘 떨어뜨렸다.

"그건 대도에서 조금이라도 날 기억해 달라는 뜻으로 준 거야. 원한테 온 정성을 쏟느라 내 생각 따윈 하지도 않을 테니 그거라도 없으면 아예 잊어버릴까 봐! 하지만 언젠가는 잊어버리겠지. 린은 결코 날 찾아오지 않을 테니까."

"왜요? 왜 그렇게 생각하시는 거예요?"

산의 목소리에서 묻어나는 짙은 슬픔을 간파하고 놀림조였던 송화의 목소리도 진지해졌다.

"원이 종친 간의 혼인을 금지했으니 린은 곧이곧대로 그걸 따를 거야. 누구보다도 원에게 충실한 사람이니까. 원이 먼저 금혼을 풀지 않는 이상 린이 날 보러 오는 일은 이제 없는 거야. 원에게 나와 혼인하고 싶다고 먼저 말할 사람이 아니거든."

"그럼 택주님이 세자저하께 말씀드리면?"

"그건 린의 의지를 내 맘대로 꺾어 버리는 일이잖아. 린이 할 수 없다면 나도 할 수 없는 거야."

"하지만 나리는 택주님을 아주 깊이 사랑하는 것 같던데."

"원의 명령을 어길 정도로 깊이는 아닌 모양이지. 어쩌면 처음부터 날 그다지 좋아하지 않았는지도 몰라. 내가 너무 불쌍해 보여서 좋아하는 척해 준 걸지도……."

"껴안고 입 맞추는 게 좋아하는 '척'해서라고요?"

"송화!"

삽시간에 목까지 새빨개진 산이 큰 소리로 외쳤다. 들은 체 만 체 송화가 조금도 부끄럽거나 민망한 기색 없이 꿋꿋이 말을 이었다.

"그 나리 성격에 진짜 좋아하지도 않는데 그럴 위인은 아니라고 보는데요? 좋아하는 척하는 거면 시늉만 살짝 해야지, 입술 껍질이 부르터 벗겨지도록 입 맞출 순 없는 거잖아요."

"정말이지, 송화 너……!"

산이 손을 들어 직접 송화의 나불대는 입을 틀어막으려는데, 놀이를 제안했던 아이가 숨이 넘어가도록 뛰어와 그녀의 치마에 작은 몸뚱이를 폭 파묻었다. 아이의 뒤를 따라 다른 아이들도 잇따라 도착하여 여기저기에 널브러졌다. 기진맥진하여 눈이 풀린 아이들과 달리 처음 도착한 녀석의 눈이 또랑또랑 빛났다.

"일등! 제가 일등이에요, 택주님!"

"그래, 향이가 일등이야."

아이는 가만히 안아 주는 산의 얼굴이 유난히 붉은 것을 보고 갸웃했다.

"택주님은 왜 빨개졌어요? 뛴 건 우리들인데."

"아무것도 아냐."

"어른들끼리 하는 얘기가 있거든. 그 얘길 하다 보면 가끔 빨개질 때가 있지."

천연스레 끼어드는 송화를 산이 설핏 흘겼다. 꼬마 향이의 고개가 또 갸웃했다.

"어른이라고요? 택주님은 작년에만도 형아였는데."

"향이, 멍청이! 형아가 아니고 아가씨였지."

옆에서 뒹굴고 있던 다른 아이가 나서자 멍청이 소리를 들은 향이가 발칵 성을 냈다.

"아가씨라고도 했지만 형아라고도 불렀단 말이야!"

"아가씨는 여자고 형아는 남자잖아. 택주님은 여자고. 그러니까 아가씨였지, 이 멍청아!"

"친구들끼리 나쁜 말 하면 안 돼."

올망졸망한 눈들을 부라리며 서로 쏘아보는 아이들 사이에서 산이 단호하게 말했다.

"멍청이란 말, 앞으로 하지 마, 난실아. 이 정도에 쓸 말이 아니야. 진짜 멍청이는 따로 있거든……."

"자, 자!"

송화가 널브러진 아이들을 일으켜 세운 뒤 손뼉을 딱딱 치며 모두의 눈길을 끌었다.

"잠깐 형아이기도 했던 아가씨는 이제 댁주님이면서 어른이야. 댁주님은 어른으로서 해야 할 과제가 있으니까, 너희들도 이제 돌아가서 너희 과제를 해. 알았지?"

"무슨 과젠데요?"

"어른이 되면 알게 되는 그런 과제야. 아까 얼굴이 빨개지는 거랑 비슷한 거지."

호기심이 동동 뜬 눈으로 자신을 쳐다보는 향이의 이마를 송화가 손가락으로 톡 튕겼다. 아이들을 쫓아 버릴 좋은 방법을 알고 있는 송화의 목소리가 높이 올라갔다.

"제일 먼저 집에 돌아가는 사람이 누군지 볼까? 이번엔 두 다리로 뛰는 거야. 시작!"

"와아!"

아이들이 언제 지쳤냐는 듯이 기운차게 달려갔다. 가느다란 팔다리를 열심히 휘젓는 아이들이 점처럼 작아지자 송화가 산을 돌아보았다.

"가자고요, 과제하러."

"무, 무슨 과제!"

아직 달아오른 볼이 식지 않은 산은 말을 더듬을 정도로 당황했다. 그런 그녀를 보며 이상하다는 듯 송화가 눈을 끔쩍였다.

"두루마기 짓는 거, 다 안 끝냈잖아요. 초당에 가 보니 엊그제 해 놓은 그대로던데요? 빨리 완성하겠다며 성화하던 사람이 누군데, 뭘 생각하시고 아직까지 낯을 붉혀요?"

산이 앞장서서 걸어가는 송화의 등을 노려보며 입술을 깨물었다. 그녀를 들었다 놨다 마구 휘둘러 대는 송화에게 당해 낼 재간이 없었다. 척척 씩씩하게 걸어 송화를 앞지른 그녀는, 송화가 다시 옆에 달라붙자 시선을 곧게 앞에 두고 입을 앙다물었다. 송화의 쏘삭거리는 꾐에 넘어가지 않을 작정인 것이다. 그러거나 말거나 송화는 뱉고 싶은 말을 가둬 놓지 않고 입을 열었다.

"껴안고 입 맞추는 걸로 좋아하는지 아닌지 믿음이 가지 않으면 달리 방법을 써야죠."

"……."

"가르쳐 드려요?"

"……."

"전에 말씀드린 적도 있는데."

"……."

"잊어버리셨을라나? 제가 제 남편 방에 들어간 날 말이죠……."

"송화!"

"댁주님은 같은 방에 있기만 해도 될걸요. 사내라는 게, 좋아하는 여자를 두고 한방에서 달리 할 수 있는 일이 없으니까."

"린은 그런 사내가 아냐."

"예전에도 그렇게 말씀하셨죠. 하지만 나리도 역시 사내라는 걸 알게 됐잖아요."

"그런 건 있을 수도 없어. 왜냐면……."

산이 우뚝 멈춰 원망스레 송화를 보았다.

"……사흘 후에 린은 떠나. 그리고 몇 달 전에 이미 날 떠났어."

"나리는 와요."

송화가 다정하니 산의 손을 잡아끌고 계속 걸었다.

"오지 않고는 못 배겨요. 개원이에게 나리를 끌고 올 계책을 알려 줬으니까."

"오지……, 않으면?"

"와요, 와! 그러니 가서 창포탕에 정갈히 씻은 뒤 꽃단장하고 기다립시다. 초당에 새 이불도 넣어 놨고 쥐새끼 한 마리 얼씬 못 하게 당부도 해 뒀으니."

"정말 무슨 말을 하는 거야, 자꾸?"

화끈거리는 얼굴을 손으로 부채질하며 산이 따지듯 물었다. 굳이 대답이 듣고 싶어 한 질문이 아니었지만 송화가 진지한 낯으로 타이르듯 풀어 얘기했다.

"어려서 어머님을 잃고 이런 얘기 해 줄 사람이 택주님껜 아무도 없으니 제가 하지요. 여인과 사내는 몸도 마음도 많이 달라서, 서로 좋아하더라도 드러내는 방식이 아주 딴판이에요.

여인은 몸이 열리려면 시간이 걸리는데 사내는 전혀 그렇지 않거든요. 물론 나리가 여자를 좀 겪어 봤다면 괜찮겠지만."

"그럴 리가 없어!"

이를 악물고 산이 으르렁거렸다. 알았다는 듯 송화가 머리를 주억거려 주었다.

"그 나이 사내들은 서툴고 제 욕심 채우느라 바빠요. 처음이면 말할 것도 없죠. 완전히 넋이 나가 버리거든요. 그러니 처음엔 놀랍고 두렵고 무섭고 아플 수도 있어요. 그럴수록 몸의 힘을 빼고 그냥 맡겨요. 그래야 덜 다치지."

"다쳐? 너, 너도 그랬어?"

송화의 입을 막으려던 걸 잊고 그녀의 얘기에 빨려 들어간 산의 커다란 검은 눈에 두려움이 스쳤다. 순진한 소녀의 겁먹은 얼굴에 송화가 푸근하니 웃었다.

"좋아하는 사람끼리는 괜찮아요. 아프면 아프니 살살 해 달라고 말하면 되죠."

완전히 넋이 나가 버린 사람에게 그런 말이 통할까? 산은 차마 묻지 못했다. 린이 원한다면 물론 그녀는 모든 것을 맡길 것이다. 하지만 문제는 그것이 아니라는 것! 그는 아예 오지 않을지 모른다. 아니, 올 수 없는 상황이다. 이미 너무 늦었다. 두려움에 휘둥그레졌던 산의 눈이 스르르 가라앉았다. 송화는 아랑곳 않고 다짐을 주듯 또박또박 말했다.

"처음에 부끄럽다고 너무 움츠러들거나 밀어내면 안 돼요. 시간도 별로 없으니까. 어차피 보여 줄 거, 너무 가리지 말고 나리가 하자는 대로 고분고분 따르면 돼요. 아니, 나리가 초짜니까 이쪽에서 먼저 나서 주는 것도……."

"다 소용없어. 린은 오지 않으니까."

"왜 또 그래요?"

"네 말대로 시간이 없으니까. 사흘이 남았다고 하지만, 여기에 왔다 가기에도 빠듯한 시간이야. 대도로 가기 전에 만나 뵙고 인사를 여쭐 분들이 한둘이 아닐걸. 오고 싶어도 올 수가 없어. 지금도 연회에 끌려 다니느라 조금도 여유가 없을 거야."

"하지만 제가 개원이에게……."

"공후는 공후대로 지켜야 할 게 있어. 린은 그걸 어기지 않는 사람이야."

송화는 할 말을 잃었다. 린이 올 거라는 확신이 흔들린 것은 아니지만 공후의 세계란 그녀가 모르는 별천지, 산의 말대로 남은 사흘은 온전히 린의 시간이 아닐 수 있다는 불안감이 엄습했다. 그녀의 귀에 들어오는 산의 목소리에 물기가 촉촉이 스며들었다.

"오려면 훨씬 이전에 왔어야 했던 거야. 그러니 그는 정말 날 떠났어……."

모든 얘기가 끝났다는 듯 산이 다시 정면을 응시하며 자박자박 걸어갔다. 그녀의 뒷모습이 애잔해, 씁쓸하니 따라가며 송화가 속으로 중얼거렸다.

'정말 그렇다면 이쪽도 싹 잊어버리고 새 출발 하는 거죠, 뭐. 그런 무정한 인간은 놔두고 우리끼리 재미나게 삽시다!'

산은 본채가 아닌 초당에 들어갔다. 원래 그녀는 본채인 복전장을 좋아하지 않았다. 오래전부터 그녀의 소유긴 했지만 붉은 칠과 금으로 화려하게 장식한 거대한 별장은 그녀의 아버지 영인백의 구미에 맞춰 지은 것이다. 때문에 자하동을 떠나 복전장에 자리를 잡으면서 산은 본채에서 그리 멀리 떨어지지 않은 곳에 아담하고 깔끔한 초당을 마련했다. 작은 방에 침상도 탁자도 없이 왕골로 짠 자리 하나만 바닥에 깔아 놓은 지극히 소박한 거처였으나, 산은 어떤 곳보다도 그녀만의 작은 집을 좋아했다. 뒤편에 펼쳐져 있는 야트막한 언덕들을 천연의 정원으로 삼은 정갈한 집은 꽤 운치가 있었다.

땀 흘린 몸을 씻고 얇은 자리옷으로 갈아입은 산은 구석에 밀어 두었던 미완성의 두루마기를 가져와 바느질을 시작했다. 계절에 맞지 않게 잘*을 안에 댄 갖두루마기였지만 첫 작품치고는 나름대로 훌륭했다.

간간이 펼쳐 보며 이제껏 해 온 작업을 확인하는 그녀의 입가에 뿌듯한 미소가 떠올랐다. 잠들 시간도 훌쩍 넘겨 열중한 바느질이 거의 끝을 보고 있었다. 이제 헝겊 오리로 동정을 달면 그녀가 할 수 있는 일은 끝나게 된다. 송화에게 숱하게 구박받으며 시작했던 옷 짓기가 거의 마무리되어 가니, 한 땀 한 땀 바늘 끝에 정성을 기울이던 산의 가슴이 벅차올랐다. 그러나 이내, 다 만들어도 주지 못하는구나 생각하니 울적했다. 밖에서

---

* 검은담비의 털가죽.

울어 대는 풀벌레 소리가 그녀의 마음을 더욱 심란하게 했다.

"린이 독노화로 가게 되었다. 적어도 5년은 넘게 있지 않을까 싶어."

며칠 전 갑작스레 복전장을 방문한 원이 차를 마시며 대수롭지 않은 어조로 말을 꺼냈다. 그녀의 찻종이 툭 떨어져 퍽 소리를 내며 탁자 위에 뒹굴었다. 왜 그렇게 놀라느냐고 원은 묻지 않았다. 그는 그저 심상하니 차를 마셨다.

"언제?"

망연히 묻는 산에게 짧게 대답하는 목소리가 평온했다.

"이레 후."

"오랫동안 보지 못했는데……. 이젠 정말 오랫동안 보지 못하겠구나. 인사도 없이 가려는 건지……."

몽롱하니 입술만 달싹여 중얼거리는 그녀를 보고 원이 부러 하하 웃었다.

"뭐야, 산! 좀 떨어져 있게 된다고 우리가 서로 잊고 사는 것도 아니잖아. 5년 후든 10년 후든 우리 사이는 변하지 않아. 친구라는 게 그래서 좋은 거잖아. 그리고 린이 가 있는 동안 나 역시 입조해 있는 거야. 날 오랫동안 못 보는 건 서운하지 않니?"

"아, 미안. 그런 게 아냐. 물론 서운하지……."

퍼뜩 정신을 차린 그녀가 당황하여 둘러대자 그의 웃음이 싸늘히 식었다. 달그락, 찻종을 내려놓으며 그가 은근히 빈정대는 투로 물었다.

"내가 환국한 뒤로 린이 한 번도 찾아오지 않았니? 한 번도?"

"응, 바쁜가 봐."

"아무리 바쁘더라도 여기 한 번 내려오는 게 그렇게 어렵겠어? 사람보다 일이 먼저라니 정말 못 말리는 녀석이라니까! 단이도 오라비 얼굴 보기 너무 어렵다며 발을 구르고 있고. 주위 사람들을 돌아보지도 않고 고지식하게 일만 하면, 도와 달라고 부탁한 내가 몹쓸 놈이 되잖아. 진즉 알았더라면 내가 린더러 복전장에 들르라고 했을 것을!"

"괜찮아. 난 아무렇지도 않아."

미심쩍은 눈을 가늘게 뜨며 원이 재차 물었다.

"정말이야? 린이 이대로 가 버려도 괜찮아?"

괜찮아, 그녀가 반복하여 대답했다. 괜찮아, 괜찮아, 괜찮아. 스스로에게 다짐을 두는 양 산은 말하고 또 말했다.

"괜찮아……."

바느질하던 손이 멈추고 산의 입에서 한마디 말이 가늘게 한숨처럼 흘러나왔다.

"괜찮아."

보다 분명하게 소리를 크게 내어 말해 보았다. 가슴이 꽉 막힌 듯 답답하니 죄어들었다.

"괜찮아! 나는 괜찮다고!"

소리를 높일수록 가슴이 트이기는커녕 더욱 숨이 막혀 왔다. 하소연하기 힘든 분노와 설움이 울화가 되어 속을 태우고 장을 녹이는 것 같았다. 턱턱 막히는 내부의 열기에 산은 더 참지 못하고 벌컥 문을 열어 초당 앞 작은 마당에 섰다. 어둠이 내린 주변이 허허하니 풀벌레만 요란히 울어 댔다. 여름의 끝에 온 계절이라, 선선한 바람이 간간이 불었다. 올려다본 밤하늘에 별들이 무수히 빛났다. 유백색의 엷은 천을 깔아 놓은 듯 검은 벌판에 별들이 강을 이루어 흘러가고 있었다. 별의 강을 더듬던 산의 눈이 강의 서쪽에서 유난히 밝게 빛나는 직녀성을 찾았다. 아! 산은 문득 칠석이 이미 지나가 버렸음을 깨달았다. 그녀는 올해도 걸교하지 못했다.

"천손이여……."

산이 젖어 든 목소리로 나직이 불렀다.

"……이제껏 단 한 번도 재주를 키워 달라 기원한 적이 없으니, 내 바람을 하나만 들어줘. 네가 1년에 한 번 그이를 만나듯 내게도 린을 만날 기회를 줘. 이대로 보지 못하고 헤어지면, 난 죽어 버릴 것 같아. 괜찮지 않아. 난 사실, 괜찮지 않아……."

산은 고개를 숙여 두 손으로 얼굴을 감쌌다. 눈물을 흘리는 대신 이를 악물었던 그녀는 결국 참았던 분노를 한순간에 터뜨리고 말았다.

"난 괜찮지 않아! 괜찮지 않다고, 린! 왜 오지 않는 거야, 이 멍청아!"

딸깍.

말굽이 마른땅에 부딪는 소리가 났다. 고개를 번쩍 든 산은 말 위에서 그녀를 내려다보는 린과 눈이 마주쳤다. '아.' 하고 작게 벌어진 그녀의 입에서 아무 소리도 나오지 않았다. 언제 왔고 어디서부터 들었는지는 모르겠지만 적어도 마지막 외침은 분명 들었을 것이다. 멀거니 그녀를 보고 있던 린이 풋, 작게 웃음을 터뜨렸다.

"여전히 멍청이에서 벗어나지 못한 거야, 그 멍청이는?"

말에서 훌쩍 뛰어내린 그가 바로 앞에 다가왔지만 목이 콱 멘 듯 그녀는 말을 하지 못했다. 바람이 불어 묶지 않은 그녀의 머리칼이 흩날렸다. 린이 손을 내밀어 그녀의 얼굴 위로 흘러내린 머리칼을 쓸어 넘겨 주었다. 뺨에 와 닿는 서늘한 감촉이 생생하여 산은 일순 흠칫했다. 꿈이 아니구나. 비로소 깨달은 그녀가 깊은 우물 같은 눈을 크게 치뜨고 물었다.

"어떻게……, 온 거야?"

"복전장으로 가는 길이었는데 갑자기 큰 소리가 나서 멈췄어."

그걸 묻는 게 아니잖아, 이 멍청아. 산은 눈물이 날 것 같아 입술을 꼭 아물리고 웃었다. 이제 떠나기 사흘 전! 촉박한 시간을 남겨 두고 그녀를 만나러 온 그는 지켜야 할 의무 중 일부를 저버렸을 것이다. 린에게 그것이 지극히 예외적임을 아는 산은, 그의 가슴에 뛰어들고 싶었다. 그러나 린이 어색하니 고개를 돌려 버렸다.

"자고 있을 거라고 생각했어."

문득 그녀는 바람이 맨살갗을 스치는 느낌을 받고 자신이 홑겹의 침의만 걸쳤다는 걸 알아차렸다. 눈처럼 하얀 백저는 촘촘하지만 매우 얇아 몸의 곡선을 고스란히 드러내고 있었다.

깊이 파이지 않아 안이 보일 리 없는데도 그녀는 황급히 옷깃을 꽉 여미며 두 팔로 가슴을 가렸다. 흠, 가벼운 기침을 뱉은 린이 밤하늘을 올려다보았다.

"뭘 보고 있었니, 이 늦은 시간에?"

어쩐지 그의 목소리가 서먹하고 멋쩍게 들렸다. 수줍어하는 것인가? 산은 조금 고소한 생각이 들어 히죽 웃었다. 부끄러운 사람은 그녀만이 아닌 것이다.

"천손을 보고 걸교했어."

"칠석에 빌지 않고 지금에 와서? 아니, 그것보다도, 네가 정말 걸교를 했어?"

진심으로 깜짝 놀란 듯 린이 그녀를 돌아보았다. 무시당하는 기분에 산의 볼이 금세 부어올랐다. 그녀가 바느질 솜씨를 늘려 달라고 빌 줄은 꿈에도 몰랐다는 그 반응이 괘씸하다.

"내가 침선하리라곤 도저히 상상할 수도 없다는 말투구나?"

"아니, 그런 게 아니라……."

"이리 와! 내 실력을 보여 줄 테니!"

그녀가 방으로 들어가며 린을 향해 턱을 까딱해 보였다. 마치 활솜씨나 칼솜씨를 보여 주겠다고 호언하듯 우쭐대는 얼굴이 귀여워 그는 웃음을 머금었다. 금과정에 드나들며 그를 쓰러뜨리겠다고 덤벼들던 예전 모습이 겹쳐 보였다. 그녀를 따라 방에 들어간 린은 산이 자랑스레 들어 보인 두루마기를 보고 또 한 번 웃었다.

"굉장히 따뜻하겠는걸."

여름철에 담비가죽을 덧댄 도포는 확실히 정상적이지 않다. 민망한 산이 빨갛게 달아오른 얼굴로 거의 완성된 두루마기를 둘둘 말아 구석에 밀어 버렸다. 린에게 등을 돌리고 벽 쪽으로 팩 돌아앉아 그녀가 변명하듯 우물우물했다.

"이건 너한테 빌린 걸 갚으려고 만든 거란 말이야."

"나한테? 뭘 빌렸는데?"

"팔관회 밤에 네 두루마기를 내가 그냥 입고 와 버렸잖아. 송화네 산채에서 그날, 입고 있다가 온통 피에 젖는 바람에 얼룩이 지워지지 않아서 새로 만들어 갚아 줄 참이었다고. 네 건 분명히 겨울에 입는 두꺼운 두루마기였으니까 빌린 대로 돌려줘야 하잖아. 물론 초수初手라 엉망이긴 하지만서도……."

린의 미소가 슬픈 빛을 띠고 점점 희미해졌다. 산의 등을 바라보는 그의 따뜻한 눈길에 안타까움과 더불어 죄책감이 섞였다.

"네가……."

낮고 청염한 그의 목소리가 그녀의 귀를 뾰족하니 세웠다.

"……결교하지 않아도 충분히 훌륭한 솜씨를 가진 걸 이미 알고 있어. 이걸 만든 사람이라면 두루마기도 잘 짓겠지."

산이 스르르 돌아앉았다. 손바닥에 그녀가 밤새 만들었던 작은 수향낭을 올려놓고 내려다보는 린이 어둑하니 쓸쓸해 보였다.

"난 사흘 후에 대도로 떠나."

착 가라앉은 목소리가 그녀의 가슴에 부딪쳐 쿵 울렸다. 이미 알고 있는 사실인데도 그의 입으로 들으니 새삼 충격이 컸다. 산은 향낭을 만지작거리는 린의 손가락에 시선을 멍하게 두었다. 길고 섬세한 손가락들이 수놓은 글자들을 따라 그리는 동안 작은 방 안에 짙은 침묵이 깔렸다. 린이 무겁게 다시 입을 열었다.

"어쩌면 돌아오지 않는 편이 낫겠다고 생각해."

뭐? 머릿속에서 무언가가 쪼개지는 것 같았다. 바닥에 사정없이 내동댕이쳐진 유리처럼 조각난 그녀의 사고력이 잘게 부서져 내렸다. 린이 무슨 말을 하는지 모르겠어. 부서진 그녀의 머릿속이 하얗게 비었다. 손가락이 갈퀴처럼 구부러져 주머니를 꽉 움켜쥐는 그의 모습에서 시선을 옮길 여유조차 없어 계속 바라볼 뿐이다.

"난 저하를 돕기 위해 이제까지 무슨 일이든 해 왔어. 독노화로 가는 것도 그 때문이고 앞으로도 그럴 거야. 어떤 식으로든 저하의 뜻을 거역하거나 방해하고 싶지 않아. 여기 있으면……, 그게 안 돼."

"나 때문에?"

속삭이듯 산이 중얼거렸다. 표정을 잃어버린 그녀의 얼굴에 린은 가슴이 미어지는 것 같았다.

"아냐……."

그가 고개를 저었다.

"……나 때문이야. 나를 자제할 자신이 없어. 여기에 도착해 널 보고 나서 확실히 알았어."

"뭘 자제해야 하지? 뭘 두려워하는 거야, 너답지 않게!"

"너도 알고 있잖아. 우린…….."

"혼인할 수 없어서? 그래서 만나서도 안 돼? 혼인하지 못하면 좋아할 수도 없어?"

"산, 산!"

그가 지그시 입술을 깨물었다.

"혼인할 수 없는데도 좋아하기 때문에 만나서는 안 되는 거야. 넌 전하의 허락 없이는 누구와도 맺어질 수 없는 사람이야. 우리가 비밀스레 만나다 들키게 되면 아무리 저하라도 널 보호해 줄 수 없어. 널 부정한 나락에 빠뜨릴 수 없어."

"맞아, 난 누구와도 혼인하지 않아. 너는 어때?"

"……너와 마찬가지겠지."

"그런데 왜 우리 사이가 부정하단 거야?"

정말 이해가 가지 않는다는 듯 커다란 눈을 해맑게 뜨고 산이 그에게 다가앉았다. 그 얼굴이 너무나 순진해 보여 린은 그녀의 눈을 똑바로 보기가 힘들었다.

"부부가 아닌 남녀가 이렇게 한방에 있는 것 자체가 부정한 거야."

"그럼 날 네 아내로 삼아."

시원한 그녀의 결론에 린은 그만 실소했다. 그러나 산은 매우 진지한 낯으로 조금 더 그에게 가까이 붙어 앉아 살포시 내린 속눈썹을 부끄러움에 바르르 떨면서 달콤하니 작은 소리로 속삭였다.

"난 이미 마음속으로 널 낭군이라고 생각하고 있어, 린."

그녀의 입술이 기대에 차 미세하니 솟았다. 그러나 그는 그녀가 다가간 만큼 물러났다. 몹시 무안해진 그녀가 어그러진 기대에 창피하여 화끈 얼굴을 붉혔다. 당황한 빛으로 어쩔 줄 몰라 하는 린이 미워져 왈칵 성이 났다.

"한방에 있는 것으로도 부정하다면 산길에서, 별채 정원에서 네가 했던 짓은 다 뭐야?"

"그건⋯⋯."

"나를 아내로 생각하지 않고 어떻게 그럴 수가 있었지? 위군자!"

"내 아내는 너뿐이야, 산."

"⋯⋯!"

"너뿐이야. 전부터도, 지금도, 앞으로도, 죽을 때까지도. 하지만 그건 마음속에서야. 실제로 난 네게 해 줄 수 있는 게 없어. 네 곁에 있을 수도 없고 네가 원하는 걸 들어줄 수도 없어. 그러니⋯⋯."

린은 말문이 막혔다. 그녀가 그의 손을 잡아 살그머니 자신의 뺨에 갖다 댔다. 보드랍고 매끄러운 감촉이 손바닥에 퍼져 짜릿했다. 눈을 감은 채 그의 손바닥에서 발산되는 열기를 느끼며 산이 꿈꾸듯 말했다.

"그렇다면 나를 아내로 대해 줘. 네가 독노화로 가 있는 동안 5년이든 10년이든 아내로서 널 기다릴게. 평생 기다려야 한대도 기다릴게. 누가 뭐래도 난 네 아내야."

"하지만 산, 저하께서……."

"정식으로 혼인할 수는 없겠지. 원이 그러라고 했으니까. 우린 사람들 앞에서 혼인하지 않을 거야. 대신 나는 네 아내로, 너는 내 남편으로 평생 사는 거야. 아무에게도 들키지 않으면 원의 명령을 어기지 않을 수 있어."

"아무에게도 들키지 않는다니 그건 가능하지 않아."

산이 손바닥에 대고 그녀의 보송보송한 살갗을 천천히 비볐다. 눈을 감고 자신의 손에 볼을 비비는 그녀를 내려다보는 린은, 사내의 욕망이 지핀 불꽃이 자신의 내부에서 점점 커지는 것에 당혹감을 느꼈다. 그것은 그녀의 얼굴에 붙어 있던 머리칼을 떼어 주려 손을 내밀었을 때 닿았던 감촉이 뜻밖에도 너무나 관능적이어서 느꼈던 당혹감과 같았다. 애써 억눌러 왔던 것이 버거웠던 탓인지, 의도하지 않은 순수한 접촉에도 그녀를 안고 싶은 욕망이 발작처럼 일었던 것이다. 그래서 그녀에게 닿지 않기 위해 노력하고 있었는데, 산이 먼저 그에게 손을 댄 바람에 인내가 한계에 이르렀다. 거기다 남은 시간이 얼마 없다는 절박함이 그의 극기를 흔들고 있었다.

"이러면 안 돼, 산."

잡힌 손을 빼려고 힘을 주었지만 그녀가 꼭 붙들고 놓아주지 않았다. 차마 세게 뿌리칠 수 없어, 린은 커져 가는 당혹감과 열기를 누르기 위해 입속 살을 세게 물어 짓이겼다. 한참 뺨을 문지르던 그녀가 그의 손바닥을 조금 더 아래로 내려 입술에 갖다 댔다.

"너는 원을 위해 일해, 지금까지처럼 앞으로도 원의 뜻에 따라서. 나, 욕심내지 않을게. 오늘 네가 날 보러 와 주었고 나만이 네 아내라고 했으니, 그걸로 난 평생을 살 수 있어. 내가 참을 수 없는 건, 린, 네가 날 좋아하지 않는 거야."

그녀의 입술이 오물거리며 그의 손바닥을 간질였다. 움찔하는 손의 반응을 즐기며 산은 뜨거운 손바닥에 입술을 살며시 눌렀다. 그녀의 입술도 뜨거웠다. 천천히, 손바닥에 고루 입을 맞춘 뒤 손가락 하나하나를 정성스레 입술로 쓰다듬었다. 그녀의 다정스런 애무에 도취되어 린은 더 이상 손을 뺄 엄두를 내지 못했다. 손가락까지 모두 입을 맞춘 산이 그의 손을 다시 아래로 내렸다. 그녀의 인도에 따라 린은 섬세한 목선을 어루더듬어 내렸다.

'그의 손을 잡아서 이렇게 왼쪽 젖가슴 위에 놓았지. 내 심장이 얼마나 세게 뛰는지 느껴 보라고 말이야.'

눈을 감은 채 린의 손가락들을 목으로 느끼던 산의 머릿속에 불쑥 송화의 말이 떠올랐다. 이건 송화가 한 짓이랑 똑같은 거잖아! 그녀의 온몸이 불이 붙은 듯 화끈거렸다. 그저 마음이 넘쳐 먼저 손을 내밀었을 뿐 송화의 가르침을 받들어 린의 손을 잡아끈 것이 결코 아니었지만 결과적으로는 다르지 않다. 그것을 자각한 그녀의 심장이 갑자기 거세게 뛰기 시작했다. 굳이 가슴 위에 그의 손을 올려놓는 수고를 하지 않아도 쿵쿵쿵 소리가 그의 귀에까지 닿을 정도였다. 더 이상 붙잡고 있을 수가 없어 산은 그의 손을 놓아주었다. 그러나 그녀의 목에서 쇄골로 내려간 손은 여전히 미끄러지듯 그녀를 더듬어 가슴에 이르렀다. 일순 미칠 듯이 뛰던 심장이 기겁해 멈췄다. 내가한 짓이 아니야! 산은 송화에게 변명하듯 속으로 외쳤다.

"저기, 린."

두려움에 떨며 가늘게 새어 나온 말소리가 그의 입술에 막혀 버렸다. 오랜만에 느끼는, 뜨겁고도 다디단 입맞춤. 그것만으로도 정신이 혼미해진 가운데 산은 그녀를 어루만지는 그의손길이 전과 다르다는 걸 깨달았다. 다정하고도 부드러우면서도 전보다 더 많은 것을 원하는 그의 손을, 그녀는 부끄러웠지만 피하지 않았다. 그녀를 사랑하는 그의 마음을 밀어내고 싶지 않았다. 그녀도 그를 똑같이, 아니 더 사랑하고 있음을 알려주고 싶었다.

'부끄럽다고 너무 움츠러들거나 밀어내면 안 돼요. 나리가하자는 대로 고분고분 따르라고요.'

송화의 가르침을 따라 그녀는 린의 손길에 모든 것을 맡겼다. 모든 것이 처음이기에 두려움도 없지 않았지만 그녀는 도전 정신이 강한 사람, 결코 물러서지 않을 자신감에 불타올랐다. 딱딱하게 경직된 그녀의 뺨을 린이 손가락으로 톡톡 두들겼다.

"산, 산! 눈을 떠."

살그머니 눈꺼풀을 들어 올리자 린이 겸연쩍은 얼굴로 그녀를 내려다보고 있었다.

"낯빛이 너무 비장해."

그녀의 볼을 꼬집으며 그가 엷게 웃었다. 희미한 미소가 그녀를 안심시켰다.

"난 네 모든 걸 기억하고 싶어. 하나도 빼놓지 않고. 그러니 네 눈을 보여 줘."

등잔불을 등져 그늘이 진 그의 이마에 긴장으로 땀방울이 송골송골 맺혔다. 더워서 그런 줄로만 안 산이 땀을 훔쳐 주기 위해 손을 내밀었지만 그에게 닿기 전에 잡혔다. 린이 그녀의 손에 가만히 입을 맞추기 시작했다. 손에서 이마로, 뺨으로, 입술로 그의 손길과 입맞춤이 천천히 옮겨 가며 그녀를 수줍게 하는 동시에 행복하게 했다. 그러다 린의 손이 과감하게 그녀의 가슴에 닿자 산은 너무나 창피하여 소리를 질렀다.

"안 돼, 린! 이 멍청이!"

소리 나지 않게 린이 웃었다.

"맞아. 너무 멍청해서 처음엔 여자인 줄도 몰랐지. 기억나니? 청루들이 있던 골목에서 내가 가슴에 손을 댔다고 너, 도망갔잖아. 너무 놀라서 쫓아가지 못했어."

"흥! 납작해서 사내와 다를 바 없다고 한 주제에!"

빨개진 얼굴로 그녀가 토라진 입술을 뾰족 내밀었다.

"거짓말이야."

그가 속삭였다.

"부끄러운 마음을 숨기기 위해서 한 거짓말이라고. 처음 손에 닿는 감촉이 낯설어서 당황했어. 그 뒤론, 널 보면 그 감촉이 자꾸 기억나서 미칠 것 같았어. 보지 않으려고 애써도 자꾸 눈이 가서, 내 스스로에게 화를 많이 냈었지. 사실은, 실제로 어떤 모양인지 항상 보고 싶었어. 다시 만져 보고 싶었지."

"거짓말!"

더 이상 빨개질 수 없이 달아올라, 산은 그의 손을 찰싹 때렸다.

"넌 나한테 아무런 관심도 없었잖아! 게다가 날 원의 적이라고 생각했으면서!"

"하지만 사실인걸."

린이 솔직하게 말하며 멋쩍게 웃었다.

"처음 본 이후로 여자라는 걸 알고, 네 꿈을 많이 꿨어. 저하께 해가 될 사람일지 모른다고 생각했는데도 거의 매일 밤 네가 나오는 꿈을 꿨어."

"어떤 꿈?"

기쁜 호기심에 초롱초롱해진 눈으로 산이 묻자 이번엔 린이 붉어지며 시선을 피했다. 그의 뺨을 다시 붙잡아 눈을 맞춘 그녀가 거듭 물었다.

"어떤 꿈인데?"

"……보통 사내애들이 꾸는 꿈이야."

"그게 뭔데? 내가 네 꿈속에 어떻게 나왔어? 말해, 린!"

"……지금처럼 이렇게."

"그게 무슨 말이야?"

순박하게 묻던 산이 별안간 앗, 깨닫고 그를 확 밀어냈다.

"이 음흉하고 능글맞은 위군자!"

"미안. 하지만 내가 어쩔 수 있는 게 아니어서……."

민망해하며 그가 어린 소년처럼 쩔쩔맸다. 산은 부끄러우면서도 행복했다. 내게 오래전부터 신경 쓰고 있었던 거야! 그녀가 그의 얼굴을 다시 붙들어 끌어당기며 짓궂게 물었다.

"꿈속에서 나한테 어떻게 했어?"

"그건 좀……, 말로 하기 곤란한데."

"말해, 린. 어떻게 했어?"

"실제로 하지 못했던 걸 할 수 있잖아, 꿈이라는 건……."

"실제로 하지 못했던 어떤 것? 그게 뭐……."

그녀가 더 말을 잇지 못하도록 그가 입을 깊이 맞췄다. 숨쉬기 어려울 정도로 긴 입맞춤 끝에 산이 호흡이 달려 헐떡이며 물었다.

"꿈에서 네가 했던 일이야, 이게?"

"그래."

"이걸로 끝나는 거?"

"그럴 리가 없잖아."

퉁명스레 볼멘소리로 대꾸하는 린이 그녀를 즐겁게 했다. 당황스런 눈길과 붉어진 얼굴이 비로소 나이에 걸맞게 보였다. 냉정하고 침착한 껍질이 부서지고 진짜 모습이 싱싱하니 본색을 드러낸 것 같았다. 그리고 그걸 가능하게 한 사람은 바로 그녀 자신, 다른 사람은 그의 이런 모습을 결코 보지 못할 것이다.

'이건 나만의 린이야!'

지극히 만족스러워진 그녀가 그의 목을 꽉 끌어안았다. 그의 가슴 속에서 산은 포근함을 느꼈다. 마르고 가느다랗던 그의 몸통은 보기보다 훨씬 넉넉하고 아늑했다.

'언젠가 이런 적이 있었어.'

산은 그의 품속에서 똑같은 느낌을 기억해 냈다. 왕의 사냥 때 가짜 화살들을 없애기 위해 숨어들었던 막사에서 린이 그녀를 껴안고 바닥에 납작 엎드렸던 순간의 느낌을. 호리호리했던 그의 품이 의외로 넓어 그때도 놀랐었다. 남자란, 겉보기와는 다른 것이다. 물씬 풍기는 솔향기를 들이마시며 산은 용기를 내어 그의 가슴을 더듬어 보았다. 갑자기 그가 벌떡 상체를 일으켜 세웠다.

"건드리지 마, 산!"

깨끗하니 맑던 눈자위가 충혈된 그가 벌게진 낯으로 이를 악물었다. 그의 반응에 서운해진 산이 팔을 뻗었다.

"너도 날 만졌잖아. 나도 똑같이 만져 볼 거야! 그래야 공평하잖아."

"안 돼. 그러면 더 이상 참을 수 없어."

그녀의 손길을 피하며 그가 힘겹게 말했다. 산이 어리둥절하여 물었다.

"뭘 참는데?"

"내 욕심만 부리게 된단 말이다."

린의 이마에 맺혔던 땀이 날렵한 콧등을 타고 내려와 그녀의 뺨에 뚝 떨어졌다. 산이 환하게 웃으며 그의 코를 손가락 하나로 꾹 눌렀다.

"욕심을 부려 줘. 욕심이 난다는 건 그만큼 내가 네 마음을 차지하고 있다는 말이겠지! 그러니 욕심을 부리는 널 보여 줘."

"아니, 안 돼."

그녀를 따라 그가 웃었다.

"나한테도 중요한 밤이야. 꿈속에서 봤다고 해도 그건 환영에 지나지 않아. 진짜 널 자세히 보고 기억할 수 있는 기회를 나중으로 미루고 싶지 않아."

린이 다시 그녀를 끌어안고 입을 맞췄다. 천천히, 오랫동안, 그녀의 얼굴을 입술로 기억하고야 말겠다는 듯이. 그 공든 몸짓에 산은 문득 송화의 말을 떠올렸다.

'여인은 몸이 열리려면 시간이 걸리는데 사내는 전혀 그렇지 않아요. 특히 그 나이 사내들은 제 욕심 채우느라고 바빠요. 처음이면 말할 것도 없죠. 완전히 넋이 나가 버리거든요. 물론 나리가 여자를 좀 겪어 봤다면 다르겠지만.'

산은 린의 머리칼을 붙잡아 그를 멈췄다.

"넌 처음이 아닌 거야?"

"뭐?"

린이 얼굴을 들고 눈썹을 찡그렸다. 그녀가 순진하게 물었다.

"우리 또래의 사내는 넋을 잃고 욕심을 채우기 바쁘다던데, 넌 왜 그렇게 침착한 거야? 역시 처음이 아니라서?"

"맙소사, 그런 말은 어디서 들었니?"

"송화한테서."

뜨거운 숨을 푸 뱉으며 그가 산의 흐트러진 머리칼에 얼굴을 물었다. 빙그레 웃으며 린이 장난스럽게 속삭였다.

"처음은 아니지."

산의 가슴이 덜컹 내려앉으며 싸하니 쓰렸다.

"꿈에선 수도 없이 널 안았으니까. 실전을 치르기 전에 나름대로 훈련을 많이 해 둔 셈이지."

"……꿈?"

"아까 말했잖아. 그게 전부가 아니라고."

"세상에 린, 믿을 수가 없어. 네가 그런 꿈을 꾸다니……."

"이 나이엔 당연한 거야. 좋아하는 여자를 두고 그런 꿈을 꾸지 않는 사내는 없어!"

좋아하는 여자라니! 산은 그의 가슴에 이마를 콩 박았다. 이건 다른 사람이 모르는 린이다. 누구도 린이 그런 꿈을 꾼다고 생각하지 못하리라. 더 말해 줘. 아무도 모르는 널 보여 줘. 그녀는 가슴이 벅차올라 그의 등에 팔을 두르고 품을 파고들었다.

"훈련은 도움이 많이 되었니?"

"전혀."

린이 그녀를 숨 막히도록 꽉 껴안았다. 그의 몸이 불덩이처럼 뜨거웠다.

"송화 말이 맞아. 난 완전히 넋이 나갔어. 이젠 정말 버틸 수가 없어……."

아득한 가운데 산은 어디선가 맑은 노랫소리를 들은 것 같았다. 그녀를 축복하는 듯한 새들의 아름다운 지저귐을. 그러나 지금은 별들이 하늘을 가득 채운 깊은 밤. 새들이 깨기엔 너무 이르다. 점점 정신이 맑아지면서, 산은 그 소리가 풀벌레들의 작은 합창임을 깨달았다. 그녀는 고개를 돌려 옆을 보았다. 린이 가만히 그녀의 머리칼을 쓰다듬고 있었다.

산도 손을 뻗어 그의 머리칼을 만졌다. 그가 유순히 가만있자 그녀의 손이 용기를 내어 그의 뺨과 목을, 그리고 가슴을 살며시 쓰다듬었다. 그가 그녀의 손을 붙들어 막았다.

"건드리지 말라니까. 사내는 욕심이 많단 말이다."

"그 욕심은, 참을 수 있는 거야?"

그녀가 속삭이자 린이 웃으며 고개를 흔들었다.

"쉬운 일은 아니야. 확실히."

"그럼 참지 않아도 돼."

꿈틀거리는 그녀를 린은 꼼짝 못하도록 눌렀다. 바닥에 흐트러진 기다란 흑발이 열 폭 치마처럼 펼쳐진 가운데 작고 흰 얼굴이 천진스레 그를 올려다보았다. 그를 기쁘게 해 주고 싶은 순수한 열망이 그녀를 매우 관능적으로 보이게 했다. 린은 지그시 입속 살을 물었다. 그는 그녀의 얼굴을 더 많이 보고 싶었다. 그녀의 목소리를 더 많이 듣고 싶었다. 시간이 이제 거의 없었다.

"이제까지도 많이 참았었어. 소원을 풀었으니까 또 한동안 참을 수 있겠지."

"소원을 풀었다고?"

산이 깔깔대고 웃었다.

"이제 꿈꾸던 게 현실로 이뤄진 거야? 이 위군자!"

"꿈만이 아냐. 아슬아슬했던 때가 한두 번이 아니었거든."

"어떤 때? 말해 봐, 린!"

장난꾸러기의 미소를 담뿍 머금고 산이 졸랐다. 그녀만큼이나 애 졸이며 전전불매, 희게 밤을 새웠을 그를 상상하는 것은 미처 알지 못했던 커다란 즐거움이었다.

"말해, 언제부터? 어떤 때? 내가 뭘 했을 때?"

곤혹스런 낯으로 선뜻 대답을 못 하는 그의 가슴 아래서 산이 몸을 비틀어 그를 자극하며 재촉했다. 체념한 표정으로 린이 흠, 헛기침을 했다.

"금과정에서 둘만 남아 네게 활쏘기를 가르쳤을 때."

"나한테 그렇게 쌀쌀맞았으면서! 날 염탐꾼이라고 몰아붙였잖아."

"참기 힘들었으니까 일부러 더 냉대했겠지. 사실 네가 내게 활을 겨눴을 때 염탐꾼 따위일 리가 없다고 생각했어. 눈이 진실해 보였거든."

"네가 참을 만한 일은 없었던 것 같은데? 그저 사례를 가르쳐 준 것뿐이잖아? 그것도 꽤나 엄격하게."

"자세를 잡아 주면서 널 만지게 되니까, 좀 더 가까이 닿고 싶은 걸 용케 참았지. 과녁을 맞히고 신이 나서 좋아하는 게 귀여워서 안고 싶었어."

그의 솔직한 고백에 산이 얼굴을 붉혔다. 내가 좋아하기 전부터 날 마음에 뒀다고? 어쩐지 묘한 승리감이 들었다. 이제껏 그녀 쪽에서만 안달해 왔다고 여겼는데 갑자기 그의 우위에 선 것 같다. 즐거워진 산은 그의 목에 팔을 두르고 명랑하게 물었다.

"또?"

희미한 한숨이 린에게서 흘러나왔다.

"복전장에서 네가 화살을 찾는다고 숨어들었던 때."

"그래, 그때 유심에게 들킬까 봐 조마조마했었지."

"조마조마하긴 했지만 들키는 게 겁나서는 아니었어."

"그럼?"

그녀가 기대에 찬 눈을 반짝이자 린이 당시처럼 그녀를 꼭 끌어안고 귀에 입을 가까이 가져갔다.

"심장이 너무 세게 뛰어서 네게 들릴까 봐 조마조마했었지. 이런 데서 뭐 하냐고 널 추궁할 작정이었는데 두근거린 게 들키면 망신스럽잖아."

"그럼 다른 식으로 숨었으면 됐잖아!"

그때처럼 귀의 솜털이 쭈뼛 서는 느낌에 그녀가 어깨를 움츠리며 몸을 비틀었다. 그녀의 귀에 대고 그가 작게 웃었다.

"다른 방법? 머리가 하얗게 비었는데 다른 방법이 생각날 수 있겠어? 조금 더 오래 그대로 있고 싶다는 마음만 간절했지. 유심이 막사에서 나갔을 땐 안도하기보다 아쉬워했어."

"이 엉큼한! 음흉한!"

주먹으로 그의 어깨를 두드리는 산이 빨갛게 달아오른 가운데 활짝 웃었다.

"그러면서 그렇게 매몰차게 굴었단 말이야? 능청맞은 위군자 같으니!"

그의 고백들이 그녀를 무척이나 즐겁게 만든다는 것을 린은 알았다. 부끄러워하면서도 더 듣고 싶어 하는 소녀의 왕성한 호기심이 귀엽고 사랑스러웠다. 그래서 낯간지럽다고 생각했지만 그는 산이 원하는 대로 지난날의 가슴앓이를 입 밖으로 꺼냈다. 그렇다고 그녀의 비위를 맞춰 주고자 과장을 하거나 거짓말을 하지는 않았다. 천성이 워낙 정직한 그는 그녀를 기만할 마음이 조금도 없었다. 설사 그녀를 더 기쁘게 해 줄 수 있다고 해도.

"또?"

연달아 묻는 산의 열띤 입술을 바라보며 린은 원에게조차 한마디 못 했던, 성인이 되기 직전의 소년이 가진 춘정을 그다운 침착한 어조로 나직하니 말해 주었다. 그러나 모든 기억을 낱낱이 이야기하기엔 밤이 짧았다. 동이 터 올 무렵, '또?' 다그쳐 묻던 그녀가 무거운 눈꺼풀을 이기지 못하고 그의 어깻죽지에 머리를 기대어 고른 숨을 쉬며 깊은 잠에 빠졌다. 품속의 그녀를 가만히 내려다보다 린은 몇 가닥 늘어진 머리카락을 조심스레 쓸어 귀 뒤로 넘겨 주고 상아처럼 희고 매끄러운 이마에 살며시 입술을 댔다.

"미안하다, 산."

들릴락 말락 희미하게 린이 중얼거렸다.

"이렇게 남겨 두고 가서 미안하다. 아무것도 해 주지 못하고, 확실한 언약도 없이. 뻔뻔스러운 말이지만, 기다려 줘. 저하께서 무사히 돌아와 보위에 오르시면, 함께 떠나자. 봉작도, 영지도, 재산도 모두 버리고 수정후 왕린이 아니고 현애택주 왕산이 아니라, 그저 나와 너로, 지아비와 아내로 떠나자. 이 땅을, 그리고 저하를…….”

린은 산의 머리를 살짝 들어 베개를 받쳐 주었다. 그녀에게 떨어져 봄을 일으키자 가슴이 서늘하니 허전했다. 그는 모시 이불을 끌어당겨 그녀를 덮어 주고 일어나 옷을 갖춰 입은 뒤 방에서 나가기 위해 성큼 발을 내디뎠다. 문고리를 잡고 주춤하니 선뜻 문을 열지 못한 그가 자석에 끌리듯 뒤를 돌아보았다. 푸르스름한 새벽의 어두운 시야 속에서 잠든 산의 얼굴이 희게 빛났다. 그녀의 입술 가에 맺힌 옅은 미소에 가슴이 뭉클했다.

애써 시선을 돌리는데 구석의 천 뭉치가 눈에 들어왔다. 발소리를 죽여 걸어가 거의 완성된 잘두루마기를 집어 올렸다. 곤히 잠든 그녀를 다시 쳐다보고 린은 두루마기를 손에 든 채 밖으로 나갔다. 서늘한 바람이 그의 뺨을 스쳤다. 신발을 꿰고 섬돌을 내려서자 그의 말이 푸르륵, 콧김을 터뜨렸다. 린이 말의 얼굴을 쓰다듬었다.

“그렇게 내달렸는데 쉬지도 못하고 또 혹사당하겠구나. 못난 주인을 만나 네가 고생하는구나.”

“어머나!”

그리 크지는 않았지만 여자의 외마디소리가 새벽 공기 속에서 저렁저렁 울렸다. 린은 송화를 알아보고 얼른 손가락을 입술에 가져갔다.

"쉿!"

다가오는 송화의 얼굴이 활짝 개었다. 역시 내가 예상한 대로야. 그녀는 우쭐한 마음을 감추지 못하고 씩 웃었다.

"오셨군요."

"지금 막 잠이 들었다. 쉬게 놔둬."

여자의 득의양양한 표정에 머쓱해진 린이 얼굴을 돌리며 점잖게 말했다.

"아아, 그러세요?"

송화가 킬킬댔다. 곁눈으로 그녀를 찌릿 노려본 린은 대꾸 없이 말 위에 훌쩍 올라탔다. 안 그래도 서둘러야 할 판에 송화의 놀림이나 받고 있을 수는 없다.

"나리."

린을 가로막으며 송화가 고삐를 잡았다. 뭐지? 소리 없이 묻는 그의 얼굴이 퍽 차가웠지만 송화에겐 어림없다.

"택주님께 돌아오신다고 약조하셨는지요. 앞으로 어떻게 하겠노라 말씀은 하셨겠지요?"

다물린 린의 입이 열릴 기미가 보이지 않자 송화의 눈썹이 올라갔다.

"아니, 이렇게까지 하고서 그냥 간단 말이에요? 그게 무슨 도둑놈 심보람?"

"이봐."

"그렇잖아요. 아무리 신분이 높고 재물이 많아도 결국은 어린 여자라고요. 기댈 곳도 없고 속 시커먼 사내들이 사방에 우글거리는! 마음도 몸도 다 줬는데 혼자 버틸 수 있는 말 한마디 안 해 주고 잠든 새 홀랑 가 버리면, 그 공허한 심사를 어쩌라고요?"

"……."

"사내에겐 별거 아닌 것 같아도 여자한텐 말 한마디가 중요한 거라고요. '기다려라! 돌아오마! 너만 생각하겠다!' 뭐, 그런. 나중에 일어난 택주님이 빈 옆자리를 어떤 마음으로 볼지 생각은 해 보셨어요?"

무덤덤하니 듣는 둥 마는 둥 하는 린을 보고 송화는 은근히 화가 끓어올랐다. 공후인 그의 지위를 생각한다면, 아니, 신분 차이를 떠나서도 그녀의 말이 얼마나 무례하며 가소로운지 모르는 바가 아니다. 린이 관대한 것에 감사해야 할 일로, 다른 사람이었다면 그녀의 혓바닥은 이미 뿌리째 뽑혔을지도 모른다. 그러나 송화는 고삐를 잡은 손을 놓지 않고 한 발짝 더 다가섰다. 린의 관대함을 믿어서기도 했지만 산을 아끼는 마음이 워낙 컸던 때문이다. 그녀가 뿌루퉁한 입을 열려는 순간 깨끗한 저음이 송화를 막았다.

"네게 부탁을 해도 되겠는가?"

"예?"

"내가 없는 동안 산을 부탁해도 되겠지?"

'아.' 나직한 탄성과 함께 송화가 고삐를 붙든 손에서 힘을 뺐다. 동시에 린이 말의 배를 걷어찼다. 순식간에 멀어져 가는 그의 뒷모습을 보며 송화가 중얼거렸다.

"알았으니 빨리 돌아오기나 하라고."

무정한 듯 보이지만 실상은 다정한 사내. 그의 등에서 송화는 두 번 다시 볼 수 없는 남편을 떠올렸다. 무겁고 단단하며 좀처럼 표현을 하지 않는 사람들. 속에 무엇이 들어찼는지 틈을 내주지 않는 사람들. 언제나 등을 곧게 펴고 앞만 보는 사람들. 이내 송화는 세차게 고개를 내저었다.

'전혀 다른 종류의 사람이야, 저 양반은!'

그녀는 싸 갖고 온 옷가지와 먹을거리를 들고 도로 복전장으로 걸어갔다. 해가 중천에 뜨면 깨우러 다시 올 생각으로.

까르륵, 간드러진 웃음소리에 원성공주는 눈살을 찌푸렸다. 두 며느리와 가볍게 산보를 하며 외로움을 달래던 그녀의 심사를 뒤틀어 놓는 교소의 주인공을 보지 않아도 알았던 탓이다. 하지만 그녀의 귀에 더욱 거슬린 것은 그 앙큼한 웃음소리에 이어진 중후하고도 흐뭇한 사내의 웃음이었다. 그 주인공 또한 보지 않아도 알 수 있었다. 그녀 앞에서 한 번도 소리 내어 웃기는커녕 부드러운 미소조차 보여 준 적 없었지만, 그래도 알 수 있었다. 그런 왕의 진심 어린 흡족한 웃음이 공주의 가슴을 날카로운 갈고리처럼 거세게 할퀴어 댔다.

'내 신세가 정화궁주와 다를 바가 없구나.'

공주는 자조를 쓰게 물었다. 궁성에서, 왕도에서, 아니, 고려에서 가장 막강한 그녀도 얻을 수 없는 것을, 몸을 굴리던 천한 계집이 너무나 쉽게 차지했다. 생각 같아선 남편에게 저런 웃음을 끌어내는 그 무비란 계집을 찢어 죽이고 싶지만, 그녀는 분노를 악물고 손끝만 떨 뿐이다. 남편에게 더 이상 무엇도 바랄 수 없는 그녀가 유일하게 애정을 쏟는 상대인 아들의 간곡한 청이 폭주하고 싶은 그녀를 막았다.

'부왕이 왕위에 있는 동안 상황은 점점 악화될 것입니다. 어마마마의 고통도 늘면 늘었지 줄어들 일은 결코 없을 것이고요. 그래서 결심했습니다. 아바마마께서 훙薨하시기까지 기다리지 않겠습니다. 제가 왕이 되겠습니다.'

어떤 미녀도 흉내 낼 수 없는 미소를 지으며 아들이 말했었다. 그것은 남녀를 불문하고 넋을 놓게 할 만한 짙은 매력이 담긴 웃음인 동시에 뱀처럼 교활하고 차가운 미소였다. 어리다고만 생각했던 아들의 그 미소에 공주는 움찔했다. 그녀의 아들은 어느새 아버지를 밀어낼 성인으로 자랐던 것이다.

'그러려면 황제께서 부왕이 얼마나 무능한지 절감하셔야 합니다. 지금 부왕이 무비란 요사한 계집과 어울리며 방탕한 놀이에만 빠져 국정을 제대로 돌보지 않고 환관들에게 모든 것을 맡기니, 백성의 원망이 커져 가고 젊은 선비들은 새로운 왕을 꿈꾸고 있습니다. 부왕을 끌어내리기 위해서는 현재의 상태를 좀 더 연장시켜야 합니다. 그러니 어머니, 조금만 참고 기다리십시오! 곧 제가 어머니께서 그 계집을 베도록 해 드리겠습니다.'

공주는 아들에게 말도 안 되는 일이라고 말하지 못했다. 아들의 비호 아래 왕위에서 물러난 남편과 함께 지낼 수 있다거나, 괘씸한 무비를 해치울 수 있다거나 그런 것 때문이 아니었다. 우아하게 끝이 살짝 올라간 아들의 봉목에서 빛나는 섬뜩한 잔혹성이 그녀를 얼어붙게 만들었기 때문이다. 쇠 채찍을 휘둘러 여자들을 피투성이로 만들던 그녀도 따라가지 못할 무시무시한 잔혹성. 아들에게 존재하리라곤 생각도 못 했던 무자비한 귀축의 눈빛, 그럼에도 여전히 아름다운. 소름끼치는 아름다움과 소름끼치는 잔인함은 어떤 공통점이 있다. 저항을 허락하지 않는 강력한 힘을 소유했다는 점에서.

'하지만 너무 갑자기 변했어.'

다정함, 따스함, 애틋함, 연민, 풍부한 감수성. 아들의 세계에 속했던 감정들이 일시에 소거된 듯한 느낌이 공주를 불안하게 했다. 언젠가 왕이 될 아들이었고 나약하면 안 될 아들이었지만, 이렇듯 돌연히 낯선 모습을 보이다니 꺼림칙하지 않을 수 없었다. 그러나 아들은 멀고 먼 대도에 가 있는 터라 지금에 와서 뭔가를 캐물을 수도 없다. 그저 뭔가가 아들에게 잠재해 있던 푸른 늑대의 일면을 깨운 것이겠거니 짐작할 뿐이다.

웃음소리에 더 이상 접근하고 싶지 않은 공주가 걸음을 멈췄다. 그러나 웃음소리가 빠르게 다가오더니 말에 올라탄 왕의 무리가 키 작은 관목들 위로 불쑥 솟아올라 그녀의 앞에 떡하니 섰다. 껄껄대던 왕이 웃음을 딱 그치자 아랫사람들은 감히 숨쉬기도 불편한 정적이 흘렀다. 공주의 눈이 왕 앞에 앉아 느른하게 웃고 있는 여자에게 날카롭게 꽂혔다. 어딘지 모르게 아들의 미소와 닮은 여자의 웃음이 그녀를 당황스럽게 했다.

"마상에 있는 신료들은 어서 내려 공주마마께 예를 갖추시오."

작고도 여린 목소리였지만 강단 있는 단호한 어조였다. 공주의 뒤에 서 있던 단이 침묵을 깨자 멍하던 환관들과 무인들이 허둥댔다. 아내를 발견하고 이맛살을 찌푸린 왕의 가슴에 무비가 손을 올리며 어깨를 기댔다. 꼭 내려야 되나요? 은근히 묻는 몸짓이다. 그 방자한 행위에 공주와 단, 세자의 둘째 비 홍씨가 새파래졌다.

"급하게 가는 길이니 복잡한 예는 생략합시다, 공주."

귀찮은 기색으로 왕이 고개를 돌렸다. 공주의 눈에 불꽃이 튀었다. 킥, 승리의 웃음을 머금은 여자의 얼굴을 박박 할퀴고도 싶지만 그보다 먼저 남편의 점잖은 회색 수염을 갈가리 뜯어 놓고 싶다.

"전하께서는……."

공주가 침착하게 말을 꺼낼 수 있었던 것은 순전히 그녀의 아들의 어머니이기 때문이었다.

"……북쪽 국계가 어지러워 임시 천도가 논의되는 와중에 어딜 가십니까?"

"나성 바깥의 방어가 어찌 되고 있는지 살피러 가는 것이오. 어서 길을 비켜 주시오."

그 계집을 앞에 달고서? 공주의 입가가 일그러졌다. 질투도 생기지 않을 만큼 어이없는 대답이다. 과연 아들의 말대로 그는 왕이길 포기한 사람. 이젠 그녀로서도 어쩔 도리가 없다. 공주가 순순히 몸을 돌렸다. 그녀를 제외한 모든 이들이 깜짝 놀랐다, 왕과 무비까지도. 미련 없이 걸음을 시원스레 옮기는 공주의 뒤를 두 세자비와 궁인들이 총총 따랐다. 놀라움도 컸지만 그보다 더 큰 것은 안도감이어서 왕은 후, 길게 숨을 내쉬며 무비의 허리를 바짝 끌어안고 행렬을 재촉해 자리를 떴다.

급작스레 우뚝 멈춘 시어머니의 뒤에서 단과 홍비洪妃는 어쩔 줄 몰라 고개만 숙였다.

"아하하하!"

발작처럼 날카로운 웃음이 불안한 공기를 깨뜨렸다. 한번 터진 웃음이 좀처럼 가라앉을 줄 모르고 지속되자 두 세자비는 고문이라도 당하는 양 치맛자락을 움켜쥐고 가늘게 떨었다. 시어머니가 갑자기 웃음을 그치고 홱 돌아섰다. 그녀의 새빨간 입은 활짝 벌어져 있었지만 얼굴 어디에도 웃음기라곤 없었다.

"너희도 보았겠지? 왕과 왕비란 이런 것이다."

공주가 사납게 눈을 떠 세자비들의 뒤에 섰던 궁인들을 질겁하여 물러서게 했다. 두려움에 젖은 두 며느리에게 성큼 다가선 그녀는 손가락으로 그녀들의 턱을 들어 올렸다.

"너희 남편도 다르지 않단다, 내 가엾은 아가들아."

제법 다정한 어투였으나 그것이 오히려 단과 홍비의 눈을 공포로 물들였다. 시어머니의 길게 찢어진 눈에 번득이는 광기를 마주 보기란, 그녀들에게 결코 쉬운 일이 아니었다. 공주의 잘 다듬어진 손톱이 서슬 퍼런 칼처럼 꼿꼿이 세워져 홍비의 얼굴을 살며시 쓸어내렸다.

"너는……."

공주의 짜랑짜랑하던 목소리가 나긋나긋 누그러져 온화함마저 풍겼다.

"……무슨 마음으로 여기서 사는지 모르겠구나. 네 아비를 고문하고 섬으로 쫓아 버렸던 사람이 나다. 네 두 언니의 몸뚱이를 채찍으로 찢어 놓고 수하에게 첩으로 던져 준 사람이 나야. 그런데 내 아들과 혼인했으니 너와 나의 인연은 참으로 기이하구나. 내가 원수나 다름없는데, 원수의 아들과 한방을 쓰는 것이 그래도 괜찮더냐?"

"어마마마……."

홍비의 목소리가 거의 들리지 않을 정도로 가느다랗게 새어 나왔다. 곧 울음이 터질 것 같은 그녀의 뺨을 천천히 긁어내리던 손톱이 멈췄다.

"불쌍한 것."

공주의 눈에 진심 가득한 동정이 어렸다.

"내가 말을 잘못했구나. 내 아들이 네 처소에 단 한 번도 들른 일이 없으니 괜찮고 말고 할 것도 없지. 넌 남편의 얼굴도 기억 못 하겠지? 제대로 본 적이 있었어야 기억을 하지! 그에 비하면 난 그다지 운이 나쁘지 않구나. 난 내 남편의 그 밉살스런 수염 가닥 하나하나까지도 다 생각나니까! 네 언니들을 능가한다는 그 미모가 어째서 네 남편 앞에선 아무 힘도 못 쓰는 거지? 왜 그런지 아느냐, 아가?"

"……송구합니다, 어마마마."

"뭐가? 뭐가 송구한 거지? 네 남편이 네게 일말의 관심도 없는 것이? 아니면 왜 관심이 없는지 모르는 것이?"

"흑……."

어린 며느리의 눈에서 눈물이 흘러내리기 시작하자 공주의 불안정한 동정심이 마구 흔들렸다. 그녀의 차가운 손가락이 홍비의 눈물을 다소 거칠게 훔쳤다.

"첫 번째는 내가 어떻게 해 줄 수 있는 것이 아니구나. 하지만 두 번째는 가르쳐 주마. 네 남편이 네게 관심이 없는 건 이미 누군가에게 마음을 주어서란다. 그게 누구겠니?"

홍비의 눈동자가 흠칫흠칫 움직였다. 대답할 의사가 있어서가 아니라 시어머니의 위압감에 눌린 탓이었다. 그녀의 눈동자가 가는 쪽으로 공주도 눈을 돌렸다. 단이 창백한 얼굴로 그녀들을 보고 있었다. 훗, 공주가 만족스레 웃었다.

"……그렇단다. 마음을 준 이상 두 번째든 세 번째든, 열이고 백이고 아내를 더 얻어도 아무 관심이 없단다. 어쩌다가 안아 줄 수는 있어도 그건 마음을 준 상대를 안지 못하기 때문이겠지! 그렇지 않겠니, 첫째 아가야?"

공주가 그녀 쪽으로 몸을 틀자 단의 심장이 오싹하니 오그라들었다.

"정말이지 내 아들은 아버지를 쏙 빼닮았거든. 그렇기 때문에 널 고른 것일 테지. 하필이면 정화궁주의 조카를! 하지만 너도 마음 놓고 히죽거릴 여유란 없단다, 아가. 네 고모가 어떻게 되었는지, 지금 어떤 처지인지 누구보다도 잘 알고 있을 테니까! 내 아들이 하루도 빠짐없이 들를 만큼 네게 미쳐 있지만……, 이제 곧 그게 사내의 짧은 열정에 불과했다는 걸 알게 될 거야. 네 고모에게 빠졌던 내 남편이 지금 누구에게 푹 빠졌는지 너도 아까 똑똑히 봤겠지? 이질 부카가 황실의 공주를 맞아들이면 넌 둘째 비로 물러나 네 처소에서 자유롭게 나올 수도 없을 기고, 네 남편은 금세 다른 여자를 만나 마음을 주게 될 거란다. 그게 네 운명인 거야, 불쌍한 것! 네 고모는 아이를 셋이나 낳았지만 넌 그토록 남편이 사랑해 주는데도 아직 태기가 없으니 더 빨리 잊힐지도 모르겠구나. 하지만 그것도 다행이라면 다행이지. 아이가 생기면 네 목숨이 그만큼 위태로워질 테니 말이다……."

넋두리처럼 중얼거리던 공주의 눈이 느슨하게 풀어지는 것 같더니 다시 번쩍 무섭게 살아났다. 그녀는 찢어진 눈을 더욱 가늘게 뜨고 단의 얼굴에 바싹 코를 들이댔다.

"네게 아이가 생기지 않도록 조심하더냐? 그렇게까지 널 아낀단 말이냐?"

그래서라면! 단의 눈동자도 살아났다. 그래서 그이가 조금도 손대지 않은 것이라면! 그렇다면 이제까지의 모든 서운함을 털어 낼 수 있을 것 같다. 정말 그래서라면, 그래서라면!

하지만 목숨을 위협받더라도 그에게 닿고 싶은 마음이 더 큰 그녀는 가슴이 시큰하니 아려 와 입술을 깨물었다. 닿고 싶고, 안기고 싶고, 더 많은 것을 경험하고 느끼고 싶었다. 그녀 자신도 헤아릴 수 없는 뜨거운 내부를 화산처럼 폭발시켜 재도 남기지 않고 활활 불태우고 싶었다. 정식으로 입조하여 수년간 이별하게 되었는데도 출발하기 전날조차 그녀를 건드리지 않고 평안히 잠들었던 그의 옆에서 홀로 몸부림쳤던 설움이 떠올라 목이 메었다.

'나는 참으로 정결하지 못한 여자다! 저하께서 내 안위를 염려하여 그러신 것을 마냥 섭섭하다 투정하고 있었으니.'

그녀의 코끝에 다가온 시어머니의 입술이 비웃음으로 일그러졌다.

"널 위해서 이질 부카가 그토록 애를 쓴다니 놀랍구나. 부러운 일이지, 그건……. 하지만 아가, 언젠가는 결국 너도 나나 네 고모처럼 된단다. 네 남편이 왕이 될 사람이기 때문이지……. 그때가 오면 너도 내 마음을 이해하겠지. 그래도 내 아들을 너무 원망하지 마라. 넌 사랑이라도 받지 않았느냐."

그것만으로는 안 됩니다, 어마마마. 저는 더 원해요. 그분의 전부를 제 것으로 만들고 싶어요. 이젠 더 참을 수 없을 것 같아요. 단은 광기에 지쳤는지 쓸쓸히 돌아서서 예고도 없이 휘적휘적 걸어가는 시어머니의 뒤를 조용히 따랐다. 아직 눈물을 다 못 지운 홍비도 주춤주춤 걷기 시작했다. 싸늘한 바람이 그녀들이 뜬 자리를 훑고 지나갔다. 가을이 끝나 가고 있었다.

사람들은 끝도 없이 술을 마시고 있었다. 위대한 칭기스 카안의 빌리크*에 따르면, 술을 끊을 수 없다면 한 달에 세 번 마시고 세 번이 넘을 때는 벌하라고 했다. 한 달에 두 번 마신다면 괜찮고 한 번 마신다면 칭찬하며 전혀 술을 입에 대지 못하는 사람은 가장 칭찬받을 만하다고 했지만, 카안 자신도 완벽한 금주는 불가능하다고 생각했던 것 같다. 전혀 술을 마시지 않는 자가 세상에 어디 있겠느냐고 그는 물었던 것이다. 어쨌든 그의 수많은 빌리크는 어떤 법보다도 그의 후예들에게 강력한 힘을 발휘했지만 이 조항만은 예외였다. 세 번이 아니라 그 곱절의 곱절로 마시는 사람이 부지기수, 여기에 모인 사람들이 그랬다. 앞장서서 그들을 이끌고 만취의 세계로 인도하는 사람은 황제의 손자, 제위에 가장 가까운 사람 중 하나인 테무르였다.

그가 베푼 토이**는 성대하고도 질펀했다. 몽골인의 연회는 단순한 술자리가 아니다. 연회의 주인이 보통 귀족이 아닌 경우에는 더욱 그렇다. 수많은 재상들과 외교사절들, 각 부족의 노얀***들과 다른 울루스에서 인질로 온 왕공들, 서역에서 온 부유한 상인들이 모여 정보를 교환하고 서로를 탐색하며 자기편과 자기편이 아닌 사람을 걸러 내는 작업을 부단히 한다. 몽골어와 투르크어, 파사어波斯語****를 동시에 쓸 수 있는 사람이 아니면 감히 떳떳하게 자리를 차지할 수 없는 명실상부한 국제적

---

* 격언.

** 연회.

*** 부족. 씨족의 족장이나 귀족.

**** 페르시아어.

인 사교장, 그것이 토이다.

"이것 보라고, 사촌! 어째서 모두 자네에게 관심이 그렇게 많지?"

이미 술에 취해 건들거리는 머리를 힘겹게 가누며 테무르가 원의 어깨에 팔을 걸쳤다. 천성적으로 술을 사랑하는 그가 오늘 토이를 마련한 명목은 '고향에서 떠나와 향수병이 걸릴지도 모르는 그의 고종사촌인 고려 세자를 위로하기 위해서'다. 해맑은 미소에서 향수병 따위 찾아보기 힘든 사촌은 사교성과 언어의 재능을 타고난 인물이다. 사람들이 앞다투어 그에게 술을 권했고, 말을 붙였으며, 그의 달콤한 언변과 아름다운 얼굴에 매료되었다. 자신의 연회는 늘 호황이지만 사촌을 전면에 내세운 지금은 평소보다 배로 분위기가 들떠 있어, 테무르는 약간의 질투를 안고 그 수백 곱의 애정으로 사촌을 들여다보았다. 사촌이 웬만한 미녀보다 더 육감적인 입술로 씩 웃었다.

"제가 칸의 옆에 있기 때문이죠."

"으하하하!"

대답이 마음에 든 테무르가 연방 원의 어깨를 두드렸다. 나이는 어리지만 영리하기 짝이 없는 이 사촌을 그는 사랑했다. 이 사촌은 특별한 의미가 있었다. 이제 얼마 안 가 늙은 황제가 세상을 떠나면 그는 아마도 형 카말라를 제치고 제위를 승계할 것이다. 누구도 공공연히 말하지는 않지만 누구나 '카말라보다는 테무르'라고 생각한다는 걸 본인들이 가장 잘 알았다.

무능한 형을 밀어내고 세계에서 가장 고귀한 사람이 될 때

눈엣가시로 거추장스러운 사람은 두 명. 하나는 서쪽에서 끊임없이 대원 울루스를 위협하는 우구데이가의 카이두고 또 하나는 고모부인 고려의 국왕이다. 카이두는 그야말로 제국에 있어서 치명적인 존재였고 고려 국왕은 다른 의미로 껄끄러운 존재였다.

제실의 공주가 속국의 왕비로 가는 일이 없는데 유독 고려만이 특별했다. 고려 국왕은 황제의 부마로서 테무르보다 항렬이 높았다. 황제가 된다 해도 함부로 대하기 힘든 존재인 것이다. 더욱이 그 늙은 왕에 관한 소문이란 게 그다지 좋은 것들이 못 되어 테무르는 고려 국왕을 볼 때마다 언짢아지곤 했다. 그에 비하면 사촌인 이질 부카는 마음에 쏙 들었다. 사촌이었지만 서열에서 한참 밀리는데다 붙임성도 좋고 쾌활하며 아름다웠다. 그리고 까놓고 말해, 부왕보다 훨씬 왕다운 사내였다!

현재, 제실의 반란 도당에게 국토를 유린당하는 고려를 구하고자 팔을 걷어붙인 사람은 왕이 아니라 세자였던 것이다. 일전에 일어났던 동방3왕가의 반란을 주동자인 나얀을 잡아 죽임으로써 완전히 진압했다고 생각했던 쿠빌라이는, 카치운가의 카다안[哈丹]이 다시 들고일어남으로써 골치를 앓게 되다. 황제의 군대에게 밀려난 카다안이 고려의 국계를 넘어 들어가 몇 개의 성을 무너뜨리자 고려 국왕은 백성을 내버려둔 채 냉큼 강화로 피난하기 위해 보따리를 쌌다. 그때 나선 사람이 이질 부카로, 황제에게 원군을 보내 달라고 간청했다.

'내가 제위에 올랐을 때 고려의 왕은 너였으면 한다, 이질

부카.'

사촌을 바라보는 테무르의 시선에 끈적이는 동지애가 묻어 나왔다. 그는 손수 사촌 동생에게 술을 따라 주었다.

원은 얌전히 받아 마시는 자신을 보고 흡족해진 테무르가 횡설수설하는 동안 잠자코 듣고 있다가, 훌라구[旭烈兀]* 울루스에서 온 페르시아인이 다가와 떠들기 시작하자 취기가 돈다는 이유로 자리를 떴다. 실제로 너무 많이 마셔 머리가 지끈거리기 시작하던 참이었다. 테무르를 비롯해 수많은 막강한 인사들이 보여 준 관심은, 싫지는 않았지만 그를 불편하게 했다. 그들 중에는 그의 입가에 머문 인위적인 웃음을 지워 줄 사람이 없다. 진심으로 머리를 기댈 어깨가 없다. 그들은 하나도 빠짐없이 모두 그의 이용 대상에 불과했다.

연회장을 빠져나온 그의 숨통을 틔워 준 것은 대도의 차가운 공기가 아니라 커다란 나무에 조용히 기대어 눈을 감고 있는 사람이었다. 원은 아파 오던 머리가 맑아지는 기분으로 그에게 천천히 다가갔다. 제법 가까이 갔는데도 린은 눈을 뜨지 않았다. 원은 빨려 들어가듯 그의 얼굴에 시선을 고정했다. 희고 가는 선 때문에 충분히 유약해 보이는데도 만만히 볼 수 없는 강인함이 묘하게 섞여 있었다. 화려함과는 동떨어진 순수하고 담백한 아름다움, 고결한 기품이 고스란히 묻어나는 선비의 얼굴이다. 이 얼굴로 칼을 휘두를 때 눈부시게 빛나는 냉정성

---

* 일칸국을 세운 쿠빌라이의 동생.

을, 부조화의 미가 너무 강렬하여 원은 사랑했다. 그 침착한 차가움이 진정한 냉혈한의 본성이 아니라 뜨거운 심장을 갑주처럼 감싸는 껍질이란 걸 알기에 더욱 사랑했다.

린, 나의 아름다운 친구. 내게 없는 매력을 지닌 나의 보물. 그것이 산의 마음을 휘어잡았던 것일까. 벗을 향해 뜨겁게 솟구치던 애정이 온도를 더해 가며 다른 감정으로 번질되는 것을 감지하고 원은 토기를 느꼈다. 사랑보다 질투가 더욱 뜨겁다는 것이 실감되는 순간이었다. 무엇에 대한 질투? 사랑하는 여인을 빼앗아 간 사내에 대한? 아니면 린의 마음속을 완전히 장악하지 못한 패배감에서 빚어진? 원은 술기운에 감정이 북받쳐 올라 벗을 향해 손을 뻗었다. 그의 손이 흰 뺨에 닿기 전에 린이 눈을 번쩍 떴다.

"벌써 나오셨습니까?"

"아아, 네가 끼지 않으니까 재미가 없어서 말이야."

원이 머쓱하여 손을 거뒀다.

"왜 들어오지 않은 거야? 네가 있었으면 나한테 권하는 술잔이 반으로 줄었을 텐데."

"말짱한 정신으로 저하를 지키고 싶습니다."

"지키긴! 너나 나나 똑같이 인질인데 누가 누굴 지켜?"

"저는 어디서든 저하를 지키는 사람입니다. 그러기 위해 여기, 대도에 따라왔습니다."

"어디서든 지켜 준다……. 지켜 주겠단 말이지, 나를. 내 곁에서 떠나지 않고."

술기운에 흐릿했던 원의 눈이 일순 반짝였다. 그가 얼굴을 가까이 들이밀었다.

"언제까지?"

"예?"

갑작스런 물음에 당황하는 린에게 원이 더 가까이 얼굴을 들이댔다. 취한 그의 입에서 나오는 뜨거운 김이 린의 입술에 부딪칠 정도로.

"언제까지라도 내 곁을 떠나지 않을 테냐, 지금처럼? 내가 죽을 때까지? 아니면 네가 죽을 때까지?"

"……."

린은 대답을 해야 한다고 생각했지만 입술이 원의 눈 아래서 머뭇거렸다. 적잖이 당황한 그를 보자 원의 날카롭던 눈이 장난스런 웃음기를 담고 가늘어졌다.

"고지식하긴, 린! 네가 내 벗이고 내가 네 벗인 한 서로 떠나지 않는 거잖아. 간혹 떨어지더라도 그건 몸이지 마음은 잇닿아 있는 거잖아. 어려울 게 뭐 있어?"

"……예."

린이 시선을 땅으로 떨어뜨렸다. 이 순간에 산을 떠올리다니! 세자에게 미안하고 죄스러웠다. 질문을 곧이곧대로 해석하여 대답을 멈칫하다니 대단한 불충이 아닐 수 없다. 원이 짓궂은 웃음을 머금고 그를 들여다보았다.

"사실 난 좀 걱정하고 있어. 네가 혼인도 안 하고 평생 내 곁에만 붙어 있을까 봐 말이지. 많은 여인들의 원망을 받을 만한 일 아니겠니? 사람들을 사랑하고 그들을 기쁘게 해 주는 게 내 일인데, 아무래도 너 때문에 욕심쟁이 왕이란 소릴 들을 것 같거든."

"저하."

"그럼 안 되지! 너도 누군가를 만나서 세상 사람들이 누리는 재미를 맛봐야지 않겠니. 문제는 네가 그럴 위인이 아니라는 거야. 이건 내 힘으로 어쩔 수 없는 일인데 다른 사람들이 그렇게 안 봐 줄 것 같거든?"

"……."

"이런 녀석을 넘어뜨리는 여자가 어디 없으려나? 있다면 크게 상을 내려 주고 싶은데 말이지."

"언젠가 그런 날이 오면……."

린이 나직하게 속삭이자 원이 움찔했다.

"……제 몸이 저하를 떠나는 날이 온다고 해도 제 마음은 늘 저하께 있다는 것을 알아주시겠습니까?"

원은 가슴 한 귀퉁이가 무너지는 소리를 들었다. 그의 벗은 농담을 하지 않는다. 특히 그의 앞에선. 그는 부러 크게 웃음을 터뜨렸다.

"누가 네 몸을 원한다고 했니! 네가 혼인해도 난 하나도 아쉽지 않은 거 몰라? 네가 여자를 안는다면 나로선 대찬성이라고! 전에도 말했지, 난 너랑 기루에 함께 갈 마음도 있다고."

"제가 저하의 눈이 닿지 않는 곳으로 가 다시는 돌아올 수 없더라도 저하께서는……."

"넌 못 가!"

원이 어깨를 꽉 움켜쥐는 바람에 놀란 린이 눈을 들어 그를 보았다. 원의 눈빛은 알 수 없는 복잡한 감정으로 혼란스럽고 탁했다. 경악, 분노, 슬픔, 고통 따위가 하나로 귀결되지 않는 눈빛이 린을 얼떨떨하게 만들었다.

"넌 못 가, 린. 그건 있을 수 없어."

눈동자가 위험스레 흔들렸다. 있을 수 없는 일이 무엇인지 그로서도 명확하지 않다. 린이 언젠가 그를 떠나 버리리란 것? 린이 사랑하는 사람이 다름 아닌 산이라는 것? 아니면 그만을 보던 린이 산 때문에 그를 밀어내 버린 것? 명확한 것은 그 모든 것을 허락할 수 없다는 것이다. 원은 당혹스러움에 굳어 버린 친구를 와락 껴안았다.

"넌 내 옆에 있어야 해, 린. 영원히."

너도 산도, 내 옆에, 내 눈이 볼 수 있는 곳에 있어야 해. 하지만 너희 둘이 내가 아닌 서로만을 보는 건 참을 수 없어. 너흰 둘 다, 나를 보며 내 곁에 있어야 해. 원은 린을 안은 팔에 힘을 꽉 주었다.

그의 격렬한 반응에 놀란 린은 두 팔을 늘어뜨린 채 그저 서 있을 따름이다. 짓궂은 장난을 많이 치는 원이지만 지금은 결코 장난이 아님을, 린은 떨리는 그의 어깨에서 알 수 있었다. 이렇게 절박하고 거친 모습을 보인 적 없는 원이었다. 떠난다는 말 한마디가 이 정도의 파급을 가져온 것인가, 아니면 단순히 술에 취해 감정을 다스리지 못한 것인가? 언뜻 이해되지 않는다. 지금 당장 떠나는 것도 아니고, 떨어져 있어도 마음은 잇닿아 있다는 둥 어쩐 둥 말한 사람은 정작 원이었는데 말이다. 혼란 속에 서 있는 린에게서 원을 떨어뜨려 놓은 것은 멀지 않은 곳에서 날아온 한 소년의 웃음 섞인 목소리였다.

"뭐야, 이질 부카! 보통 열렬한 게 아닌데?"

원이 팔을 풀고 돌아서서 소리 난 쪽을 보았다. 네모난 가슴을 떡 벌리고 당당하게 걸어오는 소년은 무척 재미난 장면을 본 듯 얼굴 가득 웃음꽃을 피우고 있었다.

"카이샨."

잇새로 씹듯이 소년의 이름을 뱉은 원도 환하게 웃음 지으며 입술을 둥글게 휘었다. 카이샨이 그들에게 다가왔을 때 원은 이미 린에게서 몇 발짝 떨어져 있었다.

"방해가 되었다면 미안해, 이질 부카."

카이샨이 키들거리며 린을 훑어보았다. 그의 날카로운 눈매에 강한 호기심이 깃들었다.

"예쁘긴 한데 안기엔 팔이 아플 것 같군. 키도 우리보다 크잖아. 거기다 가슴도 편평하고. 아무리 급해도 좋은 선택은 아닌 것 같아."

"그만둬. 이 녀석은 그런 농담을 좋아하지 않아."

언제 심각했냐는 듯 원이 카이샨과 똑같은 유들유들한 웃음을 지으며 린의 어깨에 가볍게 손을 올렸다. 턱으로 카이샨을 가리키며 그는 평소처럼 명랑하니 말했다.

"카이샨이야, 린. 카안의 증손자 중 가장 뛰어난 왕자라고 모두 떠드는 녀석이지. 칭기스 카안과 톨루이[拖雷]* 칸의 용맹성과 잔인무도함을 그대로 빼닮았다는 늑대 중의 늑대. 이쪽은 고려에서 데려온 톨루게[禿魯花]** 수정후 왕린, 내 처남이야, 카이샨. 내가 가장 사랑하는 두 사람 중 한 명인데 날 떠나겠다고 해서 매달리던 중이었어."

원의 엉뚱한 소개에 린이 미간을 찌푸렸다. 그에게 박힌 카이샨의 눈이 한층 빛났다.

"흐흥, 이질 부카의 마음을 사로잡은 사내란 말이지? 이빨을 감춘 늑대의 사랑을 받는 사내……. 반갑군. 왕린이라고?"

카이샨이 먼저 손을 내밀어 린의 손을 잡았다. 어린 소년치곤 손이 무척이나 크고 거칠었다. 손바닥 안 가득 박인 못이, 그가 궁성 안에서 뒹구는 유약한 왕자가 아님을 여실히 증명했다. 꾸밈없이 웃고 있었지만 희게 드러난 이가 정말 늑대의 그것처럼 보였다. 린이 제대로 된 예를 올리려는 것을 손을 쥐고 몇 번 흔들어 대는 것으로 끝내 버린 젊은 왕자가 원에게로 시선을 옮겼다.

"가장 사랑하는 두 사람 중 하나면 나머지 하나는 나란 얘기야? 유일하지 않은 게 거슬리긴 하지만 나쁘지 않은데?"

"아차, 미안. 가장 사랑하는 세 사람으로 바꾸지. 너도 포함해서."

---

* 칭키스 카안의 넷째 아들로 쿠빌라이의 아버지.
** 숙위. 인질의 의미를 가진 몽골어.

"뭐야? 가장 사랑하는 사람 중에 혈맹을 약속한 의형제인 안다가 들어 있지 않다니 그게 말이 돼? 젠장, 나머지 하나는 누구야? 꿈속에서도 잊지 못할 아내?"

"왜 이제 온 거야? 꽤 늦었잖아. 네 숙부에게 밉보여서 좋을 게 있어?"

말을 돌리는 원이 자못 진지한 표정을 지었다. 카이샨이 어깨를 으쓱했다.

"가장 중요한 인물은 서둘러 만인 앞에 등장하지 않거든."

"웃기는 소리!"

원이 웃음을 터뜨렸다. 방심한 그 웃음에, 린은 카이샨이 원에게 꽤나 신뢰를 받는 사람임을 직감했다. 이 카이샨이란 인물에 대해 그도 들은 바가 있었다. 타고난 전사로, 점점 초원에서 멀어져 나약해지는 황족들 중 유일하게 쿠빌라이 사후 서쪽의 늙은 사자 카이두를 대적할 만한 재목이라 평가받는 왕자였다. 그런 그가 어린애처럼 원 앞에서 웃고 있는 것을 보니 어울리지 않으면서도 지극히 자연스러워, 린도 옅은 미소를 입가에 그렸다. 원에게 등을 떠밀려 연회장으로 발길을 돌리던 카이샨이 린을 흘낏 보고 의미심장한 웃음을 삼켰다.

"아내의 오빠라……. 닮았겠군? 아무리 그래도 안지는 마, 이질 부카! 여자라면 내가 얼마든지 대 줄 테니까."

"꺼져 버려!"

원은 이를 갈면서도 웃음을 멈추지 않았다. 카이샨 역시 그들의 눈에서 벗어날 때까지 오래오래 웃었다. 그의 웃음소리가 들리지 않을 때쯤 원이 린에게로 눈을 돌렸다. 긴장감이 새롭게 살아나 카이샨의 등장으로 잠시 화기애애했던 공기가 무거워졌다. 어색하고 불편했다. 10년이 가깝도록 함께 지냈던 시간 속에서 이런 경우는 처음이었다. 한참 입속 살을 질근거리던 린이 먼저 입을 뗐다.

"저하, 아까 제가 드렸던 말씀……."

"가자, 린!"

원이 그의 말문을 막으며 걸었다. 목소리가 평소처럼 밝았다.

"오늘 마셨던 술맛이 떫었다. 아무래도 다른 술로 혀를 씻어야겠어. 난 벌써 취했으니까, 나가떨어지면 네가 맡아 줘야겠지?"

"취하셨으니 이만 들어가심이……."

"아니, 아니! 오늘은 내 뜻대로 하자고, 친구."

앞장선 원은 린이 입을 다물고 뒤따라오는 것을 느끼고 적이 안심했다. 더 이상 묻지 않겠지. 그의 열렬한 포옹과 애원에 대해 린이 다시 들추는 일은 없을 것이다. 부끄러움이 그를 분노하게 했다. 그의 반응에 놀란 린은 아마 그의 곁에 꼼짝없이 묶일 것이다. 그것은 린과 산을 동시에 곁에 둘 수 있다는 말이 된다. 계획하고 린을 껴안은 것은 아니었지만 결과적으로 그는 자신의 욕심을 채웠다. 스스로의 바람이 얼마나 이기적인지 절감하며 원은 부끄러워했고 분노했다.

'그러면서도 마음이 잇닿아 있느니 운운했어, 비겁한 놈!'

자신에게 욕을 퍼부으며 황성의 바깥쪽에 나섰을 때, 원은 웅성거리는 한 무리를 발견하고 멈춰 섰다. 사람들이 둥글게서 있는 안쪽에 한 사내가 새빨갛게 익은 얼굴로 한쪽 뺨이 퉁퉁 부어 있는 아이 하나를 감싸 안은 여인을 노려보고 있었다. 머리도 마음도 한창 어지러운 원이었지만 이런 일을 모른 척 지나가지 않는 성미라 무리의 틈을 비집고 들어갔다. 그럴 줄 알았다는 듯 린도 뒤따라 끼어들었다.

"어서 그 조그만 쥐새끼를 내놓으라고!"

씩씩대는 사내가 한어漢語로 고함을 쳤지만 여인은 말똥말똥 맑은 눈만 똑바로 뜰 뿐이었다. 약이 오른 사내가 펄쩍펄쩍 뛰며 아이의 팔을 잡아끌기 위해 손을 뻗었으나 여인의 움직임이 훨씬 빨랐다. 찰싹! 가볍게 내리친 채찍이 사내를 움츠러들게 했다. 둘러선 사람들이 깔깔대고 웃자 사내의 얼굴이 한층 붉게 물들었다. 어느새 여인은 아무 일 없다는 듯 손을 거둬 그녀에게 달라붙은 아이를 감쌌다. 사내가 그녀의 주변을 뱅뱅 돌며 콧김을 거칠게 뿜는 동안 그녀는 움직이지 않았다. 그러다 조금이라도 그녀가 정해 놓은 듯한 경계를 침범했다 싶으면 재빨리 채찍을 휘둘러 파리 쫓듯 사내를 떨쳐 냈다. 이도 저도 못 하게 된 사내가 욕을 퍼붓기 시작했는데 그 내용이 퍽 민망했음에도 여인은 눈 하나 깜짝하지 않았다.

원은 흥미롭게 여인을 바라보았다. 시원스럽게 솟은 콧대와 깊숙한 눈, 아름다운 무늬가 새겨진 옷이 그녀의 출신을 짐작하게 했다. 그녀는 사내가 질펀하게 쏟아 내는 욕지거리를 전혀 못 알아듣는 게 분명했다. 사내의 흥분한 태도로 미루어 욕인 건 알겠지만 내용을 모르니 무덤덤하니 견딜 수 있었던 것이다.

"좀 도와줘도 되겠는가?"

원이 나섰다. 구경하는 모든 사람들의 시선이 그와 린에게 쏠렸다. 걸친 옷만으로도 이 아름다운 소년들이 고귀한 신분임을 눈치 못 챌 사람은 없었다. 한 사람, 지나치게 흥분한 사내만이 못다 푼 분을 터뜨렸다.

"아무것도 모르는 주제에 참견할 생각 말고 가던 길이나 가!"

사내는 곧 후회했다. 그에게 말을 걸었던 남자 뒤에 섰던 또 한 명의 남자가 허리춤에 놓인 장검에 가만히 손을 얹었기 때문이다. 아차 싶었던 사내는 도와주겠다고 나선 남자가 부드럽게 웃으며 칼을 잡는 남자를 말리는 것을 보고 가슴을 쓸었다. 둘러싼 구경꾼들 중에서 제 편이라고 느낄 만한 이가 전혀 없었던 사내, 이 친절한 미남자에게 성급히 매달렸다.

"저 여인이 제 행랑에서 물건을 훔친 아이를 감싸고 안 돌려보냅니다, 대인! 그렇다고 물건 값을 주는 것도 아니고 가까이만 가면 저를 두들겨 패니 이렇게 억울할 데가 어디 있습니까, 네? 색목인이라 관아에 가도 저만 억울할 것 같고, 아주 미치겠습니다!"

원은 그의 팔을 붙잡은 사내의 손을 떼어 내고 여인에게 눈을 돌렸다.

"어디서 왔지? 혹 아스족인가?"

그의 입에서 나온 투르크어에 여자가 눈을 크게 떴다.

"그래요. 어떻게 알았죠?"

여자의 입이 열리자 이번엔 원과 린을 제외한 사람들의 눈이 커졌다. 여자가 벙어리일지도 모른다고 생각한 사람들이 열에 아홉이었다. 구경꾼들은 모두 한인들로 언어를 이해하지 못했지만, 마침내 열린 여자의 입과 그녀의 입을 열게 한 원의 입에 집중했다.

"난 아스족의 피를 이었거든."

원이 빙그레 웃었다. 사내였지만 이루 말할 수 없이 고혹적인 미소여서 구경꾼들 중엔 저도 모르게 감탄사를 내뱉는 이들이 적지 않았다. 여자의 볼에도 붉은 기운이 잠시 피어올랐다가 사라졌다.

"저 사람이 이 아이를 마구 때렸어요. 아이가 울면서 도망치려고 해도 아무도 도와주지 않았죠. 저런 사람에게 아이를 그냥 보낼 수는 없어요. 그러니 아이 아버지에게 말해 주세요. 아이는 내가 데려가겠다고."

여자가 꽤 길게 말하자 사내가 눈을 굴렸다.

"뭐라고 하나요, 대인? 훔친 물건 값을 대신 주겠답니까?"

원은 린에게 살짝 눈짓을 했다. 린이 소매에서 지원통행至元通行*을 몇 장 꺼내어 사내에게 쥐어 주고 구경꾼들을 쓱 둘러보았다. 물건 값을 넘치게 받은 사내를 비롯해 흥미진진하게 원과 여자를 지켜보던 사람들이 기가 눌려 하나둘 슬금슬금 자리를 떴다. 그렇게 해서 새롭게 등장한 두 남자와만 남게 된 여

---

* 원나라에서 통용되던 지폐 중 하나.

인이 눈썹을 찡그렸다.

"아이 아버지가 돈을 달라고 했나요? 이 아일 노예로 판 거예요? 그 사람이 내게 말하던 게 그거였어요?"

"그건 잊어버려. 그 아이는 어쩔 셈이지?"

원이 한 걸음 여인에게 다가섰다. 여자의 턱이 미세하게 움찔했다. 그에게서 분명 수컷의 냄새가 났다. 린은 그를 이해할 수 없었다. 왜, 어째서 길에서 우연히 만난 여자에게? 린은 그들에게서 조금 떨어져 말없이 팔짱을 끼었다.

"말했잖아요, 내가 데려간다고."

"데려가서 노예로 키우려고? 하지만 돈을 낸 사람은 이쪽이거든. 뭐, 목숨 값이 나귀 한 마리도 안 되는 한족 아이지만 싸게 산 셈이군."

여인의 눈에서 불꽃이 파랗게 일었다. 아이의 팔을 잡아끌어 자신의 뒤로 감추고 그녀가 채찍을 든 손을 올렸다.

"그만둬."

원이 아까처럼 빙그레 웃었다.

"그걸 휘두르면 저기 있는 남자가 손목을 잘라 버릴지도 몰라."

"아이의 값은 치르겠어요. 그러니……."

"왜 아이를 그렇게 감싸고돌지? 오늘 처음 만난 아이잖아. 어떤 아이인지도 모르고."

"그런 건 상관없어요. 아이는 혼자 자랄 수 없으니 보호를 받아야 하고, 나는 보호해 줄 만한 능력이 있어요. 그러니 돈을 받고 아이를 내버려둬요."

여인이 은화를 얹은 손을 내밀었다. 원은 그녀의 손을 내려다보았다가 다시 그녀의 눈을 꿰뚫을 듯 바라보았다. 닮았어. 그는 생각했다. 그녀의 치마를 잡고 눈을 빠끔 내놓은 아이 때문인지도 몰랐다. 누군가를 보호하려는 여자, 그것도 아이를. 원은 눈앞의 여자에게서 산을 겹쳐 보았다. 아이도 과거 그가 복전장에서 만났던 꼬마와 어딘가 닮은 것 같다. 그러나 사실 그녀는 산과 전혀 닮지 않았다. 산과 비교하면, 이 여자는 못생긴 건 아니지만 평범한 축에 속했다. 더구나 고려인과 아스족은 뿌리 자체가 달랐다. 그래도 닮았다고 원은 속으로 우기고 있었다. 주눅 들지 않는 그녀의 태도도 분명 한몫했다.

아마 술을 너무 많이 마신 탓일 거야. 원은 또 생각했다. 정말 술 때문일지도 몰랐다. 여자에게서 얼핏얼핏 비치던 산의 그림자가 아예 그녀를 통째로 삼키고 진짜 산이 서 있는 듯한 환각을 일으켰다. 그녀의 흑요석처럼 빛나는 커다란 눈동자가, 한 걸음 더 다가선 그에게 두려움을 느꼈는지 가늘게 떨렸다. 산이 이런 표정으로 날 보다니! 원의 가슴 가득 차오르는 만족감이 열기로 바뀌었다. 나를 봐, 사내로. 린이 아닌 나를. 원은 그녀의 손을 감싸 둥글게 말아 은화를 그녀의 손바닥에 가뒀다. 탁하게 갈라진 목소리가 그의 붉은 입술을 가르고 나왔다.

"이걸론 조금 부족해."

그녀는 원에게 잡힌 손을 뿌리치지 않았다.

술 때문이리라. 린은 생각했다. 그렇지 않고서야 원이 그와 함께 있던 자리에서 여자를 데리고 곧장 처소로 향할 리가 없다. 농담처럼 기루에 같이 가자고도 하고 여자 경험이 적지 않음을 넌지시 밝힌 적도 있지만, 그의 앞에서는 그 모든 것이 오로지 장난이었다. 무엇보다도 그는 원의 절친한 벗인 동시에 처남이었다. 원은 그의 누이를 사랑한다고 눈을 부릅뜨며 강조하지 않았던가. 그러나 세자는 엄연히 그의 주군이고, 사내고, 마음에 드는 여자를 언제든지 취할 수 있는 존재.

원이 여자와 함께 방에 들어가는 것을 확인한 뒤 린은 집에서 다시 나왔다. 씁쓸한 마음이 무겁게 내려앉았다. 오늘의 원은 확실히 이상하다. 그에게조차 말 못 할 고민으로 괴로워하는 게 분명했다. 그런 원을 위로해 주는 사람이 자신이 아니라 길에서 우연히 마주친 여자라니! 린은 밤새도록 말을 타고 성 밖을 돌았다.

원은 불을 밝히지 않았다. 적당히 어두워야 여자에 덧씌운 산이 달아나지 않을 것 같아서였다. 그는 여자의 묶은 머리를 거칠게 풀어 버렸다. 폭포수처럼 흘러내린 머리칼이 그녀의 얼굴을 거의 가려 버리자 그는 훨씬 홀가분해졌다.

'산, 너는 산이야.'

그는 주문이라도 외듯 속으로 되뇌며 머리칼 사이에 드러난 긴 목선을 쓰다듬어 내렸다. 손가락에 닿는 피부에서 부끄러운 떨림이 느껴졌다. 맘에 들어. 원은 손바닥을 펴서 그녀의 어깨를 쓸고 쇄골을 거쳐 옷 위로 가슴을 움켜잡았다. 헉, 숨을 들이마시는 소리가 고요한 방 안에 뜨겁게 퍼졌다. 그것은 아직

116

들어 보지 못한 산의 신음이었다. 어처구니없게도 그의 뇌리를 스치고 간 물음은 '린이 이걸 들은 적이 있을까?' 하는 것이었다. 그는 그들의 격정적인 입맞춤을 이미 본 적이 있다. 린이 확실히 들었으리라 생각하니 돌연 분노가 치밀었다. 원은 여자의 겉옷을 찢을 듯이 단숨에 벗겼다. 당황한 여자가 꿈틀댔으나 그가 억센 힘으로 내리눌렀다.

"뭘 했지? 내가 본 것 말고, 또 뭘 했어?"

"그게 무슨……."

"말하지 마, 한마디도!"

고려어로 광폭하게 소리 지르는 그에게 눌려, 여자는 알아듣지 못한 채 그의 뜻대로 입을 다물었다. 이상한 남자. 여자보다 더 아름다운 이 남자가 우락부락한 사내에게나 어울릴 법한 거친 손놀림으로 자신을 사납게 대하는 것에 화가 나면서도 그녀는 저항하지 못했다. 그만큼 나를 원하는 걸까? 그런 순진한 생각을 했던 것이다. 곧이어 그 생각을 비웃듯 그의 폭력이 한층 거세졌다. 마치 짐승처럼 그녀를 다루는 남자 때문에 그녀는 기절하기 직전이었다.

부드럽고 따뜻하며 감미로웠던 그 마술 같은 미소는 도대체 뭐였지? 그는 괴물이거나 미치광이임에 틀림없다. 여자는 시야를 완전히 가린 자신의 머리칼을 걷어 내고 그녀를 거세게 몰아붙이는 괴물과 눈을 마주 보려 했다. 소득 없는 시도였다. 얼굴을 조금 드러내자마자 남자가 그녀의 머리채를 붙잡아 이불에 묻어 버렸던 것이다.

죽을 것 같아. 이불이 그녀의 눈물로 축축하니 젖어 들었다. 이러려고 남자를 따라온 것은 아니었다. 그녀는 길가의 유녀가 아니라 황제의 케식텐* 중에서도 무용이 뛰어난 밍간**의 딸이었다. 설령 이 남자가 황제의 피붙이만큼이나 대단한 혈통을 가졌다 해도 그녀를 이런 식으로 취급할 수는 없다. 그리고 보니 아직 남자의 이름도, 지위도 몰랐다. 남자도 그녀가 어떤 사람인지 묻지 않았었다. 어이없군. 여자는 입술을 피가 나도록 물었다. 이것이 한눈에 반한 남자에게 받는 대접이라니!

갑자기 남자가 너무나 부드럽게 그녀의 목덜미에 입을 맞췄다. 분노와 체념 속에 시체처럼 힘을 잃고 늘어져 있던 그녀가 흠칫했다.

"미안하다, 산. 미안……."

조금 전의 광기는 어디로 사라졌는지, 부드럽고 다정하게 그녀를 어루만지며 연신 그가 중얼거렸다.

"산, 산……."

독한 술 냄새가 섞인 숨을 힘겹게 내쉬던 남자가 마침내 힘을 잃고 침상에 쓰러졌다. 여자는 힘겹게 몸을 뒤척이며 윽, 저도 모르게 신음을 냈다. 그녀의 독기 어린 눈이 옆에 퍼질러진 사내를 노려보았다. 천장을 향해 똑바로 드러누운 남자는 거친

---

* 친위대.

** 천인 대장.

숨을 푸푸 내쉬며 곯아떨어져 있었다.

나쁜 놈 같으니! 여자가 이를 바드득 갈았다. 그러나 그의 얼굴로 눈을 옮긴 여자는, 침상에서 당장 뛰어내리고 싶은 마음이 눈 녹듯 사라지는 기막힌 현실에 직면했다. 바깥에서 새어 들어오는 희미한 빛에 비친 남자의 옆얼굴 선이 잘 빚은 도자기처럼 유려했다. 살짝 벌어진 입술은 그녀의 목덜미가 겪었듯 매우 부드럽고 따뜻하리라.

"아스족의 피를 이었다고?"

여자는 가만히 혼잣말을 중얼거렸다. 아스[阿速]족은, 칭기스 카안의 손자 바투[拔都][*]가 서방 원정을 떠났을 적 그를 따라간 뭉케[蒙哥]^{**}가 데리고 온 페르시아 계열의 유목인들로서 카프카스 북방 초원에 살던 알란[阿蘭]족의 후예다. 뭉케가 끌고 온 킵차크[欽察], 아스, 캉글리[康里] 등 여러 부족들을 쿠빌라이가 직속 특수 친위 군단으로 재편하면서 아스족은 황제의 측근으로 세력을 형성한 이족異族 무력 부대의 주축이 되었다. 쿠빌라이 만년에 그를 격노케 했던 동방 왕가들의 반란을 진압할 때 혁혁한 공로를 세운 것이 이들 친위대로, 신분상으로는 몽골족에 크게 못 미쳤지만 카안의 두터운 신임 아래 웬만한 군공 못지 않은 대접을 받았다. 그녀의 아버지도 마찬가지였다.

여자는 다시 남자의 환상적인 이목구비를 꼼꼼히 뜯어보았

---

[*] 칭기스의 장자 주치[術赤]의 둘째 아들. 킵차크칸국의 칸.

^{**} 쿠빌라이의 형이자 4대 황제 헌종憲宗.

다. 매끈하게 솟은 코가 제법 날렵하지만 그것은 아스족만의 전유물이 아니었다. 남자는 거의 몽골인으로 보였다. 몽골의 귀족일까? 아니면 왕족? 그러나 몽골의 귀인들 중 한어에 유창한 사람은 보질 못했다. 여자는 어느새 분노도 잊은 채 남자를 바라보는 데만 정신이 팔렸다.

"……산……."

남자가 갑자기 눈썹을 찡그리며 입술을 달싹였다. 깨어나는가 싶어 흠칫 숨을 죽였던 여자는 남자가 다시 평온하게 숨을 고르자 후, 얕은 숨을 조용히 내쉬었다. 내가 무얼 두려워하는 거지? 갑자기 여자는 화가 치밀어 올랐다. 주정뱅이의 잘난 얼굴에 현혹되어 아스족 노얀의 딸로서 겪을 수 없는 수치를 당한 참에 숨죽이며 그 주정뱅이의 옆에 여전히 붙어 있다니. 스스로를 이해할 수도 용서할 수도 없었지만 여자는 움직이지 않았다. 자신보다 더 이해 못 할, 용서 못 할 생물이 바로 옆에 있다. 그에게 따지고 해명을 듣고 사과와 배상을 받지 못한다면 그야말로 완벽한 패배이자 굴욕이리라. 그런 이유로, 그녀는 남자가 눈을 뜰 때까지 그의 자는 얼굴을 아주 오랫동안 관찰할 수 있었다.

얼마나 지났을까. 밖에 매달아 놓은 등롱보다 더 밝은 빛이 스며들어 오자 남자가 드디어 뒤척이기 시작했다.

"음, 아……."

남자가 갈라진 신음을 냈다. 그렇게 술 냄새가 진동하도록 마셨으니 엄청난 주갈에 고통스러울 만하다. 사내의 끙끙대는 소리를 듣다못해 여자는 겉옷을 대충 두르고 일어났다. 다리 사이의 통증이 아찔하니 밀려왔다. 힘이 제대로 들어가지 않는 다리를 끌고 가 탁자 위에 있는 청자 매병에 담긴 물을 사발에 따랐다. 그녀가 침상으로 돌아올 때까지도 정신 못 차리고 있던 사내는, 입에 사발을 대 주자 알아서 목을 세워 꿀꺽꿀꺽 달게 물을 마셨다. 사발을 다 비우고서야 뒤통수를 다시 이불에 털썩 묻고 눈을 반짝 떴다. 그녀가 기억하던 눈이었다, 선량하고도 서늘한 모순적인 느낌의.

원은 눈에 들어온 낯선 여자를 별다른 의식 없이 바라보았다. 산발한 머리도 그렇고 흐트러진 옷도 그렇고, 자신의 하룻밤 상대였음이 분명하다.

'린이 나를 이 여자한테 맡기고 가 버렸다고?'

믿을 수 없군. 눈살을 찌푸리던 원의 뿌연 머릿속을 채우던 안개가 서서히 걷혀 갔다. 하나가 생각나면 다른 기억이 꼬리를 물고 되살아난다. 어떤 한족 사내와 아이 하나를 두고 길에서 실랑이를 벌이던 여자. 그녀의 손목을 잡아 여기까지 끌고 온 사람은 바로 자신. 거기다 그녀에게 사랑하는 이의 환영을 덧씌운 망상 속에서 밀어붙였던, 거칠기 짝이 없던 하룻밤.

원은 부스스 몸을 일으켜 여자와 눈높이를 맞췄다. 여자의 깊숙한 눈에 담긴 감정이 쉽게 읽히지 않았다. 거북한 기분을 감춘 채 그가 침착하니 입을 열었다.

"아직 가지 않았군."

여자의 눈썹이 휙 매섭게 치켜 올라갔다. 이건 읽기 쉽구나.

화가 단단히 났어. 한 소리 듣겠는걸. 예상대로 여자가 분통을 터뜨렸다.

"물론 가지 않았어요! 술에 취해서 기억나지 않는다고 발뺌할 모양인가 본데, 그렇게 놔두지 않겠어요. 내 꼴을 보면 당신이 무슨 짓을 했는지 모르진 않을 텐데? 날 길거리의 창녀처럼 다루려고 여기 데리고 왔나요? 내가 누군지 알고 감히 이런 짓을⋯⋯."

"아프게 한 건 미안하지만 억지로 끌고 온 기억이 없어. 사내를 따라올 마음을 먹었다면 사내가 짐승이란 것도 염두에 뒀어야지."

"뭐라고? 이 뻔뻔한!"

여자의 손이 번쩍 올라갔다. 원은 방어할 마음 없이 그저 여자를 마주 보았다. 내가 따귀 맞은 걸 알면 모두 기절하겠군. 그의 머릿속을 스쳐 간 생각이었다. 그러나 여자의 손이 허공에서 멈춘 채 잠시 길을 잃고 주춤했다.

"네가 누구든 합당한 사례를 하지."

원의 얄미운 목소리가 그녀의 손에게 길을 알려 주었다. 철썩! 소리가 장난 아니게 컸다. 고개가 홱 돌아간 원의 귀에 분노로 부들거리는 여자의 목소리가 들려왔다.

"난 아스족 노얀의 딸이야. 당신이 아스족 출신이라니, 사례는 그 목이면 충분할 거야."

"흠, 확실히 하룻밤만 즐기고 버릴 상대는 아니군."

원이 부어오른 뺨을 어루만지며 그녀를 보고 씩 웃었다. 웃다니, 미친놈! 여자는 아연하여 흐트러진 옷 사이로 가슴이 드러나는 것도 알아채지 못했다.

"내가 아스족 출신이라고는 안 했어. 내 외조모가 아스족 출신이니 그 피가 내 속에 흐른다는 거지. 난 카안의 외손자, 고려국의 세자다. 사례는 내가 네 남편이 되는 걸로 하지."

여자의 눈과 입이 크게 벌어졌다. 황제의 손사! 신분이 높을 거라 짐작은 했지만 이 정도일 줄은 몰랐다. 원이 또 한 차례 웃었다. 지난밤, 거리에서 그녀를 단번에 매혹시켰던 웃음이었다.

"남편을 때린 죄는 무겁지만 나 역시 네게 큰 잘못을 저질렀으니 더 시비 걸지 말고 넘어가는 게 어때? 고려의 세자비에 나중엔 왕비가 되는 거야."

"어이가 없군요."

여자가 흘러내리는 머리를 거칠게 쓸어 올리며 이를 갈았다.

"칸들이 아내를 얼마나 쉽게, 많이 얻는지 모르진 않아요. 열 명, 백 명, 눈에 보이고 마음에 차는 대로 아내로 삼는다는 거. 하지만 어젯밤 당신은 날 심하게 모욕했어요. 아무런 사과도 없이 적선하듯이 카툰[可敦]*으로 삼는다고 하면 내가 좋아할 줄 알았어요? 카안의 외손자라는 이유로?"

"전시에 적의 처첩들과 딸들을 강간하고 아내로 삼는 건 흔한 일이잖아. 대단한 예외가 아니니까 너무 화내지 마."

"전쟁 중이 아니었어요! 난 당신 적의 딸도 아니고! 이런 식으

---

* 칸의 비, 황후.

로 아내가 되어서 당신 마음대로 손대도록 날 맡기기 싫다고요!"

"아아, 그건 걱정 마."

원이 고개를 살래살래 흔들며 침상 아래로 내려서더니 바지를 추슬렀다.

"내가 앞으로 네게 손댈 일은 없을 테니까. 네 지위와 재산은 보장하지."

"그렇겠죠. 어젯밤엔 날 누군가로 착각하고 미친 듯이 달려들었던 것 같으니까."

여자의 말이 원의 가슴을 정통으로 쿡 찔렀다. 그가 불쾌한 듯 입가에 힘을 주고 돌아보자 여자의 기분이 다소 나아 보였다.

"산……이란 게 사람 이름인가요? 여자?"

"그걸 어떻게 알지?"

원이 그녀 쪽으로 한 걸음 다가갔다. 유들거리는 미소 대신 뱀처럼 차가운 눈길이 가슴을 철렁하게 했지만 여자는 턱을 빳빳이 세워 들었다.

"흥! 너무 알기 쉽던걸요? 내게 매달리는 내내 그 소리만 하던데, 그 여자를 안지 못해서 잔뜩 달아 있었나 보죠! 뻔한 일이네요. 남의 아내이거나 당신을 거들떠보지도 않는 여자겠죠. 그래서 주체하지 못할 만큼 술을 먹고 아무 여자에게나 달려들었던 거예요. 카안의 손자가 말이죠."

"자신을 아무 여자라고 말해도 괜찮은 거야? 주정뱅이한테 당해도 괜찮을?"

사내가 목을 조르더라도 버텨 볼 생각이었던 여자는, 그가 경멸하듯 빙글거리자 얼굴을 확 붉혔다. 바로 앞까지 다가온 남자가 그녀의 벌어진 겉옷 자락을 거머쥐었다. 안에 아무것도 걸치지 않은 그녀의 굴곡진 몸을 활짝 벌어진 옷이 전혀 감춰 주지 못하고 있었다는 걸 뒤늦게 깨달은 여자는, 얼굴이 더욱 빨개졌다. 그의 손끝과 그녀의 가슴 봉우리는 겨우 손가락 한 마디만큼 떨어져 있었다.

"네 말대로야. 술 취한 김에 그녀 대신 널 안았으니, 앞으로 는 내가 손댈 걱정을 하지 않아도 좋겠지. 그러니 이렇게 벗고 있어도 안심하라고."

원이 여자의 겉옷을 겹쳐 단단히 여며 주었다. 거친 손길을 예상했던 여자는 당황했다. 옷을 여며 주고 전혀 미련이 없다 는 듯 돌아서는 남자의 태연스런 등이 그렇게 가증스러울 수가 없었다. 이런 남자가 뭐 좋다고 따라왔담? 자신이 더없이 한심 스러웠다. 방금 전도, 그의 손이 몸에 닿을까 엄청나게 긴장하 지 않았던가. 구겨진 자존심이 그녀의 목소리를 날 서게 했다.

"언젠가 또 술에 취하면 정신을 놓고 덤벼들겠네요."

"……그럴지도."

의외로 순순히 말하는 남자의 반응에 여자는 전의를 상실했 다. 대신 호기심이 피어올랐다.

"내가……, 그 여자를 닮았어요? 산……이란 사람을?"

"전혀."

물을 따라 벌컥벌컥 들이켜며 원이 무심히 대꾸했다. 얼굴 을 가지고 얘기하자면 닮은 구석이라곤 확실히 없다. 몸도 마찬가지. 산의 벗은 몸을 본 적은 없었지만 옷 위로 드러나는 곡선은 이 여자보다 훨씬 여렸다. 산이 아직 소녀티를 벗지 못했다면, 이 아스족 여자의 몸은 완성된 여인의 그것이었다. 그러나 전혀 닮은 곳이 없다고 할 수 있을까? 주눅 들지 않는 당당함이며 건방진 태도에 치켜든 턱까지, 그녀에게는 산을 연상시키는 뭔가가 있었다. 어쩌면 이 여자를 또 안을지도 모르겠다고 원은 생각했다. 그가 돌아서서 건조하게 물었다.

"이름이 뭐지?"

"예스진[也速眞]."

닮지도 않은 여자의 대용이라니! 그게 아내로 삼겠다는 여자에게 태연한 낯짝으로 지껄일 소리야? '전혀.'라고 단언할 만큼 닮은 구석이 없다면 적어도 내 이름은 그 여자와 헷갈리지 말고 똑똑히 기억해 둬. 눈앞의 아름다운 악귀를 향해 예스진은 악문 잇새로 힘주어 대답했다.

11

합단적哈丹賊

"왜 택주가 이토록 고집을 부리는지 알 수가 없소."

왕전은 앞장서서 말을 모는 산과 나란히 가기 위해 자신의 말을 재촉했다. 하지만 그녀의 옆에 다가가기 무섭게, 그녀는 다른 방향으로 말 머리를 틀었다. 벌써 여러 번 되풀이한 일이지만 왕전은 포기하지 않고 다시 한 번 그녀를 따라 방향을 바꿨다.

"합단적哈丹賊*이 국계를 넘어 여러 성을 함락하고 파죽지세로 밀고 내려오고 있소. 개경의 왕공 귀족들은 이미 강화로 모두 피했는데, 당신만이 복전장에 버티고 있어요. 제발 나와 함께 강화로 들어가십시다."

---

* 쿠빌라이에 반하여 일어난 카다안군.

"나도 서홍후가 왜 이토록 고집을 부리는지 알 수가 없네요."

피하기에 지쳐 그만 말을 세운 산이 왕전을 신경질적으로 노려보았다.

"난 복전장의 사람들을 놔두고 혼자 피신하지 않아요. 이미 여러 번 말씀드렸잖아요."

"하찮은 노비들과 소작인들 때문에 가지 않는다는 게 말이 되오? 이유가 무엇인지 분명히 말해 주기 전까진 당신 옆을 떠나지 않겠소."

"다른 이유는 없어요. 난 내 친구들을 놔두고 가지 않는다고요!"

개경 최고 미남이라 소문난 왕전의 얼굴을 보며 산은 치밀어 오르는 짜증을 간신히 눌렀다. 같은 피가 흐르는 형제라 확실히 많이 닮았다. 린과 닮은 얼굴로 왕전이 흥, 콧방귀 뀌는 것을 본 그녀는 눈썹을 찡그렸다. 린은 저런 경망스런 표정을 짓지 않는다. 그의 절제된 단호함과 속내를 드러내지 않는 진중함이 쏙 빠진 왕전은 얼굴만 그럴듯한 머저리 같다. 닮지 않았어, 절대, 절대로. 산은 남자에게서 눈을 돌렸다.

"친구라니, 노비와 친구인 왕족이 있을 수 있소? 날 쫓아내려면 좀 더 그럴듯한 핑계를 대시오!"

왕전도 화가 치민 듯 무례하게 그녀의 손목을 움켜쥐어 자신 쪽을 보게 했다.

"난 당신을 지켜 주려고 왔소. 당신을 지킬 수 있다면 내 몸 따윈 어떻게 되어도 상관없단 말이오!"

"나도 공의 안전 따윈 어떻게 되든 상관없어요. 하지만 합단적이 왔을 때 공이 여기서 죽기라도 한다면 이곳의 주인으로서 책임이 있어요. 그러니 제발 강화로 돌아가요. 여긴 공을 지켜 줄 사람이라곤 없으니까!"

"그럼 당신은!"

"내 몸은 내가 충분히 지킬 수 있어요. 난 누구처럼 호위병 뒤에 숨어 벌벌 떨지 않아요."

왕전은 고양이 눈처럼 파르라니 빛나는 그녀의 눈을 마주 보다가 힘에 부쳐 시선을 떨어뜨렸다. 그를 겁쟁이라고 대놓고 모욕하는 여자에게 제대로 반박하지 못하는 자신이 한심하기도 했지만 그녀와 싸울 마음은 없다. 그녀가 전혀 알아주지 않는다 해도 그녀를 걱정하는 마음만은 진심이었다. 왕전은 홧김에 붙들었던 그녀의 손목을 놓고 상냥하니 말했다.

"정말 안전하지 않소. 당장이라도 합단적이 들이닥칠지 몰라요. 몽골 기병들이 하루에 천 리를 달린다는 건 당신도 알잖소. 이런 때 이런 곳에 당신을 두고 내가 어떻게 혼자 맘 편하게 피할 수 있겠소. 제발 나와 함께 강화로 갑시다, 현애택주."

애원하는 눈으로 그가 산을 바라보았다. 린과 닮은 얼굴이 이렇게 애처롭고 간절한 빛을 띠다니. 산은 우스운 한편으로 가슴이 뭉클했다. 그녀의 독기 서린 마음이 조금 누그러졌다. 어쨌든 이 남자는 그의 형이니까!

"알겠어요, 강화에 들어가겠어요."

왕전의 입이 밝은 웃음으로 크게 곡선을 그렸다. 이렇게 순진하게 기뻐하는 모습을 린에게서도 볼 수 있다면! 산은 왕전에게서 자꾸 겹쳐 보이는 린의 엷은 환영에 쓸쓸했다. 당장이라도 그녀의 말을 끌고 가려는 왕전을 그녀가 말렸다.

"가긴 하겠지만 당장은 아니에요."

"무슨 말이오? 나와 말장난하는 겁니까?"

"말했다시피 난 여기 사람들을 그냥 두고 혼자 갈 수 없어요. 내 친구들을 모두 안전하게 피난시킨 후에 강화로 들어갈 거예요. 그러니 서흥후는 먼저 떠나도록 하세요."

"아니, 그럼 나도 돕겠소. 당신이 하고 싶은 일을 다 하면 내가 강화로 모셔 가지요."

"이것 보세요!"

산은 너무나 화가 나 지금 당장 꺼져 달라고 솔직하게 말할 뻔했다. 그러나 차마 그럴 수는 없는 일. 가만히 이를 물고 분을 다스리려니 왕전이 결기 어린 표정을 굳히고 말했다.

"당신의 노비들을 피신시키는 일을 함께 하겠소. 더 이상 나를 떨쳐 내려고 하면 당신이 말했던 모든 것이 핑계에 불과하다는 걸 증명하는 겁니다. 왜 강화에 들어가길 망설이는지, 당신이 여기서 뭘 기다리는지 지금 말하고 싶지 않다면 날 막지 마시오."

얼굴 생김이 닮으면 목소리도 닮는 것일까? 흥분하지 않은 왕전의 낮은 목소리는 린의 맑은 음성을 연상시켰다. 산이 멈칫하는 사이, 왕전은 혼자 결론을 내놓고 복전장 쪽으로 달려갔다.

"저런 멍청이!"

잠시 후에 정신을 차린 산이 이미 한참 멀어진 왕전의 뒷모습을 보며 작게 부르짖었다.

"역시 형제는 형제야. 아우도 그렇고 형도 멍청이란 말이지."

불쑥 튀어나온 목소리에 산이 깜짝 놀랐다. 언제부터였는지 송화가 커다란 노송에 기대어 얄밉게 눈을 내리깔고 있었다.

"같은 멍청이라도 전혀 달라! 내가 말한 건 그런 뜻이 아니라고!"

제가 말해 놓고도 앞뒤가 맞지 않는 변명이라 산이 얼굴을 붉혔다. 그런 그녀를 보는 둥 마는 둥, 송화는 사라진 왕전을 보려고 애쓰듯 반듯이 편 손을 눈썹 위에 들어 붙이고 크지 않은 눈을 찡그렸다.

"그 멍청이랑 이 멍청이가 얼마나 다른지는 몰라도 얼굴은 정말 닮았더군요. 형 쪽이 좀 더 미끈한 것 같지만, 아무래도 동생 쪽은 선이 워낙 가늘어서 사내답지 못하긴 하죠."

"닮지 않았어. 저런 머저리하곤 한 군데도 닮지 않았다고!"

격분해 으르렁거리는 산에게 송화가 어깨 한쪽을 으쓱해 보였다.

"하긴 확실히 다르네요. 동생은 남한테 떠맡기는데, 형은 아무래도 자기가 지켜야겠다며 싫다는데도 찰싹 달라붙는 걸 보면."

"떠맡기다니? 부탁한다고 그랬다면서!"

"떠맡기는 거나 부탁이나 그 말이 그 말이지 뭐예요. 어머,

금세 화색이 도네요. 형제를 너무 차별하시는 거 아닌가요?"

"확실히 해, 사람 짐짝 취급하지 말고! '맡아라.'가 아니고 '부탁해.'라고 린이 말한 거 맞지?"

"사람 가는 줄도 모르고 한낮까지 코골며 자 놓고선 이제 와서 뭘 따져요? 세상에, 밤새 얼마나 고단했으면 그렇게 잘까?"

산의 뺨이 화끈 달아올랐다. 싱긋 웃는 송화를 대면하기엔 낯가죽이 그녀만큼 두껍지 않은 산이 서둘러 말을 돌려 아무 방향으로나 되는대로 걸리는데, 송화가 짓궂게도 졸졸 쫓아다니며 혼잣말을 큰 소리로 떠들어 댔다.

"보기엔 참 섬약하니 생겼는데 힘이 꽤 괜찮은가 봐. 밤새도록 달려와서 일을 치르곤 말짱한 얼굴로 나서는 걸 보면. 택주님은 완전히 뻗어 버렸는데."

"송화!"

"아님 기술이 뛰어나든가. 원래 고상 떠는 분들이 음사에 더 밝다고 하잖아요. 택주님이 보기에도 그렇던가요?"

"정말이지, 넌!"

어떻게 이 여잔 낯빛 하나 바꾸지 않고 이런 말을 천연덕스럽게 할까? 기가 막힌 가운데 산은 갸웃했다. 정말 린이 그런 부류인가? 하지만 상상하자니 낯 뜨거운 일이라 온몸의 피가 죄다 얼굴로 쏠리는 듯 후끈했다. 유백색 얼굴이 더 이상 달아오를 수 없이 빨개진 산을 보고 송화가 킥, 웃음을 물었다. 그녀가 무슨 생각을 하는지 다 꿰뚫어 보는 큰언니의 웃음이다. 창피해진 산이 말의 배를 걷어찼다.

"쓸데없는 소리 하려고 왔거든 동굴 속에 비상식량이나 더 챙겨 놓으라고!"

"부탁한다는 거, 꼭 돌아온다는 얘기예요, 그게."

"뭐?"

산이 고삐를 급히 잡아당겼다. 내려다보니 송화가 푸근하니 미소를 머금었다. 이럴 땐 꼭 유모 같단 말이야. 송화의 넉넉한 웃음에 산의 가슴이 저릿해 왔다. 어머니 같던 유모와 자매 같던 비연. 피붙이나 다름없던 그들을 떠올리면 외롭고 쓰라리고 아프다. 그들의 빈자리를 메워 주는 송화는 그녀의 어머니고 언니고 친구다. 그런 송화의 미소가 씩 음흉하니 변했다.

"밥 잘 먹고, 잠 잘 자고, 울지 말고 송화 말 잘 듣고 있으면 꼭 돌아와서 그날 밤처럼 밤새 안아 주겠다는 얘기라고요."

"너!"

산이 당황스러워 얼굴을 붉혔다. 유모도 이렇게까지 그녀를 알진 못하리라. 그날 아침, 눈을 떠 린이 가고 없는 빈자리를 보며 산은 머리칼을 쥐어뜯었었다. 할 말이 많았는데, 듣고 싶은 말도 많았는데 어떻게 태평스레 잠들어 버릴 수가 있었는지. 린이 마음속 아내로 맞아 준댔으니 그걸로 족하다고 제 입으로 말했지만, 사실 그렇지가 않았다. 무정한 시간의 순간순간마다 그가 보고 싶었다. 뜨거운 입술과 상냥한 손길이 주는 부드러운 자극과 고통 속에서도 지속시키고 싶은 기이한 감각을 다시 느끼고 싶었다. 오직 그만이 줄 수 있는 떨림에 허기지고 목말라, 산은 새벽마다 깨어 무릎을 세우고 고개를 파묻은 채 그의 이름을 되뇌며 소리 죽여 울었다. 그걸 어떻게 알고 송화가 몸을 챙기라고 농담 섞어 넌지시 일러 준 것이다. 고맙고도 부끄러워, 산은 히죽히죽 웃는 송화를 외면했다.

"지금 그런 소리 할 때가 아냐. 서흥후 말대로 합단적이 당장이라도 이곳에 몰려올지 모르니 준비해야지."

"아아, 나도 그 얘기를 하려고 온 거였지만, 나리 얘기만 나오면 택주님이 귀를 쫑긋 세우니 딴 얘기를 할 수가 있어야죠."

얄미운 것. 유모랑 겹쳐 보여 안타깝고 짠했는데! 다시 송화를 째리는 산의 눈동자가 훌쩍 가늘어졌다. 아직 그녀는 송화를 당해 낼 만한 연륜이 한참 부족하다. 송화가 손에 든 병을 흔들어 보였다.

"아주 괜찮은 걸 만들어 냈어요."

"이게 뭐야?"

병을 받은 산이 닫힌 마개를 열고 냄새를 맡았다. 코끝을 간질이는 향이 부드러우면서도 시원했다. 술을 잘 모르는 산에게도 기분 좋은 향이었다.

"고리 속에 생강을 박아서 아락주를 내렸어요. 거기다 배랑 계피를 넣어 우렸죠. 향이 아주 좋은 술이에요. 누구든 한 잔 마시면 다음 잔을 마시게 될 거예요."

"이걸로 합단적을 잡을 수 있을 거라고 생각해?"

"이 근방은 경계할 대상이 특별히 없잖아요. 복전장을 휴식처로 삼아 그동안의 피로를 풀 게 분명해요. 독마다 술이 가득가득 차 있는데 무시할 사내들은 없다고요. 술에 취해 나자빠진 병사만큼 대적하기 쉬운 상대도 없고. 뭐, 원래 거기에 쓰려고 빚은 건 아니고 이걸로 한몫 잡을까 했었는데."

자신만만하니 허리춤에 손을 척 걸치는 송화에게 산이 병을 돌려주었다.

"그래도 정면으로 싸울 생각을 하면 안 돼. 너희가 삼별초의 후예라지만, 나머지는 그저 땅만 파던 농군에 불과해. 숫자도 적고 여자나 아이들도 많아. 그들이 쳐들어오면 지나갈 때까지 굴속에서 얌전히 숨어 있는 게 안전해."

"우리 아버지들은 몽골군을 보고 숨은 적이 없었어. 우리도 마찬가지야."

도전적으로 바뀐 송화의 말투를 산이 자연스레 받았다.

"잠시만 견디면 돼. 아무도 다치지 않는 게 우선이니까. 숨어서 기다리다 보면 관군이 와 줄 거야."

"관군 같은 건 오지 않아. 언제나 전쟁을 견뎌야 했던 건 우리 자신이었다고! 서흥후가 말하던 거 못 들었어? 그 사람이 굳이 강화로 널 데려가려던 이유가 뭐라고 생각해?"

"분명히 원이 나설 거야. 전쟁을 오래 끌지 않기 위해 뭐든지 할 거라고. 린이 그렇게 하도록 만들 거야. 그들을 믿어 봐, 내 친구들을!"

"그래 봤자 몽골 왕자야."

"아니, 자기 백성을 돌볼 줄 아는 고려 왕자야. 누구보다 훌륭한 고려의 왕이 될 거라고. 아직도 원을 싫어하는 거야? 단지 몽골 공주를 어머니로 두었다는 이유로?"

"난 그를 완전히 믿을 수가 없어."

송화가 불신에 찬 눈을 찡그렸다. 이곳에 와서 그녀는 산을 찾아온 세자를 봤다. 분명 아주 아름다운 청년이었지만 산이나 린만큼 천진하고 순수한 맛이 없었다. 그의 입가에 늘 머무는 웃음은 따뜻하다기보다는 소름끼치는 것이었다.

"하지만 세자가 적어도 지금의 왕보다 낫다는 건 인정하지."

"여전히 원을 쫓아내야 한다고 생각하는 거야? 그가 없어지면 너희 같은 백성들을 위해 이 낡고 썩어 빠진 고려를 개혁할 수 있는 왕이 없어지는 건데도?"

"그건 세자가 왕이 되어 어떻게 하는지 보고 얘기하지. 정말 아버지와 다른 왕이 되어 새로운 정치를 편다면 기꺼이 반역한 죄를 감당할 테니까. 지금 세자에 대해 그나마 말을 삼가는 건, 그가 너와 수정후의 친구이기 때문이야. 우리가 믿는 건 우리에게 진실한 모습을 보여 준 너와 수정후뿐이라고. 왕족이니 귀족이니, 원래 우리랑 체질적으로 맞지 않는 사람들이잖아? 그냥 순순히 믿고 따르기엔 우리가 너무 많이 당해 왔다고 생각하지 않아?"

"뭐, 좋아."

산은 안타까운 마음을 접으며 애써 밝게 대꾸했다.

"두고 보라고. 내 친구를 믿지 않은 걸 후회하게 될걸."

"그래요, 두고 보자고요, 택주님."

송화가 다시 말투를 바꾸며 눈을 찡긋했다. 그때였다. 가늘고 날카로운 소리가 멀리서 공기를 가르고 희미하게 들렸다.

주변 산자락을 둘러보러 간 염복이가 경고할 만한 상황이 닥치면 내기로 한 휘파람 신호였다. 순식간에 두 사람의 얼굴색이 바뀌었다. 재빨리 송화를 말에 태운 산이 복전장 쪽으로 내달렸다. 곧 개원이와 필도에게 뭔가 설명하려고 애쓰는 염복이를 볼 수 있었다.

"태, 태, 택주님! 하, 하, 함왕성咸王城*이 하, 함락되었는데……."

염복이가 꺽꺽대는 숨으로 더듬으니 알아듣기가 쉽지 않았다. 잔뜩 긴장한 산과 송화의 옆에서 개원이가 성화를 부렸다.

"함왕성은 됐고. 이 자식아, 그다음 얘기를 해, 빨랑!"

"하, 하, 함왕성에서 워, 원주로 빠, 빠, 빠진다고……."

"함왕성에서 원주로? 그럼 여기서 멀어지는 거잖아?"

필도가 아쉬운 듯 내뱉자 송화가 찌릿 눈치를 주었다. 후, 안도의 숨을 쉬며 이마에 맺힌 땀을 손등으로 훔치는 개원이를 본 염복이가 답답하다는 듯 가슴을 탕탕 쳤다.

"아, 아, 아니……, 빠, 빠, 빠졌는데 그 떠, 떨거지가 이 근처에 나, 나, 나타났다고……."

염복이를 둘러싼 네 명이 동시에 눈썹을 치켜들었다.

"이 근처에서 합단적의 첨병尖兵을 누가 봤대?"

산이 묻자 얼른 말이 나오지 않는 염복이가 고개를 세차게 끄덕였다.

---

* 지금의 경기도 양평.

"인원이 얼마나 되는데? 한 부대 정도? 쉰 기旗?"

말보다 고갯짓이 더 정확하고 빨랐다. 하지만 고개를 저으니 아니라는 건지 모른다는 건지 분명치가 않았다. 산은 염복이가 입을 열기 전에 송화와 남자들에게 지시를 내렸다.

"무리에서 떨어져 나온 걸 보면 도망병들일지도 몰라. 일단 송화와 필도는 장사에 알려서 준비해 둔 짐만 가지고 모두 피난처로 들어가게 해. 그리고 개원이와 염복이는 복전장에 있는 사람들을 피신시켜. 서흥후를 꼭 챙겨야 돼. 그 사람이 여기서 다치거나 죽으면 문제가 생겨. 난 말을 타고 한 바퀴 둘러본 다음에 동굴로 갈게."

미리 의논해 두었던 피난이라, 모두 지체 없이 할 일을 찾아 자리를 떴다. 염복이만이 엉거주춤 서서 입을 벙싯거릴 뿐이다.

"왜 그래? 어서 복전장에 가 보라고."

"태, 태, 택주님, 사, 사, 사실은 향이랑 나, 나, 난실이랑 동쪽 사, 사, 산에……."

"애들이 거기까지 뭣 하러? 꽤 멀리 떨어진 곳인데."

"아, 아, 아직 누, 누, 눈 속에 남은 매, 맹감을 봐, 봐, 봤다고 제가 마, 마, 말했더니……."

"맙소사! 애들이 가도록 내버려뒀단 말이야?"

산은 순간 아득해지는 정신을 간신히 붙잡았다. 서둘러야 해! 산은 말의 배를 힘껏 차며 염복이에게 소리 높여 외쳤다.

"날 따라와!"

허겁지겁 말에 올라탄 염복이가 산을 쫓아 동쪽으로 말을 몰았다. 여기 와서 처음 말 타는 법을 배운 터라 습보는 아직 그를 겁에 질리게 했지만 사정이 다급한지라 무섬증도 잊었다.

황제를 거역하여 일어난 군사였지만 합단적은 어디까지나 몽골군. 가벼운 갑옷과 무기, 군량 등으로 기동성이 뛰어난 기병들로 이루어진 세계에서 가장 빠르고 위협적인 군대였다. 그들의 첨병이 근처에 있다면 지금 당장 본대가 복전장에 모습을 드러낸대도 하등 이상할 것이 없다.

구름 같은 입김을 하얗게 내뿜으며 말을 달린 산과 염복이는 야트막한 산자락을 뒤지기 시작했다. 혹여 합단군에 들킬까 염려되어 소리를 내지 못하고 눈으로만 덤불숲을 더듬었다. 한겨울의 해가 무섭게 빨리 서쪽으로 떨어지고 있었다.

"아이들도 해가 질 걸 알고 있어."

"그, 그, 그럼 집으로 도, 돌아갔을까요?"

염복이가 걱정스레 물었다. 산이 천천히 고개를 저었다.

"그랬다면 오는 길에 만났을 거야."

"그, 그, 그렇다면……."

"합단적에게 붙들렸거나 합단적을 보고 덤불 속에 숨었거나. 다른 이유가 있을지도 몰라."

"어, 어, 어쩌면 조, 조, 좋지요, 태, 택주님?"

염복이가 두 손을 꽉 움켜쥐고 어쩔 줄 몰라 했다. 아이들에게 맹감을 봤다고 떠벌렸던 것도, 좋다고 뛰어간 아이들을 멀거니 보기만 했던 것도 그였으니 죄책감이 컸다. 그의 불안과 죄스러움을 읽은 산이 다정하니 염복이의 어깨를 두드렸다.

"괜찮을 거야. 우리가 꼭 데리고 돌아가자. 우선 네가 맹감을 봤다고 애들한테 일러 준 곳을 다시 뒤져 보자."

녹지 않은 눈을 밟는 말의 발굽이 뽀드득 소리를 내는 것 외엔 온통 고요했다. 아이들이 가까이 있다면 소리를 내지 않을 리가 없어. 생각이 거기에 미치자 살을 에는 한기에도 불구하고 산의 등줄기에 식은땀이 흘렀다. 염복이가 말했던 덤불 근처에 오자 그녀는 정적 속에서 머리털이 얼어붙는 긴장을 느꼈다. 여전히 사방은 조용했고 그녀와 염복이의 숨소리와 말들의 콧김 소리만 들렸지만, 확실히 무언가가 있었다.

산은 가만히 허리춤에 꽂은 검을 뽑아 들었다. 사르릉, 얇은 금속이 칼집에 마찰하는 소리가 맑고 높은 휘파람처럼 울렸다. 후드득, 가느다란 가지 위에 소복이 쌓여 있던 눈이 한꺼번에 떨어져 내렸다. 순간 산은 두 개의 불빛과 눈을 마주쳤다. 짐승의 눈과 흡사한 가늘고 예리한 눈을 번득이며, 두툼한 털모자를 뒤집어쓴 몽골 병사 하나가 그녀를 향해 활을 겨누고 있었다. 그녀가 화살촉을 알아본 것과 동시에 핑, 살이 시위를 떠났다.

"택주님!"

어디선가 부르는 소리가 나는 것 같았다. 작지만 또렷한 목소리. 염복이의 것은 아니었다.

'……향이?'

균형을 잃고 뒹구는 말에서 산의 몸이 튕겨 나와 공중에 솟구쳤다. 아주 천천히 바닥으로 떨어지는 기분이었다. 쿵 소리와 함께 그녀는 정신을 잃었다.

검은 융으로 만든 폭신한 흑혜에 발을 꿴 무석은, 방금 뜯어낸 홑청 무더기를 안고 낑낑대며 나오는 비연을 보고 다가갔다. 높이 쌓인 천 더미에 앞이 제대로 보이지 않았던 비연이 갑자기 가벼워진 손에 놀라 눈을 들었을 땐, 홑청 무더기를 빼앗아 든 무석이 저만치 멀어진 뒤였다.

"고마워요."

원을 끼고 돌아가는 작은 냇가. 빨래하기 딱 좋은 큼직하고 넓적한 바위 위에 빨랫감을 털썩 던져 놓은 무석에게 비연이 뺨을 붉히며 속삭였다. 함께 산 지 1년이 되어 가지만 아직도 그의 앞에서 수줍어하는 그녀를 보며 무석은 여자라는 동물의 새로운 면을 거듭 발견하고 있었다. 온전히 그만의 것인 듯 얌전하니 순종하며 그의 시선 한 가닥, 말 한마디, 손짓 한 번에도 어쩔 줄 몰라 하는 것 같으면서도 어둠 속에서 안으면 그렇게 뜨거울 수가 없었다. 유혹하는 게 아닌데, 그걸 뻔히 아는데 무석은 그녀에게서 강한 유혹의 냄새를 맡았다. 그녀의 순진성이 요부의 노골적인 홀림보다 훨씬 더 쉽게 그의 욕망에 불을 붙였다. 그래서인지, 지금 살짝 홍조를 띠고 눈을 내리깐 그녀를 살얼음이 낀 냇가에 당장 눕히고 싶다는 망측한 생각이 들었다.

'미친놈.'

혼탁해진 머릿속을 헹구려는 듯 냇가에 돌을 던져 얼음을 깨고 손으로 냉수를 휘저으며 무석이 갈라진 소리를 냈다.

"이런 물에 빨래를 하려면 손이 견디질 못할 텐데. 어제 보니 다 텄더군."

비연이 손을 허리 뒤로 감추며 더 붉어진 얼굴을 숙였다. 밖을 돌다 며칠 만에 온 무석이 그녀의 손을 잡았던 그때, 그들이 나눴던 밤의 열기가 기억난 때문이다. 그녀의 마음을 눈치 챘는지, 아니면 단순히 부끄럼이 전염된 것인지 무석도 거북함에 흠흠 목을 가다듬으며 눈을 돌렸다.

"곱은 손 녹일 짬도 주지 않고, 중놈들이 자비심이라곤 없으니, 쳇."

쫓기는 형편인 그들이 스며든 곳은 승려들이 운영하는 숙박시설인 원이었다. 원은 본래 멀리까지 이동해 교역을 하던 승려들의 숙식을 해결하기 위해 촌락 사이에 설치한 여관으로, 대개 민가와 떨어진 외진 곳에 자리했다. 그래서 무석과 비연에게 아주 적합한 보금자리였다. 통행인이 많았지만 하루만 머물고 갈 걸음들이라 그들을 특별히 눈여겨보지 않는 점도 좋았다.

비용을 들이지 않고도 마음대로 써먹을 수 있는 인력을 원했던 승려들은 정체불명의 남녀를 너그러이 받아 주었다. 비연은 빨래며 청소, 식사 준비 등 온갖 허드렛일을 마다 않았고, 무석은 여행자들을 위협하는 맹수나 도적들에게서 숙소를 안전히 보호했다. 가끔은 보寶*의 명목으로 고리대업을 하는 승려들의 지시로, 빚을 갚지 못한 농민들을 무섭게 을러대며 돈될 만한 것을 거둬 오는 일도 맡았다. 눈에 그어진 칼자국을 감추려 천으로 왼쪽 눈을 감싸 매고 외눈이 행세를 했는데, 그것이 또 고운 인상이 아니라서 그의 협박 한 번이면 농민들이 꼼짝을 못했다. 백성을 위해 일어났다는 삼별초의 후예가 그들을 쥐어짜고 괴롭히는 무리의 앞잡이가 된 셈이라, 나갔다 돌아오는 무석의 마음은 늘 천근만근 무거웠다.

삼별초의 긍지가 그의 가슴에서 희미해져 가고 있었다. 살아남은 동료들을 찾고 유심과 송화의 원수를 갚으려는 그의 목표가 방황했다. 죄책감에 메말라 가는 그의 가슴을 따뜻하게 묵묵히 감싸 주는 것은 언제나 비연이었다. 그녀의 가슴골에 얼굴을 묻으며 무석은 힘겨운 짐을 슬며시 옆으로 밀어 놓았다. 이러고 있을 때가 아닌데! 자책하며 제 이마를 손바닥으로 세게 두들기면서도, 무석은 그녀에게서 헤어 나오기 싫은 자신을 자각하고, 내버려두고, 암암리에 용서했다. 커다란 그의 몸 아래 꿈틀대는 작고 보드라운 살덩이가 주는 편안함과 위로가 오히려 그의 결의와 복수심을 갉아먹는 독이 되었다. 이대로 살아도 괜찮지 않을까? 문득 바위 같던 마음에 작은 균열을 내고 파릇하니 솟아오르는 평범한 삶에 대한 욕망이 그를 수없이 괴롭혔다. 그건 있을 수 없는 일이다! 절대 있을 수 없어! 무석

---

* 절에서 백성들에게 곡식 따위를 꾸어 주고 그 이자를 이용하는 재단.

은 다짐하고 다짐했지만, 비연과 지낸 수개월 동안 그 다짐은 매우 허허롭게 느껴졌다.

"며칠 못 들어올 거야."

그가 무뚝뚝하니 말했다. 비연이 두 눈에 걱정스런 빛을 가득 담고 그의 소매 끝을 잡았다.

"합단적이 사방에서 출몰한대요. 멀리 가진 마세요."

"알았어. 혹여 무슨 일이 생기거든……, '거기'로 피해."

비연이 입술을 꼭 아물려 닫았다. '거기'라는 말이 그녀를 얼음처럼 굳혔다. 한참 만에 입을 연 그녀의 목소리가 조금 떨렸다.

"그건 안 돼요. 그냥 당신이 빨리 돌아오세요."

순종적이던 그녀가 고집스레 입가에 힘을 주자 무석이 말없이 등을 돌렸다.

우연인지, 무석과 비연이 둥지를 튼 원은 하필이면 복전장과 그다지 멀리 떨어져 있지 않았다. 물론 걸어가면 하루는 꼬박 걸릴 거리였지만, 감히 산에게 다가갈 수 없는 비연의 심정에 비추어 보면 너무나도 가까운 거리였다. 그곳 복전장은 왕실의 보호를 받게 된 택주가 거주하는 곳이니만큼 합단적이 쳐들어와도 막아 줄 만한 병력이 있으리라고 무석은 막연히 짐작했다. 그래서 돌발 상황이 생기면 비연의 피난처로 삼으리라 점찍어 두었던 것이다.

그녀가 옛 주인에게 가진 죄스러움이 어느 정도의 크기인지 이해 못 하는 건 아니지만, 뻔뻔스러우나마 유사시 찾아들 장소가 있다는 것이 그를 안도하게 했다. 비연은 순전히 이용당한 것인 만큼 너그럽다고 소문난 현애택주가 모질게 대하지 않으리라고 이미 계산이 끝난 터였다. 왕실과 고관대작들이 강화로 피난 간 마당에, 가까운 곳에 현애택주가 버티고 있는 것이 참으로 다행이다 싶었다. 그러나 어젯밤 슬쩍 꺼내 본 제안에 비연은 혀라도 깨물 듯 완강히 도리질을 쳤다. 절대 그럴 수 없다고 울먹이는 그녀를 가만히 안아 주었던 무석이었지만, 막상 곁을 비우려니 역시 위험할 땐 그쪽으로 피하는 것이 좋겠다고 생각하여 말을 꺼낸 것이다.

'그렇게 만나기 두렵고 싫으면서 왜 이렇게 가까운 곳에 있길 바란 거야?'

와락 묻고 싶은 말을 참을성 있게 속에 묻고 무석은 소매를 놓아준 비연을 뒤로하고 말을 한 필 끌고 길을 떠났다. 원에서 필요한 물품을 구입한다는 핑계로 그는 때로 멀리까지 오가곤 했다. 무석이 많은 시간 다른 곳으로 샌다는 것을 승려들도 알고 있었지만, 궂은일을 꼬박꼬박 완수하는 외눈박이를 어느 정도 눈감아 주었다.

무석이 주로 가는 곳은 개경과 남경南京*, 서강 포구의 커다란 청루 주변이었다. 원수의 정체에 대해 제대로 아는 것이 없는 그에게 유일한 끈은 직접 지시를 내려 주던 옥부용이었다. 붙잡힐까 두려워 직접 들어갈 수 없었던 취월루, 그곳의 취객

---

* 지금의 서울.

들을 꾀로 얼러 정보를 캤지만 옥부용이 그곳에 없다는 것만 확인했을 뿐이다.

'천생이 기생이고 요녀이니 분명 유명한 청루 어딘가에 똬리를 틀고 있을 것이다. 아니면 그녀를 아는 사람이라도 만날 수 있든가.'

그렇게 해서 무석은 괜찮다 소문난 청루를 시간 날 때마다 돌았다. 경시서에 있는 자녀안恋女案*을 보기 위해 몰래 관청에 숨어든 적도 있었다. 그러나 갑갑하게도 옥부용의 흔적은 어디에도 없었다. 개경의 청루를 다 훑은 터라 간간이 남경까지 찾아가 조사 중이었는데, 이 요사스런 계집이 얼마나 철저히 꼬리를 감췄는지 도무지 그 끝자락을 잡을 수 없었던 것이다.

말을 타고 남경 쪽으로 향하던 무석은 사람들이 수군대는 전황에 멈춰 섰다. 함왕성이 함락되었다는 것이다. 함왕성은 남경과 지척이니 그쪽으로 가는 것은 매우 위험했다.

'중놈들이 받아 오라는 대금을 회수할 곳이 세 군데……. 오늘은 그냥 맡은 일만 끝내고 돌아가는 게 좋겠구나.'

비연을 떠올려 길을 되짚어 가는 것이 아니었다. 적어도 무석은 그렇게 생각했으나 가슴 한쪽이 따뜻해지며 어깨가 한결 가벼워지는 느낌을 지울 수가 없었다.

이자를 받을 첫 번째 민가는 무척이나 외진 곳에 있었다. 아이들이 여럿 딸려 한 해 뼈 빠지게 농사를 지어도 먹고살기 빠

---

* 음란한 여인의 행적을 기록한 책.

듯한 채무자의 처지를 알고 있는 무석은, 되도록 빨리 일을 처리할 생각이었다. 마음의 틈을 보이면 어수룩해 보이던 농민들이 아이들까지 동원해 눈물을 흘리고 땅을 구르며 애걸복걸하는 교활한 술책을 써서 그를 곤혹스럽게 만들기 때문이다.

어느새 승려들 못지않게 냉혹해진 그는, 빚쟁이가 온 것을 눈치 채고 도망쳐 순간을 모면하려는 농부의 잔꾀를 차단하기 위해 말을 멀리 묶어 두고 살그머니 농가에 접근했다. 제법 가까이 초막에 다가가 사람을 부르려는 순간, 무석의 신경들 속에 숨어 있던 예민한 촉각이 곤두섰다. 그것은 시각보다 더 정확하고 빠르게 위험을 감지하는 전사의 타고난 감각이었다.

비릿한 냄새가 그의 피를 뜨겁게 깨웠다. 피 냄새. 멧돼지를 막으려 박아 놓은 각책角柵을 방패삼아 몸을 한껏 굽힌 그는, 초막 앞에 널브러진 아이들의 피 묻은 몸뚱이를 보고 눈살을 찌푸렸다. 거의 반쯤 넋이 나간 농부는 목에 들어온 칼을 조금이라도 멀리하고자 고개를 잔뜩 젖히면서도, 둥글게 휜 환도를 비껴 잡은 병사의 다른 손에 붙들린 그의 아내에게 시선을 박고 있었다.

'합단적이 여기까지 오다니!'

근방에서 합단적의 표적이 될 만한 장소는 두 군데. 편히 자고 말을 먹일 수 있는 원과 꽤 떨어져 있지만 복전장 정도가 될 것이다. 선발대의 첨병이 이곳에 있다면 본대가 원에 도착하는 것은 시간문제였다. 거기엔 비연이 있는데! 병사에게 잡힌 여자가 비연처럼 보여 무석은 등골이 서늘했다.

'저놈을 지금 죽이는 게 나을까, 아니면 여기서 시간 끌지 말고 사람들에게 합단적이 왔다는 걸 알리는 게 나을까?'

무석이 망설이는 잠깐 사이, 몽골 병사의 환도가 농부의 목을 삭 그었다. 젠장, 늦었어! 무석은 그대로 돌아서서 자리를 떴다. 여자의 옷을 찢는 소리가 맑은 공기를 타고 멀리 떨어진 그에게까지 전달되었지만 다시 돌아갈 수는 없는 노릇이다. 이렇게라도 저 첨병의 부대 복귀가 늦춰진다면 그나마 다행이라고 해야 할지. 무석은 여자의 비명을 가까스로 무시하며 돌아가는 길을 서둘렀다.

가는 길 내내 그는 닥치는 대로 합단적이 근처에 와 있음을 알렸다. 허둥대는 사람들에게 제대로 된 대책을 일러 줄 수 없는 한계를 절감하는 동시에, 혹 합단적이 벌써 원에 쳐들어가 아비규환을 빚고 있지는 않을까 불안하여 말의 배를 거듭 걷어차는 무석의 머릿속이 마구 헝클어졌다. 비연이 그놈들 손에 잡혀 능욕당하는 것을 상상하면 눈앞이 캄캄했다. 정신없이 달려 원에 도착한 그는, 널찍한 홑청을 높은 줄에 널기 위해 낑낑거리는 비연을 발견하고 가슴을 쓸었다.

"어머, 웬일로 이렇게 빨리 온 거예요?"

헤어진 지 얼마나 되었다고 반가워 어쩔 줄 모르는 그녀의 뺨이 또 발그레하게 물들었다. 무석은 말에서 뛰어내려 그대로 달려가 그녀를 꽉 끌어안았다. 대낮에 부끄럽게 그의 품에 갇혀 발을 동동대는 비연의 목에 수염이 거칠게 난 턱을 마구 문지르던 그가 홀연 깨어나 소리쳤다.

"합단적이 코앞에 와 있어! 어서 피해야 해."

"아아, 이를 어째!"

붉었던 얼굴이 파랗게 질리며 그녀가 가는 비명을 올렸다. 합단적이 왔으니 모두 피하라고 외치는 무석의 고함에 혼비백산한 사람들이 이리 뛰고 저리 구르는 사이에, 비연은 구석진 그들의 방에 들어가 손에 잡히는 대로 짐을 챙겼다. 원내를 한 바퀴 돈 무석이 뛰어 들어와 그녀의 손목을 낚아채 사납게 끌어당겼을 때도, 비연은 얼마 안 되는 옷가지를 챙기느라 분주했다.

"이 바보, 지금 그따위 걸 챙길 시간이 어디 있어!"

아직 보자기에 싸지 못한 옷가지가 바닥에 흐트러졌다. 무석이 그녀를 짐짝처럼 어깨에 둘러메고 방을 뛰쳐나가 재빨리 말에 태웠다. 합단적이 왔다는 소리에 이미 원내는 아비규환이었다.

"어디로 가는 거죠? 지금 어디로 가는 거예요?"

무석의 가슴에 매달려 비연이 걱정스럽게 외쳤다. 방향감각이 좋은 그녀는 아니었지만 느낌이란 게 있다. 그녀의 심장이 점점 강하게 방망이질하는 것은 말을 너무 빨리 달린 탓만은 아니었다. 그녀는 세차게 몸을 비틀며 무석의 가슴을 마구 때렸다.

"거긴 안 돼요! 죽으면 죽었지, 우리가 무슨 낯으로 아가씨를……."

한 팔로 비연의 허리를 단단히 감고 무석이 잇새로 나지막이 부르짖었다.

"지금 그런 걸 따질 때가 아냐. 우리에게 선택 따윈 없다고! 그 아가씨가 나는 죽여도 당신은 놔둘 거야. 지금은 당신이 사는 게 가장 중요해!"

"싫어요, 싫다고요……."

덜컹이는 무석의 가슴에 뺨을 묻고 비연이 뜨겁게 눈물을 흘렸다.

복전장을 향해 달린 지 얼마 되지 않아, 무석은 그의 선택이 어딘가 어그러졌음을 깨달았다. 현애택주와 복전장을 보호해야 할 군졸들이 보이지 않았다. 더 가까이 가면 있겠지! 가슴 깊이 꿈틀대는 불안감을 달래며 말을 몰았지만 가까이, 더 가까이 가도 그가 원하는 복장의 사람들이 눈에 띄지 않았다. 평소엔 절대 마주치고 싶지 않은 족속들이지만 지금만은 사정이 달랐다. 그러나 군졸은커녕 복전장 주변의 촌민들도 모두 한순간에 증발해 버린 듯 보이지 않았다. 을씨년스레 눈이 덮여 희끗희끗한 빈 들판이 그들 앞에 죽 펼쳐져 있을 뿐이다.

'택주가 이미 피난을 간 것인가? 강화로 가지 않고 복전장에 머문다는 건 헛소문이었던가?'

다급해진 무석은 말의 머리를 꺾어 복전장이 보일 만한 구릉지를 타고 올랐다. 두 사람을 태우고 질주했던 말이 땀을 흘리며 푸푸, 거친 숨을 뿜었다. 무석은 혼자 말에서 내려 말갈기를 부지런히 문질러 주며 천천히 산을 올랐다. 눈 속에 묻힌 젖은 잎들이 말발굽과 그의 커다란 발에 가냘픈 소리를 내며 구겨졌다. 그 속에서 미세하게 다른 울림을 잡아내고 무석은 말을 세웠다. 등에 엇멘 칼집에서 재빨리 칼을 뽑아 조심스레 주변을 훑는 그를 보고 비연이 두려움에 젖은 눈을 크게 떴다. 아가씨와의 재회는 둘째 치고, 합단적과 마주쳐 죽을 수도 있다는 현실적인 공포를 피부로 느꼈던 것이다.

오감과 더불어 또 하나, 전사의 감각이 무석의 미세한 신경들을 들끓게 했다. 그는 곧 덤불 속에서 떨고 있는 아이들을 발견했다. 추위에 동그란 뺨이 퍼렇게 얼어붙은 채 서로 꼭 끌어안고 있는 사내아이와 계집아이 각각 하나씩이었다. 무석의 시선을 따라간 비연이 아이들을 보고 익숙하지 않은 동작으로 주섬주섬 말에서 내렸다. 칼자국에 아이들이 겁을 먹을까 싶어 그녀는 머리쓰개로 눈 아래를 둘러 감췄다. 칼을 내린 무석을 밀어내고 아이들에게 다가간 비연이 상냥하니 물었다.

"너흰 어디 사는 애들이니?"

부드러운 목소리에 아이 하나가 흑, 울음을 터뜨렸다. 그러자 옆의 아이도 덩달아 눈물을 쏟았고 서로가 서로에게 고무된 듯 울음소리를 높였다.

"조용히 해라! 떠들면 모두 죽을 수 있어."

무석이 짜증을 냈다. 쉿, 비연이 그를 제지하고 아이들의 손을 살며시 잡았다. 따뜻한 손이 아이들의 언 피부와 겁에 질린 심장을 동시에 녹였다. 그녀가 다독이듯 말했다.

"아저씬 화내는 게 아니야. 여기가 많이 위험하거든. 그러니까 우린 조용조용 말해야 돼."

"합단적이 왔나요? 그럼 우린 동굴로 가야 하는데."

사내아이가 다부진 목소리로 물어 비연은 조금 놀랐다.

"그래, 합단적이 왔어. 동굴로 가다니, 어느 동굴?"

"택주님이 만들어 놓은 동굴이요. 지금 가도 늦지 않겠지?"

"늦지 않겠지."

사내아이가 돌아보자 계집아이가 끝말을 반복했다. 무서움을 걷어 내고 똘똘하니 눈동자를 반짝이는 두 아이를 쳐다보는 비연의 시야가 흐릿해졌다.

"택주……, 택주님이라면, 복전장에 계시는?"

"우리 택주님 말고 다른 택주님이 또 있어요?"

사내아이가 어리둥절하여 '너 알아?' 하는 뜻으로 눈짓하자 계집아이가 고개를 저었다. 뜨거운 눈물이 곱은 손에 툭 떨어져 아이가 데인 듯 화들짝 놀랐다. 얼굴을 칭칭 감은 여자가 굵은 눈물을 후드득 떨어뜨렸다.

"택주님은……, 건강하셔?"

"우리랑 달리기하면 만날 일등이에요. 봐주는 것도 없어요."

"전쟁놀이도 항상 대장만 하고, 진짜 칼도 가지고 있어요."

"택주님 얼굴이나 어디 상처 난 곳은 없어?"

"말짱한데요. 근데 왜 울어요?"

"아아, 눈에 뭐가 들어갔어."

눈두덩을 문지르려 비연이 손을 놓자 사내아이가 발딱 일어섰다.

"동굴에 가야 돼요. 누나도 합단적 때문에 도망가는 거면 같이 가도 돼요. 택주님이 피난하는 사람이 있으면 누구나 데려와도 된댔어요. 저 아저씨도……, 가고 싶으면, 뭐."

"합단적 소리가 들리기만 하면 동굴로 얼른 가라고 했어요."

계집아이가 비연의 손을 끌어당겼다. 비연은 젖은 눈으로 팔짱을 끼고 서 있는 무석을 올려다보았다. 무석은 한창 머리를 굴리는 중이었다. 혹시나 합단의 무리가 복전장 가까이 왔다면 가장 먼저 들를 곳은 바로 여기, 복전장과 그 일대를 내려다볼 수 있는 동쪽 구릉이었다.

'몽골군은 항상 첨병을 먼저 보내 높은 곳에 올라 먼 곳을 관찰하지. 지세를 살피는 것이 첫 번째, 적의 진영과 동태를 살피는 것이 두 번째. 몽골군과 싸울 땐 높은 곳을 경계해야 돼.'

대장이자 스승이었던 유심의 말이 생각났다. 말단 장교인 대정이었지만 숱하게 몽골군과 맞부딪쳐 본 경험으로 유심은 무석에게 전쟁과 싸움을 가르쳤다. 유심의 말대로라면 몽골군 선발대의 첨병이 침투할 곳은 아까 일가족이 무참히 당했던 산골짜기와 지금 그들이 있는 낮은 산, 두 군데였던 것이다. 본대에서 멀리 떨어진 곳 깊숙이 첨병을 보내는 그들의 행군 습성으로 미루어, 여기까지 오지 않았다는 보장이 없었다. 무석은 경계심을 있는 대로 끌어올렸다. 눈 속의 나뭇잎이 젖는 소리, 야행성의 산짐승들이 깨어나는 소리, 나뭇가지 위에 얹힌 눈송이가 바람에 흩날리는 소리까지 놓치지 않으려고 그는 눈을 감고 집중했다. 고요했다. 바람이 이따금 쌀쌀맞게 지나갈 뿐 적막했다. 그가 눈을 뜨자 비연이 일어나 속삭였다.

"애들을 동굴에 데려다 주세요. 난 여기서 당신을 기다릴게요."

"무슨 소리야? 바깥에 무방비로 노출된 채로 합단적을 맞겠다는 거야?"

"당신이 동굴에 들어가지 않을 걸 알아요."

"……난 살아남을 거야."

"내 옆에서가 아니면 안 돼요."

"근처에 있는 합단적은 떨거지에 불과해. 금방 지나갈 거고 그동안만 잘 숨어 있으면 돼. 내가 곧 당신을 찾아올 거야. 약속하지."

"그러니까 같이 숨어 있어요. 금방 지나갈 거니까!"

"난 거기에 못 들어가. 이유는 당신도 알잖아."

"나 역시 거기엔 못 들어가요. 이유는 당신도 알잖아요. 난……."

"쉿."

무석의 피에 신호가 왔다. 위험을 알리는 경보가 미약하게 그의 혈관을 두드렸다. 아직 아무것도 보이지 않았으며 아무 소리도 들리지 않았다. 그러나 그는 자신의 감각, 오감과는 또 다른 숨겨진 육감을 믿었다.

"애들 입을 막고 덤불 아래 엎드려."

무석의 소리는 가까이 선 비연이 간신히 알아들을 정도로 작았다. 그의 커다란 손에 입이 막힌 비연이 눈을 굴려 주위를 살폈지만 그녀의 감각은 별다른 기미를 감지하지 못했다. 하지만 그녀는 절대적으로 무석을 믿었다. 그가 시키는 대로, 비연은 계집아이를 안고 덤불 깊숙이 몸을 감춘 뒤 아이의 입을 틀어막았다. 무석도 옆자리에 비비고 들어와 사내아이를 감싸 안고 입을 막았다. 영문은 모르지만 상황이 심상치 않다고 느낀 똘똘한 아이들이 따라서 숨죽이고 눈을 크게 떴다.

한참 동안 그들의 주변엔 변화가 없었다. 너무 오랫동안 같은 자세로 있어 몸이 뻣뻣하니 저리기 시작한 아이들이 꿈틀거릴 즈음, 살그머니 눈을 밟고 다가오는 걸음 소리가 들렸다. 여러 겹을 덧댄 가죽옷에 털모자, 모자 아래 땋은 머리, 이중으로 꺾어진 각궁과 휘어진 환도. 몽골군이었다.

주의 깊게 주위를 탐색하던 병사는 곧 무석의 말을 발견하고 가느다란 눈을 번득였다. 활에 살을 메기고 팽팽하게 잡아당긴 채, 발로 원을 그려 가며 근처를 세밀히 뒤지기 시작했다. 처음엔 조금 멀찍이 떨어져 있던 그가 조금씩 무석 일행이 숨어 있는 곳까지 다가왔다. 옷자락이 맞닿아 있는 상태에서 쭈뼛하니 곤두선 서로의 긴장감을 느끼며 무석과 비연, 아이들은 점점 빨라지는 호흡이 콧구멍 밖으로 너무 한꺼번에 새어 나가지 않도록 뺨과 입에 잔뜩 힘을 주었다.

'활을 겨누고 있으니 간격에 들어오면 베어야겠다.'

무석은 아이를 붙잡은 손을 살며시 내려 천천히 칼자루를 잡았다. 조금만 더 오면! 답답할 정도로 서서히 다가오는 몽골군이 무석에게 조급증마저 일으켰다. 이윽고 그들의 덤불까지 온 몽골군이 등을 보이자 칼자루를 쥔 무석의 손아귀에 힘이 들어갔다. 이제 곧! 무석이 몸을 일으키려는 찰나 몽골군이 퍼뚝 낮췄던 몸을 일으켜 세우더니 재빠르게 돌아섰다.

'들켰다면 해치우는 수밖에!'

그들 쪽으로 겨냥된 화살을 보고 무석은 이를 악물었다. 일어나 공격할 요량으로 아이의 머리를 눌러 바닥에 납작 엎드리게 하는데, 뜻밖에 몽골군이 뒷걸음질을 했다. 귀를 쫑긋 세운 병사가 차갑고 건조한 공기의 흐름에 귀를 기울였다. 무석도 느꼈다. 그들과 몽골군 외에 누군가가 또 있다는 것을. 아주 조심스러웠지만 쌓인 눈을 누르는 말발굽 소리가 났다.

'누구지? 합단적과 한패인가? 아니면 관군?'

칼자루에서 여전히 손을 떼지 않고 무석은 눈앞을 주시했다. 몽골군이 저렇게 경계하는 걸로 보아 한패는 아닌 것 같다. 그렇다면 이쪽으로선 유리하지. 마음이 한결 가벼워졌다. 저 한 놈을 쓰러뜨리는 것이 문제가 아니라 비연이나 아이들이 다치지 않는 것이 먼저인데, 그가 덤벼들 때 화살이 잘못 날아가기라도 할까 봐 염려했던 것이다. 원군이 있다면 부상 없이 공격하기가 훨씬 수월할 것이다. 무석은 몽골 병사가 그들처럼 덤불 속에 기어들어 가 숨는 것을 눈여겨봐 두었다.

그러나 말을 타고 등장한 인물은 그가 바라던 종류의 사람이 아니었다. 가까이서 본 적은 단 한 번, 그다지 길지 않은 시간이었지만 그는 사람 얼굴을 쉽게 잊지 않았다. 말 위에서 등을 똑바로 펴고 앉은 사람은 아름다운 젊은 소녀, 옥부용의 사주를 받아 그가 죽이려고 했던 영인백의 외딸, 현애택주였다.

'저 여자가 여긴 왜 온 거야?'

무석의 가슴에 짜증이 복받쳤다. 슬쩍 곁눈으로 보니 비연의 얼굴이 마치 저승에서 온 사람처럼 푸르죽죽한 죽음의 색으로 덮였다.

'소리라도 지르면 낭팬데.'

칭칭 감은 두건 속 분명 딱 벌어져 있을 비연의 입이 그를 불안하게 했다. 덤불 속 몽골군이 누구를 겨냥할지는 뻔하다. 놈은 하나, 화살에 맞을 사람은 현애택주 아니면 그 옆의 사내. 놈이 새롭게 등장한 두 사람에게 정신이 팔린 순간 그가 뛰어나가 대적한다면 간단히 처리할 수 있을 것이다.

택주가 칼을 뽑아 드는 것을 보고 무석은 비연의 어깨를 살짝 건드렸다. 절대 소리 내지 말라는 신호를 할 참이었지만 그녀는 눈썹 한 번 움직일 줄 몰랐다. 현애택주의 등장이 그녀를 완전히 얼어붙게 만든 모양이었다. 쓰게 입을 물고 고개를 돌린 무석은, 택주가 몽골군과 시선을 부딪친 것을 보고 벌떡 일어났다.

핑, 화살이 날아가 말의 눈에 박혔다. 말의 앞다리가 공중으로 솟구치며 난동을 부리자 여자가 튕겨 허공에 떴다가 땅에 떨어진 것, 덤불을 뛰어나온 몽골군의 허리를 무석이 두 동강 낸 것, 입을 제지할 무엇도 없어 사내아이가 '택주님!' 하고 불렀던 것, 어느 것이 먼저랄 것도 없이 모두 동시에 일어났다. 모두 넋이 나간 듯 아주 잠시 정적이 흘렀다.

"으앙!"

계집아이의 울음이 정적을 깨고 터졌다. 누구보다 제정신이었던 무석이 무릎을 꿇고 앉아 현애택주를 살폈다. 정신을 잃었지만 숨을 쉬는 것은 정상적이다. 떨어질 때 입은 찰과상으로 여기저기 긁힌 자국 외엔 다행히 크게 다친 것 같지도 않다. 그래도 어디가 부러졌을지 모르는 일이라, 무석은 덤불의 가늘고 부드러운 가지들을 꺾어 모아 누울 만한 자리를 만들고 택주의 말에 매달려 있던 털가죽 뭉치를 가져와 깐 뒤, 그 위에 기절한 여자를 눕혔다.

"괜찮은 거 같아."

무석이 말하자 그가 부지런히 손발을 놀리는 동안 우두커니 있던 비연이 흠칫했다. 가까이와도 된다는 표시로 그가 손을 까딱였다. 무겁게 발을 끌며 다가온 비연이 천천히 몸을 웅크리고 앉아 누워 있는 산을 내려다보았다.

"흑! 흑흑, 어어……, 흑!"

무너지듯 산의 옆에 얼굴을 묻는 비연의 모습이 무석의 가슴을 아프게 했다. 그는 씁쓸하니 돌아섰다. 아이들이 땅바닥에 드러누운 사내를 마구 흔드는 모습이 보였다. 가까이 가 보니 어디선가 본 듯한 희미한 인상의 사내였다.

"염복이 아저씨도 죽었나 봐! 어떡해요!"

울부짖는 꼬마들의 눈이 새빨갛게 부었다. 무석이 잠자코 앉아 사내를 살펴보니 택주보다 훨씬 멀쩡해 보였다. 화살을 맞은 것은 택주의 말뿐, 이놈은 다칠 일도 없는데 혼자 놀라 말에서 굴러 떨어져 정신을 잃었던 것이다. 형편없는 놈을 달고 다니는군. 무석은 아이들에게 고개를 저어 보였다.

"아니, 곧 깨어날 거야. 아저씨를 좀 주물러 주렴."

"택주님……은, 요? 죽었, 어, 요?"

계집아이가 울음 섞인 목소리로 띄엄띄엄 힘겹게 물었다. 무석이 또 고개를 저었다.

"택주님도 괜찮아지실 거야."

"으앙!"

아이가 또 세차게 울음을 터뜨리며 무석에게 달려들었다. 얼떨결에 아이를 안은 무석은 잠시 어찌할 바를 모르다가 가만히 아이의 작은 등을 토닥였다. 아이는 참 오랜만이다. 무석은 아련한 추억에 젖었다. 유심의 무리 속, 아이들도 있었다. 삼별초가 궤멸되고 유심의 일행이 방랑을 시작하던 때는 그 수가 무척 적었다. 그 속에 무석이 있었고 송화가 있었다. 악착스럽고 강단지며 야무졌던 송화는 아무리 분한 일이 있어도 좀처럼 우는 법이 없었다. 그러나 무석에겐 달려들어 어리광을 부리며 흐느끼곤 했다. 여동생처럼 아끼던 아이라 무석은 그녀를 매우 귀여워하여 품에 안겨 울 때마다 이렇게 등을 토닥여 주곤 했다.

'오래된 일이야. 이젠 기억도 흐릿한걸.'

무거운 기억을 떨치려는 듯 무석은 아이를 조심스레 품에서 떼어 내고 일어났다. 당장 할 일이 있었다. 일단은 두 동강 난 병사의 시체부터 치워야 했다. 아이들도 있는 터에 시신이 굴러다니는 꼴을 보여 줄 수는 없는 노릇이다. 그리고 택주와 사내가 깨어날 때까지, 어쩌면 합단적이 지나갈 때까지 여기서 숨죽이며 있어야 할지 모르니 추운 밤을 대비해야 했다. 택주와 사내가 타고 온 말에 털가죽 뭉치가 있는 것이 그나마 다행이었다. 몽골 병사의 가죽 갑옷과 털모자도 유용할 것이다. 무석은 몽골군의 옷을 벗겨 내고 벌거벗은 시신을 덤불 근처 우묵한 곳에 던져 넣은 뒤 흙과 나뭇가지로 대충 덮었다.

말들은 나무에 묶어 바람막이로 썼다. 말들을 울타리처럼 두른 가운데, 누워 있는 택주의 옆에 비연과 아이들이 꼭 붙었다. 아직 깨어나지 않은 염복이를 위해 무석은 나뭇가지와 몽골군의 가죽옷으로 자리를 하나 더 만들었다. 동굴 같은 것이 있으면 좋으련만 바깥에서 어둠을 맞자니 보통 문제가 아니었다. 혹여 합단적에게 들킬 수 있으니 불을 피우지도 못했다. 눈에 젖지 않은 덤불 깊은 곳의 가지들을 꺾어 얼기설기 움막처럼 만들었지만 서로의 온기로 밤을 버텨야 할 형편이었다.

부상자도 있고 아이들까지, 무석은 홀로 한숨을 쉬었다. 잠을 자면 딱 얼어 죽기 좋은데, 이 팔자 좋은 염복이란 놈은 좀처럼 깨어날 줄을 모른다. 게다가 아이들도 어둠이 깊어지자 졸음을 참지 못하여 꾸벅거린다. 그 밤은 무석에게 악몽과도 같았다. 분주하게 아이들과 염복이를 붙잡고 깨우고 문지르며 긴 밤이 어서 지나가기를 간절히 빌었다. 비연이 택주에게만 몰입해 있는 게 다행이라면 다행이었다. 의식을 잃은 택주를 끌어안고 온기를 불어 주며, 그녀는 이제껏 무석이 몰랐던 왕성한 생명력을 발휘했다. 그렇게 무석과 비연의 고군분투하는 밤이 깊어 가고 새벽이 오려 했다.

염복이가 눈을 번쩍 떴다. 옆에 있는 건장한 사내를 발견하고 헉, 숨넘어갈 듯 놀랐지만 사내의 품 안에서 칭얼대는 향이와 난실이를 보고 휴, 가슴을 쓸었다. 아이들을 돌보는 걸 보면 나쁜 놈은 아닌가 보다. 염복이는 단순하게 결론을 내렸다. 왼쪽 얼굴을 천으로 동여맨 사내의 시원시원하니 뻗은 골격이 그를 주눅 들게 했다.

"아차, 택주님!"

벌떡 상체를 일으킨 그의 외침에 무석과 아이들이 눈을 동시에 떴다. 그 너머로 누워 있는 산과 그녀 위에 엎드려 있는 여자가 보였다. 후다닥 일어난 그에게 향이와 난실이가 달려들어 한쪽 다리씩 붙잡고 울기 시작했다.

"염복이 아저씨! 으앙!"

"죽은 줄 알았어요!"

"그, 그, 그러게……. 나, 나, 나도 그, 그, 그런 줄……."

염복이가 멋쩍게 뒤통수를 긁었다. 날아오는 화살을 본 듯한데 그 후로 기억이 전혀 없다. 약간 뻐근한 것 외엔 움직이는데 아무렇지도 않은 걸 보면 다치진 않은 모양이다. 그렇다면 택주님은? 염복이가 말을 심하게 더듬었다.

"태, 태, 태, 택주님은 혹시, 마, 마, 마, 많이……."

"아가씨는 무사해. 뭐, 깨어나 봐야 알겠지만."

무뚝뚝한 음성이 염복이를 돌아보게 했다. 외눈박이가 그를 가만히 째리고 있었다. 쥐며느리처럼 움츠러든 염복이는 말이 제대로 나오지 않아 뭔가를 묻기도 힘들었다. 이 외눈박이, 어디서 본 적이 없었던가? 염복이는 힐끔힐끔 무석을 쳐다보며 기억을 더듬었다. 그가 이제껏 만난 사람 중 외눈인 사람은 없었다. 나성에서 무석을 만나 혼쭐난 그였지만 워낙 어두웠었고 제대로 볼 정신도 없었던 터라, 강렬한 인상에도 불구하고 염복이는 기억 속에서 무석을 끄집어내지 못했다.

"우리 이제 동굴로 가요?"

향이가 염복이의 바지를 당기며 물었다. 글쎄, 어떻게 해야하지? 염복이가 선뜻 대답을 못 하고 입술만 달싹이는데 무석이 일어나 묵직하니 말했다.

"아니, 여기 있는 게 좋겠어."

"하, 하, 하지만, 보, 복전장 사람들이 기, 기다리는데……."

"저걸 봐."

무석의 시선이 날카롭게 염복이의 어깨 너머로 날아가 꽂혔다. 염복이보다 아이들이 먼저 소리를 질렀다.

"복전장이……!"

타고 있었다. 멀리 서서히 무너져 내리는 거대한 불기둥은 분명 복전장이었다.

"세상에!"

놀란 나머지 염복이는 말더듬는 것도 잊었다.

"합단적이다."

외눈박이의 묵직한 목소리가 염복이의 귀 바로 옆에서 울렸다. 부들부들 떨리는 손으로 염복이가 향이와 난실이의 작은 어깨를 꽉 끌어안아 제 허리에 붙였다.

"이, 이, 이제 우린 어, 어, 어, 어떻게 하, 하, 하지?"

"일단은 아가씨가 깨어날 때까지 기다리지. 나중 일은 나중에 생각해."

무석이 말했다. 마지막 말은 자신에게 한 말이었다. 현애택주가 깨어나 그와 비연을 보면 어떻게 반응할지 무석은 도통 상상이 되질 않았다. 어쨌든 지금 확실한 것은 옛 주인의 곁에 매달려 있는 비연을 떼어 놓을 수가 없다는 것이다. 비연이 있겠다면 그도 떠나지 못할 뿐, 그의 선택이란 이미 정해져 있었다.

"목말라요, 염복이 아저씨."

"난 배고파."

무석의 품에선 쥐 죽은 듯 얌전했던 아이들이 염복이가 깨자마자 칭얼거리기 시작했다. 하룻밤을 꼬박 겨울 산중에서 새웠으니 엄청난 체력을 소모한 아이들이 견디기 힘든 것은 당연했다. 새벽까지 버틴 것도 용하고 놀라웠다. 불타는 복전장보다 물 한 모금이 절실했다.

"어, 어, 어쩌지? 아, 아, 아무것도 어, 어, 없어……."

품에 손을 넣어 휘젓던 염복이가 난처하다는 듯 울상을 지으며 무석을 바라보았다. 무석도 빈손을 들어 보였다. 몽골군을 묻기 전에 그의 몸을 뒤졌지만 몽골 기병이라면 응당 가지고 있어야 할 비상식량 자루를 발견하지 못했었다. '보르츠'라고 불리는 이 비상식량은, 뼈와 내장을 발라낸 쇠고기를 바짝 말린 후 가루로 빻은 것으로 소 한 마리가 작은 자루 하나 정도 되었다. 소나 양의 내장으로 만든 자루에 넣어 휴대하여 조금씩 물에 풀어서 먹는데, 군량미를 따로 챙겨야 하는 타민족과는 비교도 할 수 없는 몽골 기병의 기동력의 원천이었다.

'복전장에 침입한 합단적은 식량이 없어 곤궁한 처지일지도 모른다.'

무석은 생각했다. 곤궁한 처지인 것은 그들도 마찬가지였다. 어떻게든 지금을 넘겨야지! 눈알을 굴리던 무석이 묶어 둔 말 쪽으로 다가가 칼을 꺼내 들었다.

"애들을 데려와."

묵직한 음성은 염복이가 '왜요?' 물을 용기도 주지 않았다. 고분고분하니 염복이가 아이들을 데리고 가자 무석이 칼로 말의 귀를 쨌다. 염복이와 아이들이 동시에 '으악!' 소리 질렀다.

"지금은 이것밖에 없어."

무석이 향이를 안아 들고 말의 귀에서 흘러나온 피를 받아 마시게 했다. 도리질 치던 아이에게 억지로 먹인 다음, 무석은 도망가려는 난실이도 붙잡아 턱을 힘센 손아귀로 고정시켜 입 안에 피를 흘려 넣었다. 캑캑거리며 조금씩이나마 먹은 아이들이 입가를 소매로 닦으며 흉물스런 붉은 입속이 다 보이도록 입을 쫙 벌려 울었다.

"너도 먹을 거야?"

무석이 노려보자 염복이가 손사래를 치며 몇 발짝 물러섰다.

"아, 아, 아뇨……. 그, 그런데 그게 무, 무, 무슨 짓……."

"몽골의 병사들은 이렇게 기갈을 해결한대."

"어, 어, 어떻게 그런 걸 아, 아, 아세요? 아, 아, 암만 봐도 고려 사, 사, 사람인데……."

"예전에 몽골군과 많이 싸웠던 사람한테 들었어. 싸움에 있어선 몽골군에게 배울 게 많아."

"그, 그, 그래요……."

염복이가 말꼬리를 흐리며 무석에게서 좀 더 떨어졌다. 타고난 싸움꾼 같았다. 그가 존경하는 개원이가 발끝에도 못 미칠 만큼 무시무시한.

울고 있는 아이들을 달래며 염복이는 점점 낮아지는 불기둥을 보고 탄식했다. 복전장이 그 형체를 잃어 갔다. 한쪽에선 사내들이 울고 있는 아이들의 뒤에서 멀리 산 아래를 지켜보고, 다른 쪽에선 두 여자가 꼼짝 않고 꼭 붙어 있는 채로 그들은 점점 밝아 오는 새벽을 맞았다. 너 나 할 것 없이 많이 지쳐 있었다. 이제 어떻게 되는 건가? 염복이의 가슴이 암담하니 무겁게 내려앉았다. 그때였다.

"택주님!"

"염복아!"

맑은 공기를 타고 멀리서 소리가 들렸다. 겨울 산이 그 작은 소리에 반응하여 떨며 메아리로 화답했다. 염복이는 믿기지 않아 귀를 세게 후볐다.

"택주님!"

"염복아!"

안타까이 부르는 소리가 또 들렸다. 환청이 아니었다. 염복이가 벌떡 일어나 무석을 보니 그도 이미 들은 눈치였다. 애꾸눈이가 성큼성큼 여자들 쪽에 가서 천으로 얼굴을 온통 감싼 여자의 팔을 잡아 억지로 택주에게서 떼어 냈다. 여자는 거의 제정신이 아닌 것 같았다. 커다란 사내에게 붙잡혀 세워지면서도 택주의 손을 놓지 않으려고 애쓰는 통에 몸이 삐딱하게 기울었다.

"들어 봐."

무석이 한 손으로 비연의 턱을 잡아 희미한 소리가 나는 쪽으로 돌렸다. 초점을 잃었던 그녀의 눈이 점점 현실로 돌아왔다.

"당신이 원하면 여기 있어도 돼."

무석이 눈짓으로 누워 있는 산을 가리켰다.

"옆에서 간병하고 싶은 거, 알아."

그의 눈짓을 따라 비연이 천천히 눈을 돌렸다. 산의 창백한 얼굴이 물기에 흐릿하니 번졌다. 그리웠던 얼굴이다. 다시는 못 보리라 생각했던 얼굴, 아니, 다시는 보면 안 된다고 생각했던 얼굴이다. 비연은 소매를 들어 쓱 눈물을 훔쳤다. 그녀는 무석보다 먼저 말을 향해 다가가 고삐를 풀었다.

"가요, 우리."

여자의 단호한 목소리가 남자를 안심시켰다. 무석은 그녀의 허리를 번쩍 안아 말에 태우고 자신도 올라탔다. 남녀를 지켜보고 있던 염복이가 허겁지겁 달려왔다.

"가, 가, 가는 거, 거예요?"

"당신네 사람들이 저 아가씨와 당신을 찾는 것 같아. 저렇게 크게 소리 지르는 걸 보면 합단적이 벌써 지나간 거야. 다행이지. 우리가 가거든 너희도 소리를 질러서 저 사람들에게 위치를 알려."

"우, 우, 우리를 구, 구, 구해 줬는데 어디 사, 사, 사는 누, 누군지……."

"몰라도 돼. 구해 준 걸 고맙게 생각한다면 우릴 만나지 않은 셈 쳐 줘."

말을 끝내자마자 무석은 휙 말을 돌려 덤불 사이의 비탈을 빠르게 내려갔다. 뒤쪽에서 염복이와 아이들이 뭐라고 불러 댔지만 그는 돌아보지 않았다. 그는 말을 심하게 더듬는 사내를, 첫마디 들었을 때 이미 기억해 냈다. 영인백의 딸을 유심의 산채에 보낼 때 부렸던 놈이다. 그놈에게 묻고 싶은 것이 한두 가지가 아니었지만 무석은 내내 꾹 참았다. 녀석이 어눌하고 변변찮아서만은 아니었다. 유심의 산채에서 무슨 일이 벌어졌었는지, '그자'의 심부름꾼이던 녀석이 왜 영인백의 딸이 소유한 영지에서 그녀와 같이 있는지, 어떻게 영인백의 딸과 녀석이 그곳에서 살아 나왔는지, 살아남은 그의 동료들은 어떻게 되었는지, 유심과 송화는 어떻게 죽었는지……. 그 많은 질문들을 입 안에 가뒀던 것은 두려움 때문이었다. 혹여 녀석이 생존한 동료들의 행방을 알아 그에게 가르쳐 준다면 그는 어떻게 할 것인가? 동료들과 만나 함께 원수를 찾아다닐 것인가? 그럼 비연은? 동료들에게 비연을 떳떳하게 보여 줄 수 있을지 무석은 자신이 없었다. 이제 와서 비연을 버리고 동료들과 길을 떠나는 것도 그로서는 자신이 없었다.

'원수는 꼭 찾겠다!'

복전장에서 되도록 빨리 멀어지고자 말을 재촉하며 무석은 이를 악물었다.

'하지만 이 여자와 헤어질 수도 없어.'

무석이 팔로 앞에 앉은 비연의 가느다란 허리를 감았다. 그녀는 떨고 있었다. 그가 그녀의 뺨을 어루만졌다. 눈물로 온통 젖은 뺨이 얼어붙지 않은 것은 뜨거운 눈물이 그 위로 계속 흐르기 때문이다. 그의 굵은 손가락이 그녀의 뺨을 부드러이 훑으며 눈물을 지웠다.

"보고……, 싶었어요. 늘, 아주 많이……."

혼잣말처럼 비연이 중얼거렸다. 울음소리를 참느라 목이 메었던지 작은 목소리가 갈라져 나왔다. 무석이 그녀의 허리를 당겨 품에 묻었다. 그녀의 몸이 크게 들썩였다.

"미안해서……, 너무 미안해서……. 그래도 보고 싶었어요."

"알아."

무석이 그녀의 정수리에 코를 대고 문질렀다. 그들을 태운 말이 허허로운 벌판을 쏜살같이 달려갔다.

그녀는 그의 얼굴을 보고 싶었지만 이제껏 그 바람이 실현된 적이 없었다.

"가만있어, 가만!"

그렇게 사납게 으르렁대는 남편의 한마디면 그녀는 꼼짝을 못 했다. 그녀의 성정이 순종적이어서가 아니라 그의 곁에서 쫓겨나고 싶지 않다는 어처구니없는 소망 때문이었다. 예스진은 스스로에게 환멸을 느꼈지만 그녀를 거칠게 탐하는 오만하고 가학적인 남편에게 그 정도로 마음을 빼앗긴 걸 인정하지 않을 수가 없었다. 그가 그녀를 사랑해서 그러는 게 아님을 알면서도.

앞으로 손대지 않겠다고 당당히 말했던 남자는, 더욱 당당한 태도로 약속을 뒤집고 그녀를 안았다. 가슴속 고인 욕망이 찰랑찰랑 수위를 높여 가며 한계에 이르러, 참고 참다가 마지막 한 방울이 넘쳐흐르면 그는 절제를 집어치우고 그녀를 공격했다.

'그 산이라는 여자를 또 생각한 거야.'

예스진은 짙은 수치심에 몸을 떨었다.

매번 이랬다. 끔찍하기 짝이 없었던 첫날밤처럼, 남편은 그녀의 얼굴을 이불에 묻어 버리고 난폭하게 그녀를 유린했다. 그것이 그녀에게서 다른 누군가를 보기 위해서라는 걸 예스진은 알았다. 잔인한 푸른 늑대 같으니라고! 그녀는 그렇게 생각하면서도 그를 거부하지 못했다. 그가 흥분에 들떠 '원'이라 부르라고 요구하면 그대로 순종하기까지 했다. 그러면 돌아오는 그의 답은 감미로운 목소리에도 불구하고 그녀를 더없이 비참하게 만든다.

"아아, 산……."

그 짧은 한마디에 예스진은 아내임에도 아내로서 다뤄진 적이 없는 자신의 처지를 절감하고 그녀를 놓아준 그의 품에서 몸을 빼내 등을 돌린다. 평범하지 않은 그들 부부의 평범하지 않은 이른 아침의 시작이었다.

'그 여자 꿈이라도 꾼 모양이지.'

수치스런 몸을 잔뜩 웅크리고 예스진은 입술을 아프도록 깨물었다. 그녀의 짐작은 정확했다. 원은 오랜만에 산을 만났다. 깎아지른 절벽이 있고, 울창한 숲이 있고, 끝이 없는 강이 있고, 오래된 나무들의 냄새가 나는 신선들의 고향에서 그는 산을 만났다. 팔관회의 그 밤처럼 여성으로서 아름답게 단장한 그의 벗이, 수줍은 미소를 띠고 그의 품에 안겼었다. 그런데 그녀를 제대로 만지기 전에 원은 그만 꿈에서 깨고 말았다. 아직 입도 맞추지 못했는데! 흥분한 몸을 일으킨 그는 옆에서 곤히 자고 있던 아내의 옷을 성급히 벗겼던 것이다.

욕망을 폭발시키고 제정신으로 돌아온 원은, 등을 돌린 예스진을 무덤덤한 얼굴로 보다가 일어나 주섬주섬 옷을 입었다. 벌컥벌컥 물을 들이켜 마른 목을 축이며 새로 맞은 아내의 이 놀라운 효용성에 감탄했다. 그는 그녀에게 아주 솔직했고 그녀는 그런 그를 밀어내지 않았다. 그가 왜 그녀를 짐승처럼 안았다가 이렇게 무심해지는지 그녀는 모두 이해했으며 기분 좋아 보이진 않았지만 감내했다. 때로는 톡톡 쏘는 직선적인 말투로 산의 부재를 채워 주기까지 했다. 앞으로 얼마나 아내를 들일지는 모르지만 이 여자만큼 그에게 도움이 될 만한 여자는 발견하기 힘들 것 같았다. 이 여자가 필요 없어지는 순간은 그가 진정으로 원하던 것을 손에 넣을 때일 것이다. 진정으로 원하는 것, 산, 그의 친구, 린의 친구, 린의 연인. 갑자기 물맛이 썼다.

"난 당신 이름이 원인 줄 몰랐어요, 세자저하."

예스진의 목소리가 날카롭게 그의 고막을 파고들었다. 의자에 앉아 그녀 쪽으로 몸을 돌린 원이 예의 유들유들한 웃음을 물었다.

"그래? 그런데 어떻게 알았지?"

"당신이 부르라고 했잖아요. 그 여자가 불러 줬으면 싶었어요? 그 여자가 당신 아래 깔려서 당신 이름을 부르며 신음하길 원해서? 그런 거예요?"

"알면서 너무 몰아붙이지 마."

"누구예요? 누나? 부왕의 후궁?"

"왜 그렇게 생각해?"

"당신이 손도 못 대고 혼자 끙끙 앓을 대상 중에 당신 이름을 부를 수 있는 여자가 있을까 싶어서요."

"누이나 부왕의 후궁이라면 내가 못 안을 것 같아?"

능글맞은 그의 표정에서 예스진은 순전히 허풍이 아니란 걸 느꼈다. 이 남자는 그러고도 남을 거야. 그녀의 콧잔등에 주름이 세게 잡혔다. 그녀는 발딱 일어나 앉아 남편과 눈높이를 맞췄다.

"그래서 내게 그 여자가 누군지 말해 주지 않겠다는 거예요? 나랑 있으면서 실컷 그 이름을 불러 놓고는!"

"내가 그 여잘 마음에 둔 건 아무도 몰라. 아무도 몰라야 하고. 그러니까 묻지 마."

"난 알고 싶어요, 누구의 대용인지."

"난 귀찮게 구는 여자는 질색이야. 대용으로라도 옆에 있고 싶거든 입을 다물어."

"하, 뭐라고요?"

예스진은 분한 마음에 눈물이 나올 것 같아 눈을 여러 번 깜빡이며 입술을 앙다물었다.

"그 독살스런 입으로 밖에선 자상한 척, 너그러운 척, 연민하는 척! 사람들이 이런 본모습을 알면 경멸할 거예요."

"내 본모습을 알고 있는 네가 경멸하지 못하는데 누가 그럴 수 있겠어?"

"난 당신을 마음속 깊이 경멸하고 있어요!"

"경멸하는 남자에게 그렇게 열렬하게 몸을 열어 주는 여자는 없어."

그녀의 뺨이 불타올랐다. 내뱉는 말 한마디 한마디가 끔찍한데도 불구하고 그의 아름다운 미소와 전혀 이질적이지 않았다. 더 끔찍한 것은 그에게 반박할 수 없다는 것이다. 그녀의 몸이 그녀의 머리를 배반한 이상. 잔인한 남자, 괴물, 악귀. 예스진은 그의 미소를 감당하기 힘들어 고개를 틀었다. 이 남자의 속을 한 번 뒤집어 주지 않고는 분노로 덜컹거리는 심장을 달래지 못할 것 같다. 그녀는 예사로이 말하기 위해 목을 다듬었다.

"그 사람에게 물어보죠, 세자저하의 가까이에 산이란 여자가 있는지.”

“그 사람? 누구?”

“그 왕린이란 사람 말이에요. 당신이 끔찍이도 좋아하는. 당신 주변에 있는 우리말을 할 줄 아는 유일한 사람이니까.”

“린에게 물어보기 전에 네 입을 찢어 놓을 거야.”

심장이 덜컹 내려앉았다. 이번엔 분노 때문이 아니었다. 두려움을 감추며 돌아본 남편의 얼굴은 여전히 같은 웃음을 머금고 있었다. 그러나 그 미소에 가려진 잔혹한 진심을 읽을 수 있었다. 이것 역시 허풍이 아니었다. 예스진은 남편의 격렬한 반응에 퍼뜩 깨달았다. 아아, 이걸 이제야 알게 되다니! 그녀도 차가운 미소를 지을 수 있는 여유가 생겼다.

“흥, 그 사람의 아내군요? 당신이 속절없이 쳐다보고만 있는 그 여자가.”

“아내가 아니야. 앞으로도 아내가 될 수 없어. 내가 그렇게 정했으니까.”

“하하! 저하께서 직접 그녀가 누구의 애인인지 가르쳐 주는 거예요, 지금?”

“변명하기 위해 추해지기 싫으니까.”

“이미 당신은 내 앞에서 충분히 추했다고요.”

원이 수긍한다는 듯 킬킬거렸다. 그는, 그녀가 린에게 아무것도 물어보지 못할 것이라 확신하는 것처럼 보였다. 웃으며 말하는 그의 목소리가 사뭇 다정하면서도 단호했다.

“나와 함께 린을 몇 번 봤으니 너도 알겠지? 린은 내가 가장 사랑하는 사람이야. 그를 괴롭히는 건 누구든 용서 못 해."

"그럼 산이라는 그 여자는? 두 번째로 사랑하는 사람인가요?"

"그녀도 가장 사랑하는 사람이야. 우린 형제보다 더 가까운 친구야."

"당신이 가장 사랑하는 두 사람이 서로 좋아한다면 왜 부부로 살게 해 주지 않죠? 부부가 된다고 해도 그들이 당신 친구들인 건 변함없잖아요."

"안 돼, 안 돼, 예스진. 내가 그들을 세상 누구보다 사랑한다면 그들도 나를 누구보다 사랑해야 해. 그들 서로가 아니라 각각이 나를."

"도대체 당신이 질투하는 사람이 누구예요? 왕린? 아니면 그여자?"

"……모르겠어. 확실한 건, 둘 다 원한다는 거야."

그의 미소가 묘하게 비틀렸다. 미소 속에서 뒤틀려 비명을 지르는 속내가 보인다. 질투와 우정과 사랑이 뒤범벅된 혼란의 도가니 속에서 피어난 독점욕. 그는 세간에 퍼진 찬사와 다르게 사랑을 나누지 못하는 사람이었다. 고통 받는 사람들에게 연민을 품고 자비로운 마음으로 그들을 감싸는 모습은 그의 실체의 일부분, 일부러 보여 주려 드러낸 단면에 불과했다. 진짜 그는, 긴 송곳니를 감추고 있는 푸른 늑대 중에서도 가장 음흉한 짐승으로, 모든 관심과 애정과 찬미를 독차지하고 모든 이들을 손끝으로 관장해야 직성이 풀리는 압제자였다. 그의 가장 가까운 친구마저 모르고 있는 남편의 진정한 내면을, 예스진은 깊은 동정심을 가지고 들여다보았다.

'진정으로 그를 위로하고 안아 줄 수 있는 사람은 왕린도 그 여자도 아니야. 바로 나, 유일하게 나뿐이야.'

예스진은 침상에서 내려왔다. 다가오는 그녀를 원은 한 손으로 뺨을 괴고 흥미롭게 바라보았다. 제대로 옷을 걸치지 않은 그녀의 몸이 그의 코앞에 다가섰다. 뭐 하는 수작이지? 원이 눈을 치떴다.

"당신이 그녀와 통정할 일은 결코 없을 거예요. 당신 친구 왕린을 괴롭히는 사람은 누구든 용서하지 않을 거잖아요, 당신을 포함해서. 그러니 당신 이름처럼 당신의 강력한 정력은 모두 내 거예요, 이질 부카."

풋, 원이 웃었다. 비웃거나 어이없어 웃는 실소가 아니라 정말 재미를 느끼고 터뜨린 웃음이었다. 그의 이름 이질 부카는 몽골어로 한 쌍의 황소라는 뜻으로, 작고한 황태자 칭킴의 카툰인 쿠케진[闊闊眞] 황태자비가 지어 준 이름이었다. 몽골인은 황소가 말보다 더 정력적이라고 생각해, 황소를 의미하는 부카는 정력이 센 사람을 가리키기도 했다. 진지한 낯으로 정력을 운운하는 그녀가 조금은 귀여워 보이는 순간이다. 그러나 그녀의 몸에 손을 뻗는 대신 그는 일어서서 침상 아래 떨어진 옷을 주워 그녀에게 내밀었다.

"그것도 나쁘지 않은데 말이지, 지금은 옷을 제대로 입는 게 좋을걸. 그런 모습을 내 친구에게 보이고 싶지 않다면."

그가 말을 맺는 동시에 밖에서 기척이 있었다.

"들어와!"

지체 없이 원이 대답했다. 당황한 예스진이 옷을 휘감으며 침상으로 달려갔다. 그녀가 옷을 완전히 여미기도 전에 문이 열리고 린이 들어왔다. 방에 들어선 그가 멈칫했다. 휘장이 걷혀진 침상에서 옷섶을 쥐고 있는 예스진과 눈이 마주친 린의 표정은 당황한 것이 분명했으나 맑은 호수처럼 고요했다.

'내 남편처럼 이 남자도 괴물이야.'

린과 처음 만났을 때부터 예스진은 그가 거북했다. 아내라고 원이 그녀를 소개한 앞에서 그는 미세하게 눈썹을 살짝 치켜떴을 뿐, 축하의 말 한마디만 던진 후 세자와 고려말로 심각하니 뭔가를 의논했었다. 알아듣지 못하는 얘기였지만 그녀에 관해 떠드는 것이 아니라는 것 정도는 눈치 챌 수 있었다. 말하자면, 이 남자는 남편 못지않게 그녀의 존재를 싹 무시했던 것이다. 얘기가 끝나고 물러가면서 그녀에게 공손히 절을 하지 않았다면 예스진 스스로가 그 방에 자신이 존재하는지도 잊어버릴 뻔했다. 그 이후로도 이 남자는 그녀에게 최소한의 예를 올리는 것 외엔 철저히 외면했다. 외면했다기보다는 무심했다는 것이 더 적합할 것이다. 적어도 그녀가 물어보면 성실히 대답은 해 주었으니까. 그래도 이 남자가 카이샨보다는 나았다. 황제의 건방진 증손자는 그녀를 보자마자 크게 웃음을 터뜨렸던 것이다.

'고려에 두고 온 아내가 생각나 혼자 침상에서 굴러다니기가 너무 힘들었던 거야? 그래서 여자라면 내가 얼마든지 대 준다

고 했잖아, 이질 부카!'

　대놓고 그녀의 평범한 생김을 비웃은 무례한 왕자에 비하면 왕린은 적어도 그녀를 주군의 새로운 아내로 즉각 인정했다. 그녀에게 한마디도 하지 않은 것이 오히려 예의 바른 행동이었음을, 카이샨을 만나고 나서야 예스진은 실감했다. 지금도 이 예의 바른 남자는 그녀를 창피하게 하지 않으려고 놀란 기색을 드러내지 않은 것이다. 그는 그녀와 눈이 마주치자마자 고개를 숙이고 막 들어온 문지방을 뒷걸음질로 다시 넘었다.

　"나중에 다시 오겠습니다."

　"아니! 중요한 일이어서 일찍 불렀어. 이쪽으로 와서 앉아."

　원의 눈에 비친 장난기에 예스진은 분노했다. 그녀의 헝클어진 머리와 옷매무새는 조금 전까지 벌어졌던 그들의 행위를 보여 주는 증거였다. 아내의 흐트러진 모습을 다른 남자에게 보여 주는 남자라니! 남편의 모욕은 끝이 없다.

　"앉아, 린! 중요한 일이라고 했다."

　머뭇거리며 들어오길 망설이는 린을 원이 위압적인 말투로 재촉했다. 결국 린이 들어와 그의 옆자리에 앉았다. 눈을 내리깔고 있는 벗이 몹시 언짢고 화난 것을 원은 알았다. 그가 이 상황을 일부러 만들어 낸 것은 아니었다. 정말 중요한 용무가 있었고, 예스진을 안은 것은 순전히 꿈이 빚어낸 우연이었다. 하지만 린의 거북한 속을 더 뒤집어 놓고 싶은 욕구가 그의 짓궂은 장난을 부추겼다.

　'이건 어디선가 본 것 같은 장면인데.'

곧 그는 기억해 냈다. 지난번 개경으로 돌아갔을 때, 부왕을 찾으러 무비의 전각에 갔던 자신과 지금의 린이 겹쳐졌다. 비웃고 경멸했었다, 아버지를. 욕정으로 번들거리는 낯짝을 한 수컷을.

'내가 그렇게 보여, 린?'

속으로 물은 그에게 대답이 돌아올 리 없다. 여전히 시선을 탁자 위에 두고 세자의 입에서 나올 중요한 사안을 듣기 위해 침착하니 귀를 기울이고 있는 린의 얼굴에서, 원은 경멸의 빛을 찾아내지 못했다. 오히려 마치 모든 것을 이해하고 감내하겠다는 순교자의 성스러운 인내가 엿보였다.

'세상에서 닮고 싶지 않은 유일한 사람과 똑같이 행동하다니, 미워하면 닮는다는 말이 틀린 말은 아닌 것 같군.'

원은 씁쓰레하니 입술 꼬리를 슬쩍 말아 올렸다.

"식사를 하면서 얘기할까 했었지만 너도 보다시피 방이 좀 어지러워. 얘기가 끝나면 아침을 먹도록 하자."

원이 눈을 찡긋했다. 그 시선이 침상 쪽으로 향해 있었지만 린은 잠자코 그만을 바라보았다. 그 침착함에 놀리는 것도 시들해진 원이 어깨를 으쓱했다.

"오늘 넌 강화로 떠난다."

린의 눈썹이 미약하게 꿈틀댔다. 좀 더 상세한 설명을 요구하는 눈빛이 원에게 향했다.

"장인이 세상을 뜬 지 백 일도 넘었는데 늦긴 했지만 사위는 못 가더라도 막내아들은 가야지. 가서 서원후비와 단이를 잘 위로해 줘."

"그 일이라면 가지 않아도 됩니다. 익양후와 서흥후, 두 형이 있으니까요."

서원후가 죽고 상을 다 치른 후였다. 불교의 예에 따라 치른 상은 길어도 백 일이면 마무리되었다. 더욱이 지금은 합단적과 싸움 중이라 더 오래 거상할 수도 없었다. 아버지의 임종을 지키지 못한 것은 몹시 죄스럽고 아쉬울 수밖에 없으나 이미 지난 일이 되었으니 린에겐 세자를 굳이 떠날 이유가 못 되었다. 원이 고개를 흔들었다.

"본론은 지금부터야. 내가 황제께 고려 신민이 식량이 부족해 고통 받고 있으니 구제해 달라고 요청한 것, 기억하겠지? 황제께서 강남미 10만 석을 보내 주시기로 했다. 운송은 해도만호海道萬戶 황흥黃興 등이 맡아 배로 실어 나를 거다. 너는 강화에 먼저 가 부왕께 구휼미가 도착하는 날짜를 알리고 쌀이 누구에게 돌아가는지 봐 둬라."

"쌀의 배분을 감독하란 말씀이십니까?"

"아니, 그냥 보기만 해."

이번엔 조금 더 확실히 린이 눈썹 사이를 구겼다.

"감독을 하지 않고 내버려두면 그 쌀을 빈민들에게 제대로 나누어 주리라 기대할 수 없습니다. 필시 관리들이 착복할 것입니다."

"바로 그거야. 착복하도록 내버려둬. 그 관리들의 명단과 백성들의 불만을 취합해서 내게 보고해."

"제가 우둔해서 저하의 말씀을 잘 이해하지 못하겠습니다. 저하께서 바라시는 것이, 그 관리들을 눈여겨봐 두었다가 처벌하는 것입니까? 부정을 처단하는 것은 지극히 당연하나, 부정하도록 꾀어 처단을 하다니 굳이 그럴 필요가……."

"네가 데려갈 아이들이 소문을 낼 것이다. 세자가 황제에게 읍소하여 얻어 낸 구휼미를 왕과 왕의 폐신들이 빈민 구제에 쓰지 않고 가로챘다고. 뭐, 소문이 아니라 사실이 되겠지만. 조정을 향한 백성들의 불만이 가득 쌓이고 폭발할 즈음 내가 잠시 들러 탐욕스런 관리들을 꾸짖어 그들의 복수를 해 줄 것이다. 국왕의 실정과 내 덕정이 확연히 구별되는 기회지."

"그건 저하답지 않습니다."

부드러이 질책하는 린에게 원이 싱긋 웃어 보였다.

"나다운 게 뭔데?"

"다른 이를 깎아내리는 치졸한 수를 쓰며 덕을 베푸는 것은 모순입니다. 그것은 덕정이 아니라 위선입니다."

"치졸에 위선이라! 린, 네가 내게 한 말 중에서 가장 자극적인 말이구나."

활짝 웃는 원의 미소에 깃든 불쾌감을 감지하면서도 린은 그를 똑바로 보며 말을 이었다.

"무엄한 언사를 올린 것 송구합니다. 하지만 저하는 권력을 잡기 위해 백성을 위하는 것이 아니라 백성을 위하려 권력을 취하셔야 합니다. 그것이 저하다운 모습, 진정한 군주입니다."

"결국 그게 그거인 거야! 백성을 구하려면 권력이 있어야 하니까. 나는 권력도 취하고 백성도 구하겠다. 더 이상 부왕에게 고려를 맡기고 싶지 않아. 그건 너도 마찬가지잖아?"

"하지만 이런 식으로는……."

"이런 식이 아니면 언제까지나 이 상황인 거야. 난 하루라도 빨리 고려의 백성들을 구제하고 싶어. 그러니 내 뜻을 따라, 더 이상 거역하지 말고!"

린은 원에게 일종의 거리감을 느꼈다. 친근한 벗이 아니라 주군으로서 본색을 분명하게 드러낸 것은 처음이었다. 신하로 서의 충언을 무례한 거역으로 받아들인 것일까? 린은 자신이 지나쳤음을 인정하고 고개를 숙였다. 순리적이지 못해 썩 내키 는 명령은 아니었지만 원의 말이 완전히 틀린 것도 아니었다. 다만 오랫동안 가까이 지내며 사랑해 온 사람에게서 기대하지 못했던 음모적인 일면을 발견하여, 그는 적잖이 놀랐고 한편으 로 슬펐다.

"참, 이건 내가 직접 말했으면 좋았겠지만 난 이곳에 좀 더 있어야 하니 네게 부탁하마. 너보다 더 적합한 사람도 없고."

냉랭해진 어조로 빠르게 내뱉은 원이 일어나 침상 쪽으로 걸어갔다. 앉아 있는 예스진의 어깨에 손을 올리고 그가 투르 크어로 말했다.

"단에게 전해. 내가 여기서 비를 얻었고, 몽골 노얀의 딸이 자 내 아이를 가졌으니 이 여자가 첫째 비가 되었다고 말이야. 약속을 지키지 못해 미안하다고 누이에게 말해 줘."

린은 물론 예스진도 놀랐다. 나중에 그를 꼼짝 못하게 옭아

맬 생각으로 임신한 사실을 알리지 않았는데 이 능구렁이가 어느새 다 알고 있었던 것이다.

'알고 있으면서도 날 그런 식으로 안다니!'

붉으락푸르락 얼굴에 노기를 띤 그녀에게 린이 일어나 공손히 허리를 굽혔다.

"하례 드립니다."

그의 담담한 말투에 예스진은 또 한 번 놀랐다. 그가 세자비의 오빠라는 것을 그녀도 안다. 누이를 제치고 먼저 아이를 배고 누이의 자리를 단숨에 빼앗은 여자 앞에서 조금도 동요하지 않는 이 남자의 속내가 궁금했다.

'이 남자도 송곳니를 감춘 늑대인 거야!'

예스진은 어깨를 어루더듬는 남편의 손길에 놀랐다. 다정하고 따뜻한 감촉, 그녀가 원하던 남편의 접촉이었다. 이런 식으로 그가 접촉한 적이 없었다. 다른 남자가 같은 방에 있음에도 불구하고 그녀는 처음 겪는 그 손길에 가슴이 설렜다. 길가에서 만난 그를 몽롱하니 따라왔던 그 순간처럼. 그의 손이 어깨에서 그녀의 목덜미로 옮겨 가자, 린이 서둘러 눈을 내리깔고 문 쪽으로 성큼 걸었다.

"그럼 저는 출발할 채비를 하겠습니다."

"잠깐, 린! 한 가지 더."

세자의 날카로운 부름이 문을 열려던 린의 손을 세웠다.

"혹시 산을 만나면……."

예스진은 문 앞에 선 사내의 어깨가 움찔하는 것을 흐릿한 눈으로 보았다. 그가 이제껏 보였던 반응 중에서 가장 큰 것이었다. 왜 남편이 계속 투르크어로 말하는지, 왜 여전히 다정한 손길로 그녀를 어루만지는지 예스진은 알 것 같으면서도 이해하기 힘들었다. 이 모든 행위가 그녀를 겨냥해서가 아니라 문 앞의 남자에게 보이기 위해서라는 것만은 알겠다. 남편의 목소리가 꿀처럼 그녀의 귀에 녹아들었다. 청각이 미각으로 치환될 수 있다는 것은 신기한 깨달음이다.

"······떠나오기 전 복전장에서 했던 말이 기억나 너를 보냈다고 전해 주렴."

"그게 무슨······."

"아니다, 됐어."

미심쩍은 눈으로 돌아본 린은 원의 손이 여자의 저고리 속을 파고드는 것을 보고 황급히 고개를 다시 돌렸다.

"그만 물러가겠습니다."

"부끄러워하는 거야? 너도 사랑하는 여자가 생기면 이렇게 된다고! 시간도, 장소도, 다른 사람도, 무엇에도 구애받지 않지. 뜨거워진 몸이 열을 모두 뱉어 내지 않으면 아무것도 보지도 못하고 듣지도 못해. 주군도 없고 친구도 없어. 아니, 너도 벌써 아는 일이야, 린? 이 세상에서 가장 순진한 내 친구!"

원이 크게 웃음을 터뜨리는 가운데 린은 허락을 더 구하지 않고 나가 버렸다. 문이 탁 닫히는 동시에 원이 예스진에게서 손을 뗐다. 아직 뜨겁고 몽롱한 눈으로 그를 좇던 그녀가 저도 모르게 손을 내밀어 그의 팔을 잡았다. 그가 싸늘하니 잡힌 팔을 내려다보았다.

"또 암캐처럼 엉덩이를 흔들고 싶어?"

순식간에 열기가 날아갔다. 그의 팔을 놓은 예스진의 손이 이불 위로 툭 떨어졌다.

"당신은 정말 잔인한 푸른 늑대예요, 이질 부카."

그녀의 메마른 목소리가 붉게 부푼 입술에서 흘러나왔다. 훗, 원이 특유의 웃음을 지었다.

"당신은 당신 친구를 가만두지 않을 거예요. 그를 죽이고 그의 여자를 뺏을 거예요. 그를 괴롭히는 사람들을 저주한 당신이 스스로 저주를 받을 거예요. 당신들 셋 다 모두 비참해질 거라고요, 바로 당신 때문에!"

"뭐야, 예언인가?"

이죽거리는 그를 예스진이 이글거리는 눈으로 무섭게 째렸다.

"칭기스 카안의 빌리크를 기억하나요? 사람의 쾌락은 배신자를 복종시키고 적을 모조리 멸망시켜 그 소유물을 약탈하는 거라고 카안은 말씀하셨죠. 당신은 딱 그런 사람이에요. 정복하지 못하는 사람은 용서하지 않죠. 당신은 왕린을 복종시키고 그의 여자를 약탈하지 않으면 가슴속 맺힌 분노를 풀지 못할 거예요. 카안은 또 말씀하셨죠. 사람의 쾌락은 적의 처첩의 배와 배꼽을 이부자리로 삼고, 그 장밋빛 뺨에 입 맞추고, 그 붉은 입술을 빠는 데 있다고. 당신은 패배한 당신 친구 앞에서 그녀를 능욕하고 겁탈해 그 잘난 정복자의 진면목을 과시할 거예요!"

그의 웃음이 잦아들었다. 창과 창이 부딪치듯 그들의 시선이 매섭게 맞붙었다. 이번에는 질 수 없다는 듯 예스진이 부릅 뜬 눈을 거두지 않고 버텼다. 먼저 눈에서 힘을 뺀 사람은 그녀의 남편이었다. 그가 다시 웃기 시작했다.

"누가 내 적이라는 거야? 난 린을 내 벗으로 삼고서 후회한 적이 없어! 지금도, 앞으로도."

"당신은 벌써 후회하고 있어요. 그녀에게 그를 보내는 걸."

여전히 웃고 있는 그의 미간이 좁혀졌다. 내 말이 맞죠? 자신감 넘치는 표정으로 그를 보는 아내에게서 원은 등을 돌렸다. 그녀의 말이 맞았다. 그는 린을 고려로 보내는 자신의 결정을 후회하고 있었다.

"여기 적힌 대로 왕을 천천히 구슬려. 이제껏 해 왔던 것처럼 너무 드러나지 않게 그냥 지나가듯 흘려."

무비는 송인이 내민 종이를 받아 들었다. 네모지게 접은 작고 얇은 종이 속엔 승진시켜야 할 사람들과 그 반대로 떨어뜨려야 할 사람들, 조세를 더 거둬야 하는 지역과 그 세금을 써야 할 곳, 면세하고 사패를 내줄 대상 등등이 상세히 적혀 있을 것이다. 즉, 그녀가 왕의 침전에서 관철시켜야 하는 일들을 요약한 종이였다. 무비는 보란 듯이 섶을 살짝 느슨하게 잡아당겨 가슴을 더듬어 들어가며 종이를 품에 감췄다. 그러나 송인은 바깥의 기척에 줄곧 경계하며 자리를 털고 일어났다. 별궁에서도 은밀하고 구석진 공간이었지만 왕의 여인과 함께 오래 머무는 것은 위험한 까닭이다.

"오늘은 왕이 오지 않습니다."

무비가 다급히 문을 막아섰다.

"공주와 함께 개경에 행차하여 그곳에서 평장사平章事를 위로하는 잔치를 벌인다고 했습니다. 연기燕岐에서 적을 격파하고 철령鐵嶺 너머로 쫓아낸 것을 치하한다고요."

"알아. 그래서?"

팔짱을 끼고 귀찮은 표정으로 송인이 툭 내뱉었다. 그런 그를 무비가 야속스레 올려다보았다. 궁에 처음 들어올 땐 그를 이렇게까지 보기 힘들 줄 몰랐다. 만날 때를 정하는 사람은 언제나 그였고, 어렵사리 연락이 닿을 때까지 하염없이 그를 기다려야 했다. 만난다 해도 예전처럼 그녀의 몸을 탐하기는커녕 일정한 거리를 두고 냉랭하게 대했다. 그래서 헤어지고 나면 그녀는 평소보다 더욱 허우룩한 가슴을 움켜잡고 혼자 애끓어했다. 볼 수 없는 것보다야 낫지만 그런 아쉽고 서운한 밀회가 여러 번, 풀지 못한 회포가 쌓이고 쌓여 이젠 밤마다 가슴을 뜯으며 몸부림을 치는 지경에 이르렀다.

늙은 왕의 정욕을 채워 주는 것으로는 해결될 수 없는 육체의 갈급한 욕구가 그녀를 더욱 관능적이고도 농염하니 가꾸어 주었다. 그래서인지 개경에서도 강화에서도 궁에 거주하거나 드나드는 숱한 사내들이 나이와 직분에 상관없이 그녀에게 침을 흘렸다. 그러나 사내면 다 되는 것이 아니다. 그녀에게는 오직 그여야 했다. 그런데 정작 그 한 사람이 그녀를 철저히 밀어냈다. 강화에 들어오고 거의 1년 만에 만난 그는, 이 짧은 만남에 아무런 감흥도 아쉬움도 없는 듯 보인다. 사무적이고 딱딱한 태도로 그가 다시 물었다.

"그래서 어쩌자는 거야?"

'예전처럼 안아 주세요, 이 세상에 우리 둘밖에 없는 것 같던 그때처럼.'

무비가 눈으로 간절히 호소했지만 송인은 성가시게 굴지 말라는 듯 그녀를 옆으로 밀어냈다. 그녀가 얼른 다시 그의 앞을 막아서서 문고리를 꽉 붙잡았다. 정말 왜 이래? 송인의 눈썹이 험상궂게 일그러졌다. 지존 앞에서도 오만방자하기 짝이 없던 그녀가 눈을 내리깔며 새빨간 입술로 말을 더듬었다.

"나, 낮잠을 잘 테니 아무도 방해하지 말라고……, 얘기해 뒀어요. 궁인들이 날 찾는 일은 없을 거예요."

"어리석은 짓을 하셨소, 무비님."

송인의 손이 우악스레 그녀의 턱을 쥐어짜듯 잡았다.

"성총이 두텁다 하여 기고만장하는 사이 꼬리를 밟힐 수 있다는 걸 모르시오? 사방에 공주의 졸개들과 정화궁주 일파에게 미련을 둔 구신들이 당신을 쫓아낼 구실을 찾기 위해 혈안이 된 걸 잊었소? 왕 아닌 다른 사내를 만나러 간다고 주위에 그렇게 친절하게 알려 줄 배짱이 도대체 어디서 생긴 거요? 왕은 당신을 품기 전 숱하게 여인을 바꾸어 왔고 앞으로도 충분히 그럴 수 있소. 나 말고도 여자를 들이대고 싶어 하는 놈들이 득실

댔단 말이오. 내가 무비님을 이 자리에 올리기 위해 얼마나 오랜 시간을 들였는지 설마 몰라서 이런 철딱서니 없는 짓을 하는 건 아니겠지요, 응? 말해 봐, 말해 보라고!"

사내가 난폭하게 그녀를 문 쪽으로 밀어붙였다. 턱이 부서질 듯 아팠지만 무비는 그에게서 반응이란 걸 끄집어낸 것이 만족스러워 찐득한 웃음을 입가에 올렸다.

"그런 게 아닙니다. 그럴 리가 있습니까, 제가! 전 오직 나리의 도움이 되기 위해 이곳에 온 사람인걸요. 믿을 만한 시비에게 살짝 당부했을 뿐, 제가 예서 무얼 하는지 아무도 모릅니다."

그녀는 살그머니 손을 뻗어 그의 입술을 가만히 선 따라 그렸다. 수염 속, 반쯤 가려진 입술이 따뜻했다. 그가 눈썹을 꿈틀거리면서도 그녀를 제지하지 않았기 때문에 무비는 용기를 얻어 위아래 입술이 꼭 붙어 있는 사이를 손톱 끝으로 눌러 벌렸다. 입술을 파고들어 축축한 안쪽으로 물고기처럼 헤엄쳐 들어간 그녀의 손가락을 그가 혀로 맞아들여 핥았다. 손가락 끝을 통해 흘러 들어온 찌릿한 감각이 그녀의 관능적인 몸을 순식간에 뒤흔들었다. 다른 손으로 그의 가슴을 더듬는 그녀의 눈이 금세 흐릿하니 들떴다. 힘을 뺀 송인의 손아귀에서 턱이 자유로워진 덕에, 끝을 길게 끄는 그녀의 말이 보다 분명하게 나왔다.

"지금 잠시만 전하의 무비가 아니라 나리의 옥부용이고 싶습니다."

"내가 원하는 것은 옥부용이 아니라 무비니라, 나 대신 왕을 조종해 줄 수 있는."

그녀의 꼼지락거리는 손가락을 뻗어 내며 그가 낮고도 똑똑한 음성으로 말했다.

"내가 널 태산에서 데려와 많은 시간 정성을 쏟았던 것은 옥부용이 아니라 무비를 위해서였다. 네가 태만을 부리면 나는 또 다른 아이를 찾아 무비로 키워야 한다. 뭐, 지금 키우고 있는 아이도 너만큼은 쓸 만하지 않을까 싶다만. 다시 옥부용으로 돌아오겠느냐?"

"키우고 있는 아이……라고요?"

여자의 눈빛이 점점 맑게 개기 시작했다.

"저처럼 왕을 공략하기 위해, 저를 훈련하셨듯이 키우는 아이가 있다는 말씀이십니까? 늘 나리 곁에 두며 교합의 기술을 가르친다고요?"

"넌 언제나 깨닫는 것이 빨랐지, 무비. 아니, 부용이라 불리고 싶은가?"

"제가 이곳에서 나리께 쓸모가 없게 되면……, 저는 무엇이 됩니까?"

"알 바 아니지. 무비가 아닌 여자에게 내가 무슨 볼일이 있겠는가."

무비는 차갑게 눈을 돌린 사내를 멍하니 올려다보았다. 뭇 사내들을 요염하니 거침없이 훑어보던 대범하고 뻔뻔스럽던 시선이 숫된 소녀처럼 순진하니 맑았다. 원망도 미움도 없었다. 촉촉하게 젖어 든 눈에서 넘쳐흐른 것은 투명한 슬픔이었다.

"……제가, 분수에 넘치는 욕심을 품어 어리석은 짓거리로 나리께 폐를 끼쳤습니다."

"알았으면 됐어."

심드렁하니 대꾸하며 송인이 여자를 밀어냈다. 이번엔 버티지 못하고 무비가 힘없이 문고리를 놓치며 비틀거렸다. 고개를 틀어 어깨에 묻은 그녀는, 곁눈으로 그녀를 쳐다본 그의 어둑해진 낯빛을 보지 못했다. 그가 문고리를 쥐자 목 메인 소리가 가늘게 나왔다.

"나리께서는 진정 무엇을 위해 이런 일들을 하십니까?"

"내 옆을 그리도 오래 지켰던 네가 모른다고 생각하진 않는데?"

새삼스런 질문이 나가려던 그의 걸음을 멈춰 세웠다. 돌아본 그녀는 짙은 속눈썹을 가지런히 내리깔고 잔뜩 풀이 죽었는데, 가라앉은 눈길이 몹시도 헛헛했다. 음사에 있어 무적인 그녀가 이런 식으로 가면 같은 표정을 걷어 내고 무방비하게 있는 것은 송인의 앞에서조차 처음이었다. 그는 문득 그녀를 넘어뜨리고 싶은 충동을 느끼고 고개를 돌렸다.

'위험해.'

모사로 가득 찬 차가운 두뇌가 잠시 흐트러진 것이 그의 자존심에 깊은 상처를 냈다. 사촌 형 송방영의 비웃음이 귓가에 울렸다.

'왕에게 있어 누구에도 비할 수 없는 존재이듯이, 그녀는 자네에게도 무비인 거야.'

빠득, 참을성 많던 그의 어금니가 분노로 몸부림쳤다.

'이미 남에게 줘 버린 계집 따위에게 누가 연연한다고! 이런 계집 하나로 실수할 내가 아니야. 절대로, 나는!'

그러나 그는 쉽게 나가지 못했다. 문고리를 잡은 채 아직 할 말이 남아 있는 것 같은 그녀의 목소리를 기다렸다. 아니, 기다리는 것을 의식하지 못한 채 그녀에게 귀를 기울였다.

"왕의 뒤에서 암중 실질적인 왕이 되신다고요. 왕을 치고, 서흥후를 쫓아내고, 진짜 왕이 되는 것, 그게 마지막입니까? 그렇게 되어 얻고자 하시는 것이 무엇인지요?"

"어좌에 앉는 것 따윈 중요하지 않아. 내가 진정한 지배자라는 것이 중요한 거지."

"진정으로 지배하면, 그다음엔?"

"그다음이 또 필요한가? 그다음은 없어. 지배하지 않으면 살수 없기 때문에 이러는 것이다. 내 손에 모두 들어오지 않으면 성이 차지 않기에, 내 의지를 벗어나는 것들을 가만둘 수 없기 때문이다. 왜 그러냐고? 천성이겠지! 그러니 내게 조금이라도 거역하지 말란 말이오, 무비님. 제멋대로 행동하여 날 거스른다면 가장 비참하게 버려 줄 테니."

스르륵 문이 열리는가 싶더니 이내 쾅 닫혔다. 바깥쪽 조심스런 발소리가 순식간에 사라지고 무비는 그대로 주저앉았다. 눈물이 아래 속눈썹에 방울져 맺힌 채로 그녀는 헛웃음을 웃었다. 그는, 왕을 조몰락거리는 그녀를 협박하듯 을러대는 유일한 사람이다. 그녀의 말 한마디면 승지에서 무관無官으로, 어느

산골이나 섬으로 유배될지 모르는데 그런 염려는 조금도 하지 않는 모양이다.

'그만큼 나를 믿어서?'

무비는 픽 또 헛웃음을 웃었다. 그럴 사람이 아니다. 부모 형제도, 사촌도, 가장 측근에서 부리던 수하도 믿지 못해 항상 배신할 경우의 대비책을 세워 두는 사람이다. 자신을 표면에 드러내지 않기 위해 지극히 조심하는 사람이다. 그런 그가 막강한 권력을 가진 그녀를 천한 노비 대하듯 홀대하는 이유는 단 하나, 그녀의 마음을 완전히 장악했다는 확신 때문일 것이다. 그리고 그의 판단은 전적으로 옳았다. 지금 그녀의 뻥 뚫린 가슴을 채우는 것은, 그녀를 혹독하게 다룬 송인에 대한 분노가 아니라 그가 새로이 조련을 시작했다는 이제껏 듣도 보도 못한 계집에 대한 분노였다. 왕의 여자가 되기 전 그의 여자로서 수많은 교육을 받고 훈련을 거듭했던 그녀이기에, 그가 새로운 계집과 무얼 하는지 훤히 그려 낼 수 있었다.

'안 돼, 그럴 수는 없어!'

무비는 몸서리치며 가슴을 쥐어뜯었다.

'그 자리는 오직 내 거야! 누구에게도 줄 수 없어!'

벌떡 일어난 그녀는 매무시를 가다듬을 사이도 없이 뛰쳐나갔다.

'말해야 해, 왕을 잘 잡아 둘 테니 다른 아이는 필요 없다고! 이제 와 키우더라도 왕의 마음을 사로잡기엔 너무 많은 시간을 허비하게 될 거라고!'

그가 그녀와의 만남을 들킬까 무척 예민하니 조심스럽다는 것조차 잊고, 무비는 마구 내달려 그를 찾아 헤맸다. 그 긴 다리로 얼마나 빨리 별궁을 빠져나갔는지 어디에도 그의 두루마기 끝자락도 보이지 않았다. 그러나 다른 여자에게 그의 옆을 내준다는 공포에 거의 미치다시피 한 무비는 신을 신지 않은 발로 뛰어다니길 멈추지 않았다. 담을 끼고 돌아가던 그녀는 누군가에게 어깨를 쿵 부딪고서야 풀썩 쓰러져 광기 어린 달음질을 그칠 수 있었다.

"어이쿠, 무비님이 아니신가. 괜찮으신지요?"

누구? 무비는 초점이 맞지 않은 눈을 들어 그녀를 부축하기 위해 허리를 구부린 사내를 올려다보았다. 눈물이 완전히 지워지지 않은 눈에 흐릿하니 들어온 사내는 그녀를 실망시켰다. 그가 아니었던 것이다. 사내가 그녀를 세워 주려는 듯 그녀의 겨드랑이 아래 손을 넣다가 불룩 튀어나온 젖가슴을 슬쩍 쓸었다. 괘씸한 놈 같으니! 화가 난 무비의 눈이 금세 독기를 띠고 사내를 노려보았다. 그런데 사내가 칠칠치 못하게 입을 헤벌리고 그녀의 가슴에 박힌 두 눈을 거둘 줄 몰랐다. 어찌나 노골적으로 보는지 오히려 당황스러워진 그녀가 그의 시선을 따라 자신의 가슴 쪽으로 눈을 내렸다. 안 그래도 큼직한 가슴이 얇은 비단을 한껏 밀어 올리고 있었는데 아까 그녀가 마구 잡아 뜯은 덕에 눈부시게 흰 앙가슴이 훤히 들여다보였다.

'아차, 밀서!'

그녀는 비로소 망각하고 있던 본래 임무를 환기했다. 사실

젖가슴이 치켜 올라가도록 졸라맨 천의 깊은 안쪽에 숨겨진 종이쪽은 안전했지만, 무비는 황급히 깃을 추슬러 목 바로 아래에서 꼭꼭 여몄다. 그것이 마치 속살을 보이기 부끄러워 서둘러 매무시를 다듬는 것처럼 보였다. 사내도 그렇게 여겼는지 지분거리는 손길을 한층 더해, 균형을 잡아 주는 척하며 일어난 그녀의 등에서 엉덩이까지 쓱 훑어 내렸다. 그녀는 뒤늦게 사내를 알아보았다. 낭장 이곤李琨, 공주의 겁령구이자 측근인 장순룡의 사위였다.

'아무리 장가의 권세를 업었다 해도 왕이 알면 목이 무사하지 못할 텐데.'

그녀는 자신의 팔과 엉덩이에서 손을 떼지 못하고 게슴츠레 군침을 삼키고 있는 이곤의 면상을 할퀴어 주려 손톱을 세웠다. 갑자기 사내가 그녀의 등 뒤로 몸을 바싹 붙여 왔다.

"무슨 일로 상심하셨소이까. 제가 도와 드릴 수 있다면 무엇이든 하겠습니다만."

이곤이 그녀의 귀에 대고 빠르게 속삭였다. 아마도 그는, 늙은 왕의 시중을 드는 젊은 그녀의 육체가 영 만족을 못 느껴 발작했다고 생각한 모양이었다. 더럽고 비열한 자식! 그녀는 욕이 나오려는 것을 참았다. 사내의 짐작이 전혀 틀리지도 않은 것이, 그녀의 육체는 발작하고 있었다. 원인 제공자가 왕이 아니라 송인일 뿐이다. 그녀는 위로가 간절했을 뿐 아니라 송인에게 시위할 수 있는 조력자가 필요했다.

'내 마음을 사로잡았다고 자신만만하게 굴다가 뒤통수를 맞을 수 있다는 걸 보여 주겠어요. 당신이 나 아닌 다른 계집을 품고 산다면 나 역시 그럴 수 있다는 걸 깨닫게 해 주겠어요. 나를 결코 버릴 수 없다는 걸, 당신의 그 지배욕이 최후까지 원하는 게 바로 나라는 걸 아주 철저하게 알려 주겠어요.'

그녀는 은근히 사내에게 기대어 그의 다리에 엉덩이를 살며시 붙였다.

"어지러워요."

언감생심, 감히 주무를 수 없는 여인을 도와주는 척하며 슬쩍 맛이나 볼까 했던 이곤은 뜻하지 않은 호응에 얼떨떨하기만 했다. 거기에 짙게 끌리는 간드러진 목소리가 귓가에 살랑이니 몸이 금세 녹아나 불끈 흥분하고 말았다. 그는 엉거주춤 서서 말을 더듬었다.

"처, 처소에 모셔다 드리겠습니다."

"내 시비는 내가 낮잠을 자는 줄 알아요. 그래서 당분간은 아무도 나를 찾지 않죠."

무비가 부드럽게 그의 손을 잡아끌었다. 굴러 들어온 횡재에 넋이 완전히 나간 이곤은 홀린 듯이 그녀를 따라 어기적어기적 담 안쪽 별궁의 빈 전각으로 들어갔다.

진관은 앞에 걸어가는 왕린의 어깨가 유난히 굳어 있는 것을 보았다.

'긴장한 것일까?'

진관은 생각했다. 바다를 건너오는 동안에도 바람에 높이 일렁이는 누런 바다를 내려다보는 왕린의 미간은 내내 찌푸려 져 있었다. 그가 긴장하거나 불편한 기색을 드러낸 적이 좀처럼 없었던 탓에, 진관은 동행한 장의와 더불어 어느 때보다도 그를 주의 깊게 보았다.

'수정후가 어디를 가는지, 누구를 만나는지, 무엇을 하는지 상세히 관찰하고 보고하라. 너희가 지켜보는 것을 수정후가 알 아채서는 안 된다.'

세자의 명령 때문에만 그를 보는 것은 아니었다. 평소와는 좀 다른 그가 저절로 진관의 눈길을 끈 것이다. 자신보다 어린 데도 동요하는 모습을 본 적이 없다.

'이 사람을 긴장하게 만드는 것이 있다니, 역시 그 일 때문이 겠지?'

묵묵히 걷는 왕린의 머릿속을 짐작하기란 쉽지 않지만 그렇게 생각한 것은 오직 '그 일'에 바짝 긴장한 사람이 바로 진관, 그 자신이기 때문이다. 진관이 생각하는 '그 일'이란, 왕린의 누이이자 첫째 세자비인, 아니, 첫째 비'였던' 그녀에게 세자의 새로운 비에 대해 보고하는 일이다. 강화의 왕궁에서 국왕을 알현하고 곧장 발걸음을 튼 곳이 그녀가 있는 궁이었다. 그녀의 집에 가까이 갈수록 왕린보다도 진관 자신이 뻣뻣하게 굳어 가고 있었다.

세자 부부가 가례를 치르기 전 팔관회 날, 개경의 밤거리를 거닐던 그들을 멀찍이서 호위했던 그였다. 세자가 개경 왕궁에만 들렀다 하면 거의 날마다 세자비의 처소에 갔기 때문에, 세자의 가장 가까운 시위였던 그로서는 그녀를 볼 기회가 적지 않았다. 물론 그녀는 세자만을 바라보고 있었으니 아마 그를 기억 못 하겠지만, 그의 머릿속 그녀는 아름답고 상냥하며 연약한 모습으로 또렷이 각인되어 있었다.

그녀를 제치고 다른 여자가 남편의 정비가 되었다는 것을 알면 그녀는 어떤 표정을 할 것인가? 진관은 차마 상상할 수가 없었다. 그런 상상이 무엄하기 짝이 없음을 알아서가 아니라 그녀의 마음을 헤아려 보자니 너무 가슴이 아파서였다. 이 가슴앓이가 무엇에서 비롯되었는지, 또 어떤 의미인지 진관은 정확히 알지 못했다. 섬기는 주인에 대한 충성심이 전부여야 할 우직한 무인의 지나친 걱정 정도로 생각하고 있었다. 그러나 그 충성심을 한 꺼풀 벗겨 보면, 세자가 대도에서 줄곧 예스진을 끼고 사는 것에 은근히 안도하는 본심이 숨어 있었다. 그것은 또 어떤 의미인지 진관은 정확히 알려고 하지 않았다. 그의 본분을 잊게 만드는 위험스런 무언가가 있을 것 같은 예감이, 그로 하여금 자신의 감정을 깊이 들여다보는 일을 막았다.

'그분은 견디지 못하실지도 모른다.'

세자비의 궁으로 들어가는 진관의 혓바닥이 말라 왔다. 그녀를 보면 그가 오히려 견디지 못할 것 같은 압박감이 느껴졌다. 그런 초조함을 안고 신선한 초록색이 가득한 궁의 뜰에 선 그녀를 보자마자 그는 숨을 훅 들이마셨다. 변함없이 요조하고 아름다운 모습이 그를 감동시켰다. 세자의 밀명을 받아 수정후를 따라나선 것은 얼마나 큰 행운인가! 진관은 그녀가 천천히 돌리는 작은 얼굴에 시선을 박았다. 갑자기 활짝 얼굴을 피운 그녀가 그를 향해 바쁘게 걸어와 진관은 더 이상 앞으로 나가지 못하고 그 자리에 우뚝 섰다. 순박한 무인의 가슴이 두근두근 뛰기 시작했다. 그녀가 그의 존재를 기억에 담아 두고 있었던가?

"오라버니!"

세자비가 사뿐히 다가와 멈춰 선 곳은 당연히 그녀의 오빠 앞이었다. 짧고도 허황된 망상에 아찔하리만큼 부끄러워진 진관은 가만히 고개를 떨어뜨리고 마른침을 삼켰다.

"많이 여위셨습니다."

왕린의 걱정스런 목소리가 들렸다. 그제야 그녀가 더욱 파리하니 작아졌음을 깨닫고 진관은 자신의 무뎌진 눈썰미를 책망했다. 보는 것만으로도 벅찼던 터라 그녀의 미세한 변화에 둔감했던 것이다. 자신은 괜찮다는 듯 미소 지으며 고개를 살살 내젓는 그녀의 가느다란 목이 유난히 희고 애틋해 보였다.

"전란도 그렇고 아버님의 거상도……."

"쉿. 오라버니, 제 말 먼저 들으세요."

왕린의 말을 막는 그녀의 손짓과 눈짓이 간결하고도 우아하다고 진관은 생각했다. 왕린의 소매를 잡아끄는 가느다란 손가락도 기품 있어 보였다. 그녀가 그와 장의로부터 오빠를 떼어 놓으려는 것을 진관은 의식하지 못한 채 멍하니 쳐다보았다.

그녀가 경계하듯 그와 장의를 흘깃 돌아볼 때까지도 그의 눈은 그녀를 좇았다. 그녀의 눈길을 처음 정면으로 받은 그는, 남매의 비밀스런 이야기를 듣지 않겠다는 표시로 장의와 함께 두어 발짝 물러나 서로 말을 나누는 척 딴전을 부렸다. 귀는 그녀에게로 활짝 열어 둔 채였다.

"마침 잘 환국하셨어요."

그녀의 자그마한 목소리가 진관의 귀를 타고 들어왔다.

"현애택주의 일이에요. 그 사람, 전란 내내 강화로 피하지 않았어요. 서해도에 들어간 합단의 잔당이 별업을 불태울 때, 거기 있었대요."

"……살아 있습니까?"

수정후의 목소리가 약간 흔들린 것 같다고 진관은 생각했다. 그녀가 얼른 오빠의 말을 받았다, 마치 안심시키기 위해서인 것처럼.

"그럼요. 지금도 그곳에서 노비들과 살고 있다고 해요."

가벼운 한숨 소리가 바람에 섞여 미약하게 들렸다. 이번에도 그녀가 얼른 말을 이었다, 오빠가 너무 서둘러 안심해 버렸다는 듯이.

"전 오라버니가 그곳에 있습니다."

"형님이 왜?"

"처음엔 택주더러 강화에 들어오라 설득하러 갔었습니다만, 아마도 그녀가 거절했던 모양입니다. 전 오라버니도 택주와 함께 그곳에서 합단적의 난동을 겪었던 듯싶습니다. 지금도 그녀의 곁에 있습니다."

"……."

"가 보셔야지요, 그 별업에."

"저는 여기서 먼저 할 일이 있습니다."

"여기서 그 별업이 매우 가까운 줄 저도 압니다. 잠시 다녀
오셔도 오라버니의 일에 지장이 없을 것입니다."

"하지만……."

"가셔서 전 오라버니더러 당장 돌아오라고 하세요. 지척에
있으면서 전란을 핑계로 아버님의 상도 치르지 않았으니 제가
가만있지 않겠다고요. 오라버니께서 지금 당장 현애택주의 별
업에 가셔서 전 오라버니에게 전해 주셨으면 합니다."

망설이는 오빠에게 강요하듯 말하는 그녀의 목소리가 퍽 따
뜻했다. 왜 수정후를 현애택주에게 보내려고 세자비가 애쓰는
것일까? 진관은 문득 궁금했으나 그 물음은 금세 그의 머릿속에
서 지워졌다. 왕린이 내키지 않는 어조로 입을 열었던 것이다.

"드릴 말씀이 있습니다."

"나중에요. 돌아오셔서 말씀하세요. 지금은 그냥 제 말에 따
르세요, 오라버니."

"안 됩니다. 저하의 전언입니다."

보이진 않았지만 아마 그녀의 낯빛이 그늘졌으리라 진관은
짐작했다. 왕린의 가볍지 않은 목소리가 듣는 사람에게 긴장
감을 끌어냈기 때문이다. 그녀의 목소리가 그의 짐작을 증명했
다. 두려워하듯 약간 주눅 들어 있었다.

"좋지 않은 소식인가요?"

"나라 전체로서는 좋은 소식입니다."

"제 개인으로서는 아니고요?"

"송구합니다."

미적거리는 왕린이 매우 껄끄러워하고 있다는 건 보지 않아도 알 수 있었다. 냉정한 분인 줄 알았더니 꼭 그렇지만은 않군. 진관은 그녀를 안타까이 여기는 그녀의 오빠가 마음에 들었다. 그러나 그녀의 오빠는 그렇게 오래 시간을 끌지 않았다.

"저하께서 대도에서 새로이 비를 맞으셨습니다."

"아아."

탄식처럼, 한숨처럼 흘러나온 얕은 탄성이 진관의 가슴을 마구 후볐다. 하지만 그의 염려와 달리 그녀는 의연하니 말을 이었다.

"그렇게 미안한 눈으로 보실 것 없어요. 알았으니 이제 가셔요, 오라버니."

"아직 끝나지 않았습니다. 새로 맞은 세자비를 첫째 비로 삼으셨습니다."

비단 치마가 부스럭거리는 소리를 연달아 냈다. 의연하던 그녀가 균형을 잃고 비틀한 것이다. 그녀의 심장에 비수를 꽂은 오빠가 더욱 깊게 칼끝을 박아 넣었다.

"대도의 세자비가 회임을 하였습니다."

이번엔 그녀가 확실히 무너졌다. 새하얗게 질린 손이 그보다 더 창백한 이마에 닿더니 속수무책으로 몸이 기울어졌다.

진관은 물론 다른 곳에 한눈을 파는 듯했던 장의도 서너 발 앞으로 내딛었다. 제때 팔을 뻗은 왕린이 그녀를 붙들어 안지 않았다면 생각 없는 몸뚱이가 어디까지 내달렸을지 진관은 자신이 없었다. 그 못지않게 세자비를 주시하고 있던 여관들이 후다닥 다가오는 것을 그녀가 소매를 휘둘러 쫓아 버렸다. 핏기가 증발해 버린 얼굴로 그녀는 오빠를 밀어냈다.

"……알았으니, 이제 가세요."

"안으로 모시겠습니다. 안색이…….."

"어서 가세요! 다 알아들었으니 제 말대로 하시라고요!"

그녀의 격한 언성에 오빠가 찔끔하여 입을 다물었다. 그는 품에서 떨어져 나가 휘청거리는 누이를 다시 부축하지 못하고 허공에 들어 올린 손만 쥐었다 폈다 했다. 아마도 상냥한 누이가 분노하는 모습을 처음 대한 것이리라 진관은 생각했다.

"……저하께서 약속을 지키지 못하여 미안하다 하셨습니다."

완전히 고개를 돌린 누이에게 왕린이 나지막이 덧붙였다. 그녀는 아무 반응도 보이지 않았다. 마치 돌이나 나무처럼, 숨 쉬는 것조차도 감지하기 어려울 만큼 조용했다. 누이의 곁을 떠나길 망설이던 왕린이 결국은 물러났다.

"자네들은 궁에 남아 있게."

진관과 장의의 사이를 지나며 왕린이 분명하게 지시했다. 진관은 무심결에 동료를 돌아보았다. 장의의 날카로운 눈이 어떻게 할 거냐고 묻고 있었다. 어떻게 할 거냐? 진관의 불분명한 시선이 허공을 더듬었다. 수정후의 일거수일투족을 관찰하라는 세자의 명령을 잊은 것은 아니었다. 하지만 그녀를 저 상태로 놓아두고 어딜 간단 말인가? 진관은 혼란에 빠졌다. 이 자리를 지키고 섰다 해도 그녀를 위로할 어떤 권한도 그에겐 없는 터다. 그럼에도 천근만근 무거워진 발이 떨어지려 하지 않았다. 그가 망설이는 사이, 왕린이 떠났고 장의가 슬쩍 자리를 비웠다.

'너도 어서 가야지!'

다짐하듯 속으로 호령했으나 그의 눈은 아직 그녀에게 미련을 두고 살며시 움직였다. 그러나 그의 시선은 곧 얼어붙었다. 그녀와 정면으로 눈을 마주쳤던 것이다. 언제부터 보고 있었던 것일까? 진관은 마주친 눈을 거둘 생각조차 하지 못한 채 궁금해했다. 그녀의 오빠는 이미 사라졌고 그녀의 시야에 잡힐 만한 사람은 분명 자신 하나였다. 왜 가지 않고 거기 서 있느냐고 물으면? 그럴듯한 변명이 얼른 떠오르지 않는 순진한 무인의 등에 한줄기 땀이 흘렀다.

"진관."

그녀의 목소리였다. 귀로 들었고 그녀의 입술이 움직이는 것까지 보았으나 꿈속에서 듣고 본 것처럼 진관은 자신의 감각을 믿지 못했다.

"진관."

그녀가 확인이라도 해 주듯 친절하게 다시 불렀다. 이름을 부르다니! 번개라도 맞은 기분이었다. 세자비가 모든 관원의 이름을 다 알고 외운단 말인가? 아니면 그였기에 특별히 기억해 준 것인가? 이유가 무엇이든 그의 가슴이 방망이질하기엔 충분한 부름이었다. 한술 더 떠서 그녀가 천천히 다가왔다. 왜, 어째서 세자비마노라가 내게? 진관은 질식할 것 같은 긴장감 속에서 은은하고 고상한 꽃향기를 맡았다. 그녀가 어느새 가까이 다가와 그들 사이의 거리는 불과 석 자 남짓했다.

"새로운 세자비는 제실의 공주가 아니지요?"

그녀의 상냥한 말투에 진관은 그녀 대신 눈물을 쏟아 주고 픈 충동을 느꼈다. 시중을 드는 궁인에게도 말을 낮추지 않는 그녀에 대해 종실의 귀부인답지 않다고 수군거리는 이들도 더러 있었으나, 진관에게는 상대가 누구든 아끼고 귀히 대하려는 아름다운 마음만이 느껴질 뿐이다. 대답하는 그의 어조도 그녀를 흉내 내듯 상냥하였다.

"아니라고 알고 있습니다."

"그럼 왕공의 공주인가요? 그래서 그 사람이……."

아마 생략된 말은 '내 대신 첫째 비가 되었나요?'쯤 될 것이다. 진관의 얼굴에 곤혹스런 빛이 스쳤다.

"그것도 아니라고 알고 있습니다. 색목인 귀족의 딸이라고……, 돌아가신 황후마마와 같은 출신이라고 들었습니다."

그녀의 눈이 몹시 슬퍼 보여 진관은 묻지도 않은 말을 황급히 덧붙였다.

"하지만 저하께선 그분을 줄곧 냉대하셨습니다. 처음 저하께서 그분을 데려오셨을 때는 아무도 비로 삼으시리라 생각지 못했고요. 저하께선 그날, 술에 취해 계셨습니다."

진관은 곧 실수를 깨달았다. 이런 상황에선 어떤 말을 갖다 붙여도 그녀에게 죄다 못이 되어 박힐 뿐이다. 그녀가 강화에서 남편을 그리워하는 동안 그 남편은 술을 마시고 여자를 품었으며, 겉으로는 냉대하는 척 굴었으나 계속 곁에 두고 회임을 시키고 정비로 삼았다. 어느 하나 그녀에게 위안이 될 만한 것이 없었던 것이다. 그는 실수를 덮기 위해 우물쭈물 말을 이었다.

"아마도 외가 쪽이라 정비로 맞아들이신 것이 아닌가 사료되옵니다만……."

그는 말끝을 분명히 맺지 못했다. 그의 위로 따윈 이미 그녀에게 들리지 않을 것이다. 그녀는 울고 있었다.

'몇 명의 아내를 더 맞아들인대도 정비는 그대야.'

단은 남편의 다정스럽던 말을 떠올렸다. 얼마나 달콤한 위로였던가. 그녀에게 그 말은 사랑의 속삭임이었다. 어느 여인도 그녀만큼 사랑할 수 없다는 고백과도 같았다.

'그리고 누구에게서도 아이를 낳을 생각이 없어.'

남편의 또 다른 말이 떠올랐다. 보다 강력한 고백이고 맹세라고 생각했다. 그러나 돌이켜 보니 그 '누구들' 속에 그녀 자신이 가장 확실히 포함되어 있었다. 공주도 아닌 주제에 그녀를 제치고 정비가 된 그 여자를 제외한 '누구들'이었던 것이다, 남편이 말했던 범주는.

'애초에 나를 사랑하긴 했던 것일까?'

문득 두려움이 밀려와 단은 흠칫 몸을 떨었다. 그녀를 떠나자마자 다른 여자를 만나 아이까지 가진 사람이 어째서 그녀의 몸에 조금도 손을 대지 않았던 것인지, 그녀를 진심으로 사랑한다면 그럴 수 없다. 언제부터 사랑을 잃었는지, 어디서부터 그녀 혼자만의 착각이었는지, 지금 버림받았다고 생각하는 것이 오히려 착각인지, 단은 알 수 없어 답답하고 슬픈 마음에 그녀를 안타까이 쳐다보는 낭장 앞에서 소리 죽여 섧게 울었다.

장의는 혼자서 수정후를 미행하는 것이 오히려 낫다고 생각했다. 가까이서 보고 겪은 만큼 그는 린의 실력을 잘 파악하고 있었다. 진관과 둘이 쫓는다면 훨씬 들키기 쉬울 것 같았다. 아까 진관의 모호한 망설임이 이것을 염두에 둔 것이리라고 장의는 저 좋을 대로 해석했다. 하긴 그렇게 해석하지 않고선 동료의 행동은 이해할 수 없는 것이었으니.

포구까지 린의 뒤를 밟은 장의는, 그가 뭍으로 가는 배에 오르는 것을 보고 지나가는 상인에게서 옷과 방갓을 사서 변장을 했다. 같은 배에 올라타 은근히 린의 근처를 어슬렁거리면서 장의는 그가 자신의 미행을 눈치 채지 못했음을 확인했다.

배가 뭍에 닿자마자 장의는 당장 말부터 한 마리 사서 올라탔다. 꽤 떨어져서 쫓아가는데다 얼굴도 가렸고 옷과 말까지 바꾸었으니 쉽게 들키지 않겠지만, 조금의 빈틈도 주지 않기 위해 그는 일부러 숲으로 들어가 나무들 뒤에서 린이 말을 달리는 모습을 관찰하며 따라갔다. 더워지기 시작한 계절이었다. 장의는 이마에서 흘러내려 턱 끝으로 떨어지는 땀을 소매로 닦

앗다. 숲 속의 나무 그늘 아래로 달리는 그보다 따가운 햇볕이 내리쬐는 흙길을 달리는 린이 훨씬 더울 것 같은데, 지친 기색 없이 일정한 속도로 꾸준히 달리고 있었다.

'저 사람은 먼지 속에서도 깔끔하니 땀 한 방울 흘리지 않을 것 같단 말이야. 추우나 더우나 늘 얼음으로 빚은 조각처럼 보이지.'

곧게 등을 펴고 달리는 린의 뒷모습을 훑어 관찰하는 장의의 마음이 편치 않았다. 일전에도 그랬지만 수정후를 감시하라는 세자의 명령을 납득하기 어려웠다. 세자에게 밉보인 일이라도 있는 것인가? 그러나 열심히 되짚어 보고 곱씹어 보아도 그런 혐의점을 찾지 못하겠다. 개경에서도 대도에서도 린만 줄곧 찾았고 달고 다녔던 세자를, 장의는 진관과 더불어 신물 나게 보았던 터다.

'사내답지 못한 일이다!'

장의에게 세자의 이중적인 행태는 그렇게 비쳤다. 그는 세자의 수하였지만, 무인으로서 린에게 깊은 신뢰와 존경을 품고 있었다. 무인에겐 뛰어난 기예가 중요하지만 그에 그치지 않는다. 진정한 무인의 으뜸 조건이라면 역시 한결같이 바른 마음가짐일 것이다. 바른 마음, 곧은 의지, 발군의 실력. 왕린은 이 모든 것을 가진 흔치 않은 인재라고 생각하는 장의였다. 그래서 린의 동향을 몰래 캐내는 자신의 임무가 몹시 거북하고 언짢았다. 하지만 수정후가 만의 하나 딴마음을 품었고 그것을 세자가 알아채서라면? 가능성이 거의 없다고 생각했지만, 그게 아니라면 세자가 진관과 그를 린의 꽁무니에 붙여 둘 까닭이 없다.

'높으신 상전들의 속 깊은 뜻을 한낱 시위 무사가 어떻게 알겠는가! 그저 복종할 뿐이다.'

장의는 군인답게 혼자만의 갈등을 눌러 가슴속 깊이 담았다. 현재의 임무는 수정후의 모든 행보를 기억해 두었다가 세자에게 낱낱이 보고하는 것. 장의는 두 눈에 힘을 주고 목표물에 초점을 맞추었다. 그러나 다음 순간 그는 당황했다. 잠시 잡념이 끼어든 사이 그의 시야에서 린이 사라져 버린 것이다. 전방의 언덕을 끼고 돌아가는 크게 굽은 길 때문에 앞서 간 린이 보이지 않았다. 장의는 침착하게 말을 몰아 휘어진 길을 따라 숲을 헤쳐 나갔다. 어차피 린이 지금까지 달려온 대로 말을 몰아간다면 장의가 그를 놓칠 이유가 없었다. 그러나 언덕을 끼고 뒤로 돌아가는 길이 텅 빈 것을 보고, 장의는 애써 유지했던 침착성을 잃었다. 말굽처럼 굽었던 길이 언덕 뒤로는 죽 곧게 이어져 있었지만 린의 행방이 묘연했다.

'아뿔싸! 놓쳤구나!'

장의는 숲에서 나와 길 위에 섰다. 행인이 뜸한 길을 덮고 있는 풀들을 조심성 없이 마구 밟으며 린의 흔적을 더듬었지만 그림자도 보이지 않았다. 임무에 충실한 그는 혀를 내밀어 쓰게 말라붙은 입술을 축였다.

"낭장은 내게 볼일이 있던가?"

맑은 저음이 숲 쪽에서 들려와 장의는 뜨끔했다. 그가 방금 나왔던 숲에서 린이 천천히 말을 몰아 나오고 있었다. 장의는 난감하여 잠시 대답을 망설였다. 옷도 말도 바꾸고 방갓을 푹 눌러쓰고 쫓아온 자신을 이미 알아본 그에게 제대로 된 변명을 하기엔, 장의는 술수에 능하지 못한 사내였다. 궁에 남으라고 친절하게 명까지 내려 주었는데도 굳이 변장을 하고 쫓아왔으니 의심을 사기에 충분했지만, 세자의 밀명을 받아 뒤를 밟노라 말할 수 없는 장의는 뾰족한 수를 찾지 못하고 어물어물 대답했다.

"이쪽에 합단적의 잔당이 출몰했었다기에 혹시 위험할까 싶어 쫓아왔습니다. 작은 도움이라도 드릴 수 있으면 좋겠다고 생각했습니다."

변장의 해명이 될 수 없는 대답이었다. 왜 변장을 했느냐고 물으면 이번엔 뭐라고 대답해야 하나? 둘러대는 데 익숙하지 않은 장의의 등에 진땀이 흘렀다. 그러나 그를 바라보는 린의 눈은 고요하니, 어떤 불쾌감이나 의혹도 비치지 않고 맑았다.

"그럼 함께 가지."

짤막하게 한마디 던지고 다시 길을 재촉하는 린의 뒤에서 장의는 잠시 멍청하게 서 있었다. 미행하는 내막을 이미 알아서 그런 것인가, 아니면 그의 말을 곧이곧대로 믿어서인가. 왜 아무것도 묻지 않는 거지? 눈썹 한 번 찡그리지 않고 어떤 추궁도 없이 선선히 가 버리는 저 남자의 속엔 무엇이 들어 있을까? 장의는 린의 쪽 곧은 등을 한참 지켜보다가 말을 몰았다.

'숨길 것이 없다 이건가?'

바보가 된 기분으로 린에게서 조금 떨어져 달리며 장의는 쓸쓸하니 입가를 일그러뜨렸다.

부지런히 말을 달린 그들의 앞에 널찍이 펼쳐진 푸른 어린 벼들이 바람에 물결치듯 일렁였다. 농사의 계절, 복전장에 딸린 거대한 농장에 들어선 것이다. 논과 밭을 지나치며 그들이 달리는 동안 마주치는 농부가 없었다. 산 아래 드문드문 박힌 초가들도 모두 빈 것처럼 사방이 고요하니 햇볕만이 강하게 내리쬐었다. 혹시 사람이 있나 하여 들러 본 초막들은 예상대로 비어 있었다.

'한가득 심은 벼를 보니 일손이 많이 필요하겠는데, 농장 전체가 적막하니 마치 귀신 소굴에 들어온 것처럼 불길하구나.'

장의의 생각이 적중한 듯 농지의 한가운데 잿더미가 된 장사가 보였다. 부리던 노비가 워낙 많았던 터라 규모가 상당했던 장사가 형편없이 허물어진 모습을 보니 승승장구하던 일가의 종말을 보는 것 같아 허무했다. 장사를 힐끗 본 린이 더욱 빨리 말을 달렸다. 장사에서 복전장은 그리 멀지 않아, 두 사람은 곧 고려 제일의 거부가 산다는 별업에 다다랐다. 장의의 이마에 저절로 가로줄이 여러 겹 잡혔다. 왕의 사냥에 세자와 동행했던 그는 궁궐만큼 화려했던 복전장을 기억하고 있었다. 그러나 기억에 남아 있던 붉은 칠을 한 기둥과 금박으로 장식한 건물은 어디에도 없었다. 대신 시커멓게 타서 무너져 내린 지붕과 부서진 문짝들, 깨어져 흩어진 기와들이 그 어마어마했던 별장이 바로 여기 서 있었음을 간신히 증명했다.

린과 장의는 누가 먼저랄 것도 없이 말에서 내려 불타 버린 폐허를 돌아보았다. 가운데가 뚝 끊어진 기둥에 간간이 화살이 박혀 있기도 했고, 섬돌 아래 부러진 칼이 널브러져 있기도 했다. 격렬한 전투의 흔적이 역력했지만 뒹구는 시체 따윈 없었다.

'여기서 머물고 있던 사람들은 모두 죽거나 크게 다쳤겠구나. 현애택주와 서흥후가 살아 있다고 했지만 온전하기란 어렵겠다.'

장의는 속으로 혀를 쯧 찼다. 타워 당시 날마다 연회가 벌어지던 높고도 넓었던 누각. 그곳에 즐비했던 탁자들이며 음식과 술을 나르던 수십 명의 여종들이 꿈이었던 듯 아스라하다. 악공들과 기녀들의 여흥이 사라져 버린 복전장은 더 이상 복전장이 아니었다. 부귀의 첨단을 보여 주던 그때의 무절제가 모두 재로 부서져 버린 것이다.

장의는 발밑에서 와삭하고 찌부러지는 여린 감촉에 눈길을 내렸다. 파릇한 풀들이 검게 그을린 땅에서 기와 조각들과 쇳조각들을 밀치고 솟아나 있었다. 그는 보잘것없는 풀들의 놀라운 생명력에 감탄했다. 인간이란 이런 무명의 잡초보다 더 허망하게 갈 수도 있구나! 싸움에서 언제든 죽을 수 있다고 생각해 오던 장의는 그답지 않은 감상에 젖어 린을 돌아보았다. 린이 널찍한 폐허를 가로질러 별업의 뒤쪽 동산들 근처까지 걸어가고 있었다. 복전장에서 조금 떨어진 그곳에 잿더미가 또 한 무더기 있었다. 아마 별당쯤 되는 곳이었던 모양이다.

'저분이 저기서 무얼 하고 있나?'

무릎을 굽혀 잿더미 속에서 무엇인가 주워 드는 린이 의아하여 장의가 갸웃했다. 다가가 보니 그의 엄지와 검지가 맞붙은 사이에 가느다란 바늘이 하나 끼워져 있었다. 장검을 휘두르는 사내의 손에 바늘이라니 어울리지 않는 조합이군. 장의는 생각했다. 옆에 선 장의를 의식했는지 린이 바늘을 버리고 일어나 주위를 한 바퀴 둘러보았다.

"별업도 장사도 완전히 다 타 버렸는데, 택주와 서흥후가 어디에 있겠습니까?"

"글쎄……."

본 것이 똑같은데 부질없이 물어보는 장의의 질문에 린이 말끝을 흐렸다. 아마도 이 정도까지 복전장이 무너졌으리라곤 짐작하지 못했던 얼굴이다.

"집은 없어지고 사람들마저 보이지 않으니 농장 전체를 뒤지는 수밖에 방법이 없겠습니다. 농장에 없다면 가장 가까운 민가나 사찰에 들러야겠지요."

장의가 말들이 묶여 있는 곳으로 돌아가려고 타다 남은 목재를 밟으며 부스럭거리는데 린이 손을 들어 걸음을 막았다.

"무슨 일이십니까?"

어리둥절하여 장의가 물었으나 린은 눈을 감고 가만히 집중하였다. 덩달아 장의도 주변의 기척에 귀를 기울였다. 여러 가지 작은 소리들이 뒤섞여 들렸다. 바람이 가지를 흔드는 소리, 나뭇잎과 풀들이 서로 비벼 대는 소리, 아직 완전히 무너지지 않은 지붕이 부러진 기둥을 조금씩 짓누르는 소리까지. 장의도 신경을 곤두세우고 미세한 소리들을 주의 깊게 수집했다. 그 중에서 특이한 소리를 아직 잡아내지 못한 장의는 린이 갑자기 뛰어가는 바람에 영문도 모르고 뒤따라 달렸다.

불타 버린 초당의 뒤쪽, 병풍처럼 둘러친 얕은 동산들 사이를 헤쳐 들어가며 장의는 희미한 휘파람 소리 같은 것을 감지했다. 쏜살같이 달리는 린을 쫓아가는 길에 소리가 점점 뚜렷하게 형태를 갖추어 들렸다. 가늘고 높은 음이 구슬프게 떨리는 소리, 누군가 필률을 불고 있었다. 그 소리를 추적하여 말을 타고 와도 괜찮았을 만큼 꽤 먼 거리를 달린 장의가 지칠 무렵, 앞서 달려가던 린이 딱 멈춰 섰다. 덕분에 쉴 수 있게 된 장의가 숨을 고르는 사이 나무와 바위들 너머 가깝게 들리던 세피리의 연주가 우뚝 멈췄다.

"왜 갑자기 멈추셨소?"

낮으면서도 음색이 맑아 듣기 좋은 사내의 목소리가 들렸다.

"무슨 소리 못 들었어요?"

젊은 여자의 또랑또랑한 목소리가 이어서 들렸다.

"아무 소리도 들리지 않소. 여긴 우리 둘뿐인데 무슨 소리가 들리겠습니까. 지나가는 작은 짐승들이면 몰라도."

남자의 말투가 여자의 비위를 맞추려는 양 은근하고 부드러웠다. 특히 '우리 둘뿐'을 강조하는 억양에서 숨길 수 없는 흥분이 옅게 드러났다. 남자가 여자에게 상당히 호감을 가지고 있음이 분명했다. 체력의 단련과 기예의 연마만을 알아 온 장의도 서투르나마 느낄 수 있을 정도로 남자의 목소리엔 애정이 듬뿍 담겨 있었다. 아마 응수하는 여자가 그의 반만큼이라도 다정스러웠다면 남녀의 밀애를 엿듣는 것에 장의의 얼굴이 화끈할 뻔했다. 그러나 여자의 태도는 남자의 그것과 정반대로 매우 앙칼졌다.

"그렇게 무디니 합단적이 쳐들어온 밤도 정신없이 주무신 거겠죠."

"그건……, 내 잘못이 아니오! 당신 노비 중 한 녀석이 느닷없이 내 뒤통수를 갈겨 정신을 잃게 했단 말이오. 감히 종친에게 손을 댄 놈을 밝히지 않고 덮어 두다니, 그런 식으로 아랫것들을 대하면 택주도 크게 당할 거요. 그놈들은 무서운 걸 몰라요. 당신이 아니었다면 그때 내 곁에 있었던 녀석들 모두 경을 쳤을 것을."

"그들은 노비가 아니에요. 그들 덕분에 목숨을 건졌으니 경을 칠 게 아니라 엎드려 절이라도 해야죠. 합단적에게 목이 베이는 것보다 머리 한 대 맞은 게 훨씬 이득이라고 생각하지 않으세요? 검을 들고 나서려다 헛디며 고꾸라진 일, 다른 이들에게 소문내지 않을 테니 걱정하지 마세요."

아마도 사내의 얼굴이 홍시처럼 붉어졌을 거라고 장의는 짐작했다. 대화의 내용으로 미루어 사내는 서흥후고 여자는 현애 택주임이 분명했다. 여자의 핀잔에 기분이 몹시 상할 법한데도 서흥후 왕전의 목소리는 여전히 나긋했고 쩔쩔매는 태가 역력했다.

"그건 당신이 실종되었기에 찾아 나서려다……."

"하마터면 합단적에게 동굴이 발각되어 모두 죽을 뻔했어요. 그런데도 한 대 맞은 것이 그렇게 억울하고 분한가요? 분통을 터뜨릴 사람은 거기 있던 내 친구들과 어린애들이에요."

"……내가 경솔했소. 하지만……."

"그러니까 얼른 돌아가라고 했잖아요. 그땐 합단적이 쳐들어올까 걱정되어 남았다지만, 지금까지 여기서 뭘 하는 거예요? 물길 공사가 한창이라 모두 바쁜데, 강화로 가겠다고 하고선 왜 날 여기까지 데려와 피리나 불게 하는 거예요? 제대로 된 잠자리가 없느니, 갈아입을 옷이 부족하니 불평을 늘어놓기 위해서가 아니라면, 피리 소리를 들려줬으니 이제 당장 강화로 떠나세요. 난 할 일이 있다고요!"

"더운 볕에 그 얼굴이 익어 그을리도록 놔둘 수가 없잖소. 그 가느다란 팔로 무슨 일을 한다고. 이렇게 숲 속 그늘에서 호젓하니 음률을 즐기는 게 훨씬 어울리지. 아직 한 곡조도 제대로 끝나지 않았으니 떠날 수가 없소."

어쩐지 전세가 역전되어 여자가 발끈하고 남자가 느물거리며 여유를 갖춘 것처럼 들렸다. 분에 겨워 색색거리는 여자의 숨소리가 금세라도 들릴 것 같다. 그러나 장의의 예상에 어긋나게 여자가 진지한 어조로 물었다.

"정말 피리 연주가 다 끝나면 떠날 건가요?"

"물론이오. 떠나야지 떠나야지 하면서도 택주와 둘이 보낸 시간이 너무 없어 아쉬운 마음에 발을 떼지 못하겠으니, 그 훌

룽하다는 필률 솜씨 한 번만 감상하게 해 달라는 것 아니오. 다들으면 미련 두지 않고 정말 훌훌 떠나리다. 오랫동안 이곳에서 함께 지냈던 정을 생각해서 마지막으로 이 작은 소망을 들어주시오."

왕전의 말이 끝나기 무섭게 피리 소리가 은은히 울려 퍼졌다. 얼른 쫓아내고 싶은 모양이군. 장의는 쿡, 입술 사이를 비집고 나오는 웃음을 깨물었다. 그는 살짝 두어 걸음 앞으로 디뎌 바위틈으로 피리 소리의 근원지를 살폈다. 맑은 물이 흘러내리는 작은 계곡을 사이에 두고 저편의 나무 그늘 아래 편평한 바위 위, 남녀가 거리를 약간 두고 나란히 앉아 있었다. 눈처럼 새하얗고 하늘거리는 옷을 입은 여자가 탐스러운 머리채를 오른편 가슴 위로 길게 늘어뜨리고 피리를 불었다. 희고 갸름한 얼굴, 악기의 가느다란 몸통을 감싼 매끈한 손가락이 퍽 우아한, 예사롭지 않은 그녀의 미모가 장의를 놀라게 했다. 현애택주를 직접 대면한 적이 없는 그였지만 아주 낯설지도 않았다.

'어디서 봤더라?'

저런 미녀라면 잊어버릴 리가 없을 것이다. 장의는 고개를 비스듬히 갸울였지만 좀처럼 기억이 나지 않았다. 어쨌든 여인에 대해 크게 관심이 없는 그가 보더라도 눈이 번쩍 뜨일 만한 미인이었다. 옆에 앉아 황홀하니 그녀를 바라보는 왕전도 소문난 미남인 만큼 두 사람이 앉아 있는 계곡 전체가 선계를 그린 화폭이었다. 잘생긴 남자와 예쁜 여자가 함께 있기만 해도 근사한 그림처럼 보이는구나. 장의는 저도 모르게 중얼거렸다.

"정말 잘 어울리는 한 쌍이다."

갑작스레 툭 튀어나온 제 목소리에 놀라 장의가 얼른 린을 돌아보았다. 장의의 혼잣말을 들었는지 어쨌는지, 그는 팔짱을 낀 채 계곡 저편의 남녀를 잠자코 응시하는 중이다. 표정이 다채롭지 않은 그의 미간이 살짝 구겨져 있었다.

'언제 끼어들어 서홍후를 불러야 할지 몰라 난감한 모양이다.'

피리 소리에 취한 듯 달뜬 눈을 여자에게서 뗄 줄 모르는 형을 선뜻 방해할 수 없으려니. 장의는 그렇게 짐작했다. 어딘지 모르게 화난 것처럼 보이는 린의 떨떠름한 표정은 아마도 부친의 거상을 제쳐 두고 여자 옆에서 넋을 빼놓은 형에 대한 분노를 감추기 위함이리라. 장의는 또 짐작했다.

이윽고 길고도 아스라한 떨림으로 곡이 끝나고 서홍후의 안타까운 탄식이 들리자 린의 미간이 조금 더 구겨졌다. 이제 나설 때가 되었군. 장의는 린이 팔짱을 풀고 허리를 더욱 반듯이 세우는 것을 눈여겨보았다.

"아름다운 음률이오."

서에서 입술을 뗀 여자가 발딱 일어서자 왕전이 그녀의 치렁하니 긴 소매 끝을 붙잡았다.

"하지만 곡조가 너무나 처량하고 슬프니 쉽게 일어설 수가 없구려. 한 곡만 더 불어 주면 보다 가뿐한 마음으로 떠나겠소만."

택주와 함께할 시간을 벌기 위해 뻔한 수작을 거는군. 장의는 대작大爵에 걸맞지 않은 왕전의 구차한 지분거림에 눈살을 찌푸렸다. 장의의 기준에 따르면 이는 전혀 사내답지 못한 구걸이었다. 그의 짜증을 풀어 주려는 듯 소매를 툭 털어 낸 여자가 날카롭게 잘라 말했다.

"서흥후의 소망은 다 들어줬어요. 함께 걷자 해서 걸었고 계곡에 앉자 해서 앉았고 필률을 불어 달라 해서 불어 줬으니, 이제 돌아가는 일만 남았습니다. 걸어가기엔 너무 벅찰 테니 말은 한 마리 내드리지요."

"택주는 정말 무정한 사람입니다. 내가 왜 몇 달 동안 변변한 이불조차 없는 이곳에서 머물며 그대 곁에 있었는지 끝끝내 모른 척할 작정이오?"

왕전이 일어나 노골적으로 그녀에게 바싹 다가섰다. 사내의 돌연한 태도 변화에 흠칫 놀라 뒤로 물러난 여자가 곧 파랗게 눈에 불을 뿜으며 앙칼지게 쏘아붙였다.

"서흥후는 정말 염치를 모르는 사람이네요. 한 발짝만 더 다가오면 가슴에 칼이 꽂힐 줄 아세요."

"내가 무얼 했다는 겁니까? 보시오, 당신 발 뒤에 뾰족한 돌이 박혀 있으니 조심하지 않으면……."

왕전이 냅다 여자의 허리를 껴안았다. 그는 버둥거리는 여자의 양 손목을 한 손에 모아 움켜쥐고 그녀를 품 안에 가둔 팔에 힘을 잔뜩 주었다.

"……이렇게 넘어지지 않습니까. 내가 붙잡지 않았다면 택주는 크게 다쳤을 테니 고마워하셔야지요."

비록 무예는 변변치 않지만 힘까지 여자에게 밀릴 왕전이 아닌 터라, 두 손을 붙들린 여자가 쉽게 빠져나가거나 반격하지 못했다. 이대로 놔두어도 괜찮을까? 뜻하지 않은 상황에 당황한 장의가 우물쭈물하는 사이 린이 바위 위로 뛰어 올라갔다.

"현애택주!"

아주 큰 소리가 아니었지만 린의 목소리는 곧 계곡 저편에 닿았다. 사람 소리에 후다닥 여자를 놓아준 왕전이 맞은편 바위 위에 우뚝 선 동생을 알아보고 잘생긴 얼굴을 와락 일그러뜨렸다. 린이 노기 띤 목소리를 낮게 깔았다.

"택주는 강화로 피난하지 않고 복전장에 남아 성상과 저하께 심려를 끼쳤으니, 종실의 일원이요 왕실의 은혜를 입은 자로서 그 불충이 이루 말할 수 없이 크오. 저하께서 특별히 그대의 안부를 묻기 위해 나를 보내셨는데 뭐라고 변명할 거요?"

장의는 하얗게 질린 여자의 얼굴을 보고 왠지 애처로운 마음이 들었다. 왕전의 추태에서 벗어나자마자 얼음 같은 사내에게서 송곳 같은 추궁을 받다니. 그럴싸하든 아니든 둘러대기 위해 한마디라도 꺼내면 좋으련만, 당혹하니 서서 린만 멍하니 쳐다보는 여자가 안타깝다. 세자와 관련된 일이라면 섶을 지고 불에 들어갈 린이었으니 여자라고 봐줄 만한 위인이 아니었다. 택주가 오늘 혼쭐이 나겠구나. 장의는 그녀가 커다란 검은 눈을 더 이상 커질 수 없으리만큼 크게 뜨는 것을 보고 생각했다. 린의 냉랭한 목소리가 한 번 더 이어졌다.

"택주의 고집으로 그대는 물론 서흥후도 위험할 뻔하지 않았소? 택주의 사정을 저하께 그대로 전해 드릴 테니 할 말이 있거든 하시오."

여자는 여전히 말이 없었다. 아마 이렇게 매몰차게 말했던 사람을 이제껏 만난 적 없어 당황하여 얼어붙은 모양이라고 장의는 단정했다. 그와 같은 생각을 했던지 왕전이 친절하게 끼어들었다.

"린, 택주는 영지의 농민들과 노비들을 보호하기 위해 남은 것이다. 그리고 나는……."

"형님은 강화에서 가까운 이곳에 머물면서 아버님의 상도 치르지 않았으니 그 불효를 어찌 감당하려 합니까. 세자비께서 진노하시어 형님을 부르시니 지금 당장 돌아가야 할 것입니다. 장의!"

뜨끔하여 멈칫한 서흥후를 거들떠보지도 않은 채 린이 장의를 불렀다. 성큼 바위로 뛰어 올라가 린과 계곡 저편의 두 사람에게 공손히 예를 올린 장의에게, 왕전이 다른 말을 꺼내기 전에 린이 재빨리 명령했다.

"서흥후를 모시고 복전장 터에서 기다리게. 택주의 석언釋言*을 듣고 곧 따라갈 것이니 함께 강화로 돌아가도록 하지."

장의는 군인답게 계곡을 가로질러 놓인 돌들을 가볍게 딛고 건너가 신속히 왕전의 곁에 다가가 허리를 굽혔다.

"서흥후께선 함께 가시지요."

느닷없이 나타난 동생의 기세에 밀려 말 한마디 제대로 못 하고 떠나는 왕전의 표정은 소태를 씹은 듯 펴질 줄 몰랐다. 버

---

* 변명.

틸 묘책이 없는 그는 잇새로 불쾌한 감정을 쯧, 뱉어 내며 터덜 터덜 장의를 따라 계곡을 건너 동생의 옆을 스쳐 갔다. 중요한 순간을 훼방 놓은 얄미운 동생을 잔뜩 흘기는 왕전을 데리고 장의는 오던 길을 되짚어 갔다. 남아 있는 현애택주가 겁에 질려 미동도 않는 모습이 마음에 걸리긴 했지만 장의는 린이 그녀를 심하게 다루지 않으리라 믿었다. 그가 알기로 린은 인정이 많고 너그러웠다. 왕전의 말대로 현애택주가 피난할 수 없었던 사람들 때문에 남았다면, 그녀의 과실이 꽤 크긴 하지만 린은 사정을 참작해 줄 것이다. 그래서 가는 길에 연방 투덜대는 왕전에게 장의는 혼잣말하듯 슬쩍 흘렸다.

"수정후는 딱한 사람들에게 은근히 무릅니다."

무슨 소릴 하는 거야? 찌릿하니 왕전이 쏘아보았으나 장의는 그를 무시하고 묵묵히 숲을 헤쳐 걸었다. 그의 말을 가만히 곱씹어 보던 왕전은 흥, 콧바람을 세게 불었다. 사실 그는 동생이 현애택주를 붙들고 호통 치는 것이 걱정되기보다 동생이 조금만 더 늦게 왔었더라면 하는 아쉬움에 젖어 있었다.

"쳇! 하필이면 그때!"

왕전이 구시렁대는 소리를 들은 장의의 입에 웃음이 물렸다. 정말 어쩌다 그때 일어나 나설 생각을 한 것인지, 왕전에게는 미련이 남겠지만 그보다 적절한 때가 없었던 것 같다. 비열하게 먹이를 낚아채려다 뒤통수를 맞은 이 경박한 남자는 동생에 비할 바가 못 되었다. 장의는 아까 현애택주와 나란히 있던 왕전을 선계의 귀인으로 착각했던 자신의 비루한 눈이 한심스러웠다. 오히려 형 못지않게 훤칠하고 준수한 수정후 쪽이 그녀와 함께 있을 때 정말 잘 어울리는 한 쌍일 듯싶다. 린이야말로 그가 인정하는 사내다운 사내니 말이다.

'그에 비하면 서흥후는 겉만 번드르르하니 매끈하지, 속은 텅 빈 허깨비 같구나.'

보폭이 시원시원하니 크고 빠른 그의 걸음을 쫓아오느라 헐떡대는 왕전의 거친 숨소리가 들리자 허우대만 멀쩡한 이 미남자를 경멸하는 마음이 더욱 커졌다.

"얼마나 나를 끌고 가려는가? 이런 식으론 더 걷지 않겠다. 말을 끌고 와!"

"조금만 더 가면 됩니다."

어린애처럼 보채는 왕전에게 퉁명스레 대꾸하며, 장의는 그가 괴로워하건 말건 보폭을 줄이지도 걷는 속도를 늦추지도 않았다. 이 정도의 거리를 견디지 못하는 나약한 사내를 봐주고 싶은 마음이 조금도 들지 않았던 것이다. 그러나 숲을 거의 통과할 무렵, 왕전이 털썩 주저앉아 커다란 나무에 등을 기대고 숨을 고르자 장의도 별수 없이 멈춰 섰다.

"거의 다 왔습니다. 저기, 복전장이 무너진 자리가 보이지 않습니까."

장의가 짜증을 참으며 왕전을 달랬다. 하지만 왕전은 힘겹게 손을 내저었다.

"난 더 못 가. 여기서 내 아우가 올 때까지 기다리겠다. 싫으면 말을 끌고 오란 말이다. 어차피 여기서 나루까지 가려면 말을 타야 하지 않는가."

왕전은 아예 눈을 감고 머리를 젖혀 거의 드러누울 듯 나무에 기댔다. 장의는 망설이다 왕전에게서 조금 떨어진 곳, 부드러운 풀 위에 앉았다. 말을 끌고 오지 않을 이유도 없지만 왠지 왕전의 명령이라고 생각하니 들어주고 싶지 않았던 것이다. 어차피 복전장 터 근처까지 왔기에 여기서 기다리든 폐허에서 기다리든 그다지 큰 차이도 없었다. 그도 아예 왕전처럼 거의 눕다시피 키가 큰 수풀 속에 몸을 길게 묻고 눈을 감았다. 린이 올 때까지 짤막한 휴식을 만끽할 참이었다.

풀들이 옷자락에 스치는 소리가 서걱서걱 났다. 장의의 눈이 번쩍 뜨였다. 린이 벌써 왔을 리는 없고 아마 복전장의 농민이나 노비인 모양이다. 풀을 밟는 소리로 미루어 두 명, 그리고 둘 다 사내이리라. 장의는 그들에게 신경 쓰이게 하고 싶지 않아 잠자코 누워 있었다. 곁눈으로 보니 왕전은 그새 잠이 들었는지 아기처럼 얌전하니 조용했다. 그런데 사내들이 그냥 지나가지 않고 그들에게서 그리 멀리 떨어지지 않은 곳에 자리를 잡고 섰다.

"왜 불렀어? 지금 일손 모자란다고 난린데."

"새, 새, 생각이 나, 났어! 지, 지, 지금 막, 새, 생각이……."

저렇게 심하게 말을 더듬다니 진득하니 듣기에 참 답답하겠다. 장의가 생각했다. 과연 말더듬이와 함께 있는 사내가 답답했는지 한숨부터 푹 쉬었다.

"아이고, 뭔데? 뭐가 생각났는데 개원이한테 안 가고 나한테 이래."

"그, 그, 그 사람, 태, 택주님이랑 나를 구, 구, 구해 줬던 그, 그 사람…… 보, 보, 본 적이, 이, 있어. 피, 피, 필도 너랑 하, 하, 한패……"

"뭐? 누굴 말하는 거야? 우리 산채에 있었던 사람이라는 거야?"

필도라 불린 사내의 목소리가 별안간 달라졌다. 산채라면 원래 택주의 노비가 아니었던 자인가? 다시 눈을 감은 장의가 생각했다.

"외, 외, 외눈박이라고 해, 해, 했잖아. 그, 그, 그때 만났던 사, 사, 사람."

"우리 산채에 외눈박이는 없었어. 착각한 거 아냐?"

"아, 아, 아마 지, 지, 진짜 외눈이 아, 아, 아닌 것 가, 같아. 외, 외, 왼쪽 눈에 기, 기, 기다란 카, 카, 칼자국이 있었던 그, 그, 그 사람……"

"무, 무, 무석? 무석이 형을 말하는 거야, 너?"

필도라는 사내가 말더듬이와 마찬가지로 말을 더듬었다. 흥분이 전달되었는지 말더듬이가 더욱 더듬기 시작했다.

"아, 아, 아, 암만 새, 새, 새, 생각해도 그, 그, 그, 그 사람이 마, 마, 마, 맞는 거……"

"확실해? 확실하냐고?"

"그, 그, 글쎄…… 이, 이, 인상이 비슷한 거 가, 같아…… 모, 모, 몽골군에 대해서도 자, 자, 잘 알고…… 모, 모, 몽골군이랑 많이 싸, 싸, 싸웠던 사람이랑 같이 이, 이, 있었다고……. 사, 사, 삼별초가 몽골군이랑 싸, 싸, 싸웠던 거 마, 마, 맞지?"

"바보 같으니! 몽골군이랑 싸웠던 게 삼별초뿐이겠어? 우리 산채에서도 진짜 삼별초였던 사람은 대정 어른 한 명이었다고. 무석이 형도 당시엔 어린애였단 말이야."

삼별초! 장의의 눈이 다시 번쩍 뜨였다.

'삼별초의 잔당이 아직 있단 말인가? 현애택주의 농장에? 어떻게?'

장의의 귀가 쫑긋 섰다. 노비들의 잡담으로 흘려들을 이야기가 아닌 것이다. 필도라는 사내의 목소리가 자못 심각했다.

"누구한테 또 얘기했어? 택주님이랑 너, 향이랑 난실까지 다 구해 줬던 그 남자가 무석이 형이랑 비슷한 것 같다고."

"아, 아, 아니. 아, 아직……. 사, 사, 산채 사람들 중에선 너, 너, 너한테 말하는 게 제, 제, 제일 나을 것 가, 가, 같아서……."

"송화한테도 말하지 않았지?"

"아, 아, 아직은."

"그때 그 남자, 어떤 여자랑 같이 있었다고 했지?"

"으, 으, 응."

"누구한테도 말하지 마. 송화한테도, 절대로. 알았어?"

"으, 으, 응. 그, 그, 그런데 왜?"

"말하지 말라면 말하지 마. 산채 사람들한테 그 남자에 대해서 입이라도 뻥긋하면 너, 나한테 죽는다."

"그, 그, 그럴게……. 그, 그, 그런데 왜?"

"산채 식구들 대부분이 죽었어. 한 명이라도 더 살아 있으면 그보다 더 기쁜 일이 없겠지만, 살아 있다고 기대만 부풀었다가 알고 보니 영 딴 놈이면 얼마나 실망스러워. 확실하게 확인해 보고 알려 줘도 늦지 않아. 내가 조용히 알아볼 테니 염복이넌 그냥 입 닥치고 있으란 말이야. 알겠냐?"

"아, 아, 아, 알았어."

"송화한테는 특히나 더!"

"아, 아, 아, 알았다니까."

필도라는 사내가 못 미더운 듯 몇 번이나 말더듬이에게 다짐을 두었다. 말더듬이가 거듭 맹세하고 나서야 두 사내는 자리를 떴다. 사내들이 충분히 멀어지자 장의는 부스스 수풀을 거둬 내고 몸을 일으켜 앉았다. 놀라운 정보에 그의 가슴이 두근거렸다.

'현애택주가 삼별초의 잔당을 숨겨 두고 있다! 수정후의 꽁무니를 쫓아다니는 것보다 훨씬 중요한 사실을 알아낸 것이 아닌가.'

장의는 손등으로 턱을 괴고 여러 가지 생각이 뒤섞인 머리를 차분히 정리해 갔다. 왕이 보호하고 세자가 각별히 배려하는 종실의 여인이 반역자들을 거느리고 있다니, 보통 중대한 사건이 아니다.

'그녀가 왕실에 반기를 들려는 속셈인가?'

잠깐 본 겉모습으로는 도저히 상상할 수 없는 일이었다. 나풀대는 흰옷을 입고 피리를 청아하니 불던 그녀는 마치 선녀와 같지 않았던가. 그러나 외양이 진실을 말해 주진 않는 법. 장의는 군인답지 못한 생각을 털어 냈다. 반역을 꾀했다면 선녀가 아니라 선녀의 할머니라도 엄하게 다스려야 마땅하다. 문제는 역모의 현실성이다.

'몇 안 되는 삼별초의 잔당을 거두었다 해서 곧 역모를 도모한다고 단정하기는 어렵다. 공연히 일을 키우면 그녀를 보호하려 애쓰시는 저하의 체모를 손상시킬 수 있어.'

장의는 왕전을 힐끔 돌아보았다. 색색거리며 태평스레 자고 있었다. 이런 얘기가 오가는 중에 순진하게 곯아떨어져 있다니! 장의는 피식 실소를 흘리며 린이 어서 오길 기다렸다.

산의 크게 뜬 눈이 평소처럼 돌아오기엔 시간이 좀 걸렸다. 왕전과 장의가 적당히 멀어진 것을 확인한 린이 계곡에 가로질러 놓인 바위들을 훌쩍 뛰어 그녀의 바로 앞에 설 때까지도, 산은 놀란 눈을 그에게 고정시키고 움직일 줄 몰랐다.

"나한테 할 말 없어?"

물어보는 린은 웃고 있지 않았다. 음성이 낮고 차분한 것이 평소와 다를 바 없었지만, 약간 찡그려진 그의 눈썹으로 미루어 화가 난 것 같았다. 그러나 산은 그가 왜 화를 내는지 헤아릴 겨를이 없었다. 갑작스런 그의 등장에 머릿속이 하얗게 비었던 것이다. 몇 달 만에 나타난 그는 확연히 달라졌다. 다소

가냘팠던 소년의 골격이 벌어져 더욱 탄탄해졌고, 키도 더 커져 눈을 맞추려면 목을 꽤 뒤로 젖혀야 했다. 부드럽고 유려한 가는 얼굴선이 눈에 띄게 굵어져 소년의 앳됨이 사라지고 어딘가 성숙한 사내의 깊은 표정을 갖췄다. 그동안 내내 상상하고 그려 왔던 모습보다 훨씬 매혹적인 실물이었다. 새삼스레 산의 심장이 안정을 찾지 못하고 거칠게 피를 내뿜기 시작했다.

'한두 번 보던 얼굴도 아닌데 몇 달 못 봤다고 이렇게 떨릴 게 뭐람!'

처음 그의 앞에서 가슴이 덜컹했던 순간처럼 그녀는 심한 긴장을 느꼈다. 피부 전체가 가닐거리면서 화끈 뜨거워지는 듯했다.

"나한테 할 말이 없냔 말이다, 산!"

멀뚱거리며 벙어리처럼 입을 다문 그녀에게 린이 다그쳤지만 그녀는 여전히 얼떨하여 얼른 대답을 못 했다.

'할 말이라니, 무슨? 보고 싶었어, 그런 말? 매일 네 꿈을 꿨어, 그런 말을 바라는 거야? 하지만 그런 말을 간지러워서 어떻게 해!'

무슨 말을 해야 할지 난감한 그녀의 침묵에, 갑자기 린이 그녀의 손목을 홱 잡아 끌어올리며 그답지 않게 언성을 높였다.

"왜 강화로 피신하지 않은 거야? 아무리 여기 사람들이 걱정돼도 피했어야지! 합단적이 쳐들어올 때까지 버티면 어쩌자는 거야? 얼마나 죽을 고비를 더 넘겨야 경계심을 가질 테냐, 너란 사람은!"

잡힌 손목이 불에 덴 듯 그녀가 푸드득 몸을 떨었다. 손목 피부에 와 닿는 감촉은 환각이 아니다. 비로소 그가 돌아왔다는 것이 실감났다. 돌아온 것이다! 계절이 십수 번은 바뀌어야 볼 수 있을까 싶었던 그가, 이렇게 빨리 돌아와 그녀의 앞에 서서 그녀에 대한 걱정으로 애달아 의연하고 냉정하던 가면을 벗어던지고 잔소리를 퍼붓고 있는 것이다. 산은 너무 기뻐 숨 쉬는 것도 잊을 지경이었다.

"……아파, 린."

애교 섞인 미소를 띠며 그녀가 속삭이자 울컥했던 린이 움찔했다. 그녀의 가느다란 손목으로 시선을 내린 그는 흰 손목에 새겨진 붉은 자국을 발견했다. 아까 왕전이 그녀를 옴짝달싹못하게 하려고 우악스레 틀어쥐었던 흔적이었다. 길쭉한 그의 손가락이 잠시 망설이다 멍든 손목을 부드럽게 어루만졌다.

"이렇게 세게 쥐다니."

가슴이 맞닿을 만큼 가까이 붙어선 그녀에게도 거의 들리지 않을 작은 소리로 그가 중얼거렸다. 그는 확실히 화가 나 있었다, 조금 전 언성을 높였던 것과는 다른 이유로.

"네가 시전 행랑에서 내 손목을 부러뜨리려고 했던 것에 비하면 아무것도 아닌걸."

자신 때문에 린이 화났다는 사실이 적이 만족스러운 그녀가 장난스럽게 말하자, 그의 얼굴이 살짝 붉어지는 듯하더니 이내 냉랭히 가라앉았다. 그는 여전히 웃지 않았고 목소리는 더욱 낮고 건조했다.

"내가 마침 나서지 않았더라면 어떻게 됐겠니?"

"어떻게 되긴, 다리로 걷어차서 그 사람 데굴데굴 구르고 있었을 거야."

"손목이 이렇게 되도록 잡히고선? 내 형님도 사내고, 사내의 힘은 여인의 것과 완전히 다르다는 걸 언제나 깨달을 참이냐."

퉁명스레 충고하는 린의 표정에 장난기라곤 없었다. 산이 볼멘소리로 가볍게 항의했다.

"네 형이어서 봐준 거라고! 조금만 더 있었으면 정말 걷어찼을 거야."

조금만 더 있었으면? 린은 다시 소리를 높일 뻔했다. 물론 그의 형처럼 허술한 사내에게 그녀가 속수무책으로 당할 거라곤 생각하지 않는다. 그러나 이제껏 꽤나 여러 가지 위험을 겪어 본 그녀가 인적이 드문 곳에 혼자 사내를 따라온 건 말할 수 없이 언짢다. 대단치도 않은 무예 실력에 자기 과신이 지나친 나머지 방심하여 경계하는 법을 잊은 게 분명했다. 형이 아니라 몸을 제법 쓸 줄 아는 사내에게 붙잡혔더라면 그녀는 큰 봉변을 당했을 것이다.

린의 머릿속에서 왕전이 그녀를 끌어안고 입술을 내리찍으려 한 순간이 스쳐 지나갔다. 화드득 끓어오르는 분노로, 그는 산의 손목을 문지르던 손에 저도 모르게 힘을 주었다.

"아얏!"

비명을 올리며 산이 어깨를 비틀자 깜짝 놀란 린이 손목을 놓아주었다. 사랑스러운 미간에 패인 가느다란 몇 가닥의 주름을 보고, 그는 미안함을 느낀 동시에 자신의 분노가 어디에서 출발했는지 깨달았다. 그녀의 흐려진 경계심이 문제가 아니라 형이, 아니, 그 아닌 다른 사내가 그녀의 곁에 꼭 붙어 있었다는 것이 가장 큰 문제였다. 어깨가 닿을 만큼 가까이 앉아 게슴츠레 그녀의 입술과 가슴을 훑어보던 형의 탐욕스런 시선에, 그의 가슴엔 형언할 수 없으리만큼 강한 적개심이 일었었다. 옆에서 장의가 진심으로 감탄한 듯 '정말 잘 어울리는 한 쌍'이라고 탄복했을 땐 아무 죄도 없는 낭장의 입을 한 대 갈기고 싶은 마음까지 들었었다. 모든 사정과 이유를 불문하고 단지 그녀가 다른 사내의 욕망의 대상이 된다는 것이 참을 수 없었을 뿐이었다. 그녀가 형을 박대했다는 것을 잘 알면서도 말이다.

"아직도 화났어? 내가 강화로 피신하지 않아서?"

그의 발립 갓끈에 가만히 손을 대며 산이 나긋하니 물었다. 물론 그는 그 일에 대해 화가 났었다, 아주 많이. 그러나 지금 그의 평상심을 흩뜨려 놓은 원인은 단지 그녀가 강화로 피난하지 않아 위험을 자초했던 데만 있지 않았다. 다양한 이유로 그는 화가 났다. 형을 쫓아내지 않고 몇 달씩이나 그녀의 영지에서 대접했던 것에 화가 났다. 그녀가 형과 단둘이 있었다는 것에도 화가 났고, 그에게는 단 한 번도 불어 주지 않았던 피리를 형에게 연주해 준 것에도 화가 났다. 다른 사내의 앞에서 이렇게 예쁘게 단장하고 있었던 것에도 화가 났고, 오랜만에 만난 그에게 와락 뛰어들지 않은 것에도 화가 났다. 그리고 또 잡스럽고 소소한 모든 것에 화를 내는 자신의 옹졸함과 좀스러움에 화가 났다.

'형님이 산을 좋아한다는 이유로 그녀에게 화를 내다니, 내가 어떻게 된 것이 아닐까?'

린은 당혹스러워 버릇대로 입속 살을 지그시 물었다. 물욕이 없는 그는 소유욕이 빚어내는 고통을 거의 모르고 살아왔다. 그런데 산을 향한 욕망을 거침없이 드러낸 형으로 인해, 그의 가슴속 깊이 묻혀 있던 강렬한 독점욕이 뭉글뭉글 솟아나 청정했던 무욕의 세계를 뒤죽박죽 헝클어 놓았던 것이다. 산을 바라보는 사내의 눈길을, 그게 누구의 것이 되었건 가만히 참고 넘어갈 수가 없게 되어 버렸다. '어떤' 사내도 그녀의 곁에 서는 것을 용납할 수 없었다.

'정식으로 혼인도 않고 마음의 아내니 어쩌니 허울 좋은 말 한마디만 남기곤 몇 년씩이나 혼자 내버려두려고 했으면서! 이래서야 대도로 돌아가면 어떻게 저하를 제대로 모실 수 있겠느냔 말이다!'

질투라는 낯선 감정을 다스리는 법을 아직 체득하지 못한 린이 가볍게 한숨을 쉬었다. 언제나 한결같을 줄 알았던 자신의 마음이 이토록 쉽게 어지러워질 줄 몰랐다. 우습게도 자기 과신이 지나쳤던 사람은 바로 자신이었다.

"걱정 끼쳐서 미안해. 앞으론 정말 위험한 짓 하지 않을게."

그녀의 교태 어린 목소리에 린의 목울대가 꿈틀 오르내렸다. 유리옥들로 연결된 갓끈을 만지작대며 그녀가 부드럽게 눈을 들어 그의 시선을 붙들고 검은 우물 같은 동공으로 그를 빨아들였다. 그녀의 손가락이 스쳐 간 유리옥들이 잘그락잘그락 서로 비벼 대는 소리를 냈다. 그녀의 눈이 천천히 내려가 그의 콧대를 지나서 입술에 머무르자, 린은 별안간 입술이 바싹 마르는 기분이 들었다. 산이 스스로 의식하지 못한 채 여성스런 매력을 발산하며 아양을 떠는 중이었던 것이다.

그녀의 교태 어린 목소리에 린의 목울대가 꿈틀 오르내렸다. 유리옥들로 연결된 갓끈을 만지작대며 그녀가 부드럽게 눈을 들어 그의 시선을 붙들고 검은 우물 같은 동공으로 그를 빨아들였다. 그녀의 손가락이 스쳐 간 유리옥들이 잘그락잘그락 서로 비벼 대는 소리를 냈다. 그녀의 눈이 천천히 내려가 그의 콧대를 지나서 입술에 머무르자, 린은 별안간 입술이 바싹 마르는 기분이 들었다. 산이 스스로 의식하지 못한 채 여성스런 매력을 발산하며 아양을 떠는 중이었던 것이다.

그는 생각을 멈추고 그대로 그녀의 입술에 자신의 입술을 포갰다. 그토록 그리웠던 신선한 난향이 그의 어지러운 머릿속을 비워 주었다. 환한 대낮에 사방이 탁 트인 바깥이었지만 그들을 볼 수 있는 건 묵묵히 그늘을 드리운 나무들과 금방 흘러가 버리는 계곡물 그리고 잠시 그들 가까이까지 왔다가 방해하기 싫은 듯 금세 날아가는 작은 새들뿐, 오랫동안 갈망했던 만큼 달콤한 입맞춤이 긴 시간 동안 이어졌다.

한참 만에 그녀에게서 고개를 든 린의 목을 두 팔로 끌어안으며 산이 안타까이 속삭였다.

"서흥후를 낭장에게 딸려 먼저 보내고 넌 여기 있으면 안 돼?"

"그건……, 안 돼. 이제 빨리 가 봐야 해."

장의에게 미행당하는 처지에서 너무 오래 그녀와 둘이 있으면 곤란한 일이 생길지도 모른다. 하지만 린은 목에 매달린 그녀를 안고 바위 그늘에 앉아 그녀의 매끄럽고 풍성한 머리칼을 부드럽게 쓸어내렸다.

"난 가서 할 일이 있어. 그것 때문에 돌아온 거야."

"무슨? 원이 시킨 일?"

"……그래."

그의 대답이 다소 떨떠름하니 들려, 산은 그의 목에 묻었던 고개를 살며시 들었다.

"마음에 걸리는 게 있어?"

"……별로."

그녀의 흐트러진 머리카락 몇 가닥을 귀 뒤로 넘기며 그가 옅게 웃어 보였다. 누구의 명령을 받아 그를 감시하는 것인가, 그저 개인적인 호기심은 아닐 터. 변장까지 하고 자신을 몰래 쫓던 장의는 밤낮으로 원에게 붙어 호위하는 측근이다. '내 뜻을 따라, 더 이상 거역하지 말고!' 원의 날카로운 목소리가 그의 귓가에 선연히 되살아났다. 세자의 기분을 거스른 탓에 미행을 당하는 것인가? 린은 인정하고 싶지 않았다. 그는 틀린 말을 하지 않았다. 적어도 그의 양심에 부끄러운 말은 아니었다. 원의 뜻에 반하는 의견을 냈지만 그것도 역시 원을 위한 것이었고, 원이 충분히 이해하리라 믿었다. 그러니 원이 장의로 하여금 그의 꽁무니를 쫓아다니게 할 리가 없다. 그러기엔 원과 그가 함께 보낸 시간이 너무나 길었고, 함께 나눈 정이 너무나 깊었고, 함께 쌓아 올린 신뢰가 너무나 두터웠다.

'뭔가가 잘못됐어.'

그러나 어디서부터 무엇이 어긋난 것인지 알 수가 없었다. 그렇다고 장의를 붙잡아 놓고 따져 묻기도 껄끄러웠다. 혹여 원이 지시한 것이라면 아예 모르는 편이 훨씬 낫다. 그의 가느다란 한숨을 산이 놓치지 않았다.

"뭐가 문제야?"

"문제랄 건 없어. 다만……."

"다만?"

"네가 판단하기에 내가 바르지 않은 행동을 한다면 넌 어떻게 할래?"

엥? 산은 눈썹을 잔뜩 찡그렸다가 이내 방긋 웃었다.

"네가 그럴 리가 없잖아!"

"그렇게 말해 줘서 고맙구나."

그가 실소했다.

"만약, 만약에 말이다. 내가 하는 일이 의롭지 않다고 생각되면 어떻게 할 테냐?"

"엉덩이를 세게 걷어차 주겠어! 정신 똑바로 차리라고 말이지."

그의 허벅지를 깔고 앉은 산이 시범이라도 보일 기세로 한쪽 다리를 들어올렸다. 진심임을 강조하듯 그녀가 불끈 쥔 주먹을 코앞에 들이대기까지 해, 린은 웃음을 터뜨렸다.

"꼭 그렇게 해 줘, 산."

그는 어쩐지 마음이 가벼워져 그녀를 끌어안았다.

"내가 불의할 때 반드시 바로잡아 줘."

산은 넓어진 그의 등을 안고 가만가만 쓸었다. 린이 이런 식으로 말한 적은 없었다. 농담으로라도 도움을 청하는 일이 없는 린인데! 불길한 예감이 그녀의 가슴을 횡허케 스쳤다. 왜 그래? 무슨 일이야? 묻고 싶었지만 명확한 대답이 돌아올 것 같지 않다.

'네가 옳지 않은 일을 할 리 없어. 누가 뭐라 해도 난 널 믿을 거야.'

상처받은 짐승처럼 온순하니 몸을 기댄 그가 애틋하여 산은 위로하듯 그의 머리칼과 귀, 뺨에 가만가만 입술을 댔다.

12

괴리 乖離

"삼별초란 말이지……."

린은 예사로운 얼굴로 장의를 쳐다보았다. 당황하면 안 된다. 침착, 또 침착. 그는 속눈썹 하나 까딱하지 않았다. 놀란 사람은 오히려 장의였다. 장의는 조금 떨어져 있는 동료 진관을 흘낏 살폈다. 진관은 포구에 들어온 마흔일곱 척 거대한 선단에서 쌀가마니를 내리는 작업을 지켜보느라 린과 장의가 나직이 나누는 대화를 듣고 있지 않았다. 장의가 목소리를 더욱 낮췄다.

"분명히 들었습니다. 적은 수지만 분명 그 잔당이 현애택주의 농장에 은거하고 있습니다. 택주가 그들의 정체를 아는지는 확실치 않습니다만……."

"택주는 모르는 일이네."

장의의 이맛살이 심하게 일그러졌다. 택주는 모르지만 린은 안다는 투였다. 매우 놀란 그는 말을 더듬기까지 했다.

"그, 그럼 공께선, 어떻게……."

"본래 그자들은 삼별초와 직접 관련된 인물들이 아니야. 그 이름을 빌려 울분을 풀려고 모인 배고픈 농민들이지. 세상을 뒤집고 싶은 망상에 빠졌었지만 실제 그들이 원한 건 마음 놓고 농사지을 수 있는 땅과 비바람을 피할 수 있는 움막 정도일세. 그래서 내가 현애택주에게 부탁하여 맡겼다네. 그자들은 이제 농사꾼이야."

"하지만 분명히 삼별초라 했습니다. 산채니 대정이니 하는 말도 들었습니다. 선왕을 대적하여 승화후承化侯*를 추대했던 역도들을 쫓아다녔다면, 그들 역시 역도가 아닙니까."

"그들 중 나이 서른을 넘는 이가 하나도 없어. 역도가 창궐했을 때 그들은 어린아이였거나 아직 태어나지도 않았었단 말일세. 먹고살기 궁하여 떠도는 이들을, 그것도 대개가 여자와 아이들인데, 단지 역도의 이름을 빌렸다 하여 진짜 역도로 몰아붙여 죽이거나 죄인으로 살게 하는 것이 진정한 해결책이라 생각지 않네. 오히려 역심을 부채질하는 꼴이지. 양민이면 양민답게 살게 해 주는 것이 허황한 역심을 꺾고 성상과 저하의 은혜를 깨닫게 해 주는 길이라고 생각하네."

단순하고 명쾌한 군인인 장의는 잠시 혼란스러웠다. 반역자

---

* 왕온王溫. 현종의 8대손으로 삼별초에 의해 왕으로 추대되었던 왕족.

의 깃발을 추종한 것만으로도 목을 벨 충분한 이유가 되고 베어야 한다. 그것이 군율이다. 역자의 길에 들어선 이들이 왜 그래야 했는지 고민한 뒤, 문제를 해결해 주고 역심을 선도하며 갱생시키는 것은 그의 몫이 아니다. 근본적인 문제의 해결, 이것은 그의 주군이자 린의 주군인 세자의 몫이다.

'저하라면 수정후의 이런 생각에 동의하실까?'

장의는 생각했다. 아마도 그럴 것이다. 고통받는 백성들을 위한 근본적인 치유책으로 완전한 개혁과 폐습의 타파를 주장하던 세자가 아닌가. 유랑민에게 감옥보다는 땅을 주고 싶어 하던 세자였다. 장의는 린의 주장을 긍정적으로 받아들이고 싶었다. 분노와 원망은 칼로 해결하려 할수록 더욱 커지는 것이니 말이다. 한참 만에 장의가 입을 열었다.

"제가 걱정한 이유는, 왕실과 저하께서 보호하는 현애택주의 거처에서 불미스런 일이 생기면 결국 저하께 누가 되기 때문이었습니다. 저하나 택주에게 사실을 말하지 않은 채 그 잔당을 맡기신 것이 아무 탈이 없겠는지요."

"낭장의 말이 일리가 있네."

린이 고개를 끄덕여 동의를 표했다.

"그러나 말했듯이 그들은 그저 궁핍하여 떠돌아다녔던 유민들에 지나지 않아. 원래 그들의 것도 아니었던 삼별초의 꼬리표를 달려 보내 택주에게 부담 주고 싶지 않았네. 저하께도 마찬가지, 이제 있지도 않은 삼별초를 거론하여 심려를 끼치고 싶지 않았다네."

"외람되오나 왜 현애택주에게 맡기셨는지…….."

"유민을 구제하는 일은 저하께서도 원하시는 일이고, 택주
는 저하와 매우 가까운 분이며 저하의 뜻을 잘 이해하고 받드
는 분이라 부탁을 드린 것이네. 그저 유민 몇몇을 정착시킨 일
이야. 그렇게 생각해 주면 안 되겠는가?"

"그자들이 정말 착실히 농사만 짓고 참람한 짓을 하지 않으
리란 보장이 있습니까?"

"장담하지. 결코 자네가 걱정할 일은 없어."

린이 그를 똑바로 보며 말했다. 강요하는 눈빛은 아니었지
만 장의는 저도 모르게 고개를 주억거렸다. 허튼소리를 할 사
람이 아니다. 다른 이들이 이렇게 말했다면 허세처럼 보일 수
도 있었지만 린은 경우가 달랐다.

"알겠습니다. 저하와 현애택주, 공을 위해 이 일에 대해 함
부로 떠벌리지 않겠습니다."

진중하니 말한 장의가 두어 걸음 뒷걸음을 쳤다. 린이 황급
히 그를 불러 세웠다.

"그들에 대해 아는 사람은 나뿐이야. 그러니 그들로 인해 어
떤 일이라도 생긴다면 그것은 모두 내 책임일세. 낭장은 그걸
기억해 주게."

장의가 꾸벅 머리를 한 번 숙이곤 몸을 돌려 진관에게 걸어
갔다.

후, 린은 드러나지 않게 긴 한숨을 내쉬었다. 겉으로는 수긍
한 듯 보이는 장의였지만 실상은 어떨지 알 수 없다. 그를 미행

240

하고 다니는 낭장이 복전장에 숨어 사는 송화 등을 탐지해 낸 것은 큰 위험신호였다. 원 아닌 다른 사람이 알게 된다면 그 자신은 물론 산도 무사하지 못할 것이며, 그와 산을 아끼고 비호하던 원마저도 측근을 제대로 파악하지 못한 무능한 군왕으로 낙인찍힐 것이다.

'하지만 다른 방법이 없다.'

린은 또 한 번 한숨을 쉬었다. 송화의 무리를 복전장에서 쫓아내는 일은 불가능하다. 산이 결코 그들을 버리지 않을 것이기 때문이다.

'저 사람을 믿을 수밖에.'

린은 척척 걸어가는 장의의 뒷모습을 물끄러미 바라보았다. 수년 동안 겪은 바로는, 저 낭장은 입이 무겁고 충직하며 진실한 사내였다. 됨됨이가 우직하고 바르기에 원의 신임을 얻고 늘 그 곁을 지킬 수 있었다. 린 또한 그를 좋아하고 신뢰했다. 최근의 미행 건만 아니었다면 이렇게까지 마음이 무겁지는 않았으리라. 어쩔 수 없지. 린은 입속 살을 지그시 물었다. 그는 포구에 줄줄이 늘어선 배들로 눈길을 옮겼다.

세자가 황제에게 탄원해 얻은 쌀 10만 석의 하역을 거의 마쳤다. 쌀을 분배하기 위해 조정과 지방에서 온 관원들이 북적였다. 전쟁 통에 농사를 제대로 짓지 못한 양민들을 구제해 줄 것을 원이 청하여 얻은 쌀이었고, 황제도 빈민들을 생각하여 내린 쌀이었다. 하지만 모인 관원들의 생각은 달랐다. 그들 중 대부분은 자신의 몫을 이미 정해 두었던 것이다. 관원들 사이를 누비던 진관과 장의가 썩 좋지 않은 얼굴로 린에게 다가왔다.

"수정후, 하역한 쌀을 칠품 아래의 관원들에게 등급별로 나누어 준다고 합니다."

진관이 분개한 표정으로 투덜댔다.

"관원들이 먼저 나눠 가진 뒤 나머지를 양민들에게 배급할 모양인가 봅니다. 앞뒤가 바뀐 처사가 아닙니까. 등급별로 준다고는 하지만 정작 받아 가는 양이 제각각 다릅니다. 목록을 보니 품계를 적지 않고 비워 두기가 일쑤인데다 기록된 양과 실어 낸 쌀의 양이 눈으로 보기에도 확연히 차이가 큽니다. 터무니없게도 삼품인 상장군까지 목록에 버젓이 올라 있습니다. 명단에 왜 삼품이 있느냐 물으니 환관들이 구휼미를 가져가는 것은 관례라지 뭡니까."

"그뿐만이 아닙니다."

장의도 옆에서 동료를 거들었다.

"쌀을 받을 백성들도 이번 전란으로 농사를 망친 자들이 아니랍니다. 배급받을 쌀의 일부를 상납하기로 미리 약속한 유지들과 승려들에게 구휼미가 돌아갈 것 같습니다. 지금 관원들이 얼마를 상납받을까 서로 정보를 나누는 중입니다."

"이렇게 구휼미를 낭비하면 저하께서 황제께 탄원하신 노고가 허사가 되고 맙니다. 그냥 둘 수 없는 일 아닙니까. 저하의 본의를 저들에게 일러 주셔야죠."

"진관의 말대로 이런 식의 노골적인 부정행위는 보고만 있을 수 없습니다. 구휼미는 구휼을 위해 쓰라고 보낸 것입니다."

붉으락푸르락 흥분한 낭장들을 앞에 두고 린은 잠잠하니 말이 없었다. 이미 예상한 일이었고 그가 할 일은 방관하는 것이다. 진관과 장의, 두 순진한 낭장이 모르는 가운데, 원이 따로 보낸 사람들에 의해 국경 지방에서는 벌써 소문이 돌고 있었다. '세자가 굶주리는 양민의 고통을 차마 볼 수 없어 황제의 앞에 무릎 꿇고 눈물을 흘려 얻어 낸 구휼미를 왕의 폐신들과 그 떨거지들이 가로챘다.'는 것이 소문의 요지였다. 아직 쌀이 배분되기도 전이었지만 민심은 조정에 적대적이었다. 여기저기서 난동도 적지 않게 일었다. 사정을 알지 못하는 낭장들이 터뜨리는 분통을 린은 우울한 마음으로 들었다. 너무나 조용한 그의 태도에 진관과 장의는 의아한 빛을 감추지 못했다.

　"지금 저들에게 따끔하게 한마디 해 주시면 아니 됩니까?"

　"아니면 전하께 구휼미를 착복한 무리들을 벌하시라 고하면⋯⋯."

　"그건 안 될 말입니다."

　두 낭장의 뒤에서 불쑥 튀어나온 낯선 목소리에, 린은 물론 한창 열을 올리던 진관과 장의도 놀라 돌아보았다. 짙은 눈썹이 인상적이고 잘 정돈된 수염이 꽤 멋진 젊은 사내였다. 연연한 웃음을 띠고 있는 가느다란 눈은 웃고 있지 않았으면 상당히 매서울 것 같았으며, 끝이 살짝 구부러진 매부리코도 얼굴 전체에 날카로운 느낌을 더해 주었다. 키가 상당히 큰 편인지, 낭장들보다 한 뼘 정도 큰 린과 시선을 동등하게 맞추고 있었다. 사내는 경계심 어린 진관과 장의의 시선은 안중에 없이 입가에 미소를 그리며 린에게 공손히 허리를 숙였다.

"무례를 용서하시지요. 우부승지 송인이라 합니다."

송인이 린을 향해 한 걸음 다가서자 그보다 품계가 낮은 진관과 장의가 비켜섰다. 물끄러미 그를 마주 보는 린에게 송인이 잘라 말했다.

"관원들이 구휼미를 나눠 가지는 일은 이전부터 있어 왔던 관행입니다. 환관들이 관장하고 전하께서 승인하신 일이지요. 수정후께서 나서신다 해서 바뀌지 않습니다."

"그렇다면 눈앞에서 벌어지는 부정을 보고만 있으란 말입니까?"

린보다도 먼저 진관이 발칵 성을 냈다.

"수정후께선 대도에 계신 저하를 대신하여 구휼미의 배분을 지켜보시는 중입니다. 부정이 끼어 있다면 마땅히 바로잡아야지요. 구휼미 분배가 제대로 이루어지는지 감시하는 것이 조정이 해야 할 역할이 아닙니까. 그렇다면 수정후를 말릴 것이 아니라 도와야지 않습니까?"

"아주 틀린 말은 아니오."

송인이 씩씩대는 진관을 비웃듯이 흘낏 곁눈질했다.

"하지만 전적으로 맞는 말도 아니오."

"말장난하십니까? 세자저하께서 이 일을 아신다면 매우 기뻐하시겠군요!"

진관이 흥분하여 소리를 높였다. 웃음기가 사라진 날카로운 송인의 눈이 진관을 똑바로 응시했다.

"말하지 않았소, 전하께서 승인하신 일이라고. 여기 관원들은 어명에 따라 일하는 중이오. 저하의 이름으로 저들을 나무란다면 그것은 곧 저하가 부왕께 감히 맞서는 게 되지 않소. 또한 가지, 저하를 대신하여 지켜보신다 하나 수정후께선 어디까지나 종친이고 저하의 가까운 벗일 뿐, 저들에게 이래라저래라 지시하실 위치가 아니오. 수정후께서 나서면 오히려 관원들이 세자저하께서 사사로운 관계를 공무에 끌어들인다고 오해하기 십상이오. 누구보다 규범과 절차를 준수해야 할 저하께서 쉽게 그것을 무시한다고 오인할 수 있단 말이오. 그게 저하의 체모를 손상시키는 일이 아니고 뭐겠소?"

조목조목 따져 드는 송인의 말에 진관은 말이 막혔다. 하지만 갑자기 나타난 높은 벼슬아치가 자신의 의협심을 깔아뭉개는 것을 참자니 열이 불끈 올랐다. 지고 싶지 않은 진관이 턱을 빳빳이 세워 들고 키가 큰 송인을 훑어 보았다.

"하지만 수정후께선 이미 여러 차례 저하를 대신하여……."

"낭장은 그만 하게."

결국 린이 나섰다. 송인이 진관에게 한 설교가 실상 그를 겨냥한 것임을 모르지 않았다.

"관원들을 방해할 마음은 없소이다. 승지의 말대로 내가 나서는 것은 좋은 모양새가 아닌 것 같소. 적절하니 충고해 주어 고맙게 생각하오."

송인이 싱긋 웃었다.

"도움이 되어 드리고 싶었을 따름입니다."

린은 미련 없이 돌아섰다. 이미 멀찍이서 관원들이 삼삼오오 모여 수군대며 그의 눈치를 살피고 있었다. 그가 세자에게 영향력이 대단한 사람이라는 걸 모르는 사람이 거의 없으니 당연한 일이다. 송인의 말처럼 자신은 세자와 절친한 종친일 뿐 정식으로 그들을 지휘하는 상관이 아니다. 그들의 숙덕임이 모두 원을 비방하는 것처럼 느껴져 린의 마음이 무거웠다. 가라앉은 낯빛으로 돌아서는 그를 장의와 진관이 불만스런 얼굴로 따랐다.

"수정후께선 잠시만 기다려 주십시오."

송인이 린의 발길을 붙들었다. 멈추어 조용히 돌아보는 린에게 성큼성큼 다가온 그는 품에서 비단 주머니를 하나 꺼내 두 손으로 공손히 바쳤다. 린이 의아한 눈빛으로 고개 숙인 그를 들여다보았다.

"무엇이오?"

"이번 구휼미의 배분을 주도한 환관들과 그들과 결탁하여 쌀을 빼돌리는 관리들의 명단입니다. 이번 부정을 조사하실 때 도움이 되리라 봅니다."

"……?"

얼떨결에 비단 주머니를 받아 든 린이 눈썹을 지그시 내리눌렀다.

"이번 부정을 조사하다니?"

"지금은 의원이 무능하여 구더기가 들끓는 환부에 썩은 살을 도려낼 생각을 못 하고 엉뚱한 탕약만 지어 먹이는 형편이라 공이나 저 같은 사람은 그저 안타까이 볼 뿐입니다만, 제대로 된 의원이 자리를 차지하면 제일 먼저 부패하고 냄새나는 상처를 깨끗이 베어 내야지 않겠습니까. 비록 당장 부정을 바로잡지는 못하지만 기억은 해 두어야 추후라도 이 같은 일을 막을 수 있겠지요. 저하께서 공을 이 자리에 보내시며 그저 구경만 잘하고 오라시진 않았을 것이고 공께서도 이렇듯 무력하니 물러나실 분이 아니니, 분명 지방을 돌며 실사를 하시리라 생각했습니다."

"이것을 전하께 보고해 올리는 일이 승지의 책무가 아니오."

"전하께 올리면 환관들이 가장 먼저 알게 됩니다. 저 역시 발품을 팔아 힘들여 만든 명단이올시다. 제 노력이 허사가 되길 바라지 않습니다. 벌써 자리에서 물러날 생각도 없고요."

"자리에 연연하며 무슨 정의를 논해?"

진관이 혼잣말로 작게 투덜거리자 송인의 쭉 찢어진 눈이 더욱 가늘어졌다.

"집에 돼지들이 득실댄다고 집을 버리고 나오면 결국 돼지우리를 만드는 데 기여할 뿐 그 집을 청소할 기회마저 잃어버리는 것이오."

"그 돼지들과 한통속이 아닌 것은 어떻게 증명합니까?"

"진관!"

송인의 비아냥거림에 또 벌컥 화가 난 진관이 따져 묻자 린이 날카로이 불렀다. 린은 진관의 앞을 가로막고 서서 고개를 똑바로 든 송인을 뚫어지게 보았다. 두 사내의 시선이 공중에서 부딪쳤다. 한참 동안, 린은 사내의 가늘게 그어진 눈 안의 작은 동공을 응시했다. 미더운 사내인가 아닌가, 의도가 무엇인가, 첫 만남이 예사롭지 않은 사내의 진심을 탐색하기 위해 린은 예리한 감각을 최대한 끌어올렸다. 쉽게 읽히지 않는 검은 눈동자엔 추호의 두려움도 없었다. 여유롭고 당당한 눈빛. 최소한 그가 준 명단이 가짜가 아니라는 건 알겠다. 이윽고 린이 부드러이 시선을 풀었다. 그는 비단 주머니를 들어 보이며 옅게 미소했다.

"큰 도움이 되겠소. 거듭 감사하오."

"과분한 말씀이십니다."

인사를 올리고 물러난 송인이 긴 다리로 빠르게 멀어지자 진관이 퉁명스레 말했다.

"그다지 믿음이 가는 사람이 아니올시다. 성상의 총신인 첨의찬성사僉議贊成事의 아들 아닙니까. 수정후께서 지방에 가 민심을 살피려는 것을 짐작하고 거짓된 명단을 주어 혼란스럽게 하려는 수작일 겁니다."

린은 묵묵히 걸었다. 진관의 말이 맞을 수도 있다. 하지만 그것은 실사를 해 보면 알 일. 지금 막 헤어진 날카로운 눈매의 저 사내가 그의 의심을 살 짓을 일부러 할 정도로 멍청한 작자라고 생각되진 않는다. 무엇보다 진관과 장의가 그러러 나서 달라 보채어 곤란한 때 적절히 끼어들어 수습해 주었으니, 고맙다는 말은 그저 허울 좋은 빈말이 아니었다.

'송분의 아들이자 승지인 그가 내게 대놓고 전하가 아니라

저하를 지지한다는 식으로 말하다니. 어디까지가 진심인가? 정말 속내를 털어놓은 것인가?'

린은 송인의 눈빛을 떠올렸다. 여간해선 속내를 드러내지 않을 눈을 가진 그는 만만치 않은 사내였다.

'어쨌든 눈여겨볼 만한 사내다!'

송인이 준 비단 주머니를 소매 속에 넣고 린은 입이 불퉁하니 나온 진관과 떨떠름한 표정의 장의를 이끌고 그곳을 떠났다.

"확실히 제 형이랑은 참 다른 위인이야."

점만큼 멀어진 린을 슬쩍 돌아본 송인이 중얼거렸다. 흰자위가 푸르도록 맑은 눈이 정면으로 부딪쳐 왔을 때 그는 서늘한 쾌감마저 느꼈다. 말수가 적고 숙고하는, 아직 완전히 자라지 않아 파릇파릇한 그의 적수는, 형 왕전과 다르게 고압적이지 않으면서도 위엄이 있었다.

'세자 옆엔 저런 인물이 있는데 내 옆엔 고작 왕전이라니. 두 사람 대 한 사람의 불리한 싸움이 아니냔 말이다.'

입 한쪽을 비죽 치켜들던 송인은 이내 씩 웃으며 손가락으로 이마를 가볍게 퉁겼다.

'그래 봤자 어린애들. 잘 주물러 터뜨려 주겠다. 서로 좋다며 죽고 못 사는 네 녀석들을 철천의 원수처럼 갈라놓아 주마.'

송인의 입가에 비릿한 웃음이 길게 퍼졌다.

'어쩔 수 없단다. 왕전 같은 자는 얼마든지 용납할 수 있지만, 너희처럼 귀엽고 야무진 것들은 그냥 놔두지 못하는 게 내 성정인 것을! 나는 말이다, 내게 숙이지 않을 것들은 결코 내

위에 놔두지 않는단다. 왕린! 아마도 오늘 나와의 만남을 네가 세자에게 전함으로써 너와 네 주군은 순진한 꿈을 접게 될 것이니라.'

"뭐가 또 불만이에요?"

송화가 열심히 바늘을 놀리던 손을 멈췄다. 멍하니 턱을 괴고 있던 산이 황급히 탁자 위에 펼쳐 놓은 책을 한 장 넘겼다.

"불만이라니? 책 읽고 있는 거 안 보여?"

"그러시겠죠. 저녁 드신 후 내내 보던 책이 이제야 한 장 넘어가네요."

산이 얼굴을 확 붉혔다. 그녀가 어디에 정신을 팔았었는지 송화라면 제 손바닥 보듯 훤히 꿰고 있을 것 같다. 사실 그랬다. 송화가 고개를 살살 저으며 지나가는 말처럼 중얼거렸다.

"오늘도 안 오시나 본데, 그냥 주무세요. 벌써 몇 달째람."

"무슨 소리야, 오긴 누가 온다고 그래?"

흥, 콧바람을 강하게 내뿜은 산이 휙휙 책장을 거칠게 넘겼다. 송화가 헛바람처럼 피식 웃음을 흘렸다.

"오늘은 정말 그냥 주무시라고요. 다들 자는 사이에 몰래 나가서 서성이지 마시고. 만날 그렇게 새벽까지 찬바람을 쐬면 한질이 안 떨어져요. 어차피 나리가 오면 알아서 이 방까지 찾아올 텐데 뭣 하러 생고생을 하냐고요. 그 나리도 참 사람 감질나게 하네. 절대 안 올 것 같더니 다 자는 시간에 몰래 다녀가 질 않나, 몇 년 있다 올 것 같더니 갑자기 오는 줄도 모르게 와 서 혹만 딱 떼 가질 않나. 뭐, 최소한 할 일이야 하고 간 것 같 지만……."

"너! 그거 무슨 뜻으로 하는 말이야?"

빨갛게 달아오른 산의 얼굴을 보고 송화는 어깨만 한 번 으 쓱할 뿐이다.

"별 뜻이 있겠어요? 아무리 점잖아 보여도 사내는 사내라 이 거죠."

"넌 정말 너무 뻔뻔해, 송화."

산이 책을 덮고 벌떡 일어났다. 신경질적으로 발을 쿵쿵 굴 러 걸어간 그녀는 침상에 드러누워 이불을 폭 뒤집어썼다.

"불 끄고 나가!"

송화가 히죽 웃으며 바느질감을 주섬주섬 정리했다. 밀초의 불꽃을 훅 불어 끈 그녀는 어둠에 익숙해질 때까지 가만히 기 다려 조심스레 문으로 다가가 문고리를 잡았다.

"필도에게 새벽까지 농장 주위를 둘러보라고 했으니까 나리 가 오시면 바로 알려 드릴게요. 꽃단장하실 시간 충분히 벌어 놓을 테니까 안심하고 주무시라고요."

"어서 꺼져 버려!"

독 오른 짐승처럼 으르렁거리는 산의 외침에 쫓기듯 송화가 문을 열고 마루로 나왔다. 정월의 찬바람이 그녀의 볼을 엘 듯 스쳤다. 불 꺼진 방 안에서 산의 씩씩거리는 소리가 문에 바른 종이를 타고 들렸다. 쿡, 웃음을 머금은 송화의 눈에 안쓰러움이 배어 있었다.

린이 바람처럼 와서 제 형을 데리고 또 바람처럼 가 버린 후 많은 밤들이 지났다. 소식에 따르면, 그는 대도로 돌아가지 않고 고려에 계속 머무는 중이란다. 그래서 언제든 또 갑작스레 들르겠거니 산도 그녀도 기대하고 있었지만, 그는 좀처럼 오지 않았다. 남편과 함께 있었던 날은 너무나도 짧았지만 기다림의 시간이 길고도 고통스러웠던 송화는, 아직 철부지 같은 산이 안타깝다.

'이래서 일에 미친 사내들은 못쓴단 말이지.'

늦은 시간에 남몰래 밖을 서성이다가 기어코 감기에 걸려 홀쭉하게 된 산을 누구보다도 잘 이해하는 송화는 혀를 끌끌 찼다. 추위에 말라붙은 뜰에 내려선 그녀는 눈을 들어 하늘을 보았다. 별이 무수히 흩뿌려진 맑은 하늘이 그녀에게 외로움을 더해 주었다. 죽은 것인지, 아니면 살아 있는 것인지? 무석의 얼굴이 그려진 별자리가 그녀의 눈에 희미하니 보였다.

'살아만 있다면 언젠가는……'

부질없는 희망이라고 생각하면서도 이 실낱같은 희망을 완전히 버릴 수가 없었다. 넓은 가슴, 커다란 손, 무뚝뚝하지만 속 깊이 자상했던 그녀의 단 하나의 사랑. 송화는 번져 나오는 눈물이 추위에 바작바작 얼어붙어 버리자 서둘러 눈시울을 훔쳐 냈다.

"아, 무슨 궁상이람. 필도가 나왔는지 확인이나 해 봐야지."

그녀가 소리 내어 혼잣말을 했다. 언 땅의 마른 풀에 서걱서걱 끌리는 치마를 휘돌아 감고 송화는 새로 지은 장사로 갔다. 새로 지었다고 해도 이전의 규모와 비할 수 없이 작고 소박한 장사였다. 농사가 바빴던 철에 집 짓는 공사를 크게 벌일 수 없어 그럭저럭 일꾼들이 잠자기에 족할 정도로만 지었던 것이다. 불탄 복전장은 아예 손도 대지 않았다. 택주인 산도 초당에서 지내는 형편이었다. 검소하게 버틴 1년이었지만 다행히 농장 사람들 모두 만족스러워했다.

합단적이 쳐들어올 기미가 있던 때부터 필도와 개원이, 염복이를 비롯해 농장의 장정들이 돌아가며 밤에 주위를 순찰했다. 이제 합단의 무리는 압록강에서 완전히 소탕되었지만 필도 등은 순찰을 그만두지 않았다. 합단의 침입으로 인해 황폐해진 민심이 곳곳에서 들고일어나 크고 작은 사고가 끊이지 않았기 때문이다. 장사의 근처까지 간 송화는 이야기를 주고받는 사내들의 낮은 목소리에 기척을 죽이고 우뚝 섰다. 귀에 익은 그 목소리는 필도와 염복이의 것이었다.

"지, 지, 지금 나, 나, 나가려고?"

"낮에 쌀 꾸러 왔던 사람들 기억나? 근처 원에서 쌀 좀 빌려 먹었다가 높은 이자 때문에 완전히 탈탈 털린 사람들. 중놈들이 집에 낭인까지 보내 있는 거 없는 거 싹 쓸어 갔다고 했지?"

"그, 그, 그런데?"

"그 낭인이 외눈박이라고 그랬거든."

"차, 차, 찾아 가, 가, 갈 거야?"

"네가 말했던 그 사내일지도 모르잖아. 몇 달 동안 틈만 나면 찾아봤는데, 영 헛짚었던 거야. 이렇게 가까이 있을 거라곤 생각하지 못했거든."

"차, 차, 차, 찾으면? 어, 어, 어, 어떻게 하, 하, 하려고?"

"확인해 봐야지. 정말 그 사람이 맞는지."

"마, 마, 마, 맞으면?"

"……몰라."

필도가 착 가라앉은 소리로 신음하듯 말했다.

"어떻게 할진 만나서 확인하면 저절로 알게 되겠지. 그러니까 오늘은 네가 순찰을 돌아. 내일 날 찾는 이가 있거든 아침 일찍 나무하러 갔다고 해. 아무한테도 내가 어디 갔는지 말하지 말고. 특히 송화한테는 절대 안 돼!"

"아, 아, 알았어."

둘에게서 떨어진 거리가 결코 짧지 않았기에 송화는 거의 듣지 못했다. 다만 마지막 '송화한테는 절대 안 돼!'라는 필도의 단호한 목소리만은 똑똑히 들었다.

'뭐가 절대 안 된다는 거야?'

불같은 호기심이 일어난 그녀는 두 사내가 소곤대던 곳으로 재빨리 걸어갔다. 필도는 이미 사라졌고 염복이만 우두커니 서 있었다.

"필도는 어디로 갔어?"

등 뒤에서 귀신처럼 솟아올라 말을 거는 송화에게 기겁하여, 염복이가 그 자리에서 나동그라지며 일순 헉하니 숨을 멈췄다. 팔다리를 오그려 한껏 경직되었던 그는, 허리춤에 손을 걸치고 자신을 내려다보는 사람이 송화임을 알고 안도의 숨을 쉬는 동시에 크게 당황해서 눈을 사방팔방으로 굴렸다.

"필도 어디 갔냐고 묻잖아."

그녀가 대답을 재촉하자 염복이는 한겨울임에도 이마에 진땀이 송골송골 맺혔다. 하필이면 송화에게 걸리다니! 그의 얼굴이 울상으로 구겨졌다. 나이로 따지면 그가 송화보다 열 살은 더 위였지만 처음부터 그녀의 기세에 찍 눌렸던 터라 늘 그녀 앞에서는 쩔쩔맸다. 염복이뿐 아니라 복전장의 사내들이라면 다 그랬다. 같은 말괄량이라도 산은 물렀지만 송화는 혹독했다. 염복이는 급한 마음에 필도가 일러 준 대로 대답했다.

"나, 나, 나, 나무하, 하, 하러……."

"이 시간에? 섣부른 핑계 대지 말고 사실대로 말해. 필도가 요 몇 달간 열흘이나 보름 간격으로 장사를 비우고 돌아다닌 거, 다 알고 있어. 어딜 돌아다니면서 무슨 짓을 하고 있는 거야?"

"나, 나, 나, 난 모, 모, 모, 몰라……."

날카로운 그녀의 눈길에 염복이가 절로 움츠러들었다. 그러나 매가 날카로운 발톱으로 먹이의 등을 쿡 박은 것처럼 송화는 순순히 그를 놓아주지 않았다. 그녀가 안 그래도 시퍼런 빛이 나는 눈을 부라렸다.

"모르는 걸 왜 나한텐 절대 말하지 말래? 필도가 뭘 하고 돌아다니는지 냉큼 말하란 말이야! 우리처럼 숨어 지내는 사람들이 일 꾸미고 다니면 우리만 죽는 거 아니야. 여기 사람들, 애들, 택주님, 다 끝장나는 거 몰라? 어서 말해!"

"위, 위, 위험한 거 아, 아, 아니야……. 그, 그, 그저 화, 화, 확인, 화, 확인만 하, 하, 하, 하는 거……."

"뭘 확인하는데?"

"그, 그, 그게……. 그, 그, 그러니까 그, 그게……. 피, 피, 피, 필도가 절대 마, 마, 말하지 마, 마, 말라고……."

쌍심지가 켜진 송화의 눈에서 섬광이 번쩍 분출되었다. 장사의 불빛이 어슴푸레 비추는 어둠 속이라 그녀의 흡뜬 눈이 더욱 사나워 보였다. 필도와의 약속을 지키기 위해 안간힘을 쓰며 버티던 염복이는 송화의 거듭되는 위협과 완전히 바닥난 변명거리에 몰려 별수 없이 사실을 털어놓기 시작했다.

"사, 사, 사람을 화, 화, 화, 확인하러 가, 가, 가, 간 거야."

"어떤 사람?"

"지, 지, 지난번 습격 때 나, 나랑 택주님, 애, 애, 애들을 구해 준 나, 남자……."

"그 사람을 왜? 처음 본 사람이라고 하지 않았어? 이름도 사는 곳도 가르쳐 주지 않고 홀쩍 가 버렸다면서?"

"사, 사, 사실은 그, 그 남자, 보, 본 적이 이, 있었던 사람인 거 가, 가, 가, 같아서……."

"누구?"

"외, 외, 외, 왼쪽 누, 눈에 카, 카, 칼침 맞은 자, 자국 있던 그, 그 남자……. 피, 피, 필도가 무, 무, 무, 무석이라고……."

송화의 눈빛과 호흡이 얼어붙었다. 머리칼도 몸도 사지의 말단 끝자락까지 죄다. 엄동의 매운바람 때문이 아니었다. 돌처럼 얼음처럼 굳어 버린 그녀의 눈앞에, 잔뜩 겁을 먹은 염복이가 혹시나 싶어 손을 들어 까딱까딱 흔들었다.

"소, 소, 송화! 어, 어, 어, 어이……."

그 자리에 서서 죽어 버린 것이나 아닐까 싶어 염복이가 그녀의 어깨를 건드리려 손을 뻗었다. 손가락이 막 닿으려는 순간 송화의 얼음장처럼 냉랭히 굳은 목소리가 음산하니 흘러나왔다.

"그래서 필도는 어디로 갔지?"

무석은 터져 나올 것 같은 흥분을 누르며 발걸음을 재촉했다. 말을 달렸다면 금방이었겠지만 그에게는 튼튼한 두 다리와 질긴 가죽신뿐이다. 멀리 나설 생각이 없었던 차림이었다. 하지만 그녀를 알아본 순간 도저히 따라가지 않고는 배길 수가 없었다. 옥부용! 해를 넘겨 찾아다니던 그 요부를 드디어 발견한 것이다.

'이게 아니었더라면 그 계집이 궁에 숨어들어 간 줄 평생 모를 뻔했다.'

그는 주먹 안의 비녀를 힘껏 움켜쥐었다. 꽃무늬를 오톨도톨 새긴 은비녀 하나가 그를 밖으로 끌어낸 원인이었다. 그가 사람들을 겁박하며 채무를 독촉하는 동안, 여자들이 좋아할 꾸미개를 잔뜩 싸 가지고 돌아다니던 방물장수가 원에 하루 머물다 가 버린 모양이었다. 장사꾼이 떠난 뒤 도착한 무석은 예쁜 패물들을 구경한 얘기를 하며 은근히 아쉬워하는 비연을 보았다. 방물들에 어지간히 욕심이 없는 그녀였지만 아예 미련이 없진 않았다.

영인백의 집을 나설 때 들고 왔던 패물은 이미 다 써 버렸고, 머리를 동여맬 비단 천 한 조각이 아쉬운 처지였다. 비녀도 동곳도 귀고리도 가락지도 구슬도 향낭도 색실도, 그녀에겐 더 이상 인연이 없는 물건들이다. 그들에게 유일하게 남아 있는 패물다운 패물은 유심의 산채에서 거둬 온 송화의 비녀가 다였다. 하지만 무석에게나 비연에게나 송화란 화제에 올리거나 연상하기 꺼리는 존재기에, 당연히 송화의 비녀는 비연의 눈에 띄지 않도록 무석만이 아는 깊숙한 곳에 숨겨져 있었다. 어쨌든 방물장수가 지나가고 비연의 얼굴에서 희미하게나마 울적한 그림자를 본 무석은 방물장수의 자취를 쫓아 나섰고, 곧 따라잡아 은비녀를 하나 구했다. 그녀에게 처음 줄 선물이라, 비녀를 골라 든 무석의 손끝이 조금 떨렸다.

그 비녀가 무슨 부적이라도 되었던 것일까. 무석은 강화에서 개경으로 왕과 조정이 환도하는 행렬과 맞닥뜨렸다. 길가에 늘어선 뭇사람들과 마찬가지로 머리를 조아린 무석은 행렬이 제법 지나갈 즈음 낯설지 않은 향기에 내리깔았던 눈을 번쩍 떴다. 달콤한 향기가 주위의 사내들을 녹이고 있었다. 왕과 공주, 궁주를 비롯한 왕족들이 거의 지나간 끝자락에 화려한 치마와 몽수를 길게 늘어뜨린 여자가 나타났다.

'그 계집이다!'

함부로 고개를 쳐들 수 없고, 여인도 금실이 섞인 몽수로 최대한 낯을 가려 눈이 마주친 것은 아니었으나 무석은 확신했다. 그의 가슴이 무섭게 들썩이며 맥박이 빨라졌다. 송화의 원수, 유심의 원수, 동료들의 원수인 '그자'에게 다다를 수 있는 유일한 끈, 옥부용. 드디어 그녀가 있는 소재를 알게 된 것이다. 끝도 없어 보이던 행렬이 어느덧 지나가 몸을 일으키니, 주변 사내들이 방금 지나간 여자에게 들떠 입방아를 찧기 시작했다.

"어디에 몸을 담갔기에 저런 냄새가 난다냐. 콧구멍이 옥신옥신하는 게 알딸딸하니 술보다 더 취하네그려."

"궁중의 여자는 냄새도 다르구먼."

"그 여자가 바로 도라산都羅山이야."

"아하! 상감께서 도라산으로 사냥 가실 적마다 따라가서 별호가 도라산이라는?"

"그려. 원래 이름은 뭔지 모르겠지만, 임금님께서 누구에도 비교할 수 없다고 무비라고 지으셨다는구먼."

원래 이름은 내가 알지. 무석은 듣지 않는 척 사람들의 뒤를 지나가며 귀를 기울였다. 하긴 옥부용 그 이름도 본래 이름은 아니리라. 여자의 이름, 특히 기녀 따위에게 원래 이름은 없는 것이나 마찬가지니까.

여자의 향기에 침을 삼키던 사내들이 이내 불평을 늘어놓았다.

"강화에 있는 동안에도 사냥을 다니던 왕이신데 합단적도 없겠다, 이제 뻔질나게 도라산으로 행차하시겠구먼."

"강아지 꼬리 달고 사냥개인 척 쫓아다녀 보라고. 아까 그 무빈가 도라산인가도 임금님 따라 사냥 갈 테니, 얼굴도 볼 수 있을지 모르잖아."

"아, 보면 뭐 하라고? 나 혼자 미친놈처럼 벌떡 서면 누가 달래 줘."

점점 더 농도가 짙어져 가는 사내들의 입담을 뒤로하고 무석은 행렬을 쫓아갔다. 환궁하는 행차를 구경하던 사람들이 나누는 얘기를 듣고 간혹 넌지시 묻기도 하며, 무석은 옥부용의 흔적을 캐내려 애썼다. 그러나 궁에 들어가기 전의 그녀에 대한 소문은 없는 듯, 무시무시한 질투에도 불구하고 공주가 그녀를 건드리지 못하고 애만 태운다는 얘기와 더불어 그녀가 왕과 맺은 야릇하고 끈적이는 관계만 들을 수 있었다. 행렬이 중간 숙박지에 들러 멈추고서야 무석은 지금 따라가 봤자 무비가 된 옥부용을 만나거나 잡을 수 없음을 절실히 깨닫고 발길을 돌렸다. 그녀는 이제 한낱 천한 기녀가 아니라 왕의 사랑을 독차지한 총첩이다.

'그 계집을 만나지 않고선 '그자'를 잡을 수 없다. 하지만 궁에까지 따라 들어갈 수가 없으니…….'

무석은 초조한 마음에 입술을 깨물었다. 아무리 어렵더라도 포기할 수는 없다. 그녀를 찾아 헤맨 지 벌써 얼마였던가.

'사냥개가 되어서라도 만날 것이다. 원수는 반드시 갚는다!'

그의 걸음이 빨라졌다. 자세히 설명은 못 하더라도 비연에게 양해를 구하고 원수를 갚을 준비를 하고 싶었다. 무사히 돌아오겠다고 약속도 하고 싶었다. 불안해하지 않도록 달래 주고 안심시키고 싶었다. 밤을 새워 걸어 새벽에 원에 도착한 그는, 그와 비연의 작은 방이 빈 것을 보고 분노 섞인 욕설을 나지막이 뱉었다.

"이놈의 중들이 정말!"

두꺼운 얼음이 덮고 있는 냇가의 바위까지 한달음에 달려간 무석은 예상대로 산더미 같은 빨랫감을 옆에 두고 뻘겋게 튼 손으로 빨래하는 비연을 발견했다. 그녀는 몹시 불편해 보였다. 꽤나 불러 나온 배가 쪼그려 앉는 데 방해되었던 탓이다. 가녀린 어깨와 대조되는 커다란 배는 무석에게 뭉클한 감동을 주었다. 이 적대적이고 기댈 곳 없는 세상에서 비로소 자신의 자리를 발견한 느낌이랄까. 진짜 '사람'이 된 기분이었다.

이전에도 느낀 적이 있었다. 유심의 밑에서 동료들과 힘겹게 삶의 고비를 넘길 때가 그랬다. 개미처럼, 파리처럼, 먼지처럼 스러지는 보잘것없는 인생이 아니라 자신의 의지와 힘으로 살아가는 능동적인 진짜 사람. 하지만 그때의 감정은 늘 아슬아슬하니 폭발 직전이었고 분노로 가득 찼으며 전투적이기만 했다. 포근하고 따스하고 애틋한 마음으로 누군가를 볼 수 있고, 본다는 소극적인 행위만으로도 진한 행복을 느낄 수 있는 지금과는 또 달랐다. 지금은 '완전한 사람'이 된 기분이었다. 그걸 느끼게 해 준 사람은 저 작고 앙상한 몸집의 어린 여자, 비연이었다.

"추운데 왜 벌써 나왔어?"

통명스레 뱉은 말에 비연이 깜짝 놀라 고개를 들었다. 놀라 동그래진 그녀의 눈동자가 무석을 알아보곤 차오르는 물기에 잠겼다. 갑작스런 눈물에 당황한 그가 그녀의 팔을 붙잡아 일으켜 안색을 살폈다.

"왜 그래? 무슨 일 있었어? 아픈 거야?"

입이 묵직한 그가 연거푸 묻는데도 그녀는 시원하니 대답해 주지 않고 고개만 저었다. 굵은 눈물이 뺨과 턱을 타고 뚝 떨어져 내렸다. 먹먹하니 가슴이 답답해진 무석이 그녀를 끌어당겨 안았다. 그녀의 불룩한 배가 사타구니에 느껴져 무석은 더 강하게 안았다. 그녀와 뱃속의 아기까지 한꺼번에 품어 데워 주고 싶었다.

"어디……, 간다는 말도 없고……, 밤새, 오지도 않고……."

그의 가슴팍에 젖은 눈을 묻은 그녀가 훌쩍이며 말을 더듬거렸다. 그녀를 가슴에서 살짝 떼어 눈물을 훔쳐 주며 무석이 빙그레 웃었다.

"내가 돌아오지 않을까 봐? 바보 같긴! 이제까지도 일일이 어디 간다고, 또 언제 온다고 말한 적 없었잖아."

"하지만 어젠 내가 방물장수 얘길 하니까 휭하니 나가 버렸잖아요. 쓸데없는 말로 화나게 해서 마음 졸였는데, 날이 밝을 때까지 돌아오지 않으니까, 그래서 나는……."

"내가 왜 화를 내?"

"나 때문에 당신이 하고 싶지 않은 일 억지로 하는 거 알아요. 스님들이 시키는 일이 당신 같은 사람한테 어울리지 않는다는 것도 알고요. 나 때문에 진짜 당신이 하고 싶어 하는 일, 원수를 찾아 복수하는 일에 전념하지 못하는 것도 아는데…….
그런데 내가 우리 형편을 생각하지 않고 비녀며 가락지 얘길 하면서 투정이나 부리니까…….”

“그래서 내가 혼자 도망갔다고 생각했어?”

무석이 그녀를 다시 끌어안고 껄껄 웃었다. 소리 내어 웃는 법이 거의 없는 그였지만 지금은 절로 웃음이 나왔다. 나는 널 두고 가지 않아. 그는 비연의 머리칼에 코를 묻고 속으로 말했다. 언제든 네 곁으로 돌아올 거야, 반드시. 울어서 빨개진 그녀의 코끝을 살짝 잡아 흔들며 무석이 상냥하니 물었다.

“배는 괜찮아? 뭉치고 땅긴다고 했잖아.”

수줍게 배를 어루만지며 비연이 고개를 끄덕이다, 그녀의 손에 살그머니 쥐여 준 가느다란 금속에 ‘으응?’ 눈을 내렸다. 그녀의 눈이 아까보다 훨씬 더 커졌다. 손에 얌전히 놓인 은비녀를 그녀는 믿을 수 없다는 듯 오랫동안 내려다보았다.

“이거……, 때문에 나갔다 온 거예요?”

무석은 잔기침으로 멋쩍음을 얼버무렸다. 사실 비녀 때문에 밤을 새워 다녀온 것은 아니지만 그녀가 얼마나 기뻐하는지 한 눈에 알아본 이상 흥을 깨고 싶지 않았다. 그리고 그것 때문에 나갔다 온 것은 엄연히 사실이니까.

그는 홍조가 어린 그녀의 뺨을 손가락으로 쓸었다. 선물을 받았으니 작은 보답이라도 하려는 양, 비연이 입술을 지나치는 그의 손가락에 재빨리 촉촉하니 혀를 살짝 대었다. 무석이 그대로 입을 맞추려 고개를 기울여 내리려는데, 땅에 깔린 살얼음이 조심성 없이 부서지는 소리가 바삭 났다. 획! 본능적으로 등에 멘 칼을 뽑아 들고 비연의 앞을 가리고 선 무석은 그만 왈칵 눈물이 날 뻔했다.

"넌……, 필도?"

"무석이 형."

대답하는 것을 보니 환영이 아니다. 무석의 손에서 뎅그렁 칼이 떨어져 언 땅에 굴렀다.

"필도……, 필도야! 살아 있었구나, 너!"

감격에 겨워 두 팔을 내밀며 다가가는 무석에게서 필도가 성큼 물러섰다.

"뭐야, 이건?"

피붙이처럼 여겼던 동료의 악다문 잇새로 나온 음산한 말에 무석은 찔끔하여 발을 멈췄다. 그가 아는 필도는 어수룩한 구석이 다분한, 좀처럼 화낼 줄 모르는 순진한 청년이었다. 그런 필도의 눈이 매섭게 치켜 올라가 쏘아보는 끝은 무석의 어깨 너머에 있었다. 낯선 남자의 성난 눈길이 자신을 훑자 두려움에 오그라든 비연이 무석의 널찍한 등 뒤에 숨어 부른 배를 두 팔로 가렸다.

"오랜만이야, 무석이 형. 형은 아주 잘 지내나 보네?"

말이야 나직하니 조용했지만 거기에 잔뜩 돋친 가시는 무석의 심장에 쿡쿡 박혀 피를 내게 하기에 충분했다. 그러나 옛 동료의 서운한 마음을 이해 못 할 그가 아니었다. 무석은 부드러이 목소리를 다듬었다.

"산채는 완전히 폐허가 되어 텅텅 비었던데 거기서 용케 살아남았구나. 너 혼자는 아니겠지? 나머지 사람들이랑 이제까지 어디서 뭘 하며 지냈니? 누가 또 살아남았니?"

"형이 알아서 뭐 하게? 혼자서도 이렇게 잘사는 사람이 궁금한 게 뭐 그리 많아?"

"난 생존자를 찾아다녔어."

"하하하!"

필도의 웃음이 공허하니 맑은 겨울 공기를 뒤흔들었다. 웃음기 대신 슬픔이 짙게 밴 그의 두 눈이 파르르 떨렸다.

"그거 참 고맙군! 이제 찾았으니 어떻게 할 참인데?"

"다들 만나고 싶지……. 내가 없던 사이의 얘기도 듣고 싶고……. 대정 어른이 어떻게 되셨는지, 또 송화는……."

"송화 이름도 꺼내지 마!"

냉소를 머금고 있던 필도가 발작이라도 일으킨 듯 짐승처럼 사납게 부르짖으며 발을 굴렀다. 금방이라도 비연을 찍어 죽일 기세로 도끼눈을 뜬 그의 시선을 가로막으며 무석이 무의식적으로 뒤로 손을 뻗어 비연을 감쌌다. 그것이 필도를 더욱 격분시켰다.

"너, 너는……, 천하의 더러운 잡놈이야!"

필도의 목이며 이마에 굵은 핏줄이 툭툭 불거져 나왔다. 부들거리는 그의 꽉 쥔 주먹도 마찬가지였다.

"형의 무모하고 터무니없는 계획으로 산채 사람들 거의가 죽었어. 대정 어른을 포함해서! 네가 죽이려던 현애택주가 우리 거둬 주지 않았다면 모두 길거리에서든 어디서든 잡혀서 싹 다 죽었을 거야! 그런데 무슨 낯짝으로 이런 곳에서 계집을 끼고 실실거리며 살고 있는 거야! 밤마다 정화수 떠 놓고 네가 살아 있기만이라도 바라는 송화는 어떻게 하라고. 이 돼지만도 못한 놈아!"

순간 커다란 몸이 균형을 잃고 기우뚱했던 무석은, 등 뒤에서 옷자락을 움켜쥔 작은 손에 간신히 정신을 차렸다. 언제나 그의 위로가 되었던 따뜻한 작은 손이 와들와들 떨고 있었다. 그들 앞의 미치광이 같은 사내가 누구의 얘기를 하는지, 송화가 누구인지 직감적으로 알아챘던 것이다. 무석은 아찔하니 현기증이 가시지 않은 이마를 한 손으로 짚으며 최대한 침착하고자 애썼다.

"현애택주가 너흴 거뒀다⋯⋯고? 그럼 됐다."

무석은 조용히 바닥에 떨어진 칼을 들어 등에 멘 칼집에 꽂았다. 그리고 비연의 손을 감싸 쥐고 걷기 시작했다.

"왜⋯⋯, 왜 그냥 가는 거야? 이대로 도망갈 작정이야?"

필도는 그의 곁을 지나가는 남녀의 등에 대고 얼빠진 목소리로 물었다. 가 버릴 줄은 미처 상상하지 못했다. 무릎이라도 꿇고 눈물이라도 보여야 정상이 아닌가? 이 황당한 반응에 어떻게 대처해야 좋을지 모르는 필도에게, 멈춰 선 무석이 차분히 대답했다.

"나는 대정 어른과 산채 동지들의 원수를 갚을 생각이다. 이제껏 그걸 위해 살았지."

"우린 어떻게 하고?"

"현애택주의 농장에서 사는 것도 나쁘지 않겠지. 너도 보다시피 내가 너희들을 만나기에 괜찮은 처지가 아니니 각자의 길을 가도록 하자."

"……송화는?"

무석의 대답이 얼른 나오지 않았다. 그러나 그 머뭇거림이 마음속 갈등을 드러내는 것이 아님을 필도는 알 수 있었다. 송화를 만나지 않겠다는 뜻은 분명했으나 감히 입 밖으로 말하지 못하는 것이다. 아무리 무석이라도 그렇게까지 뻔뻔스러울 수는 없었던 것이다. 그래도 필도가 버티며 대답을 기다리자 무석이 감정에 북받쳐 갈라진 소리를 냈다.

"송화에겐……, 내가 죽은 걸로 하는 게 좋겠지."

"이……, 이, 이 나쁜 새끼!"

화가 머리끝까지 치밀어 오른 필도가 땅을 박차고 뛰어올라 무석을 덮쳤다. 거꾸러진 무석의 위에 민첩하게 올라탄 그는 무릎으로 가슴을 찍어 누르고 두 손으로 억세게 목을 졸랐다.

"지금 '송화에겐'이라고 했어? 저년과 도망치려니 송화가 거슬리고 귀찮아서 그런 거잖아! 멀쩡한 처를 놔두고 딴 계집을 얻어 애까지 가지고선 이젠 아예 처를 버리겠단 말이냐! 이 쳐죽일! 이대론 못 가! 넌 오늘 내 손에 죽어!"

"이러지 마세요! 놔주세요!"

비연이 달려들어 필도를 붙잡자 눈이 뒤집힌 그는 임부임에도 발로 그녀를 걷어찼다. 둥근 배를 부여안고 뒹구는 그녀를 보고, 대항하지 않고 당하던 무석이 커다란 주먹으로 퍽 소리가 나도록 필도의 뺨을 휘갈겼다. 한 방에 그의 몸에서 나가떨어진 필도의 배 위에 이번엔 무석이 타고 앉아 목을 짓눌렀다. 뻘겋게 충혈된 무석의 눈에서 솟아난 소금기 진한 눈물이 필도의 뺨에 툭 떨어졌다.

"네 말이 맞다, 필도야. 난 죽일 놈이야. 난 송화가 아니라 저 여자를 택했어. 저 여자와 살 거다, 내 평생을."

"개……새끼……. 송화……는 어쩌……라고……."

목이 막힌 필도가 안간힘을 썼지만 상대는 그와 비교할 수 없는 완력을 가진 무석이었다.

"나와 있어도 송화는 행복하지 못해. 난 그 애에게 결코 좋은 남편이 아니었다."

"그……래도 송……화는……, 널 보……면 기뻐……."

"네가 있어 주는 거다, 필도야."

"……!"

"그 애를 정말 아끼고 사랑하는 네가, 송화 곁에서 그 애를 돌보고 그 애를 지켜 주는 거다. 나한테 입은 상처, 배신, 전부 네가 닦아 주고 안아 주는 거다."

"말……도 안 돼……. 개……새끼……."

"난 송화의 얼굴을 볼 수 없는 죄를 지었어. 이대로 떠나게 해 다오. 원수는, 대정 어른과 우리 모두의 원수는 꼭 갚겠다. 두 해 가까이 떠돈 끝에 이제야 실마리를 잡았어. 필도야, 제발 날 보내 줘."

투두둑, 우박처럼 떨어져 내린 눈물이 필도의 입으로 스며들었다. 힘겹게 고개를 돌려 찝찔한 눈물을 뱉으며 필도는 저항하던 몸짓을 멈췄다. 무석의 손이 그의 목을 놓고 떨어져 나갔다. 그제야 자유롭게 숨을 쉴 수 있게 된 필도가 캑캑, 막혔던 목구멍을 틔우느라 어깨를 요란하니 흔들었다. 가까스로 상체를 일으켜 앉아 호흡을 고르는 옛 동지를 젖은 눈으로 물끄러미 보던 무석이 다시 비연의 손을 잡고 걸었다.

"……이게 뭐야?"

남겨진 필도의 눈도 흐려졌다. 무석도 울 줄 아는구나. 혀끝에 녹아드는 짠맛에 얼핏 든 생각이었다. 누구를 위해서 우는 것이지? 남편에게 버림받은 송화를 위해서? 아니면 제 욕심만 차리는 자신이 부끄럽고 비참해서? 무슨 이유로 울었건 필도는 이해하지 못했다. 그에게 용서할 자격이 있는지 모르겠지만 용서할 수 없었다. 무석은, 그가 오랫동안 봐 왔고 알 만큼 안다고 생각했던 무석은 이런 사람이 아니었다. 이럴 수가 없었다. 저 삐삐 마르고 주근깨 가득한 어린 계집애 때문에 의협심 충만하고 의지가 강인했던 그의 존경하던 우상이 변질되었다. 고작 저런 계집애 때문에!

뿌득, 필도는 이가 부서져라 갈았다. 무석을 망쳐 놓고 송화를 절망에 빠뜨린 계집애를 필도는 무석 이상으로 용서할 수 없었다. 멀어져 가는 무석과 그 옆에 찰싹 달라붙은 계집애를 바라보는 필도의 눈에 다시금 불길이 격렬하게 타올랐다. 분노가 이끄는 대로 그는 허리춤의 칼을 꼬나들고 그들의 뒤를 질풍처럼 쫓아갔다.

철컹!

금속이 맞부딪치는 소리가 얼굴을 돌린 비연의 바로 코앞에서 울려 나왔다. 양손으로 쥔 검을 내리치는 필도를 오른손 하나만으로 버티려니 한 발짝 밀려난 무석의 이마에 땀이 송골송골 맺혔다.

"필도야!"

"못 가, 무석이 형. 송화를 두고 이렇게 못 가."

"죽었다고 생각해라. 2년 전에 이미 죽었다고 생각해. 지금까지 그렇게 여겨 오지 않았니."

"살아 있는 걸 봤는데 어떻게! 차라리 진짜로 죽어!"

무석의 발이 그의 아랫배에 퍽 꽂히면서 필도가 고꾸라졌다. 나동그라져 얼음길 위에 미끄러지면서도 필도는 칼을 놓지 않았다. 그의 눈은 깊은 배신감과 절망에 절어 있었다. 울음이 뒤섞인 말들이 이빨 사이로 씹혀 나왔다.

"그 계집애 때문에 날 죽이겠다는 거야?"

"그냥 보내 달라는 거다. 난 너희들 옆에 돌아가지 못해. 돌아가지 않아!"

"그러니까 내가 못 가게 죽어라 말리면 날 죽이고라도 가겠다는 거잖아. 그 계집애랑 같이 가고 싶어서!"

"내가 어떻게……, 어떻게 널 해칠 수 있겠니……."

무석의 굵은 음성에도 울음이 섞였다. 그러나 이를 악물며 칼을 들어 그를 겨누는 무석을 보며 필도는 허탈하니 흥, 코웃음을 흘렸다. 썩었어. 무석이 형은 썩어 버린 거야. 이제 영영 예전으로 돌아올 수 없을 정도로 썩어 버린 거야. 그는 두 손으로 칼자루를 붙잡고 고함을 지르며 무석에게 전력을 다해 달려갔다.

"죽여서라도 송화에게 데려갈 테다!"

필도는 이 한 합이 자신의 죽음으로 직결되리라고 발을 떼기 전부터 직감하고 있었다. 그의 실력은 애초에 무석의 상대가 될 수 없었다. 무석이 그를 해칠 마음이 손톱만큼도 없음을 필도는 물론 알고 있었다. 하지만 등 뒤의 여자를 위해서는 무석에게 다른 선택이 없으리라. 그것은 필도에게도 마찬가지였다. 송화를 생각하면 그에게도 다른 선택이 없었다. 무석을 송화에게 데려다 주고 싶은 마음만이 필도의 심장을 가득 채웠다. 설사 살아 있는 무석이 아니더라도 그는 무석을 송화의 곁으로 보낼 작정이었다.

"으아아아아아!"

필도의 기합을 썩둑 벨 듯이 무석의 칼이 허공을 가르려는 순간이었다.

"필도!"

느닷없이 끼어든 한 여자의 비명 같은 고함 소리에 무석이 경직되었다. 그는 냇가의 저편 나무들 사이에서 뛰어나와 헐떡대는 여자를 보았다. 뺨과 코가 발갛게 얼어붙은 여자는 흰 입김을 굴뚝처럼 내뿜으며 두 눈을 크게 뜨고 있었다.

송화!

그녀를 알아본 무석이 휘청하더니 이내 쿵 쓰러졌다. 갈비뼈 사이를 파고들어 간 필도의 칼이 쓰러진 그의 몸뚱이에 더 깊숙이 박혔다. 아주 짧은 순간 적막이 흘렀다가 곧 깨졌다. 미끄러운 징검다리를 마구 뛰어 건너온 송화와 무석의 가슴 위에 무너져 그를 흔들어 대는 비연의 경악에 찬 날카로운 비명이 이른 아침의 평온한 공기를 요란하니 깨뜨렸던 것이다.

그러나 무석은 여전히 적막 속에 누운 기분이었다. 갑자기 시간이 천천히 흐르기 시작했다. 소리가 들리지 않는 가운데 송화가 울고 있었다. 정말 살아 있었구나. 무석은 눈물에 젖어 얼굴이 엉망이 된 그녀를 보며 안도했다. 미안하다. 그는 있는 힘을 다해 입술을 달싹이려 했다. 그의 입에서 소리가 났는지 안 났는지 무석은 알 수 없었다. 다만 입술조차 너무 무거워지고 있었다. 미안하다, 너를 버려서. 내가 마지막에 선택한 사람이 네가 아니어서. 나는 비연과 함께 가려고 해. 내가 아니면 이 세상에서 살아갈 수 없을 것 같은 사람, 비연과……. 그런데 네 모습이 보이질 않아……, 비연.

겨울잠을 자는 짐승처럼 그의 눈이 무겁게 감겨 왔다. 무석은 끝내 비연을 보지 못하고 짙은 어둠 속에 가라앉았다.

자신의 서재에서 서류들을 정리하던 송인은 벌컥 열리는 방문에 눈살을 찌푸렸다. 무례하게 들이닥친 사람은 왕전이었다.

다른 사람도 아니고 왕전이기에, 그의 미간 주름이 더 깊게 패었다. 방 주인에게 인사도 없이 의자에 털썩 앉아 한마디도 꺼내지 않은 채 탁자만 멀거니 보는 왕전과 마찬가지로, 송인 역시 입을 꾹 다물고 재빨리 서류들을 치웠다. 허수아비 대장 역할 외에 쓸모라곤 없는 인간이라 여기는 터라, 그는 이 우울한 낯빛의 아름다운 젊은이에게 살갑게 말을 붙여 줄 마음이 손톱만큼도 없었다. 그러나 손님은 손님. 게다가 왕의 처조카이며 유력한 미래의 왕이니 끝까지 나 몰라라 하며 제 일만 묵묵히 할 수도 없었다. 송인은 무시하는 태도를 걷어 내고 왕전의 맞은편에 앉아 얼굴색을 부드럽게 다듬었다.

"집에 직접 오시는 것은 곤란하다고 말해 둔 바 있습니다."

온화한 목소리였지만 적당히 눈치가 있는 사람이라면 단박에 느낄 수 있는 비난이었다. 어울려 다니는 것을 공공연히 드러내면 대의를 실현하는 데 막대한 지장이 있음을 뻔히 알면서 왜 대낮에 불쑥 찾아왔느냐, 혹 잊어버리고 이런 실수를 한 것이냐, 머리는 뒀다 뭣에 쓰느냐, 대강 이런 말들이 함축된 한마디였다. 그의 나무람을 수긍하는 듯 왕전이 고개를 작게 끄덕끄덕했다. 유순한 반응에 송인의 짜증이 조금 가라앉았다. 그의 목소리가 한결 상냥해졌다.

"그럼에도 찾아오신 것은 그만큼 중요하고 긴박한 일이기 때문이겠지요. 차를 내오라 하겠습니다. 잠시만 기다리시지요."

"그런 건 됐어."

왕전이 퉁명스레 입을 열었다. 화가 났다기보다는 초조한 기

색이 표정과 목소리에서 묻어났다. 속내를 숨기지 못하는 성격
답게 탁자 위에 얹은 손이 쉴 새 없이 꼼지락대며 비단보를 쥐
었다 놓았다 했다. 후, 가느다란 한숨과 함께 송인이 등을 뒤로
젖혀 의자에 완전히 몸을 기대고 왕전을 지그시 바라보았다.
무슨 말을 얼마나 하든지 끝까지 경청하겠다는 표현이었다. 상
대가 그렇게 나오자 왕전은 더욱 안절부절못하는 눈치였다.

"아마도 자네에겐 그렇게 중요하거나 긴박하게 여겨지지 않
을지도 몰라."

그렇다면 이런 식으로 찾아오지 말았어야지! 송인의 눈썹
하나가 삐딱하니 곤두섰다. 그러나 그는 미운 소리를 하는 대
신 인자한 아버지가 어린아이의 투정을 들어주듯 보살의 미소
를 머금었다. 용기를 얻은 왕전이 망설임을 조금씩 떨쳤다.

"내 아우에 대한 이야기야."

관심도가 부쩍 높아진 방증으로 송인의 몸이 갑자기 앞으로
기울었다. 근래 왕전이 아우의 곁에 바짝 붙어 맴돈다는 보고
를 받은 터였다. 크게 기대하지는 않지만 그래도 왕전이 무언
가를 건져 왔다면 머리라도 쓰다듬으며 칭찬해 줄 일이다. 세
자와 그의 근신들 사이를 벌려 놓기 위해 송인이 첫 목표물로
정한 사람이 바로 왕전의 아우, 왕린이니 말이다.

"내 아우 린과 현애택주의 사이가 심상치 않은 듯해."

"그건 수정후와 현애택주가 밀통한다는 말씀? 그것 참 믿기
어렵군요. 세자가 현애택주를 각별히 비호하는데, 세자의 둘도
없는 친우인 수정후와 택주가 남다른 관계라니……."

세자가 영인백의 딸을 탐내는 것이 분명하다던 무비의 직감을 송인은 강력히 믿고 있었다. 남녀 관계에 있어서 그녀만큼 직관력이 두드러진 사람도 드물 것이다. 눈앞의 멍청이가 어떤 근거로 얼굴에 잔뜩 먹구름을 드리웠는지, 왕전을 바라보는 그로서는 미심쩍기만 하다. 하지만 귀가 솔깃하여 더욱 몸이 앞으로 쏠리는 것을 송인 자신도 막을 수가 없었다.

송인의 불신 어린 눈길을 고스란히 받는 왕전의 손가락들이 춤추듯 탁자 위를 부지런히 두들겼다. 사실 어디서부터 설명해야 할지 그의 머릿속은 아직 정리가 제대로 되지 않은 상태였다. 이 모든 혼란은 그의 누이동생인 단에게서 시작되었다.

린에게 떠밀리다시피 간 세자비의 궁에서, 현애택주에게 집착하는 오빠를 나무라는 누이 때문에 왕전은 몹시 기분이 나빴다. 하필 그녀가 세자의 권위를 들먹여 그를 꾸짖은 게 화근이라면 화근이었다.

"제가 비가 되어 저하께서 황상께 죄를 빌었던 사실을 잊었습니까? 오라버니가 택주를 괴롭히면 그게 무엇보다도 저를 힘들게 하는 일이에요. 종친 간의 혼인을 엄금한다는 저하의 뜻을 세자비의 오라비가 앞장서서 꺾으려 하다니요?"

"저하의 뜻이면 비께서는 무엇이든 다 용납이 된단 말씀이십니까? 그래서 초야도 제대로 치르지 않고 소박 놓는 것까지 다 눈감아 주십니까?"

상대에 대한 배려보다 자기 기분에 취해 말을 왈칵 뱉어 놓고 뒤늦게 후회하고 미안해하는 그답게 왕전은 백지장처럼 하얘진 누이의 안색에 아차 하였다. 취중 송인에게 들었던 은밀한 이야기를 이렇게 쉽사리 털어놓다니, 스스로의 가벼움이 미워 죽을 지경이었다. 여인으로서 지키고픈 자존심을 뭉개 버렸으니 아무리 심성이 어진 누이라도 척지고 살자 할 것 같았다.

혀를 다스리지 못하는 사람이 실수에 대처하는 방법은 두 가지. 죽은 척 침묵하여 시치미를 떼든가 다른 입방정으로 앞의 실수를 덮는 것이다. 왕전은 두 번째 방법을 택했다. 머릿속에 떠오르는 말을 묻어 두지 못하는 본능에 따른 것이기도 하지만 창백한 얼굴로 말을 잊은 누이를 보니 송인의 정보가 결국 사실이라, 누이를 냉대한 세자에 대한 분노가 다혈질인 그의 피를 끓게 만들었기 때문이다.

"세상에서 가장 다정한 지아비인 척 겉으로는 비마노라를 아끼고 사랑하는 시늉을 하고선 종실 출신의 비를 놔두고 황족도 아닌, 출신도 모호한 계집에게 덜컥 아이를 얻다니, 저하만큼 위선적인 사람도 없습니다. 거기다 비마노라를 소박 놓는 것도 모자라 제가 마음에 둔 여인마저 넘봐 파담하도록 강요까지 하니 우리 집안과 고려 왕실을 능멸하는 처사가 아니고 무엇입니까?"

"마음에 둔 여인을 넘보다니, 현애택주를 두고 하는 말인가요?"

"달리 누구겠습니까? 택주에게 품은 음흉한 마음을 숨기고자 제 혼사까지 막았으니, 저하께선 저와 우리 집안을 친족이 아니라 원수로 생각하시는 모양입니다. 악연이야 공주와 고모님 때부터 이미 시작된 거지만 말입니다."

"오라버니는 잘못 알고 있습니다. 현애택주 때문에 저하를 원망하신다면 그건 오해라고 제가 분명히 말할 수 있어요."

단이 힘없이 고개를 가로저었다. 곧 쓰러질 것처럼 파리한 누이가 끝까지 세자를 옹호하자 왕전은 더욱 뿔이 났다.

"대도로 떠나기 불과 며칠 전에 택주를 보려 복전장까지 잠행한 저하입니다. 거기서 마주친 저를 파리 쫓아내듯 내치셨지요. 처남을 대하는 눈이 아니라 연적을 대하는 눈이었습니다."

"입조하기 직전에 복전장에 가셨었다고요? 저하께서?"

누이의 눈이 흔들렸다. 남편의 밀행이 뜻밖이라 당황했구나. 지레짐작한 왕전이 한차례 더 밀어붙였다.

"그렇게 저를 현애택주에게서 억지로 떼어 놓으시고 저하께서는 남몰래 복전장과 왕경을 오갔던 겁니다. 황상의 명으로 종실에서 더 이상 비를 얻지 못하니 아예 혼인을 못 하도록 명을 내린 게 아니고 뭡니까?"

"저하 혼자서? 린 오라버니와 함께가 아니라?"

"린이 거기서 왜 나옵니까? 아무리 떨어져 못 사는 친우라 해도 여인을 몰래 만나러 갈 때까지 데려가겠습니까?"

"하지만 택주는 린 오라버니의⋯⋯."

왕전의 귀가 번쩍 뜨이는 순간, 단이 소스라치며 소매를 들어 황급히 입을 막았다. 현애택주와 린, 눈에 띄게 당황하는 누이. 잔눈치가 밝지 못한 왕전이었지만 가슴속을 스치는 직관적인 느낌이란 게 있었다. 생략된 누이의 뒷말은 무엇일까? '정인' 이외의 다른 말이 있을 수 있을까? 속이 뒤틀린 왕전은 한사코 그의 시선을 피하려는 누이에게 얼굴을 들이댔다.

"사실입니까?"

다짜고짜 묻는 오빠 앞에서 단은 침착함을 잃었다. 그럴싸하게 둘러대지 못하고 그녀는 허둥지둥 말을 더듬었다.

"무, 무엇을 묻는 것인지……."

"린과 택주가 정말로 그렇고 그런 관계인가 여쭙는 것입니다. 비마노라께서 저를 불러올리기 위해 복전장에 다른 이도 아닌 린을 보내신 이유는, 지금 미처 다 못 하신 말씀과 관련이 있겠지요. 사실입니까?"

"오라버니께서 무슨 말씀을 하시는지 도통 못 알아듣겠습니다."

"그럼 에두르지 않고 여쭙겠습니다. 저는 지금, 린과 현애택주가 밀통하는 것이 사실인지 묻는 것입니다. 두 사람이 서로 사랑한다면 당장 복전장에 발을 끊겠습니다."

"그 말, 진심입니까, 오라버니?"

완벽한 긍정의 대답이었다. 구구절절 설명이 필요 없었다. 전화위복이라 생각한 것일까. 자신의 말실수가 오히려 좋은 결과를 가져온 줄 착각한 단의 얼굴에 퍼지는 안도감이 왕전의 뒤집힌 속을 거세게 휘저었다. 그러나 누이보다 아주 조금 더 교활한 그는 폭발할 것 같은 분노를 누르고 힘겹게 미소를 지었다.

"여자 하나를 놓고 아우와 다투는 졸렬한 인간이 되고 싶지 않습니다, 저는."

"아아, 그렇다면 정말 안심입니다. 그동안 택주를 포기하지 못하던 오라버니 때문에 가슴을 많이 졸였습니다. 린 오라버니는 아니라고 했지만 두 사람은 서로 깊이 연모하는 게 틀림없습니다. 다른 사람이 볼 때는 밀통이겠지만 제 눈에는 애틋하고 안타까운 인연입니다. 종친 간의 금혼만 아니라면 몰래 만날 일도 없었을 것 아닙니까. 다른 이들은 몰라도 우리는 형제니 린 오라버니를 감싸 주었으면 좋겠습니다."

"그렇습니다. 그렇고말고요."

왕전은 멍한 상태에서 나오는 대로 대답했다. 그의 머릿속에는 복전장에 찾아왔던 린을 보고 얼이 빠졌던 산의 표정이 선명하니 떠올랐다가 점점 희미하게 지워져 가고 있었다. 머릿속이 텅 비어 흰 종이처럼 되어 버린 왕전은 이어지는 누이의 충고에 건성으로 대답하다가 자리에서 일어섰다. 그 후로 어떻게 누이의 궁을 나섰는지 기억이 나지 않을 정도로 그는 호되게 충격을 받았다. 한동안 그는 자신의 방에서 나오지 못하고 끙끙 앓았다.

왕전의 이야기를 잠자코 듣고 있던 송인이 입을 열었다.

"하지만 공은 세자비마노라의 말씀을 믿지 못하셨군요."

"……세자면 몰라도 린이, 다른 사람도 아니고 내 아우가 세자의 금령을 어기고 정인을 찾다니, 그럴 수 있다고 생각하지 않아. 나뿐 아니라 린을 아는 누구나 그렇게 생각할 거야."

"그래서 수정후의 뒤를 따라다니셨습니까? 현애택주와 밀통하는지 어떤지를 확인하려고?"

왕전이 얼굴을 살짝 붉혔다. 제가 생각하기에도 좀스럽다고 여겼는지 그는 얼른 대꾸를 못 했다. 송인은 작은 비웃음을 입속으로 삼켰다. 이 질투 많은 심약한 젊은이가 동생의 연애 행각을 숨어 지켜보며 가슴앓이하는 장면을 떠올리니 웃음이 터져 나올 것 같았다.

"그래, 수정후와 현애택주의 심상치 않은 관계를 기어이 확인하셨습니까? 두 사람이 한밤중에 은밀히 복전장에서 만나던가요?"

"아니, 전혀."

왕전이 우울한 얼굴로 잘라 말했다.

"그 앤 복전장 쪽으로 눈길 한 번 주지 않았어. 깨어 있는 내내 세자의 낭장들과 함께 지방을 돌면서 민심을 살피고 청원을 받는 일만 했지. 잠깐 짬이 나더라도 책을 읽거나 검술이니 사예니 수련할 뿐, 기루에 목을 축이러 가는 일조차 없더군. 두 달을 쫓아다녔지만 한결같았지."

"호오, 덕분에 공께서도 금욕하여 청정하니 지냈겠습니다그려."

"우리 형제는 원래부터 기루의 하찮은 계집들 따위에겐 흥미 없어!"

발끈하는 왕전에게 송인이 어깨를 으쓱해 보였다. 그렇게 취향이 닮아 좋아하는 여자까지 같으시구려. 비꼬고 싶은 욕구를 감추며 그는 천연하니 영문을 모르겠다는 듯 물었다.

"그렇다면 비마노라께서 잘못 알고 계신 것이 아닌지? 저하께서 수정후를 아끼는 마음이 지극한데 굳이 현애택주와 혼인하지 못하도록 막으셨을 리가 없지 않습니까."

"나도 그렇게 생각했어. 두 달 동안 아우를 지켜보며 그렇게 생각했었다고."

왕전이 지그시 입술을 깨물었다. 아무리 관찰해도 아우에게서 흠잡을 만한 행동을 찾아내지 못한 그는 누이가 뭔가 착각하고 있다는 결론을 내리지 않을 수 없었다. '린 오라버니는 아니라고 했지만'이라고 그녀가 한 말로 미루어 보더라도 감성적인 젊은 여인의 상상이 빚어낸 착각임을 짐작할 수 있었다.

상대가 그의 열등감을 자극해 왔던 린과 그의 혼백을 앗아간 산이었기에 잠시 분별력을 잃을 정도로 놀라고 얼떨했지만, 곰곰이 따져 보면 앞뒤가 맞지 않았던 것이다. 무엇보다도 동생과 그녀가 만날 접점이란 것이 없었다. 여러 달의 조바심 끝에 간신히 숨을 돌린 왕전은 단에게 한 맹세를 홀가분하게 뒤집고 복전장에 갔다. 다른 사람이 보면 세자의 금령에 대한 반항이지만 그 자신에게는 누이의 말마따나 애틋하고 안타까운 인연이니까. 거기에서 그를 맞이한 말더듬이 사내만 아니었더라면 그가 이렇게 근심스런 낯을 하고 송인을 찾아올 일이 없었을 것이다.

"태, 택주님은 자, 자, 잠시 외출을 하, 하, 하셨거든요."

척 보기에도 그를 꺼리는 구질구질한 사내의 더듬거리는 말투에 왕전은 불현듯 지난번 복전장에서 머물 때 우연히 들었던 이야기를 상기했다. 삼별초. 분명 그 반역의 무리를 언급한 목소리는 이 말더듬이의 것이었다. 그 당시엔 조용히 흘려보냈던 이름이지만 그건 순전히 산의 안전을 생각해서였다. 사실이든 아니든 그 이름과 연루되어 곤란해지는 사람은 그 농장의 주인인 산이니 말이다.

혼자서 들은 것도 아니고 세자의 수하와 함께 들었기에 왕전은 몹시 불안하고 껄끄러웠지만, 이후 아무 일도 없었던 것을 보면 그 낭장도 조용히 흘려보냈음에 틀림없다. 그래서 잊어버리자 했었고 누이의 말에 받은 충격이 워낙 커서 정말 잊어버렸다. 어쨌든 그 얘기가, 말더듬이의 더듬대는 몇 마디를 듣자 갑자기 생각났던 것이다. 어째서 산이 삼별초의 잔당을 복전장에 살게 했을까? 지극히 당연한 의문이 그때서야 일었다.

'삼별초. 무인들의 졸개로 왕실에 반기를 든 역자들인 동시에 몽골과 끝까지 맞싸운 자들이다. 현애택주가 이들을 거두어 보살필 이유가 있다면 그 두 가지 중 하나나 둘 모두가 아니겠는가.'

사랑하는 여인이 자신과 같은 뜻을 품은 동지가 아닐까 왕전의 가슴이 두근거렸다. 그녀는 현재 세자가 두각을 나타내는 왕실을 싫어하거나 몽골에 대한 적개심을 가지고 있는지도 모른다. 그녀의 아버지가 교육을 잘 시켰다면 가능성이 없는 일도 아니지 않는가. 그는 당장이라도 그녀를 찾아 삼별초의 잔당에 관해 묻고 싶었지만 너무 성급히 굴면 그녀의 경계심을 살 것 같아 꾹 참았다.

'먼저 복전장에 등재된 사람들과 실제 거주하는 자들을 은밀히 조사해 보아야겠다.'

산에게 빼도 박도 못할 증거를 들이대며 그녀를 압박할 생각에 읍사邑司*를 찾아가는 왕전의 발걸음이 가벼웠다. 역도의 잔당을 거둔 이유가 그가 짐작한 것과 전혀 다른 것이라 해도 복전장에 그 무리가 있다는 증거만 갖춘다면 더 이상 그녀가 그를 무시하지 못할 강력한 무기가 될 것이다. 이 일을 함구불언하는 조건으로 그는 그녀를 차지할 수 있을지도 몰랐다.

'지난번 들었을 때 왜 그 생각을 미처 못 했느냐 말이지!'

나는 당신이 삼별초의 잔당을 숨기고 있다는 사실을 알고 있소! 근엄하니 한마디 하면, 무엇이든 시키는 대로 할 테니 제발 비밀로 해 주세요! 그녀가 대답할 것 같은 달콤한 상상이, 그가 호장戶長**을 만나 호적대장을 보여 달라고 할 때까지 계속되었다. 세심히 복전장의 호적을 살핀 왕전은 왠지 불안스레 할끔할끔 그를 할기던 호장에게 그전의 대장을 보이라 요구했다.

"예, 예?"

눈에 띄게 당황하는 호장의 반응에 '옳거니!' 기세 등등해진 그는 무릎을 치며 환호했다. 미적대는 호장에게 눈을 부라리며

---

* 고을의 사무를 처리하던 향리 조직.

** 읍사의 우두머리.

을러 그전의 호적들까지 훑어본 왕전은 미심쩍은 구석을 찾았다. 보통 호적은 식년式年*에 갱신되는데, 신묘辛卯년의 대장에 올라와 있는 인원 중 많은 수가 무자戊子년의 대장에는 누락되어 있었던 것이다. 왕전은 거세게 추궁한 결과 호적이 위조되었다는 호장의 자백을 얻었다.

달콤한 상상이 곧 현실이 될 것 같은 기쁨에 그는 흐뭇하니 웃었다. 무엇이든 시키는 대로 하겠다는 산의 애원이 귓가에 맴도는 듯했다. 그러나 자백에 이은 호장의 변명이 그의 환상을 박살냈다.

"제가 하고 싶어 한 것이 아니라 수정후께서 시키신 일이라……."

왕전은 그만 들고 있던 호적대장을 떨어뜨렸다. 린이 복전장의 호적을 위조했다? 머리를 세게 맞은 기분이었다. 린이 역적의 무리가 산의 치마폭에 숨도록 돕다니 왜, 어째서, 그리고 누구를 위해? 혼란스런 머리를 감싸며 왕전은 산에게 달려가 반역의 증거를 들이미는 대신 개경으로 올라와 그대로 송인의 집으로 향했다.

곤혹스런 표정으로 이야기를 마친 왕전을 보며 송인의 입이 벌어졌다. 마음 같아선 왕전의 머리통을 쓰다듬어 주고 싶다. 기대하지 않은 사람이 종종 큰 기쁨을 가져다주는 법. 그의 멍

---

* 자子, 묘卯, 오午, 유酉의 간지가 들어 있는 해로 3년마다 한 번씩 돌아옴.

청한 허수아비가 이런 공을 세울 줄 누가 알았겠는가? 무비조차 해내지 못한 일을 왕전이 해내다니! 송인의 입에서 웃음이 저절로 새어 나왔다.

"현애택주가 별초군의 떨거지를 거두고 수정후가 그걸 감싼 거군요. 두 사람 모두 대역죄를 면치 못할 것입니다. 세자에게 타격을 주는 데 큰 도움이 되겠습니다. 하하하!"

영인백의 딸을 인질로 삼아 감히 그를 겁박하려던 유심의 잔당이 이렇게 쓸모 있게 될 줄이야. 송인이 회심의 미소를 머금었다.

'다른 곳도 아니고 현애택주의 복전장에 숨어 있었구나. 그것 참 공교로운 일이다!'

흡족한 그와 마주한 왕전이 침울하니 미간을 찌푸렸다.

"세자의 세력을 축소하기 위해서 내 아우와 현애택주에게 반역죄를 씌우겠다는 것인가?"

"이 모든 사실을 공이 제게 밝히신 이유가 그를 위함이 아닙니까?"

"아니! 택주나 내 아우가 반역죄로 참수당하는 것을 보려고 자네에게 털어놓은 게 아니야."

"공이 이제껏 복전장에 숨은 역도에 대해 함구한 것은 순전히 현애택주의 안위를 위해서였겠지요? 하지만 택주의 마음이 다른 남자에게 있는 걸 안 이상 그녀를 옹호할 이유가 어디 있습니까. 더구나 그 남자가 그토록 얄미워하던 아우님인데 아직도 택주에게 둔 미련을 접지 못하십니까? 세자와 그의 심복, 공을 받아 주지 않은 매정한 여인에게 동시에 앙갚음을 할 수 있는데도?"

"하지만 만일 린이나 택주가 겉으로는 세자에게 충성하는 척하면서 기실 반심을 품고 있다면……."

그럴 리가 없지. 송인은 지그시 눈을 감았다. 왕린을 제거할 디딤돌이 되어 줄 삼별초의 잔당은 얼마 전까지만 해도 그의 수하였다. 반역과 호적 위조라는 중죄를 감수하면서 현애택주가 그들을 받아들인 것은 미륵자존이라 불릴 만큼 깊은 그녀의 동정심 때문일 것이다. 왕린이 지나치리만큼 적극적으로 그녀를 도운 것이 연심에서 비롯됐다면, 신뢰로 단단히 결속된 듯 보이는 세자와 왕린 사이에 미세한 틈이 있을지도 모른다.

송인은 세자가 택주에게 농도 짙은 호감이 있다는 무비의 판단을 여전히 신중하게 고려하고 있었다. 어쩌면 그가 시도하려던 계획보다 일이 술술 풀릴지도 모른다.

'세자가 현애택주를 어떻게 생각하고 있는지만 알면 돼. 정말 그녀에게 끌렸다면 왕린의 제거는 세자 본인에게 맡길 수 있다. 그야말로 손대지 않고 코 푸는 격이지.'

송인의 머릿속에 장기판이 그려졌다. 세자, 왕린, 현애택주, 그리고 앞에 앉은 왕전. 그 자신을 제외한 모두가 그의 장기짝에 불과했다. 내가 죽으라면 죽는 거고 살라면 사는 거야! 한결 여유로운 마음으로 송인은 살포시 눈을 떴다. 수심에 찬 눈으로 왕전이 그의 한마디를 기다리고 있었다.

'여자에 대한 미련을 못 버렸군.'

송인은 사랑에 눈이 먼 젊은이를 몰아붙이고 싶지 않았다. 격정에 흔들리는 미숙한 청년이란 뜻밖의 자극을 받으면 어디로 튈지 모르는 불안한 존재니 말이다. 이 허술한 위인의 입을 다물게 할 미끼가 필요해. 송인이 옅게 미소했다.

"택주가 지금처럼 세자의 보호 아래 있는 한, 공은 결코 그녀를 차지할 수 없습니다. 하지만 그녀가 현애택주의 지위를 잃고 이 세상에 존재하지 않는 사람이 되면 얘기가 달라지죠. 저는 그녀가 죽임을 당하기 전에 빼돌려 공의 품에 안겨 드릴 수 있습니다. 구미가 당기시는지요?"

꿀꺽, 왕전이 크게 침을 삼켰다. 송인의 바늘에 걸려든 것이다. 그런데 마음에 쏙 드는 미끼를 덥석 물려던 왕전이 잠시 주춤했다.

"그럼 린은……, 내 아우는 어찌 되는가?"

이제 와서 애틋한 형제애를 운운하다니! 송인은 과단성이라곤 조금도 없는 젊은이를 딱하게 쳐다보았다. 평소에는 못 잡아먹어서 이를 갈더니 연적이 된 지금에 와서 동생을 걱정하는 걸 보니 왕전은 송인으로선 선뜻 이해하지 못할 감성의 소유자다. 그런데 아까처럼 짜증이 솟구치기는커녕 조금 귀엽게 보였다. 바보지만 그래서 정감이 간다고나 할까. 송인은 이번에도 왕전을 달랬다.

"수정후는 세자가 맡게 되겠지요. 이제껏 쌓아 온 그 둘의 관계를 본다면 수정후를 죽게 놔둘 세자가 아닙니다."

"그, 그럴까?"

정감은 가지만 바보는 역시 바보일 뿐. 송인은 웃으며 고개를 까딱였다. 목적은 세자가 왕린을 죽게 놔두는 것, 그리고 왕린과 같은 열성적인 세자파를 왕린과 엮어 골로 보내는 것이다. 그럼으로써 세자의 측근들로 하여금 그들의 주군을 온전히 믿고 의지하지 못하게 만드는 것이다.

'왕린 같은 철저한 세자파가 제거되면 나머지는 우리 쪽이 흡수할 수 있다. 천천히, 천천히. 화초에게서 물과 양분을 빼앗듯 사람을 뺏으며 세자를 고사시키고 조정을 내 사람들로 채울 것이다.'

송인이 홀가분하니 일어났다.

"그럼 이제 차를 드실까요? 제가 점다한 차가 어떤지 맛을 좀 보시렵니까?"

"그래, 할 말은 다 한 것 같군."

왕전의 표정도 들어올 때와 사뭇 달랐다. 불안감이 완전히 사라진 건 아니지만 송인의 자신감이 전염된 듯 그의 마음도 한결 편안했다.

'역시 송인을 찾아오길 잘했어!'

잘생긴 얼굴을 구겨 놓았던 주름을 편 왕전과 그를 흘끗 보고 피식 실소한 송인의 평화로운 시간은 차 한 잔 마실 여유도 남기지 않고 사라졌다. 우당탕 거칠게 열린 문짝이 두 남자의 눈살을 동시에 찌푸리게 했던 것이다. 오늘따라 허락도 없이 문을 박차고 들어오는 무뢰한이 왜 이리 많아! 송인은 헐떡이며 들어오는 송방영의 팔을 붙잡았다. 왕전과 달리 사촌 형이

다급히 구는 것은 정말 중대한 일이 터졌다는 신호였다.

"형님답지 않게 이게 무슨 경거망동입니까. 귀한 손님 앞에서."

"아, 서흥후께서⋯⋯."

째긋거리는 송인의 눈치를 받고서야 왕전의 존재를 깨달은 송방영이 엉거주춤 굳었다. 영문을 모르는 왕전이 순진한 눈을 깜빡였다. 본인이 그들의 총수라고 굳게 믿는 왕전으로서는 송인과 송방영이 그에게 감추는 것이 있으리라고 의심하지 않았다. 그는 우두머리답게 느긋한 태도로 물었다.

"무슨 큰일이라도?"

"아니올시다. 사실은⋯⋯."

요리조리 눈알을 굴려 핑곗거리를 찾던 송방영을 송인이 나서서 도왔다.

"제가 사직할 뜻을 비쳐 종형이 전해 듣고 놀란 모양입니다."

사촌 아우의 말에 송방영은 정말 놀랐다. 왜 하필 지금 이 시기에! 그는 부르짖고 싶었지만 왕전의 앞이라 놀란 시늉도 못 하고 어색하니 허허 웃어 보일 따름이었다.

"그, 그러게⋯⋯, 어째서 갑자기 자리를 내놓고 사인土人으로 돌아간단 말인가? 지금 궁의 형편이 가뜩이나 어수선한데⋯⋯."

"나도 처음 듣는 말인데, 갑자기 무슨 뚱딴지같은 소린가?"

함께 있던 내내 송인에게서 별다른 낌새를 느낀 적이 없던 왕전도 어리둥절하였다. 송인만이 줄곧 여유롭고 침착했다.

"세자가 환국을 한답니다. 들으셨겠지요? 그 세자가 절더러 만나자고 밀사를 보냈습니다."

"그래서 세자를 만나겠다고?"

왕전과 송방영이 합창이나 하듯 입을 모았다. 송인의 입가에 비웃음이 미미하니 걸렸다. 실질적인 우두머리인 그의 속내 깊은 곳을 단순한 이들은 짐작조차 못 하는 것이다.

"호랑이를 잡으려면 그 굴에 들어가야지요. 하물며 호랑이가 직접 불러 주는데 마다할 이유가 없지요."

"그렇다고 사직까지 하면 되겠는가? 세자를 만나더라도 주상과 멀어지지는 말아야지."

의젓하니 충고하는 왕전에게 송인은 가볍게 웃어 주었다.

"그것도 일종의 책략이랍니다. 차차 아시게 되리다."

"조금 미루면 안 될까? 아까도 말했듯 궁이 좀 어수선해. 낭장 이곤이 궁인 무비와 사통하여……."

"이곤?"

송방영이 조심스레 본론을 꺼냄과 동시에 송인의 웃음기가 가셨다. 날카롭게 빛나는 눈에 광기마저 번득인 것 같아, 송방영은 사촌 동생을 보며 흠칫했다.

"낭장 이곤이라면 장순룡의 사위가 아닌가!"

왕전이 눈치 없이 아는 체를 했다.

"그놈이 장인의 위세를 믿고 간덩이가 부었구나. 무비라면 성상께서 끔찍이 아끼시는 아인데 그걸 건드렸단 말이냐? 그 계집도 장소를 불문하고 색기를 뚝뚝 흘리며 사내들을 호리더니 결국 성상을 배반하고 다른 놈에게 몸을 맡겼군. 더러운 계집이로다."

송인의 눈길이 불화살을 쏘듯 왕전에게 꽂혔다. 그 더러운 계집이 조정에 우리 사람들을 심어 주고 있소이다! 그는 속으로 일갈을 삼켰다. 그러나 그의 눈에서 왕전 따위는 곧 사라졌다. 그의 내부를 죄다 살라 먹으려는 불길이 맹렬하게 타올랐기 때문이다. 자신의 계획을 망가뜨린 가증스런 남녀에 대한 분노가 촉발한 불길이었다. 하지만 그 불길에 기름을 퍼부은 것은, 도무지 믿을 수 없는 그녀의 배신이었다.

'부용이 나를 두고 왕이 아닌 다른 남자와 몸을 섞다니, 있을 수 없는 일이다! 절대로!'

우둑우둑 관절이 죄다 튀어나오도록 움켜쥔 송인의 주먹이 경련을 일으켰다.

"자세히 말을 해 보시오."

"어? 어, 그러니까……."

송인의 상태를 잘 파악하고 있는 송방영이 식은땀을 흘렸다. 옥부용이 입궁한 후 사촌 동생의 광기를 여러 번 보았던 그는, 송인이 오히려 담담하니 묻자 더욱 두려웠다. 그나마 왕전이 함께 있어 다행이라는 생각이 들었다. 아예 왕전이 있는 자리에서 몽땅 이야기하자는 마음에 송방영은 지금 막 궁에서 듣고 온 따끈한 소식을 전하기 시작했다.

"성상께서 정무를 보는 사이 낭장 이곤이 무비의 전각에 몰래 숨어들어 추잡한 짓을 벌이는 것이 원성전元成殿의 여관에게 발각되었다네. 이곤은 그 자리에서 잡혀 들어갔고, 무비는 그녀의 방에 감금된 상태지."

"원성전의 궁인이? 공주가 무비의 전각을 감시하고 있었다는 말입니까?"

"그래서 무비는 자신이 함정에 빠졌다고 주장하는 중일세. 공주의 명령으로 이곤이 자신을 겁탈한 거라고 말이지. 이번 사건이 공주와 그 측근들의 음모라고 주장하고 있어."

"이곤은? 그놈은 뭐라고 한답니까?"

"이미 강화에서부터 정을 통한 사이라고 말했다는군. 강요한 적도 없고 무비 쪽에서 먼저 유혹했다고 말하는 모양이야. 한두 번 만난 것이 아니니 겁탈은 말도 안 된다고 길길이 뛰고 있다고 해."

송인의 이마에서 핏줄이 빠직 불거져 나왔다. 그의 인내심이 한계점에 다다른 신호였다. 송인의 변화를 알지 못하는 왕전이 으쓱하여 대뜸 판결을 내렸다.

"두 연놈이 눈이 맞아 붙어먹을 때는 언제고 지금에 와서 서로 책임을 전가하려 물고 뜯는군. 금수만도 못한 것들. 그래 봤자 둘 다 목이 떨어져 나갈 것을."

왕전의 말에 송방영이 새파래져 안절부절못했지만 송인은 의외로 냉정했다. 그가 왕전을 돌아보며 고개를 끄덕였다.

"서홍후의 말씀이 맞습니다. 감히 주상을 능멸하였으니 목숨 이외에는 속죄할 길이 없지요."

서로 다른 의미로 싱긋 웃는 두 사람을 보며 송방영은 모골이 송연해지는 공포를 느끼지 않을 수 없었다. 왕전은 못 보는 것이다. 얼음처럼 냉혹하게 웃는 사촌 동생에게서 뿜어 나오는 광기를. 그의 분별력과 판단력을 활활 태우고 마비시켜 버리는 거센 분노의 불꽃을. 겉으로 드러난 얼음이 단단해 보일수록 그 안은 다 녹아 문드러져 형체를 잃어 가는 것을. 송방영의 눈에는 사촌 동생이 위태롭기만 했다.

　그녀는 눈길을 피하지 않았다. 풀이 죽어 있지도 않았다. 짙고 긴 눈가엔 마른 눈물 자국조차 없었다. 통통하니 살이 오른 새빨간 입술이 그리는 미소는 사내들의 눈길을 사로잡는 요부의 것이다. 감금된 상태에서도 당당한 무비와 마주 앉은 송인은, 그녀보다 더 빨리 흥분하는 추태를 보일까 봐 되레 긴장했다. 그녀에게 왕명을 전달하는 승지로 온 만큼 소임은 일단 마무리해야 했다.

　"낭장 이곤은 죽어 마땅하나 그의 장인 부지밀직사사副知密直司事의 탄원이 있어 섬으로 유배를 보내고, 궁인 무비는 당분간 근신할 것을 명하셨소. 이처럼 지극히 관대한 처분이 전하의 높으신 은혜에서 비롯한 것임을 잊지 말고 몸가짐을 삼가시오."

　"제 머리가 여기에 그대로 붙어 있어 실망하셨나요, 아니면 안심하셨나요?"

　무비가 길게 다듬은 손톱으로 제 목을 삭 그어 보였다. 나긋하니 길게 끌리는 목소리에 묻어나는 자신감이 송인으로 하여금 이를 악물게 했다. 그녀는 그를 의도적으로 자극하고 있었다. 부리는 자가 머리 위에 올라서는 꼴을 절대 봐줄 수 없는 그의 엄격한 목소리가 터져 나왔다.

"분명히 말했었다. 제멋대로 행동하여 날 거스른다면 가장 비참하게 버려 주겠다고!"

"어머나? 저는 나리께서 원하시는 대로 했습니다."

"무슨 헛소리를 지껄이는 거야. 왕의 마음을 잡으라고 했지 다른 사내를 침상에 끌어들이란 적이 없어, 나는!"

"저는 누구보다도 확실하게 왕의 마음을 잡았습니다. 제가 무엇을 하든, 누구와 놀아나든 왕은 저를 버릴 수가 없어요. 지금 제 목이 무사한 것이 그 증거가 아닌가요? 전하께선 곧 이 감금을 풀고 환국하는 세자의 마중을 핑계 삼아 떠나는 사냥에 저를 대동하실 겁니다. 무비가 아닌 여자에게 볼일이 없다고 하셨지요? 나리께서 어떤 계집을 데려다 키우신대도 저만한 무비는 결코 만들지 못하실 거예요. 제가 바로 나리가 원하시는 무비입니다. 왕이 절대 버리지 못하는 무비!"

"그래서 넌 이곤을 꾀어 들여 다리를 벌렸느냐! 그걸 내게 가르쳐 주기 위해?"

송인의 두 손바닥이 탁자를 세게 내리찍었다. 당장이라도 그녀에게 달려들어 목을 조르고 싶은 충동을 참느라, 그는 열 손가락 끝이 죄다 희게 질리도록 힘을 주었다. 먼저 흥분한 쪽이 지는 법. 무비가 승자답게 코웃음 치는 여유를 보였다.

"뀐 것이 아니라 겁탈이라니까요. 공주가 사주하자 장순룡의 사위가 월담하여 홀로 있던 저를 힘으로 차지했단 말입니다."

"그런 거짓말을 날더러 믿으라는 거냐? 나 송인에게, 네가 감히, 부용!"

"부용이 아닙니다, 무비예요!"

기어코 일어난 송인에게 지지 않고 발딱 일어나 마주 쏘아보며 그녀가 날카로이 응수했다.

"전하께서도 믿겠노라, 그리 말씀하신 무비의 말입니다. 진위야 어떻든 나리께서 진심으로 믿든 말든 무비가 그렇게 말했으니 그런 것입니다."

"하하. 그래, 무비님. 이곤 그놈이 갑자기 머리가 돌아 덤벼들었다 합시다. 하지만 이런 일이 또 생긴다면 그 어깨 위로 아무것도 남아 있지 않을 거요. 그러니 그 야릇한 향내를 풍기며 꼬리 치는 몸가짐을 조심하시오."

"이 향은 나리께서 제 몸에 입혀 주신 것입니다. 사내를 유혹하는 것도 나리의 가르침, 이것이 빠지면 무비는 무비가 아닐진대 제가 무엇을 어찌 조심하겠습니까. 이곤뿐 아니라 다른 작자들이 나리께서 만드신 무비에게 취하여 갑자기 머리가 돌아 덤벼들면 제가 무슨 수로 막아 낼 수 있겠습니까."

"그 말은……."

격노한 송인이 무비의 어깨를 부술 듯 꽉 움켜쥐었다.

"……왕 아닌 다른 사내를 또 끌어들이겠단 말이냐!"

"사내가 제대로 힘을 쓰면 저 따위를 쓰러뜨리는 일이 어렵겠습니까? 지금처럼 말입니다."

송인의 굵은 손가락들이 어깨와 위팔을 사정없이 파고드는 가운데 무비는 눈 한 번 깜짝하지 않았다. 악착같이 부릅뜬 눈이 사납게 빛났다. 그녀의 두 눈은 분명 독기로 가득 차 있었지만 그것은 원망이나 미움과는 거리가 멀었다. 마주 보는 송인의 눈동자가 어지러이 흔들렸다. 혼잣말처럼 흘러나온 그의 목소리가 잔뜩 쉬어 있었다.

"왜⋯⋯, 그놈이었지? 하필이면 그런 얼뜨기와, 왜?"

"그 얼뜨기가 무비를 탐냈으니까요. 나리는 밀어내 버린 무비를 그는 너무나 가지고 싶어 발가락 하나하나마다 입 맞추며 울었답니다."

"이 음탕한 계집! 네가 어떻게 다른 놈과⋯⋯. 나를 배신하고 어떻게!"

무비가 손을 들어 송인의 얼굴을 가만히 쓸었다. 수염이 가린 옴폭 패인 그의 뺨이 떨렸다.

"나리께는 더 이상 부용이 필요하지 않으니까요. 나리가 원하는 건 오직 무비일 따름. 무비는 그녀를 탐내는 사내들의 마음을 사로잡아 조종하지요. 왕에게 그러하듯."

"너는 내 것이다! 부용이든 무비든 내 것이야! 왕에게도 잠시 빌려 주었을 뿐 네 몸도, 마음도 모두 내 것이다. 물론 네 의지까지도!"

송인이 그녀의 몸을 휙 틀어 돌렸다. 그녀의 어깨에서 등으로 내려온 그의 커다란 손이 그대로 무비를 탁자 위로 내리눌렀다. 허리가 앞으로 푹 꺾여 상체를 탁자 위에 기대고 선 그녀가 반항하지 못하도록, 송인은 무비의 팔을 등 뒤로 비틀어 올려붙였다. 애초에 저항할 생각이 없었던 그녀는 어깨가 빠져나갈 듯 몹시 아팠지만 앓는 소리를 내지 않았다. 그녀가 바라던 대로 그가 '머리가 돌아 덤벼든' 참이라, 이렇게 세게 팔을 비틀린 것이 오히려 기쁠 정도였다.

그러나 무비는 다음 순간 작게나마 '악!' 하고 비명을 지르지 않을 수가 없었다. 송인이 너무나 거칠고 가혹하게 그녀를 공격했던 것이다. 이루 말할 수 없는 고통이 엄습했다. 그럼에도 무비는 괴롭지 않았다. 이것이야말로 겁탈에 가까웠지만 왕이나 이곤이 부드러이 어루만지는 것과는 비교도 할 수 없는 만족감이 그녀의 몸을 채웠다. 이 강렬한 고통이야말로 송인이 그만의 방식으로 사랑을 증명하는 것임을 무비는 알고 있었다. 냉담한 눈빛과 조소가 아닌, 재가 되는 것도 두려워하지 않는 듯 불타오르는 이 뜨거운 몸짓. 내내 참아 왔던 욕정과 질투가 아니라면 그것은 송인에게 가능하지 않았으리라.

'당신이야말로 내 거예요. 그 몸도, 마음도! 나 없이는 당신의 의지마저 길을 잃는다는 걸 똑똑히 알아 둬요!'

고통 속에서도 만족스런 웃음을 띤 그녀의 귀에 대고 송인이 쉰 목소리로 속삭였다.

"똑똑히 알아 둬. 이건 벌이다. 네 그릇된 행동에 대한 벌이야."

가빠진 그의 숨결이 몹시 뜨거웠다.

"넌 세 가지 잘못을 했어. 장순룡의 사위를 끌어들여 전하의 권위를 실추시킨 것이 첫째. 그 하찮은 놈을, 공주의 사속인의 사위란 이유로 죽이지 못한 왕의 체면은 이것으로 바닥을 쳤다. 우리에겐 아직 왕이 버티고 있어야 하는데 세자가 건방을 떨 이유를 하나 더 마련해 준 거야. 둘째, 넌 공주를 너무 몰아세웠어. 왕이 네게 푹 빠진 건 사실이지만 자만이 지나쳐. 공주의 아들이 왕에게 한 약속이 아니었다면 넌 이미 공주 손에 죽었을 거야. 그 여자가 이를 악물고 참고 있다는 걸 기억해! 참고 참다가 폭발하면 넌 이 세상 사람이 아니겠지. 혹여 공주가 제 분에 못 이겨 죽기라도 하면 그건 더 큰 재앙이야. 왕이 아직 왕으로 자리를 보전할 수 있는 건 아내가 황상의 딸이기 때문이야. 그녀가 없으면 왕은 황제의 외손자와 겨루어 내세울 게 없어진단 말이다. 내가 그리는 대로 조정이 안정되기 전까진 누구보다도 공주가 무사해야 해. 그리고 너도! 이 균형점을 깨뜨릴 뻔한 건 첫 번째 잘못보다 훨씬 커. 그리고 무엇보다도 세 번째……."

뜨거운 입김을 연방 그녀의 귀에 불어넣으며 그가 벌의 강도를 높였다. 가파른 숨을 내지르며 꾸지람을 마무리하는 그의 이마에 비 오듯 땀이 흘러내렸다.

"세 번째 가장 큰 잘못은, 바로 내가 이곤 같은 시시껄렁한 놈 때문에 평정을 잃었다는 거다. 내가, 바로 이 송인이! 내가 나답지 못하면 모든 게 끝장인 거야. 넌 세상에서 가장 무섭고 위험한 사람을 건드린 거야. 그러니 두 번 다시 그따위 짓은 안 돼!"

마지막은 거의 쥐어짜는 것 같은 목쉰 절규에 가까웠다. 그가 그녀의 위로 무너져 내리자 이 세상의 끝을 만난 듯 두 사람은 오랫동안 움직이지 않았다.

커다란 솥들이 흙길 위 여기저기 걸려 김을 푹푹 내뿜는 모습은 송인에게 익숙했다. 왕의 사냥이 끝나면 으레 보는 풍경이었고, 사냥 후 잡은 짐승들을 즉석에서 요리하여 잔치를 벌이는 왕을 따라다닌 적이 한두 번이 아니니 말이다. 다른 점이 있다면, 고기 냄새 대신 담백한 쌀죽 냄새가 훈훈하니 진동한다는 것과 고관들과 사냥꾼들이 서성이는 대신 남루한 옷차림의 깡마른 이들이 손에 손마다 그릇을 하나씩 쥐고 길게 줄지어 있는 것이다.

'아비는 사냥을 하는데 아들은 근처에서 빈민을 먹인다니 누군들 그 둘을 비교하지 않을 수 있으랴?'

송인은 슬그머니 입가에 냉소를 올렸다. 환국하는 아들을 마중한다는 핑계로 사냥에 나선 늙은 왕이 백성들의 원성을 사는 참에, 세자는 가까운 곳에 이동 막사를 치고 굶주린 자들을 모아 음식을 주고 탄원을 접수하며 인기를 얻는 중이었다.

'아마도 이걸 노리고 왕으로 하여금 마중 나오도록 수를 쓴 거렷다.'

여우처럼 교활한 세자의 계책에 송인은 혀를 내둘렀다. 환국하기 전, 세자는 장군 김연수金延壽를 보내 '연사年事*가 흉년

---

* 농사가 되어 가는 형편.

이 들었다 하는데 거가車駕*가 이르는 곳마다 받드는 경비가 막대할 것이오니, 원하옵건대 전하께서는 멀리 국경까지 마중 나오지 마시옵소서. 더구나 아버지는 아들에게 굽히실 필요가 없사옵니다.'라고 왕에게 전했다. 얼핏 마중이 필요 없다는 말처럼 들리지만 속뜻은 그 반대였다. 굳이 마중을 나오지 말라고 권할 만큼 원 황실을 등에 업은 세자의 권위가 부왕의 그것을 압도함을 보여 준 것이다.

멀리까지 나오지 말라고 했으니 가까운 곳까지는 나와서 맞아야 할 것이 아닌가. 그렇게 세자의 속뜻을 읽어 낸 왕은 무척 화를 냈지만 결국 마중을 나섰다. 마중을 나선 겸 사냥을 했고 사냥을 하면서 원성을 샀으니, 세자가 아버지에게 원한 것이 바로 이것일 터다. 그러면서 자기는 그 옆에서 온갖 예쁜 짓을 하여 미래의 성군이라는 찬사를 얻으니, 여우가 아니고 무엇이겠는가.

'이용당하는 줄도 모르고 놀아나는 왕이나 왕전 같은 작자들에 비하면 넘어가지 않으려고 아등바등하는 세자 쪽이 훨씬 재미날 테지.'

안내하는 낭장 장의를 따라 커다란 게르 안으로 들어서는 송인의 찬웃음이 흐뭇하니 온기를 띠었다. 세자가 소박한 나무 탁자 위에서 그림을 그리고 있었다. 게르 안에는 세자 한 사람뿐 원손을 낳았다는 이족異族의 세자비도, 그림자처럼 따라다니는 수정후 왕린도 보이지 않았다. 그나마 함께 들어왔던 장

---

* 임금이 타던 수레.

의도 훌쩍 나가, 송인은 세자와 단둘이 게르에 남게 되었다. 분명 사람이 드나드는 기척을 들었을 텐데도 세자는 고개를 들어 올리는 시늉조차 않고 거의 완성된 그림에 열중했다. 어쩌면 정말 화필을 놀리는 데 몰두하였는지도 모르지.

송인은 잠자코 서서 세자의 손끝을 따라 시선을 옮겼다. 화폭에는 대청에 앉아 금과 피리를 연주하는 소년 둘과 기둥에 기대어 눈을 지그시 감은 소년 하나, 모두 세 명의 미소년이 그려져 있었다. 한 명 한 명이 세밀하니 생동감 넘치게 그려져 화가의 뛰어난 솜씨에 송인이 저도 모르게 탄복할 정도였다.

'누군지 한눈에 알아볼 수 있을 정도로 실물과 흡사하게 그렸구나. 서화에 뛰어나다고 듣긴 했지만 실제로 보니 듣던 것보다 재주가 대단하다.'

금을 타는 소년은 짙은 눈썹에 길고도 서늘한 봉목, 석류처럼 붉은 입술과 그 입술의 한쪽 끝이 슬쩍 올라간 것까지 영락없는 세자 자신이었다. 기둥에 서 있는 소년은 청아한 얼굴뿐 아니라 허리에 찬 환도의 금과 상아로 장식한 칼자루까지 실물처럼 묘사한 것이, 그의 벗 왕린임에 틀림없었다. 나머지 하나는, 다른 두 소년도 그렇지만, 여자라 해도 무방할 만큼 미모가 뛰어났으나 누구인지 짐작할 수가 없었다. 아마도 금을 연주하는 자신과 감상하는 왕린만으로는 그림의 완성도가 떨어져 가상의 인물을 넣은 것이 아닌가 싶었다. 그렇지 않다면 세자에게 있어 왕린만큼이나 중요한 인물일 수도……. 그러고 보니 어딘지 눈에 익은 듯도 보여, 송인은 그림 속 세 번째 인물을 주의 깊게 들여다보았다.

"마음에 들어?"

불쑥 튀어나온 세자의 목소리가 그의 집중력을 흐트러뜨렸다. 번쩍 눈을 들어 세자를 보니 그는 여전히 그림에 채색을 하는 중이다.

"저하의 그림 앞에선 내로라하는 화공들이 부끄러워 고개를 들지 못하겠습니다."

"흐흥, 아첨에도 소질이 있군. 전해 듣기론 꽤나 꼿꼿한 듯싶더니."

"느낀 대로 말씀드렸을 뿐이니 아첨으로 들으셨다면 저하의 공교한 손끝을 탓하셔야겠습니다."

"과연 고분고분한 편은 아니군."

붓을 채판彩板에 내려놓으며 원이 긴 속눈썹을 올렸다. 의자에 등을 한껏 기대고 턱을 치켜든 그는, 앉으라는 말도 꺼내지 않은 채 깍지 낀 손을 배 위에 얹고 느른하니 송인을 관찰했다.

"……생김새도 평범하고."

탐미적인 세자의 취향을 이미 들어 알고는 있지만 송인은 적잖이 언짢았다. 그러나 이것도 그를 떠보기 위한 드레질이라 생각하면 받아 주지 못할 것도 없다. 송인이 잔잔히 웃었다.

"수정후 같은 사람을 내내 곁에 두시니 제 생김이 투박해 보일 수밖에요. 소열제昭烈帝*도 처음엔 방통龐統의 추한 몰골을

---

* 유비劉備. 촉한의 초대 황제.

꺼렸으나 결국 그 지혜를 빌렸습니다."

"네가 방통만 한 재사란 말이냐? 너무 우쭐하는 게 아니냐."

"겉모습보다 제 충의를 먼저 보아주십사 청하는 것입니다."

"그래서 넌 그 충의를 과시하려고 관직까지 내놓고 내게 온 것인가? 전前 우부승지 송인."

"아비가 중죄를 지어 쫓겨났는데 자식이 국록을 받으며 자리를 보전함이 외람되어 사직했을 뿐 다른 뜻은 없습니다."

송인이 다소곳이 고개를 숙였다. 마침 그의 아버지 송분이 여진과 쌀을 밀무역하여 동계東界의 안집사安集使로부터 탄핵을 당하여 파면된 즈음이었다. 그의 사직은 관직에 연연하지 않고 대의를 중시하는 선비의 면모를 보여 주기 좋은 구실이었다. 그런데 송인이 자랑을 하기도 전에 세자가 콕 집어낸 것이다. 세자가 얄밉게 말을 이었다.

"네 아비 분은, 강화로 천도한 조정 대신 왕경을 지키라 개경 유수로 삼아 준 주상의 뜻에 반해 왕경을 버리고 강화로 냉큼 도망친 겁쟁이였으나 선무장군宣武將軍 진변만호鎭邊萬戶가 되고 금패金牌까지 받았다. 이번에도 변방의 백성들을 쥐어 짜내 파직되었다 하나 워낙 전하께서 아끼시는 행신이니 오래지 않아 다시 부름을 받을 터. 너 또한 금세 조정으로 돌아가겠지."

"돌아갈 기회가 생긴다면, 예, 돌아가겠습니다. 제대로 된 사람은 그곳에도 필요하니까요."

"그 말은, 내 사람으로서 전하의 곁에 있겠다는 뜻이냐?"

"그렇게 들으셨다면 그런 것이겠지요."

원이 작게 킥 웃었다. 앞에 선 송인이란 남자는, 날카로운 인상이 다소 걸렸지만 느물스러운 태도만큼은 이상하게 마음에 들었다. 그의 주변에 포진한 사람들은 대체로 담백하고 정직했다. 순진한 측근들을 놀리는 재미도 괜찮지만 음흉한 속내를 탐색하며 비꼬는 재미가 훨씬 긴장감이 있어 그의 구미를 당겼다.

'이런 놈이 옆에 하나 있어도 나쁠 건 없지.'

그렇게 생각한 원은 채판 아래 끼워 둔 접힌 종이 한 장을 들어 보였다. 송인이 린에게 주었던 바로 그 종이였다. 송인이 짐짓 놀란 체했다.

"그것은……."

"지난번 황상께서 구휼미를 내리셨을 적, 착복하는 이들을 조사해 두라고 수정후에게 명을 내렸지. 이 명단이 무척 도움이 되었다고 하더구나. 덕분에 눈여겨봐 둘 인재와 쳐내야 할 쭉정이를 대강 가려냈다. 네가 여러 가지로 적절한 충고를 한 덕분이라고 수정후 린이 말했다. 그는 남의 공을 가로채는 성품이 아니어서 말이지."

그런 자인 줄 알기에 왕린에게 명단을 준 거란다. 송인은 속으로 혀를 날름거리며 겸허하게 허리를 굽혔다.

"미약한 신이 도움을 드릴 수 있었다니 황공할 따름입니다."

"이거 왜 이러나. 정말 하고 싶은 말은 따로 있을 텐데?"

"무슨 말씀이온지요, 저하."

"넌 수정후와 낭장들 앞에서 내 편인 척 떠벌리며 내 환심을 사려고 했어. 그 결과로 내가 널 이렇게 불렀으니 의뭉스레 뭉그적대지 말고 진짜 할 말을 털어놓으란 말이다."

정말 그의 의중을 꿰뚫어 보고 강공으로 나오는 것인가, 아니면 그저 찔러 보는 것인가? 송인은 마주한 봉목을 들여다보며 잠시 재었으나 이내 여유를 찾았다. 그를 당황시키려는 세자의 허세를 받아 주면 그뿐, 적당히 약한 모습을 보이면 어린애는 자신의 직감이 맞았다며 의기양양하리라. 다른 이를 제 손바닥 위에서 놀리고 싶어 하는 세자의 경계심을 갉아 내기에 이보다 더 적합한 대응은 없을 것이다. 송인이 거듭 허리를 굽혔다.

"저하께서 신의 마음을 손바닥 들여다보듯 헤아리시니 더 숨길 것도 없습니다. 말씀대로 이렇게 저하의 부름을 은밀히 받고자 수정후에게 그 명단을 주었습니다."

"뭐야, 너무 솔직하게 말하니 왠지 떨떠름한걸."

장난꾸러기처럼 키득거리며 원이 깍지 낀 손을 풀고 일어났다. 고양이가 쥐 어르듯 가지고 놀려 하는구나. 또 한 번 언짢아진 송인이다. 녹록치 않은 놈이야. 게르 안을 가로질러 걷는 세자를 눈으로 좇으며 송인은 속으로 중얼거렸다. 그러나 원이 게르의 젖혀진 장막을 내리고 돌아와 탁자 앞에 앉으며 그에게 자리를 권하자, 그의 불쾌감은 눈 녹듯 사라졌다. 세자의 눈에서 웃음기가 사라졌다. 진지한 두 눈은 봉황의 그것처럼 날카롭고도 위엄이 깃들었다. 이것이 진짜 세자의 본얼굴이렷다! 송인이 마른침을 삼켰다. 세자의 핏빛 입술에서 나오는 목소리가 한결 낮아졌다.

"무능한 의원이 썩어 가는 환부를 방치하는 걸 보고 있자니 안타깝다고 했다지? 제대로 된 의원을 기다리며 돼지들 속에서 때를 보노라 했다지? 그런 말을 흘린 이유가 뭐야?"

"고려라는 환자가 앓은 지 너무 오래되어 의원을 바꿀 시기를 좀 앞당길까 해서입니다."

송인의 목소리는 그의 것보다 더 작고 낮았지만 원은 똑똑히 들었다. 이놈 봐라, 이렇게 대놓고 말하다니? 원의 입술 끝이 미세하니 움찔 움직였다.

'아직 어떤 자인지 알지 못합니다. 송분의 아들이라는 것을 제외하곤 딱히 꼬집을 것이 없는 조용한 자입니다. 그래서 속단할 수 없으나 눈여겨볼 만한 사내라고 생각합니다만…….'

린이 말했었다. 확실한 물증 없이 비난하기 싫어하는 린은 그 정도만 말하고 입을 다물었지만, 원은 그의 표정에서 나머지 말도 읽을 수 있었다. '왠지 마음에 들지 않는 자입니다.'라고.

'그런데 난 왠지 마음에 든단 말이야. 왜 그럴까, 응? 린아.'

그래도 지도자라면 겉과 속을 분리할 줄 알아야 하는 법. 아랫사람이 내민 고깃덩이를 좋다고 냉큼 물 수는 없다. 송인의 말에 무심한 척 원은 한 손으로 턱을 괴고 심드렁하니 떠보았다.

"그런 말을 함부로 지껄이다니 너, 간이 꽤 크구나? 바라는 게 뭐야?"

"저하께서 바라시는 것과 같습니다."

"내가 바라는 게 뭔데?"

"거듭되는 내란과 외침으로 빚어진 파행적이고 무원칙한 정국 운영이 나라의 근간마저 흔들고 있습니다. 힘을 합쳐 환난을 극복해야 할 종실과 사대부들이 제 역할을 하기는커녕 제 이익만 앞세워 국정을 더욱 어지럽히는 형국입니다. 인사의 등용은 환관들이 주도하고 몇몇 권세가들이 토지를 독식한 반면 왕권은 실추됐고 국고는 바닥났습니다. 백성을 지켜야 할 조정이 이권 다툼에 혈안이 된 동안, 정작 백성들은 살 곳을 잃고 유망하는 형편입니다. 이런 상태로 고려가 앞으로 얼마나 버틸 수 있을지 이 땅의 의인이라면 누구나 한탄하는 바, 모든 것이 바뀌어야 고려의 미래가 있습니다. 왕이 왕다운 나라, 황상의 대원 울루스에 못지않게 잘 정비되고 민생이 안정된 나라, 부강한 고려의 미래 말입니다. 그걸 이루실 미래의 왕을 미력하나마 돕고자 합니다."

"네놈의 혓바닥은 매끄럽기도 하구나. 그게 네가 원하는 전부라고 말하는 거냐?"

"이 땅에 사는 선비로서 그보다 더 바랄 것이 있겠습니까."

원은 빈정대는 것을 멈췄다. 표독스런 눈동자와 뱀의 혀를 가진 이 사내를 믿어도 될까?

'뭔가 더 있어, 이놈의 가슴속엔. 아직 뭔가가.'

그게 뭘까? 원은 궁금했지만 더 캐지 않기로 했다. 흑심이 있다면 언젠가 표면으로 드러내겠지! 그때가 오면 잘 요리해 주면 그만이리라. 그렇다면 그때까지 네놈의 단물을 쪽 빼놓고 말 테다. 원은 린에게 대하듯 온화하니 미소했다.

"오랜만에 환국하여 조정의 동향을 파악하는 것이 급선무일
터. 얼마 전까지 네가 발 담갔던 그곳의 분위기가 어떠하던가?"

"황상께서 합단적을 완전히 소탕하신 후 다시 왜국을 정벌
하고자 고려에게 전함을 건조하라 강압하시니, 가뜩이나 빠듯
한 재정에 모두 한숨을 쉬고 있습니다."

"그건 곧 흐지부지될 거야."

턱을 괸 손의 손가락으로 뺨을 톡톡 두들기며 원이 가볍게
말했다. 산뜻한 말투에 비해 그의 이마엔 그늘이 옅게 드리워
져 있었다.

"황상께서 그렇게 위독하십니까?"

대뜸 튀어나온 송인의 말에 원은 적잖이 놀랐다. 사내가 정
확히 그의 걱정을 짚었기 때문이다. 대외적으로 쉬쉬하고 있었
지만 외조부의 생명은 바람 앞의 촛불처럼 위태로웠다. 천하
를 호령하던 카안이라 해도 벌써 여든의 고령. 세월을 이길 수
는 없는 것이다. 많은 손자와 증손자들 중에서도 그를 무척이
나 귀여워했던 외조부를 떠나보내려니 그 자체로도 서운한 일
이지만, 친족으로서의 상실감보다 든든한 정치적 배경을 잃는
것이 원에게는 큰 충격이다. 송인은 그것까지 읽고 있었다.

"저하께서 충분히 힘을 비축하기 전에 황상께서 붕崩하시면
고려를 개혁할 시기가 늦춰집니다. 서둘러 대비를……."

"대비책은 있어."

"하지만 황실과의 혼례란 그렇게 빨리 진행되는 것이 아닙

니다."

　자신의 생각을 거침없이 읽어 내리는 송인에게서 원은 일종의 전율을 느꼈다. 외로운 독주가 아니라 이쪽이 북을 치면 저쪽이 장구를 치는, 사전 연습이 없어도 박자와 장단이 딱딱 맞는 합주를 하는 기분이었다. 린 말고도 내 마음을 속속들이 알아주는 사람이 있다니! 재밌으면서도 어쩐지 불안해지는 원이었다. 송인이 전부 짐작하고 있는 만큼 원은 더 이상 능청대지 않기로 했다.

　"그래, 그게 걸리는 점이지. 황제가 불예不豫한 시기에 혼사를 추진할 수도 없고. 내가 황실에 장가드는 시기는 다음 황제의 치세에나 가능하겠지. 그동안은 제실의 공주를 정비로 둔 부왕에게 밀릴 수밖에."

　원은 쓸쓸하니 입을 다물었고 송인은 몰래 안도했다. 황제가 사경을 헤매지 않았다면 정국은 꽤나 불투명해졌을 것이다. 이걸로 시간을 번 셈이지. 머릿속에 떠오른 말과는 사뭇 동떨어지게 송인의 입에서 나온 말에 초조함이 배었다.

　"황상께서 그러하시니 당분간 저하의 세력 확장은 답보하겠습니다. 전하와 차별적인 행보를 보이시려 해도 빈민에게 쌀죽을 먹이고 탄원을 들어주는 정도로는 약합니다. 가까이 하시는 젊은 유림이 큰 세력이 되어 주는 것도 아니고, 무엇보다 뒤를 든든히 받쳐 주는 재력가가 없습니다."

　린이라면 이렇게 말하지 않지. 원은 송인에게서 신선함을 맛보았다. 이자는 고려의 개혁이란 명분 아래 얼마든지 암중의 뒷거래를 모색할 수 있는 모사다. 린처럼 원칙에 충실한 입바른 소리를 해 줄 사람도 필요하지만 이자와 같은 간한도 필요하다. 군왕의 길은 항상 깨끗하고 널찍하기만 한 것이 아니니까. 적어도 원의 생각에는 그랬다.

'이놈이 과연 어디까지 내다보고 지껄이는 걸까?'

뺨을 두들기던 원의 손가락이 이마 쪽으로 올라갔다. 고민에 빠진 듯 언뜻 보기에 그럴싸했다.

"그래서 말이다, 환국한 김에 고려 내에서 내 편을 다져 두어야겠다."

"혼인 말씀이시지요?"

풋, 원은 웃고 말았다.

"넌 내 머릿속을 들락날락하는 모양이다?"

"태조께서도 연혼하여 지방 세력을 다독이고 견제하셨습니다. 전하의 버팀목이 되어 주는 종실이나 권귀들 대신 새로운 문벌을 키워 훗날의 치세에 주춧돌로 삼으셔야겠습니다."

"내가 누굴 점찍어 놓았는지까지 맞힐 셈이냐?"

"글쎄요……. 공주마마의 측근들과도 친분이 돈독하고 탁월한 재주로 황실에서도 인정을 받으며 기존의 세가와 전혀 다른 출신에 전하께서도 거부하지 않을 인물이라면……, 판군부사사判軍簿司事 세자부世子傅 조인규趙仁規 정도가 아니겠는지요. 그에게 과년한 여식이 있다고 들었습니다."

"정말 너란 놈은 소름이 끼치는구나."

원이 이를 갈며 웃었다. 이렇게도 죽이 잘 맞을 수가! 송인은 그와 똑같은 생각을 동시에 하는 그의 쌍둥이 같았다. 환국한 원의 계획은 송인이 말한 대로였다. 당장 황실의 공주와 혼인하여 부왕과 대등해지는 것이 불가능하다면 고려에서 지지기반을 차근히 키워 나갈 생각이었다. 그를 따르는 젊고 혈기왕성한 사대부들을 지속적으로 끌어안고 키워 나가는 일도 중요하지만, 그에게 충성할 새로운 문벌을 만들어 기존의 세력을 압박하는 것도 필요하다는 판단에서였다. 엄청난 특권을 가진 만큼 폐해도 큰 문벌이기에 린은 난색을 보였으나, 하루라도 빨리 제일 높은 곳에 이르고 싶은 원으로서는 실질적인 힘이 필요했다.

그가 두 번째로 맞이했던 비는 남양南陽 홍씨로 홍규洪奎[*]의 딸이다. 홍규는 무신에게서 왕실을 구한 공신으로 왕의 후의를 두텁게 입고 있었지만 공주에게는 냉대를 받았다. 따라서 남양 홍씨 가문은 그의 인척인 동시에 부왕의 편이기도 했다. 원은 보다 확실한 자기편을 만들고 싶었고, 그래서 고른 사람이 조인규였다.

조인규는 한미한 집안 출신으로 출중한 몽골어 실력으로 국왕이 세자였던 시절부터 호종하며 권력에 접근한 자였다. 재능이 뛰어나 황제도 그를 신뢰했고 공주의 측근인 인후나 장순룡과도 교분이 두터웠다. 그런 이유로, 남양 홍씨보다 더 가까운 인척으로 원은 평양平壤 조씨를 선택한 것이다. 린 이외에는 아

---

* 추밀원부사였던 홍문계가 개명한 이름.

무에게도 말하지 않았었는데, 송인이 대수롭지 않게 짐작해 원은 내심 뜨끔하기까지 했다. 하지만 그의 계획을 별로 탐탁지 않게 여긴 린과는 달리 눈이 쭉 찢어진 이 사내는 적극적으로 동의했다.

"특권층을 주변에 두고 중용하면 사람들이 국왕을 공정한 군주로 여기지 않게 됩니다. 아무리 능력이 탁월하다 해도 신뢰가 떨어진 왕은 정사를 주도할 수 없습니다."

린의 나직하면서도 간곡한 목소리가 귓가에 홀연히 살아났다.

"넌 항상 내 곁에 있다, 린! 너도 세자비의 오라비라는 걸 잊지 마!"

자신의 뜻을 순순히 받아 주지 않는 벗에게 마음 상하여 원은 버럭 화를 냈었다. 말을 뱉자마자 그는 아차 하였으나, 린은 잔잔하니 미소하며 고개를 끄덕였다.

"그러니 저를 결코 어떤 자리에 앉히지도, 어떤 특권을 주지도 마십시오. 제 바람입니다."

그건 내가 듣고 싶은 말이 아니었어, 린. 원의 손이 어느새 턱에서 내려가 탁자 위에서 불끈 주먹을 쥐었다. 난 너랑 새로운 나라를 만들고 싶다고, 가장 믿음직한 동반자로서.

'하지만 린, 넌 왜 나와 생각이 다른 걸까? 우리가 바라는 건 결국 같은 건데 말이야! 수년 동안 어울렸던 너보다 처음 만나 말을 섞는 이 남자가 더 잘 맞는 것처럼 느껴지는 건, 도대체

왜인 거야?'

짙은 고민의 눈동자가 슬프게 보이는 세자의 미묘한 변화를 송인은 꾸준히 관찰했다. 얘기가 예상보다 잘 통했던 것과는 달리 저 변화무쌍한 성격을 가진 세자의 변화무쌍한 감성을 읽기가 힘들었다. 왜 갑자기 자신을 뚫어져라 쳐다보며 급격히 우울해진 것인지 짐작하기 어려웠다. 내가 너무 많이 지껄인 것인가? 걱정마저 들기 시작한 송인에게, 침묵을 지키던 세자가 입을 열었다.

"계속 보고 있자니 너도 아주 시원찮은 건 아니다."

"예?"

"그 가느다란 눈이며 곱슬곱슬한 수염이 자꾸 보니까 볼 만하다는 거야. 물론 아름답다고 말하기엔 많이 부족하지만."

"아, 예……."

이건 뭐, 정말 적응하기 힘든 인간이군. 송인은 얌전하니 고개를 숙이며 속으로 혀를 찼다. 아마도 세자에게 있어서 세상엔 두 가지 종류의 사람이 있는 모양이다. 아름다운 사람과 그렇지 못한 사람. 스스로가 못생겼다고는 꿈에라도 생각해 본 적이 없는 송인으로서는 가소로운 판단이었으나, 세자가 그를 아름답지 못한 사람 쪽으로 분류한 것도 이해가 갔다. 어쨌든 그는 세자나 왕린과는 전혀 다른 풍모를 자랑하는 사내니까. 틀림없이 스스로를 아름답다고 생각할 세자가 자리에서 일어나는 바람에 세자의 미적 기준에 많이 부족한 그도 따라서 몸을 일으켰다. 그려 놓은 그림을 집어 돌돌 말아 기다란 통에 넣고 성큼성큼 걸어간 세자가 게르의 내려진 장막을 걷었다.

"부왕에게 가기 전에 잠시 들를 곳이 있다. 같이 가자꾸나."

"제가 말입니까?"

"왜, 나랑은 같이 다니고 싶지 않아?"

"그게 아니라……, 저하를 모시는 사람은 늘 수정후가 아닐까 싶어서."

"린은 휴가를 주었다. 내내 쉬지 못하고 내가 시킨 일만 한데다 국계에서부터 여기까지 날 따라오면서 탄원서를 처리하느라 고생이 많았거든."

아냐, 당신은 왕린과 함께 나를 만나는 게 껄끄러웠던 거야. 송인은 예사롭게 말하는 세자의 말투에서 어딘가 둘러대는 듯한 느낌을 감지했다.

'이런 얘기를 왕린과 주고받는 게 불편하다면 당신은 이미 내 사람인 거라고, 세자저하.'

세자를 따라 게르를 나서는 송인의 발걸음이 퍽 가벼웠다.

신선한 풀 냄새가 싱그럽게 맑은 공기를 가득 채웠다. 불타 버린 지 1년하고도 몇 달, 흉물스럽던 폐허가 말끔히 청소된 복전장의 터는 가녀린 작은 생명들로 새롭게 단장하여 화마가 휩쓸고 간 자리라고 믿기지 않을 정도였다. 풀들의 질긴 생명력도 감탄스러울 만하거니와, 무엇보다 이 자리에 다녀간 후 시간이 꽤 흘렀음을 새삼 깨닫게 된 린은 산에게 미안했다.

1년. 누이 덕분에 형을 데리러 온다는 핑계로 들러 그녀를 짧은 시간이나마 볼 수 있었던 그날로부터 거의 1년이란 시간이 흘렀다. 대도로 돌아간 것도 아니고 계속 국내에 머물고 있으면서도 무정하니 발길을 끊었던 그를 그녀가 원망한대도 변명할 거리가 없었다. 진관과 장의, 두 명의 충실한 낭장이 항상 그의 옆에 따라다닌 것은 보좌라기보다 감시에 가까웠다. 두 사람의 날카로운 시선 속에 갇힌 그가 의심을 사지 않기 위해 일에만 전념하던 중에 웬일로 형 왕전까지 합세하여 쫓아다니며 귀찮게 했다. 그야말로 감옥에 갇힌 것과 진배없는 형국이었으나 역시 변명거리는 못 된다고 린은 생각했다.

'형편이 좋지 않았다기보다 의지가 부족했던 거지.'

형이나 두 낭장을 속이고 빠져나오려고 마음만 먹었다면 불가능할 것도 없었지만 끝까지 그렇게 못 했던 자신의 어정쩡함이 문제였던 것이다. 하지만 그 1년 동안 단 한시도 그녀를 잊은 적이 없다고 린은 자신 있게 말할 수 있었다. 그래서 원이 휴가를 주자마자 그는 제일 먼저 복전장으로 곧장 달려왔던 것이다. 다행히 왕전은 세자가 오기 전 나가떨어져 주었고, 장의와 진관도 할 일이 있었던지 그의 옆을 지키지 않았다. 오랜만에 홀가분한 기분으로 산을 보려는 그의 마음에 걸리는 것이 있다면, 어머니가 계신 개경의 집보다 복전장으로 냉큼 향한 것이다.

'자식이란 부모 앞에 평생 죄짓고 산다더니, 내가 그렇구나.'

큰형 내외와 함께 지내기는 하지만 부친과 사별한 지 그리 오래되지 않은 어머니가 외로울 생각을 하니, 씁쓸하고도 죄스런 마음이 자연 들었다. 그러나 복전장 터와 멀지 않은 곳, 산의 초당에 다다르자 그 마음조차도 쏙 들어가 버리고 말았다. 그립고 그립던 얼굴을 보아서만은 아니었다. 전혀 예상하지 못했던 엄청난 충격에 다른 생각을 할 여유를 완전히 잃어버린 탓이었다. 초당의 자그마한 마루에 앉아 있는 그녀가 가느다란 두 팔에 아기를 안고 조용조용 흔들며 어르고 있었던 것이다.

　그녀는 1년 전과 크게 달라 보이지 않았다. 호리호리한 몸과 앳된 피부, 작고 둥근 어깨와 발랄한 표정까지 마치 며칠 전에 본 사람처럼 익숙한 모습이었다. 하지만 아기라니! 남녀 간의 합궁에서 임신, 출산 등 새 생명을 탄생시키는 일련의 과정을 완벽하고 세세하게 알고 있는 건 아니지만 적어도 그녀와 떨어져 있던 시간이 아이를 갖는 데 충분하다는 것 정도는 그도 알았다.

　얼굴이며 손발이며 앙증맞게 갖출 건 다 갖추었으면서도 너무나 작아 신기하기만 한 저 아기는, 그렇다면 그와 산의 아이? 아이는 부모를 닮는다던데 너무 작아서인지, 닮은 것을 확인하기엔 아직 덜 자라서인지 도대체 누구의 어딜 닮았는지 분간되지 않는 아이에게 눈이 박혀, 린은 한 걸음도 더 나가지 못하고 선 자리에 고정되었다. 여러 가지 감정이 혼재되어 멍하니 무감각해진 그의 머릿속에 떠오른 생각은, 산이 아이를 안고 있는 모습이 의외로 잘 어울린다는 것이다.

"어?"

기척을 느낀 산이 그를 알아보고 깜짝 놀랐다. 놀람이 반가움으로, 반가움이 기쁨으로, 기쁨이 노여움으로, 노여움이 삐침으로 이어져 입술을 뾰족하게 내밀고 홱 얼굴을 트는 데 걸린 시간이 일찰나. 지극히 짧은 순간 안에 그 모든 표정을 일일이 다 알아볼 수 있었던 게 린 자신에게도 신기할 정도였다.

"산."

다정하니 부르며 발을 내딛는 그의 가슴에 뾰로통하니 종알거리는 그녀의 목소리가 가시처럼 푹 박혔다.

"어머나, 누구시죠?"

"……나야."

스스로도 바보처럼 느껴지는 대답이었지만 달리 떠오른 말이 없었다. 예전 그들이 그저 벗으로 서로를 대할 때 같으면 그녀가 화를 내거나 토라져 그의 주변을 돌며 귓가의 벌처럼 앵앵거린다 해도 철저히 무시하면 그만이었지만, 그녀의 연인을 자처하는 이상 그런 대응은 불에 기름을 붓는 무모한 짓일 터다. 게다가 잘못한 쪽은 온전히 자신이므로 자세를 낮추고 응당 용서를 빌어야 했다. 물론 저자세에 그녀의 화가 즉각 누그러질 거라고 장담할 수는 없다. 쩔쩔매는 그를 보고 그녀는 더욱 공세를 강화할지도 모른다. 하지만 그녀가 풀릴 때까지 받아 주는 것이 최선이라고 린은 믿었다. 1년이나 같은 땅에 머물면서 한순간도 돌아보지 않았다는 사실이 쉽게 풀어질 만한 일은 아니니까. 아니나 다를까, 볼을 어루만지려 뻗은 그의 손을 피하며 산이 더욱 날카로워진 어조로 쏘아붙였다.

"나라니, 나라고 하면 누가 아나요? 나라고 하면 세상 사람들이 다 알 정도로 대단한 분이신가요?"

"그동안 찾아오지 않아서 미안해. 많이 서운하게 해서 정말 잘못했다고 생각해."

"흥, 여기만 빼놓고 전국 방방곡곡을 보란 듯이 돌아다니고선 이제 와서 날 속 좁은 사람으로 몰다니. 누가 서운해한다고 그래요? 난 공 같은 분, 전혀 보고 싶지 않았다고요!"

"난 보고 싶었어."

문득 말문이 막힌 산의 뺨에 희미하니 홍조가 피어올랐다. 린이 늘어놓을 이런저런 변명을 생각하고 생각하고 또 생각했었지만, 이렇게 정면으로 직격할 줄은 미처 예상하지 못했다. 그렇다고 단 한마디에 밀리다니! 자존심이 상한 그녀가 살짝 더듬었다.

"그, 그런 말 꾸며 내서 내 비위를 맞추려고 해도, 난……."

"꾸며 낸 말 아니야. 정말 보고 싶었어. 지난번 여기를 떠나서 지금 돌아오기까지 한순간도 네가 보고 싶지 않은 적이 없었어."

이런 말을 서슴없이 하는 사람이 정말 린일까? 산의 눈이 커질 대로 커졌다. 그녀를 그윽하니 내려다보는 그는 평소처럼 맑고 고요하다. 이런 부끄러운 말들을 이토록 진지한 낯으로 말하다니 린은 확실히 린이야. 그녀는 저도 모르게 웃음이 나올 뻔했다. 그의 성격상 마음에 없는 말을 하지도 않겠지만, 설사 그녀를 달래기 위해 짐짓 꾸민 말이라도 산은 기뻤다. 평생 듣지 못할 것 같았던 말을 이렇게 쉽게 들을 줄이야. 하지만 잔뜩 골을 내고 있는 참에 손바닥 뒤집듯이 금세 헤실헤실할 수도 없는 노릇. 그녀는 웃음이 날 것 같은 입가에 힘을 주었다.

"공답지 않은 감언, 그 노력은 칭찬하겠지만 곧이곧대로 믿을 만큼 난 어수룩하지 않아요."

"아냐, 정말이라니까! 거의 매일 밤마다 네 꿈을 꿨는걸."

"꿈? 무슨?"

토라져 눈초리를 치떴던 그녀가 얼굴을 번쩍 들고 기대와 호기심에 검은 눈동자를 반짝이자 린이 무안쩍어 옅게 웃었다.

"한창 혈기 왕성한 약관의 사내가 꾸는 꿈이 뻔하지. 전에도 말했듯이……."

"……멍청이!"

말의 의미를 단박에 알아들은 산이 새빨갛게 익어 작게 외쳤다. 그와 눈 맞추기를 피해 고개를 외로 튼 그녀가 풋, 참았던 웃음을 기어코 터뜨렸다. 완전히는 아니더라도 어느 정도 그녀가 화를 푼 것 같아 그도 안도의 웃음을 입가에 그렸다.

"이제 만져도 돼?"

린이 조심스레 다시 손을 뻗어 그녀의 볼을 가만히 감싸 쥐었다. 이번엔 피하지 않은 산이 웃음기를 머금고서 샐쭉하니 입술 가장자리를 샐그러뜨렸다.

"만져도 된다고 말하지 않았어, 난!"

"음, 그것도 미안해. 잘못했어."

"너, 미안하다고 하면 다 용서받으려니 생각하면……."

'……그건 오산이야.' 산의 못다 한 말이 그의 입술에 삼켜져 사라졌다. 느릿하고 달콤하니 그녀의 입술을 천천히 축이는 관능적인 전율이 얇은 피부 껍질을 타고 온몸으로 흘러내렸다. 다정하고 따뜻해. 산은 눈을 감았다. 1년 전과 마찬가지로 작은 접촉 한 번에 그는 그녀를 마비시켰다. 이 부드러운 혀의 재촉은 곧이어 닥칠 흥분과 열기를 예고하는 것이리라. 그녀는 온순하게 입을 벌렸으나 싱겁게도 그가 곧 입술을 뗐다. 이걸로 끝? 의아해하는 그녀와 눈이 마주친 린이 곁눈으로 산의 품에 안겨 있는 아기를 힐끔 보고 다시 그녀에게 시선을 돌렸다. 어떻게 된 일인지 설명을 해 달라는 표정에 난처한 기색이 섞였다. 눈을 동그랗게 뜨고 그의 시선을 좇아 아기를 보았다가 린과 눈을 맞춘 산은, 처음엔 영문을 몰라 눈을 몇 번 깜빡이다 이내 알아채고 속으로 웃음을 물었다.

"아기, 참 예쁘지?"

"……그래."

"아버지도 옆에 없었는데 건강하게 세상에 나와서 다행이었어."

"아……."

눈에 띄게 당황하는 린이 고소하여 그녀는 몰래 입술을 깨물었다.

"조금 일찍 나와서 어미를 고생시키긴 했지만……. 정말 힘들었지, 그땐."

린의 낯빛이 푸르스름하니 질렸다. 짐작은 했었지만 막상 그녀의 입으로 들으니 놀람이 몇 배로 컸을 뿐 아니라, 그가 곁에 없는 동안 그녀 혼자 큰 고통을 겪었으리라 생각하니 죄책감이 무겁게 짓눌러 왔다. 바깥으로 소문이 새어 나가지 않게 쉬쉬하며 외로움과 산고를 감내했을 그녀는 지금 아무렇지 않은 듯 환한 얼굴로 아기를 내려다보며 미소마저 간간이 머금고 있다. 차라리 대놓고 원망을 하며 큰 소리로 자신을 나무라면 더 좋을 것을! 가슴이 찢어질 듯 아팠다.

그러고 보면 그녀가 소중히 안고 있는 아기는 어딘가 자신이나 산을 닮은 것 같다. 정확히 어디라고 콕 집어 말하진 못하겠고, 두 사람의 아이라기엔 눈이 너무 작은 듯도 했지만, 어차피 아기는 신체의 모든 구석구석이 작으니까! 존재조차 몰랐던 아이를 보는 그의 눈에 애틋한 부정이 차올랐다.

"정말 부모를 쏙 빼 닮았어. 코랑 입이 어미랑 똑같으니까 이 눈은 아비를 닮은 거겠지?"

린의 시선이 오밀조밀한 아이의 이목구비를 짚어 가는 산의 손가락을 따라갔다. 콧대가 서지 않아 납작하기만 한 코와 둥글게 모인 입술, 이걸 보고 정말 똑같다고 할 수 있는지 도무지 납득이 안 가지만 그녀가 그렇다면 그런 것이다. 누가 뭐래도 그녀만큼 아이에 대해 잘 알 수 있는 사람이 또 어디 있겠냐 말이다! 내 눈이 어렸을 때 저렇게 생겼었나 보다. 린은 엉뚱한 생각을 하며 아이를 따라 눈을 가늘게 떴다. 아기를 오래 안고 있는 것이 힘겨웠는지 산이 허리를 쭉 폈다.

"아야야, 이제 어미에게 데려다 줘야겠다. 팔이 저려 와."

뭐? 미몽에서 깨어난 듯 린이 퍼뜩 눈을 들자 그를 바라보던 산이 빙그레 웃었다. 그제야 놀림을 당한 줄 알아챈 린은 한동안 말을 잃었다. 그가 너무 말이 없자 겁이 난 산이 살그머니 그의 소매를 잡아당겼다.

"화났어?"

"아니, 전혀."

린은 붉어진 얼굴을 감추려 고개를 돌렸다. 화난 것이 아니라 부끄러웠다. 그녀와의 사이에서 나온 아이라고, 아버지가 되었다고 생각하니, 말로 표현할 수 없는 감정이 뭉클하니 솟아나 눈물을 흘려 본 적 없었던 건조한 눈시울이 촉촉해질 참이었다. 그렇게 애틋함, 뿌듯함, 안쓰러움과 사랑스러움 등등이 뒤섞인 오묘한 감정에 터질 듯 부풀어 올랐던 가슴이 가죽공에 바람 빠지듯 삽시간에 허물만 남기고 꺼져 버려, 흥분했던 자신이 부끄럽고 마냥 허전했던 것이다. 린은 손바닥으로 쓱쓱 얼굴을 문지르다 떨떠름하니 물었다.

"부모가 누구야? 농장의 일꾼? 아니면 송화네 사람?"

"내 시비 비연이, 행방을 알 수 없었던."

산의 목소리가 조금 가라앉았다. 의외의 대답에 놀란 린이 그녀의 옆에 앉았다.

"아비는?"

"……무석. 송화의 남편."

더욱 놀란 린에게 산은, 1년 반 전 합단군이 쳐들어왔을 때

산에서 그녀를 구해 주었던 남녀부터 시작해, 몇 달 전 필도에게 무석이 죽임을 당한 것과 송화가 비연을 복전장에 데려온 것, 비연이 조산한 것까지 간략하게 설명했다.

"필도는?"

"잠적했어. 어디에 있는지 송화는 아는 것 같은데, 말을 안 해."

"비연이란 그 시비, 너와 송화를 대할 때 괜찮아 해?"

"말도 하지 않고 눈도 맞추지 않아. 날 배신했다고 생각해서 마음이 편치 않은가 봐. 송화를 대하는 건 말할 것도 없고. 몸을 풀자마자 떠나겠다는 걸 간신히 말렸어."

"송화는 어떤데?"

"겉으로는 씩씩하지만 속은 그렇지 않겠지."

문답거리가 떨어진 듯 침묵이 흘렀다. 쓸쓸한 얼굴로 눈을 지그시 내리깐 산을 바라보며 린은 또 할 말을 잃었다. 그는 남편을 잃고 그 남편의 여자와 아이를 보는 송화나 아이 아버지의 아내를 대하는 비연 등 다른 여자들의 한과 설움을 섬세하게 짚어 보는 사내가 아니었다. 단지 그녀들을 생각하고 울적해진 산의 슬픔에 그의 감성이 공명한 것이다. 상대가 슬퍼할 때 우스개나 장난으로 기분을 바꾸려 하지 않고 그저 내버려두는 편인 그는, 섣불리 그녀를 위로하려 들지 않고 조용히 곁을 지켰다. 부드러이 머리칼을 흩뜨리는 초여름의 바람과 발치에 가볍게 흔들리는 풀꽃처럼, 있는 듯 마는 듯 숨소리도 희미하게 린은 조용히 산을 지켜보았다.

아이가 조금씩 칭얼거리기 시작하자 산이 품 안으로 더욱 보듬었다. 앞뒤로 몸을 살살 흔들며 토닥이는 모습이 제 아이를 품은 어미처럼 다정스레 자상했다. 정말 어울린다 생각하며 린이 미소했다. 아이를 도닥이며 달래는 산이라니! 남장을 하고 금과정을 드나들던 시절엔 감히 상상할 수도 없는 일이었다. 폭 넓은 비단 치마를 두르고 거리에 나왔던 팔관회의 그 밤만 해도 여인답게 제대로 갖춰 입은 것에 놀림을 샀던 그녀였다. 부인의 일이라곤 영 어색할 것 같은 그녀였지만 아이와 함께 있는 모습은 워낙 그럴듯하여, 린은 새삼스레 그녀가 여인임을 깨달았다.

다람쥐처럼 잡기 힘들고 살쾡이처럼 다루기 힘든 그녀도 나이를 먹어 성숙해지면 언젠가는 한 아이의 어엿한 어미가 될 것이다. 아마도 그의 아이일 수 있는 한 아이, 혹은 여러 아이들의. 린은 저도 모르게 그와 그녀와 그들의 아이들이 이 소박한 초당 마루에 둘러앉아 밝게 웃는 단란한 장면을 머릿속에 그렸다. 그와 그녀를 닮은 아이들. 이내 그는 씁쓸히 입속 살을 물었다. 언제 어떻게 그런 꿈이 이루어질 수 있겠는가? 지금으로선 그리고 고려 안에선 불가능했다. 둘 사이에 아이가 태어나 세상에 알려진다면 둘은 당장 사통한 관계가 발각되어 처벌을 받을 것이다.

'사랑하는 반려를 얻어 아이를 낳고 키우며 사는 것은 누구나 바라는 평범한 일인 것을. 그런 평범한 바람조차 들어주지 못하는 나는 얼마나 무능한 자인가.'

점점 더 세게 보채는 아이를 안고 일어나 마당을 거니는 산을 보는 그의 가슴이 아렸다.

'언젠가 이 땅을 떠나 우리를 전혀 모르는 사람들 속에 산다면……'

그렇게 된다면 그들은 평범한 남녀로, 부부로 해로할 수 있을 것이다. 비록 그들의 벗인 원은 없겠지만. 문득 만취해 그를 껴안고 놓아주지 않던 원이 떠올랐다.

'넌 못 가, 린! 그건 있을 수 없어. 넌 내 옆에 있어야 해, 영원히!'

애원과 광기가 뒤섞였던 원의 눈동자가 어른거렸다. 과연 그런 벗을 뒤로하고 자신의 행복만을 찾아 떠날 수 있을까? 린의 눈썹 사이에 가느다란 골이 패었다.

"더는 못 해. 도와줘, 린!"

높아진 아이의 울음과 다급히 부르는 산의 목소리가 그를 깨웠다. 그녀는 큰 소리로 울어 대는 아이를 안고 어쩔 줄 몰라하고 있었다. 벌떡 일어나 그녀에게 다가간 그 역시 뾰족한 방법이 없다. 손톱만 하던 아이의 입이 이렇게 크게 벌어질 줄이야. 그 작은 몸 어디에서 이런 힘이 나는지 울음소리가 고막을 찢을 듯했다. 아이들이란 무언가 불편하거나 간절히 필요할 때우는 법. 원인을 밝히는 것이 먼저다. 그러나 갓난아이 시절이 전혀 기억나지 않는 그로서는 아이가 원할 만한 것이 무엇인지 퍼뜩 생각나지 않는다.

"아기들은 어떨 때 우는 거야?"

"나도 몰라! 조금 전까지만 해도 방실거렸는데. 어떻게 좀

해 봐!"

"느닷없이 어떻게 좀 해 보라니, 나도……."

린은 산이 떠넘긴 아기를 얼떨결에 받아 안고 당황했다. 웬만한 일에는 눈도 꿈쩍 않는 그였지만, 쉴 새 없이 꼼지락거리며 바동대는 아이를 제대로 안는 것조차 초보자에겐 쉽지 않은 일이라, 순식간에 진땀이 등을 적실 정도로 쩔쩔맸다. 당혹감이 역력한 그의 얼굴을 본 산이 자지러지는 아이를 걱정스레 들여다보는 한편으로 고소하여 풋, 새어 나오는 웃음을 손으로 막았다.

그녀에게 못마땅한 눈초리를 던진 린은 이렇게도 안아 보고 저렇게도 팔을 고쳐 두르며 엉거주춤하나마 아이에게 집중했다. 잠시 뒤 아이를 떨어뜨리지 않을 정도로 자세가 안정되자 잃었던 침착성을 되찾았다. 그렇다, 어린아이는 먹고 싸고 자는 것이 하는 일의 전부다! 생각이 거기에 미친 그가 아기의 사타구니에 손을 대 보니 아랫도리가 보송보송했다. 이 문제가 아니라고 판단한 린이 소매로 입을 막고 있는 그녀에게 물었다.

"배가 고픈 거 아냐?"

"방금 전에 유모가 젖을 물렸는걸."

배를 쓰다듬어 보니 과연 아직 땡글땡글 든든하다. 그렇다면 남은 문제는 하나.

"아이가 졸린 모양이다. 우는 아이는 어떻게 재우면 되는 거니?"

'내가 알 리가 없잖아.' 하는 얼굴로 산이 어깨를 으쓱하며 고개를 가로저었다. 후유, 린이 한숨을 길게 뿜으며 아이를 세워 안아 작은 머리통을 그의 어깨에 얹었다. 천천히 걸으며 아이의 등을 부드럽게 쓸어 주자 어쩐지 울음소리가 조금 잦아든 것 같았다. 무언가 퍼뜩 생각난 듯 그를 따라 걷던 산이 손뼉을 짝 쳤다.

"맞아! 유모가 그랬는데 젖을 물리면 빨다가 스르르 잔대, 아기들은."

"쉿. 울음 사이 간격이 조금씩 길어지고 있어."

조용하란 뜻으로 린이 한쪽 눈을 찡긋했지만 잠시 귀를 기울이던 산이 머리를 흔들었다.

"전혀 모르겠는데? 여전히 크게 울잖아."

"그래서 어쩌란 거야?"

"물론 젖을 물려야지!"

누구의? 바보스러운 질문이라 생각해서 입을 다문 그를 보며 그녀가 깔깔대고 웃었다.

"맡았으면 끝까지 책임을 져야지, 린."

그녀의 장난스런 눈길이 그의 가슴에서 맴돌았다. 어이없어진 린이 그녀를 피해 마당을 가로질러 반대편으로 가자 산이 쫓아갔다. 아이는 쉽게 진정되지 않는 듯 계속해서 빽빽대는데, 산이 졸졸 따라다니며 젖을 물리라고 재촉하는 통에 그녀에게 화를 내지 못하는 린은 곤혹스러웠다. 몇 번이나 그를 놀린 끝에, 아이가 울다 지쳐 꺽꺽거리자 진심으로 걱정되어 산이 두 팔을 내밀었다.

"내가 재울게, 아이를 줘."

"어떻게 재우려고?"

"물론 유모가 말한 방법대로."

그녀의 손이 금방이라도 옷깃을 헤칠 것처럼 가슴께로 올라갔다. 린이 눈썹을 잔뜩 일그러뜨렸다.

"싫어."

뭐? 산이 눈을 동그랗게 떴다. '됐어.'나 '괜찮아.'는커녕 하다못해 '안 돼.'도 아니고 '싫어.'라니, 투정 부리는 어린애 같은 대답에 그녀가 또 웃음을 터뜨렸다.

"뭐야, 린? 샘내기엔 상대가 너무 어리잖아. 잠깐 빌려 주는 것뿐인걸."

"잠깐이라도 싫은 건 싫은 거야. 이 녀석은 내 방식대로 재울 테니까."

휙 돌아서는 린의 등 뒤에서 산의 웃음소리가 높아져 아이의 울음소리와 묘하게 어울렸다.

"욕심쟁이! 네가 그렇게 인색한 사람인 줄 몰랐어."

만족감이 잔뜩 밴 그녀의 야유를 뒤로하고 린은 끈기 있게 아이의 등을 가만가만 쓸었다. 그러자 결코 잦아들 것 같지 않았던 울음소리가 어느새 조금씩 낮아지더니 새근새근 작은 콧구멍에 들락거리는 가쁜 숨소리로 바뀌었다. 우와, 정말 재우다니 대단한걸! 웃으며 삐딱하니 바라보던 산의 얼굴에 감탄의 빛이 떠올랐다. 아이를 안은 그가 장검을 들고 검기를 내뿜을 때만큼이나 근사해 보였다.

'이런 모습도 잘 어울려. 우리 아이가 태어나면 저렇게 자상하니 돌봐 줄까?'

분명 그럴 것이다. 분명 지금보다 훨씬 더 다정하니 돌볼 것이다. 적어도 아이를 질투하여 어미의 젖을 빼앗지는 않겠지. 그와 그녀의 아이를 상상하며 산은 연연히 미소를 머금었다.

'보고 싶다, 우리 아이를 안고 있는 린을.'

문득 목이 메어 와 그녀는 입술을 가만히 물었다. 살아 있는 동안 그런 날은 오지 않으리란 걸 뼈저리게 알고 있기 때문이다. 서로에겐 유일한 지아비고 지어미지만 그것은 둘 사이에서만 통하는 얘기. 누구도 인정해 주지 않을 관계니까. 누구도, 그들의 가장 가까운 벗인 원조차도.

"이것 봐, 산. 내가 재웠어!"

아이가 깨지 않도록 나직이 속삭이며 그녀 쪽으로 몸을 틀었던 린은, 그녀의 눈에 고인 눈물에 흠칫했다.

"산……?"

다가가 들여다보니 눈시울이 붉어진 그녀가 은은하게 웃고 있었다. 무슨 일이야? 놀란 듯 커다래진 눈으로 물음을 대신하며 린이 한 손을 들어 그녀의 뺨에 대고 손가락으로 아랫눈시울을 훑어 주자 산이 그의 손바닥에 가만히 얼굴을 기댔다. 그의 손에 뺨을 묻은 느낌이 온온하니 포근하여 복받쳤던 감정이 잔잔하게 가라앉았다.

"언젠가……."

꿈꾸듯 그녀가 혼잣말로 중얼거렸다. 언젠가? 그녀의 말을 속으로 곱씹으며 린이 보드라운 뺨을 어루더듬었다.

"……나를 데리고 여길, 복전장을, 고려를 떠나 줘."

"……!"

"수정후니 현애택주니 그런 허울 좋은 봉작들도 떼어 버리고 그저 왕린과 왕산으로 살 수 있는, 아니, 이름조차도 버리고 그저 너와 나로 살 수 있는 곳으로 떠나자, 우리."

"산."

낮게 갈라져 나오는 린의 목소리에 산이 얼른 눈을 내리깔고 쓴웃음으로 얼버무렸다.

"아니, 아무것도 아니야. 잊어버려! 원과 떨어지는 거, 넌 할 수 없으니까."

체념과 원망이 반반씩 섞인 그녀의 말이 그를 뜨끔하게 했다. 그의 마음속에 원이 차지한 자리가 너무 많아 그녀로서는 도저히 이길 수 없다고 포기하는 듯한 말투였다. 그렇지 않아, 난 조금 전에 너와 똑같은 생각을 했어. 린은 입속 살을 조용히 짓이겼다. 홀로 고민할 땐 우유부단한 마음으로 선뜻 결단을 못 내리고 갈팡질팡했지만 지금이라면!

"산, 나는……."

무겁게 입을 열려다 말고 화들짝 놀란 린이 그녀에게서 손을 떼고 물러섰다. 갑자기 서늘해진 뺨에 그녀가 의아하여 그가 물러난 만큼 다가서려는데 풀 밟는 소리가 났다. 소리 나는 쪽을 돌아본 산의 눈에 들어온 세 사람은, 각각 매우 다른 생김이면서도 놀란 표정이 어슷비슷했다.

"원!"

뜻밖의 방문객에 놀란 산이 무심코 이름을 불렀다가 앗, 성급한 입을 가렸다. 다행히 작은 소리였으므로 새로운 방문객이 듣지 못했거나 감탄사 정도로 착각했을지도 몰랐다. 원의 뒤에 선 낯선 사내의 표정에 변화가 없는 것을 보면 말이다. 우뚝 선 자리에서 뻣뻣하니 움직일 줄 모르는 원에게 린이 아이를 안은 채 공손히 고개를 숙였다. 아이에게 눈길을 던진 원의 긴 눈초리가 의혹으로 가늘어졌다. 린과 산, 그리고 아이를 번갈아 보는 원과 그의 뒤에서 세자의 시선을 따라 눈을 굴리는 송인까지 모두 말을 잃어 초당의 마당엔 긴장감 어린 침묵이 내려앉았다.

"어머나, 아이가 여기 있는 줄 모르고 어미가 온 농장을 찾아 헤매지 뭡니까! 황공스럽게 왕공의 품에서 잠이 들다니 이 녀석, 배짱도 좋지. 어서 이년에게 주십시오, 나리."

세자의 안내역으로 함께 초당에 들어섰던 송화가 수다스레 어색한 침묵을 깨고 달려가 냉큼 린에게서 아기를 받았다. 그와 동시에 아아, 희미한 한숨 소리가 신음처럼 원의 입에서 새어 나왔다. 송화가 아이를 안고 쏜살같이 사라지자 원의 입아귀에 특유의 미소가 살아났다.

"이 며칠간 못 볼 줄 알았는데, 린! 내가 여기 올 줄 알고 미리 와서 기다리고 있었던 거야?"

"아, 저는……."

"하지만 어쩌지? 오늘은 현애택주에게 긴히 부탁할 일이 있어 왔으니 잠시 자리를 비켜 주겠어? 얘기가 끝나면 함께 돌아가자."

"……예."

순순히 물러나 자리를 비키는 린의 눈이 내내 송인에게 고정되었다. 그의 시선을 의식한 듯 원이 송인의 어깨를 툭 치며 명랑하게 목소리를 높였다.

"이자와는 구면이지? 앞으로 종종 만날 일이 있을지 모르니 둘이 서로 인사라도 나누면서 거북한 점이 있다면 털어 버려."

그것은 자신과 산만 남겨 두라는 우회적인 명령이었다. 눈치 빠른 송인이 세자에게서 몇 걸음 물러났다.

"그럼 소신은 수정후와 함께 주변을 거닐며 풍광을 완상하는 사치를 좀 누릴까 합니다."

"그것도 좋겠지. 나중에 내가 직접 장사 쪽으로 갈 테니 거기서 기다려."

어서어서 가 버려. 미소로 원이 재촉하여 린은 송인과 함께 초당을 병풍처럼 둘러싼 덤불을 헤치고 나왔다.

복전장 터를 지나 새파란 벼들이 살랑거리는 바람에 나부끼는 사이사이에 김을 매는 농부들이 허리를 굽혔다. 한적하니 걸어가는 두 명의 귀족에겐 평화롭기 짝이 없는 농촌 풍경이었으나 1년 내내 새벽부터 저녁까지 쉴 틈 없는 농부들로서는 고통 어린 땀방울로 점철된 오후였다. 눈부신 햇빛을 드문드문 가려 주는 성긴 나뭇가지의 그늘 아래로 논두렁을 걸어가는 그들에게, 멀찌감치 떨어져 열심히 호미를 휘두르던 농부 둘이 문득 허리를 폈다가 허겁지겁 달려왔다.

"어이쿠, 제 눈이 삔 게 결코 아니었습니다! 저 멀리서도 나린 줄 한눈에 알았다니까요!"

"나, 나린 줄 저도 하, 하, 한눈에……."

"너희들?"

강아지가 꼬리치듯 반가이 달려드는, 이제 나이깨나 먹어 이마에 굵은 주름이 몇 줄이나 패인 개원이와 염복이를 린도 미소를 띠고 맞았다. 오랜만에 보는 그들은 협잡과 주먹질을 일삼던 이전의 껄렁하던 모습을 완전히 벗고 건강한 땀을 흘리는 일꾼으로 늠름하니 서서 사람 좋은 웃음을 함박 짓고 있었다.

"그 난리를 뚫고 살아남았구나. 너희들이 합단적과 용감히 싸워 이곳을 지켜 냈다 들었다. 늦은 감이 있다만 정말 고맙다."

린의 칭찬에 개원이가 쑥스러운 듯 머리를 긁적였다.

"하이고, 싸우긴요, 뭘. 송화 고년이 간사하게도 미리 술독을 가득가득 채웠더니 오랑캐 놈들이 그걸 좋다고 벌컥벌컥 들이켜다가 제풀에 다 고꾸라진걸요. 저희들은 그저 고주망태로 뻗은 놈들 목만 뎅겅뎅겅……."

"그, 그, 그저 뎅겅, 데, 데, 뎅……."

"뭐, 거기까진 좋았는데 도망갈 구멍을 하나도 남기지 않으려고 불을 질러 가지곤……. 막상 끄려니까, 아 거, 한겨울 마른바람이 불길을 막 부채질하는데 도무지 걷잡을 수가 없데요. 그냥 홀라당 다 태워 먹었습니다. 덕분에 택주님도 엄동에 한

뎃잠을 주무시고. 칭찬이 아니라 꾸지람을 들어도 싸지요."

"저, 저, 저는 부, 부, 불 안 지, 질렀거든요. 저, 저는……."

"아니다. 불시의 화공이 아니었다면 너희의 수로 그들을 감당하지 못했을 테니 매우 적절한 전술이었다. 그런데 보아하니 지금은 호미를 들고 있는 모습이 퍽 그럴싸하니 완전한 농사꾼이 되었구나. 마치 다른 사람이 된 것처럼."

팔다리를 동동 걷어붙이고 거무스름한 논흙으로 몍을 감은 듯 여기저기 칠을 한 두 사람은 예전 개경 뒷골목을 으스대며 활보하던 불한당들이 아니었다. 햇빛 아래 자랑스레 번들거리는 새카맣게 탄 피부 곳곳에 굵은 핏줄이 툭툭 불거져 나와 우람해 보이는 팔뚝 끝 거칠고 커다란 손엔, 행인을 위협하는 단도 대신 잡초 한 포기도 지나치지 않을 호미가 들려 있다. 남들을 위협하기 위해 부라리던 눈도 반달 모양으로 푸근하니 웃음을 머금었고, 욕지거리를 달고 다니던 불퉁한 입매도 유순하고 너그럽게 길쭉하니 가로로 찢어졌다. 한눈에 보기에도 두엄 냄새가 짙게 밴 지금의 생활에 만족하는 모습이다.

"암요, 암요!"

개원이의 입이 함박만 하게 벌어졌다.

"이놈이야 불 옆에서 망치질하던 버릇이 남아선지 허리를 팍삭 수그리고 꿈질꿈질하는 게 좀 갑갑한 때도 있습니다만, 요놈은 천생 농사꾼이라 곡식들이 요놈 손엔 알아서 쑥쑥 큰다니까요. 여기서 아주 살판난 놈이에요, 요놈이."

"히히, 그, 그냥 고, 고, 곡식 보면서 자, 잘 자라라, 잘 자,

자, 자라라, 그, 그, 그렇게 말 좀 해, 해, 해 준 건데……."

개원이가 염복이의 덜미를 잡아 끌어 린의 앞에 들이대며 칭찬하니 염복이가 부끄러우면서도 좋아 죽는다. 린이 옅게 웃으며 고개를 끄덕이자 수줍은 처녀처럼 몸을 비비 꼬던 그는 문득 눈을 끔쩍이며 진지한 낯빛을 했다.

"차, 참, 태, 택주님이 얼마나 기, 기, 기다리……."

"얌마!"

개원이의 손이 그대로 염복이의 덜미를 콱 찍었다. 딴에는 감격적인 해후여서 들뜬 마음에 흥겹게 지껄이느라 린의 뒤에 서 있는 남자를 미처 의식하지 않았던 개원이가, 염복이가 민감한 얘기를 꺼내려는 찰나에 저지한 것이다.

"언제까지 주둥이만 놀리고 있다간 오늘 밤새워도 김 다 못 맨다, 자식아. 나리, 저희가 워낙 바빠서, 헤헤."

"그래, 가 보거라."

린이 선선히 말했다. 굽실거리며 자리를 뜬 개원이가 논 가운데로 돌아가는 내내 염복이의 머리를 쿡쿡 쥐어박았다. 지켜보던 송인이 빙그레 웃었다.

"복전장의 소작인들과 퍽 친밀해 보이십니다."

"저 둘은 예전에 우연히 인연을 맺었던 사람들일 뿐 복전장의 사람들과 나는 아무런 친분이 없소."

뼈가 있는 송인의 말에 린이 못을 박았다. 예전에 인연을 맺었던 사람들이라! 크게 고개를 주억거리며 송인은 가슴을 쓸어내리지 않을 수 없었다. 저 둘은 자신 역시 인연을 맺었던 사람들. 눈을 가리고 무릎을 꿇고 앉아 유심의 말을 전하며 벌벌 떨던 개원이와 염복이를 그는 잊지 않고 있었다.

'묘하구나, 묘해! 저놈들과 유심의 잔당이 이곳에 어울려 은신해 있을 줄이야. 아마도 유심의 산채에 들어가 우리 송가宋家의 사병들을 도륙하고 택주를 구한 사람이 바로 수정후인 모양이구나.'

농사꾼으로 변해 천진난만하니 뛰어가는 저들이 그날 그의 낯을 보기라도 했다면 모든 일이 틀어지고 말 참이었으니, 세상일이란 어느 구석에서 튀어나올지 모르는 작은 못에 걸려 올올이 다 풀어지고 마는 헝겊 쪼가리처럼 불안정하다.

'하지만 네가 아무것도 모르는 이상 주도권은 전부 내게 있다 이 말이다!'

송인은 무심한 얼굴로 걷고 있는 린의 옆모습을 곁눈질하며 비죽 입 꼬리를 치켜 올렸다. 오늘의 수확은 무엇보다도, 세자가 그렸던 그림 속 미지의 미소년이 누구인지 확인한 것이었다. 그림 구도의 균형을 맞추고자 넣은 가상의 인물이 아니라 바로 현애택주, 그녀였던 것이다. 조금 전 왕린과 함께 서 있던 그녀를 보자마자 송인은 그림 속 인물과 그녀가 매우 흡사하다는 것을 깨달았다. 게다가 그녀는 세자를 감히 이름으로 부르지 않던가. 그들의 관계가 예사롭지 않음을 증명하는 그 호칭에서 송인은 예리한 통찰로 이제껏 뭔가 아귀가 맞지 않던 전개를 하나로 묶어 낼 수 있었다.

'세자와 왕린과 그녀, 이 셋은 이미 예전부터 가까운 사이였

던 것이다. 어쩌면 영인백이 살아 있던 그 시절부터!'

영인백의 가노이자 그의 수하였던 구형이의 정보에 따르면 영인백의 딸은 사내로 변복하고 몰래 빠져나가는 일이 빈번했다. 워낙 장난이 심하고 제멋대로여서 구형이조차 번번이 따돌리고 돌아다녔다는 그녀를 대수롭지 않게 넘겼던 것이 실착. 사실 그녀는 그림 속에서처럼 미소년으로 분하여 세자와 이미 한패를 이루고 있었던 것이다.

'종형이 취월루에서 보았다는 염탐꾼 아이도 어쩌면 현애택주였을지 모르지.'

생각해 보면 아슬아슬한 순간들이 많았던 것이다! 그 고비들을 다 넘기고 온 지금은 그를 대적할 사람이 없다. 세자나 왕린이 그의 본심을 간파하지 못한 반면 그는 두 사람의 약점을 잡아내었으니. 약점, 세자의 약점이자 왕린의 약점. 그가 집요하게 파고들어 둘 사이를 벌려 놓고 파멸시킬 수 있는 그 약점을 찾아낸 이상 그는 절대적인 우위에 서 있다.

'너희 둘은 그 계집을 지키려고 발버둥질하다 둘 다 헤어 나올 수 없는 늪에 빠지리라. 이미 너희는 그 길을 가고 있어! 세자가 너를 떼어 놓고 나를 불러들여 이곳에 동행한 것이 그 첫걸음이니라.'

비릿한 웃음을 문 송인을 린이 돌연 멈춰 서서 돌아보았다.

"공은 벼슬을 내놓았다고 들었소. 지난번 만남에선 조정을 청소하고자 남는다고 했는데, 저하 곁을 지키려고 마음을 굳힌 것이오?"

"그럴 생각으로 사직하였습니다만, 저하께서 이르시길 조정에도 저하의 사람이 있어야겠다고 하시와 기회가 닿는 대로 곧 복귀할까 합니다."

상대의 눈에 어린 불신을 감지하고 송인이 천연스레 미소했다.

"수정후께선 저를 믿지 못하십니까?"

"그대를 의심하여서가 아니라오. 그대의 부친을 비롯한 일가 모두가 전하의 꾐을 받는 조정의 핵심 인물들이오. 이제껏 그들과 맞서는 행보를 보인 적이 없는데, 어째서 갑자기 마음을 바꾸었는지 이해하기 어렵소."

"갑자기 변심한 것이 아니올시다. 포부를 품되 그걸 실현할 때를 보고 나서야지요. 이제껏 때를 기다려 왔다고 여겨 주소서."

"그 포부, 공이 진심으로 바라는 것이 무엇이오?"

너희처럼 내 일에 방해되는 것들을 죄다 쓸어버리고 이 나라의 실질적인 최고 권력자가 되는 것이지! 생각과는 달리 송인이 짐짓 겸허하게 눈을 내리깔았다.

"공께서 바라시는 것과 같은 것이올시다."

린은 앞에 선 남자를 지그시 바라보았다. 믿어도 될까, 이 남자를? 첫 만남 때부터 뭐라고 딱 꼬집어 말할 수는 없지만 가슴 한구석에 꺼림칙한 느낌을 불러일으킨 사내. 의뭉스레 웃고 있는 가느다란 눈동자가 숨길 수 없는 날카로운 안광이 걸리는 사내. 원이 그에게 휴가를 준 것은 이 사내를 불러들이기 위함이었던가. 린은 마음을 가라앉히려는 듯 길게 눈을 감았다 떴

338

다. 저하께서 선택하신 사람이다. 완전히 믿지 못하더라도 섣불리 의심하지 말자. 송인을 향한 그의 나지막한 목소리가 자못 부드러웠다.

"가족들과 다른 뜻을 품고 행동하는 것이 때로는 어려울 것이오."

"공께선 정화궁주의 조카시니 누구보다 잘 아시겠습니다."

"내가 도움이 될 만한 일이 있다면 언제든 말하시오."

"말씀만으로도 든든합니다. 감사하기 그지없습니다."

송인이 눈을 들었을 때는 이미 린이 돌아서서 걷기 시작한 후였다. 쭉 곧은 그의 등을 향해 송인은 또 비릿하니 입가를 실그러뜨리고 새물거렸다.

'넌 누구보다도 내게 도움이 되고 있어, 왕린. 네 그 존재 자체로!'

린을 따라 장사 쪽으로 가볍게 활갯짓하며 걷는 송인의 등에 나뭇가지 사이로 비쳐 든 따사로운 오후 햇살이 쏟아졌다.

예상하지 못했다. 아니, 이렇게 될 거라는 예감이 있었다. 어렴풋이, 마음속 깊이 어딘가에서. 원은 자신의 명령에 시원스레 가 버린 린의 자취를 눈으로 더듬으며 씁쓸함과 후회로 범벅이 된 마음을 다스리려 심호흡했다. 그가 놓아주자마자 벗이 이곳으로 달려올 줄 정말 조금도 생각하지 않았던가?

'진관과 장의의 보고에 너무 방심했어.'

그는 헛헛하니 쓴웃음을 삼켰다. 예스진이 비아냥거렸던 대로, 린을 고려로 보낸 후 그는 후회와 부정否定을 거듭 반복했다. 린이 산을 만나러 갔을 것 같은 불안감, 그들이 만나 비밀스레 나눴을 모든 것에 대한 질투가 그를 후회하게 했다. 한편으론 린이 자신 몰래 산을 만날 리가 없다는 믿음이 강하게 있었다. 그가 아는 한, 린은 산의 금혼령을 접하고 대도로 그를 따라나서기 전까지 그녀를 만나러 간 적이 없었다. 그것은 그가 직접 그녀의 입으로 확인까지 한 것이었다. 진관과 장의의 관찰에 따르면 린은 단의 명령으로, 그것도 괘씸한 왕전을 끌고 가기 위해 딱 한 번 복전장에 왔을 뿐, 1년이 넘는 동안 산과 일절 연락을 하지 않았다. 대도에서 마음 졸이던 그가 바라던 대로였던 것이다. 그는 린을 신뢰하고 싶었고 린은 그에 충실히 보답했다.

'그런데 오늘! 지금! 너흰 뭘 하고 있었던 거야? 입술이라도 겹칠 듯 가까이 서서 갓난아이까지 안고 애틋하니 서로를 보면서!'

아련하니 린이 사라진 방향으로 아쉬운 눈길을 박고 선 산을 보며 원은 어금니를 물었다. 마치 그가 훼방꾼이라도 되는양 깜짝 놀라 그녀에게서 물러났던 린에게서 원은 깊이 상처를 받았다. 아니, 그는 진정한 훼방꾼이었다, 그의 가장 가까운 두 사람에게. 지금 그가 아닌 허공을 응시하는 산의 눈길이 그것을 똑똑히 말해 주고 있었다. 그러지 마, 산. 나를 봐. 너를 보고 있는 나를.

"린이랑 화해하는 중이었어?"

대뜸 물어보는 원에게로 비로소 몸을 돌린 그녀는 어리둥절한 얼굴이었다.

"린을 배행했던 낭장이 말하길, 네가 강화로 피난하지 않아서 크게 혼을 냈었다던데? 혹시 그게 미안해서 린이 찾아온 거야?"

"아, 뭐, 말하자면……, 그런 거랄까."

우물거리는 산의 명확하지 않은 어조가 그의 가슴을 에어 냈다. 그는 부러 명랑하니 그녀의 어깨를 두드렸다.

"네가 이해해 줘라! 아마 내 체면을 생각해 그랬겠지만 린이 워낙 그런 일에 깐깐하잖아. 예전부터 네게 살갑지 못하기도 했고."

"맞아, 네겐 꼼짝도 못하면서 나한테만 으르렁거리지."

그녀가 활짝 웃었다. 너무나 그리웠던, 오랜만에 맛보는 그녀의 웃음. 원은 그림을 말아 넣은 원통을 쥐고 있는 손끝이 아릿해 오는 전율을 느꼈다. 그녀를 떠올릴 때마다 예스진을 안곤 했지만 완전한 만족을 줄 수 없는 대용에 불과했다. 그가 껴안고 싶은 허리와 코를 묻고 싶은 머리칼, 더듬고 싶은 부드러운 살갗은 바로 눈앞에 있는 그녀의 것들이다. 대도에서 내내 눌러 왔던 그의 욕망이 지금 그녀의 웃음으로 인해 정제되지 않고 분출될 듯이 몸을 부르르 떨게 했다.

"어떻게 여기까지 온 거야, 세자저하가? 너무 갑작스러워서 다른 사람 앞에서 이름을 부를 뻔했잖아, 원!"

방긋 웃는 그녀의 붉은 입술은 당장이라도 눌러 짓이겨 터뜨리고 싶은 충동을 일게 한다. 사랑스러운, 너무나 사랑스러운 그녀를 직시하기가 버거워 원은 살그머니 눈길을 떨어뜨렸다.

"날 보니 반갑니?"

"물론! 당연하잖아."

내가 온 탓에 린이 자리를 비켰는데도? 너와 할 얘기만 끝나면 린을 데리고 가 버릴 텐데도? 심술궂은 질문들이 입속을 맴돌았다. 아아, 아홉 동네에서 미움을 받는다는 아홉 살, 일곱 살 때도 어른스러웠던 나였는데! 스물이 다 된 마당에 산과 린을 한없이 골려 주어 당혹해하는 그들을 보고 싶어 하는 이 엄부럭은 도대체 뭐란 말인가. 원은 들고 온 흑단의 길쭉한 통을 그녀에게 불쑥 내밀었다. 이게 뭐야? 얼결에 받아 든 산이 눈을 큼지막이 떴다.

"선물이다. 예전에 네가 바라던 대로 장검을 주지는 못하지만 그것보다 나을 거야. 이제 넌 남장하고 싸움질하러 다니는 어린애가 아니니까."

"싸움질이라니! 수련이라고, 수련!"

그에게 눈을 흘긴 산이 윤이 반지르르한 검은 나무통의 뚜껑을 뽑아 안에 든 두루마리를 꺼내 펼쳤다. 그림을 본 그녀는 곧 말을 잃고 빠져들었다. 그녀와 원과 린의 금과정에서의 한때. 그녀와 원은 피리와 금을 합주했고 린이 조금 떨어져 눈을 감고 감상했던. 그녀의 기억 속에서도 생생한 장면이었다. 그때 그녀는 어렸고 즐거웠고 행복했었다.

"이때가 내겐 가장 좋았어."

그녀의 어깨 너머로 함께 그림을 들여다보며 원이 속삭였다.

"지금처럼 골머리 썩을 일도 적고 너희와 어울릴 시간이 넉넉하던 때가. 내 인생에서 가장 평화로웠던 순간이 아닐까 해."

산이 고개를 끄덕였다.

"나도."

나도 이때가 좋았어. 그리고 그리워. 그녀는 당시의 린을 떠올리며 미소했다. 그녀에 대한 불신으로 똘똘 뭉쳐 있던, 언제라도 그녀의 목을 부러뜨릴 작정이었던 그를.

'그러면서도 내 꿈을 꿨다고 했어. 멍청이!'

그녀의 입가에 행복한 미소가 가득 퍼졌다. 그와 똑같은 시간을 추억하며 흐뭇해하는 그녀를 보니 원의 마음이 더욱 애틋하다. 그때로 다시 돌아갈 수 있다면! 그는 린을 계속 곁에 둔 채 그녀를 가질 수 있을 것이다. 그 둘이 자신을 보도록 만들었을 것이다, 자신만을 보도록.

'정말 그럴 수 있을까? 시간을 되돌린다면 정말로?'

그래도 그들이 서로를 사랑하게 된다면? 단을 공녀로 떠나보내고 산을 비로 맞아들여도 지금처럼 그를 가운데에 두고 서로를 특별한 존재로 가슴에 담게 된다면? 원은 온몸의 털을 쭈뼛 세우는 오싹한 냉기가 등골을 타고 발끝까지 내려오는 것을 느꼈다.

'그래 봤자 지금과 다를 바가 없는 거지.'

흥, 그가 가볍게 코웃음을 쳤다.

'시간은 돌아오지 않아. 부질없는 상상일 따름이다. 차라리

지금이 낫다. 우린 아무도 서로가 서로를 가질 수 없으니!'

그는 애틋한 눈길을 거뒀다. 깜빡, 우아한 속눈썹을 내렸다 다시 뜨니 그의 눈빛이 완전히 달라져 있었다. 그것은 송인을 대할 때와 마찬가지의 눈빛이었다. 그의 변화를 감지하지 못한 산이 그림을 다시 말아 넣고 친구를 향해 또 방긋 웃었다.

"이렇게 마음에 드는 선물은 없을 거야, 원. 무엇보다도 기뻐. 고마워."

"공짜는 아니다, 산."

"뭐야? 쩨쩨하긴!"

깔깔거리는 그녀를 따라 그도 웃었다. 의미가 모호하고 유들거리는, 세자로서의 그가 곧잘 보이는 직업적인 웃음이었다. 초당의 마루에 걸터앉은 그가 잠시 뜸을 들였다가 본론을 꺼냈다.

"여기서 몇 가지 일을 처리하고 나면 난 다시 대도로 돌아가. 그곳에서 무수한 사람들을 만나게 되지. 황실의 제후들이나 고급 관료들, 이국의 사신들과 대상들을. 내가 나중에 왕이 되고 고려를 다스리는 데 힘이 되어 줄 사람들이야. 그들을 확실한 내 편으로 만들기 위해 많은 자금이 필요하다. 왕실에서 보내는 체류비로는 어림도 없지."

"내게 자금을 대라는 거야?"

"그래. 두세 달 후면 떠날 거야. 그때까지 금 3백 근, 은 9백 근에 될 수 있는 한 많은 포백布帛*을 마련해 줘."

---

* 베와 비단.

산의 이마에 곤혹스런 주름이 잡혔다.

"그 기간 동안 그렇게나 준비할 수는 없어. 사정이 그다지 좋지 않거든. 아버지가 돌아가신 후 시전 상인들과의 거래가 전 같지 않아. 대도에 출입하는 무역상들과도 연맥이 끊겼고. 합단적이 양광도를 유린하는 바람에 거기 농장들은 죄다 약탈당했고, 전라도와 경상도에선 민란이 끊이지 않아 농장 살림이 어려워. 아직 추수 때가 멀었으니 비축해 둔 걸로 근근이 살아가지 않으면 안 돼. 이쪽도 허리띠를 졸라맬 처지라고."

"그건 네가 작인들에게서 거둬들이는 양이 너무 적기 때문이야. 다른 농장주들처럼 소출의 절반을 받으면 돼."

자신의 귀를 의심스러워하며 그녀가 눈썹을 세게 찡그렸다.

"지금 형편에 절반을 받으면 그 사람들보고 죽으라는 거나 마찬가지야!"

"죽지 않아, 산. 이제까지도 죽지 않고 그렇게 살아왔고, 앞으로도 그렇게 버틸 수 있어."

"맙소사, 원! 맙소사!"

산이 두 손을 들어 이마를 감쌌다. 지금 말하고 있는 사람이 원이라는 사실을 믿기가 힘들었다.

"내 농장의 작인들도 모두 네 백성이야! 애민연생, 고통받는 백성들을 불쌍히 여겨 선정을 베푸는 왕이 되겠다던 넌 어디에 있는 거야? 백성의 부담을 덜기 위해 권농사를 폐지하고 배고픈 자들을 먹이기 위해 쌀을 주던 너는? 이렇게 냉혹한 말을 서슴없이 뱉는 너는 누구야?"

"그들을 구제해 줄 미래의 왕이지."

원이 섬돌 옆에 피어난 애기똥풀의 줄기를 꺾어 노란 꽃잎을 손가락 사이로 흘렸다. 그 한가롭고 유유한 모습이 산의 들뜨기 쉬운 피에 불을 붙였다.

"구제? 백성들의 고혈을 짜내 금은을 바치라고 하는 미래의 왕?"

"작금의 왕실과 조정으론 고려는 기울어져만 갈 뿐이야. 그 속에서 백성들은 아무런 희망도 없다. 내가 왕이 되어야 달라지는 거야. 너나 린이 바라듯 내가 왕으로서 그들에게 빛이 되고 희망이 되는 거다. 그러기 위해선 할 일이 많고 그에 따라 많은 비용이 들어. 희망이 현실이 되는 때까지 조금만 더 참으라는 거다. 내가 왕이 될 때까지만. 알겠니?"

그의 사근사근한 어조는 변함없었으나 꽃잎들이 그의 손가락 사이에서 짓이겨졌다. 무참히 뭉개져 떨어져 내리는 작은 꽃잎들을 보며 산이 고개를 저었다.

"원, 왕이 되기 위해 백성을 쥐어짜선 안 돼. 백성을 구제하기 위해 왕이 되는 거라면 더욱더."

이거 어디선가 들은 적이 있는 말 같은데? 원은 쿡, 실소를 금치 못했다. 그녀의 진지한 얼굴 위로 린이 겹쳐 보인다.

'권력을 잡기 위해 백성을 위하는 것이 아니라 백성을 위하려 권력을 취하셔야 합니다.'

대도에서 린이 그에게 올린 간언이었다.

'어떻게 충고하는 것까지 닮을 수가 있지? 사랑하는 사이라

서? 그런 것이냐, 산? 정말 그런 거야, 린?'

그는 손가락에 묻은 나머지 꽃잎을 털어 내고 벌떡 일어나 산의 앞으로 걸어갔다. 마주한 그녀의 검은 눈엔 한 치도 양보하지 않겠다는 듯 단호한 결의가 서렸다. 닮았어. 그녀를 내려다보며 원이 생각했다. 그의 가장 가까운 벗 둘은 서로 닮았다. 진실성이 담긴 눈과 꾸밈없이 담백한 표정과 순수한 의기가. 제가 옳다고 생각한 일을 끝까지 관철시키고 싶어 하는 고집까지. 사랑스러운 것들. 너희의 그 맑고 깨끗한 얼굴 못지않게 고결한 품성을 사랑한다. 더럽히려고 애써도 쉬이 더러워지지 않는 보석 같은 내면을. 나쁜 것들. 나를 고독하게 만들었어. 너희가 존중하고 아낀다는 나를, 너희를 누구보다도 사랑하는 나를, 이 세상에서 가장 외롭고 쓸쓸하게. 원은 음충스레 빙긋 웃었다.

"난 보통의 왕이 되기 위해 백성을 짜내는 게 아니다, 산. 내가 되고 싶은 왕은 고려의 왕이자 대원의 왕이야. 내 위론 황제단 한 사람밖에 없는 그런 왕. 그래야 고려가 힘을 가질 수 있고 고려의 백성이 힘을 가진 나라의 백성이 되는 거다."

원이 산의 보드라운 둥근 어깨를 툭툭 두드리고 지나갔다. 마음이 납덩이처럼 무거워진 그녀는 그를 돌아보기가 왠지 힘겨웠다. 낯설고도 서늘한 느낌이 그녀의 가슴을 싸하니 스치고 지나갔다. 그녀의 등 뒤로 원의 명랑한 목소리가 화살처럼 꽂혔다.

"전부 준비하기 어렵다면 무리하지 않는 한에서 최대한 마련해 줘."

그녀가 더욱 **뻣뻣**하니 굳었다. 잠시 망설이는 듯하던 그의
발소리가 성큼 멀어졌다.

"원."

고개를 돌리지 않은 채로 산이 가늘게 불렀다. 작은 소리였
지만 대번에 그가 멈췄다. 천천히 그녀가 몸을 돌렸다. 원이 눈
썹을 모으고 그녀의 다음 말을 기다리고 있었다. 입을 떼는 그
녀의 목이 메었다.

"우리, 계속 동무인 거야?"

짧은 순간 그의 눈동자가 흔들렸다. 곧 그만의 독특한 웃음
을 되찾은 원이 잘라 말했다.

"물론."

부드럽고 길게 뻗은 눈초리와 통통하니 살이 오른 붉은 입
술. 작은데도, 너무나 작은데도 어쩌면 저렇게 닮을 수 있는 것
일까? 단은 시어머니의 품에 안긴 그이의 아이를 찬찬히 훑으
며 환국한 뒤 아직 얼굴도 비치지 않은 남편을 떠올렸다. 누가
보더라도 영락없는 그의 아이였다. 그의 아이, 예쁘고 깜찍한.
그의 아이, 그녀가 낳지 않은.

단은 살며시 눈길을 돌려 아이의 어머니를 보았다. 큼직하
고 뚜렷한 선이 서글서글한 낯선 생김의 그녀는 단보다 훨씬

건조한 눈으로 자신의 아이를 물끄러미 보고 있었다.

'저하께선 저이의 어디에 끌리신 걸까?'

단은 궁금했다. 단순한 호기심이 아니라 삶이 송두리째 뒤바뀐 절박한 심정으로 궁금했다. 정말 그녀의 어디가 마음에 들어 자신에겐 손 한 번 잡는 것도 드물던 그가 아이까지 얻었는지, 단은 오랫동안의 관찰에도 콕 집어낼 수가 없었다. 하나부터 열까지 그녀와 너무 다른 예스진이었기 때문이다. 전부다 다른 것, 그게 이유일지도 몰랐다. 공녀로 차출되어 갔던 그 온천의 별궁에서부터 도대체 자신의 어디가 세자의 마음을 사로잡았는지 스스로도 이해할 수 없었으니까!

"아비를 꼭 닮아 아주 영특하게 생겼다. 그렇지 않니?"

카랑카랑한 공주의 목소리가 자신을 향한 것임을 뒤늦게 깨달은 단이 '아, 예.' 하고 소스라쳤다. 공주의 눈이 기묘하게 일그러졌다. 공감과 연민과 고소한 마음이 섞인 눈빛이었다.

'닮았구나, 그때의 그 여자와.'

지금 그녀의 품에 안긴 아이를 보는 단의 수수로이 시름겨운 얼굴은 20여 년 전 그녀의 아들을 보던 정화궁주의 그것과 흡사했다. 역시나 너희는 같은 운명이었다, 내가 예견했듯이. 근자에 무비로 인해 더없이 마음이 황폐해진 공주는 비슷한 처지의 며느리에게 심술궂게 비꼬았다.

"네 고모는 이럴 때 나서서 축하연을 벌이더구나. 너는 그러지 아니하냐?"

"제가 미처 그 생각을……."

"너도 평상에 자리를 만들고 저 아이를 대접하려무나. '아들을 낳았대도, 정비가 되었대도 제일 먼저 남편을 차지한 건 나야!' 그런 네 마음을 보여 줘야지. 네 고모가 아무 말도 하지 않더냐?"

단은 입술을 지그시 물며 고개를 깊이 숙였다. 공주의 모욕 따윈 그녀를 상처 입히지 못했다. 그녀는 누구보다도 그녀 자신으로 인해 상처를 입었기 때문이다. 세자를 한 번도 차지하지 못했던 못나고 못난 자기 자신.

경성궁의 옥계를 한 발씩 딛는 단의 발끝이 흔들렸다. 무엇이 서러웠을까, 뿌옇게 번지는 눈물이 시야를 흐렸다. 뜰에 서서 그녀를 기다리는 진관이 조마조마하니 간을 졸이며 보다가 크게 휘청하는 모습에 그만 참지 못하고 다가갔다. 낭장 주제에 무엄하니 세자비에게 손을 대지 않도록 도와준 사람은 또 다른 세자비 예스진이었다. 손에 잡힌 가냘픈 팔이 조금이라도 힘을 주면 뚝 꺾일 것 같아 예스진은 적잖이 놀랐다.

"발밑을 조심해요."

그녀를 돌아보는 단의 휘둥그레진 눈이 촉촉하니 젖어 있었다. 작고도 가녀린 여자. 풀꽃 같고 작은 새 같고 산들바람 같은. 처음 본 순간부터 예스진은 이 여자가 싫지 않았다. 동병상련, 아마도 그녀와 같은 고뇌를 평생 짊어지고 살아갈 불행한 여인에게서 느끼는 동지애 때문에? 킥, 자신의 생각이 어이없어 실소를 흘린 예스진은 투르크어를 못 알아듣는 그녀의 동지를 위해 몽골말로 되풀이했다.

"발밑을 조심하라고요. 아직 계단이 끝나지 않았으니까."

"고맙……습니다."

단은 퍽 당황했다. 그녀들의 곁에 바싹 다가온 진관도 마찬가지로 당황했다. 엉거주춤하니 들었던 손을 서둘러 내리는 그의 목이 붉어졌다.

"당신, 대도에서 저하를 모셨던 시위였지?"

진관을 알아본 예스진이 대뜸 의아한 눈초리를 그에게 던졌다.

"대도에서 갑자기 안 보이더니 여기 있었군. 저하 대신 여기 세자비를 모시게 된 것인가?"

"아닙니다. 저하께서 비마노께 말씀을 전하라시며 저를 보내셨습니다."

"무슨?"

귀찮다는 듯 날 개경으로 쫓아 보내더니 이 여자에겐 전령을 따로 보내다니? 호기심에 눈을 반짝 뜬 예스진이 이내 단에게 어색한 미소를 지어 보였다.

"미안해요. 비에게 전하라 하신 말씀을 함부로 들으려 해서."

"아닙니다, 아니에요."

단이 크게 고개를 저었다. 사람 좋아 보이는 키 큰 여자에게서 그녀는 따뜻한 관심과 배려를 읽고 가슴이 울렁울렁 물결치는 것을 느꼈다. 이 이국의 여자가 머금은 온화한 미소는 질투나 미움 따위완 거리가 먼, 지극히 순수한 호의에서 우러나오는 것이었다. 단이 진관에게 상냥하니 명령했다.

"낭장은 저하의 말씀을 지금 전해 주세요."

"저하께서……, 환국하자마자 들러 비마노라를 보고 만단정회를 풀고 싶었으나 그러지 못해 몹시 미안해하노라, 그리 전하라 이르셨습니다. 개경에 도착하면 제일 먼저 비마노라를 찾겠노라고……."

"어머나."

예스진이 눈을 크게 뜨며 웃었다.

"저하께서 비를 몹시 그리워하셨나 봅니다."

"그럴 리가……. 그렇지 않습니다."

당혹함에 붉어진 단의 작은 얼굴을 예스진이 딱하게 내려다보았다. 그럴 리가 없다는 거 나도 알고 있어요. 속으로 속삭이는 그녀의 가슴에 연민이 차올랐다. 그가 보고 싶고 회포를 풀고 싶은 사람이 자신도, 눈앞의 작은 새 같은 여자도 아닌 것을 예스진은 누구보다도 잘 알았다.

'그래도 이 여자는 점잖게 대접해 주는구나. 아내답게, 세자비답게. 그저 대용물에 지나지 않고 욕정을 배출하는 도구에 불과한 나와는 비교가 안 돼. 버림받은 아내인 건 마찬가진데, 어째서 대하는 태도가 이렇게 다른 거야? 그자, 왕린의 누이이기 때문에?'

생각하니 저절로 한숨이 나왔다. 짐승과도 같은 뜨거운 열락의 밤과 더할 나위 없는 냉기가 흐르는 아침의 간극에서 그녀는 자존과 품위를 잃고 만신창이가 되었다. 아이가 생겼다고 해도 그들의 관계는 조금도 변화가 없었다. 아이는 그저 절제하지 못한 욕망의 부산물이었을 뿐, 그는 자신의 아이임에도 관심하지 않았다.

'아이가 태어났다고 해서 뭔가 달라질 거라고 기대하지 마. 내가 세상에서 제일 싫어하는 관계가 뭔지 알아? 바로 부자 관계, 아버지와 아들, 그걸 가장 증오해.'

아이를 앞에 두고 그런 말을 지껄일 수 있는 그는 정말 잔혹하고도 잔혹한 늑대였다. 나쁜 놈! 뒤에 선 유모에게 안겨 있는 아들을 생각하니 예스진의 코끝이 아려 왔다. 문득 그녀의 손에 닿는 온기에 예스진은 놀라 퍼뜩 고개를 들었다. 단이 그녀를 걱정스레 들여다보고 있었다.

"정말로 비께서 생각하시는 것과 다릅니다. 저를 그리워해서가 아니라 다만 너무나 상냥한 그분의 천성 때문에 그와 같은 전언을 보내신 거예요. 그러니……."

작고도 섬세한 얼굴에 우수가 깃들었다. 미처 못다 한 말은 무엇일까? 아마도 '서운해 마세요.' 정도일 것이다. 불쌍한 사람! 예스진은 따스한 작은 손 위에 자신의 다른 한 손을 가만히 얹었다.

"상냥한 그분을 알고 계신 비가 정말 부럽군요."

그녀는 단의 손을 잡고 경성궁의 뜰을 걸어갔다. 다정하니 나란히 걷는 두 세자비의 뒤를 불안한 진관과 어리둥절한 궁인들이 조금 떨어져 따랐다.

상냥한 그분의 천성이라! 예스진은 당장이라도 태연스레 가장한 면피를 벗어 버리고 허리가 꺾어져라 폭소를 터뜨리고 싶었다. 얼마나 지독히도 상냥한지 그의 본성을 까발리고 싶은 욕구가 불같이 타올랐다. 그녀의 입술 가장자리가 흠칫흠칫 미세하게 꿈틀거렸다. 영문을 모르는 단은 저도 모르게 그녀의 심사를 건드린 말을 했나 싶어 미안하고 걱정스러웠다.

"언짢게 해 드리려던 것이 아닙니다. 저하께선 예의를 차리려 하신 것뿐이에요. 그걸 말씀드리고 싶었습니다."

"그래요, 그 예의! 예의를 지키는 만큼 그분이 비를 존중한다는 뜻이니 부럽습니다."

"말씀하시는 바를 이해하지 못하겠습니다."

단이 잡힌 손을 뺐다. 예스진이 그녀를 놀린다고밖에 생각되지 않았다. 남편의 또 다른 아내에게 호감을 가지다니, 그녀의 정신이 잠시 어떻게 된 것이 틀림없다. 그녀의 시어머니가 고모에게 어떻게 했는지 그토록 귀가 따갑게 듣고도 잊었단 말인가. 냉각된 그녀의 낯빛에 예스진이 단의 손을 다시 잡았다.

"오해하지 마세요. 난 당신의 아픈 마음을 나눌 수 있는 유일한 사람이니까."

"나의 마음을? 어떤 마음을?"

단이 걷잡을 수 없는 분노에 와들와들 떨었다. 차라리 원성공주처럼 직설적이고 꾸밈없이 야만스럽다면 좋으련만 이 여자는 훨씬 단수가 높다. 다정하니 웃으며 그녀를 말려 죽이려는 것이다! 그녀는 진관을 비롯해 아랫사람들에게 들리지 않도록 이를 악물고 목소리를 낮췄다.

"언젠간 나의 고모님처럼 별궁에 갇혀 생을 마치리라 각오하고 있습니다. 그런 운명이 내 몫이란 걸, 단 한 번도 원망하거나 두려워한 적이 없습니다. 비도, 원손도 그분이 아끼시는 분들이니 소중한 사람들이라고 생각했습니다. 이 역시 내게는 운명과도 같으니까요. 그걸 받아들이게 해 준 것이 바로 이 마음이에요. 아무리 간절하다 한들 보답받지 못하는 마음이지만 내게는 이것밖에 남지 않았어요. 그러니 이 마음을 조롱하지 말아 주십시오."

"쉬, 쉬. 내 말은……."

"부럽다고 하셨지요? 날더러 부럽다고……. 그 말씀, 똑같이 돌려 드리겠습니다. 부럽습니다. 누구도 부러워한 적이 없었지만 비가, 진심으로 부럽습니다."

"껍데기뿐인 아내인 건 마찬가지. 우리 둘 다 부러움을 받을 처지가 못 돼요. 내가 부러워한 건 당신의 그 마음이 짓밟히지 않았다는 오직 그 하나. 그 정도의 예의만이라도 차려 준다면 저하께 더 바랄 게 없죠."

사시나무 떨듯 부르르하던 단의 손이 진정되었다. 그녀에게 예스진은 여전히 이해 불능이었지만 적어도 지금 한 말이 그녀를 비꼬거나 약 올리기 위해 늘어놓는 허언이 아니라는 것을 알 수 있었다. 청회색의 눈동자가 깊은 절망을 담고 있었던 것이다. 분노에서 의문이 깃든 동정심으로 서서히 바뀌는 단의 표정을 눈치 채고 예스진이 후, 한숨처럼 웃었다.

"정말 이런 말은 하고 싶지 않았는데 어쩌다가! 그래요, 그분을 바라는 마음은 나도 당신 못지않게 간절하지만 이미 콱콱

짓밟혀 찢어진 깃발처럼 너덜너덜해졌다고요."

"하, 하지만 대도에서 저하의 곁을 내내 지켰던 사람은 바로……."

"처음부터 지금까지 누군가의 대신이었을 뿐. 그런 말을 그분에게 직접 들었을 때 기분이란……, 정말 비참하지요. 이것도 당신 말대로라면 내 몫의 운명일지 모르겠지만."

"그 누군가가……, 누구란 말씀인가요?"

단의 목소리가 가늘게 떨려 나왔다. 형용할 수 없는 기이한 느낌에 그녀는 등골이 서늘했다. 무언가 건드리면 안 될 것 같은 불길한 감각이 가슴 저 깊은 곳에서 꿈틀했다. 두려움에 젖었으면서도 확인하고픈 열망으로 자신의 입을 빤히 쳐다보는 그녀에게, 예스진이 머리를 가로저었다.

"그건 몰라요. 난 저하에 대해 사실 거의 아는 게 없거든요."

그 누군가는 바로 당신 오빠의 여자예요. 그렇게 말하고 싶은 마음도 없지 않았지만 예스진은 끝내 말하지 않았다. 사실을 까발려서 원을 골탕 먹이고 그녀가 입은 상처만큼이나 커다란 상처를 안겨 주고 싶지만, 지금 이 여자에게 말해 봤자 그는 끄떡도 하지 않을 것 같았기에. 상처 입고 가슴속에 피를 흘리며 쓰러질 사람은 그가 아니라 눈앞의 여자이리라. 웬만해선 눈 하나 깜짝 않을 그 늑대가 평범한 사람처럼 눈물을 흘리며 괴로워한다면 그보다 더 통쾌한 일은 없을 것을! 그런 바람을 이미 체념한 지 오래인 예스진은 쓸쓸하니 발길을 옮겨 초여름의 꽃들이 가득한 경성궁의 뜰을 빠져나갔다.

예스진과 그녀의 궁인들이 모두 가 버린 후에도 단은 멍하니 서 있었다.

'대도로 떠나기 불과 며칠 전에 택주를 보려 복전장까지 잠행한 저하입니다. 거기서 마주친 저를 파리 쫓아내듯 내치셨지요. 처남을 대하는 눈이 아니라 연적을 대하는 눈이었습니다.'

그녀의 둘째 오빠가 말했었다. 아니야, 그럴 리가 없어. 단은 어질하니 현기증을 느껴 눈을 감았다.

'그럴 리가 없어. 저하께서 분명히 말씀하셨어. 친구라고, 형제 같은 벗이라고, 여인이지만 사내와 마찬가지라고, 린 오라버니와 같은 벗이라고!'

그녀의 머릿속에서 왕전이 줄기차게 떠들어 대기 시작했다.

'그렇게 저를 현애택주에게서 억지로 떼어 놓으시고 저하께서는 남몰래 복전장과 왕경을 오갔던 겁니다. 황상의 명으로 종실에서 더 이상 비를 얻지 못하니 아예 혼인을 못 하도록 명을 내린 게 아니고 뭡니까.'

그렇지 않아, 그렇지 않아! 단은 메슥거리는 가슴을 움켜쥐고 옆의 나무에 기댔다.

'그건 친구를 찾아간 것뿐이야. 황상의 명을 따랐던 것뿐이야! 하지만…….'

불현듯 번개처럼 스치는 생각이 있었다.

'왜 저하는 린 오라버니와 산 아가씨에게 아직도 혼인을 허락하지 않은 거지? 왜 그 둘이 결합하도록 도와주지 않고 지금껏 몰래 만나도록 내버려두신 걸까?'

세자가 앞에 있다면 당장 물어보고 싶었다. '그저 벗이라니까!' 하며 웃는 그를 보고 싶었다. 확인하고 안심하고 싶었다. 아니, 확인하고 싶지 않았다. 그 팔관회의 밤, 세자에게 부끄러이 손을 잡혔던 그녀의 순백색 믿음에 희미하게 찍혔던 작은 얼룩이 있었다. 믿음의 크기에 비하면 너무도 희미하고 너무도 작아 무시했던 얼룩이, 어느새 드넓은 순결한 공간을 모두 잠식하고 시커멓게 번진 짙은 의혹이 되었다. '저하께서 진정으로 마음에 둔 사람이 누구인지요?' 그녀가 묻는다면 남편의 대답은…….

단은 눈을 번쩍 떴다. 움츠렸던 어깨를 펴고 몹시도 당당하게, 금방이라도 위태위태하니 쓰러질 것 같다가 별안간 이슬 먹은 들풀처럼 소생한 그녀를 본 진관의 걱정스런 눈길을 뒤로 하고, 시선을 곧게 앞에 두고 걸었다. 그녀는 결코 확인하지 않을 것이다.

13

무비 無比

"봄이 한껏 무르익었구나. 꽃향기가 짙다."

경성궁에 딸린 작은 후원, 늦봄에서 초여름으로 넘어가는 화창한 오후의 한때, 녹음 아래서 따가운 햇살을 피하며 천천히 거닐던 공주가 혼잣말처럼 중얼거렸다. 원성공주라 오랫동안 불렸던 그녀는 현재 안평공주安平公主다. 무소불위의 절대적 군주였던 아버지 쿠빌라이 카안이 세상을 뜨고 그녀의 조카인 테무르가 형을 제치고 제위에 오른 지 벌써 3년이었다. 새로운 황제는 즉위하자마자 고모부터 극진히 대접하여 새로운 작호를 내렸다. 몽골 사람들은 작호와 인장을 하사받길 무척 좋아했으므로 공주 역시 황제의 호의를 기쁘게 받았다. 황제의 책봉문을 떠올리면 그 만족감이 더하다.

"너희는 황상께서 나를 봉작하실 때 뭐라 말씀하셨는지 아느냐?"

공주가 시험하듯 뒤따르는 며느리들에게 대뜸 묻는다. 그녀의 뒤에서 흠칫한 며느리는 모두 셋, 단과 홍규의 딸 홍비, 조인규의 딸 조비였다. 총 다섯 명의 며느리 중 예스진과 진왕의 딸 부다슈리는 세자와 함께 대도에 있다. 세 명의 세자비는 답을 모르지 않지만 제 입으로 자랑하고픈 시어머니의 마음을 헤아려 잠자코 고개만 숙였다. 현명한 그녀들이 짐작한 대로, 안평공주는 대답을 기다리지 않고 자답한다.

"내가 있어 삼한이 왕의 덕행으로 감화되었다 인정하셨다. 사치로 남편을 옥죄지 않고 덕의에 맞는 가르침으로 아들을 길렀다고 하셨어. 부도婦道의 표본인 주周 왕희王姬에 견줄 만하다고 말씀하셨단 말이지."

문득 그녀의 얼굴이 일그러졌다.

"왕희에 견줄 만하다……. 과연 그렇구나, 과연 그래!"

발작처럼 웃음이 터져 나왔다. 예전보다 못한, 힘이 완전히 빠진 웃음이었지만 날카로운 울림이 며느리들을 긴장하게 했다. 주나라의 공주 왕희는 제후국인 제齊나라 양공襄公에게 시집갔다. 그녀는 남편 양공이 이복누이 문강文姜과 사통하는 패륜을 알고 혼인한 지 1년도 채 안 되어 죽었다. 도덕에 밝고 정숙했다 하여 부덕의 모범이라 칭송받았지만 사실 불행 속에 요절한 공주였던 것이다. 오늘도 무비와 사이좋게 도라산으로 사냥을 떠난 남편을 생각하니 자신이 왕희와 별반 다를 바 없는 운명임을 절감하는 안평공주였다. 이 얼마나 적절한 책봉문이던가! 공주의 호흡이 가빠졌다.

"마마, 누각에 잠시 올라 쉬시옵소서."

단이 근심스레 공주의 한쪽 팔을 부축했다. 평소엔 며느리에게 미운 소리를 톡톡 쏘아 대던 공주였지만 이날따라 순순히 누각에 올라 난간에 몸을 기대어 앉았다. 천천히 둘러보니 그녀의 궁은 참으로 고즈넉하니 쓸쓸하다. 왕도 절절매는 그녀의 비위를 맞추려 신발이 닳도록 들락거리던 폐신들이 오늘따라 하나도 보이지 않고 담장 안엔 새소리, 바람 소리, 풀 냄새, 꽃 냄새 따위 보이지 않고 잡히지 않는 것들뿐이다. 나는 왕희였구나, 생각하는 공주의 미소가 처량하다.

"나는 왕희였느니라……."

끝이 흐린 공주의 목소리가 마치 노인의 그것처럼 팍 시들었다.

"열여섯 시집을 때부터 지금까지 얼마나 많은 봄을 여기서 보냈던가. 내 손가락을 두 번 꼽아도 모자라는구나. 아아, 이곳에서 스물세 번째 봄을 보내는 지금까지, 나는 왕희였구나."

"어마마마."

단이 나지막이 불렀다. 독살스런 시어머니지만 애수에 잠겨 그늘진 모습을 보니 가슴이 저릿하니 안타깝다. 눈을 돌려 며느리의 절절한 눈빛과 마주한 공주가 흥, 그녀다운 비소를 내지른다.

"하지만 왕희는 시집가자마자 죽어 버렸지. 나는 스물세 해를 버텼다. 아들도 낳았고 손자도 있어. 비교가 안 되지!"

그녀의 길고도 서늘한 눈이 새삼스레 전투적으로 빛났다. 그녀의 삶은 주나라 공주의 그것만큼 허무하지 않은 것이다. 그녀는 많은 일을 했고, 자랑스러웠다.

"나는 황실의 공주를 며느리로 들이기까지 했다."

최근의 사건 중 그녀를 가장 으쓱하게 하는 일이었으므로 공주가 갑자기 활기를 띠었다. 황제의 형인 진왕의 딸 부다슈리와 결혼함으로써 그녀의 아들은 세대교체를 이룬 제실에서 확실한 입지를 마련했다. 이제 그녀의 이질 부카는 어머니의 후광 대신 아내의 조력에 힘입어 날개를 활짝 펼 것이다.

"황실의 혼인식이 어떤 줄 아니? 너희는 상상도 못 할 것이다."

시들먹했던 목소리에 생기가 돌면서, 세 명의 세자비는 다시 시어머니를 경청하기 위해 고개를 다소곳이 숙였다. 자신들이 상상도 못 할 남편의 혼인식이라니 한마디도 듣고 싶지 않지만, 시어머니가 환국하자마자 그녀들을 불러 함께 후원에 산책 나온 목적이 바로 이 혼인식을 자랑하고 싶어서임을 훤히 꿰뚫는 만큼 잠자코 들을 수밖에.

"세자가 황상께 드린 폐백이 백마 여든한 필이니, 그 위용이 과연 황고皇姑*의 아들다웠지. 신부는 꽃다운 열여섯, 주상께 시집올 때의 나처럼 싱싱하니 향기가 그윽했거든. 그처럼 어울리는 짝은 없을 것이다. 내 아들에게 정말 딱 맞는 신부였어! 황제폐하의 조카니 더 말해 무엇 하겠니? 그 혼인을 축하하

---

* 황제의 고모.

러 연회에 모인 사람들의 면면은 또 어떻고. 태후마마를 비롯해 모든 왕들, 공주들, 대신들이 빠짐없이 참석하여 자리를 지켰거든. 모두 고려 음식에 빠진지라, 여기서 만들어 간 유밀과油密果를 그렇게들 좋아하더구나. 세상에서 가장 아름다운 부부의 해로를 기원하며 술을 나누니 어느덧 취해 밤이 깊은 줄도 몰랐었지."

어제 일처럼 생생한 지난겨울의 잔치를 회상하는 공주의 얼굴에 어린애처럼 발그스름하니 열이 올랐다.

"그게 끝이 아니었거든! 내 아들이 그 정도로 끝내서야 되겠느냐? 이튿날 태후께 백마 여든한 필을 또 바쳐 기쁘게 해 드렸지. 그러자 태후께서 양 7백 마리와 술 5백 독을 내어 세자를 위해 크게 연회를 베푸셨거든. 돌아가신 칭킴 오라버니 못지않은 여장부시니 그 정도야! 사람들이 어찌 밤늦게까지 취하지 않고 배기겠느냐? 그다음 날엔 장인인 진왕에게도 백마 여든한 필을 바쳤고, 이에 진왕도 양 4백 마리와 술 3백 독으로 연회를 열었단다. 황제의 형이 베푸는 잔치에 빠질 사람이 없지. 황상을 포함하여 대원 울루스의 왕들이 모두 취해 나가떨어질 정도였다! 이런 혼인식을 아무나 할 수 있는 것이 아니거든. 내가 아니었다면 가능했겠느냐?"

사실 공주가 아니었으면 가능하지 않았을 것이다. 원이 황제와 태후, 장인에게 바친 백마들은 공주가 왕을 독촉하고 왕은 신료들을 독촉하고 신료들은 지방관을 독촉하고 지방관은 백성들을 독촉하여 마련한 것이니 말이다. 몽골인들에게 흰색은 신성하고 고귀한 모든 색 중 으뜸인 색이요, 말은 사람에게 가장 소중한 동반자다. 그러니 백마처럼 신성하고 귀한 폐백이 없다.

81이란 숫자도 몽골인들에게는 매우 뜻 깊다. 3이란 숫자는 '풍성함'을 의미하는 길한 숫자다. 이의 3배수인 9는 '하늘의 수', 9의 9배수인 81은 '가장 큰 수'이자 '완전한 수'를 의미한다. 이 상서로운 의미의 폐백을 갖추기 위해 칠품 이상 관원에게는 백금을 배당하여 거뒀고, 고을마다 쌀과 삼베를 강압적으로 징수했다. 그래서 백성들의 원망과 비난이 거셌으나 공주는 듣지 못했고 호화찬란했던 혼인만을 기억할 뿐이다. 공주가 특히 흡족했던 것은, 혼인이 성황리에 끝난 것에 그치지 않고 황제로부터 엄청난 선물을 받았던 일이다.

"우리에 대한 황상의 후의가 얼마나 두터웠는지 아느냐? 주상에게 활이며 화살, 칼, 금을 넣어 짠 비단을 하나 가득 내리셨을 뿐 아니라 우리를 호종한 신하들, 환관들, 부인들과 그 노복들에게까지도 하사품을 내리셨단다. 어느 왕과 제후도 받지 못하는 은혜였지! 정월엔 쓰시던 안장을 내리실 만큼 고모부에 대한 대접이 극진했지. 그래서 우리도 황실의 어른답게 연회마다 참석하여 자리를 빛내 주었지. 진왕이 영지로 돌아갈 적엔 주상께서 춤을 추셨고 내가 노래를 불렀단다. 세자를 남겨 놓고 우리가 떠나는 것을 몹시 아쉬워하시매, 태후께서 융복궁隆福宮에서 전별餞別[*]하셨거든? 연회만으로는 모자라 금실로 짠

<hr />

* 진치를 베풀어 작별함.

비단옷이며 말이며 안장이며 바리바리 챙겨 주시고 수종하는 이들에게도 후사하셨단다. 나중에 너희들에게도 그 진귀한 옷들을 구경시켜 주마."

한참 쉬지 않고 자랑을 늘어놓던 공주의 숨이 또 가빠 왔다. 아무리 편안한 수레를 타고 도중에 쉬어 가며 왔다고 해도, 대도에서 개경까지 만만치 않은 거리를 여행한 데다 대궐에 도착하자마자 며느리들을 불러 놓고 혼자 얘기를 늘어놓고 있으니 몸이 배기지 못하는 것이다. 안색이 조금씩 희게 뜨면서 목소리가 약해지는데 세자비 세 명 모두 공주의 상태를 얼른 알아차리지 못했다. 공주가 그녀들에게서 몸을 돌려 난간에 기대어 있을 뿐 아니라 애상스런 어조로 중얼거렸기 때문이다.

"이제 다 끝난 것이다. 내 할 일은 이제 다 끝났어……."

떠들썩하던 잔치들을 뒤로하고 제자리로 돌아오니 허탈감이 한꺼번에 몰려오는 것이, 아직 마흔이 채 안 된 젊은 나이임에도 뒷방에 물러앉은 늙은이처럼 더 이상 열정을 쏟아 부을 일이 없는 것 같다. 그녀의 전부였던 이질 부카는 그녀의 그늘에서 완전히 독립했고, 애증의 상대인 왕은 영영 그녀에게 돌아올 기미가 없다. 이제 완전히 혼자가 돼 버린 그녀는 예의상 다소곳이 들어주는 며느리들에게 흥알흥알 넋두리나 늘어놓는 신세가 된 것이다.

'슬프기도 해라, 20여 년 전 열여섯의 아름다웠던 시절이여! 사랑을 알기 전에 맞은 남편이기에 멋모르고 오직 그만을 사랑했고, 내가 사랑했기에 사랑받기를 원했지만 언제나 서로 어긋나며 스물세 해를 보냈구나. 미련을 두지 않겠노라 다짐한 적이 언제인데, 오늘따라 왜 이리도 애잔한 것인가······.'

더운 바람이 그녀의 어질한 머리에 열기를 불어넣었다. 짙은 꽃향기가 그녀의 맑은 정신을 앗아 갔다.

"수녕궁에 가서 전하를 모셔 오너라."

마치 꿈꾸듯이 공주가 말하자 세 명의 세자비가 놀란 눈으로 서로를 쳐다보았다. 왕이 총첩을 앞에 앉히고 사냥 간 것을 그사이 잊기라도 했단 말인가? 어떻게 대답해야 할지 몰라 서로 쭈뼛거리며 미룸미룸 대답을 미루다가, 결국 단이 조심스레 입을 열었다.

"전하께서는 지금 수녕궁에 아니 계십니다."

그 말을 듣고도 아무것도 기억나지 않는 듯 공주가 갸웃했다.

"그래? 어딜 가셨단 말이냐? 수녕궁 향각香閣에서 화계花階를 꾸며 놓고 밤새도록 잔치를 벌이신다더니만."

그것은 작년입니다. 단은 생각했으나 차마 말을 하지 못했다. 공주의 상태가 정상이 아님을 깨달은 세자비들 사이에 말 없는 동요가 일었다. 그녀들을 돌아보며 공주가 생긋 웃었다.

"5월의 수녕궁엔 작약이 흐드러져 보기 좋으니라. 세자가 어릴 적 백작약과 같다고 소문이 났었다지만 원래 내 얘기거든. 열여섯 나를 처음 보고 전하께서 한 송이 작약을 보는 듯하다 하셨지."

수줍어서인가, 발그레해진 공주가 누각 아래 멀찍이 서 있는 궁인을 손짓으로 불렀다.

"가서 수녕궁에 핀 작약을 한 가지 꺾어 오너라."

여관 하나가 냉큼 달려갔다. 살포시 웃는 공주를 보니, 그 흥을 깨지 못하는 단과 여인들은 시어머니의 정신이 바른지 어떤지 알쏭하다. 여관이 돌아와 공손히 바쳐 올린 꽃가지를 받아 든 공주가 처음엔 그 아름다움을 완상하며 흡족해하다가 이내 우수에 잠겼다.

"나도 한때는 이렇게 피었었더니라."

시를 읊조리듯 나지막이 중얼거리는 공주의 눈에서 말간 눈물이 한 방울 뺨을 타고 굴러 내렸다.

"마마."

망극하여 그녀를 부르며 곁에 다가온 단에게 공주가 꽃가지를 내밀었다.

"뿌리를 잃었으니 곧 시들고 말 것이다. 고향보다 고려에서 살았던 시간이 훨씬 길었건만 아직도 이곳이 낯설고 외롭구나. 만개한 때가 오래전 지났으니 곧 질 것인데, 날더러 작약 같다 일러 준 그 사람은 언제 오겠느냐? 꽃잎이 말라 거무죽죽하니 그 빛을 모두 잃어야 비로소 돌아보시리라."

"마마, 침전으로 드시어 쉬심이……."

"아니, 죽어도 돌아보지 않으실 것이다. 사람의 마음이란 지나간 젊음처럼 잡을 수 없는 것이니 말이지. 그 마음 돌아오지 않는다 하여 한탄해도 나만이 애끓는 것을, 알면서도 단념하지 못하니 여인이란 어리석기 짝이 없구나. 내가 무슨 말을 하는지, 너도 이미 알고 있지……."

"마마!"

깜짝 놀란 단이 기우뚱 넘어가는 공주의 몸뚱이를 안았다. 누각의 바닥에 힘없이 떨어진 공주의 손에서 작약 한 가지가 또르르 굴렀다.

"난타難陀, 요 녀석! 서찰 찢어지면 이 아저씨 죽는다! 얘, 얘, 향이야, 요놈 좀 붙잡아라! 요거, 요거, 쬐끄만 게 힘이 장살세!"

개원이는 서찰의 끝을 악착스레 쥐고 늘어진 세 살배기 어린 사내아이의 앙증스런 주먹을 펴기 위해 진땀을 흘렸다. 장사 마당에서 고누를 두며 놀고 있던 향이와 난실이가 후다닥 달려와 한쪽 팔씩 잡고 끙끙 당겼지만 아이는 요지부동이다.

이 나이의 어린애들이란 한 번 마음에 들면 사람이든 물건이든 강한 집착을 가지고 붙드는 터라 좋게 달래서는 포기하도록 만들기 어렵다. 게다가 뭐든지 입에 가져가려는 본능적인 습성 때문에 반듯하게 접힌 서찰을 왕창 구겨 당장이라도 혀로 핥을 참이다. 다급해진 개원이가 아이의 머리를 콩 쥐어박았다. 날 때부터 맷집이 좋은 아일런가, 한두 대 정도로는 꿈쩍을 안 하다가 개원이의 불주먹이 조금 강도를 높이니 결국 서찰을 놓으며 울음을 터뜨린다. 소중한 서찰을 끝내 보호하여 안심이 되는 한편 서럽게 울어 젖히는 조막만 한 얼굴을 보자니 개원이의 입맛이 떫다.

"아, 누굴 닮아 고집불통이야, 요 자식아! 어미를 닮았나? 말도 안 하고 뻗대는 게, 너도 앞으로 모진 세상 살기 힘들것다, 자식아."

아이에게 미안한 마음을 험한 입담으로 무마시키려던 개원이의 입이 합 다물어졌다. 하필 바로 그때 장사 문을 열고 들어온 사람이 그 작고 귀여운 고집불통의 어미, 비연이었던 것이다. 그녀의 옆구리에는 저마사苧麻絲*를 날기 위해 삼은 모시 뭉치들이 담긴 소쿠리가 끼어 있다. 복전장에서 백저포를 짜는 데 첫손가락 꼽히는 향이 어멈이 인정한 그녀는 세백저를 짜는 솜씨가 일품이었다.

베어 낸 모시풀의 껍질을 벗겨 그 껍질 중에서도 속껍질을 여러 번 물에 담갔다가 햇볕에 말려 올올이 쪼개고, 그 쪼갠 올을 비벼 꼬아 삼고, 삼은 뭉치를 날틀에 꿰어 뽑아 날기를 한 후, 날실에 날콩가루로 풀 먹여 맨 것을 움집에 틀어박혀 피륙을 짜서 잿물에 삶아 낸 그녀의 세백저는, 모두 대도에 있는 세자에게 운반되었다. 비단만큼 아름다운 세백저에 황실의 카툰들이 반하여 탄복하면 세자는 복전장으로 사람을 보내 더 많은 양의 옷감을 주문하곤 했다. 그리하여 복전장의 여인들은 길쌈으로 무척 바빴고 그중에서 비연은 가장 열심히 일했다. 지금도 묵묵히 삼은 모시 뭉치를 옆에 끼고 들어오는 참에 아이가

---

* 모시실.

대성통곡하는 현장을 목격한 것이다. 비연은 표정에 별다른 변화 없이, 울고 있는 아이와 찔끔하여 그녀의 눈치를 보는 개원이를 번갈아 쳐다보았다.

"아프게 한 거 아니다! 그냥 살짝, 아주 살짝, 요렇게 콕, 손끝으로 민 거야."

두툼한 주먹 대신 검지 하나만 살그머니 내미는 개원이를 싹 무시하고 비연은 마당을 빠르지도 느리지도 않게 가로질러 가 대청마루에 일단 소쿠리부터 내려놓았다. 침착하게 손을 비우고 아이에게 다가가 안아 올리니 어미의 품에 안긴 아이가 거짓말처럼 울음을 뚝 그쳤다. 웃지도 않고 말도 없는데 용하니 아이를 달랜단 말이야. 지켜보던 개원이가 혀를 내둘렀다.

"난타가 편지를 먹으려고 했어요."

"우리가 아무리 잡아당겨도 편지를 안 놓으려고 해서 개원이 아저씨가 막 때렸어요."

향이와 난실이의 솔직한 증언에 개원이가 혁, 질겁했다. 주근깨투성이의 작고 빼빼 마른 눈앞의 여자는 기실 그의 한주먹거리도 안 되지만, 수도승도 아닌 주제에 3년이란 세월 동안 묵언을 고수하여 어쩐지 함부로 대할 수가 없었다. 일단 얼굴 한복판에 가로로 길게 그어진 상처가 위압적이다. 아이들의 말을 들은 비연이 무심한 눈길로 바라보자 뭔가 변명이나 사죄를 해야 할 것 같은 압박감을 느꼈는지 개원이가 염복이처럼 말을 더듬었다.

"아, 아니, 그게, 그러니까, 이 편지가, 아무것도 아닌 게 아닌 거거든. 몇 달 만에, 나리한테서 온 편지를, 고, 고놈이 확 뜯어먹어 버리면, 택주님이 날 죽이겠냐, 어린 걸 죽이겠냐? 그래서…….”

“택주님은 아무도 안 죽여요. 왜 죽여요?”

“이놈의 자식이 어른 말씀하시는데 톡톡 끼어들어. 너, 오늘 혼 좀 나 볼래?”

향이가 똑똑한 척 끼어들어 주자 개원이가 은근슬쩍 아이와 실랑이질하며 비연의 시선에서 비켜섰다. 그러거나 말거나, 비연은 개원이를 보던 눈빛 그대로 자신의 아이를 보고 아이의 눈물이 완전히 마른 것을 확인하곤 마루 위에 내려놓았다. 소쿠리를 들고 방 안에 들어가려는 그녀의 치맛자락을 아이가 붙잡았다. 말이 없는 어미처럼 말이 없는 아이가 꼭 붙든 치맛자락을 흔들며 놀아 달라는 눈치를 보낸다. 비연이 가만히 앉아 아이의 머리통을 쓰다듬었다.

아이의 얼굴에는 무석이 있다. 특히 눈을 빼닮았다. 눈, 코, 입, 구석구석 빠짐없이 그녀와 무석을 닮은 아이가 부모와 유일하게 닮지 않은 것은 칼자국뿐이다. 다행히도 그것은 대물림되지 않는 상처. 웃지도 않고 치마만 열심히 잡아당기는 아이는 말이 무척 늦었다. 어미가 말을 붙이지 않아 그런 거라고 향이 어멈이 주의를 주었지만 비연은 고집스레 아이 앞에서조차 입을 열지 않았다. 아니, 고집이 아니었다. 태어날 때부터 말문이 막힌 듯 말이 나오지 않았던 것이다. 무석을 죽게 했다는 죄책감에 다물렸던 입은, 이제 아이를 제대로 키우지 못한다는 자괴가 겹쳐 더욱더 소리라는 걸 내지 못했다.

'모두 제 업보입니다. 죄라는 죄는 다 받을 테니 부디 아이를 지켜 주십시오. 이 아이가 제 유일한 등불입니다.'

빈자일등貧者一燈, 사위국舍衛國*의 한 가난한 노파가 1전어치의 기름을 사서 공양한 등불 하나가 왕이 부처께 바친 백 개의 등이 꺼지는 밤 내내 바람에 굴하지 않고 밝게 비추었다는 불가의 고사에서 비연은 아들의 이름을 가져왔다. 등불을 바친 여인의 이름이 바로 '난다', 한어로 '난타'였다. 부처에게 아들을 바치는 심정으로 지은 이름이었다.

아들을 보는 비연의 콧날이 시큰해지고 목이 꽉 메었지만 정작 그녀의 눈시울은 건조하기만 했다. 무석의 죽음을 목도한 후, 사소한 일에도 눈가가 촉촉해지던 그녀에게서 목소리와 함께 눈물도 사라졌다. 소리도 웃음도 눈물도 없으니 그녀가 아들에게 해 줄 수 있는 것은 그나마 다정하니 어루만지며 쓰다듬는 것이다.

"난타가 엄마랑 놀고 싶은가 봐요."

어린 소녀답게 아기에게 흥미가 많은 난실이가 말 못 하는 난타를 대신해 말해 준다. 그예 아이가, 붙든 치맛자락을 점점 더 세게 휘둘렀다. 잠시 아들의 무뚝뚝한 어리광을 물끄러미 보다가, 비연은 난타의 손가락을 하나하나 펴 옷자락을 빼냈다. 그러곤 조용히 아이에게서 돌아서서는 허리를 굽혀 소쿠리

---

* 고대 인도의 도시인 슈라바스티.

를 들어 올렸다. 날틀이 있는 방으로 걸음을 떼려는 찰나에 다시 그녀의 치맛자락이 강하게 잡혀 당겨졌다.

"엄……마."

벼락에 맞은 듯 비연이 눈을 크게 떴다. 가만히 돌아보자, 옷자락을 쥐고 있는 아이가 말간 눈빛으로 올려다볼 뿐 세 살배기답지 않은 과묵한 표정은 변함이 없다. 내가 잘못 들은 것일까? 의아한 비연의 의심을 지워 준 것은 난실이의 비명과도 같은 환호성이었다.

"난타가 말을 했다! 아주머니, 난타가 지금 말을 했어요! 들었어요?"

난실이의 고함 소리에 깜짝 놀란 개원이와 향이도 티격태격 되도 않는 말싸움을 멈추고 황급히 달려왔다.

"엄마."

구경꾼들에게 실력을 뽐내는 광대처럼 아이가 또박또박하니 되풀이했다. 다시 환호성이 일었다.

"어이쿠, 요놈 입이 터졌구나! 드디어 터졌어!"

"난타야, 또 말해! 형아라고 해 봐! 형아는 할 수 있니?"

소쿠리가 대청마루에 툭 떨어지며 모시 뭉치들이 흩어져 여기저기 굴렀다. 비연이 와락 아이를 껴안았다.

"엄마, 엄마."

한번 터진 입이 나불나불 잘도 불러 댄다. 얼굴을 있는 대로 들이밀며 '형아! 형아!' 외치는 향이와 '아저씨, 아저씨도 해 봐!' 침을 튀기는 개원이에게 선심 쓰듯 형아도 하고 아저씨도

한다. 자기만 안 불러 준다며 서운한 난실이가 훌쩍이는 참에, 정작 목이 메도록 감격한 비연의 눈에는 눈물이 나오지 않았다. 아이를 안고 뭐라고 칭찬 한마디 해 주고 싶은데 여전히 목소리 대신 쉰 바람 소리만 나온다. 이 이상으로 감동할 만한 일이 없을 것 같은데 왜 이 상황에서마저 말도 눈물도 나오지 않는 것일까? 비연은 그게 억울하고 서러웠다.

'보세요, 우리 아이가 말을 했어요. 우리 난타가 드디어 말을 했어요!'

무석을 떠올리며 비연이 아이를 더욱 꼭 끌어안자 아이가 숨이 막혀 버둥대면서도 엄마를 불렀다. 잔칫집처럼 왁자해진 장사 안에 새로운 인물들이 문을 열고 들어섰다.

"새 새끼들이 둥지에 들어온 뱀 보고 놀랐나? 왜 이리 시끄러워!"

송화가 쏘아붙이자, 새 새끼들이 저마다 다투어 뱀이 아니라 아이를 보고 놀란 일을 두서없이 보고했다.

"난타가 말을 했어요!"

"요 녀석이 이제껏 옆에서 하던 말들 다 주워듣고 새겨 놨다가 갑자기 쏟아 내는 참이야. 와서 좀 보라고!"

송화는 물론 그녀와 함께 들어온 산도 놀라 얼른 뛰어왔다. 아이는 신명난 듯, 연방 '엄마, 형아, 아저씨'를 돌아가며 읊어 대는 중이다. 산을 보자 난타가 '때주님!' 하고 혀 짧은 소리를 내며 두 팔을 뻗었다. 감격에 겨운 산이 순순히 아이를 내주는 비연에게서 받아 들어 안아 올렸다.

"와, 요놈 요거, 택주님도 기억해서 부르고! 내 말이 맞다니깐. 속으로 다 새기고 있었어!"

"정말이네, 사람 놀라게 하네."

연방 침을 튀기며 고래고래 소리 지르는 개원이의 옆에서 송화가 나지막이 중얼거렸다. 나서서 기뻐하기도, 그렇다고 외면하기도 뭣한 그녀의 입이 웃음을 머금는 것 같으면서도 씁쓸하니 구겨졌다. 그녀의 목소리를 들었는지 아이가 문득 돌아보았다.

"송와."

송화의 안색이 확 변했다. 놀랍고 당황스럽고 얼떨떨하여 입을 짝 벌린 그녀는, 기쁘면서도 그걸 드러낼 수 없어 표정이 영 흐릿하니 떨떠름하였다.

"허허, 요 자식이 송화까지 아네."

단박에 가라앉은 분위기를 얼버무리려 개원이가 웅얼거렸으나 목소리가 기어들어 갔다. 송화와 비연, 이 두 사람이 함께 있는 장소에는 늘 어색한 긴장이 흘렀다. 사정을 알지 못하는 아이들도 슬금슬금 눈치를 보며 손잡고 밖으로 나갈 정도였다. 산의 품에 안긴 아이와 아이가 한 손을 내민 송화를 보다가, 비연이 곧 흩어진 모시 뭉치를 주워 담고 방으로 들어가 버렸다. 남아 있는 사람들만 면구스레 서로의 시선을 피할 따름이다.

"아이고 참, 택주님, 서찰이 왔습니다."

서먹서먹해진 상황을 깨뜨릴 사람은 역시 자기밖에 없다고 생각한 개원이가 마침 절묘하게도 편지를 떠올리고 냉큼 산에게 바쳤다. 연방 '송와'를 부르는 아이를 송화에게 안겨 주고 산이 서둘러 봉투 속 반듯하게 접힌 편지를 꺼냈다. 개원이의 짜 긋거리는 눈매로 발신인이 누구인지 알아챘기 때문이다. 마당 구석으로 가서 종이 위 정갈한 글씨를 허겁지겁 훑어보는 그녀의 얼굴이 밝아졌다 어두워졌다 곡예를 부렸다. 다 읽고 난 눈에 비친 옅은 실망을 송화가 놓치지 않고 찔러 본다.

"왜? 돌아오려면 몇 년은 더 있어야겠답니까?"

산이 고개를 살살 저었다.

"아니, 벌써 고려 땅에 있대."

뭣이라? 송화도 개원이도 놀라 눈을 휘둥그레 떴다. 린이 세자를 따라 다시 대도로 간 지 벌써 3년이었다. 그동안 비록 드물기는 했지만 편지를 보내는 가상한 태도에 '그 나리한테도 발전이라는 게 있네.' 송화가 칭찬 아닌 칭찬도 했었다. 편지의 내용은 송화나 개원이가 읽어도 무방하리만큼 형식적이고, 말미엔 항상 언제 갈 수 있을지 모르겠다는 아쉬운 소식뿐이었다. 이번에도 그러려니 생각하던 참에 이미 환국하여 고려 땅에 있다니? 돌아오고서도 대도에 있을 때와 마찬가지로 편지한 장만 달랑 보내는 무심한 처사에 송화나 개원이는 괘씸한 생각마저 든다.

"그래서 언제나 여기 오신다나요?"

"두타산頭陀山에 갈 일이 있어서……, 개경의 일을 부탁한다고."

"하이고, 일! 일! 그놈의 일, 대단하기도 하오."

"세자저하의 일이야. 무엄한 소리 그만둬."

"네네, 어련하시겠어요. 그 저하의 일 덕분에 우리도 제 앞가림 못 하도록 바쁜걸."

삐죽 나온 송화의 입을 보며 산이 드러나지 않게 한숨을 쉬었다. 송화의 말이 맞다. 원의 요구를 충족시키느라 3년 동안 산의 농장들은 매우 궁핍해졌다. 전라, 경상의 양도에 있는 기름진 땅들을 처분해야 할 지경이었지만 원의 요구는 조금도 줄어들지 않았다. 세자를 위한 일이라는 게, 금은이나 백포를 보내는 걸로 끝이 아니었다. 세자의 편이 되어 줄 사대부들과 젊은 선비들을 만나 모임을 꾸리고, 더 많은 인재를 양성하기 위해 학교를 세워 유지하는 비용도 모두 그녀의 몫이었다. 지금 장사에 들어온 이유도, 문인들의 모임을 주관하고 학당을 돌아보러 개경에 가기 위해 탈 말을 고르기 위해서였다.

몇 달 만에 받아 보는 린의 편지로 한껏 부풀었던 가슴이 당장 보지 못한다는 서운함으로 꺼져 버린 산이, 서찰을 소매 속에 넣고 개원이를 돌아보았다.

"말을 끌고 와. 지금 떠나자."

개원이가 마구간으로 가자 산이 조용히 송화를 불렀다.

"송화."

"왜요?"

대답이 불퉁스러운 것은 산이 왜 불렀는지 이미 짐작했기 때문이다.

"내일 진주晉州의 농장에서 보내는 비단이 도착해. 여기 백

저랑 같이 잘 갈무리해 둬."

"날도적이 따로 없소. 대도와 왕경을 오고갈 땐 보이는 백성 족족 먹이고 민소를 가납하며 성인군자 행세를 톡톡히 하더니, 왜 택주님을 못 뜯어먹고 이리 쥐어짜는지. 말이 좋아 친구지, 빚쟁이나 매한가지요."

"원이 훌륭한 왕이 되도록 돕는 일이야. 조금만 참아."

"흥! 예전 별감에게서 은 마흔 근과 호피 스무 장을 받지 않고 대단히 깨끗한 척 고상을 떨었다더니만, 알고 보니 너무 적어 물린 게 아니었어? 은 오륙백 근은 돼야 받아 주는 거 아니었냐고."

송화의 비웃음이 칼이 되어 산의 가슴을 후볐다.

"그렇지 않아. 사정이 달라."

"다르지 않다고 생각하는 건 너랑 수정후뿐이지. 결국 너희 세자는 이전 왕들이나 세가들과 다를 게 없는 거야."

"달라! 다르게 하기 위해서 나나 린이 뛰고 있는 거야. 내가 개경에 올라가서 사림을 만나는 이유를 몰라? 그들이 학당을 짓고 인재를 양성하도록 후원하는 이유를 몰라? 새로운 세력이 새로운 왕을 모시고 새로운 고려를 만들라는 거야!"

픽, 송화가 겁도 없이 노골적으로 냉소했다.

"그 새로운 세력이란 게, 새로운 세가, 새로운 문벌을 말하는 거겠지? 제 손으로 일해 보지 않고 책만 뒤적거리던 자들이 만들 수 있는 새로운 나라란 건, 저희들 책 읽는 사람들을 위한 나라를 말하는 거라고."

"어째서 그렇게까지 못 믿는 거야, 넌……."

"너나 수정후도 같은 족속이기 때문에 그렇게 쉽게 믿는 거야! 너의 세자나 학자들이 손에 흙을 묻히고 땀을 흘리면서 새로운 나라를 말한다면, 그래, 그러면 믿겠어. 우리 산채에서 네가 그랬던 것처럼 자기가 먹을 밥 자기가 짓고, 자기 방 데울 땔감 자기가 주워 오고, 자기가 입을 옷 자기가 지어 입고! 그러면 믿겠어."

"엄청난 억지다, 송화. 그러면 신분이 유별할 이유가 없잖아."

"그러니까. 그 신분, 변하지 않으니까 세자가 왕이 되기 전이나 후나 우리 같은 사람들에겐 세상이 그리 달라지지 않을 거라 이 말이야."

산은 송화를 설득하기에 자신의 힘이 부족함을 뼈저리게 느끼고 마침 개원이가 말을 끌고 오는 것을 반겼다. 세 마리의 말 중, 산이 한 마리에 개원이가 또 한 마리에 올라탔다. 나머지 하나는 짐을 잔뜩 실은 마바리였다. 말에 올라타기만 하면 채비가 끝이었던 산이 시간을 끌지 않고 장사를 나섰다.

"내가 개경에 가 있는 동안 복전장을 부탁해. 그리고 난타도."

"택주님이나 조심하셔요."

다시 존대로 돌아왔으나 여전히 불손한 송화의 말에 산이 너그러이 고개를 끄덕였다.

"개원이! 두 눈 똑바로 뜨고 택주님 지켜! 무슨 일 나면 확! 알지?"

"얼씨구, 이래 봬도 내가 개경서 나고 자랐거든? 한때 거길 주름잡았던 사람이야! 철동 불주먹 알아?"

표독스레 눈을 치켜뜨며 손으로 목을 쓱 그어 보이는 송화에게 개원이가 거들먹거리며 산을 따라나섰다. 세 마리의 말이 저벅저벅 금세 멀어지자 한참 안아 무게가 묵직하니 느껴지는 난타를 추어올린 송화는 비연이 들어갔던 방문을 흘깃 보았다가 곧 그녀도 아예 장사를 나와 버렸다. 비연과 마주치는 것은, 3년이 지나도, 몇 번이고 되풀이해도 도무지 익숙해질 수가 없었던 것이다.

후, 한숨을 길게 내쉬는 산을 보며 개원이가 조심스레 물었다.

"송화 년이 또 무슨 잔소리를 퍼부었습죠?"

설핏 산의 입에 문 웃음으로 제 짐작이 딱 맞았음을 확신한 개원이의 목청이 불쑥 커졌다.

"그년은 혓바닥에 독을 바른 년이에요. 위아래도 없고 사내 계집도 없고 입만 열었다 하면 모진 말만 쏟아 내니. 그러니 난타 아비가 오입질했지."

어이쿠, 개원이가 말실수를 깨닫고 화들짝 제 입을 가리며 산의 책망하는 눈을 피해 슬금슬금 눈알을 굴렸다. 그러곤 입을 막은 손가락 사이로 덩치답지 않게 모기 소리를 낸다.

"아마도 오늘 서찰 때문에 나리 욕을 좀 했겠죠? 그냥 그러려니 하쇼. 다 택주님 맘 상한 거 달래려고 그런 거니깐. 고년이 입은 걸어도 속으로 택주님을 퍽이나 아낍니다."

"알아."

알아, 송화는 날 친구로 받아들였어. 그래서 원에 대해 더

신랄하게 말한 거야. 기실 송화의 말이 그녀의 시각으로 보기엔 충분히 이해 가능한 것임을 산도 인정했다. 산의 작인들에게 원은 거의 폭군에 가까웠던 것이다. 그나마 산이 작인들에게 피해를 주지 않고자 개인 재산을 헐어 감당하기에 송화를 제외한 나머지는 별 불만이 없었다. 산 자신도, 그 많던 재산들이 눈 녹듯 허무하게 사라지고 있었지만 상심하지 않았다. 원이 열어 나갈 새로운 길에 희생이 필요하다면 기꺼이 희생이 될 작정이었다. 재산 따위, 차라리 빨리 소진되는 것이 그녀에겐 더 나았다. 결국 그녀가 왕실에 붙잡혀 사랑도 혼인도 제약당한 이유가 바로 그 재산 때문이니까.

산은, 숫제 재산을 모두 왕실에 순순히 넘기고 송화 말대로 제 밥 제가 지어 먹고 제 옷 제가 지어 입고 제 몸 따뜻하게 해 줄 땔감 제가 구해 가며 살고 싶었다. 린과 함께. 가능한 일이라 기대하긴 어렵지만 그때를 대비해 작인들에게 식구 수대로 땅을 나누어 주며 농장에서 독립시키는 중이었다.

'그 사람들, 원이랑 린이 아니었으면 올해 제대로 된 호구단자를 올리지도 못했어. 그것만으로도 원의 부탁을 들어줄 이유가 충분해!'

그렇게 그녀의 품속으로 들어왔던 유민들을 어엿한 백정으로 세워 주고, 원이 왕이 되어 뜻하는 정치를 펴게 되면, 린과 함께 이곳을 떠나 신천지에서 새로운 삶을 살 수 있을까? 이런 그녀의 허황한 꿈에 린이 선뜻 고개를 끄덕여 줄까? 그녀는 그 부분이 특히 자신 없었다. 이번 귀국에서도 그는 그녀를 보러 오기보다 세자의 일이라며 두타산으로 달려갔다. 산의 기억으로는 그녀가 우선인 적이 단 한 번도 없었다.

'그래도 말은 해 봐야겠지. 그러지 않으면 그 멍청인 내 맘을 영영 모를 테니까!'

언젠가 린이 짬이 생겨 복전장에 오면 조심스레 소망을 말해 보리라고 산은 마음을 다진다. 그러다 이내, 그에게 너무 심한 부담을 주는 것이 아닌가 마음이 흔들린다. 여필종부, 정식으로 맺은 사이는 아니어도 남편인데 남편의 의기를 꺾는 건 아내의 도리가 아니다.

'초례도 치르지 못했는데 무슨! 나중에 정화수라도 한 그릇 떠 놓고 맞절하면 그때부터 종부하면 되는 거지!'

그에게 그녀의 바람을 솔직히 털어놓을 것인가 말 것인가, 두 가지 선택이 엎치락뒤치락 겨루는 갈등 속에서 산은 개경까지 가깝지 않은 거리를 가는 동안 내내 고민했다. 자하동 본가에 도착할 때까지도 결국 그녀는 결론을 내리지 못했다.

개운치 못한 가슴을 안고 도착한 그녀의 집은 활기가 넘쳤다. 그 옛날 최씨 집안의 저택과 견줄 만큼 으리으리한 대저택은 사실 더 이상 그녀만의 집이 아니었다. 한때 그녀가 유폐되었던 별채와 정원을 제외하고는 학당으로 개조하였던 것이다.

세자에게 호의적인 숙유宿儒*들을 필두로 과거에 급제할 만큼 재능이 뛰어나나 출신이나 집안에 밀려 등용되지 못한 선비

---

* 학식과 덕행이 뛰어난 선비.

들을 모아 서로 배우고 토론하도록 조직한 이 학당은, 과거 명성이 자자했던 해동공자 문헌공文憲公*의 문헌공도文憲公徒, 일명 구재학당九齋學堂에 못지않은 사숙私塾이었다. 명성이 드높은 십이공도十二公徒**가 점차 국학에 밀려 쇠락할 즈음 그 어느 곳보다 각광받는 사학이었다. 비용을 일절 받지 않을 뿐더러 귀한 서적이며 갖은 문방구를 제한 없이 공급하여 선비들에게 인기가 높았다. 이제 자하동의 명물은 구재학당이 아니라 그녀의 학당이 될 정도였다.

그러나 다른 사학과는 달리, 산의 사학은 과거를 준비하는 학교가 아니라 미래의 관료들을 키우는 예비 양성소의 성격이 짙었다. 세자가 등극하면 그를 보필하여 국학을 진작시키고 신선한 정책을 건의할 신진 세력을 형성하는 모태였던 것이다. 린이 착안하고 산이 후원하는, 미래의 새로운 정치 집단인 셈이다. 어둑한 저녁 시간임에도 각 전각에서 글 읽는 소리가 낭랑하고 누각과 구정, 뜰에는 삼삼오오 젊은이들이 모여 서책을 끼고 토론에 한창이었다. 그 광경을 산이 멀리서 훑어보고 우울했던 낯에 미소를 띠었다.

"원림 정자에 이미 상을 받아 놓고 모두 기다리고 있답니다."

배움의 전당에 들어와서인지, 짐을 부려 놓고 여종 채봉이의 전갈을 산에게 전하는 개원이의 말투가 제법 점잖았다. 살

---

* 유학자 최충.

** 개경에 있던 열두 사학.

짝 고개를 끄덕여 주고 곧장 산이 향한 곳은 언제나 그녀가 도둑고양이처럼 살금살금 빠져나갔던 커다란 정원이다. 영인백이 살아 있던 때처럼 기기묘묘한 화초와 동물들로 가득 차 있지는 않지만 오히려 여백이 있어 담백하고 우아하며 시원스런 맛도 가미된 선비들의 쉼터로 변모한 정원에, 오늘만큼은 번잡스런 출입이 제한된다. 정자 위에 소박한 술상을 받아 놓고 주인인 현애택주를 기다리는 사람들은 40대 후반에서 50대 초반의 묵중한 학자이자 관료들이다. 수염이 군데군데 희끗한 남자들이 산이 중문을 열고 정원에 들어서자 일제히 일어나 그녀를 맞는다.

"어려워 말고 어서들 앉으세요."

정자에 오른 산이 황급히 손을 저었으나 예의가 목숨보다 중한 학자들은 그녀가 상석에 앉고서야 차례차례 자리를 잡았다. 보기엔 그저 마음에 맞는 문인들이 모여 술을 나누고 시를 짓는 평범한 모임 중의 하나였다. 무신정권 때부터 이런 식으로 모임을 가진 문인들이 많았다. 관직을 얻지 못한 채 정계에 진출할 기회를 엿보는 젊은 문인들의 모임부터 은퇴한 관리들의 모임인 기로회耆老會까지, 다양한 출신과 다양한 연령의 선비들이 끼리끼리 모여 저들끼리의 동아리를 만들었다. 한가로이 술을 마시고 시재를 뽐내는 한편 거문고를 연주하거나 그림을 그리고 바둑, 장기 등의 잡기를 즐기던 일종의 신선놀음이었다.

하지만 선비들이란 언제나 자신이 옳은 길을 가고 있으니

다른 이들도 따라와야 한다고 생각하는 족속이라, 세상의 동향에 촉각을 곤두세우고 비집고 들어갈 틈새를 찾기에, 이런 고상한 유흥도 자기 기반을 닦는 발판이었다. 출사하지 못한 자는 구직을 위해, 관료인 자는 세력을 튼튼히 다지기 위해, 퇴직한 자는 조정에 행사하는 영향력을 잃지 않기 위해.

산과 함께 만난 네 사람도 다르지 않았다. 다른 점이 있다면, 그들이 알아서 모인 것이 아니라 린이 그들을 엮었다는 것이다. 세자의 조언자이자 조력자로서, 린은 권력에서 비껴간 사대부들 중 학식과 경험이 풍부해 젊은 선비들을 이끌고 갈 수 있는 노련한 학자들을 골랐던 것이다. 이들과 이들이 뽑은 젊은이들이 세자의 수족이, 아니, 기둥이 될 참이다. 박전지朴全之, 최참崔묘, 이진李瑱, 오한경吳漢卿. 이 네 사람과 산이 모인 이 자리는 그저 단순한 문학적 예술적 유희를 위해 마련된 것이 아니라 원이 앞으로 펼칠 개혁안들을 고안하고 의논하는 토론회의 성격이 강했다.

"지금 전하의 성총에 기생하는 폐신들과 세가들의 힘을 빼는 첫 번째는 그 재력을 허무는 것입니다. 재력의 근본은 바로 땅이니, 근거 없이 내려진 사패를 거둬들이고 모수사패를 엄정히 처벌하여 토지를 원주原主에게 돌려주거나 국고에 귀속해야 합니다."

박전지의 말에 이진이 고개를 끄덕이며 받았다.

"불법으로 탈취한 땅에서 쫓겨난 유민들을 도로 받아들여 작인과 노비로 쓰고 있으니, 철저히 호구를 실사하여 숨기고 있는 유민들을 적발하고 그 신분을 찾아 주는 일도 병행해야 합니다. 땅과 부릴 사람이 없으면 재력이 자연 약화될 테니까요."

"그들을 도와 중간에서 농민들의 고혈을 빨아내는 지방관들도 일소해야 할 것입니다. 또한 조세를 가로채거나 제대로 납부하지 않는 이들도 처벌을 강화하고요. 이 일들을 동시에 진행시키면 비어 있는 국고를 튼실하게 채울 수 있습니다."

이진에 이어 최참이 한마디 하자 오한경도 거들었다.

"국가의 재정을 튼튼히 하려면 다른 개혁들도 고려해야 할 거요. 금상께서 보위에 오르신 이후로 관제가 들쑥날쑥 어수선하여 재상이 직분에 어울리지 않게 많고 업무가 중복되는 혼선이 잦으니, 과감하게 필요 없는 관부를 폐하거나 상부에 귀속시켜 낭비를 줄이고 폐신들의 전횡을 막아야겠습니다. 또한 새로운 세원을 마련할 필요가 있어요. 이를테면 소금 같은."

네 명의 학자들이 진지하게 의견을 나누는 모습을 산은 가만히 지켜보았다. 그들이 말하는 내용들은 거의가 원이 입조하기 전 린과 그녀와 대화를 나누던 소재들이다. 세 친구가 오래전 합치를 본 개혁안이 이들에게서 구체화되고 수많은 젊은 선비들에게 호응을 얻어 새로운 고려를 우뚝 세울 것이다. 원이 왕위에 오르는 그때에! 산의 가지런한 잇바디에 힘이 들어갔다.

'조금 더 기다려 봐, 송화. 우리가 준비한 게 헛되지 않다는 걸 보게 될 테니까!'

이 관호를 저렇게 바꾸자, 저 관부를 이쪽으로 편입하자, 한

참 활발하니 떠들던 네 사람이 잠시 숨을 돌리자 잠자코 듣고만 있던 산이 조용히 입을 열었다.

"네 분의 말씀 모두 장차 민생을 평안케 하고 왕실을 튼튼히 하는 데 좋은 거름이 되겠습니다. 제 짧은 소견으로는, 깨끗하고 유능한 인재들이 정당한 방식으로 등용되어 국왕을 보필하도록 보장해 주는 개혁이 반드시 필요하다고 봅니다. 작금의 숱한 폐단이 사사로운 정리에 얽매여 인사가 공정하지 않음에서 비롯된 바가 크고, 그 때문에 뇌물이 횡행하여 그 뇌물을 마련코자 백성들을 닦아세워 원성과 불신이 높기 때문입니다. 과거 공을 세운 자이거나 국왕의 측근, 혹은 왕비의 겁령구라 하더라도 불의한 방법으로 벼슬과 재물을 얻은 자를 과감히 척결하고, 청렴하고 도덕적인 인사들을 중용하여 백성들에게 신뢰를 주어야 할 것입니다."

"택주님의 말씀이 지극히 옳습니다만 인사를 관장하는 사람들이 또한 비위를 저지른 자들이라 알아서 음비陰庇*하는 일이 잦습니다. 그렇다고 국왕이 관료 하나하나를 세심히 살펴 고르기도……."

현실성이 떨어진다는 박전지의 지적에 산이 웃으며 응수했다.

"정방政房을 폐하면 됩니다."

"예? 정방을?"

"설치한 지 70년도 훌쩍 넘은 관부인데 폐하려 하면 폐행들

---

* 잘못을 감싸줌.

의 반대가 거셀 것입니다."

학자들이 깜짝 놀라며 고개를 가로젓는다. 그러나 산의 음성이 보다 확고했다.

"그러기에 폐해야 합니다. 구신들과 세가가 두 번 다시 조정에 발을 들이지 못하도록 확실하게 조처해야지요. 정방이 어떤 곳인가요. 최씨 집안이 조정의 인사권을 쥐고 흔들기 위해 제집에 설치했던 것 아닙니까. 정식 관부도 아니던 것이, 무인들이 축출된 후에도 존속하여 정상적인 조정의 권한을 침해해 온 것 아닙니까. 정방을 폐하여 인사권을 찾아오는 일이야말로 개혁의 진정한 초석이 되리라고 봅니다."

그들보다 한참 어린 여인이 내놓은 의견에 네 명이 약속이나 한 듯 고개를 끄덕였던 것은 여자의 높은 신분 때문만은 아니었다. 무모하다고 생각되긴 해도 이치에 맞기에 고려할 만하다고 판단했던 것이다. 최참이 조심스레 물었다.

"그럼 택주께서는, 백관의 임면任免과 승강昇降을 정방이 설치되기 이전과 마찬가지로 문관은 이부吏部에, 무관은 병부兵部에 맡겨야 한다고 보시는지요?"

"아니요, 네 분이 맡아야지요."

"예?"

또 한 번 깜짝 놀라는 네 명을 향해 산이 빙그레 웃었다.

"왕이 가장 신임할 수 있는 사람들이 새로운 인재를 발탁하는 겁니다. 물론 사사로운 정리와 특혜는 있을 수 없습니다. 엄격한 절차와 심사를 정하고 그에 맞게 뽑아야겠지요. 한림원翰

林院*과 간관諫官**의 권한을 동시에 강화하여, 왕으로 하여금 충분히 그 뜻을 펼치게 하면서 부정부패를 막아야 합니다. 등용할 때는 깨끗하였으나 관직에 있는 동안 부패하였다면 아무리 왕의 신임이 두터워도 과감히 잘라 내도록 말이지요."

"옳고도 옳습니다. 그럼에도 불안한 것은, 재능이 있으면서 탐심이 적은 자들이 참으로 드물다는 것입니다."

오한경의 탄식에 나머지도 쓰게 입을 다시며 수염을 쓰다듬는다. 지방과 중앙을 전전하며 많은 관리들을 보아 온 그들의 경험상, 산이 말하는 '등용 전부터 깨끗하고 등용 후에도 깨끗한 유능한' 사람이란 손에 꼽을 만큼 적었다. 그들조차도 때로는 유혹에 번민하는 적이 있었으니까.

"우리가 학당을 세워 선비들을 길러 내는 이유가 거기에 있는 것입니다."

위로하듯 산이 부드럽게 말했다.

"공맹과 주자의 가르침으로 나라를 바로잡으려는 새로운 인재들, 그들을 양성하기 위해 학당을 짓고 선생들을 부른 것입니다. 지금은 사사로이 학당을 세웠지만 나중엔 국학에서 이일을 감당해야겠지요. 이것도 선생들의 과제 중 하나입니다."

"허허, 택주께 오늘 술뿐만 아니라 많은 가르침을 얻었습니다. 한마디 한마디를 그냥 흘릴 수가 없군요."

---

* 왕의 명령을 글로 기초하던 관아.
** 왕의 잘못을 간하고 백관의 비행을 규탄하는 관리.

박전지의 너털웃음에 산의 얼굴이 붉어졌다. 아버지뻘 되는 명망 높은 학자들 앞에서 너무 많이 나대었구나 싶었던 것이다. 그 속을 눈치 챘는지 이진이 손사래를 쳤다.

"나이의 많고 적음은 배움에 아무 장애가 되지 못합니다. 저는 이제 열 살 된 제 아들 제현에게도 배우는 것을요."

"그러고 보면 이 공의 아드님이 나중에 대학자가 되어 국학을 크게 일으킬 인재요."

최참의 칭찬에 이진은 어깨가 으쓱하면서도 또 손사래를 친다.

"아이고, 무슨! 그렇게 멀리 기다릴 것도 없이 삼사좌사三司左使 안 공*이 있습니다."

갑자기 밖이 소란스러웠다. 중문 밖 글 읽고 토론하던 젊은이들의 웅성웅성 왁자한 소리가 담을 타고 정원까지 스며들었다. 무슨 일인가 싶어 산과 학자들이 갸웃하는데 중문이 요란스레 열리며 채봉이가 굴러들어 왔다.

"택주님! 공주께서 승하하셨다고 합니다!"

누구를 가릴 것 없이 정자의 다섯 사람이 벌떡 일어났다.

"환후가 그리 위중하였던가. 현성사賢聖寺에 모신 지가 언제라고."

"누우신 지 열흘도 안 되어 훙하시다니 너무 갑작스럽구먼."

네 명의 학자들이 믿기지 않는다는 얼굴로 한마디씩 중얼거

---

* 원나라에서 주자학을 들여온 안향安珦을 일컬음.

렸다. 산이 그들을 일깨웠다.

"공주께서 승하하신 때, 여기서 우리가 문주회文酒會를 가졌다는 소문이 나면 모두 곤란해집니다. 네 분은 어서 입궐하도록 하세요. 국상을 준비하여야지요."

학자들이 뜨끔하여 안색이 바뀌었다. 공주가 앓아누웠는데 한가로이 술 모임을 가진 관료들은 쉽게 구설에 오르내릴 것이다. 모임의 성격이 지극히 정치적이었던 만큼 안 그래도 남의 눈에 띄는 것이 부담스러운 처지였다. 산의 말이 끝나기 무섭게 학자들이 황급히 정자를 벗어났다. 채봉이가 등롱을 들고 가는 길을 비췄다.

정자에 혼자 남은 산은 그대로 서서 불어오는 밤바람을 맞았다.

'공주가, 이제 불과 서른아홉인데 갑작스레 죽다니⋯⋯.'

무슨 일이 벌어질 것 같은 예감이 들었다. 초여름의 바람이 열기를 싣고 그녀의 뺨을 스쳤다.

그곳은 일종의 성지였다. 성스러운 기운에 절로 옷깃을 공손스레 여미게 되는. 호젓한 오솔길을 따라 걷다 눈앞에 선뜻 다가온 기기묘묘한 암벽들을 거쳐 올라가면 정상에 펼쳐진 크고 작은 웅덩이들엔 더운 날씨에도 물이 고였다. 누가 부러 파이 많은 우물들을 모아 놓은 것인가? 자연이, 시간이, 혹은 영험한 신령이? 확실히 인간은 아니었다. 백 년을 못 채우는 짧은 생명으로는 엄두를 내지 못할 작품이다.

"처음 보시지요? 다른 곳에서는 보기 힘든 풍광이지요. 아마도 수천수만 년, 물이 바위를 녹이고 뚫어 낸 자리가 아닌가 합니다. 모양새가 우물 같다 하여 이 봉우리를 일컬어 '쉰움*산'이라 한답니다."

노인의 설명에 린이 고개를 끄덕했다. 멀리 바다가 희끄무레하니 보이는 이곳은, 번뇌의 티끌을 떨쳐 내고 청정하게 불도를 닦는다는 '두타頭陀'의 산이 본격적으로 시작되는 쉰움산이다. 바위에 단단히 발을 붙이고 선 그와 노인을 날려 보낼 만큼 모진 바람이 부는, 바람의 산으로도 익히 알려진 두타산이 가파르게 뻗어 린의 시선을 끌어당긴다. 영산을 바라보는 그의 도전적인 눈빛에 노인이 절레절레 머리를 흔들며 소나무 아래 끙, 엉덩이를 붙이고 앉았다.

"서둘지 마시지요. 조급히 굴면 산이 받아 주지 않습니다. 산행도 수행이라, 끊임없이 걸어온 걸음을 반성하며 조금씩 여유롭게 전진해야 합니다."

"노구에 선생이 괜찮은지 모르겠습니다. 힘들면 예서 내려가는 것이⋯⋯."

"무슨 말씀을! 이 산이 제 일터요 놀이터요 쉼터인 것을요. 공께서 아무리 왕성하신 때라도 이 늙은이를 따라잡기 힘드시

---

* 쉰 개의 우물.

리라."

과연 험준한 길을 꽤 걸었음에도 크게 지친 기색을 보이지 않고 허연 수염 아래 여유롭게 은은히 웃음을 짓고 있는 노인 옆에, 린이 수긍하는 미소를 머금고 앉았다.

"참, 그리고……."

노인이 눈살을 장난스럽게 찌푸리며 짐짓 엄한 목소리를 냈다.

"……과거에 급제한 것도 벼슬살이 한 적도 오래전 일인지라 이제 선생이 아니올시다. 거사라 부르소서."

'저하가 아니다. 원이라고 이름을 불러.'

누군가를 떠올리게 하는 노인의 말이 린의 가슴에 따뜻한 바람을 일으켰다. 이름을 불렀다면 지금의 관계와는 또 달랐을 것인가? 원의 그 부탁을 들어준 적이 없는 그는 노인의 부탁은 선선히 받아들였다.

"관직에서 물러났다 해도 거사의 도움이 필요합니다. 저하께서는 예전 동안거사東安居士가 주상께 직언하고 폐행들을 날카로이 비판하던 그 모습을 기억해, 곁에 두고 조언을 구하고 싶어 하십니다."

조용조용하면서도 간곡한 린의 말에 노인이 딴청을 부리며 눈길을 돌린다. 노인은 바로 휴휴休休 이승휴李承休였다. 서장관書狀官*으로 대국에 두 차례 사행했던 그는 원나라에서도 알

---

* 외국으로 보내는 사신 가운데 기록을 맡아보던 직책.

아줄 정도로 글재주가 뛰어났다. 관직에 16년가량 있으면서 세가의 횡포를 따져 묻고 비위가 있는 지방관을 탄핵하며 왕과 그 측근의 잘못을 간언하여 파직을 거듭한, 권력에 굴하지 않는 대쪽 같은 사람이었다. 마지막으로 파직당한 후 오랜 생활의 근거지였던 삼척현의 두타산 자락으로 돌아와 《제왕운기帝王韻紀》며 《내전록內典錄》 등을 저술하며 은거하는 중이다.

"저기, 사람들이 비원을 담아 정성스레 쌓은 탑이 보이십니까? 한 사람이 쌓은 것이 아니올시다. 한 명이 간절히 소망하며 돌을 놓으면 나중에 찾아온 또 한 명이 그의 소원을 빌며 돌을 얹습니다. 그리하여 저리 큰 돌무지가 되었습니다. 몽골에도 저런 돌탑이 있다고 하더이다. 그네들 말로는 '어워'라 한다지요. 수정후께서도 이왕 오셨으니 마음속 가장 이루고픈 소원을 빌며 돌을 얹어 보심이 어떨지요."

노인의 손가락 끝이 가리키는 곳에 커다란 돌무더기가 있다. 수백 개의 크고 작은 돌들이 차곡차곡 쌓인 탑이 이곳이 신령스런 땅임을 말해 준다. 하나가 아니라 여러 개, 어떤 것은 높고 어떤 것은 낮으며 어떤 것은 칼같이 길고 어떤 것은 바위처럼 넓적하다. 여기저기 흩어진 그 돌탑들을 보면 저도 모르게 돌을 하나 주워 들고 소원을 빌고 싶은 마음이 동할 것 같다. 그러나 린은 능청스레 말을 돌리는 노인 앞에서 자신의 목적을 잃지 않았다.

"소원이라면 거사가 저하께 그 힘을 빌려 주는 것입니다. 저 돌무지에 돌을 놓아 소원을 이룰 수 있다면 기꺼이 그렇게 하겠습니다."

"세상에 원, 고집은! 제 나이 일흔셋입니다. 저하께 무슨 소용이 되리까?"

"저하는 성상의 뒤를 이을 분이니 추종하는 이들이 많습니다. 그들이 모두 저하의 높고 아름다운 뜻을 온전히 이해하고 받드는 자들이라면 아무 염려할 것이 없지만, 제 탐욕을 채우기 위해 충성하는 척 아첨하는 이들도 분명 있을 것입니다. 아직 어려 사람을 제대로 판단할 줄 모르는 저 같은 사람이 아니라, 시간이 준 지혜와 깊은 통찰로 옥석을 가릴 수 있는 거사 같은 사람이 저하께 꼭 필요합니다. 이는 저하의 간곡한 뜻입니다."

"허허, 저하의 뜻이라. 공께서 이 늙은이를 저하께 추천하시고선 저하의 뜻이라 강권하시는구려. 산중에 은거하여 한가로이 책을 읽고 글을 쓰는 데 여생을 바칠 늙은이를 가만 놔두지 못하시고서."

"미안합니다."

린이 겸연쩍이 웃었다. 노인의 말대로 세자에게 이승휴를 추천한 사람은 바로 자신이었다. 어떤 일을 도모하든 주체가 되는 것도 사람이요 문제가 되는 것도 사람이다. 세자와 뜻을 같이한 사람들이 개혁을 부르짖고 있지만 그들이 모두 같은 생각을 하면서 살 수는 없는 노릇이다. 형제도 생각하는 바가 같지 않은데 한 명 한 명 제각각 다른 것은 제각각 다른 배에서 태어난 만큼 당연한 자연의 섭리다. 세자의 뜻을 받들고 이해하고 해석하고 실천하고 평가하는 것이 모두 다를 수밖에 없는 것이다. 그 속에는 진주도 있고 쭉정이도 있을 터.

지금은 충성하나 이후엔 세자의 권세를 믿고 전횡을 일삼을 자도 있을 것이며, 지금은 왕의 편이나 조금만 세자에게로 힘이 기울면 재빨리 세자 쪽으로 붙을 자들도 속출할 것이다. 내 편이 늘어난다 해서 마냥 좋다고 받아들일 것이 아니라 진정한 개혁의 주동자가 되어 세자의 혁신에 폐를 끼치지 않을 인재들을 고르는 것이 개혁 자체만큼이나, 어쩌면 그보다 더 중요하다고 린은 생각했던 것이다. 그의 의견을 가만히 듣던 원이 고개를 끄덕이며 물었었다.

'그러면 어떻게 하면 좋겠니?'

'누구보다도 공정한 잣대를 가지고 엄격하게 비판하며 주군에게 직언하는 것을 두려워하지 않을 사람에게 조언을 받으십시오.'

린이 대답했다. 그건 너로도 충분한데? 원이 찡긋 눈짓으로 말했으나 그는 머리를 내저었다.

'그럼 누굴 데려다 조언을 받으란 말이니?'

'전前 전중시사殿中侍史 이승휴가 좋겠습니다. 숱하게 좌천당하고 파직되어도 그른 일에 고언을 그치지 않은 사람입니다.'

'그럼 그 노인네를 네가 설득해 봐!'

그렇게 원이 받아들였고 그래서 린이 이곳, 두타산까지 찾아왔던 것이다. 젊은 공후의 마음을 이미 꿰뚫어 보았으나 노인은 즉답을 피하고 자리에서 일어나 느릿한 발걸음을 옮긴다.

"쉴 만큼 쉬었으니 번뇌를 떨치러 올라가 볼까요."

노인이 가파른 오솔길을 과감하게 앞서가니, 별수 없이 린도 그 뒤를 따른다. 오랫동안 그들은 묵묵히 산행에만 열중했다. 일흔이 넘는 노인에겐 분명 과하게 험난한 산길이었으나 이승휴는 좀체 힘든 기색이 없었다. 빠르지는 않아도 끈기 있게 한 발 한 발 떼는 그 꾸준함이 린을 감동시켰다. 얼마나 걸었던가, 높은 산악 지대 특유의 관목림이 펼쳐지고 풀꽃들이 만발한 너머로 청옥산靑玉山의 능선이 보인다.

"얼마 남지 않았으니 공께선 힘을 내시지요."

노인이 오히려 린을 격려한다. 웃으며 노인의 뒤를 따라 비탈진 경사를 오르다 보니 어느새 정상이다. 영산 중의 영산 백두산에서 뻗어 나온 줄기가 이어져 남쪽과 북쪽, 서쪽으로 산들이 주름을 지어 펼쳐졌고, 동쪽으로는 멀리 바다가 아득하니 보이니 절경 중의 절경이다. 왜 사람들이 두타산을 두고 명산이요 영산이라 하는지 단박에 납득이 간다. 장대하고 호쾌한 풍광에 가슴이 뻥 뚫린 듯 시원하다. 호연한 산의 정기를 흡수하려는 양 크게 심호흡을 하는 린을 보며 노인이 수염 아래 넉넉한 웃음을 그렸다.

"제게 저하 옆에서 잔소리하는 일을 맡기고 공께서는 무얼 하려 하십니까?"

노인의 지긋한 목소리가 아름다운 풍경에 황홀하니 취한 린의 귀를 두드려 깨웠다. 이승휴를 돌아본 린은 선뜻 대답을 못 했다. 예상하지 못한 일격이다. 노인이 재차 공격했다.

"공께서 아까 말씀하실 적 느낀 바인데, 마치 저하의 곁을 제게 맡기고 훌훌 떠날 마음인 듯싶었습니다. 공만큼 저하께서 신임하고 의지하는 사람이 없다 들었는데 쓸모가 다 된 늙은이를 불러 앉혀 놓고 공은 어디로 도망가려 하십니까?"

"도망을 가다니요. 저하께서 나를 필요로 하시는 한, 내가 할 수 있는 일을 하려고 합니다."

린의 대답이 만족스럽지 못했는지 노인이 고개를 저었다.

"저하께서 보위에 오르시면 누구보다 먼저 공을 재상으로 삼아 정사를 펴고자 하실 테지요. 하지만 정작 공은 남들 앞에 나설 마음이 조금도 없습니다. 그래서 저하를 위해 사람을 모으고 키우고 저 같은 늙은이까지 끌어들이지만, 공이 결코 중심에 서는 법이 없지요."

"나는 저하의 인척이니 정사에 나서면 오히려 저하께 폐가 됩니다. 선친께서도 당부하시길 정사에 간여치 말고 파쟁에 휩쓸리지 말라고 하셨습니다. 비록 저하의 편에 서서 파쟁에 발을 들이긴 했지만 어디까지나 음지에서 일할 뿐, 훗날 저하께서 보위에 오르시면 그 음지조차 없애야 하는 것이 제 역할입니다."

"허어, 그럼 그 탁월한 재능으로 무얼 하시려오?"

무엇을 할 것인가? 린은 또 대답을 망설였다. 바라는 것이 없는 게 아니다. 단지 입 밖에 낼 수 없는 것을 바라기에 말문이 막혔을 뿐, 오랫동안 생각하고 꿈꾸고 열망했던 미래는 분명히 머릿속에 있다. 그것은 한 폭의 그림처럼 선명하니 그려지는 일상의 한때. 그가 있고 그의 오랜 벗이며 평생의 반려인 그녀가 있고 정무에 지친 몸을 쉬러 친히 그들을 만나러 온 그들의 벗이자 주군인 원이 있어 다 함께 차와 환담을 나누는 백일몽, 이루어질 수 없는 환몽이다. 린은 무엇이든 받아 줄 것 같은 탁 트인 바다에 시선을 고정하고 연하니 쓸쓸한 미소를 머금었다.

"글쎄요, 종친으로서 조용히 살겠지요. 변방에서 농사를 지으며 외적의 발호를 막으며 산다면 더할 나위가 없겠습니다. 거사가 그리 했듯이 말입니다."

"허허, 왕공대인이 농사라! 그것도 나쁘지 않겠습니다."

노인이 너털웃음을 쳤다. 자신이 두타산에 자리를 잡고 농사를 짓는 한편 침입해 온 몽골군에게 저항했던 때, 그의 나이 스물아홉이었다. 그러나 그때는 농사를 짓고 은둔하겠다는 마음으로 들어온 것이 아니었다. 과거 급제 후 홀어머니를 뵈러 왔다가 몽골군에게 가로막혀 눌러앉았던 것뿐이다. 언제든 출사할 마음이 있었고 조정의 유력자들에게 구관시求官詩를 보내기도 했었다.

벼슬살이에서 이 꼴 저 꼴 다 보고 줄기차게 쓴소리만 하다가 쫓겨나 이곳에 다시 은거한 때는 쉰여섯, 풍파를 겪을 만큼 겪은 노년이 되어서였던 것이다. 아직 뽀얗고 보송보송한 눈앞의 청년이 바랄 만한 생활은 아니다. 그러나 청년의 눈빛엔 거짓이 없었다. 태생부터 임금의 겨레붙이며 미래의 권력에 가장 가까이 있는 젊은이치곤 소박하다 못해 비현실적이지만, 그 진실한 마음만은 오롯이 느낄 수 있었다.

"꼭 고려 땅에서 은거할 이유는 없지요."

지나가는 말처럼 노인이 말하자 린의 손끝이 움찔했다. 스스로에게조차 감추었던 깊은 속내를 읽힌 기분이다. 역시 노인들이란 방심할 수 없는 존재다.

"제가 부족한 솜씨로 중조中朝와 동국東國의 고왕금래를 엮은 장문의 칠언시가 있습니다. 중조는 반고盤古*부터 금국金國**까지, 동국은 단군부터 성상까지 두루 요점을 모아 적으매, 계승할 것은 계승하고 경계할 것은 경계하자는 의도였습니다. 각 나라에 고유하고 아름다운 태초가 있고 장강대하처럼 흐르는 역사가 있고 그것을 이고 지고 뼛속에 새겨 사는 사람들이 있고 그 사람들이 발을 딛는 땅이 있습니다. 비단 중조와 동국뿐이겠습니까. 몽골인은 물론 벽란도에 오가는 대식국大食國***인, 개경에 숱하게 들어와 사는 회회인과 저 광대한 사막 너머 벽안碧眼의 노예들까지 모다 마찬가지 아닐는지요. 시간으로는 왕조가 바뀌고 군왕이 변하여 역사에서 취사할 바를 명확하게 알려 주며, 땅으로는 저 땅의 무리가 이 땅으로 이 땅의 무리가 저 땅으로 옮기며 몰랐던 사실을 알게 하여 큰 깨달음을 주나니, 부처님의 뜻이 천축에서 이곳으로 전해진 것도 그와 같을

---

* 　중국 신화의 창조신.

** 　금나라.

*** 　아라비아.

것입니다. 그러니 공께서 이 땅에서 더 이상 할 일이 없고 조용히 은거하고 싶은 그때가 오면, 비록 고려가 아니더라도 분명 쉴 곳이 있을 테지요."

또 한 권의 책을 쓸 기세로 노인이 늘어놓는 말을 묵묵히 듣고 있는 린의 낯빛이 시종일관 진지했다. 그 모습이 귀여우면서도 딱하여 노인이 가볍게 반농조로 마무리했다.

"늙은이는 조정에 보내 부릴 궁리를 하시면서 정작 공께서는 빠져나가려 여념이 없으시니 어찌 된 일인지요?"

또 한 번 뜨끔해하는 린을 두고 훠이훠이 노인이 먼저 하산에 나섰다. 시야를 뿌듯이 채웠던 첩첩한 능선들과 망망한 바다를 일별하고 린도 산을 내려갔다. 올라올 때와 마찬가지로 말없이 내려가는 두 사람의 목적지는 두타산의 끝자락에 자리한 간장사看藏寺* 다. 본래의 명칭은 백련대白蓮臺로, 옛날 천축에서 왔다는 세 명의 승려, 즉 두타삼선頭陀三仙이 흰 연꽃을 가져와 창건하여 붙은 이름이라고 한다. 여기에 귀향한 이승휴가 용안당容安堂이라 이름 지은 거처에서 은거하며 저술로 소일하다가 거처를 절에 희사하며 이름도 바꾼 것이다.

내려오면서 쉼움산에 있던 돌탑에 노인이 멈춰 돌을 하나 얹은 잠깐을 제외하고는, 두 사람은 조금도 쉬지 않았다. 그렇다고 급한 마음에 총총히 내려온 것이 아니라 유유하니 각자의 상념에 젖은 채 풍광과 하나 되어 느릿느릿 걸었던 것이다. 그

---

* 오늘날 천은사天恩寺.

러자니 그 험준한 산길을 오르락내리락, 아침에 비교적 일찍 나섰으되 간장사에 도착한 때는 오후의 나른한 시각이었다.

"수정후!"

간장사에 가까이 이르니 현판보다 먼저 보이는 것이 말을 매어 놓고 초조히 왔다 갔다 하는 장의다. 승양을 하여 중랑장이 된 그가 린과 노인을 보고 큰 소리로 불렀다. 린은 한눈에 그의 태도가 예사롭지 않음을 알아차렸다. 개경에서 기다리고 있을 장의가 여기 삼척현까지 달려온 데는 분명 급박한 일이 생긴 것이다. 무슨 일이냐고 눈짓으로 묻는 린에게 장의가 거두절미하고 요점부터 말했다.

"공주께서 훙하셨습니다."

린의 눈썹이 꿈틀하더니 이내 제자리로 돌아왔다. 천천히 다가오는 노인에게 몸을 돌려 린이 공손히 말했다.

"한적하니 거사와 향다를 나누며 담소를 즐기고 싶었습니다만 국상이 있으니 가 보아야겠습니다."

"개경으로 돌아가시는지요."

"궁에서 대도로 급히 파발을 띄웠을 것이니 저하께서 분상奔喪*하실 터, 개경을 지나 마중할 생각입니다."

"공주께서 승하하셨으니……, 새 바람이 부는 것이오니까?"

질문이라기보다는 거의 노인의 혼잣말이었다. 린의 미간에 골이 깊게 패었다.

---

* 먼 곳에서 부모상을 당하고 달려옴.

"무슨……."

"공께서는 준비가 되셨습니까?"

이번에는 확실히 물어보고 있었다. 이 노인은 어째서 대답하기 곤란한 질문만 던지는 거지? 린은 입을 쓰게 다물었다. 그를 바라보는 노인의 눈길이 자상하고 온화하다.

"시비를 가리기 곤란하거든 마음의 눈으로 보소서. 공 스스로의 목소리에 가만히 귀를 기울이소서. 선량한 마음을 믿고 따르며 그에 부끄럽지 않게 결정하소서. 그러면 취하고 버릴 것이 분명해지리다."

눈을 내리깔고 노인의 말을 잠시 음미하던 린은 장의가 끌고 온 말에 훌쩍 올라탔다.

"조언 고맙습니다. 말씀을 들으니 내가 저하께 거사를 천거한 것이 옳았다는 생각이 거듭 듭니다. 거사는 아까 내가 제의한 바를 숙고하고 좋은 답을 주오."

"어이쿠, 끝까지 늙은이를 번뇌의 소굴로 밀어 넣으려 하시다니. 참으로 질긴 분이로세."

노인의 헛헛한 웃음을 뒤로하고 린과 장의가 달리기 시작했다. 새로운 바람, 노인이 말했던 변화란 과연 어떤 것일까? 린이 어렴풋이 짐작하는 그 바람은 어딘가 비릿하다. 그의 가슴속에 조그맣게 돋아난 불안의 싹이, 대도에서 내려오는 원과 가까워지면서 점점 크게 자랐다. 서경에 도착하여 세자의 궁에 발을 들였을 때는, 그 불안이 무성하니 수없이 많은 가지로 뻗어 그의 가슴 전체에 그늘을 드리웠다.

린과 단둘이 방에 남은 원은 울고 있지 않았다. 뭔가 골똘히 생각에 잠겼던 그는, 허겁지겁 달려온 친구를 보고 오히려 생긋 웃었다. 지나치게 상심하여 잠깐 정신이 오락가락한 것일까? 또렷하니 맑은 눈동자가 그건 아니라고 대변해 준다. 원이 잡아끄는 대로 의자에 앉은 린의 표정이 세자보다 훨씬 어두웠다.

"많이 우상하시지요."

간결한 위로의 말에 원이 눈을 한번 씀벅 감았다 떴다. 린이 꺼낼 첫마디로 기대했던 말이 아니었다는 의외로움이 보이는 눈짓이다.

"아아, 뭐……."

그는 턱을 괴고 있던 손의 손톱을 잘근잘근 씹었다.

"그렇지. 어머님께서 그렇게 갑작스레 떠나실 줄은. 얼마 전까지만 해도 연회에서 낭랑하니 노래도 부르셨는데 말이지. 사람의 목숨이란 정말 예측 불가야."

"안장하면 곧장 대도로 돌아가십니까, 아니면 소상小祥[*]까지는 이쪽에 계시는 것입니까?"

"너무 빨리 돌아가면 안 되지! 네 생각도 그렇겠지? 개경까지 가야 널 볼 줄 알았는데 이렇게 와 주다니, 역시 너도 나랑 같은 생각을 했던 거잖아."

그의 눈이 기이하게 번쩍여 린은 당황했다.

---

* 사람이 죽은 지 1년 만에 지내는 제사.

"어떤 생각을 말씀하십니까?"

"이건 기회잖니. 어머님께서 목숨으로 열어 주신 기회!"

혈관을 돌아다니던 피가 싸늘히 식어 멈춘 느낌에 린은 부르르했다. 불안이 현실로 바뀌고 있었다. 그는 언뜻 이해하지 못한 척 고개를 갸웃했다. 시침 떼도 소용없어. 원의 음흉스런 미소가 그렇게 말했다.

"나의 어머님께서는 그 무비라는 사특한 계집의 무리가 저주하여 환우에 시달리시다 승하하신 것이다. 이는 곧 반역이니, 그 도당을 처단하는 일이 무엇보다 급하다."

"증좌가 있는지요?"

"증좌? 매질에 당할 자가 없지. 그들이 알아서 자백할 거야."

"저하!"

"뭐, 네게 낯선 일은 아닐 테지. 가족들에게 많이 들어 익히 알고 있겠지?"

린이 가만히 입속 살을 깨물었다. 공주가 그의 고모에게 했던 일을 원이 되풀이하려 하고 있다. 그것은 린과 원이 세 살 되던 무렵의 한겨울, 다루가치[達魯花赤][*]의 처소에 날아든 투서가 발단이었다. '정화궁주가 사랑을 잃고 무당을 불러 공주를 저주하고 제안공 숙을 비롯한 43인이 반역을 도모한다.'는 내용의 투서는 정국을 발칵 뒤집었다. 여러 재상의 호소로 익명의 무고는 일단락되었지만 정화궁주는 그 후로 두 번 다시 왕

---

[*] 원나라가 내정 간섭을 위해 파견한 관리.

을 보지 못했다. 린의 집안으로서는 뼈저리게 사무치는 기억이 아닐 수 없다. 원의 봉목에 감도는 미심쩍은 눈빛으로 미루어 앞으로 닥칠 바람은 정화궁주의 사건과 비교도 안 될 만큼 철저하고 잔혹하게 완결될 것이다. 그 바람의 비릿한 냄새는 바로 피의 냄새였던 것이다.

"부적 하나 정도 그 계집의 전각에 묻어 두어도 좋겠지. 아니면 제웅이라든가. 뭐, 물증이 중요한 건 아니니까."

"하지만 저하……."

"주상을 등에 업은 환관, 최세연과 도성기 등을 그 계집과 함께 싹 밀어내고 희유希愈*를 비롯해 주상께 충성하고 나를 업신여기는 자들을 엮어 참하면 일단락을 짓는 것이다."

"찬성할 수 없습니다."

"뭐?"

원의 눈이 크게 벌어졌다가 가늘게 찢어졌다. 한창 열기를 내뿜던 눈빛이 싸늘하니 가라앉더니 희미하게 조소를 지었다. 그것은 '그럴 줄 알았지.' 하는 체념 어린 비웃음처럼 보였다. 같은 생각을 가졌다고 넌덕스레 떠벌렸지만, 친구가 그의 계획에 쉽사리 동의하지 않을 것을 이미 예상했던 터다.

"마음에 들지 않아? 왜?"

"무비며 환관들, 그리고 그에 빌붙은 무리가 지나치게 방종하여 조정과 세간을 어지럽히니 응당 처벌해야 옳습니다. 하지

---

* 충렬왕의 권신 한희유.

만 그들의 악행을 법에 비추어 처단하면 몰라도, 있지도 않았던 계교를 지어 역모를 꾸며 내는 것은 타당하지 않습니다."

"너무 정직하면 손해를 입게 돼. 살아오면서 못 느꼈어?"

원이 등을 뒤로 한껏 기대어 친구를 내리깔아 보며 깍지 낀 손을 배에 얹었다.

"지금이 적기야, 지금만 한 때가 없어! 주상은 더 이상 황실의 부마가 아니지만 난 황실의 부마야. 이때 부왕이 다시는 일어설 수 없도록 밟아 줄 사건이 필요해. 그리고 날 없애고 왕을 조종하려는 반역자들, 네가 어렸을 때부터 추적했지만 지금까지 밝히지 못한 그 보이지 않는 적들에게 쐐기를 박아 숨통을 조여야 해. 그러려면 평범하고 정상적인 형태로 죄를 다스리는 걸론 부족해. 저주! 역모! 이처럼 자극적이고 민심을 동요시키고 백성을 분노케 하고 왕과 내 정적들을 겁먹게 하는 강력한 조치가 필요하단 말이다. 있었느니 없었느니, 타당하니 아니니, 진실이니 거짓이니 그런 건 중요하지 않아! 지금은, 지금은 그래. 내가 왕이 되면……."

"저하께서 생각하시듯 저하의 적들도 생각합니다. 저하께선 이번이 끝이라고 생각하시지만 그들은 다음을 생각합니다, 저하와 같은 방식으로."

소리 없이 원이 이를 갈았다. 지난 수년간 대도에서 머물며 그는 린과 숱하게 부딪쳤다. 때로는 고집스레 그의 뜻을 관철했고 때로는 웃으며 양보했지만 언제나 가슴속에 남는 것은 상처였다. 이 크고 작은 마찰들은 가장 사랑하는 벗이 가장 마음이 잘 통하는 상대가 아님을 절실히 느끼게 해 주었다. 지금, 일생일대의 호기에서 뻗대는 친구를 앞에 두고 원은 짜증이 왈칵 일었다.

'이 기회를 두루뭉술하니 넘겨 버리면 부왕이 승하할 때까지 하염없이 기다려야 해. 그 전에 내가 먼저 죽을 수도 있다. 난 그런 식으로 어정쩡하니 살지 않아, 린!'

그는 벌떡 일어나 린을 외면했다.

"싫다면 넌 끼지 마라. 억지로 같이 하자 매달리지 않을 테니."

"그냥 싫다는 것이 아닙니다. 그러지 마시라고 청하는 것입니다."

"적당히 해라, 린!"

"공주를 저주하여 병을 얻게 했다는 무고, 그만두시길 청합니다. 한희유 등을 끌어들여 역모를 조작하는 것은 더더욱 안 됩니다. 희유는 비록 성상의 충실한 신하이나 비리나 악행을 저지르지 않은 고려의 신하이기도 합니다. 이미 저하께서는 그를 모함하는 측근의 청을 들어 유배를 보내신 적도 있습니다. 역모로 몰아 처단하려 하심은 인후 등이 사감을 품고 저하께 주청한 일이 아닌지요? 악행을 저지른 것으로 치자면 희유보다 인후를 다스리는 것이 먼저입니다."

송곳같이 찌르는 린의 반박에 원의 얼굴이 벌겋게 물들었다. 한희유에 대한 린의 지적은 적확했다. 한희유란 인물은 왜적을 방비하고 합단적을 맞아 싸워 큰 전공을 세운 무신이다. 일개 대정이었으나 재상의 반열까지 올라 왕에게 감사하는 마음이 컸고, 왕을 위해서라면 무엇이든 할 수 있는 철저한 왕의 신하였다. 보잘것없는 출신에서 회원대장군懷遠大將軍 진변만 호鎭邊萬戶까지 되었으니 시기하고 질투하는 자들이 끊이지 않아 곧잘 무고를 당했다.

이미 원은 김신보金信甫라는 사람의 참소를 듣고 그를 한 번 파면했었다. 강직한 성품의 한희유가 자신의 죄를 시인하지 않자 그 뻣뻣함이 괘씸했던 원은, 안 그래도 그와 앙숙이었던 인후가 한희유를 제거해 줄 것을 청하자 이번 사건에 연루시키려 한 것이다. 굳이 린의 지적이 아니더라도 내심 떳떳하지 못했던 그에게 린이 칼을 꽂았던 것이다. 이번엔 논박할 여지가 없이 수세에 몰린 그가 핏빛 입술이 터지도록 이로 짓누르며 끓어오르는 수치심을 가까스로 가라앉혔다. 너무나 올곧고 정직한 측근은 때로 증오스럽다.

"좋아, 나나 인후의 사감 따윈 집어치우겠다. 하지만 나머지는 양보 못 해. 나와 함께 갈지 어쩔지 지금 정해. 함께하지 못하겠다면 굳이 데리고 가지 않겠다."

그의 양보가 어느 정도로 큰 것인지 린은 모르지 않았다. 그리고 피비린내가 진동할 사건을 자신의 힘으로는 막지 못할 것도. 원과 마주 보는 눈길을 천천히 내리며 그가 일어섰다. 그의 앞에 원이 고집스레 등을 보이며 섰다. 늘씬하고 아름다운 그 뒷모습에서 린은 이미 피에 젖은 친구를 보았다.

'좋아서 이 길을 택하신 것이 아니다! 이 길 외엔 없다고 생각하신 것이다!'

원을 이해하고 싶다. 납득하고 받아들이고 싶다. 마지막까지 함께하고 싶다.

언제나 그랬다. 열 살 남짓 어린 시절 그를 보아 왔을 때부터. 하지만 언제부터였던가, 그들의 꿈이 조금씩 어긋나기 시작했다. 같은 곳을 바라본다고 생각했지만 걷고자 하는 길이 똑같지 않았다. 하나의 목적지에 이르는 갈림길이 수없이 많음을 린은 절실히 느꼈다. 원의 길로 갈 수도 있다. 목적하는 바가 일치한다면 그 또한 가능하리라. 하지만 그런 선택을 못 하는 것이 또 그였다. 스스로가 납득할 수 없는 길에 발을 들여놓는 것을 그의 심장이 허락하지 않았다. 그의 그녀도 말하지 않았던가, 의롭지 않다고 생각되는 일을 한다면 가차 없이 엉덩이를 걷어차 주겠노라고! 린이 조용히 입을 뗐다.

"저는 함께할 수 없습니다."

원의 어깨가 움찔했다. 소매 아래 비죽이 나온 손끝의 가느다란 떨림이 린의 가슴을 아프게 했다. 원이 가장 듣고 싶어 하지 않는 말을 그가 내뱉은 것이다. 곧이어 그가 덧붙였다.

"하지만 곁에는 계속 있겠습니다."

원이 휙 돌아보았다. 그만의 독특한 웃음을 보일 만한 여유조차 버린 채 그가 냉랭하니 소리쳤다.

"마음대로 해!"

쾅! 문이 요란스레 열렸다. 밖으로 나온 원의 걸음에 황망하니 수행인들이 모여들었다.

"밤을 새워서 왕경으로 간다. 모후께 분상하는데 길을 재촉하는 것이 마땅하지 않는가!"

곧 궁 안이 소란스레 들썩였다. 린이 밖으로 나왔을 때, 사람들이 분주히 채비를 하러 오가는 사이에 원은 이미 없었다.

한여름의 더위가 맹위를 떨치고 있었다. 금원의 짙은 녹음에서 줄기차게 울어 대는 매미 소리가 시끄러운 한때, 왕은 기다란 의자에 누워 쉬고 있었다. 진기가 쭉쭉 빠지는 계절이니 늙은 왕의 눈이 가물가물하여 그 빛이 흐릿하다. 나른하니 졸던 왕이 문득 근처에 선 환관을 돌아보았다.

"가서 무비더러 오라 이르렴."

환관이 허리를 과장되게 구부리며 뒷걸음질로 임금에게서 멀어지는 것을, 조금 떨어진 그늘 아래서 송인이 그의 사촌 형과 지켜보았다. 현관玄冠과 흰 상복 차림이 아니라면 국상 중인 줄 모를 만큼 평온한 한낮이다. 늘 걱정이 많은 송방영이 귀엣말로 속삭인다.

"세자가 빈소를 지키고 있는데 주상이 무비와 어울리면 화를 돋우지 않을까?"

"걱정 마시오. 무비는 제 방에서 꼼짝도 않을 겁니다. 세자가 대도로 돌아갈 때까지 죽은 사람처럼 있으라고 일러두었소. 지금 나서면 좋은 꼴 못 볼 줄 세 살 먹은 아이도 알 테니."

언제나 그렇듯 송인은 여유롭다. 그런 여유가 부럽기도 하고 얄밉기도 한 송방영이 다시 초조하니 더욱 낮은 음성으로 말을 걸었다.

"세자가 돌아왔으니 터뜨려야지 않는가? 이대로 훌쩍 대도로 가 버리면……."

"터뜨려야지요. 그걸 위해 지난 수년간 참아 온 것을. 하지만 지금은 때가 아니오."

"아직도 때가 아니야? 그때가 언제 오겠는가? 주상이 벌써 예순둘이야."

"지금 터뜨려서 세자의 기세를 꺾는다고 해도 진왕의 딸과 혼인한 이상 황실의 부마니 후계에서는 적수가 없소."

"그럼 왜 혼례 전에 터뜨리질 않고 어영부영 세월만 축냈나? 이대로 영영 세자 편에 붙어먹을 것이 아니라면 도대체 왜?"

갑갑한 송방영은 가슴이라도 땅땅 두드리고 싶은 심정인데 사촌 아우의 얼굴이 귀찮아 죽겠다는 듯 일그러진다.

"다 계획이 있소! 세자를 꺾고 후계를 바꾸는 일거양득의 기회를 만들려면 내 계획 중 하나가 더 진행되어야 한단 말이오. 측근들이 반역자이며 황실의 공주에게도 버림받은 후계란 고려에서 쓸모가 없소. 아시겠소, 형님?"

"뭐? 그렇다면 하나 더 있다는 자네 계획이라는 게……."

"그렇소. 그러니 입 다물고 세자가 머물고 있는 동안만 쥐 죽은 듯 지냅시다."

자신만만한 송인에 비해 송방영은 여전히 떫은 얼굴이다. 부음을 듣고 달려온 세자의 눈에는 분노를 넘어 살기가 돌았었다. 불안해, 불안해서 못 견디겠어! 졸이는 가슴 위로 두 손을 맞잡은 송방영을 보고 송인이 피식 비웃었었다.

'세자는 감성적인 사람입니다. 모후의 죽음이 꽤나 큰 충격이었을 테지요. 어렸을 때부터 정치적으로 뒷받침해 준 가장 큰 배경 아닙니까. 지금이 부왕을 제치고 고려의 실권자로 황실에서 인정받을 수 있는 호기임을 알아차리지 못하고 죽은 사람에게 매달려 통곡하고 있으니, 세자는 아직 멀었습니다.'

그러나 세자의 짧은 판단력을 조소하던 송인도, 감성적이고 예민한 그를 자칫 잘못 건드렸다가 공연한 말썽이 생길까 염려해 무비에게 몸을 사리도록 신신당부해 둔 참이었다. 그러니 지금 한껏 몸을 낮추고 설설 기고 있는 그들에게 문제될 일은 없다. 느긋한 아우를 보며 송방영은 진중하지 못하고 늘 동동거리는 자신을 다독였다.

환관이 돌아오고 있었다. 잰걸음, 허둥지둥한 몸놀림이 꽤나 당황한 눈치다. 덤벙이는 환관을 보고 눈살을 찌푸린 송인은 무비가 뒤따라오지 않은 것을 확인하고 안도의 숨을 쉬었다. 그러나 곧, 휘하의 시위들과 린을 거느리고 등장한 세자를 발견하자 일순 숨이 막혔다. 척척 걸어오는 품이 결연하니 뭔가 일을 치를 기세다. 은밀히 눈짓을 교환한 송인과 송방영은 누가 먼저랄 것도 없이 누워 있는 왕에게로 좀 더 가까이 다가갔다.

"전하."

환관이 부르자 왕이 얕은 잠결에 '어어.' 대답을 했다.

"무비가 왔느냐?"

애정이 담뿍 묻은 질문에 대답한 이는 환관이 아니라 그의 아들이었다.

"몸이 불편하여 못 나온다 했답니다. 혹여 서운하실까 하여 제가 대신 왔습니다."

"어엉?"

부스스 일어난 왕이 눈을 비벼 대며 앞에 우뚝 선 사람을 확인하고 겸연쩍이 웃었다. 아들을 앞에 두고 총첩의 이름을 부를 만한 상황이 아님을 잘 아는 그의 웃음은 비굴할 수밖에 없었다. 쩔쩔매며 아들을 달래려는 노인은 자못 애처로워 보이기까지 한다.

"아아, 우리 세자가 왔느냐? 얼굴이 안되었다. 애상한 마음은 알겠지만 너무 기운을 잃지 마라. 아비도 네 마음과 같으니라."

원의 입가에 보일 듯 말 듯 연한 웃음기가 떠올랐다 곧 사라졌다.

"전하께서 그토록 애상하시다니 참으로 망극하옵니다. 복중이라 참고 인내하려 무던히 애썼으나 이렇듯 애절하신 전하를 뵈오니 소신은 신하로서, 아들로서, 전하께 크나큰 상심을 안긴 이들을 도무지 용납할 수 없습니다."

저놈이! 별안간 송인의 낯이 흙빛으로 거무죽죽해졌다. 반면 원의 말을 제대로 이해하지 못한 왕이 아직 완전히 개이지 않은 눈을 연방 끔쩍였다.

"세자는 지금 무슨 말을 하는가? 과인의 상심은 공주를 잃어

생긴 것이다."

"바로 그것입니다."

원이 왕의 말을 낚아챘다.

"주상께서는 공주의 병이 생긴 원인을 아십니까? 주상의 사랑을 공주에게 빼앗길까 질투하여 전전긍긍했던 그 요망한 무리 때문이옵니다. 당장 문초하여 죄를 자백케 하고 합당한 처분을 내려야 합니다."

빗발치는 화살처럼, 원의 빠르고 단호한 말이 어리둥절한 왕의 머리를 마구 쏘아 댔다. 애초에 사랑이 그쪽으로 간 적이 없거늘 빼앗길까 두려워할 사람이 있어야지? 질투하며 전전긍긍했던 사람이라면 오히려 공주가 아니겠는가. 그 젊은 나이에 급사한 것도 투기가 몸과 마음을 죄 불살랐기 때문일 것. 그러나 세자의 목표가 바로 그의 무비임을 직감적으로 깨달은 왕은 헉, 가슴이 내려앉아 벌떡 몸을 세워 앉았다.

"공주는 여독으로 병을 얻은 것이다. 뉘라서 감히 공주를 해코지하겠는가?"

"이미 제가 들은 말이 있습니다. 궁인 무비와 그에 빌붙은 관원들이 무당을 시켜 공주를 저주하게 한 사실이 어렴풋이 드러났으니 확실한 자백과 증거를 위하여 문초하겠습니다."

"세자가 직접?"

"예, 한 치의 거짓도 용납하지 않고 철저히 심문하여 흑백을 가리겠습니다."

아들은 기세등등하여 당장이라도 국문하러 나설 참이다. 왕이 황급히 아들의 소매를 잡고 늘어졌다.

"아직 복중이니 복복(服)*을 마칠 때까지 기다리라. 기다리면……."

"그럴 수 없습니다."

원이 소매를 떨치며 차갑게 잘라 말했다.

"공주가 누구입니까? 선제의 따님이고 지금 황상의 고모님입니다. 그런 공주가 억울하게 이승을 떠났는데 모르는 척 넘어가면 고려는 어떻게 되겠습니까? 황실에 대한 모욕이고 반역입니다! 죄인들을 철저히 가려내어 엄정히 처단하지 않으면 나중에 폐하의 문책을 피하지 못할 것입니다."

"하지만 무비를 지켜 준다고 네 입으로 말하지 않았더냐?"

늙은 왕의 목소리가 애원조로 떨렸다. 아버지와 아들 간의 은밀한 거래를 신하들 앞에서 까발릴 정도로 왕은 다급했다. 흥! 그런 아버지를 내려다보며 가볍게 콧방귀를 낸 아들의 얼굴이 더욱 싸늘히 식은 것은 말할 것도 없다.

"어마마마로부터 지켜 준다 했습니다. 이제 어마마마께서 아니 계시니 지켜 줄 까닭이 없지 않습니까?"

"목숨만은……, 부디 목숨만은 살려 다오."

애걸해 보았자 소용없는 줄 알면서도 왕이 웅얼거렸다. 힘없이 의자 위로 무너진 노인에게서 원은 미련 없이 눈을 뗐다. 이제 결정권이 완전히 그에게 넘어온 것이다.

"우부승지는 날 따라오너라. 국문을 지켜보고 그 결과를 전

---

* 상복을 입는 기간.

하께 보고하라.”

원이 느닷없이 지적하자 송인의 손끝이 파득 경련했다. 그의 등골을 따라 식은땀이 한줄기 흘러내렸다.

'이쪽은 끝났어! 부용을 포기하고 왕린을 이용해 세자를 뒤흔드는 작업에 전념해야 해!'

그의 빠른 두뇌가 이미 결과를 예측한 만큼 포기할 것은 빨리 포기하고 다음 일을 도모하는 것이 맞는 순서였다. 그러나 그의 머릿속을 꽉 채우고 있는 것은 옥부용, 그의 무비였다. 이제 곧 그녀의 마지막 순간이 다가온다는 공포에 그의 무거운 발끝이 흔들렸다.

'침착해, 지금은 세자의 사람인 듯 자연스레 굴어야 해! 세자의 사람이다, 송인!'

세자는 푹푹 찌는 더위에 찬바람이 쌩 나도록 돌아서서 후원을 벗어났다. 린과 어깨를 나란히 하고 그 뒤를 따르는 송인은 평정을 유지하기 위해 초인적인 힘을 발휘했다. 그의 납덩이같은 얼굴을 흘깃 본 세자가 미심쩍은 눈초리로 물었다.

“환자가 앓은 지 오래됐으니 의원을 바꿀 시기를 앞당기자고 말했었지? 그 시기가 지금이라고 생각하는데 넌 그렇지 않은 모양이다?”

“……그럴 리가 있겠습니까. 소신도 지금이 그때라고 생각합니다.”

차갑고도 교활한 미소가 세자의 입술 끝을 씩 말아 올렸다.

“난 또! 너도 린처럼 이런 식의 숙청을 못마땅해하는 줄 알았다.”

“이 정도로 세게 나가지 않으면 전하께서 쉽게 물러나지 않습니다. 수정후야 워낙 정도만을 고집하는 분이라.”

“역시! 네가 찬성할 줄 알았다. 너라면 내 뜻을 알아줄 거라고 믿었어.”

마치 린보다 그를 신뢰한다는 투로 들렸다. 그러나 황송함에 고개를 숙인 송인의 낯빛은 약하게 찌푸린 미간을 펼 줄 모르는 린과 매한가지였다.

‘당했다!’

세자의 징글징글하도록 여유로운 표정이 그를 치떨게 했다. 이런 놈을 두고 감성적이라고 하다니! 송인은 자신의 뺨을 철썩 갈기고 싶은 심정이었다. 어머니의 억울한 한을 풀겠다며 비분강개하던 청년이 야심적이고 능글맞은 책략가의 본성을 드러낸 것이다. 이 숙청은 분노를 못 이기고 충동적으로 결행하는 것이 아니라 철저히 계획된 것이리라.

‘모후의 죽음에 꽤나 충격을 받았을 거라고? 이놈은 이때를 노리고 있었던 거야! 이 교활하고 간교한 놈!’

꽤나 충격을 받은 사람은 세자가 아니라 정작 그 자신인 셈이다. 세자는 짧은 판단력의 미숙한 어린애가 아니라 그도 계획에 동참하도록 엮어 버린 노련한 모사꾼이었다. 정말 말 그대로 송인은 어이없게 ‘당해’ 버린 것이다.

국청에는 이미 가지가지 다양한 형구들이 갖추어져 있었다. 언제 이렇게 깔끔하고 알뜰하니 준비를 한 것인지 송인은 아뜩

한 가운데서도 기가 막혀 혀를 내둘렀다. 여기저기 늘어서 있는 자들의 차림을 보니 세자의 시위들이다. 보아하니 국문의 내용은 이미 짜여 있는 것이 분명하다. 물론 자백의 내용까지도.

"데려와."

세자의 명령이 떨어졌다. 짧고 간결하여 누구인지 지적하지 않았으나 명을 받든 장의와 그의 지시를 받은 시위가 조금도 주저하지 않고 일사불란하니 움직이는 것으로 미루어 보아도 이 국문은 지극히 계획적이었다. 시위가 제일 먼저 끌고 와 형틀에 묶은 자는 환관 최세연이었다. 머리 굴리기로는 누구에게도 뒤지지 않는 환관은 닥쳐올 재난을 직감한 듯 쥐새끼처럼 반짝이는 작은 눈을 순진한 척 애처로이 깜빡여 댔다.

"동궁마노라, 이런 꼴로 뵙자니 참으로 망극하옵니다."

"내가 보기엔 잘 어울리는걸."

"제 면상이 그리 보기 좋지는 않지요……. 소인도 압니다."

원의 비꼬는 말투에 최세연이 엉겨 붙자 세자의 어조가 준엄하니 일변하였다.

"세연, 너는 이미 국법을 어겨 중벌을 받은 적이 있다. 성상의 총애를 입어 다시 궁으로 들어왔으면 그 은혜를 하늘처럼 여겨 삼가고 자숙하는 것이 도리가 아니었던가? 네가 궁으로 끌고 들어온 무비가 성총을 흐리고 공주를 저주하는데 만류하지 못할망정 부추기고 거들다니, 이제 그 죄를 어찌 감당하려는가."

"마노라, 억울하옵니다! 궁인 무비를 들인 죄는, 예, 달게 받겠습니다. 허나 공주마마를 저주하다니요! 공주마마께서 소인을 얼마나 아끼셨으며 소인 또한 공주를 얼마나 따랐는지 만인이 다 아는 것을요."

"자백을 늦추면 고생하는 것은 내가 아니다. 바로 너지. 장의!"

사전에 약속을 해 둔 듯 장의가 부름을 받자마자 뜰아래 최세연의 옆에 서 있던 시위에게 손짓을 했다. 시위가 형틀에서 환관을 풀어내어 가까이 있는 나무 기둥으로 끌고 갔다. 무슨 모진 일을 당할까 싶어 흠칫흠칫 눈알을 떨던 최세연은 기둥 아래 뿌려져 있는 사금파리에 질겁하였다. 시작부터 압슬壓膝이니 과연 목숨을 부지할 수 있을까? 의구심이 짙어진다.

예전, 왕이나 공주의 미움을 샀던 이들의 고문도 제법 해 봤던 그였다. 사금파리 위에 무릎을 꿇으려니 제가 고문했던 이들의 처참한 비명이 귀에서 울린다. 못 해! 싫어! 바동거리던 그의 작은 몸뚱이가 시위에게 찍 눌려 바닥에 거의 박히다시피 꿇렸다. 의연하니 꿇었으면 그나마 덜했을 것을 누르는 속도가 워낙 빠르니 사금파리가 그대로 정강이에 깊숙이 파고들어 굳이 압슬기를 얹지 않아도 다리가 절단 날 지경이다.

"으아악!"

울리는 비명 소리가 제가 고문했던 그들의 것과 얼마나 닮았던지! 단박에 혼비백산한 최세연은, 남에게 고통을 주는 일엔 익숙해도 자신이 고통받는 것은 경험이 없어, 세자가 해 달라는 대로 당장 다 해 주고 싶은 마음뿐이다.

"마노라, 마노라! 무얼 자백하리까. 무얼 원하시는지요!"

"무엄한 놈, 내가 원하는 것을 말해 준다고 선심 쓰겠다는 것이냐? 마치 내가 거짓 자백을 강요하는 것 같지 않느냐. 엎어라!"

세자의 호령이 떨어지기 무섭게 묵직한 압슬기가 최세연의 허벅지를 지그시 눌렀다.

"으아아악!"

비명 소리가 더 높고 날카롭게 뜰 전체에 울렸다.

"마노라! 소인의 잘못, 다 자복하리다. 궁인 무비가 공주마마를 저주하는 것을 알고도 눈감았으니 그 죄가 크옵니다!"

"계집에게만 모든 것을 덮어씌우고 슬쩍 빠지겠다는 말이냐? 그 계집을 꾀어 들쑤신 자가 누구냐? 비밀리에 무당을 들이고 당堂을 꾸며 무고巫蠱를 일삼도록 뒤를 봐준 이가 누구냐? 엎어라!"

압슬기가 하나 더 올라갔다. 바닥에 깔린 최세연의 다리에서 흘러나온 피가 작은 못을 이루었다. 비명을 지르느라 금세 쉬어 버린 목소리로, 눈과 코와 입에서 물이 줄줄 흐르는 환관이 울먹였다.

"제가 그랬습니다. 제가 그랬사오니, 이제 그만……."

"이번엔 혼자서 다 떠맡겠다는 것이냐? 동지를 생각하는 그 마음은 가상하나 죄를 숨겨 주는 것 또한 죄, 같이한 자를 대는 것이 온전한 자복이다. 엎어라!"

"잠시만, 잠시만, 마노라! 같이한 사람이라면 저기……."

혼백이 거의 흩어져 가는 와중에도 환관의 교활한 눈알이 때굴때굴 작은 눈구멍 위아래로 굴렀다. 아무나 갖다 댄다고 해서 세자가 만족할 리 없다. 공범을 대더라도 세자가 원할 만한 자를 불러 주어야 그나마 고통을 조금이라도 줄일 수 있는 것이다.

"……성기, 성기가 도왔습니다, 마노라!"

그의 짝지 도성기라면 세자가 드러내어 싫어하는 작자이니 좋다고 할 것이다. 수년 전에도 사이좋게 함께 파면되고 귀양살이했던 도성기가 아닌가. 과연, 세자가 그 이름을 듣고 고개를 끄덕여 준다.

"그럴 줄 알았다. 너희 환관들이 임금과 왕비를 손안에 떡 주무르듯 마음대로 휘두르려 했음을 내 어릴 적부터 보아 왔지. 다루기 힘든 상전을 없애 가면서까지 욕심을 채우려 하니 언젠간 내게도 칼을 들이댈 때가 있으리라. 너와 도성기, 전숙全淑, 방종저方宗氏, 김인경金仁鏡, 문완文玩, 장우張祐 등 무비와 더불어 중외中外*를 휘젓고 다녔던 환관들이 이번 일의 주동이렷다."

"예, 예."

애써 누굴 또 꼽아야 하나 고민하던 참에 수고를 덜어 주려는 듯 세자가 줄줄이 읊어 주니 최세연은 그저 고개만 끄덕인다. 어차피 그가 불지 않아도 모두 저승길 동무가 될 인사들이었다. 오랜 세월 동안 고락을 함께하고 잔꾀와 술수를 나누던 동료들이지만 최세연은 죄책감이 들지 않았다.

---

* 조정과 민간.

"다 자복했사오니 마노라, 이제 그냥 죽여 주소서."

"아니, 함께 모의한 공범들을 대었으니 이제 너희의 사주를 받은 무당을 대라."

"예?"

모두 끝이로다! 부귀도 부질없고 권세도 뜬구름과 같구나. 인생의 끝을 아련히 음미하던 최세연의 눈이 또 번쩍했다. 거짓 자백을 한 마당에 무당을 대라 하니 동료 환관들을 대는 것보다 훨씬 난감하다. 아는 무당들이 없는 것도 아니지만 그들이 극구 부인하며 주변인들의 도움을 받아 결백하다는 것을 밝혀내면 죄 없는 이들을 모함하고 무고誣告했다고 또 족칠 터. 어떻게 대답해야 좋을지 얼른 판단이 서지 않는다.

"아직 쓴맛을 덜 보았구나, 장의!"

아니, 원하는 게 있으면 톡 까놓고 얘기하지 왜 툭하면 시위를 불러? 장의의 손짓에 포락炮烙*을 준비하는 시위를 본 최세연이 기겁을 했다.

"무당이, 무당이 여럿 있사온데 제가 그만 그 이름을 까먹어……, 그러니까 그것이……."

"지져라."

"하이고, 마노라아아아!"

새빨갛게 달군 쇠꼬챙이가 옷을 태우고 곧장 살갗을 일그러뜨리며 고약한 냄새를 피워 낸다. 압슬도 다시는 겪고 싶지 않

---

* 불에 달군 쇠로 지지는 형벌.

은 고통이지만 포락은 그저 당장 죽고만 싶다. 최세연은 혀마저 데인 듯 꼬부라진 소리로 아는 무당들을 읊었다.

"송악산의 곡령영고와 용수산의 을을선주……."

"이놈이 제 동료들은 잘도 팔더니 무당들을 감싸 주는구나. 이제 곧 죽을 목숨에 귀신이 너도 저주할까 두려우냐? 지져라."

이젠 면식이 있건 없건 결백하건 아니건 따질 겨를이 없다. 최세연은 아는 무당이든 이름만 들어 본 무당이든 되는대로 지껄여 댔다. 심지어는 없는 이름을 짜내어 들먹이기도 했으나 세자의 마음에 차는 대답이 아니었는지 번번이 '지져라.'라는 끔찍하니 고고하고 낭랑한 한마디만 돌아올 뿐이다. 도대체 누굴 찍어 고변하길 바라시는가? 너덜너덜한 몸뚱이에서 거의 혼이 이탈한 최세연은 축 늘어져 정신을 잃기가 수십 번이었다. 그때마다 찬물을 끼얹어 황천으로 향하던 걸음을 돌려세운 세자가 이윽고 형을 멈추게 했다.

"네가 이렇게나 고집을 세울 줄은 몰랐다, 세연. 내가 그 무당을 잡아들이지 못했다면 끝내 모를 뻔하지 않니?"

이건 또 무슨 말이야? 몽롱한 눈으로 최세연은 세자의 손짓에 따라 회랑의 방 하나에서 나오는 몇몇의 인물들을 공허하니 바라보았다. 오라에 줄줄이 엮인 그 무당과 승려들은 그와 일면식도 없는 자들이다.

"이들은 너와 무비의 일당에게 사주받아 공주를 갖은 방법으로 저주한 무당과 술승術僧들이다. 내가 이미 문초하여 모든 자백을 받아 낸 바, 이들을 모른다고 하지는 않겠지, 세연?"

세자의 말에 최세연은 헛헛한 웃음만이 나온다. 모른다고 하면 또 지지라고 할 것이다. 버텨 봤자 무슨 수가 있겠는가? 환관이 힘없이 웃으며 고개를 건들건들 끄덕인다.

"예, 이들을 사주하였습니다. 마노라께서 다 알고 계신 줄 알았다면 진즉 실토했을 것요."

"그러면 너무 일찍 끝나지 않겠니. 그건 재미가 없지."

붉은 입술에 번져 가는 잔인한 미소가 피투성이 환관을 몸서리치게 하였다. 세자는 그저 자백만을 원한 것이 아니었다. 죽음에까지 이를 고통을 원했던 것이다. 무당의 이름을 읊으라는 말도 안 되는 요구를 줄기차게 한 것은 그 때문이었다, 그의 입에서 나오는 단말마적 비명을 듣고 그의 살에서 풍기는 타는 냄새와 그의 피에서 번지는 비릿한 냄새를 맡고 싶어서! 최세연은 상상할 수 없었던 청년의 본성에 완전히 질려 버렸다.

"무언가 또 남았는지요, 마노라?"

단 한 오라기의 희망조차 없다는 걸 뼈저리게 깨달은 최세연의 입가에 초탈한 미소마저 은은하니 감돌았다. 그를 내려다보는 원의 입가에도 특유의 웃음이 떠올랐다. 할 만큼 한 것이다.

"들기로, 저주를 듣는 귀신은 영험이 있어 은덕을 배반한 자에게 화가 돌아간다고 하더라. 네가 인정하였듯 공주께서 비천한 너를 지극히 아껴 주었거늘 저주를 하여 그 은덕을 배반하였으므로 오늘 마땅히 화를 입을 것이다. 증인이 있으며 또한 자복을 하였으니 네 목숨을 거두는 것으로 죄를 벌한다. 장의."

"저하, 잠시만……."

린이 황급히 막아 나섰다.

"국문하는 자리에서 자복을 받았다고 즉석에서 처형하는 것은 그 전례가 없습니다. 옥에 가두시고 모든 죄가 확정되면 날을 잡아 베는 것이 옳습니다."

"린."

원이 목소리를 낮췄다.

"내가 왜 이들을 문초하는지 잊었니? 목을 베기 위해서야, 이 자리에서!"

"하오나 저하, 이런 식의 처결은 사적인 분노로 나라의 법을 남용했다는 지적을 받게 됩니다. 국인이 국법을 지키게 하시려면 그 법을 존중하는 마음을 키워 주셔야지 두려움에 떨게 하여서는 안 됩니다. 그래서 절차가 필요하고 그에 따르는 것입니다."

"아직도 모르겠어? 난 사람들이 두려움에 떨길 바라는 거야! 백성도, 관료도, 임금까지도! 보이지 않는 내 적들까지 모두! 날 위협하면 어떻게 되는지 이렇게 보여 주지 않으면 내가 먼저 죽는단 말이다!"

앙다문 잇새로 씹어뱉듯이 말한 원이 이번에는 송인 쪽을 돌아보았다.

"너도 수정후와 같은 생각이냐?"

"평범하니 처리해서는 원하는 결과를 얻을 수 없습니다. 주상이 확실히 겁먹고 백기를 들도록 가장 잔혹하게 마무리해야 할 것입니다. 저하께 반심을 품고 간책을 꾸미는 무리에게 그보다 더 효과적인 경고는 없습니다."

핏기가 가신 입술로 송인이 건조하게 말했다. 그 대답에 만족한 원이 들었냐는 듯 린을 힐끔 보더니 다시 장의를 불렀다.

"베어라."

칼날이 한 번 공중을 스쳤다고 여겨진 순간 최세연이 묶인 자리에서 툭, 고개를 떨어뜨렸다. 깨끗하니 드러난 목에서 실처럼 붉은 선이 서서히 그어지더니 팍! 시뻘건 피가 솟구쳐 올라 환관의 성한 곳 없는 몸뚱이에 후드득 떨어져 내렸다. 원이 주위를 쓱 둘러보았다. 세자를 모시는 환관들이며 따라온 왕의 신하들의 낯빛이 공포로 희게 질렸다. 그가 바라던 바로 그 표정으로. 시작일 뿐이니라. 희미하게 떠오르는 미소를 지우며 원이 입을 열었다.

"다음!"

두 번째는 최세연이 가장 먼저 지목한 도성기였다. 국청 뜰에 들어서자마자 몸뚱이에서 대롱거리는 최세연의 목을 본 그는 세자가 뭔가 캐기도 전에 머리를 땅에 박고 죄를 지었노라 야단을 떨었다. 하지만 순순히 인정해 주고 빨리 목을 베어 줄 정도로 원은 너그럽지 않았다. 그 역시 최세연이 맛본 고통을 고스란히 겪고 나서야 비로소 영원한 안식을 얻었다.

다음도 똑같았다. 전숙, 방종저, 김인경 등 환관들이 차례로 들어와 동료들의 참혹한 시신을 보고 기절할 듯이 놀란 후 정해진 양만큼 고문을 받고 목이 잘렸다. 중랑장 김근金瑾과 장군 윤길손尹吉孫이니 이무李茂 등 원이 체포해 놓은 인사들이 단한 명만 빼놓고 모두 처형당하자, 뜰 안은 시체로 발 디딜 틈조차 없었다. 그 지옥을 차마 보지 못하고 고개 돌리는 이들이 있는가 하면 올라오는 욕지기를 입으로 막고 웩웩거리는 이들도 있었다. 그러는 가운데 마지막 남은 한 명, 흰 소복을 입은 무비가 들어왔다.

그녀는 아름다웠다. 야성적인 미모에 어울리지 않는 소박한 옷이었지만 그럼에도 불구하고 주체할 수 없는 요염한 색이 뚝뚝 방울져 떨어졌다. 그녀를 형틀에 앉혀 팔다리에 오라를 지우는 시위의 손이 바르르 떨며 흥분을 감추지 못할 정도였다. 살벌한 피비린내와 경쟁하듯 국청의 뜰에 가득 퍼지는 독특한 그녀의 체취에, 사람들이 불편한 기색을 숨기느라 코를 실룩이며 헛기침을 해 댔다.

"요녀는 요녀로다. 모두 얼이 빠진 것 같구나. 어때, 린?"

세자가 오른편에 선 친구를 돌아보며 말을 걸었지만 린은 미간을 찌푸린 채 묵묵히 뜰아래 흩어져 나뒹구는 시체들에 시선을 두었다. 아무리 왕을 겁박하기 위해서라지만, 지나쳤다. 이것이 그가 원하던 주군의 모습이던가? 린은 감히 그렇다고 말할 수가 없었다. 그의 주인은, 그의 친구는, 그의 원은 짓궂고 장난스럽지만 사리를 분별할 줄 아는 현명함과 아랫사람을 믿고 도닥이는 너그러움을 두루 갖춘 누구보다도 뛰어난 왕재였다. 남에게 고통을 주기보다는 고통을 덜어 주려 애쓰는 사람이었다. 이런 식으로 권력을 다질 사람이 아니다!

'정말 그랬던가?'

린은 저도 모르게 반문하였다. 어느 때인가부터 원의 이런 모습이 아주 낯설지 않았다. 세자의 앞에서 그가 불편하고 견디기 힘들었던 적이 적지 않았다. 언제부터였지, 그건? 저 아름다운 얼굴과 세련된 몸짓은 충분히 익숙한데 문득문득 전혀 다른 사람처럼 느껴지던, 그 순간은 도대체 언제부터였지? 야수의 눈빛을 번쩍이며 무비를 쏘아보는 벗의 얼굴에서 린은 또 한 번 강한 이질감을 느꼈다.

송인은 무표정하니 무비를 보았다. 예상을 뛰어넘는 살육에 충격을 받아 감정이 메마른 것이 아니었다. 그녀를 보자 너무나 많은 감정이 한꺼번에 들고일어나 소용돌이치는 탓에 하나의 표정을 짓기가 어려운 까닭이다. 그는 그녀를 보았지만 그녀는 그를 보지 않았다. 하지만 세자의 옆에 그가 서 있음을 그녀가 아는 것이 분명했다. 입가에 피어나는 환한 미소는 그녀를 둘러싼 살풍경에 대한 감상이 아니었다. 목전에 있는 죽음을 의식한 순간 그녀를 바라보고 있는 정인의 존재로 인해 안도하는 환희의 웃음이었다. 적어도 그의 앞에서 죽는 것이다. 그러나 그 웃음은, 송인 외의 사람들에게는 너무나 대담하고 광적이었다. '어머, 많이도 죽이셨네요!' 그렇게 말하는 듯싶었던 것이다. 원이 보기에도 그랬다.

"맹랑하고 요사스런 계집 같으니! 네가 끌어들여 이리 된 자들을 보고도 웃음이 나오는가?"

"웃은 죄도 묻고자 하시나요?"

끝이 길게 늘어지는 그녀의 끈끈한 목소리가 교태 어린 여운을 남겼다. 피바다의 한가운데서도 담담하니 여유로운 미소마저 입술 끝에 물고 있는 그녀를 보며 과연 모후가 저 계집을 두고 분사할 만하다고 원은 생각했다. 그가 덮어씌우려는 죄목처럼 그녀가 무당의 주문과 방술을 빌지 않았더라도 어머니는 죽었을 것이다. 저 얼굴, 저 목소리, 저 웃음! 그의 어머니를 시시각각 목 조르고 숨통을 막아 샘솟는 울화를 삭이지 못하고 죽음에 이르게 한 것은 결국 무비란 저 계집의 존재 자체였을 테니. 의자 손잡이에 얹힌 그의 손에 불끈 힘이 들어갔다.

"여기 있는 무당과 술승들을 사주하여 공주를 저주했으렷다. 거짓말해도 소용없다, 이미 네 무리가 자복을 했느니."

원의 손가락 끝을 따라 시선을 옮겨 물끄러미 무당 등을 보던 무비가 훗, 코웃음을 쳤다.

"어떤 식으로 저주를 했는지 증거는 찾아내셨는지요. 저 같으면 귀신에게 제물을 바쳐 빌기만 할 것이 아니라 제웅이라도 만들어 바늘을 수십 개 박아 매흉埋凶*했을 텐데요."

저런 발칙한! 세자 주위에서 나지막한 노성들이 튀어나왔다. 아득, 이를 세게 문 세자가 의자 밑에 놓아두었던 제웅을 집어 그녀에게 휙 던졌다. 그가 준비해 놓은 증거물이 이런 식으로 조롱당하리라곤 원도 짐작하지 못했던 것이다. 그의 시각에서는, 이미 죽어 나자빠진 최세연이나 그와 비슷한 종자들, 그리고 눈앞의 여자 따위는 벌레와 다를 바 없는 존재였다. 그

---

* 저주의 목적으로 흉한 물건을 묻는 일.

런 하찮은 것들이 두 눈을 시퍼렇게 벼리고 뜬 군왕과 마주하고 두려워하지 않을 순 없는 것이다. 그 증거로 앞서 끌려 나온 모든 죄인들이 단 하나도 어김없이 그의 앞에서 목숨을 구걸하고 애원하며 죄를 부정하였다가 끝내 자백 아닌 자백을 토해 내다 칼을 맞고 쓰러졌다. 이 여자만이 그의 무시무시한 존재감을 깡그리 무시하고 까들막이고 있는 것이다. 지금도 흰 치마폭에 떨어진 증거물을 보며 그녀는 설핏 웃었다. 이런 준비까지 해 놓다니 귀엽기도 하지! 세자가 어린애인 양 깔보는 눈치다.

"증인에 증거에 자백에 공범까지, 도저히 죄 없다 여쭙지를 못하겠습니다. 드릴 말씀이라곤 없으니 이제 베시지요?"

고개를 기울여 희고도 가느다란 목선을 시위에게 내보이며 말하는 목소리가 죽음을 재촉하는 것이라고 믿을 수 없게 나긋했다. 그녀의 말에 움찔하는 시위를 보니 원의 분노가 더욱 거세게 일었다. 미리 작정한 바로는 그녀가 자백을 할 때까지 최대한 고통을 줄 참이었다. 부왕을 미혹시키고 어머니를 괴롭혔던 몸뚱이를 산 채로 갈가리 찢어 버릴 심산이었다. 사내의 가슴을 철렁 내려앉게 하는 짙고 긴 눈을 파내고, 끈적끈적 달라붙는 목소리의 혀를 자르고, 웬만한 상대의 시선을 손쉽게 사로잡는 풍만한 가슴을 도려내어, 그 목이 떨어지기 전까지 무간나락의 절정을 맛보게 해 줄 생각이었다. 그러나 순순히 죽음을 맞아들이는 여자의 태도에 원의 복수심은 그만 김이 빠져 버렸다. 밀고 당기고 울부짖고 애걸하는, 국문하는 재미가 싹 가셨던 것이다. 천박하기 짝이 없는 계집의 어디에서 저런 초연하고 당당한 뱃심이 솟아난 것인가. 한편으로 원은 무비가 기특하기도 했다.

"너, 무엇을 바라고 궁에 들어왔느냐?"

무비의 느긋하던 눈동자에 의아한 빛이 스쳤다. 이런 질문은 예상하지 못했다. 무엇을 바라느냐고? 세자야말로 무엇을 바라고 묻는 것인지 그 의도가 미심쩍다.

"임금의 곁에서 권세를 누리는 것? 정식으로 작호를 받아 귀인이 되는 것? 네가 바라는 것을 이루긴 했느냐?"

"제가 바라는 것······."

무비의 입술이 천천히 열렸다. 동시에 그녀의 눈이 매우 느리게 그녀를 내려다보고 있는 사람들의 좌측 끝에서부터 우측 끝까지 죽 훑어 나갔다. 누구 한 사람에게 시선을 더 주는 일도 덜 주는 일도 없이 한 명도 빼지 않고 돌아보았다, 물론 송인을 포함하여. 태연을 가장한 그의 안색이 몹시 파리했다. 다른 이들은 끔찍한 처형을 연달아 십수 번 보니 혈색이 정상일 리 없다고 여기겠지만 그녀는 진짜 이유를 안다. 그는 슬퍼하고 괴로워하고 분노하고 미쳐 가고 있었다. 그녀가 곧 죽을 것이기 때문에! 국청의 모든 사람들에게 일별을 던지고 사르르 눈을 내리깐 무비의 입가에 만족스런 미소가 어렸다.

"······예, 이루었습니다."

"그렇군."

세자의 입아귀가 못마땅하여 일그러졌다.

"그래서 죽어도 좋다는 말이지? 그게 무엇인지 말할 마음은 없어?"

"저하께서는 아마 이루지 못하실 것입니다."

"그게 뭔데?"

"사랑하는 사람에게서 사랑을 받는 것입니다."

원이 벌떡 일어났다. 꽉 문 잇새로 아무 말도 하지 않았지만 이마에 터질 듯 불거진 푸른 핏줄이 그의 분노를 고스란히 드러냈다. 우뚝 선 그의 몸 전체에서 보이지 않는 불길이 화르르 일었다. 또 무슨 일이 일어나는 건 아닐까? 배위한 사람들이 공포에 젖었지만 다행히 세자는 울컥하지 않았다. 이런 계집에게 놀아날 내가 아니지. 침착하고 냉정하니 불기운을 누그러뜨리며 원은 잠시 잊고 있었던 그만의 유들유들한 웃음을 물었다.

"그 사람이 네 목숨을 내게 맡겼느니라. 너는 그 정도의 사랑으로 족한가?"

"예. 그럴 일은 없겠사오나 아마 저하께서도 저하의 그분에게 사랑을 받으시면 제 마음을 아실 겁니다."

세자의 가늘어진 눈에서 불꽃이 번쩍 튀었다. 미처 꺼지지 못한 불기운이 다시 살아나 날뛰는 것일까? 세자가 계단을 한 걸음 내려섰다. 얼음장 같은 긴장감이 국청을 스산하니 채웠다. 또 한 걸음, 그다음 또 한 걸음. 세자의 발이 사뿐 아래로 내딛을 때마다 두근두근 졸아들던 사람들의 심장이, 그가 무비 앞에 섰을 때는 더 작아질 수 없을 만큼 바짝 오그라들었다. 스릉, 그녀 옆에 선 시위의 허리춤에서 세자가 검을 뽑아 들었다.

"안 됩니다, 저하!"

정적을 깨고 린의 목소리가 날카로이 울렸다. 그의 경고를 무시한 채 원은 천천히 칼자루를 꼬나들고 잘 벼려진 칼날을 여인의 매끄러운 목선에 닿을 듯 말 듯 아슬아슬하니 갖다 대었다.

"네 사랑하는 이는 곧 너를 잊을 것이다. 내가 너보다 더한 계집을 바칠 거거든."

"저는 무비입니다. 무엇에도 비할 수 없는, 누구와도 견줄 수 없는."

"좋다. 내가 이길지 네가 이길지 두고 보마. 너는 저승에서 확인하려무나!"

검을 쥔 세자의 오른팔이 휙 치켜 올라갔다. 풀을 먹인 듯 빳빳하니 세워졌던 무비의 속눈썹이 더 이상 견디지 못하고 주저앉아 눈동자를 가렸다. 아무리 그녀라 해도 두려움을 완전히 이겨 낼 수는 없었던 것이다. 죽음이, 바로 앞에서 춤추고 있었다.

"저하!"

세자의 손에 피를 묻힐 수 없어 뛰어 내려오는 린에게 원의 칼끝이 곡선을 그리며 돌아갔다. 경악과 염려로 일그러진 동무의 얼굴을 향해 원이 음산하게 웃었다.

"가만, 린! 믿어라, 나를. 너는 내가 누구라고 생각하는 거야?"

그는 다시 무비 쪽으로 돌아서서 살그머니 눈을 뜬 그녀와 시선을 맞췄다.

"네가 겁을 먹어 다행이다. 그러지 않았으면 시간을 더 축낼 뻔했어.”

원은 칼을 쥔 채 그대로 꺾어져 국청을 나서려는 듯 중문으로 걸음을 옮겼다. 저 계집의 처분은 어찌하시려는고? 수행원들이 너 나 할 것 없이 의구를 품고 우르르 내려와 세자의 뒤를 따랐다. 세자의 동선을 그대로 그리며 따라가는 그들은 모두 형틀에 묶인 무비의 앞을 지나갔다. 송인 역시 그중의 하나. 그녀의 앞을 스쳐 가는 그의 새끼손가락이 한 번 꿈틀했다. 그것으로 충분합니다. 무비가 행복하니 고개를 숙였다.

“베어라.”

원이 장의에게 칼을 내주는 것을 송인은 세자의 바로 뒤에서 덤덤히 바라보았다. 척척, 장의가 그를 지나쳐 그들의 뒤쪽으로 걸어가는 소리를 들었다. 싸악, 칼의 춤사위가 그려지는 소리를 들었다. 절거덕, 시위가 장의에게서 건네받은 검을 칼집에 집어넣는 소리를 들었다. 비명도 없이, 모든 것이 마침내 마무리된, 고요한 무음無音을 마음으로 들었다.

세자가 손을 들어 올려 까딱까딱 가볍게 손짓을 하자 송인이 더 가까이 다가가 귀를 기울였다.

“미색이 빼어난 여인을 하나 알아봐. 주상을 위로할 선물이다.”

“예, 저하. 적당한 인물을 찾아보겠습니다.”

예사로운 목소리로 대답하는 그의 낯빛이 어느새 심상하니 원래대로 돌아와 있었다.

14

파열破裂

송방영은 목덜미를 스치는 바람에 흠칫하여 옷깃을 여몄다. 아직 겨울의 초입인데 싸늘하기가 벌써부터 매섭다. 추위 때문인지 급한 마음 때문인지 그는 서둘러 걸었다. 그가 다다른 곳은 최근에 송인이 빌린 자그마한 별업이었다. 근처에 자기 집이 있건만 송인은 이 별업에서 먹고 자며 웬만해선 나오질 않았다. 시중드는 사람도 달랑 하나, 갈아입을 옷이나 먹을 것을 집에서 날라 오는 정도였다. 그러니 송인 혼자 틀어박혀 사는 셈이다. 먼지와 흙으로 지저분한 대문 앞에 서서 송방영은 눈살을 찌푸렸다.

'아무리 그래도 그렇지, 재상이 사는 곳을 귀신 소굴처럼 내버려둬?'

문을 쾅쾅 두들기는데 안에서 기척이 없다. 있는 줄 뻔히 아는데 문전 축객하려는가? 괘씸한 마음에 꽝꽝 부서져라 더욱 세게 두드렸다. 그제야 끼익 소리가 나며 열리는 문틈으로 하인의 불퉁스런 얼굴이 쑥 나온다.

"문 앞 소제 좀 하여라!"

메마른 뜰에 들어서며 송방영이 하인에게 꾸짖듯 한마디 했으나 하인은 심드렁하니 고개도 대충 숙이며 휙 들어가 버린다. 기가 막힌 송방영이었지만 볼일이 노비가 아닌 사촌 아우에게 있음에, 쯧쯧 혀만 차고 곧장 정침으로 향한다.

'주인이 허깨비가 되었으니 노비라고 제대로 일하겠는가!'

하찮은 아랫것에게 푸대접받아 기분이 잔뜩 상해서인지 그의 문을 열어젖히는 손길이 자연 거칠다. 혹하니 더운 공기가 그의 숨구멍들을 막았다. 쌀쌀한 날씨에 갖춰 입은 잘두루마기가 거추장스럽게 느껴지는 열기였다. 방 안 가득 낀 증기에 시야가 뿌옇다.

"자네!"

모락모락 피어오르는 김 속에서 사촌 동생을 발견하고 송방영은 경악했다. 목욕간을 연상시키는 방 안에 뜨거운 물이 담긴 커다란 통이 공간의 대부분을 차지하고 있었다. 그냥 물이 아닌 듯 매우 야릇한 향기가 짙게 뿜어 나오는데, 그것이 누군가를 연상시켰다. 상체를 벗은 송인이 한 손에 작은 청자 호리병을 들고 다른 한 손으로 통 속 물을 느릿하니 젓고 있었다. 사방 벽에 빼곡히 채워진 책들이 아니었다면 이 방이 원래부터 목욕간이었겠구나 착각할 정도였다. 습기에 젖은 책들에서 나오는 퀴퀴한 냄새까지 뒤섞여 송방영은 호흡에 곤란을 느꼈다. 열려진 문틈으로 신선한 공기를 들이마시려는 그에게 송인이 간결하게 말했다.

"닫으시오, 형님."

"숨을 쉴 수가 없어! 방이 이게 무슨 꼴인가?"

"이 아이가 흠뻑 젖어 있습니다. 닫으시오."

뒤늦게 송방영이 사촌 동생에게 가렸던 소녀를 발견했다. 턱까지 물에 푹 담근 소녀는 오랫동안 그 속에 있었는지 발갛게 익어 눈빛마저 몽롱하니 거의 실신 상태였다. 할 수 없이 그는 일단 문을 닫고 송인 쪽으로 다가갔다.

"무슨 짓인가? 왜 이런……!"

가까이 가서야 비로소 송인의 얼굴을 들여다본 송방영은 말문이 막혔다. 꿈꾸는 듯 방심한 눈을 내리깔고 은은한 미소마저 머금은 사촌 동생은 넋이 나간 것 같았다. 호리병에 들었던 향유를 조금씩 부어 가며 향기의 미세한 질감을 조절하는 이 모습, 누구를 떠올리며 이토록 집중하는지 송방영이 모를 수가 없었다. 이 향기의 주인이었던, 이 향기 그 자체였던 그 여자. 완전히 맛이 갔군! 더 참을 수 없게 된 송방영이 아우의 손에서 호리병을 빼앗아 바닥에 힘껏 내동댕이쳤다. 팍! 병이 깨지며 달큼하면서도 몸을 꿈틀대게 하는 향기가 와락 퍼졌다. 몇 방울만으로도 후각을 마비시키는 향유의 짙은 향이 방 안 가득 진동했으니 그 향기는 이젠 향기가 아니라 고문 도구였다. 속이 뒤집힌 송방영이 웩, 구역질을 했다.

"조금만 더 있었으면 되었을 것을."

송인은 낮게 중얼거렸으나 대단히 섭섭하거나 아쉬워 보이진 않았다. 별수 없다는 듯 그는 흐느적거리는 여자를 일으켜 큼지막한 천으로 그 알몸을 둘둘 감쌌다. 짐짝처럼 아랫목에 여자를 밀어 놓고 깨진 병과 향유를 대충 치운 송인이, 창을 조금 열더니 아무렇게나 털썩 바닥에 앉았다. 벗은 그의 어깨에서 훈김이 피어올랐다.

"서너 각 더 기다리면 향이 피부 껍질 깊은 속까지 스며들어 꺼내 놓고 꽤 오래 지나도 날아가지 않는단 말이오. 형님이 방해하는 바람에 처음부터 다시 해야지 않소."

바닥에 그냥 앉기가 뭣하여 슬몃슬몃 몽그작대던 송방영이 그 말을 듣고 철퍼덕 송인 앞에 마주 앉아 째렸다.

"뭐 하자는 건가, 지금? 죽은 부용을 대신해 왕을 꼬드길 계집을 하나 더 만들겠다는 게야?"

"부용을 대신할 수 있는 사람은 없소."

"그럼 저 계집은 뭐야? 발가벗겨 향탕에 재워 부용처럼 만들려 하지 않았어?"

"자고 싶어서……."

세워 놓은 한쪽 무릎에 팔을 걸치고 고개를 비스듬히 기울여 벽에 기댄 송인은 퍽 기운이 없어 보였다. 까칠한 얼굴에 눈 아래가 거무스레하니 푹 꺼진 것이, 자고 싶다는 말이 빈말은 아닌 듯했다. 실제 그는 거의 잠들지 못했다. 그날, 그의 등 뒤에서 싸악, 소름 돋는 금속성 진동음을 들으며 국청을 나선 이

후부터. 잠을 자지 못하니 식욕도 떨어지고 머리가 늘 맑지 못
했다. 깨어 있으되 깨지 못하는 날들이 두 달을 넘으면서 그의
체력이 급속히 고갈되었다.

이대론 버틸 수 없겠다는 위기감에서 고안한 방법이 부용의
향기를 머금은 살덩이를 품고 자는 것이었다. 베개처럼, 이불
처럼, 따뜻하고 말랑말랑하며 그리운 향취를 내뿜는 살을 베고
덮으면 잠이 올 것 같았다. 그래서 벌인 작업인데 송방영이 들
어와 도중에 망친 것이다. 뭐, 그런다고 꼭 잘 수 있으리란 보
장도 없기에 송인은 종형에게 투덜대지 않았다.

그런 송인이 뇌까린 말을 이해하기 힘든 송방영은 답답하기
짝이 없다. 이렇게 무력한 사촌 동생을 대면하기는, 아주 어린
시절부터 되짚어 보아도 처음이었다. 마치 술 취한 사람처럼
건들거리는 미소가 힘없이 떠올랐다 사라지기를 반복했지만
술 냄새는 전혀 나지 않는다.

"이 사람아, 정신 차리게! 정국이 어떻게 돌아가는지 몰라?
무비 등이 그렇게 가고 난 후 성상은 완전히 의욕을 잃었어. 아
들이 거침없이 총첩을 벨 정도니 그 위세에 질려 버린 거야.
왕이 시원찮으니 세자가 자기 사람들을 조정에 심기 시작했
고……, 조만간 왕이 선위를 청하는 표문을 황제에게 올릴 거
라고들 한다고. 우리가 설 자리가 없어지고 있어! 알아듣겠는
가? 이것 보라고!"

"듣고 있소."

"왕은 말 그대로 허수아비야. 자네가 세자에게 천거해 준 문

연文衍[*]의 누이만을 끼고 골골하고 있다네. 천거야 자네가 했지만, 여자가 세자에게 혹했는지 완전히 세자 편이란 말이지."

"알고 있소."

송인은 흐릿한 정신에도 왕의 새로운 여자가 떠올랐다. 무비의 대신으로 그가 골랐고 세자가 궁에 들인 그녀는 김양감金良鑑의 딸로 죽은 진사 최문崔文의 과부였다. 워낙 미모가 출중하다고 들어 그녀를 대뜸 추천했는데 세자에게 데려가자마자 여자가 한눈에 그에게 반했다. 세자가 왕을 잘 모실 것을 당부하자 실망하는 눈치를 노골적으로 보이며 그를 유혹하려는 듯 애교를 부렸다. 그에 세자가 깔깔 웃음을 크게 터뜨리더니 은밀히 약조를 했다.

"네가 전하를 '끝까지' 잘 모시면 그때는 내가 거두어 주마."

"그 말씀, 꼭 지키시는 거지요?"

여자가 의심을 거두지 못하고 확인하자, 세자는 농인지 진담인지 한쪽 입가를 끌어 올리며 싱글거렸다.

"각서라도 쓸까?"

여자가 그제야 다소곳이 물러나 궁인들과 함께 왕의 침전으로 떠났다. 보통내기가 아니야. 송인은 여자의 뒷모습을 보며 생각했다. 무비와는 비교할 만한 대상이 아니었으나 적어도 왕의 동태를 감시하고자 하는 세자의 눈과 귀 정도는 되어 줄 것이다. 여자에게 강압한 것도 아니고 여자 스스로 돕고자 발 벗

---

* 김문연. 누이가 충렬왕의 후궁인 숙창원비淑昌院妃이자 충선왕의 후궁 숙비淑妃.

고 나섰으니 이것도 세자의 능력이라면 능력이었다.

"문연의 누이가 왕을 침전에 붙잡아 두는 한, 우린 눈칫밥 신세인 거야. 일이 이렇게 되게 세자를 돕다니 자네 어떻게 된 거 아닌가! 이보게, 말 좀 해!"

분통을 터뜨리는 송방영의 째지는 목소리에 송인이 부스스 깨어났다. 씩씩대는 종형의 낯짝에 대고 픽, 헛웃음 한 모금에 다시 흐리멍덩하니 머리를 벽에 기대는 그는, 정말 어떻게 된 것이 분명하다.

"어휴!"

송방영의 긴 한숨만이 방 안을 돌다 자욱한 습기에 묻혔다. 고개를 흔들며 송방영이 자리를 털고 일어났다.

"내 예전에 자네에게 경고한 적이 있었지. 왕에게 있어 무비가 누구에게도 견줄 수 없듯 자네에게도 마찬가지라고. 부용이 가고 자네는 폐인이 되었어. 이제껏 자네가 계획하고 지휘했던 모든 일들이 답보하고 있네. 당분간 자네는 쉬는 게 좋겠어."

"당분간 모두 쉬어야 합니다."

땀이 흠뻑 밴 잘두루마기를 추스르며 방문 쪽으로 몸을 돌린 송방영의 뒤에서 노곤한 목소리가 그의 발목을 잡았다. 주정뱅이처럼 늘어진 송인을 흘낏 내리깔아 보는 그의 시선이 싸늘했다.

"마음을 준 여인이 죽었는데 그 한을 갚을 생각도 없이 이 지경이 되도록 늘어져 있는 주제에 아직까지 우리를 쥐고 흔들려는가. 사내가 어찌 복수할 마음조차 없어! 아무리 부용이라도 지금의 자네는 거들떠보지도 않을 거야."

"복수를 한다 해도 부용은 살아오지 않소."

탁하기만 하던 송인의 눈이 일순 날카로이 제 빛을 냈다.

"하지만 복수는 해야지. 내 앞에서 부용을 데려갔으니 세자도 똑같은 고통을 겪게 해 줄 거요. 아니, 그것보다 곱절로 더한!"

벌떡 일어나 사촌 형의 팔을 무시무시한 힘으로 움켜잡은 그는 조금 전과는 또 다른 의미로 미친 것 같았다. 덜컥 겁이 난 송방영을 앞뒤로 흔들며 송인의 목소리가 갈라져 나왔다.

"부용은 내게 웃어 주며 죽었소. 내 마음을 알고 행복하게 죽었단 말이지. 하지만 세자에겐 그럴 기회를 주지 않을 거요. 그놈은 제가 좋아하는 여자가 저를 증오하며 죽어 가는 걸 두 눈으로 피눈물을 흘리며 보게 될 거요!"

"그 일이라면 내게 맡겨. 이미 내가 알아서 시작했으니 자네는 더 쉬면서 기운을 차리게."

"……어?"

송인의 가시 돋친 눈이 순진하니 둥글어졌다. 큰 돌멩이로 꼭뒤를 세게 얻어맞은 것처럼 헤벌어진 입이 잠시 말을 잃었다. 깜빡깜빡 서너 번 눈을 감았다 뜨는 동안 종형의 말을 파악한 그는 원래의 영민한 눈초리를 가늘게 떴다.

"알아서 시작했다고 하셨소, 형님이?"

"그래. 현애택주의 자하동 학당에 들락거리던 학사들을 세자가 만났어. 이제 그쪽은 거칠 것이 없어진 데다 세가 무섭게 불어나고 있어. 지금 잘라 두지 않으면 우리는 회생할 기회가 없을 걸세. 그래서…….”

“그 일을 터뜨렸다?”

“수정후와 현애택주, 세자를 추종하는 학사들을 전부 반역죄로 엮어 일소할 수 있는 기회를 무비 하나 잃었다고 상심하여 날려 버릴 수는 없잖은가. 복전장에 있는 역도의 잔당과 함께 순마소에서 잡아들여 문초하면 세자라도 빼내지 못해. 사정도 모르는 서흥후는 안달이 나서 걸핏하면 찾아와 거사에 대해 묻고. 그래서…….”

“아아, 이 바보들 같으니! 내 계획을 이렇게 망쳐 버릴 셈이야!”

송인의 과격한 반응이 송방영을 주눅 들게 했다. 폐인이 된 줄 알았던 사촌 아우가 완전히 살아나 옛 모습 그대로 그를 압도했다. 부득, 송인이 이 가는 소리가 들리자 송방영은 쥐며느리처럼 움찔 움츠러들었다.

“순마소에 고변하는 것은 누가? 서흥후 그 멍청이가 직접? 아니, 그 멍청이가 이 계획의 주동자가 되었단 말이지! 왜? 어쩌다가!”

“자네가 병가를 내고 여기 틀어박혀 코빼기도 내밀지 않으니 서흥후로서는 답답하기도 하지. 이제나저제나 일이 터져 현애택주를 빼돌리고 싶어 하지 않았던가. 마침 나도 이제 더 거사를 미룰 수가 없다 여기던 참이어서, 그래서…….”

"그래서! 어떻게!"

"서흥후가 아우를 직접 고변하는 것은 아무래도 걸린다 싶어, 전前 동녕부東寧府 천호千戶 한신韓愼에게 일러 고변장을 쓰는 중이야."

"막아야 해!"

웃통을 벌거벗은 채로 송인이 문을 벌컥 열고 대청으로 나갔다. 송방영이 허겁지겁 따라 나와 김이 홀홀 피어오르는 그의 어깨를 와락 잡았다.

"기다리게! 왜 이러나, 실성한 사람처럼?"

"실성한 건 내가 아니고 형님과 서흥후요. 내 계획의 끝은 세자를 거꾸러뜨리는 거요, 철저하게! 다시는 일어설 수도 없고 정사에 끼어들 수도 없게! 부용을 죽인 건 바로 그놈이란 말이오! 왕린이나 현애택주가 천 번을 죽는다 해도 세자가 한 번 쓰러지는 것과는 비교가 안 돼! 거기다 서흥후라니, 형님은 몰라, 그 멍청이가 어느 정도까지나 멍청할 수 있는지!"

송인이 방 하나에 들어가 민첩하게 의관을 갖추고 나왔다. 재빠르게 뜰을 가로지르는 뒤를 송방영이 따라가니 주인의 소리에는 민감한지 문간채에서 노비가 비죽 고개를 내놓았다.

"이 집에 있는 것은 모조리 치워 없애고 집주인에게 나간다고 일러라."

노비가 굼실거리며 방에서 온전히 나오기도 전에 대문이 쾅 요란한 소리를 내며 닫혔다. 쌩하니 부는 찬바람에 혀끝을 간질이는 미묘한 냄새가 났다. 정침의 방문이 송인이 뛰쳐나온 이후 그대로 열려 있는 모양이었다.

"믿을 수가 없습니다."

찻잔 속 맑고 그윽한 차가 위태로이 흔들렸다. 찻잔을 감싼 단의 손가락이 하얗게 굳어 떨고 있는 까닭이다. 그녀는 마주 앉은 둘째 오빠를 미심쩍게 바라보며 자신이 지금 오빠의 말을 잘 알아들었는지 재차 확인하는 중이다.

"린 오라버니가, 다른 사람도 아니고 린 오라버니가 역모라 니요? 그것도 현애택주와? 누가 그걸 믿을 수 있겠습니까. 저 는 도저히 믿을 수가 없습니다."

"직접 확인하지 않았더라면 저도 믿지 못했겠지요. 하지만 제 두 눈으로 똑똑히 듣고 보았습니다. 택주의 작인들이 삼별 초 운운하며 스스로 쫓기는 역도들이라 했고, 관청의 향리가 보여 준 호적은 분명 위조되어 있었습니다. 호장 입으로 위조 를 지시한 자가 바로 린이라 자백했단 말입니다."

"말도 안 됩니다. 그럴 수가 없어요. 린 오라버니가……, 저 하게 어떤 사람인데!"

망연자실하니 고개를 가로젓던 단이 불길한 예감에 왕전을 향해 눈을 크게 떴다.

"이 일을 누구에게 또 말했나요?"

"역모를 알고도 고하지 않는 것 또한 반역이 아닌지요……."

"다른 이에게 이미 말을 했단 말입니까? 정말이지 오라버니는……."

"저는 린의 형이기 전에 이 나라 종실의 공후입니다. 전하와 저하의 인척이고 비마노라의 피붙이입니다!"

"맙소사, 린 오라버니가 반역죄로 죽어도 좋단 말입니까?"

"그렇지 않습니다. 그래서 비마노라를 찾아온 게 아닙니까. 제 마음도 몹시 복잡합니다!"

언성이 높아진 누이에게 지지 않으려는 듯 왕전이 고함을 쳤다. 하지만 곧 그는 자신의 무례를 깨달았다. 왕전은 서둘러 고개를 숙여 사과를 표시했지만 단은 그런 것까지 챙겨 줄 겨를이 없었다. 셋째 오빠의 목숨이 바람 앞의 등불이라, 그녀가 조급하니 물었다.

"어떻게 하면 좋겠습니까? 어떻게 린 오라버니를 살리겠습니까?"

"처음엔 저하께서 살려 주시리라 생각했습니다. 하지만 린과 택주와 조정 안팎의 유림들이 작당한 이 역모에서 린만을 살려 주실 수 없다는 생각이 들었습니다. 더구나 저하께서는 일전에 무비 일당을 여럿이 지켜보는 가운데 무참히 도륙하셨으니 전하께서 이 일을 곱게 넘기시지 않으리라……."

"그래서! 그래서 어떻게 하면 되겠습니까?"

"도망시키는 것입니다. 서강에서 출항하는 외국배에 숨겨 고려에서 아예 사라지게 하는 것입니다."

"반역을 도모한 것도 모자라 죄를 모면하고자 도주하는 비겁자로 만들자고요?"

"죽는 것보다 낫지 않습니까."

별걸 다 걱정한다는 듯한 눈으로 왕전이 누이를 쳐다보았다. 셋째 오빠의 성정을 아는 단은 눈썹을 가운데로 모으며 입술을 깨물었다.

"린 오라버니는 차라리 죽음을 택할 거예요."

"그럼 내버려두시든지요! 저라고 아우를 타향으로 쫓아내고 싶겠습니까? 죽는 건 볼 수 없어 그럽니다! 아무리 미워하는 사이지만, 아옹다옹하며 할 소리 못 할 소리 가리지 않는 사이지만 친아우가 죽는 꼴은 차마 못 보아 그럽니다!"

"아아!"

단이 당장이라도 쓰러질 듯 한 손으로 가슴을 지그시 누르며 몸을 숙였다. 왕전이 황급히 누이를 부축하여 의자에 등을 기대고 앉게 도왔다. 불편해진 숨을 가쁘게 쉬며 단이 아주 작은 소리로 중얼거렸다.

"린 오라버니는, 오라버니가 이 일을 눈치 챘다는 것을 아는지요?"

"아직 모릅니다. 고변이란 비밀리에 하지 않으면 증좌가 멸실되기 십상이니까요."

단이 오빠를 찌릿, 째렸다. 한숨을 길게 내쉰 그녀는 결심한 듯 단호하니 말했다.

"그럼 지금 당장 린 오라버니를 떠나게 해야겠습니다. 사람을 시켜 현애택주를 불러오세요. 짐은 필요 없고 몸만 오라 하세요.”

“현애택주는……, 어인 일로?”

뜨끔하여 왕전이 한발 물러섰다.

“현애택주도 연루되었다 하지 않았습니까. 역모의 주동으로 욕을 당하느니 린 오라버니와 함께 떠난다면 두 사람 모두 그나마 행복할 것입니다.”

“하지만 현애택주는…….”

‘우리 쪽에서 빼돌릴 작정이랍니다.’라고 왕전은 말할 수 없어 어물어물 말끝을 흐렸다. 이번 역모 건이 터지면 체포하는 과정에서 항거하다 죽은 것으로 하고 송방영이 그녀를 몰래 빼내 주겠다고 했었다. 이미 송인이 훨씬 전에 다짐해 둔 약속이기도 했다. 세자도 무력화시키고 산도 차지할 수 있는 기회라 왕전은 몹시 기쁘고 흥분했지만, 아우가 그 과정에서 희생될 것을 생각하니 착잡하여 누이에게 달려왔던 것이다. 송인 같은 이들의 시각으로 보자면, 그는 이런 일을 주도하기에 너무 무른 사람이었다. 오빠가 망설이자 대뜸 단의 눈에 의혹이 서렸다.

“하지만 무엇인가요? 택주가 린 오라버니와 떠나는 것이 마음에 들지 않나요? 오라버니는 아직도 택주를…….”

그녀는 미처 말을 맺지 못했다. 문이 예고도 없이 활짝 열렸던 것이다. 감히 세자비의 방문을 벌컥 열어젖힌 사람은 그녀의 남편이었다. 세자의 뜻지 않은 등장에 기겁한 두 사람이 숨 쉬는 것도 잊고 얼어붙어 눈만 동그랗게 뜬 가운데, 원이 빙그레 웃으며 두 손을 마주 비비며 들어왔다.

"춥구나, 추위! 손이 다 곱을 정도니 따끈한 차가 있다면 같이 나눕시다."

원은 왕전이 앉았던 의자에 떡하니 엉덩이를 걸치고는 앞에 놓인 찻잔을 두 손으로 감쌌다. 정말 그의 손이 발갛게 얼어 있었다. 뒤늦게 단이 일어나 새로이 차를 들여오라 궁인을 부르려는데 그가 말렸다.

"이걸로도 꽤 풀리는걸. 대도로 출행하기 전에 비의 얼굴이나 보려고 들렀는데 볼 사람이 또 있었군. 자, 서 있지들만 말고 앉으시지."

웃으면서 말했지만 어딘가 톡 쏘는 가시가 있었다. 이제껏 나누던 얘기가 얘기인 만큼 단과 왕전은 서로 눈짓을 슬몃슬몃 던지며 자리에 앉았다.

"계속하지."

"무, 무엇을요?"

왕전이 남긴 차를 꿀꺽 달게 마신 원이 심상하게 말하자 단이 말을 더듬었다. 그가 한 번 더 빙그레 웃었다. 그 웃음은 단에게 '속일 생각 마.' 하는 일종의 경고처럼 보였다.

"내 손이 왜 이렇게 얼었다고 생각해? 저 문밖에서 꽤 서 있었기 때문이지."

단과 왕전의 얼굴이 투명해 보일 정도로 핏기가 싹 가셨다.

"그래, 도주할 배는 마련해 뒀어? 행선지가 어디래?"

"저하, 그것이……."

"역모라고 했나? 린을 역모로 모는 그 행위가 바로 역모야,

내게는, 전!"

빙글거리던 세자의 눈에서 불꽃이 튀었다. 기가 팍 눌린 왕전이 누이의 뒤로 슬그머니 물러서 쪼그라들었다. 서릿발 같은 준엄한 목소리가 간장이 덜컹 내려앉을 만큼 매서웠다.

"역당은 바로 너란 얘기다, 전. 역모의 결과는 곧 참형이다. 너도 모르지는 않겠지? 내가 모후를 저주한 무리를 어떻게 다스렸는지 너도 들었을 것이다."

"저하, 먼저 들어 보세요. 단순한 골육상잔이 아닙니다."

사시나무 떨듯 와들거리는 오빠의 앞을 가려 막아 주며 단이 애원조로 빌었다. 그녀를 보자 눈의 독기를 조금 빼낸 원의 말투가 다소 누그러졌다.

"그러나 네가 내 비의 오라비이고 내 벗의 형이니, 살려 주겠다."

오누이의 한숨이 동시에 들리는 듯했다. 안도할 틈을 주지 않고 원이 다시 몰아붙였다.

"하지만 린을 참소하려는 무리를 낱낱이 밝히지 않으면 그조차도 봐주지 않겠다."

"저하, 억울합니다. 참소라니요. 왕실과 조정, 고려를 위하여 우애보다 충의를 선택한 죄를 참형으로 다스리려 하시다니요."

아담한 누이의 뒤에 큰 몸뚱이를 구부려 한껏 감추며 왕전이 감히 대거리할 용기를 냈다.

"제가 복전장에 거주하는 모든 작인의 호적을 수년 전 것까지 다 들어내어 일일이 대조하며 확인했습니다. 위조된 이들이 허다하니 지금이라도 사람을 보내어 확인하시면 제 말이 거짓이 아님을 알게 되시리라……."

흥, 원의 가벼운 코웃음조차도 왕전을 얼어붙게 했다. 사람의 피를 말리는 우아한 미소가 붉은 입술 끝에 떠올랐다.

"그것은 내 명에 따라 린이 처리한 것이다. 세가들과 지방관의 가렴에 못 견디고 떠도는 유민들이 불쌍하고 애처로워 택주로 하여금 복전장에서 거두게 하고 양인의 호적을 만들어 주었다. 이제 변정辨正할 기관을 다시 설치하면 전후 사정을 다 가려 법에 맞게 신분을 돌려줄 생각이다. 의심이 풀렸느냐? 그 때문에 아우를 사지에 밀어 넣고 싶었다면 오래전부터 네 마음속엔 린을 해코지할 뜻이 있었다는 얘기겠지."

"하지만 저하! 복전장에서 작인들이 저들끼리 숙덕대는 소리를 이 귀로 들었습니다! 삼별초라 자칭하며……."

"그 무리는 내가 태어나기도 전에 이미 섬멸되었다. 둘러대려면 좀 더 그럴듯하게 대라, 전!"

"저 혼자 들은 것이 아닙니다!"

왕전이 필사적으로 몸부림쳤다. 이제는 사활이 걸린 문제였다. 린이 죽지 않으면 그의 목이 잘릴지도 모를 판이다.

"저하의 시위 중 장의라는 자가 함께 들었습니다. 제 아우와 함께 복전장으로 저를 데리러 온 자입니다. 그자에게 하문하소서. 삼별초, 그 역당의 이름을 들었는지 아닌지!"

짖고 싶은 대로 짖어 보라는 듯 여유롭던 원의 미소가 잦아들었다. 겁쟁이 왕전이 두 눈 똑바로 뜨고 하는 말이 전혀 근거

없어 보이지 않았던 것이다. 두고 보자는 눈초리로 형형한 안광을 한번 쏘아 준 뒤, 원이 바깥쪽을 향하여 목청을 높였다.

"장의와 진관, 들어오너라!"

두 명의 무인이 찬바람을 몰고 들어왔다. 왕전의 손가락이 다급히 장의에게 향했다.

"저자입니다, 저하! 저자가 저와 함께 삼별초를 들먹이던 놈들의 밀담을 들었습니다."

대뜸 지목받은 장의가 납덩이처럼 무거운 입을 굳게 다물고 눈을 내리깔았다. 원은 대번에 사태를 파악했다. 장의는, 이런 상황에서 교묘하게 빠져나갈 재간이 없는 위인이다. 침묵은 곧 긍정, 원의 음성이 음산하니 낮아졌다.

"사실이냐?"

대답이 없었다. 이보다 더 확실한 대답이 없음을 알면서도 원은 치밀어 오르는 분노에 버럭 고함을 질렀다.

"사실이냐고 물었다!"

"……사실입니다."

"그것 보소서, 저하! 이런 중대사에 제가 왜 거짓을 고하겠습니까?"

숙연하게 흘러나온 장의의 대답에 신이 난 왕전이 까들막이자 단이 살며시 오빠의 소매를 잡아당겼다. 세자의 얼굴이 침통하니 일그러져 있었다.

"왜 말을 하지 않았니?"

물어보는 목소리가 잠겼다. 대답하는 장의의 목소리도 꽉 막힌 듯 시원스럽지 못했다.

"그자들이 삼별초를 언급했고 삼별초의 일원이었던 누군가를 추종하여 다닌 것은 사실이나, 직접 관련되었다기보다는 먹고살기 위하여 역도의 이름을 빌렸던 것뿐이라고 수정후가 말했습니다. 진짜 역도로 몰아붙이면 되레 역심을 부추기게 되니 양민으로 살게 해 주면 허황한 생각을 버리고 저하의 은혜를 깨달으리라 했습니다."

"린이……."

"굳이 저하께 말씀드려 심려를 끼치고 싶지 않다 했습니다. 택주도 그저 궁핍하여 떠도는 유민들이라 생각하여 받아들였을 뿐, 오직 수정후 혼자 아는 일이라 했습니다."

"그래서 너는 린이 시킨 대로 입을 다물었단 말이냐, 나에게도?"

"그자들이 착실히 농사만 짓고 살 것이라 수정후가 장담하여 믿었습니다."

'믿었습니다.' 그 말이 뼛속에 울려 시큰했다. 믿었단 말이지, 린을. 무슨 일이 있든 그의 옆에 붙어 세세히 관찰하여 보고하라고 명령한 내 말을 아무렇지도 않게 거역하고 린의 말을 좇아 입을 다물어 놓고는, 믿었기 때문이라고 말한단 말이지. 나는 린도 믿고 너도 믿었다. 그런데 너희는 서로 믿으며 내게 숨겼어! 날 위해서라고 변명하면서! 탁자 위 꽉 쥔 원의 주먹 끝 둥근 관절들이 희게 질려 불끈 튀어나왔다.

"저하, 중랑장의 말을 들어 보니 제 오라비가 역심을 품고 역도들을 숨겨 준 것이 아닌 듯합니다. 오히려 그 반대······."

"그만!"

단이 흠칫 놀라 굳었다. 그가 이렇게 거칠게 그녀에게 고함치듯 말한 적은 한 번도 없었다. 보통 때라면 그녀에게 겁준 것을 사과하고 풀어 주겠지만 지금은 달랐다. 그녀는 변론 따위 일절 하지 말았어야 했다. 그녀가 하려던 말, 그것은 이미 원의 머릿속에 있었다.

이제까지 그의 친구가 했던 일은 모두 합당한 이유가 있었으며 그 모든 목적은 세자 자신을 위한 것이었다. 드러내고 하든 은밀히 하든, 린의 충심에는 의심할 여지가 없다. 하지만! 내용이야 어찌 됐든 그의 수하가 린을 믿고 따라 그의 명령에 충실하지 않았다. 그것이 설혹 그를 위하고 그에게 도움이 되는 일이었다 해도 손상된 자존심이 회복될 길이 없다. 친구에게 부하의 신뢰를 빼앗기고도 괜찮다고 히죽거릴 수는 없다. 그런 참에 린을 위한 변명 따위 듣고 싶지 않다. 이미 알고 있어, 그게 어쨌단 말이냐! 지금 중요한 건 역심도 뭣도 아니란 말이다! 장의에게 고정시킨 눈동자에 미동도 없이, 나지막이 원이 물었다.

"린과 함께 복전장으로 전을 데리러 간 때라면 지난번 강남미를 보내면서 린을 환국시킨 그때를 말하는 것이냐?"

"예."

그렇게나 오래전에! 거듭되는 배신감에 원은 세게 이를 갈았다. 그들의 충정에도 불구하고 린도 장의도 미웠다. 그것은,

그의 옹졸함을 스스로 들여다보게 해 준 탓에 솟구친 미움이었다. 원은 여전히 단의 뒤에서 눈치를 살피는 왕전에게 시선을 돌렸다.

"전, 누구에게 이 일을 말하여 린과 택주, 내가 아끼는 학사들을 고변하게 했느냐? 빨리 대답해야 네 목이 지금 그 자리에 붙어 있을 것이다."

"하, 한신에게 고변장을 써서 내일 순마소에 보내라 하였습니다. 지금 쓰고 있는 중일 것이니 제가 가서 그만두라 이르겠습니다."

"아니, 네가 할 일은 따로 있다. 네 머릿속을 비워. 복전장에서 들은 말도, 여기서 지껄인 말도, 특히 삼별초라는 그 이름이 네 머리에 남지 않도록 깨끗이 지워라. 그게 네 할 일이다. 다시는 이 일이 언급되어서도, 작은 의혹조차 일어서도 안 된다. 이에 관련해 조금이라도 내 귀에 들리면 너는 당장 참형이다. 역당의 이름을 듣고서도 몇 년 동안이나 감춰 두었던 네 죄도 그리 간단하지 않으니 그 정도는 할 수 있겠지?"

왕전이 납작하니 엎드렸다. 아우의 생명이 아니라 그의 생명이 줄타기를 하고 있다. 그의 입에서 시작된 이 일이 세자의 마음에 들도록 수습되지 않을 경우, 그는 결국 황천객으로 훨훨 떠날 것이다. 엎드려 발발 떠는 그의 어깨를 단이 감싸며 진정시키는 것을 보고 원은 장의에게 바싹 다가섰다. 그의 코에 와 닿는 원의 입김이 분노로 달아 있어 장의는 마른침을 삼켰다. 약간 떨어져 선 진관의 귀에도 들리지 않을 만큼 원이 작게 속삭였다.

"장의! 네 죄가 무거움을 알겠거든 행동으로 용서를 구하라. 지금 당장 동궁의 시위들 중 금과정 출신들을 모아 말을 준비하고 나를 기다리라 일러라. 그리고 곧장 한신의 집으로 가서 그놈이 썼다는 고변장을 찢고 사람을 배치시켜 놈을 연금한 다음 린에게 달려가라. 린이 제 집에서 내 부름을 기다리고 있을 테니 벽란정의 뒤편으로 데려와, 아무 말 말고! 한마디라도 린에게 귀띔을 하면 그것이 곧 나에 대한 배신임을 명심해. 조금도 머뭇거리면 안 된다. 이 일은 신속이 생명이다."

장의가 그야말로 바람처럼 달려 나갔다. 원은 곧장 진관을 가까이 오게 해 그에게도 나직하니 지시했다.

"너는 애들을 끌고 복전장으로 달려가 거길 관할하는 읍사의 호적을 모조리 태워라. 물론 네가 누군지, 누구의 명으로 왔는지 밝힐 필요는 없다. 무슨 말인지 알겠지? 그리고 현애택주를 금과정에 데려다 놔. 증거가 될 만한 건, 그 형태가 '어떤 것이든' 모두 없애라. 증거를 인멸하는 데 필요하다면 복전장을 모조리 태워 버려도 좋다. 그 역시 누가 했는지 흔적을 남기지 말아야겠지."

고개를 살짝 숙인 진관도 그의 동료 못지않게 휭허케 나갔다. 이마에 손을 얹고 원이 한숨을 돌렸다. 마치 오래전부터 준비해 놓은 듯 술술 명령을 내렸지만 이 일을 어떻게 마무리 지을 것인가. 그의 머릿속은 아직 완전히 정리되지 않아 복잡했다. 그가 원하는 결론도 무엇인지 명확하지 않았다.

'모든 증거를 없앤다고 해도 린과 산이 내 곁에 있는 한, 언젠가는 누군가의 입을 통해 또 거론될 것이다. 차라리 한신과 전을 죽여 버리는 게 낫지 않을까?'

원은 재앙을 몰고 온 원흉에게 팟, 시선을 던지려다 어느새 일어나 그를 물끄러미 바라보는 아내와 눈이 마주쳤다. 그녀의 눈길이, 불안과 공포로 파랗게 질린 안색과 다르게 고요했다. 마치 낯선 사람을 보듯 원은 그녀를 보았다. 그의 아내는 린과 산을 함께 도주시키려고 했다, 그에게 묻지도 않고. 아니, 그가 모르도록 비밀스럽게.

'왜 그랬어, 단?'

원이 속으로 물었다.

'그 둘이 내게 분신과 같은, 아니, 한 몸과 같은 존재인 걸 알면서 왜 그렇게 쉽게 내 곁에서 떼어 놓으려고 했어?'

그러나 입 밖으로 나온 말은 달랐다.

"그 둘이 함께 도망치면 행복할 거 같아?"

모르겠어요. 단은 대답을 삼켰다. 남편은 더 이상 화나 보이지 않았다. 미간이 살짝 구겨져 있었지만 분노 때문이 아니라 슬픔 때문이었다. 부풀어 오른 붉은 입술은 금방이라도 울 것처럼 미약하게 실룩거렸다. 모르겠어요. 단은 또 한 번 대답을 삼켰다. 진심이었다. 아니, 그게 중요한 것이 아니었다. 그 둘이 도망가서 행복할지 아닐지, 그것은 그녀의 관심 바깥에 있었다. 그녀의 관심은 눈앞의 남자가 불행해 보인다는 사실에, 슬픈 눈동자에, 울 것 같은 입술에 있다. 아내인 그녀가 떠난다

해도 만들어 낼 수 없는 어둑한 그림자가 그 둘로 인해 생겨 남편의 화사한 얼굴을 시들게 한 줄 아는 이상, 그 둘이 함께 도망치면 행복할 것 같다. 그 둘이 아니라 그녀가. 행복하다고까지 말할 수 없더라도 적어도 마음의 작은 평온은 얻을 것 같다. 그래서 단은 대답했다.

"……예."

아, 그래? 원이 어깨를 으쓱했다. 등을 돌린 그의 목구멍으로 뭔가 뜨겁게 걸렸다.

"린이 산을 두고 말하길 그저 벗이라 했다면서? 그런데 그 둘이 함께 도망가서 행복할 게 뭐 있어? 내 곁을 떠나는 건데 말이지."

그런 생각을 하니 그들이 저하 곁에서 행복하지 않은 거예요. 단은 생각했다. 나도 그렇고요. 늘 끼어들 수 없었던 그들 세 명만을 둘러싼 단단한 벽을 느끼며 그녀가 물었다.

"두 사람을 어떻게 하실 건가요? 그 둘이 저하의 곁에 계속 있도록 할 방도가 있습니까?"

대답 대신 방문이 열리는 소리와 곧이어 닫히는 소리가 났다. 그때까지 바닥에 납작 엎드린 채 시체처럼 꼼짝 않던 왕전이 일어나 누이에게 다가갔다.

"저하께서 어찌 처리하실까요? 린과 택주가 무사할까요?"

"지금은 전혀 모르겠습니다."

단은 방 안을 천천히 가로질러 가 창문을 열었다. 짧아진 해가 거의 지고 땅거미가 어스름하니 내려앉을 무렵이었다.

"오늘 밤은, 왠지 아주 길 것 같습니다."

그녀는 황량하니 마른 잎들이 마구 굴러다니는 뜰의 저편에 아직 남아 있는 붉은 기운을 멍하니 바라보았다. 어둠이 혀를 날름거리며 천천히, 아슴푸레하니 희미한 하늘을 잡아먹고 있었다.

초당 안은 더 치울 게 없을 정도로 깔끔했다. 작은데다 세간이라고 할 만한 물건들도 별로 없었으므로 조금만 정리하고 닦으면 반짝반짝 휑했다. 소제야 노비가 아침저녁으로 하지만 오늘 밤은 특별히 산 자신이 손수 방을 청소했다. 해 보니 청소라는 건 어지러운 방을 정리하는 효용 외에도 마음속 정리까지 덩달아 할 수 있는 놀라운 매력이 있었다. 흐트러진 반짇고리와 옷감들, 책들, 먹다 남은 간식거리 등을 하나씩 치울 때마다 그녀의 가슴에 쌓여 있던 노폐물도 하나씩 씻겨 나가는 것 같았다.

역시 제 손으로 뭔가 해 봐야 돼. 청소를 마친 산은 뿌듯한 기분으로 자신의 손길이 지나간 깨끗한 방을 훑어보며 부지런히 놀렸던 몸을 눕혔다. 가뿐하니 기지개를 켜며 쭉 뻗은 손끝에 닿는 감촉에 목을 젖혀 눈을 치뜨니, 작은 꾸러미가 머리맡에 있다. 아까 꾸려 두고 잊어버렸던 작은 꾸러미에는 패물 몇 가지와 옷 두어 벌이 들었다. 언제고 떠날 때는 그것 하나만 들고 가면 되는 것이다.

'저걸 들고 나설 때가 언제가 될까? 내일? 내달? 내년?'

문득 산은 웃음이 나왔다. 언제가 될지 기약도 없는 떠남에 대비해 마치 오늘 밤 당장이라도 집을 나갈 듯 수선스레 청소하고 보따리를 싼 성급함이 우스웠다. 단지 그의 한마디 때문에.

"나와 고려를 떠나자, 산."

그녀는 피리 부는 것을 멈추고 팔베개를 하고 누운 린을 보았다. 평온히 눈을 감은 그의 입술은 잘 아물려 있었다. 지금 내가 잘못 들은 거야? 워낙 단정히 다문 얇은 입술이 열렸던 흔적이 없어, 산은 자신의 귀를 의심했다. 한참 동안 그를 내려다보았지만 린은 마치 잠에라도 빠진 듯 미동이 없었다. 예전 합단적의 침입 때 피난처로 쓴 동굴의 입구에서 쏴, 찬바람이 파도처럼 밀려오다 동굴 벽에 부딪혀 분산되는 소리만 들릴 뿐이다. 잘못 들었구나. 그녀는 다시 피리를 들었다. 너랑 이 땅을 떠나길 얼마나 염원했으면 이젠 환청까지! 그녀의 체념 어린 웃음에 쓴맛이 배었다. 그러나 서에 입술을 대는 순간 그녀는 또 환청을 들었다.

"나와 함께 떠나 줘."

더 크고 더 또렷한 환청이었다. 아니, 환청이라기엔 너무 분명하고 확고한 목소리였다. 다시 돌린 그녀의 시선이, 언제 떴는지 마주 보는 그의 눈길과 마주쳤다. 투명하리만큼 맑은 흰자위에 자리한 검은 눈동자가 진실하고도 간절해 보였다. 맙소사! 갑자기 산이 무릎을 세워 얼굴을 묻었다. 그녀가 우는 줄 알고 깜짝 놀란 린이 벌떡 일어나 산의 어깨를 감쌌다.

"산, 산! 왜 그래? 괜찮니?"

"이 멍청이……."

그녀는 말을 잇지 못했다. 울고 있지도 않았다. 너무나 복받쳐 잠시 말이 나오지 않았던 것이다. 함께 떠나 줘. 얼마나 바라던 말이었는지! 결코 들을 수 없을 것 같던 말을 이렇게 갑자기, 쉽게, 아무렇지도 않게 하다니! 고개를 든 그녀는 울 것 같은 얼굴로 웃었다. 굳이 말할 것도 없이 그와 동행하겠다는 뜻이리라. 깊이 안도하며 린이 그녀를 끌어당겨 품에 안았다.

"그건 편하고 즐겁기만 한 여행이 아닐 거야. 네가 가진 모든 걸 버려야 하니까. 작호도, 농장들도, 별업들도, 여기 복전장도."

"아주 오래전부터 그런 건 얼마든지 버릴 각오가 돼 있었어. 중요한 건 그런 게 아니란 것, 이미 잘 알고 있는걸."

"네가 상상하는 것보다 훨씬 힘겨울지도 몰라. 네 농장의 작인들처럼 농사를 짓고 짐승을 키우면서 살면."

"살 수 있어. 그것도 오래전부터 그렸던 일인걸."

"노비도 없고 누구도 대신 일해 주지 않아. 하나부터 열까지 우리 손으로 다 해야 하는데?"

"할 수 있어. 그러기 위해 송화에게 많이 배웠는걸."

"어쩌면 한자리에 정착하지 못할지도 몰라. 신분을 감추고 숨어 지내야 하면?"

"난 예전에도 그 모든 걸 각오하고 집을 나갔어, 린!"

나 가출했던 거 잊었어? 그의 품에서 턱을 뾰족하니 치켜든 그녀가 그렇게 말하는 듯했다.

"참, 그랬었지. 이제 보니 내가 널 데려가는 게 아니라 네가 날 데려가야겠다. 경험 있는 선배로서."

그가 부드럽게 웃었다. 다시 그의 품에 얼굴을 깊이 묻은 산도 만족스레 웃었다. 시원스런 솔향기가 풍기는 품은 안온하고 믿음직스럽다. 이 품과 함께라면 어떤 고난이든 기꺼이 맞을 각오가 돼 있었다. 넘어설 자신도 있었다. 사실 그녀는 이미 한번 혼자 맨몸으로 집을 나섰던 사람이 아닌가. 당장에라도, 린이 원한다면, 그녀는 얼마든지 출발할 수 있었다. 코로 스며드는 솔향기를 탐욕스레 들이마시던 산은 문득 그의 품에서 몸을 일으켰다.

"어째서지?"

앞뒤 다 자르고 불쑥 튀어나온 질문이지만 린은 당황하지 않았다. 질문의 의미를 충분히 파악했던 것이다. 그렇지만 친절하니 대답해 주지도 않았다. 대답 대신 그는 고개를 슬쩍 돌렸다. 하지만 한번 궁금증이 일면 쉽게 수그러들지 않는 산인지라, 두 손으로 그의 뺨을 꼭 붙들어 돌려 눈을 맞추고 거듭 물었다.

"어째서 원을 떠날 생각을 한 거야? 그게 어떻게 가능해, 너한테?"

"……난 저하 곁에 충분히 있었어."

'충분히'라고? 그런 말은 있을 수 없어, 너와 원 사이에선. 그의 눈을 가만히 들여다보며 그녀가 고개를 저었다.

"사실을 말해."

"사실을 말한 거야. 저하께선 주상을 대행해 정사를 맡으셨고, 이번에 대도에 가서 공주를 데려오면 완전히 조정을 장악하실 거야. 그리고 주변엔 믿을 만한 사람들이 많이 모였어. 내가 할 일은 끝난 거야. 돌아가신 아버님께서 간곡히 말씀하셨지. 정사에 간여하지 마라. 나서지 말고 파쟁에 휩쓸리지 마라. 저하께서 나라를 다스리는 순간부터 나는 초야에 묻혀 세상에 없는 듯 살 생각이었어. 이제 그때가 온 거야. 그리고 난……."

린이 그의 뺨을 감싼 그녀의 손을 잡아 내려서 그의 손에 가두었다.

"……너랑 살고 싶어, 산. 너랑 매일매일 같은 집에서, 너를 보면서 잠이 들고 잠이 깨어 또 너를 보며, 그렇게 살고 싶어. 함께 땅을 일구고, 밥을 먹고, 차를 마시고, 네 피리 소리를 듣고, 아이를 키우며 살고 싶어."

"정말이야?"

"정말이야."

"진심이야? 원을 떠나서 나랑 살아도 좋다고, 진심으로 그렇게 생각해? 그걸 원해?"

"진심이야. 그걸 원해."

왈칵 눈물이 쏟아질 것 같았다. 이게 꿈이 아니어서 다행이야! 아니, 꿈에서라도 린이 이렇게 말한다면 그것만으로도 펑

펑 울 만큼 감격하리라. 이것은 정말 덥석 물어도 되는 행운이
런가? 산의 의구심은 완전히 지워지지 않았다.

"원이 그래도 좋다고 했어? 우리의 관계를 알고 허락한 거야?"

그가 희미하게 웃었다. 눈을 동그랗게 뜬 그녀의 뺨을 살살
어르며 린은 고개를 느릿하니 저었다.

"아직. 하지만 말씀드릴 거야. 말씀드리고 나면, 떠나자."

"떠나지 말라고 하면? 떠나지 못하게 하면?"

그는 즉답을 피하고 그녀를 안았다. 따스한 목덜미에 코를
묻고 그녀의 향을 마셨다. 그윽한 난향이 그의 마음을 가라앉
혀 주었다. 한참 만에 린이 대답을 했다.

"……떠나게 해 주실 거야."

그래도 떠나지 못하게 막는다면? 린은 스스로에게 물었다.
'넌 못 가, 린! 내 옆에 있어야 해, 영원히!' 그렇게 부르짖던 원
이 쉬사리 그와 그녀를 놓아줄까? 숨겨 왔던 그들의 사랑을 인
정하고 받아들여 줄까? 배신감을 느끼고 분노하지 않을까? 린
은 더욱 세게 산을 끌어안았다. 자신에게 다짐하듯 그가 중얼
거렸다.

"우리는, 떠날 거야, 산."

충분한 대답이고 약속이었다. 그녀는 언제 원에게 말을 할
거냐고 보채지 않았다. 그저 그의 품에서 '떠날 거야.'라는 그
의 말을 곱씹으며 눈을 감았다.

언제가 될지 모르지만 떠나기로 한 이상, 린이 개경으로 돌

아간 후 그녀도 준비란 걸 했다. 정리를 하고 청소를 하고 보따리를 쌌다. 그런데 해 놓고 보니 오늘 당장 떠나는 것도 아니요, 내일도, 모레도, 한 달 후에도 이 일을 반복해야 하나 싶어 풋, 웃음이 나왔다. 난 정말 성미도 급해! 제 머리를 콩, 가볍게 쥐어박은 그녀는 다시 한 번 방을 둘러보다 '아!' 하고 벌떡 일어섰다. 시렁에 얹어 둔 길쭉한 통을 내린 그녀는 그 안에서 돌돌 만 두루마리를 꺼내 펼치고 그녀와 그와 그들의 친구가 함께 그려진 아름다운 화폭을 찬찬히 훑어보았다.

'우리가 떠난다고 하면 원이 무척 슬퍼하겠지?'

그녀는 손가락으로 금을 퉁기고 있는 그림 속의 원을 짚어 보았다.

'미안해, 원. 네가 덜 소중해서, 너를 덜 사랑해서 우리가 널 떠나려는 게 아니야. 언제나 널 생각하고 네 얘기를 할 거야. 그렇게 너와 함께 있을 거야.'

그녀는 그림을 다시 말아 통에 넣고 그 통을 보따리 옆에 기대어 놓았다. 이제야말로 모든 준비가 끝난 것이다. 모든 준비가 다 끝났다고? 산은 불현듯 하나도 정리되지 않은 찜찜한 기분에 휩싸였다.

'봉작, 농장들, 별업들 다 버릴 준비가 돼 있어. 복전장도! 하지만 복전장 사람들은?'

갑자기 그녀는 초조해져 서성이기 시작했다. 향이네를 비롯해 오래전부터 거뒀던 유민들은? 개원이와 염복이는? 송화는? 행방이 묘연한 필도는? 말문이 막혀 버린 비연이와 어린 난타는? 어느 날 훌쩍, 온다 간다 소리도 없이 그녀가 사라져도 괜찮은 걸까? 그녀가 사라져 버린 복전장에서 누가 울타리가 되어 그들을 보호해 줄까? 준비가 끝나기는커녕 아직 제대로 시작도 못 한 것이다!

"이런 때 린이 있어야 하는데! 왜 이걸 의논할 생각을 못 한 거야, 나는! 그 멍청이는!"

발을 구르던 산은 공교롭게도 그때 딱 들어온 송화와 눈이 마주쳤다. 송화의 그리 크지 않은 눈이 함지박만큼 커졌다. 동동거리는 산의 고함에 놀라서가 아니었다. 티끌 하나 없이 말끔한 방을 보고 놀란 것이다.

"이게 웬일이람. 무슨 날 잡았어요?"

대견스레 방을 죽 둘러보던 송화의 눈길이 침상 위 보따리에 멈췄다. 산의 입이 갑자기 버썩 말라 왔다.

"저기, 송화."

"오늘 떠나는 거야?"

송화의 어조는 순수한 물음 그 자체였다. 마치 산이 떠나는 것이 당연한 듯, 예상한 듯 놀란 기색도 화난 기색도 없었다. 단지 오늘 밤이라는 촉박한 시일이 조금 의외라는 투였다.

"아냐."

"그럼 내일? 새벽? 밤?"

"아니, 아니. 아직 몰라. 한 달 후일지 몇 달 후일지."

"뭐? 그런데 벌써 다 싸 놨어? 정말 무진장 떠나고 싶었구나?"

송화가 픽, 어이없어 웃음을 흘리자 산은 적이 안심이 되었다. 어쩐지 흐뭇해 보이는 송화에게 그녀가 조심스레 물었다.

"화나지 않았어?"

"누구? 나? 내가 왜 화를 내?"

"내가 떠나면 내 재산은 전부 왕실이 가져갈 거야. 여기 사람들 생각을 미처 못 하고 내 생각만 해서 아무 준비도 안 하고 덜컥 내 짐만 꾸려 놨는데, 화나지 않아?"

"바보 같으니. 왜 그런 걱정을 해? 넌 네 생각만 하면 그걸로 된 거야."

송화가 산의 손을 잡아 그녀를 의자에 앉히고 자기도 앉았다. 무슨 궂은일을 하다 왔는지 얼음장처럼 차가운 송화의 손이, 이상하게도 산에게는 퍽 포근했다.

"여기 사람들은 아무 문제없어. 이미 땅까지 다 나눠 주고 농장에서 자립한 상태잖아. 게다가 세자가 수정후를 시켜 호적까지 만들어 준 사람들이고. 복전장이 왕실에 귀속된다 해도 세자가 그 사람들을 분명 보호해 줄 거야. 네 친구잖아, 믿어!"

"이제 원을 믿는 거야, 너도?"

"난 안 믿지만 넌 믿어도 된다는 얘기야."

그토록 원을 못마땅해하더니 드디어 마음을 바꿨나 싶어 활짝 펴졌던 산이 시무룩하니 입술을 내밀었다. 불퉁한 그녀를 어린 동생인 양 자애롭게 바라보던 송화가 후, 한숨을 섞어 길고도 가늘게 웃었다.

"이제 우리도 떠나야겠다."

뭐? 산이 깜짝 놀라 토라졌던 얼굴을 번쩍 들었다.

"떠나다니, 무슨 말이야?"

"우린 향이네들이랑 다르잖아. 훨씬 나중에 들어온 데다 세자가 알지도 못하는 존재고, 무엇보다 반역자들이니까. 너도 없는데 우리가 여기에 머물 순 없지."

"나 때문에 너희가……."

송화가 다급히 손을 휘휘 내저었다.

"아니, 전혀 아니야. 우린 언제고 떠나려고 했어. 여기 온 첫날부터 말이지. 말하진 않았지만 나름대로 준비도 해 왔고. 우리가 지금까지 못 떠났던 건, 너 때문이었어. 걱정이 돼서 도대체 두고 갈 수가 있어야지. 이제 수정후가 마음을 정했으니 홀가분하게 떠날 수 있겠다."

"떠나다니, 어디로?"

"등주登州*까지 밀항해서 대도로 가, 거기서 자리를 잡을 거야. 개원이가 예전부터 알고 지내던 상인이 있어. 그 사람이 도와줄 거야."

"너흴 모두 밀항시키고 대도에 정착하도록 도와주기까지 할 사람을 알아 놨다고? 개원이가? 그걸 날더러 믿으라는 거야?"

산이 한쪽 눈썹을 세게 찡그렸다. 철동 불주먹이라는 별호까지 붙은 개원이지만 실상은 개경 뒷골목 잡배 중 하나였을 뿐이다. 시시껄렁한 인사들이 아니라 제법 힘 있는 상인과 면식이 있을 리 없다. 거기다 밀항 같은 위험 부담이 큰 일을 부

---

* 덩저우. 현재의 펑라이蓬萊시.

탁하기엔 개원이건 송화건 내놓을 것이 없었다. 이것도 분명 거래일진대, 절대 밑지는 일이라고는 하지 않는 장사꾼들이 적선하듯 그들을 실어 날라 줄 리 만무한 것이다. 산의 눈총이 따가웠는지 송화가 솔직하니 말했다.

"사실은, 수정후가 소개한 사람이야."

"뭐? 린이?"

"네가 여길 떠나면 우리 존재가 문제될 거라고 생각했겠지. 그 상인에게 치를 대금도 수정후가 개원이에게 맡겼어."

'린이 나도 모르게 그런 일을……!'

산은 놀라는 한편 기뻤다. 린의 확고한 결심을 확인한 것이다. 정말 나와 떠나고 싶어 한다! 어머니도, 형제도, 원도 모두 뒤로 남기고 나를 선택했어! 미안하면서도 감격하지 않을 수 없다. 그녀의 감정을 읽은 송화가 어머니처럼, 유모처럼 산의 손을 어루더듬으며 다정하니 말했다.

"그러니 넌 딴생각 말고 네 길을 가. 남은 사람들 염려하지 말고. 내가 있잖아! 산채 사람들, 개원이랑 염복이, 그리고……, 난타랑 난타 어미까지 내가 다 책임질 테니까."

"송화……."

산이 안타까운 눈을 크게 떴다. 송화가 관음보살처럼 넉넉하게 웃고 있었다. 산은 그녀를 와락 끌어안았다.

"안 돼. 너한테 다 떠맡기고, 어떻게 내가……. 그럴 수 없어. 너흰, 내가 데려왔으니 내가 책임져야 해. 비연이나 난타는 말할 것도 없어."

"바보 같으니! 애인이랑 야반도주하는 주제에 뭘 책임진다고!"

"같이 가면 돼. 우리 모두, 모두 함께."

무슨 소릴 하는 거야? 산을 밀어내며 송화가 혀를 찼다. 그러나 산의 눈동자는 한층 생기가 넘쳐 반짝였다.

"모두 같이 가는 거야. 나와 린, 너희 모두. 개원이도 염복이도 비연이도 난타도, 함께 농사를 짓고 짐승을 기르고 애들을 돌보며 사는 거야! 나와 린은 왕족도 아니고 작위도 없으니 너희랑 똑같은 처지에서 같은 일을 하며 살 거야! 개원이나 염복이는 우리 아저씨가 되고 너는 내 언니가 되어서. 그래, 그때 산채에서처럼 날 막 꾸짖고 야단치면서!"

"정말 바보로구나, 넌."

송화가 헛웃음을 쳤지만 기분은 좋아 보였다. 그러면 좋겠지? 기대에 찬 눈빛을 초롱초롱 빛내는 산을 미소로 바라보다가 그녀는 이내 정색을 하고 고개를 저었다.

"절대 안 돼."

"어째서?"

"젊은 남녀가 꼭 붙어서 좋아지내는 걸 매일매일 어떻게 보니? 우린 모두 과부에 홀아비에, 외롭기론 둘째가라면 서러운 사람들인데 그 꼴 못 본다."

"너 정말, 끝까지 그런 소리 할 거야?"

산이 발끈하며 얼굴을 붉히자 송화가 얄궂게 웃었다. 이렇게 놀리기 쉬운 애와 떨어지면 사는 재미가 많이 줄어들 텐데!

송화는 모두 함께 가자는 산의 제안에 은근히 끌렸다. 산과 헤어지면, 필도도 사라진 터에 그녀는 그나마 의지할 사람이 없다. 산은 그녀를 의지했지만 그녀 역시 산을 의지하고 있었다. 남은 사람들을 책임지겠다고 큰소리 땅땅 쳤지만 그녀라고 해서 두려움이 없지 않았다. 같이 가자고 산이 몇 번 더 강하게 밀고 나오면 못 이기는 척 받아들여야겠다는 마음이 일었다. 이런 송화의 마음을 읽었는지 산이 이번엔 반드시 승낙을 받아내겠다는 표정으로 입을 열었다. 그때, 허락을 구하는 말도 없이 문이 벌컥 열렸다.

두 여자는 손을 맞잡은 채 동시에 일어났다. 아닌 밤중에 난입한 사람은 검은 갓옷에 검은 두건을 푹 눌러써 눈만 내놓은 괴한이었다. 허리춤에 찬 장검을 뽑아 들지는 않았지만 들어와선 품에서 분명 칼잡이의 냄새가 났다. 산은 탁자 옆 좌대에 올려놓은 검을 재빨리 집어 뽑아 들며 송화를 뒤쪽으로 밀었다. 칼끝이 미간을 겨냥하는데도 복면의 괴한은 당황하는 것 같지 않았다. 고르고 단정한 목소리가 그것을 증명했다.

"현애택주십니까?"

산이 입을 꼭 다문 채 살쾡이처럼 파랗게 눈을 빛내며 칼자루를 잡은 손에 더욱 힘을 주자 복면인이 스스로 두건을 내려 얼굴을 드러냈다.

"수정후와 함께 세자저하를 모시는 진관이라 합니다. 다치실까 저어되니 칼을 거두어 주십시오."

"이 시각에 그런 차림으로 내 처소에 무례하게 쳐들어온 이유를 먼저 말해. 날 납득시키지 못하면 네가 누구든 누굴 위해 일하든 가만두지 않겠다."

출발할 때부터 진관은 강제로 여자를 데려가긴 힘들 거라 판단했었다. 증거가 될 만한 것들을 모두 찾아내 없애는 것이 무엇보다 중요한데, 세자의 분부대로 흔적을 남기지 않고 철저히 처리하려면 여자의 협조가 필요했다. 그런 이유로, 진관은 사실대로 말하는 것이 가장 빠르고 현명한 방법이리라고 방에 들어서기 전에 이미 결정했었다. 물론 '사실대로'라는 것이 '모조리 다'를 의미하지는 않았다.

"시간이 촉박하여 간단히 말씀드리겠습니다. 몇 년 전 이 농장에 택주님과 수정후께서 역도의 잔당을 숨겨 준 사실을 누군가 알아채고 두 분을 세자저하를 추종하는 유림들과 엮어 역모로 고변하려 합니다. 저하께서 미리 아시고 비밀리에 처리하시고자 택주와 삼별초의 남은 무리를 은밀히 개경의 은신처로 데려오라 이르셨습니다."

마른하늘에 날벼락과도 같은 너무나 갑작스럽고 너무나 의외인 재앙이었다. 어째서 지금, 하필이면 고려를 떠나기로 작심한 이때에? 칼을 내릴 생각도 못 한 채 산이 황급히 물었다.

"그럼 린, 아니, 수정후는?"

"저하께서 이미 다른 자를 보내셨습니다. 그러니 당장 저와 함께 개경으로 가시지요. 시간이 없습니다."

이건 우리에게 떠나라고 하늘이 내려 준 기회인 거야. 산의 머릿속에 언뜻 든 생각이었다. 세자의 주변인들이 대규모의 역모 사건에 휘말린다면 안평공주 사후 부왕과의 힘겨루기에서 우위를 차지한 원이 큰 타격을 입게 된다. 곧 국왕이 선위할 거라는 소문이 파다한 가운데 이런 사건이 터진다면, 부왕의 측근을 과감히 숙청한 세자가 거센 공격을 받아 한발 물러서야 할 것이다. 그들이 원의 허락을 구하기에 앞서 공교롭게도 원이 그들을 어디론가 떠나보내지 않으면 안 될 상황이 된 것이다. 그렇다면 떠나야지, 지금 당장! 산과 똑같은 판단을 한 송화가 그녀의 소매를 잡아당겼다.

"당장 출발하지요. 제가 개원이 등을 불러서 조용히 사람들을 모아 오겠습니다."

"짐을 챙길 시간이 없다고 해."

"짐은 이미 꾸려 놨답니다. 아까 말씀드렸죠? 우린 언제든 떠날 작정이었다고."

송화가 부리나케 진관을 밀치고 바깥으로 구르듯 달려 나갔다. 산도 지체 없이 침상 위에 놓아 둔 작은 봇짐과 길쭉한 흑단 통을 집어 들었다.

"제가 짐을 들어 드리겠습니다."

선뜻 나서는 진관에게 산이 고개를 저어 보이며 보따리와 나무통을 어깨에 멨다.

"자기 할 일은 자기가 하는 게 여기 규칙이야."

상큼하니 대답하곤 앞장서서 문지방을 넘는 산을 다소 굳은 얼굴의 진관이 따랐다.

진관이 말을 매어 둔 옛 복전장의 빈터에서 기다리니 얼마

지나지 않아 송화와 개원이가 10여 명을 인솔해 왔다. 송화와 비연을 포함해 여자가 다섯, 난타와 아이들이 셋, 성인 남자는 개원이 외엔 둘밖에 없었다. 유심의 산채가 철저히 파괴되면서 중상을 입은 몇몇이 복전장에 온 지 얼마 안 되어 숨을 거두는 통에 남은 사람은 죄 모여도 이게 전부였다. 사실 비연과 난타, 개원이와 염복이를 빼고 나면 열 명도 채 못 되는 것이다.

"염복이는?"

산의 질문이 입 밖으로 나오기 무섭게 누군가 저 멀리서 헉헉대며 달려오는 기척이 있었다. 제 이름을 부른 줄 어떻게 알았는지 염복이가 내달려 와 산의 앞에 멈췄다. 헐떡대는 숨을 고르느라 허리를 제대로 펴지 못하면서도 그는 중대한 일을 보고한다는 장한 의무감에 꼬이는 혀를 열심히 놀렸다.

"태, 태, 택주님! 저, 저, 저기 읍사에 부, 부, 불이 나서 다, 다 타 버렸습니다요! 초, 초, 초적이 쳐들어와, 와, 왔나……."

"읍사에 불이?"

깜짝 놀랐던 산은 이내 짐작되는 것이 있어 뒤에 선 진관을 돌아보았다.

"네가 한 일인가?"

"읍사의 호적대장이 가장 실질적인 증좌였습니다. 이렇게까지 해야 할 정도로 상황이 급박하오니 더 이상 머뭇거릴 수가 없습니다. 여기 이자들이 그 잔당의 전부입니까?"

'잔당'이란 말이 거슬려 눈살을 찌푸린 산 대신에 송화가 나서서 냉큼 대답했다.

"그래, 우리가 잔당의 전부니 얼른 갑시다. 갓난애 하나도 빼놓지 않았으니 염려 팍 놓으시고. 염복이 너! 너 때문에 늦어 졌잖아! 빨리 난타를 업어!"

상황이 어떻게 돌아가는지 모르는 염복이가 일단 비연의 품에서 자고 있는 난타를 빼내 엉거주춤 업었다. 그것으로 떠날 준비는 끝이었다. 자그마한 보퉁이를 든 사람도 더러 있고, 사내들은 등짐을 지고 칼을 하나씩 메거나 찼다. 야반도주하는 행렬이라곤 해도 지나치리만큼 단출했다.

진관이 산을 말에 태우고 개원이를 앞장서게 하여 조용히 빠져나갈 수 있는 길을 열도록 지시했다. 구름이 잔뜩 낀 하늘 아래, 컴컴한 들길을 따라 10여 명이 소리를 죽이고 걸었다. 비록 도망가는 길이었지만 사람들의 표정은 그리 어둡지 않았다. 평소에 단단히 각오하고 살았기 때문인지도 몰랐다. 송화 등과 섞여 가는 것이 불편하여 시큰둥한 비연 말고는 모두 일말의 기대감마저 품고 있었다. 단 한 사람, 진관만은 거기서 예외였다. 어느 정도 들길을 걸어 숲 어귀에 이르자 그는 산이 탄 말을 세웠다. 휙, 그가 낸 가느다란 휘파람 소리에 미리 대기하고 있던 사내 대여섯이 모습을 드러냈다. 진관과 똑같이 시커멓게 차려입고 얼굴을 가린 사내들을 보고 일행이 흠칫했다. 진관이 얼른 설명했다.

"저를 도와 이들을 은신처로 데려갈 부하들이올시다. 택주께서는 저와 같이 가십니다."

"무슨 소리야? 난 이 사람들과 함께 가야 해."

산이 완강하니 거부하는 몸짓을 보이자 진관이 부드럽게 얼렀다.

"저하께서 택주를 기다리십니다. 수정후도 그곳으로 올 거고요. 이들은 제 부하들이 알아서 맡을 테니 택주께서는 먼저 저하께 가시지요."

"그 양반 말대로 하세요. 세자저하랑 작별 인사라도 나누고 오시라고요. 우리끼리 안 가고 두 분 기다릴 테니."

송화가 또 나섰다. 소소한 일에 시간을 끌 처지가 아님을 잘 아는 까닭이다. 송화의 말이라면 웬만해선 뻗대지 않는 산인지라, 잠시 망설이다 고개를 끄덕였다.

"꼭 기다려야 해!"

줄줄이 서서 자신을 올려다보는 친구들을 죽 훑어보며 산이 다짐을 두었다. 희미한 등롱의 불빛 사이로 옅은 미소들이 오갔다. 진관이 그녀의 앞에 올라타 말의 배를 힘껏 찰 때까지 산은 한 사람 한 사람에게 눈짓을 보냈다. 그녀를 두고 홀홀 떠나지 말고 반드시 기다리라는 듯이. 그에 화답하여 송화를 비롯한 일행 전원이, 진관과 산을 태운 말이 쏜살같이 어둠 속으로 사라진 후에도 한참 동안 그 방향으로 얼굴을 고정하였다.

뭔가 아쉽고 떨떠름한 기분에 휩싸인 채 송화가 복면인들에게 시선을 돌려 물었다.

"자, 이제 떠납시다, 갈 길이 바쁘니. 어느 쪽으로 갑니까? 곧장 포구 쪽으로 가나요?"

복면인들은 대답하지 않았다. 사위가 퍽이나 고요한 가운데

스릉, 칼집에서 빠져나오는 길고도 얇은 금속성 소리가 어둠 속에서 음산하게 퍼졌다. 칼 잡은 복면들이 하나같이 고수인 듯 옆으로 쫙 퍼져 송화 일행을 둥글게 둘러싸는 움직임이 번 개처럼 빨랐다. 삽시간에 고양이들에게 포위된 쥐 떼처럼 송화 일행은 공포에 사로잡혀 우왕좌왕했다.

"내, 그 세자인지 뭔지 믿을 수 없는 작자라는 거, 진작부터 알았다고."

분노로 바득 이를 갈며 송화가 중얼거렸다. 미주알고주알 설명을 들을 것도 없이 그들의 몫으로 정해 준 은신처란 것이 저승임이 자명했다. 조작이라 하더라도 역모 사건이 터지면 크 게 세력을 잃을 세자가 가장 확실한 증거인 그들을 아예 없애 기로 작정하고 자객들을 보낸 것이다. 그 살랑거리며 웃는 몽 골 왕자가 이런 식으로 뒤통수칠 줄 알았어! 송화는 양팔을 한 껏 펼쳐 여자들을 가리며 그녀에게 칼을 겨눈 복면인 하나를 사정없이 째렸다.

"택주님은 어떻게 하려는 거야? 살려 주기는 하는 거야?"

"물어본다고 대답해 줄 부류가 아니야, 이놈들은! 송화 넌 입 닥치고 물러서 있어!"

어느새 칼을 뽑아 든 개원이 쩌렁하니 소리쳤다.

"염복이, 너희들! 멍하니 섰지만 말고 막아!"

소리는 컸지만 공허했다. 이쪽은 개원이 자신을 포함해 넷, 모두 칼을 꼬나들긴 했지만 실력들은 평범했다. 전직이 날건달 에 반란군이긴 했지만 특별히 칼을 휘두르며 수련을 했던 것도 아니다. 개원이나 염복이의 경우, 단도는 좀 잡아 봤어도 장검은 손에 익숙하지도 않았다. 그에 비해 상대편은 여섯, 수적으로도 앞서지만 뿜어내는 검기의 급이 달랐다. 죽을 각오로 개원이들이 반항한다 하더라도 여기 있는 모두의 목을 풀 베듯 수월하니 딸 것 같았다.

'그래도 어떡해! 죽여 달라고 혀 빼물고 나자빠질 순 없잖아. 벌레처럼 살아왔대도 하나뿐인 목숨인걸!'

칼자루를 잡은 손이 덜덜 떨리면서도 개원이는 한쪽 발을 슬그머니 앞으로 미끄러뜨렸다. 죽을 고비도 여러 번 있었던 그들이어서인지 두려움도 컸지만 독한 구석도 꽤 있었다. 제일 연장자인 개원이가 용맹스레 나서자 염복이와 나머지 둘도 독기를 담아 복면인들과 칼을 마주 겨눴다. 번쩍, 어느 쪽이 먼저 휘둘렀는지 칼날이 어둠을 썩둑 가르며 여자들의 비명을 촉발했다.

"꺄아아악!"

시커먼 밤하늘에 울려 퍼지는 비명 소리에 놀라 깬 아이들의 악쓰는 소리가 겹쳐, 지나가는 이 하나 없는 허허로운 벌판의 끝자락은 금세 아비규환의 수라장이 되었다. 등롱들이 떨어져 뒹굴며 일부는 꺼지고 일부는 마른 덤불에 묻혀 앞이 제대로 보이지 않는 가운데 챙챙, 제법 칼 부딪는 소리가 났다. 으윽, 고통에 쓰러지는 소리와 더불어 헉! 숨이 멎는 소리도 났다. 그러나 그 소리들은 아이들을 감싸고 발이 가는 대로 뛰어다니며 악악대는 여자들의 소리에 묻혀 거의 들리지도 않았다.

이상하다? 개원이가 생각했다. 그는 아직 죽지 않았다. 마구 잡이로 휘두르는 칼에 상대가 베이기라도 한 걸까? 자신의 실력은 충분히 의심스러웠지만 상대가 그의 몇 발짝 앞에서 푹 고꾸라지는 느낌을 분명히 받았다. 문제는 칼을 쥔 그의 손에 사람이 베이는 촉감이 전해져 오지 않았다는 것이다. 제 코가 석 자인 판국에 그를 도와줄 실력자가 일행 중엔 없었다. 그렇다면 누가? 개원이는 새로우면서도 낯설지 않은 냄새가 그의 코앞에 부쩍 다가온 것을 알았다. 누군가가 그의 목덜미를 냅다 잡아끌었다.

"이쪽이야, 이쪽이 뚫렸어! 여자들을 이쪽으로 몰아, 어서!"

"너, 너!"

목소리의 주인을 알아챈 개원이가 허둥대며 귀에 익은 소리가 나는 쪽으로 손을 뻗었다.

"필도! 정말 너냐?"

"지금 인사 나눌 때야? 벌써 몇 명이 죽었어! 이대로라면 다 죽어! 어서 이쪽으로 여자들을 데려오래도!"

굴러다니는 등롱들이 어지러운 발끝에 채이면서 덤불에 들어갔다 나왔다 반복하여 주변이 보였다 안 보였다 했다. 희끗희끗 보이는 들판의 바닥에 사람들이 널브러져 있었다. 그중에는 복면인도 두어 명 끼어 있었다. 아주 죽으란 법은 없구나! 희망이 스멀스멀 개원이의 가슴에서 피어났다. 한 명이라도 살리려면 지금이야말로 철동 불주먹의 본색을 보여 줘야 할 것이다.

"으아아!"

뱃속 깊은 곳에서 절로 솟아 터지는 기합 소리와 함께 그는, 거치적거리는 여자들을 가차 없이 베며 마주 달려오는 복면인들에게 미친 듯이 칼을 휘둘렀다. 제 앞에서 껴안은 아이와 동시에 베여 고꾸라지는 여자를 보고 개원이가 목이 터져라 울부짖었다.

"이런 제미붙을 썩을 잡놈들아!"

"이, 이, 이런 자, 자, 잡놈······!"

개원이의 옆에 붙어 와 칼춤을 추는 염복이는 이미 만신창이였다.

"염복이 이 자식, 너 살았구나!"

"다, 다, 다른 애들은 주, 주, 주, 죽······."

"송화는 어디 있어? 난타랑 난타 어미는?"

어두웠고 여자들은 뿔뿔이 흩어졌다. 그 속에서 송화니 비연을 눈여겨볼 수 있는 정신이 박힌 사람은 아무도 없다, 그것도 칼을 쥔 상대를 코앞에 두고. 염복이의 대답을 들을 사이도 없이, 개원이는 그의 가슴을 곧장 찔러 오는 칼을 간신히 받아 냈다. 언뜻 비추는 불빛에 염복이가 복면인에게 달려들어 꽉 끌어안는 게 보였다. 크악! 비명 소리와 더불어 복면인의 칼끝이 흔들렸다. 염복이가 그의 목을 세게 물고 살점을 뜯어낸 것이다. 때를 놓치지 않고 개원이가 복면인의 가슴팍을 사선으로 깊게 그었다.

"셋이야, 셋! 놈들이 반은 죽었어, 우린 살 수 있어!"

개원이가 염복이의 팔을 잡아당기며 소리 질렀다. 입에서 폭포처럼 피를 흘리며 복면인의 목에서 얼굴을 뗀 염복이는 온통 피로 칠갑을 하고 있었다. 제 핀지 남의 핀지 구별할 겨를도 없이 개원이의 어깨 뒤편으로 송화가 달려오고 있었다. 그 뒤를 쫓아오는 복면인에게 염복이는 앞뒤를 가리지 않고 또 몸을 날려 덤벼들었다.

송화의 꼭뒤를 노리던 복면인의 칼끝이 염복이의 어깨에 푹 박혔다. 송화와 개원이의 고함 소리가 동시에 터져 나왔다. 목을 물어뜯기 위해 쫙 벌린 입이 붉은 피로 가득 차 흡사 귀신처럼 보이는 염복이가 그대로 무너져 내렸다. 무릎이 꺾이면서도 복면인을 껴안은 팔을 풀지 않고 악착같이 옭아맨 염복이가 껄떡껄떡 넘어가는 쉰 소리를 냈다.

"혀, 혀, 형님 어서……."

"염복이 너 이 자식! 도망가! 죽으면 진짜 죽여 버린다! 야 이 자식아!"

염복이를 부르며 개원이가 복면인에게 달려들었고 송화가 합세했다. 한꺼번에 달라붙은 세 명을 당하지 못하고 복면인이 뒤로 나자빠지면서 몸뚱이 넷이 찰떡처럼 서로 엉켜 마구 뒹굴었다.

필도는 베인 왼팔을 감싸 쥘 여유가 없었다. 예전에 한 번 잃을 뻔한 팔이었다. 그래서인지 더 아쉬울 것도 없는 듯 그는 오른팔을 세차게 휘둘렀다. 아픔을 전혀 못 느꼈다면 남들이 거짓이라 하겠으나 지금의 필도에게는 정말로 그랬다. 송화가 이 난장판 어딘가에 있다고 생각하면 팔뚝이 떨어져 나가는 게 문제가 아니었다. 흩어져서 뛰어다니는 여자들 속에서 송화를 찾아다니는 그의 심장에서는 피가 계속 만들어지는 듯 새롭게 펑펑 솟아났다.

복전장에서부터 일행을 몰래 뒤따라 숲 어귀에 이를 때까지, 이런 몰골로 들판을 휘저으며 뛰어다니리라 생각지 못했던 필도였다. 그들이 포구로 떠나면 포구로 따라가고, 배에 오르면 그 배에 몰래 타고, 바다를 건너면 함께 건널 마음으로 뒤를 밟았었다. 갑자기 나타난 복면인들이 송화 등을 포위하는 바람에 벌떡 나섰지만, 먼 땅으로 가서 일행이 정착한다 하더라도 따라가서 몰래 지켜보기만 할 작정이었지 모습을 드러낼 마음은 전혀 없었다.

전적으로 열세였던 이 싸움은, 그가 뒤에서 던진 단도가 한 복면인의 숨골에 정확히 꽂힌 것을 시작으로 혼전의 양상을 띠었다. 불의의 공격에 놀란 복면인들이 그들의 뒤쪽을 경계하면서 주춤했고, 그사이에 여자들이 마구 도망치기 시작했던 것이다. 한 명도 놓치면 안 되는 임무를 맡은 복면인들이 여자들을 쫓아 사방팔방으로 흩어지면서 빈 공간이 생겼고, 그 틈에 필도가 끼어들어 개원이를 죽이려던 복면인의 등을 갈랐다. 그러나 시간이 지나면서 다시 복면인들의 우세가 확실해졌다. 여자들은 거의 쓰러졌고, 피를 뒤집어쓴 개원이와 염복이를 제외한 두 명 역시 죽은 것 같았다. 복면인들도 죽거나 다쳤지만 이쪽의 사상자에 비하면 훨씬 덜 심각했다.

'하나라도 살리지 못하면 우리 식구는 이 자리에서 몽땅 없

어지는 거야!'

　필도는 필사적으로 도망치는 여자 하나를 콱 붙들었다. 방향을 잃고 뛰는 여자의 앞쪽에 복면인이 하나 달려오는 중이었다.

　"거기로 가면 안 돼! 날 따라와!"

　등롱이 근처로 굴러 왔는지 불빛이 필도와 여자 주변에 어른거렸다.

　"너는……!"

　어린아이를 꼭 껴안은 자그마한 여인의 얼굴에서 필도는 가로로 길게 패인 흉터를 보고 소스라쳤다. 그를 본 비연도 마찬가지, 저승에서 온 사자를 보듯 경악하여 붙들린 어깨를 빼내려 몸부림을 했다. 그러자 그녀의 어깨를 누르는 왼쪽 팔이, 피를 뚝뚝 흘리면서도 그 힘이 한층 강해졌다.

　"이쪽이야! 날 따라와야 해!"

　죽이려고 했던 여자였다. 죽어야 한다고, 죽여야 한다고 생각했던 여자였다. 지금도 그 생각은 크게 달라지지 않았는데 어째서 그에게서 빠져나가려는 그녀를 더욱 세게 잡아당겼을까? 이 여자가 아니라 송화를 찾아 안전한 곳으로 데려다 놔야 하는데! 그녀의 품에 안긴 아이 때문인가? 사실 필도는 여러 가지 생각을 할 틈이 없었다. 그들을 향해 돌진하는 칼날이 그리 멀지 않았던 것이다.

　"나도 널 살리고 싶지 않아! 하지만 지금은 따라오란 말이야!"

　이런 지옥 속에서 비명 한마디 지르지 않고 계속 그의 손아귀에서 벗어나려 버둥거리는 그녀에게 필도가 버럭 소리를 질렀다. 그러나 그에 못지않게 비연의 고집이 세었다. 잡느니 놓느니 실랑이를 벌이는 사이, 복면인이 내달려 와 숨 돌릴 틈도 없이 칼을 휘둘렀다. 쨍강, 재빨리 칼을 받아 낸 필도는 여전히 너덜거리는 왼팔로 비연과 아이를 감쌌다. 헉, 시원스레 비명이 터지지 않는 비연의 입에서 목구멍 깊은 곳이 걸린 것 같은 탁한 숨소리가 났다. 간신히 받아 낸 복면인의 칼끝이 필도의 이마를 스치듯 베어 기다란 상처를 냈던 것이다. 뜨뜻하니 진한 액체가 이마에서 흘러내려 눈으로 들어가는 바람에 필도의 시야가 대번에 좁아졌다.

한쪽 눈을 재게 깜박이는 사이, 복면인이 재차 공격을 가해 왔다. 이대로라면 필도가 먼저 난자당하고 이어 비연과 난타도 두 쪽이 날 판국이다. 하지만 그는 비연을 놓지 않았다. 그가 지키려 했던 여자는 아니었지만, 진짜 지키고 싶었던 그 여자를 위해 죽고 싶었던 여자였지만, 필도는 비연을 필사적으로 감싸 안고 몸으로 그녀의 방패가 되었다. 왜? 인생은 풀 수 없는 수수께끼로 가득 차 있으니까! 그렇게 필도의 오른팔도 찢어졌다.

"송화아아아아!"

한쪽 눈을 아예 감은 채 복면인과 칼을 부딪는 필도의 고함 소리가 들판의 어둠을 카랑카랑하니 찢었다. 마지막 유언과도 같은 한마디였다.

"아, 안 돼!"

필도의 기합과도 같은 고함 소리와 동시에 비연의 비명이 터져 나왔다. 이전의 기괴하고 숨 막히는, 비명 같지 않은 비명과는 뚜렷이 구별되는 소리, 마침내 목과 입이 터진 부르짖음이었다. 난타를 두 팔로 안은 그녀는 비틀거리는 필도를 잡을 수가 없어 어깨와 등으로 밀어 부축했다. 털썩! 몸뚱이가 묵직하니 쓰러지는 소리가 났다. 비연은 그녀의 등에 기댄 사내의 무게를 아직 느끼고 있었다. 어찌 된 일이지? 비연의 눈과 그녀를 감싸 안은 필도의 눈, 비연에게 안겨 있는 난타의 눈까지 모두 여섯 개의 눈이 한곳으로 쏠렸다. 길게 누운 복면인을 발치에 두고 한 남자가 우뚝 서 있었다.

남자는 전혀 낯설었다. 척 보기엔 이편이라기보다는 그들을 해치러 온 복면인들에 더 가까웠다. 복면은 하지 않았지만 몸에 걸친 검은 갖옷이 한패처럼 보였던 것이다. 그러나 그 남자가 필도와 비연을 도와 살려 준 것이 확실했다. 비연을 잡아 몸을 바로 세워 준 필도가 주변을 둘러보니, 굴러다니는 등롱에 비친 광경이 매우 처참했으나 상황은 이미 종료되어 있었다. 띄엄띄엄 흩어진 시체들 사이에 피를 철철 흘리는 염복이를 일으켜 앉히는 송화와 개원이가 보였다. 복면인들은 여섯 명 모두 땅바닥에 뒹굴고 있었다. 그와 동료들이 맞싸워 쓰러뜨린 복면인이 세 명, 나머지는 이 눈앞의 낯선 사내가 해치웠음을 필도는 한눈에 알 수 있었다.

"현애택주는 어디에 계신가?"

사내가 무뚝뚝하니 입을 열었다. 양팔이 모두 다쳐 칼을 제대로 들기도 어려웠지만 필도는 복면인들보다 더 위협적인 상대 앞에서 새로운 경계심을 갈아세우며 칼자루를 꼬나들었다.

"당신 누구요? 택주님을 데려간 자와 한패가 아니오? 똑같이 차려입었잖아!"

"나는 수정후께서 보낸 사람이다."

장의는 필도와 엉금엉금 다가오는 송화 등을 쳐다보며 무겁게 입을 열었다.

정성스레 짓고 다린 새 옷가지들을 하나씩 곱게 개켜 커다란 궤에 차곡차곡 집어넣는 어머니를 바라보는 린은, 마음이 착잡하다. 어머니 황보씨가 나무상자에 넣으려는 옷가지가 무려 수십 벌이다. 바지저고리는 물론 두루마기와 질손, 속옷과 버선, 문라건에 평정건과 발립까지 산더미처럼 지어 놓았던 것이다. 이제 곧 세자가 대도에 입조하면 따라갈 막내아들을 생각하는 어머니의 마음이었다. 열서너 살 이후로 곁에 있는 날들이 손에 꼽을 만큼 바깥으로만 돌던 아들을 살뜰히 보살펴 준 적이 없었던 것이 미안하여 챙기고 또 챙기다 보니 궤짝 한 둘로는 어림도 없는 짐이 되었다. 겨우내 추울까 봐 값비싼 솜을 두둑이 넣은 누비옷들만으로도 한 궤는 넉넉히 찰 것 같다. 새로 지은 잘두루마기를 궤에 넣던 황보씨가 문득 생각난 것이 있어 아들을 돌아보았다.

"찬바람 나기 시작하면서부터 계속 입던 그 두루마기, 꽤 낡

앉더구나. 새로 몇 벌 지었으니 이제 그건 아랫것을 시켜 버리라고 해라."

"아직 입을 만합니다, 어머니."

"무슨 소리. 그렇게 입고 다니면 네 체면뿐 아니라 저하의 위엄도 깎이는 것이다. 가까이서 모시는 자의 차림새가 허술하면 사람들이 뒤에서 손가락질한다."

아들이 말없이 고개를 숙였다. 그깟 두루마기, 없어서 아낄 형편도 아니고 검소하지만 궁상을 떠는 성품도 아닌데 왜 저러나 싶어 황보씨가 고개를 갸웃한다. 바느질도 형편없는 옷이구먼! 황보씨는 그 못마땅한 옷이 들어 있을 아들의 장을 흘낏 보았다. 그녀나 그녀의 노비들이 만든 옷은 결코 아닐 터였다. 그런 솜씨를 가진 여비라면 당장 침방에서 쫓겨날 것이니. 어쨌든 아들은 그 옷을 버리지 않을 셈인가 보다.

형들과는 달리 좀처럼 말이 없는 아들이지만 그 역시 그녀가 배 아파 낳은 아들이다. 그 깊은 속을 속속들이 알 수는 없어도 대강 파악할 수 있는 성향이란 게 있다. 웬만해서는 어머니의 뜻을 거역하지 않지만 한번 마음먹으면 아무리 어미라도 꺾지 못한다는 것을 황보씨는 잘 알고 있었다. 어차피 출행 전 볼 날도 며칠 남지 않은 아들, 낡은 잘두루마기 따위 사소한 일로 길게 잔소리할 것도 없었다. 황보씨는 가만히 아들의 손을 잡았다.

"이번에 가면 언제나 또 오겠느냐?"

"……저하께서는 곧 돌아오실 겁니다."

황보씨의 눈썹이 의아한 듯 구겨졌다.

"뭐? '저하께서는'이라니? 너는 저하와 함께 오지 않고?"

아들이 또 말없이 고개를 숙였다. 그렇다는 뜻인 줄은 알겠는데 왜 그런 것인지 납득이 안 된다. 독노화긴 했지만 다른 인질들과는 달리 늘 세자와 함께 오가던 아들이었다.

"계속 대도에 있는 것이냐, 린아?"

"아마도 쉽게 돌아오지 못할 것 같습니다."

"그래……. 난 아무 말도 듣지 못해서……. 나이도 찼는데 그럼 혼인은 언제나 하겠니? 거기서 배필을 찾으려느냐?"

얼핏 옅은 웃음이 아들의 얇은 입술 위를 스치고 지나갔다.

"둘째 형님도 아직 혼인을 하지 않았습니다."

"그 애는, 잡히지도 않을 사람을 쫓아다니느라 바쁘지. 언제 정신을 차리려는지."

한숨처럼 넋두리처럼 말을 흘리는 어머니의 이마에 잡힌 주름들에 린의 가슴이 새삼 저려 왔다. 혼인도 하고 아이도 낳고 조용히 사는 큰형을 제외하곤 자식들이 어머니에게 안겨 준 것이 한숨이요 주름뿐이니 평소 무심했던 자신의 불효가 생생하니 느껴진 것이다. 착하기만 한 단조차도 떠올리면 걱정과 근심으로 가득했으니, 제멋대로인 둘째와 셋째 아들은 말할 것도 없다.

린은 죄스러움에 어머니의 손을 지그시 힘주어 마주 잡았다. 죄스럽다, 어머니에게 사실대로 말하지 않는 것이. 어머니를 두고 영영 떠나려는 것이. 어머니 곁이 아닌 다른 이의 곁을 선택한 것이. 원에게서 느꼈던 죄스러움이 고스란히 어머니를 보며 살아나, 린의 마음은 천근만근 무거워진다.

"내 옆에서 할 일이 없다니 무슨 말을 하는 거야, 지금?"

원의 물음은 놀람보다 분노에 가까웠다.

"무슨 말인지 똑똑히 설명해, 린! 그건 지금 나를 떠나겠다는 뜻이냐?"

이제 저하의 곁에서 제가 할 수 있는 일이 없는 것 같습니다. 어렵게 꺼낸 말이 격렬한 반응으로 이어지자 린은 차분히 설득조로 말하기 힘들었다. 무엇보다도 똑똑히 설명하라던 원이 그에게 제대로 말할 기회를 주지 않았다.

"왜 그런 생각을 했지? 수창궁壽昌宮 터에 윤선달부터 들어가는 공역이 마음에 들지 않아서? 엄동에 규모가 너무 큰 공사를 일으키면 사람들이 고생스럽고 다칠 위험도 많다고 네가 반대하는데도 내가 밀어붙여서? 공주를 데려오면 그에 걸맞은 궁이 있어야 할 게 아니냐. 이건 나라의 위신에 관한 문제야!"

"그 때문이 아닙니다. 저는……."

"그럼 문연의 누이에게 했던 제의 때문이냐? 부왕이 승하하면 내가 거두어 준다던 말이 걸려서? 몽골의 법령으로는 아버지가 죽으면 아들은 아버지의 모든 처첩을 물려받아! 생모를 제외하곤 아들이 거둘 수도 있고 다른 사람에게 시집보낼 수도 있어. 이건 칭기스 카안의 대大야사*도 밝히는 바야!"

---

* 금령. 법이란 의미의 몽골어.

"그 때문도 아닙니다."

"그럼 역시 무비 등을 무고하여 숙청한 것 때문이냐? 인후 등을 다시 요직에 올렸기 때문이야? 아니면 대도에 오기 전에 네 의견을 묵살한 때문이냐? 그래도 승휴는 받아들이겠다고 했었다, 나는!"

린은 입을 쓰게 다물었다. 그 모든 것 때문이기도 했고 아니기도 했다. 언제부터인가, 그는 원에게 건건이 반대의 목소리를 내어 마찰을 빚었다. 결과는 항상 원이 원안을 밀어붙이는 것으로 끝났다. 린이 들이대는 논리가 너무 이상적이거나 비현실적이어서 그럴 수도 있었다. 원이 린의 의견을 묵살할 때면 늘 그 점을 지적해 강조하곤 했다.

수창궁 터의 공역은 예전의 원이라면 당연히 반대하던, 백성들을 고단하게 하는 과시적이고 낭비적인 공사였다. 새로 맞은 비가 황실의 공주니만큼 그녀가 섭섭하지 않을 정도의 화려한 궁이 있어야겠다고 결정하고, 그녀가 고려에 올 날짜가 그리 많이 남지 않았으니 공기를 최대한 단축시키라고 지시하고, 주변의 민가들이 미관을 해치지 않도록 헐거나 단장하도록 밀어붙인 사람은 모두 세자였다. 린이 그 부당함을 고하였을 때, 원은 하가한 공주의 기분을 상하게 할 수 없는 고려 군주들의 비애 어린 운명을 들어 그의 주장을 묵살했다.

훗날 숙창원비로 봉해지는 김문연의 누이의 경우, 린이 불쾌했던 것은 아버지의 첩을 나중에 여자로 취하겠다는 세자의 언약이 유교적 윤리에 위배되기 때문만이 아니었다. 부왕의 총애를 받던 여자가 그 총애를 업고 횡포를 일삼는다는 이유로 미워했던 원이 그 여자를 죽이고선 똑같은 역할을 할 여자를 직접 골라 바친 것을 속 편하게 받아들일 수가 없었던 것이다. 누이 덕에 김문연은 비록 보잘것없으나 좌우위左右衛[*]의 산원散員[**]이 되었고, 낮은 직책에도 불구하고 벌써부터 그에게 아첨하는 무리들이 생겼다. 린이 그 폐해를 지적했을 때, 원은 부왕을 무력화시키는 방법으로 여자와 사냥만 한 것이 없다며 그 정도의 폐단은 감수해야 한다고 잘라 말했다. 인후처럼 부패하고 탐욕스러운 측근을 그대로 곁에 두는 것이 세자에게 품은 백성들의 신뢰를 저버리는 일이라고 린은 말했지만, 원은 외교적 술수가 탁월함을 들어 다소 융통성 있게 인맥을 관리하는 것도 군주에게 필요함을 역설했다.

그 이전에도 이런 종류의 문제들로 린은 원과 수없이 부딪쳤고 그때마다 좌절했다. 예전의 그들 사이라면 논쟁거리가 되지 않았던 일들이 모두 크고 작은 갈등을 불러일으켰다. '넌 너무 원칙적이야! 그런 식으론 세상을 내 것으로 만들 수 없어!' 그렇게 말하는 원은 예전의 친구가 아니었다. '세상이 내 것이 아니라 내가 세상의 일부분으로 할 일이 있다.'는 식의 린의 논리를, 예전의 원이라면 맞장구치며 받아들였겠지만 지금은 아니었다. 그의 친구는 변했다. 문제는 그가 아직 변하지 않았고

---

[*] 경군京軍 6위 중 하나.

[**] 정팔품의 무관.

변할 마음이 없다는 것이다. 그는 훌륭한 조언을 하는 벗이 아니라 귀찮은 잔소리꾼으로 전락해 버렸다.

어쩌면 그이기 때문에 원이 조언을 잔소리로 여기는지도 몰랐다. 실제 학사들의 간언과 린의 조언이 그다지 다르지 않았음에도 원의 반응은 전혀 달랐다. 학사들에게는 양해를 구했고 그에게는 일방적으로 밀어붙였다. 학사들에겐 결코 보여 주지 않는 음모적이고 교활한 일면을 그에겐 거리낌 없이 드러냈다. 그것이 린에게는 말할 수 없이 고통스러웠다. 그의 존재 자체가 원을 사악하게 몰아가는 것처럼 느껴졌다. 하지만 이 모든 것은 그의 마음속에서만 요동치는 고민이었다.

드물게 화난 얼굴을 보이는 원에게 린이 잔잔하니 다시 말을 꺼냈다.

"백성을 구하고자 권력을 취한다고 저하께서 말씀하셨습니다. 저하의 그 뜻이 실현되기를 저 또한 소망하여 미흡하나마 감히 곁을 지켰습니다. 아주 오래전부터 불민한 신을 벗으로 허물없이 대해 주신 은혜에 감읍하여 종실로서 인척으로서 무엇보다 벗으로서 권세에서 되도록 멀리 떨어져 저하께 누를 끼치지 않으리라 결심했었습니다. 이제 저하께선 백성을 구제할 힘을 얻으셨고 길을 밝혀 줄 많은 인재들을 두루 갖추셨으니, 저는 조용히 물러나 은둔하며 정사에서 비켜 살라는 아비의 유지를 받들까 합니다."

"아냐, 그건 핑계야, 린."

원이 일그러진 뺨에 기이한 미소를 그리며 고개를 저었다.

"날 떠나려는 진짜 이유를 밝히지 않으면 절대 허락 못 해."

"방금 말씀드린 것이 진짜 이유입니다."

"아냐, 아냐! 그것 말고, 누구나 꾸며 댈 수 있는 그런 번지르르한 이유 말고! 벗으로 대해 줘 감읍했다면 벗으로서 솔직히 말해, 진짜 이유! 정말 벗이라면 떠나지 말고 영원히 곁에 있어야지! 안 그래, 린?"

"저하께서 말씀하셨습니다. 서로 멀리 떨어져 있어도 몸이 떨어져 있는 것이지 마음은 닿아 있다고, 그것이 벗이라고 하셨습니다. 그래서 사실은 서로 떠나지 않는 것이라 하셨습니다. 제가 곁을 떠난다고 해도 마음은 항상⋯⋯."

"이제야 본마음을 드러내는구나, 린. 넌 내 눈 밖에서 아예 벗어날 생각을 하고 있어."

원이 그의 눈앞에 얼굴을 바싹 들이대고 진심을 탐색하듯 눈을 가늘게 떴다. 음산하니 낮은 목소리로 위협하듯 속삭였다.

"왜지? 정사에서 비켜 사는 게 내 얼굴조차 보지 말아야 한다는 건 아니잖아? 도대체 어디까지 멀리 가서 은둔하고 싶은 거야?"

마치 당장 린이 달아나기라도 할 것처럼 원이 그의 팔을 꽉 붙들었다.

"말해! 떠나야 할 진짜 이유를, 숨김없이, 남기지 말고, 죄다!"

"아까의 말씀이 진짜 이유입니다."

연민이 깃든 린의 눈동자가 광기 어린 불꽃이 튀는 원의 눈동자와 마주쳤다. 원의 격앙된 눈빛이 불신으로 흔들리는 것을 보고 린은 더욱 깊고 나직한 목소리로 말했다. 그동안 꺼내기 힘들었던, 깊숙이 감추어 둔 진심을 털어놓을 순간이 온 것이다.

"저하의 신하로서의 이유입니다. 그리고 멀리 떨어져 있겠다는 것은……, 저하의 벗으로서 감히 청하고 싶습니다. 이유도 말씀드리겠습니다. 저는……."

"잠깐, 린."

갑자기 원이 뒤로 물러났다. 활활 타오르던 봉목이 한풀 꺾여 가라앉더니 린으로서는 이해하기 힘든 두려움이 광기와 분노를 누르고 원의 얼굴에 번졌다.

"나중에 말하자."

유난스레 집착하여 달려들 때는 언제고 이제는 별스러운 일도 아니라는 듯 원이 돌아섰다.

"지금 말씀드리겠습니다."

이번엔 린이 자리를 피하려는 그를 잡았다. 꺼내기 쉽지 않은 문제였다. 몇 년 동안 가장 가까운 벗에게 비밀을 지켜 왔던 고충을 이제야 벗으려고 결심한 순간이었다. 이 기회가 미뤄지면 다음에 또 말할 수 있을까? 린은 바로 이때야말로 솔직해질 시간이라고 생각했다. 오랫동안, 그와 원과 산, 이 세 명을 감싸던 친밀한 우정 밑바닥에 늘 존재해 왔던 긴장을 서로 인정해야 할 시간이라고.

"아니, 지금은 내가 바쁘다."

"저하께서 원하시던 대답을 하겠습니다. 저는 산과……."

"지금은 내가 바쁘다고 했다!"

원이 버럭 소리를 질렀다. 그는 린과 잠깐의 눈길도 마주치지 않도록 몸을 세게 비틀어 돌리며 벗을 외면했다. 린은 잡았던 그의 소매를 가만히 놓았다. 완전히 등을 돌린 채 원이 말했다.

"대도로 떠나기 전 단을 만나러 가려던 참이다. 저녁에 너를 불러 나머지 얘기를 듣기로 하마. 집으로 사람을 보낼 테니 가서 기다려."

"······예, 저하."

원은 그를 남겨둔 채 가 버렸다.

그렇게 집에 돌아와 부름을 기다리는 린으로서는 어머니에게 세자를 따라 대도에 가지 않는다고 말할 수 없었다. 황보씨의 한숨이 또 한 번 이어졌다.

"네 형은 매일 밖으로 돌면서 뭘 하는지 모르겠다. 오늘은 또 어딜 가서 여태 돌아오지 않는지. 아직도 현애택주를 쫓아다니는 것인지······."

"형님이 택주를 찾아가지 않은 지 꽤 되었다고 들었습니다."

"나보다 더 네 형을 만나지 못하는 줄 알았더니 형제가 어미 몰래 밖에서 만나느냐? 네 형이 그러더냐?"

"아닙니다."

형이 아닌 산에게서 들은 말이라 린이 민망하여 눈길을 내렸으나 황보씨는 그런가 보다 생각하여 더 캐지 않았다. 어머니는 며칠 후면 또 오랫동안 못 볼 아들을 앞에 두고 둘째 형 이야기만 자꾸 꺼내는 자신이 미안스럽다. 언제나 린에게는 다른 형제들의 문제며 집안의 대소사를 의논하게 된다. 그러면서도 정작 막내아들에 관해서는 묻지도 않고 본인의 입으로 들어보지도 못했다. 남은 날 동안은 온전히 이 아이에게 정성을 기울이리라 마음먹은 황보씨가 다정하니 말했다.

"오늘은 네가 좋아하는 찬을 좀 마련했다. 저녁밥을 들이라 하마."

"죄송합니다. 이제 곧 나가 보아야 합니다."

"이미 밖이 어두운데, 어딜?"

"볼일이 있습니다. 혹여 늦더라도 염려 놓으시고 먼저 침수하소서."

황보씨의 얼굴이 서운함으로 이지러졌다. 이러니 정성을 쏟아 뭘 해 주고 싶어도 해 줄 수가 있어야지? 원망이 고인 눈으로 살짝 아들을 흘긴 그녀는 손을 놓고 일어났다. 어디 가는지, 누굴 만나는지 이제껏 아들들에게 물어본 적이 없는 그녀는, 그것이 자식을 믿는 것이라 생각했다. 사실, 둘째면 몰라도 셋째 아들에겐 자질구레하니 참견하지 않아도 알아서 하리라는, 결코 도리에 벗어나는 짓을 하지 않으리라는 강한 믿음이 있었다. 그래서 이번에도 더 이상 묻지 않고 아들의 시간을 더 빼앗지 않기 위해 배려 깊은 어머니는 옷궤들의 뚜껑을 닫아 정리를 마친 후 조용히 아들의 방을 떠났다.

어머니를 보내고 방문을 닫은 린은 의자에 앉지 않았다. 곧 원이 사람을 보낼 것이다. 그는 손수 장포를 꺼내 입었다. 어머니가 버리라던 그 잘두루마기는 과연 많이 낡아 초라해 보였다. 그것은 한여름 삼복에 산이 지은 두루마기였다. 서툰 솜씨였으나 그녀의 마음이 깃든 옷을 그가 어찌 버리겠는가. 겨울마다 하도 애용하여 겉감은 좀 바랬지만, 안에 댄 검은담비의 털가죽은 여전히 따뜻했다. 스산한 이 저녁에 그에게 꼭 필요한 옷이었다.

의대를 바르게 갖추고 난 뒤 린은 탁자에 올려놓은 칼을 내려다보고 잠시 망설였다. 늘 패용하던 검이었다. 원이 내려 준 그 검은 그와 떼려야 뗄 수 없는, 어쩌면 그의 분신과도 같은 물건이었다. 선뜻 검을 집어 들길 머뭇거리던 그는 결국 칼집의 몸통을 잡아들었다. 허리에 칼을 걸고 자신의 방을 한 바퀴 둘러본 그는 미련을 두지 않겠다는 듯 성큼 나섰다. 하인도 부르지 않고 직접 조용히 말을 끌고 집 밖으로 나오자 마침 장의가 달려오다 그를 발견하고 부리나케 말에서 내렸다.

"저하께서 부르십니다."

린이 알아서 나올 줄 짐작하지 못했던 장의는 내심 가슴이 덜컹하니 놀랐으나 내색하지 않고 침착하게 말했다. 고개를 까닥한 린이 말에 올랐다. 린이 평소처럼 궁으로 말을 몇 발짝 몰자 장의가 당황스런 표정으로 가로막았다.

"저하께서는 동궁에서 기다리시지 않습니다."

"그렇다면 어디에서?"

"……벽란정의 뒤편으로…….."

맺고 끊는 것이 분명해야 할 장수답지 못하게 토막 난 장의의 말이 린의 가슴에 서늘하게 박혔다. 그를 제대로 보지 못하는 장의의 시선도 무언가가 있음을 짐작케 한다.

"벽란정까지? 저하께서 친히 그곳에 납실 일이라도 생겼는가?"

"저는 그저……, 모셔 오라는 명을 받았을 뿐입니다."

툭 던져 본 질문에 시위의 목소리가 미세하게 흔들렸다. 그렇구나! 린은 깨달았다. 원은 결론을 내리고 그를 부른 것이다. 그 결론이 어떤 것인지는 가서 직접 대면해야 알 수 있으리라. 린은 허리를 꼿꼿이 세우고 말고삐를 틀어줘었다.

"가세."

간결하게 말을 맺고 린이 말의 배를 세게 걷어찼다. 장의도 얼른 말에 올라타 그 뒤를 쫓았다. 바람처럼 달려 나성의 선의문을 나서니 어둠이 깔린 서교에는 사람이 드물었다. 늦게까지 활쏘기를 하다 한잔 걸친 한량 몇이 비틀대며 지나가는 것이 전부였다. 이곳에서 개경 밖으로 두 갈래의 길이 뻗어 있다. 서경과 의주로 이어지는 서북쪽 방향의 길 하나와 서쪽으로 계속 이어지는 길 하나다. 서쪽으로 난 길을 따라가면 예성강의 하구에 이르게 된다. 린과 장의가 가야 할 길이다. 평소 통행량이 적지 않은 길이지만 겨울 저녁에는 어둑하니 한산하여 오늘 밤은 둘밖에 달리는 사람이 없다.

거치적거릴 것 없는 텅 빈 길을 더욱 속력을 내어 달리는 린의 말 앞을, 별안간 장의가 제 말을 세워 가로막았다. 푸륵, 말이 콧김을 세게 내뿜으며 급하게 멈추자 린이 장의를 향해 턱을 치켜들었다. 무슨 일인가 묻는 몸짓이었다. 위험스레 길을 막은 주제에 장의가 뜸을 들였다. 무엇이 걸리는지 미간을 잔뜩 좁힌 그의 눈동자가 길바닥의 여기저기를 헤맨다. 참을성 있게 기다리던 린이 나직이 그를 불러 주의를 일깨울 때까지 장의의 꾹 다문 입술이 망설임으로 쉽게 떨어지지 않았다. 마침내 린을 향해 반듯하니 눈을 든 그는 마음속 각오한 바가 있는지 결연해 보였다.

"가지 마십시오, 수정후."

린의 눈초리가 꿈틀했다. 장의는 한발 더 나가 린의 말고삐를 움켜쥐었다.

"저하께 가지 마십시오. 이대로 떠나십시오."

"이유는?"

"예감이 좋지 않습니다."

예감이라. 그것은 린의 감각도 경고하는 바다. 확실히 좋은 일이 생길 것 같은 예감은 들지 않는다. 그러나 예감이 좋지 않다는 이유로 원과의 만남을 회피하다니 그로서는 있을 수 없는 일이다. 그는 가볍게 나무라는 어조로 말했다.

"자네는 나를 데려오라는 저하의 명을 받지 않았는가."

"받았습니다만 지킬 수가 없습니다."

"주군의 명을 어기겠다는 말인가? 무인에게 항명은 곧 죽음이야."

"그런 죽음은 두렵지 않습니다. 무인에겐, 몸이 죽는 것보다 혼이 죽는 것이 두려운 것입니다. 도의에 어긋나는 줄 알면서도 따르는 것은 혼을 죽이는 것입니다. 저는 공을 믿고 따랐습니다. 이번엔 공께서 저를 믿고 따라 주십시오. 공께서 낭사浪

死[*]하길 원치 않습니다."

옅은 미소가 린의 입가를 훑고 지나갔다. 그를 진심으로 염려해 주는 사내에 대한 감사의 웃음이었다. 그러나 린은 웃음과 함께 고개를 저었다.

"내가 가지 않으면 자네야말로 살아남지 못할 거야. 나 또한 그걸 원치 않네."

"그렇다면 공을 따라가겠습니다. 어차피 제 목숨은 없는 것이나 마찬가지니까요."

"도의에 어긋나는 일을 따르는 것이 무인의 혼을 죽인다고 했지? 저하의 신의를 저버리는 것이 내게는 혼을 죽이는 거라네. 나 역시 몸이 죽는 것보다 혼이 죽는 것이 두려우니 길을 터 주게."

"하지만 저하께서는……."

저하께서는 오래전에 그 신의를 저버리셨습니다. 장의는 확 내뱉고 싶었지만 애써 참았다. 진관과 더불어 세자의 명령으로 린의 모든 행동을 감시하고 사소한 것 하나 빼놓지 않고 모조리 고해 바쳤던 그였다. 늘 부끄러웠고 가책에 시달렸지만 그나마 위안으로 삼았던 것은 세자에게 보고한 내용이 린에게 그다지 해를 끼칠 만한 일이 아니었다는 것이다. 딱 한 가지, 역도의 잔당에 대해서만 함구했고 이유는 세자와 린, 둘 다를 위해서였다. 그것이 세자의 분노를 샀지만 지금에 와서도 장의는

---

* 헛되이 죽음.

린을 믿고 따른 것을 후회하지 않았다. 여전히 그가 옳다고 믿었다. 그랬기에, 오랜 시간 동안 린을 믿지 않았던 세자에게 그를 보낼 수가 없어 장의는 그의 앞을 가로막고 나선 것이다. 이대로 그를 보내면 다시는 보지 못할 것만 같았다.

"가시면, 어찌 될지 모릅니다. 저하께서 매우 진노하셨습니다. 아무리 공이라도……."

"저하께서 부르셨네. 나는 가야 해. 그분은 내 주인이고 벗이야."

"저하께선 공이 생각하시는 그런 분이 아닙니다! 공을 벗으로, 분신으로 여기시던 그분이 아니란 말씀입니다! 모후를 잃고서 애도하는 대신, 웃으며 사람을 베라고 명하신 분입니다. 그분은 달라지셨습니다."

"그래도 그분이 내 주인이고 벗이라는 사실은 달라지지 않아."

장의는 린의 맑은 눈동자에 가슴이 먹먹했다. 흔들림 없는 눈빛. 그 눈빛을 무척 좋아했었다. 지금도 그렇다. 하지만 동시에 그 견고함이 답답하게 느껴진다. 장의의 목소리가 저도 모르게 높아졌다.

"저하께서 왜 공을 부르시는지 아십니까? 그건……."

"저하께서 자네로 하여금 내게 알려 주라 하셨던가?"

"그건 아닙니다."

"그럼 말하지 말게. 저하께 직접 들을 테니."

"그렇게 되면 공은 무사하지 못할 겁니다. 그리고 저 역시 무사하지 못할 겁니다. 지금 저와 함께 떠나시는 것이……."

소리 없이 목에 와 닿는 섬뜩한 금속의 촉감에 장의는 말을 다 잇지 못하고 입을 다물었다. 왜 이러십니까? 그의 눈과 맞부딪친 린의 눈동자는 어느새 냉랭하니 살얼음이 끼어 있었다. 조금 전까지 그의 얼굴에 희미하니 어렸던, 슬픈 듯 혹은 안타까운 듯 보이던 미소가 온데간데없이 사라졌다.

"중랑장 장의, 너는 저하를 누구보다도 가까이 모시는 시위임에도 명을 어기고 탈주하려는 중죄를 지었으니 엄히 다스리는 것이 마땅하다. 죄의 대가로 네 목을 베리라."

"수정후!"

"그러나 내가 지금은 급히 저하를 뵈러 가야 하니 네 죄를 다스림은 잠시 미루겠다. 너는 지금 당장 복전장으로 달려가 현애택주와 수하들을 데리고 서강의 유성관遊星館에 은신하여라. 저하께는 네가 항명한 죗값을 치렀다고 말씀드릴 테니 내가 갈 때까지 누구의 눈에도 띄지 말고 조용히 기다려라."

장의가 꼭 쥐고 있던 린의 말고삐를 놓았다. 금방이라도 그의 목을 그을 것 같은 날 선 장검 때문이 아니었다. 그가 털어놓기 전에, 세자가 동궁이 아닌 다른 곳에서 기다리는 이유를 린은 이미 짐작하고 있었던 것이다. 현애택주와 역도들을 데리고 은신하라는 것이 그 증거였다. 현애택주 등과 숨어 기다리고 있으면 찾아갈 테니 함께 떠나자는 뜻이었던 것이다. 그렇지만 과연 세자가 린을 선선히 보내 줄까? 장의의 의구심은 여전히 남는다. 말고삐를 놓은 그가 얼른 비켜서지 못하는 것을 본 린의 어조가 다소 부드러워졌다.

"나는 죄인을 그냥 도망치게 놓아두는 법이 없으니 너는 염려할 것 없다. 나는 벽란정에서 곧장 객점으로 갈 테니 당장 복전장으로 떠나 내 말대로 해."

"제가 함께 가지 않아도 괜찮으시겠습니까?"

"너는 이미 죽은 사람이야. 두 번 죽을 수는 없지 않는가. 어서 떠나!"

눈과 눈이 부딪쳐 불꽃이 일었다. 안쓰러워하는 린의 눈길을 받아 내는 장의의 그것은 죄송함과 고마움이 뒤섞여 복잡하다. 가면 어떤 일을 겪을지 알 수 없는 상황 속에서도 린이 그를 살리기 위해 부러 칼을 빼 들고 호통 친 것을 모를 장의가 아니었다. 그의 고집이 린의 고집을 이길 수 없는 이상, 순순히 따르는 길 외에 더 나은 선택이 없었다. 장의는 꾸벅 고개를 한 번 깊이 숙인 뒤 말 머리를 돌려 린에게 등을 보이며 내달렸다. 눈 깜짝할 사이에 그가 시야에서 사라지자 린도 멈춰 선 말의 배를 세게 걷어찼다.

쌀쌀한 바람이 맵게 휘몰아치는 겨울 저녁, 도성에서 30여 리에 가까운 거리를 단숨에 달려가는 린의 머리칼이 비단 모자 아래서 사정없이 휘날렸다. 그렇게 밤공기를 가르며 달려 도착한 곳에는 유유히 강이 흘렀다. 예성강. 일명 서강이라고도 불리는 이 강은 다른 세상으로 나가는 관문이다. 강어귀 항구에는 늘 조운선과 고깃배와 상선이 북적였고, 때때로 사신들과 색목인들도 드나들었는데 그 이름을 벽란도碧瀾渡라 했다.

철마다 많은 선박과 사람들로 붐비는 터라 추운 겨울도 예외는 아니었다. 노와 돛으로 가는 배들에게 가장 중요한 것이 바람인데, 바람은 사람의 힘으로 어찌할 수 없는 것이어서 온 목적을 이루고 떠나려고 해도 그 자리에 묶여 있는 때가 많았다. 겨울에는 배를 띄우기가 쉽지 않기에 가을에 미처 떠나지 못한 배들이 오랫동안 제 나라로 돌아가지 못하고 머무르는 경우도 많아 항구 자체는 번성하였다. 오늘도 푸른 깃발들을 걸어 놓은 술집에서 단번에 한몫 잡으려고 밀수를 계획하는 상인들과 관리들이 머리를 맞대어 의논하고, 드센 뱃사람들끼리 만취한 상태에서 머리통 터지는 주먹다짐을 벌이며, 뒷골목 어린 소매치기가 유녀를 찾아 두리번거리는 상인들의 소매 속 돈주머니를 노리는 등 벽란도의 밤은 늦게까지 부산하다.

린이 말을 내달려 향하는 곳은 벽란도의 그 질탕한 밤거리가 아니었다. 그가 가는 곳은 벽란정이라는, 주로 외국에서 온 사신들이나 고위 인사들이 배에서 내린 뒤 개경에 입성하기 전 들러 하룻밤 머무는 고급 숙소였다. 등롱들이 별처럼 박힌 항구가 보이는 언덕까지 이른 린은 곧 원이 기다리는 그 장소에 도착할 것이다. 언덕의 정점에서 린은 잠시 멈췄다. 그에게 이 언덕은 아련한 추억이 깃든 곳이었다. 서로에게 품었던 감정을 알기 전, 그는 산과 이 언덕에 나란히 앉아 예성강의 번잡한 포구를 내려다본 적이 있었다. 커다란 상선들을 보고 싶어 하던 그녀의 바람을 들어 함께 말을 내달려 왔었던 것이다.

"저 배들을 타면 어디로 가는 거지?"

문라건 아래 흩어져 나부낀 머리칼이 뺨을 타고 입술에 달라붙자 산이 가느다란 손가락으로 떼어 내며 소리 높여 물었다. 하도 빨리 말을 몰아 헉헉 가쁘게 숨을 몰아쉬던 발그레한 입술이, 주인의 맑고도 순진한 표정과는 별개로 무척이나 선정적이었다. 자신의 동요가 부끄러웠던 린은 소년의 충동적인 욕망을 감추기 위해 무뚝뚝하니 대꾸했다.

"등주나 명주明州로 가겠지. 혹은 경상도의 금주金州*를 거쳐 왜국으로 가는 배도 있을 수 있고."

"더 먼 곳으로 가는 배들도 있겠지?"

"명주에 가면 남만南蠻**이나 서천西天***, 파사波斯****에서 온 배들도 있다고 하니 거기까지 뱃길이 이어져 있겠지."

남만, 파사. 소리 나지 않게 입속으로 중얼거리는 그녀의 입술이 오물거리며 그의 시각을 자극했다. 입술보다 더 그의 눈길을 끈 것은 평소보다 더 밝게 빛나는 그녀의 눈동자였다. 석양의 붉은빛이 반사되어 그런가 보다 생각하며 저도 모르게 취하여 눈을 떼지 못하던 린은, 별안간 그녀가 벌떡 일어나는 바람에 움찔 놀랐다.

"가 보고 싶다!"

뭐? 그녀의 나지막한 외침을 들었으면서도 린은 멍하니 그

---

*   김해.

**   인도차이나 등 중국 남쪽 나라들.

***   인도.

****   페르시아.

녀를 올려다볼 뿐이었다.

"여기선 내 앞에 길이 정해져 있어. 하지만 그 길로 가는 나는 내가 아니야. 그 길로 가면 나는 살아 있는 내가 아니라 꼭두각시, 망석중이, 남이 흔드는 대로 흔들리는 줄 달린 인형이되는 거야. 그걸 위해 무술을 익히고 말을 타지 않았어! 그렇게 살려고 한어니 외오아어니 몽골어를 배운 게 아니야! 저 배들을 타면, 내가 모르던 땅에 가서 지금의 내가 아닌 다른 내가되어 살 수 있어! 어제랑 다른 오늘을 살면서, 또 다른 내일을기대하며 매일을 살 수 있어, 설레고 두근거리면서!"

말도 안 돼. 무심결에 말이 튀어나올 뻔했다. 다행히 그의얇은 입술은 보기와 달리 매우 묵직하여, 린은 동무의 실현될수 없는 꿈을 함부로 부정하지 않을 수 있었다. 미지의 세계에대한 기대에 부풀어 그 앞을 가로막을 숱한 제약과 걸림돌들을고려하지 않고 그저 설레고 두근거릴 날들만 꿈꾸는 그녀는 놀랍도록 순진하다. 그러나 그렇게 꿈꾸는 소녀의 표정이 더할나위 없이 아름다워, 린은 침묵을 지키며 그녀를 물끄러미 바라만 보았다. 흥분 속에서 거대한 장삿배들의 위용에 감탄하다가 문득 혼자 들뜬 것이 무안해진 산이 힐끗 그를 내려다보고샐쭉하니 입아귀에 힘을 주었다. 잠자코 있는 린이 비웃고 있는 것이라 짐작한 때문이다.

"너처럼 정해진 길을 충실히 걷고자 하는 사람은 이해할 수없겠지. 관직을 얻고 재상이 되어 날마다 사시에 입궐하고 유시에 돌아오고 몇십 일 휴가받고 집에서는 책 읽고 가끔 가신을 시켜 농장 관리하고, 그런 생활을 수십 년 반복하고 늙어 머리가 희끗희끗해지면 그제야 이해를 하려나?"

"나는 재상이 되지 않아. 관직도 얻지 않을 거고 정사에 발을 들이지도 않을 거야. 저하께서 벗으로 삼아 주시는 동안 나는 그저 그분의 곁에 있는 것뿐이야. 그분께 내가 필요하지 않은 때가 오면 조용히 떠날 거야."

내내 마음속에 담아 두었던 생각이지만 원에게도 말하지 않았는데 어쩐지 그녀에게 불쑥 털어놓고 말았다. 뜻밖인걸. 동그랗게 뜬 그녀의 눈이 말하는 것 같았다. 그렇지 않아도 호기심이 왕성한 그녀의 입이 무언가 묻기 위해 그를 향해 벌어졌다. 귀찮은 질문이면 아예 상대를 말아야겠다고 생각한 린의 귀에 살짝 떨리는 맑은 목소리가 스며들었다.

"떠난다니, 어디로?"

그는 대답하지 않았다. 귀찮아서가 아니었다. 답이 아직 없었던 것이다. 어디로? 글쎄. 린은 산에게서 시선을 돌려 언덕 아래 상선들을 아까의 그녀처럼 꿈꾸듯 바라보았다. 저 배를 타는 것도 좋겠지, 아무도 모르는, 나 자신도 모르는 곳에 나를 데려다 줄. 한참 동안 포구를 보던 그가 다시 눈을 산에게 향했을 때, 그녀는 이미 그에게 던진 질문 따위는 잊은 듯 예성강의 배들에게 정신을 빼앗기고 있었다. 그녀의 말간 젖빛 얼굴이 주홍색으로 물들어, 평소에 까불까불 장난치던 선머슴의 얼굴이 착 가라앉아 애잔하면서도 아름다웠다. 발갛게 타오르는 뺨과 더욱 붉어진 입술을 보며 린은 불현듯, 떠난다면 그녀와 함께 가고 싶다는 생각을 했다.

그때처럼 포구에는 크고 작은 배들이 즐비했다. 이미 어둠이 깊어 주변이 캄캄하고 포구는 휘황한 등불들로 불야성을 이루고 있다는 점이 달랐을 뿐 그들이 타고 싶어 했던 이국의 상선들은 그 자리에 있다. 그녀와 함께, 저 배들 중 하나를 타고 갈 수도 있었다! 린은 입속 살을 가만히 물어 짓이겼다. 미련을 떨치려는 듯 가슴을 펴고 심호흡을 한 번 크게 한 그는 쏜살같이 언덕을 달려 내려갔다.

벽란정은 안팎으로 어두웠다. 귀빈을 맞이하는 특별한 곳이니만큼 설사 유숙할 빈객이 없대도 화려하게 주위를 밝혀 놓는 것이 관례였다. 그런 벽란정이 등롱 불빛 하나 보이지 않고 폐가처럼 으스스했으니 무척 별스런 밤임에 틀림없다. 말에서 내린 린은 서쪽의 우벽란정과 동쪽의 좌벽란정 사이를 지나 뒤편 소나무들이 병풍처럼 둘러친 뜰에 이르러 섰다. 그가 뜰의 가운데로 들어오기만을 기다리고 있었던 것처럼 어둠 속에서 휙, 덩치 큰 무언가가 여럿이서 재빠르게 움직였다. 잘그락, 희고 매끄러운 자갈들로 뒤덮인 바닥에서 작게 소리가 났다. 소리는 린의 주위에서 둥글게 원을 그리며 들려왔다. 그가 선 곳을 향해 원형으로 포위해 오듯 자갈에 스치는 발소리가 점점 거리를 좁혀 다가왔다. 예민한 귀가 감지해 낸 빠른 발소리로 미루어 접근하는 인원이 10여 명은 족히 넘을 것 같았다. 칠흑 같은 어둠 속에서 검은 옷을 입고 검은 두건으로 얼굴을 가린 이들의 위치를 파악할 수 있는 것은 보통 사람의 귀로는 듣지 못할 숨소리뿐이다. 잔뜩 죽인 숨소리가 칼의 간격 안에 들어오기 직전, 린은 본능적으로 허리춤의 장검에 손을 가져갔다.

닥다그르르, 자갈이 조심성 없이 구르는 소리가 들렸다. 등롱 하나가 켜지며 주변을 밝혀, 린은 그의 주위에 둥글게 둘러선 사내들을 볼 수 있었다. 모두 열둘, 손에는 칼 대신 두툼하고 기름한 목봉을 들었다. 불빛 속에서 린과 눈을 마주친 그들이 하나같이 쭈뼛쭈뼛 눈동자를 내리깔았다. 비록 얼굴을 온통 가렸지만 그 눈매들이 익었다. 오래전, 금과정에서 그에게 훈련을 받았던 장정들이었다.

"망설이지 마라. 죄인이다."

소리가 나온 곳에 두 명이 서 있었다. 몽둥이를 든 자들과 똑같이 입은 검은 복면의 사내 하나가 등롱을 들었고, 그 옆의 담자색 철릭을 입은 호리호리한 사내가 코 아래까지 방갓을 푹 눌러쓰고 이쪽을 향해 있었다. 말을 꺼낸 이는 분명 복면의 사내로, 망설이지 말라고 해 놓고서 정작 그 자신은 린 쪽을 감히 보지 못했다. 린이 칼자루에 댄 손을 천천히 떼어 완전한 무방비 상태로 팔을 늘어뜨렸다. 천까지 드리운 방갓이 아무리 가린다 한들 누군지 린이 못 알아볼 리 없는 상황. 예상하지 못한 동행인이 많았지만 그 사람을 만나기 위해 30리를 쉬지 않고 달려온 그였다.

딱, 원이 손가락을 퉁겼다. 린이 저항하지 않겠다는 의사를 온몸으로 보여 주었는데도 여전히 어줍게 주춤거리는 수하들을 나무라는 소리였다. 원의 옆에서 불을 밝히던 사내가 제일 먼저 용기를 내어 등롱을 바닥에 내려놓고 몽둥이를 꼬나들며 원형으로 선 동료들을 제치고 린에게 접근했다.

"너희가 누구 덕분에 신분의 굴레를 벗고 새 삶을 살게 되었는지 기억해라! 우리는 그분만을 위해 쓰도록 칼을 배운 것이다!"

사내의 몽둥이가 퍽, 린의 어깨를 세차게 가격했다. 린이 균형을 잃고 비틀거리자 다른 몽둥이들이 우수수 그의 몸을 사정없이 덮치며 뭇매를 날렸다. 한 번 휘두르면 그다음은 주저하지 않고 세게, 더 세게 내리칠 수 있다. 그들은 모두 원이 개경의 바닥을 훑으며 골라낸 영민하고 날렵한 천민들이었다. 몸 쓰는 법, 칼 쓰는 법은 린에게서 배웠지만 어디까지나 그들의 영원한 주인은 원이었다. 평생 천민으로 살아가야 할 그들에게 새 길을 열어 준 세자의 명이라면 죽음까지도 불사할 각오가 되어 있는 사람들이었다. 의리도, 정도, 옳고 그름도 모두 세자의 명령 앞에서는 허무한 연기처럼 사라져 버릴 뿐이다. 그리하여 린에게 쏟아 붓는 그들의 매질은 갈수록 매섭고 무자비했다. 덜미에서 허리까지, 앞뒤로 안 맞은 곳이 없을 정도로 몽둥이찜질을 당하며 입술을 꼭 깨물어 신음 한 조각 흘리지 않던 린은, 무리 중 하나에게 뒤통수를 정통으로 얻어맞고 자갈밭 위로 푹 쓰러졌다.

딱, 다시 손가락을 퉁기는 소리가 나자 무리가 일제히 몽둥이를 거두고 뒤로 물러났다. 잘그락잘그락 자갈밭을 가로질러

원이 쓰러져 있는 린에게로 다가갔다. 쭈그려 앉아 동무를 살펴보는 그의 붉은 입술에서 신음이 새어 나왔다. 군데군데 찢어진 린의 옷이 피에 젖어 제 색깔을 잃은 채 너덜거렸다. 그나마 덜 맞아 깨끗한 편이긴 했지만 눈과 입가에서도 피가 흘러내려 흰 자갈을 벌겋게 물들이고 있었다.

"장의는 어디 있느냐?"

나직한 목소리가 차고 비정하였다. 최세연과 무비 등을 죽일 때도 잃지 않았던 특유의 유들유들한 웃음기는 조금도 묻어나지 않았다. 살갗이 죄다 터져 해진 고통을 이를 물고 참아 내며 린은 되도록 똑똑히 말하고자 퉁퉁 부어오른 입술을 크게 벌렸다.

"죽었습니다. 제게 저하의 명을 받들지 말고 함께 도주하자 꾀어 그 죄를 벌하고자 제가 죽였습니다."

"거짓말."

원이 메마르게 말을 잘랐다.

"함께 도주하자고 말한 건 사실이겠지만 네가 그놈을 죽였을 리가 없지. 나보다도 네 명을 더 따르던 놈이 아닌가."

"그의 잘못이 아닙니다. 제가……."

"그래, 네가! 너 때문에 그놈이 날 배신했어. 널 이곳에 데려오면서 한마디라도 귀띔하면 그것이 곧 배신이라고 내가 일러두었음에도 불구하고!"

"저의 죄목에 대해 그에게서 들은 바가 없습니다. 그는 아무 말도……."

"그건 아무래도 상관없어! 문제는 내 명을 거역하고 거짓을 말했다는 것이다. 둘이 함께 오면 너희의 충심을 믿으려 했지만 너희가 날 믿지 않았다. 장의는 널 도망치게 하려 했고 넌 그를 살리기 위해 죽었다고 거짓말을 했어. 너희 둘 다 내 손아귀에서 빠져나갈 궁리만 한 거야!"

린은 항변하지 않았다. 그가 장의와 함께 왔다면 정말 달라졌을까? 원은 무엇을 위해 몽둥이 든 사내들을 매복시킨 것일까? 그가 장의와 함께 오지 않으리란 것을 원은 이미 예견하고 있었는지도 몰랐다. 피가 흘러들어 제대로 뜰 수 없는 눈을 얌전히 감은 린에게 원이 심문하듯 물었다.

"넌 왜 왔지? 왜 장의와 함께 도망가지 않았어?"

"저하와 나머지 얘기를 마저 하기로 언약하였습니다."

"그것 때문에 여길 왔다고? 정말 네가 한 짓을 몰라?"

"송구하오나, 저하께서 벽란정에서 기다리신다고 들었을 뿐입니다."

"좋아! 이제부터 네 죄를 묻겠다. 숨김없이 대답해라, 린!"

원이 마른침을 삼킨 뒤 길게 숨을 골랐다.

"네가 삼별초의 잔당을 거두어 호적을 거짓되게 꾸미면서까지 은닉한 것이 사실이냐? 장의가 그 사실을 알고 내게 고하려 한 것을 막아 비밀에 붙이도록 강요했느냐?"

"그렇습니다."

"역도들에 대해 아무것도 모르는 산과 유림들을 구슬려 반역을 꾀하려 했느냐?"

린이 힘겹게 눈을 떴다. 슬픔이 차오르는 눈에 들어오는 것은 방갓에 늘어진 검은 천뿐 추궁하는 원의 표정은 보이지 않았다.

"그렇지 않습니다."

"그렇다면 왜! 왜 내게서 떠나겠다고 통보한 것이냐? 왜 갑자기 내게서 돌아서려고 했어? 네가 역도들과 모의한 사실이 발각될 것 같아 미리 몸을 피하려 한 것이 아니냐!"

"어떤 대답을 원하십니까?"

"진실을 원한다, 오직 진실을!"

"진실은, 저하께서 이미 아십니다."

원의 방갓에 매달린 얇은 깁이 흔들렸다. 바닥에 내려놓은 그의 손이 힘주어 손가락을 우그려 모으면서 절로 자갈돌 서너 개를 움켜쥐었다.

"진실은……."

쉰 목소리가 갈라져 나왔다.

"진실은 이것이다. 나를 호종하여 대도로 간 이후부터 너는 사사건건 나와 충돌하였다. 내가 예전처럼 네 충고를 가납하지 않고 내 뜻을 관철하자 너는 내게 반감을 품은 것이다. 그래서 앞에서는 나를 위해 유림을 모으고 규합하는 척하면서, 뒤에서는 나와 왕실에 반기를 든 역도들과 비밀리에 모의를 꾀했다. 우연히 이 음모가 새어 나가 한신 등이 너를 고변하려고 움직였고, 그 기미를 알아채어 내 곁에 더 이상 있을 이유가 없다는 둥 되지 않는 핑계를 대어 도주하려 하였다. 지금도, 너와 함께 모의하고 역도의 편에 돌아선 장의를 피신시키고 단신으로 내게와 네 충심과 우정을 믿고 있는 나를 기망하고 국외로 떠나려 하고 있다. 이 모든 진실을, 내가 이미 아는 줄 너는 몰랐겠지."

"……."

린은 반박하지 않았다. 그는 바르르 떨리는 깁에 감추어진 동무의 얼굴을 보고 싶었다. 몹시도 잔인하고 냉랭한 어조로 미리 준비한 듯 거침없이 그의 죄목을 읊는 동무의 얼굴을. 그 가엾고 불쌍할 얼굴을. 한편으로는 그 얼굴, 보고 싶지 않다. 그들은 서로에게 숨김과 미움이 없었던 사이. 적어도 한때는 그랬던 지우였으니 지금 원의 표정은 얼마나 처참하고 슬플 것인가. 그가 진실이라고 못 박으면, 그것이 진실인 것이다. 아니, 진실이 되는 것이다. 참과 거짓을 떠나 그 진실이 그를 위로할 수 있다면. 린의 침묵에, 방갓의 깁이 또 한 차례 떨렸다.

"인정하는 것이냐? 지금 내가 말한 모든 것을, 인정하여 반발하지 않는 것이냐?"

"……."

"말해, 린! 그렇다면 그렇다고, 아니라면 아니라고, 한마디만이라도!"

"……저는 죄를 지었습니다."

"……네가? 정말 네 입으로 그렇게 말하는 거야? 왜, 린? 왜 그렇게 말하는 거야?"

서릿발이 선 목소리가 갑자기 그 기세를 잃고 원망하듯 투정하듯 애처롭게 잦아들었다. 그 소리가 가슴에 울려 시큰하니 아려 왔다. 끈적이는 피에 흐려진 린의 시야에 조약돌을 꽉 움켜쥔 원의 손이 들어왔다. 가늘게 떨리는 주먹이 말하는 것 같았다. 친구의 가슴속에서 날 선 두 가지의 서로 반대되는 감정들이 치열하게 싸우고 있다는 것을. 오랫동안 내부에서 벌어지는 그 전투에서 어느 쪽을 손들어 줘야 할지 판단을 내리지 못하고 우왕좌왕했던 친구의 괴로움을, 이제 린은 끝내 주고 싶었다.

'자비로운 부처님, 이분을 가련히 여겨 고통에서 벗어나도록 가피加被하소서.'

으깨져 피가 엉겨 붙은 린의 손이 꿈틀거리며 천천히 자갈밭을 기었다. 조금씩 조금씩 원의 파들거리는 주먹으로 힘겹게 손을 뻗으며 린이 낮게 속삭였다.

"저는 죄를 지었습니다. 제 충심과 우정을 믿고 계신 저하를 떠나려 하였습니다. 산을 데리고 저 배들 중 하나에 올라 가 보지 않은 땅으로 떠나 영영 돌아오지 않으려 하였습니다."

더 큰 죄는, 당신의 마음을 짐작하면서도 모른 척한 것입니다, 린은 입속 살을 지그시 물었다. 어쩌면 그들 둘이서 개경의 거리를 미복잠행하다 우연히 남장한 산을 만났던 그날에, 오늘 밤이 예정되었을지도 모른다. 원이 그녀에게서 눈을 떼지 못하고, 린이 그녀와 눈을 마주쳐 가슴이 덜컹했던 그 순간부터 그들 사이에 갈등이 싹텄는지도.

늘 마음 한구석이 불편했었다, 원이 그녀를 보며 흐뭇해할 때마다, 다정스레 웃을 때마다, 짓궂게 장난을 걸 때마다, 그녀의 무례함을 기꺼이 받아 줄 때마다. 그녀를 향한 원의 기묘한 우정을 은근히 꺼림칙하니 여겼었다. 단을 사랑하여 혼인한다고 역설하던 원을 기연미연하니 의심하였다. 그러면서도 그는 원의 진실한 감정을 들여다보려 하지 않았다. 감히 세자의 진속을 파헤치려는 무엄함을 범할 수가 없어서라기보다는, 두려워서였다. 진정한 감정, 원 자신조차도 미처 깨닫지 못했던 속마음을 알게 되면 그가 어떻게 그녀를 사랑할 수 있겠는가? 그는 친구의 감정에 눈을 감고 귀를 막았다. 자신의 감정과 욕망에 충실하기 위하여.

그리고 이 모든 감정의 편린들을, 린은 알지 못한다고 생각했지만 실제로는 처음부터 감지하고 있었던 것이다. 다만, 원의 앞에 피투성이가 되어 널브러진 지금에야 그 모든 것이 하나로 꿰어져 확연히 이해되었을 뿐이다. 죄스러운 마음에 뜨거워진 그의 손가락이 주먹에 닿자, 원이 부르르 몸서리를 치며 휙 야멸치게 떨쳐 냈다. 벌떡 일어나 린에게서 두어 발짝 물러난 그의 목소리가 다시 매섭게 울렸다.

"수정후 왕린, 너는 현애택주와 함께 임금과 왕실에 반역을 꾀하고 그 모의가 실패하자 도주하려 하였다. 다른 이도 아니고 종친이자 나의 가장 가까운 벗이었던 네가 얼마나 큰 죄를 지었는지는 굳이 말하지 않아도 네 자신이 알 것이다. 대역죄인 왕린과 왕산은 작위와 재산을 몰수하고 종적宗籍*에서도 그 이름을 지워 버릴 것이다. 너희는 이제 존재하지도, 존재한 적

---

* 왕실의 족보.

도 없는 자들이다!"

딱, 원이 손가락을 퉁겨 낸 소리에 멀찍이 떨어져 있던 복면 시위들이 다가왔다.

"일으켜 세워라."

두 명의 사내가 린의 양쪽 겨드랑이를 끼고 부축하여 세웠다. 흔들거리는 다리로 간신히 버텨 선 린이 쿨럭, 핏덩이를 토했다. 원이 두 손을 들어 천천히 방갓의 깁을 걷어 올리고 비로소 맨얼굴을 드러냈다.

쿨럭쿨럭, 계속하여 터져 나오는 기침에 피를 연방 뱉으며 린은 원의 얼굴을 보기 위해 제대로 떠지지 않는 눈에 힘을 주었다. 가면처럼 굳은 얼굴이 무척이나 아름다웠다. 생기를 잃은 무표정에서, 산 사람의 증거는 오직 아랫눈시울에 설핏 보이는 물기 한 가지였다. 컥, 크게 피를 내뿜으며 금방이라도 쓰러질 듯 휘청하는 린에게 등을 돌리며 원이 가까이 선 사내에게 중얼거렸다.

"얼굴은 건드리지 마라."

울타리처럼 촘촘히 에워싼 시위들을 헤치고 휘적휘적 원이 자갈밭을 가로질러 갔다. 그가 벽란정의 뒤뜰을 벗어나 소나무 사이로 들어가자 사내 하나의 몽둥이가 쐐액, 어둠을 가르며 린의 등 가운데를 정확히 강타했다. 퍽 소리와 동시에 무릎이 꺾였으나 양팔을 붙잡힌 탓에 린은 쓰러지지도 못했다. 울컥 입에서 뿜어 나온 핏물이 흰 자갈 위에 붉은 꽃잎처럼 흩뿌려졌다. 그것을 시작으로 좀 전보다 더하면 더했지 결코 덜하지 않은 혹독한 매질이 이어졌다. 퍽퍽, 무수히 내리찍는 몽둥이에 살점 터지는 소리가 날 때마다 자갈 위 꽃잎들이 후드득 피어 만발했다.

아물거리는 의식의 끝자락에서 린은 산을 떠올렸다. 언제나 깔깔거리고 명랑하게 웃거나 골이 나 고양이 눈으로 흘겨보던 산이, 그녀답지 않게 울고 있었다. 왜 우는 거니, 산? 내가 약속을 지키지 않아서, 함께 떠나자는 약속을 지키지 않아서, 그게 슬퍼서 우는 거니? 넌 결코 울지 않을 씩씩한 아인데……. 아니야, 넌 눈물도 많았어. 공녀로 간 단이를 데려오자던 널 내가 윽박질렀을 때, 넌 내 앞에서 펑펑 울었지. 내가 늦는 바람에 유심의 산채에서 죽을 뻔하다 살아났을 때도 내 품에서 오래오래 울었고. 그리고……, 그래, 네 마음을 알면서도 내가 먼저 사랑한다 말하지 못하고 멍청이처럼 미적거릴 때 넌 말을 잇지 못하고 울었지. 그러고 보니 네가 운 건 다 내 탓이구나. 그러니 네 눈물, 내가 다 닦아 줘야 하는데, 이젠 그럴 수가 없으니 미안하다. 미안하다, 산, 끝까지 미안하다고만 해서 정말 미안하다…….

더 이상 버티지 못하고 축 늘어진 린을 붙잡고 있던 사내들이 손을 떼자 그의 몸뚱이가 자갈밭 위에 털썩 널브러졌다. 속살을 너덜너덜 드러낸 어깨가 땅에 부딪힌 충격으로 희미하게 들썩이자 몽둥이가 다시 무수히 날아들었다. 무엇을 잡고 싶은지 그의 손가락이 가늘게 꿈틀하자 몽둥이 하나가 아직 부러지지 않은 곳이 남았냐는 듯 뭉툭한 끝으로 콱 내리찍었다. 그것을 끝으로 린의 움직임이 완전히 잦아들었다.

마침내 머리칼 한 올마저 피에 엉겨 붙어 미동도 없는 그에게서 몽둥이를 물리더니, 사내들이 린을 둘러메고 벽란정을 조용히 빠져나갔다.

《왕은 사랑한다》 3권에서 계속